오 향 거 리

오 향 거 리

五
香
街

찬쉐殘雪 장편소설 — 문현선 옮김

문학동네

차 례

한국어판 서문

장편소설 『오향거리』가 드디어 한국에서 출판된다니 정말 기쁩니다! 이 소설은 중국 문학이 침잠에서 벗어나 젊음과 열정을 발산하기 시작한 1980년대 말에 쓰였습니다. 그래서 이 소설에도 열정이 충만하지요.

세 첫번째 장편소설이지만 열정이 밑받침되었기에 개방적 시선과 세련된 기교, 거침없는 생각을 드러내고 풍부한 유머와 해학을 일관되게 유지할 수 있었습니다.

제가 다룬 것은 인간의 본성입니다. 저는 현실에 뿌리내린 작가라 세속적 기운이 온몸에 가득하지요. 찬쉐의 작품을 처음 읽는 독자라면 우리 자신의 일상을 다룬 이 소설로 시작하는 게 적합합니다. 제가 들려드리는 이야기 속으로 가벼운 마음으로 들어가 천천히, 그리고 자세히 느껴보시기 바랍니다(제 서술방식은 다른 작가와 달라 천천히 익숙해져야 하거든요). 하지만 소설의 방관자가 되지는 말고 저와 함께 생각하고 웃으셔야 합니다. 이 작품은 여러분에게 속하니까요.

사회 최하층의 보잘것없는 사람이 느닷없이 철학적 진리를 막힘없이 늘어놓을 때 반감을 품지 말아주시기 바랍니다. 제가 생각하는 '본질적 삶'이 바로 그렇거든요. 늘 철학이란 그런 소소한 사람들에게 속해야 한다고 믿고 있습니다. 넓고 심오한 이론은 우리의 물질생활 깊숙이 들어와 세례를 받아야 합니다. 그러니 오향거리의 소시민을 사랑해주세요. 그들은 뛰어난 통찰력과 결단력을 지녔기에 이상을 좇기 시작하면 중간에 멈추는 법이 없습니다.

그런데 저는 제가 미래형 작가(이 소설에서 '미래파'가 언급되지요)라고 생각합니다. 소설 속에서 미래의 이상적 삶, 유토피아의 경지를 주장했고요. 저는 우리 인류가 그렇게 살아야 하지만 아직은 실현하지 못해서, 고민하고 하소연하며 항상 다른 쪽에서 갈망을 드러낸다고 생각합니다. 이런 하소연과 고민과 갈망이 바로 역사가 아닐까요? 맞습니다. 그런 것들이 우리 인류의 감정사感情史를 구성합니다.

찬쉐

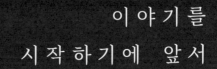

이야기를
시작하기에 앞서

1. X여사의 나이와 Q선생의 외모에 관해

X여사의 나이에 대해서는 우리 오향거리五香街 내 의견이 워낙 분분하게 갈려 결론이 나지 않았다. 최고 50세가량(일단 50세라고 하자)부터 최소 22세까지 나왔으니, 대략만 잡아도 스물여덟 가지 견해가 있다는 뜻이다. 50세가량 되었다고 말한 사람은 오랫동안 독수공방하며 사람들의 총애를 받는 과부였다. 45세쯤 된 이 과부는 몸매가 풍만하고 얼굴도 아름다웠다. 그녀는 X여사가 방에서 화장하는 걸 자주 목격했다며 "몇 센티미터 두께로 분을 발랐고" 그 결과 "목주름까지 전부 덮여" 목에서 "맨살을 찾아볼 수 없었다"라고 했다. 어디서 봤는지 구체적 장소는 "밝히기를 거부한다"라고 씩씩거리며 말했다. 여기서 필자는 이 귀여운 과부에 대해 한마디 덧붙이고 싶다. 그녀는 확실히 지체 높고 기품 있으며 출중한 여인으로, 이 이야기에서 중요한 위치를 차지한다. 필자는 평생 그 영향을 받았고 언제나 그녀를 높이 평가한다.

X여사를 22세라고 말한 사람은 본인 역시 22세인 젊은이였다. 젊은이는 안개가 자욱하게 낀 어느 아침 우물가에서 X여사와 "해후"했다고 말했다. 그때 X여사가 "놀랍게도 생긋 웃어줬"고 "새하얀 치아"를 활짝 드러냈는데, "시원스럽게 맑은" 웃음소리와 "무척 단단한" 치아, 그리고 용모의 "섹시한 수준" 등으로 판단할 때 22세를 넘었을 리 없다고 주장했다. 석탄공장에서 일하는 이 젊은이는 퇴근하고 온몸의 석탄 부스러기를 씻어낸 뒤 길거리 공중변소에 앉아 이웃에게 그렇게 말했다. 그때 그 이웃은 "어?"라는 말로 의혹을 드러냈다. 가만히 따져보면 석탄공장 젊은이는 21세나 23세가 아니라 꼭 집어서 22세라 말했고, 분명 같은 거리에 사는 사람을 두고 일부러 '해후' 같은 현학적 어휘를 구사했다. 틀림없이 남들에게 밝힐 수 없는 사심이 있는 것이다. 따라서 그의 말은 걸러들어야 한다. 더군다나 '안개가 자욱'하다, '섹시'하다 같은 단어에서 어떤 수작질인지 빤히 보이지 않는가.

그 밖의 스물여섯 가지 견해에도 나름의 근거와 논리가 있다보니, 사람들은 하나같이 자기 말이 옳다며 고집을 꺾지 않았다. 그중 존경받는 중년 남성, X여사 남편의 친구는 한번 살펴볼 만하다. 의롭고 강직한 성품의 그는 누구든 그 친구 아내에 관해 이야기하면, 상대의 소매를 잡아당기며 무척 진중하게 X여사의 진짜 나이는 35세이고 "내 눈으로 직접 그녀의 호적등본을 봤다"라고 했다 (X가족은 외지 호적을 가지고 있었다). 그는 새파래진 얼굴로 목소리까지 덜덜 떨면서 말했다. 강요에 가까운 그의 의협심을 다른 사람들은 이해하기는커녕 도리어 고까워하면서 "어디서 참견이야", "위선 떨긴", "진즉에 재미를 봤을지도 모르지"라고 반응했다. 그런 멸시와 모욕에 남자는 "점점 초췌"해졌고 아침에 일어나면 "속이 더부룩"했다. 이건 과부의 친구로, 48세인데도 여전히 우아한 여성이 한 말이다.

그러던 어느 날 저녁, 오랫동안 풀리지 않던 의문이 갑자기 실마리가 보이는 듯싶더니 곧 다시 혼란에 빠졌다. 두 개의 답안을 두고 사람들이 두 파로 갈려 팽팽하게 맞섰지만 끝내 결론을 내지 못했기 때문이다.

후덥지근한 어느 여름날 저녁, 식사를 마친 사람들이 길가에서 바람을 쐴 때였다. 잠시 뒤 눈앞에서 크고 작은 '흰빛 두 뭉치'가 유성처럼 번쩍이며 지나가는 게 보였다. 그러다 그게 '온통 번쩍거리는' 하얀 비단 치마를 입은 X여사와 '무슨 재질인지 알 수 없는' 하얀 옷을 위아래로 맞춰 입은 사내아이임을 알아차렸다. 정신을 차린 사람들은 와자지껄 떠들기 시작했다. 석탄공장 젊은이를 중심으로 청장년 남자들은 곧장 X여사가 28세가량 되었다고 의견 일치를 봤다. "호리호리 늘씬한" 몸매와 "야들야들 윤기 도는" 팔다리 피부 등으로 판단했다며 심지어 "더 젊을 수도 있다"라고 주장했다. 반면 총애받는 과부를 중심으로 한 청장년 여자들은 X여사가 "45세가 넘었다"라고 확신했다. 가까이서 X여사의 목을 자세히 살펴본 결과 두껍게 화장했음을 알아차렸다며 몇 곳에서 "쌀알만 한 모공"과 "겹겹이 늘어진 피부" 등 진상이 드러났다고 했다. 이어서 청장년 여자들은 "창피한 줄도 모르고 남의 치마 밑이나 상상하다니"라며 청장년 남자들에게 욕을 퍼부었다. 욕을 듣던 남자들은 불현듯 눈을 반짝이며 여자들에게 '가까이서 관찰'한 자세한 내막을 들려달라고 했다. 그 소동이 두 시간 남짓 이어졌다. 혼자 다른 주장을 펴면서 달려들었던 X여사 남편의 친구만 혈기 왕성한 젊은이들 몇 명에게 맞아 바닥에 쓰러져서 "목이 메노록 통곡"했다. 소동이 일단락되었을 때, 과부가 돌탁자에 올라가 풍만하고 섹시한 가슴을 펴고는 큰 소리로 "전통적 심미관을 수호하자"라고 외쳤다.

X여사의 나이는 어느덧 우리 오향거리의 최대 미스터리가 되었다. 한편 집단의식에서 벗어나자마자 모두 자기 의견으로 되돌아가 견해가 스물여덟 가지 이상으로 늘어났다. 누구도 남의 의견을 따지려 들지 않았다. 심지어 X여사의 38세 된 잘생긴 남편마저 무슨 이유인지 몰라도, 친구가 호적에 올라 있다고 그토록 강조한 35세가 아니라, 석탄공장 젊은이의 안목에 따라 아내의 나이를 22세라고 받아들였다. X여사의 남편은 통념을 따르는 자신의 특별한 습성을 준수했고, 아내에게 애정이 넘치기도 했다. 듣자 하니 그는 처음부터 "그녀에게서는 어떤 결점도 찾아볼 수 없다"라고 했다. 따라서 가장 믿을 수 없는 게 바로 남편의 견해였다. 그는 "눈으로 사실을 보지 않고 엉뚱한 생각만 하는 낙관주의자일 뿐"일지도 몰랐다(과부의 말. 그녀의 선견지명이 얼마나 뛰어났는지는 뒤에서 확인할 수 있다).

X여사의 나이에 관한 미스터리는 오래도록 풀리지 않았다. 풀리기는커녕 갈수록 의혹이 커졌다. 그녀와 모 기관 직원인 Q선생이 수상하고 애매한 관계라는 소문이 퍼진 다음날, 총애받는 과부는 모종의 방법으로 X여사의 내실에 잠입해 호적등본을 훔쳐봤다. 그런데 나이가 적힌 칸이 기묘하게 고쳐진 게 아닌가. 고쳐 쓴 흔적으로 판단해볼 때 과부의 예측은 틀리지 않았을뿐더러 "조금의

오차도 없이" 일치했다. 하지만 그때 X남편의 또다른 친구인 구레나룻을 기른 청년이 나서, X여사는 35세가 아니라 32세라고 반박했다. 그는 X여사와 같은 해에 태어나 어렸을 때부터 함께 자란 친구로, 양가 부모님이 맺어주려 했다고까지 주장했다. 젊은 시절 X여사가 늘 수줍게 자기를 대했는데, 자기가 남녀 간 일을 잘 몰라 둘의 관계를 발전시킬 기회를 놓쳤다고 말이다. 따라서 X여사가 자기보다 삼 년을 더 살았다는 건 얼토당토않은 주장이라는 거였다. 그 외에 일부러 혼란을 부추기는 인간들도 있었다. 그들은 X여사의 나이에 대한 기존의 스물여덟 가지 견해에서 벗어나 37.5세, 46.5세, 29.5세, 26.5세 등 0.5세를 붙인 나이를 주장하며 곳곳에서 경망스럽게 떠들어댔다. 결국 상황이 한층 더 심각하고 철학적으로 변했다.

X여사의 나이가 얼마인지 지금까지 결론이 나지 않았으니, 잠시 X남편의 첫번째 친구가 조사한 호적대로 35세라고 가정하자. 나이를 35세로 가정하면 여러모로 편리하다. 일단 X를 새색시로 보지 않아도 되고(아들이 이미 6세) 노부인으로 간주할 필요도 없다 (과부 등이 50세에 가깝다고 예측했어도 노부인이라고 단언한 건 아니다. 여기에는 미묘한 차이가 있다. 과부는 분별 있고 신중한 사람이다). X남편이 자기 아내를 22세라고 고집하지만, 그건 남들이 간섭할 수 없는 자유이니 그가 "각성"하기를 기다리는 수밖에 없다(과부의 말이다). 석탄공장 젊은이와 일부러 판을 흐리는 인간들의 황당한 주장은 더욱 고려할 필요가 없다. 각자 필요에 따라 한몫 잡을 기회를 노리는 그들의 말에서 진정성을 기대할 수 없기 때문이다.

나이에 대한 분분한 의견 속에서 우리는 모순되고 애매한 이미지를 포착할 수 있다. X여사는 중년 여성으로 하얀 치아와 호리호리한 몸매, 매끈하거나 주름 많은 목, 보드랍거나 거친 피부, 맑거나 괄괄한 목소리, 육감적이거나 전혀 육감적이지 않은 외모를 지녔다. 이처럼 애매한 이미지는 전혀 뜻하지 않은 순간에 언뜻 '진면목을 드러내기도' 했지만, 이내 흐리터분하고 오리무중인 원상태로 되돌아가곤 했다. 이 부분은 나중에 다시 다루겠다.

X여사의 남편이 그녀에 대해 가진 이미지는 그대로 수용할 수 없었다. 그의 시선이 제일 문제가 많았기 때문이다. 그는 우람한 체격의 대장부로 처세에 능했지만, 아내 이야기만 나오면 주눅이 든 것처럼 비실거렸다. 심지어 이야기하던 도중에 경련을 일으키듯 화들짝 놀라며 말문을 찾지 못하고, 느닷없이 아이들처럼 '사방치기' 놀이를 하자고 제안하고는 분필로 판을 그리기 시작했다. 같이 놀아주지 않으면 그는 상대의 존재를 잊어버린 채 혼자 폴짝폴짝 뛰었다.

이런 모든 이미지 가운데 X여사의 상간남(모두 그를 이렇게 불렀다) Q선생이 가지고 있는 이미지가 가장 충격적이었다. Q선생이 X여사에게 보낸 편지를 총애받는 과부가 의무감에서 읽었는데, 그 내용은 다음과 같다. X여사를 처음 만났을 때 Q선생은 X여사의 얼굴에서 커다랗고 쉴새없이 떨리는 주황색 눈동자 하나만 봤고, 순간 머리가 핑 돌아 아무것도 볼 수 없었다. 그 추잡한 사건이 끝날 때까지 그는 단 한 번도 X여사의 본 모습을 똑똑히 보지 못했다. 그가 똑똑히 보지 못한 이유는 똑똑히 볼 수 없었기 때문이다. X여사 앞에만 서면 언제나 주황색 눈동자 하나만 보이는데다, 그 눈동자가 흔들리면 그는 감동으로 눈물이 그렁그렁 맺혀 시야가 흐려졌으니, 당연하게도 눈앞에 있는 것을 똑똑히 보기 어려웠다. 물론 그가 편지에 쓴 말들은 순전히 X여사의 음울하고 기이한 심리에 아첨하기 위한 수작일 수도 있고, 어쩌면 모종의 암호나 은어일 수도 있다.

기이한 점은 X여사가 이와 비슷한 이야기를, 심지어 Q선생과 알기도 전에 했다는 것이다. (X여사의 동료 여사가 제공한 내용으로, X여사는 입을 가만두지 못하고 아주 다른 성격의 자신에게까지 툭하면 속내를 털어놓았다며, 가능하다면 "전 세계에 고백했을 것"이라고 했다.) 그때 X여사는 자신의 어두운 방에 앉아 동료 여사에게 거들먹거리며 말했다. "내 눈동자가 이렇게 특별한 건 내가 아주 세심하게 살피기 때문이야. 솔직히 말해줄게. 나는 항상 거울로 눈동자를 살펴봐. 밖에 나가서도 수시로 동그란 손거울을 들여다본다고. 간혹 잘 때는 어떤 모습인지 궁금하지만 유감스럽게도 그건 볼 수 없지. 정말 궁금해. 얘네들은 무엇을 하려는 걸까? 이 수정체 뒤쪽에서 뭐가 긴박하게 일하고 있지? 나는 얘네들 배설물도 연구한다니까. 그걸 관찰하기 위해 현미경을 샀고. 이 일에 완전히 매료되었다고 할 수 있지. 꽤 성과도 있었고. 우리 샤오바오(그녀의 하나뿐인 아들)를 위해서도 거울을 모으고 있어. 좀더 크면 자기 눈동자에 흥미를 갖도록 가르쳐줄 거야. 사람들은 눈을 마음의 창이라고 하면서도 그 창을 떠올리는 대신 잊어버려. 그래서 창에 먼지가 뽀얗게 쌓여 알아볼 수 없게 된다고." X여사는 끊임없이 눈을 깜빡이고 눈썹을 치켜올리며 강조했다.

X여사가 반복적으로 강조했음에도 동료 여사는 그녀의 특이한

능력을 발견하지 못했다. 그녀뿐 아니라 X여사의 남편을 포함한 오향거리 사람들 모두 발견하지 못했다. X남편은 아내를 무척 사랑했지만 불행히도 아내의 특이함을 알아차리지는 못했다. 이렇게 말하면 X여사의 특이한 능력을 깨달은 사람은 Q선생뿐이라는 뜻일까? 꼭 그렇다고 단정할 수는 없다. 오향거리는 아닐지라도 세상은 훨씬 크니까. 더군다나 석탄공장 젊은이의 경험에 따르면 X여사에게는 말로 표현할 수 없는 '섹시함'이 있지 않은가? 오향거리 바깥의 남자가 그 섹시함에 끌리는 동시에 특이한 능력까지 발견하지 않으리라고 누가 장담할 수 있겠는가? 설마 그녀와 오랫동안 함께한 남편이 발견하지 못했다는 이유만으로 모든 가능성을 부정해야 한단 말인가?

다시 돌아와서, Q선생이 X여사의 특이한 능력을 감지했다고 해서 그가 그녀를 전면적이면서 심도 있게 이해했다고는 말할 수 없다. 오히려 극도로 얕고 단편적으로 이해했다고 말하는 편이 옳다. Q선생의 최대 약점이 상대의 내력을 묻지 않을뿐더러 남들에게도 물어보지 않고 그저 혼자 상상해 중얼거리거나 감상에 빠지는 것이었기 때문이다. 그러다보니 Q선생은 X여사와 우연히 만나 반년을 사귀고도 그녀의 실제 나이를 알지 못했다. 이 문제에 있어서 Q선생은 X여사의 남편처럼 그녀의 나이를 22세로 본 건 아니고 좀 더 사실적으로 28세나 29세로 여겼던 것 같다. 당연히 여기에도 모종의 사심과 욕망이 깃들어 있었겠지만 그건 잠시 제쳐두자.

Q선생이 X여사에 대해 얼마나 얄팍하게 알았는지, 또 둘의 관계가 얼마나 우스꽝스러운지를 이야기할 때 우리는 다음의 대화를 예로 들 수 있다. 이 대화 역시 X의 동료 여사가 제공했다.

X: 난 일부러 당신을 찾아갈 필요가 없어요. 당신은 반드시 올 테니까. (경박스럽게도 X는 몽롱한 표정을 지었다.)

Q: 물밀듯 밀려오는 인파 속에서 당신 눈을 보며 걸어왔어요. 머리가 멍해져 당신은 물론이거니와 아무것도 보이지 않았지만. (Q의 모습은 바보, 촌뜨기 같았다.)

X: 수요일마다 우리는 사거리에서 만날 거예요. 피하려 해도 피할 수 없지요.

Q: 나는 긴꼬리닭으로 변할지도 몰라요. 그럼 아주 높은 나뭇가지에서 사는 수밖에 없겠지요.

동료 여사는 이걸 제공한 뒤 둘의 대화가 지난번 대화의 연장선 같기도 하고, 아무 의미 없는 헛소리 같기도 했는데 어쨌든 동일한 내용이었다고 덧붙였다. 또한 둘은 만나서 인사를 나눈 적이 없어 다시 만난 게 아니라 마치 계속 대화중인 듯했으며, 헛소리를 뺀 다른 모든 것(예를 들어 인사, 자기소개, 주변 사물에 대한 의견)은 쓸데없고 어울리지 않는 것 같았다고 했다. 여기까지 이야기한 뒤 동료 여사는 한 손으로 입가를 가리며 나직이 말했다. "이게 바로 '투명 인간' 아니겠어요?" 그러고는 소름이 끼쳐 더는 말을 잇지 못했다.

Q선생의 외모에 관해서는 X여사의 나이와 달리 의견이 많지 않았음에도 우리 오향거리 사람들은 의견을 하나로 모으지 못했다. 여기서 강조하고 싶은 점은 우리 쪽 사람들이 남자의 외모에 대해 이야기하는 걸 좋아하지 않는다는 사실이다. 다들 '못생긴 남자는

없다'라는 고리타분한 속담을 신봉했다. 그렇다면 Q선생의 외모는 어떠했을까? 우리는 얼마 되지 않는 형용사와 무의식적으로 튀어나오는 어투로 판단할 수밖에 없다.

Q선생의 외모와 관련된 이미지를 처음 만들어낸 사람은 과부의 48세 된 친구였다. 그녀는 Q선생에 대해 "특징이 하나도 없어"(이렇게 말한 뒤 무시하듯 입을 삐죽거리고 침을 뱉었다), "아무래도 기억나지 않아", "껑충이 같달까", "어쨌든 평범 그 자체였어"라는 식으로 말했다. 그녀는 몇 마디 떠들어대다 자존심이 상했는지 곧 화제를 바꿔, 기공氣功의 신비한 효험에 대해 논하기 시작하더니 중간중간 어떤 '잡념'을 떨쳐내려는 듯 고개를 흔들어댔다.

오향거리 여자들이 Q선생의 외모에 대해 흥미가 없는 척했으므로 자세한 묘사는 더더욱 기대할 수 없었다. 단도직입적으로 물어봐도 그저 못생겼다고 일축할 뿐이었다. 그렇다면 우리 오향거리 여자들이 Q선생을 똑바로 바라본 적도 없다는 뜻일까? 전혀 그렇지 않다. 막상 의견을 모으기 시작하자 Q선생의 외모에 대한 자질구레한 형용사와 애매한 어투 대부분이 여성들에게서 나왔다. 횡설수설하며 얼버무린다는 건 그녀들이 이 문제에 무척 관심이 있으며 민감하다는 반증이 아니겠는가? 그들은 관심 없는 척하며 슬쩍 화제를 꺼낸 뒤 한 바퀴 크게 돌아 그 화제로 되돌아와서는, 자신이 말하고 싶었던 것을 상대가 말하도록 유도하고 정신적 만족을 느끼곤 했다.

우리 오향거리 여자들은 하나같이 이런 식의 대화 기술에 능했다. 예를 들어, 과부의 친구는 기공에 대해 한참을 떠든 뒤 화제를 민족학으로 돌리면서 '강남 여자 강북 남자'라는 민요 가사를 인용했다. 상대가 무슨 의미인지 깨달았을 때는 화제를 강북 남자에서 몸집이 큰 남자의 장점으로 재빠르게 돌렸다. 마지막으로 Q선생의 외모에 대해 함축적 암시를 늘어놓다 해가 떨어졌느니, 사위가 어두워졌느니 하면서 아쉽게 작별을 고했다. 헤어질 때는 무척 만족스럽게 "정말 시원하고 통쾌한 하루였어!"라고 했다.

Q선생의 외모와 관련된 이미지를 두번째로 만들어낸 사람은 오랫동안 침대에서 생활한 절름발이 여사였다. 삐쩍 마른 28세의 그녀는 퀭하게 꺼진 새까만 두 눈에서 젊은 남자를 "세 장丈은 물러나게 만드는"(과부의 표현) 빛을 아침부터 밤까지 뿜어냈다. 이 여자는 Q선생이 오향거리에 들어온 첫날 그를 봤다. 때마침 침대 옆 커튼을 들어올렸다가(그녀의 침대는 당연히 창가에 있었다) 맞은편에서 걸어오던 Q선생과 눈이 마주쳤다. 여자는 혼신의 힘을 다해 무려 이십오 초 동안이나(그녀 본인의 생각) Q선생을 바라봤다. 당황한 Q선생은 한 손으로 그녀가 뿜어내는 빛을 막아낸 뒤 '세 장을 물러나는' 대신 힘겹게 웃음을 짓고는 곧바로 지나쳤다. 여자는 '쾅' 하며 창문을 열고 Q선생의 등에 대고 매섭게 소리쳤다. "개새끼야! 개새끼! 벼락 조심해라!" 이어서 절름발이 여사는 감상에 젖어, Q선생은 개새끼 같은 그놈과 닮은 게 아니라 그냥 메기처럼 생겼을 뿐이라고 말했다. 입가에 수염 두 자락이 자라는데 면도할 때 깎아내지만 자세히 보면 보인다고 덧붙였다. 그 개새끼 같은 남자는 예전에 그녀의 순결을 빼앗은 불한당으로, Q선생은 그와 닮은 부분이 조금 있을 뿐이었다. 조금 닮았기에 그녀는 Q선생을 보기만 하면 자기도 모르게 화가 치솟아, 몸을 일으켜 한바탕 욕을 쏟아부어야 가슴속 원한을 가라앉힐 수 있었다.

Q선생이 그와 닮은 유일한 사람은 아니었다. 그러다보니 요 몇 년간 그녀는 수많은 사람한테 욕설을 퍼부었다. 끊임없이 욕해야 평정심을 유지할 수 있었다. 여기까지 말한 뒤 그녀가 또 덧붙였다. 그 개새끼를 증오하는 주된 이유는 그녀의 순결을 빼앗아서가 아니라 그날 밤이 지난 뒤 그가 "인사도 없이 떠났기" 때문이며, 그것만으로 평생 한을 품기에 족하다고 말이다. 순결을 짓밟은 악행에 대해서는 그가 뉘우치고 돌아와 자기 앞에 무릎 꿇고 빈다면 어느 정도는 용서를 고려할 수도 있지만, 그렇다고 서로 밀고 당기는 그런 사이를 계속 유지하겠다는 뜻은 아니라고 했다. "가슴이 산산조각난" 그 밤 이후 "통찰력 강하고 이성적으로 사고할 수 있게" 변해서였다. 설마하니 외적, 내적 스트레스를 힘겹게 떨쳐내고 강철 같은 여인이 된 자신이 지금 와서 되돌아가 또다시 고통을 겪으려 하겠는가? 아니! 그런 환상을 품은 인간이 있다면 전부 헛다리를 짚은 거라고 했다.

절름발이 여사의 묘사로는 아무 진전도 이룰 수 없었다. Q선생의 외모에 대한 생각이 그녀의 의심스러운 정부情夫를 닮았다는 데서 벗어나지 못했기 때문이다. 그녀가 Q선생을 똑똑히 봤는지는 말할 것도 없고, 그 의심스러운 정부를 본 사람도 없을뿐더러, 그녀 본인마저 정부의 생김새를 제대로 말하지 못했다. 혹시 그녀가 심심해서 지어낸 건 아닐까? 혹은 본질을 흐리고 자기 몸값을 올리려는 의도가 아니었을까? 왜 그녀한테는 정부의 사진이 한 장도 없을까? (있다면 진작에 내놓지 않았겠는가?) 아니면 더 나쁘게 정부 같은 건 아예 존재하지 않고, 당시 Q선생을 보고 괜한 소란을 떤 건 그녀만의 독특한 희롱이나 유혹에 불과한 게 아니었을까?

(여우가 포도를 먹을 수 없자 포도를 메기라고 말한 것이다.) 정말 그렇다면 우리 오향거리 사람들은 Q선생이 그녀의 덫에 걸리지 않은 걸 다행으로 생각해야 한다. 그녀와 엮이는 게 X여사와 엮이는 것보다 만 배는 더 끔찍한 일일 테니 말이다.

세번째로 Q선생의 외모에 주의를 기울인 사람은 스스로 X여사의 동생이라고 밝힌 29세의 여성이었다(이게 진짜인지는 누구도 확인할 수 없다). Q선생이 처음 오향거리에 왔을 때 그녀는 자신의 언니와 "처음부터 끝까지" 붙어 있었기에 "Q선생을 오랫동안 꼼꼼하게 살펴봤고" 그의 외모가 "아주 낯익었으며" 언니의 이미지와 "전혀 비슷하지 않아도 눈에 보이지 않는 연관성이 있는 듯" 느껴졌다고 했다. 하지만 Q선생의 외모에 어떤 특징이 있었는지에 대해서는 "보면 알 수 있다", "느낌만 있을 뿐 말로 표현할 수 없다", "어쨌든 좀 특이하다", "전통적 심미관으로는 평가할 수 없다"라는 식으로 얼버무렸다. 그런 표현에서 그녀가 얼마나 멍청하고 아둔한지, 자기 언니를 두둔할 줄만 알지 이성이라고는 전혀 없으며 냉철한 분석 따위는 할 줄 모른다는 게 드러난다. 하루하루 어영부영 살아가는 부류에 불과하니 그녀의 평가는 아무 가치가 없다.

여기서 독자들에게 한 가지를 알려주고 싶다. 나중에 이 동생, 혹은 자칭 동생이라는 여자가 착실한 남편을 버리고 다른 남자를 유혹했으며, 그 일을 "평화적으로 해결"한 뒤 지금도 전남편과 "서로 왕래"한다는 점이다. 이런 상황을 통해 우리는 X 같은 사람도 세상과 단절해 홀로 자유롭게 살아가는 신선이 아님을 불현듯 깨닫게 된다. 가만히 분석해보면 그녀는 악성 전염병(사람들이 걸리고도 전혀 모르는)일 뿐 아니라, 배후에서 사람을 조종할 수 있는 악마 같은 존재다. 그녀가 아니면 대체 누가 오향거리의 보잘것없는 무리를 혼란으로 몰아넣고 욕망에 휩싸이게 했겠는가? 그녀는 집에서 나가지 않고도 천군만마 같은 기세로 오향거리의 수많은 사람을 방어할 새도 없이 혼란에 빠지도록 만들었다. 그런 능력이 어디서 왔을까? 그녀와 아침저녁으로 함께한 사람들(남편과 동생, 아들, Q선생 등)은 왜 하나같이 그녀에게 동화되어 영문도 모른 채 기이한 일들을 당당하고 후회 없이 행했을까? 단순히 X여사의 특이한 능력 때문만이었을까? 이렇게 말하면 지나칠 정도로 신비해지는 게 아닐까? X여사는 어렸을 때 대체 어떤 교육을 받았기에 지금 같은 모습이 되었을까? 이 모든 것은 끝내 답을 찾을 수 없는 수수께끼다. 어쨌든 X여사는 우리 오향거리 사람들을 조종할 수 있어서, 그녀가 눈동자를 움직이면 사람들 얼굴에 종기가 났고, 한밤중에 혼자 중얼거리면 모두들 꿈속에서 귀기울였다. 필자가 통계를 내보니 그녀를 위해 어떤 상황에서라도 목숨을 내놓을 수 있는 사람이 최소 두 명은 있었다. 그들은 나중에 길가 작업장으로 옮겨가 고생스럽고 비참하게 살았다. 전부 X때문이다.

Q선생의 외모에 관심을 가진 네번째 사람은 의지가지없는 노파였다. 마른 대나무처럼 늙은 독거 노파는 머리카락이 다 빠진 작은 머리에 검은 털모자를 쓰고 온종일 쌀알을 쪼아먹는 닭처럼 고개를 끄덕거렸다. 노파가 Q선생의 외모에 관심을 가진 건 순전히 우연이었다. 어느 어두운 겨울날 저녁, 석탄 배달부가 수레에 석탄을 실어 왔는데 노파의 집이 가파른 경사에 있어서 올라갈 수 없었다. 노파가 다급하게 사방을 둘러보자 딱 한 사람이 도와줬고, 그가 바

로 Q선생이었다. 일이 끝난 뒤 노파는 Q선생의 가슴 앞 단추를 붙들고 똑바로 서서 그를 이리저리 살펴본 다음 큰 소리로 외쳤다. "얼굴이 엄청나게 크군. 천산만수千山萬水를 담을 수 있겠어!" 사실 노파는 순간적으로 감정이 격해져 그렇게 평가했다. 시간이 지나자 그녀는 그 일을 깨끗이 잊어버리고 Q라는 사람조차 기억하지 못했다. 사람들이 Q선생을 언급하면 그녀는 젊은 시절의 무슨 사촌오빠(정말 존재했는지 매우 의심스럽다)와 헷갈리다 못해 두 사람을 동일시했다. 입만 열면 사촌오빠의 "네모반듯한 얼굴"이 얼마나 기묘한지에 대해 끊임없이 중얼거리면서 고개를 끄덕거렸다. 그녀는 정말 너무 늙었고 걸핏하면 환각에 사로잡혔다. 나중에는 시도 때도 없이 환각에 빠져서, 띄엄띄엄 대화를 이어가다 눈을 굴리고 아무렇지 않게 침을 삼키곤 했다. 일단 침을 삼키기 시작하면 끝도 없이 꿀꺽꿀꺽 소리를 내 짜증을 자아냈다. 그래서 누군가 그 어두운 겨울날 저녁에 있었던 일도 노파의 환각이 아닌지 의문을 표했다. 늙고 눈이 침침하니 노파가 사람을 잘못 본 게 아니겠는가? 석탄 운반을 도와준 사람이 실은 노파의 조카인데(노파는 조카가 이십여 년간 자기 집 문턱을 넘은 적이 없다고 강조했다) 이십여 년간 원망을 품었기에 일부러 조카의 선행을 숨기고, 그 공로를 사람들이 입에 올리는 Q라는 사람에게 더한 거라면…… 이 또한 완벽히 가능하고 그럴싸한 상황이었다. 얼굴이 "천산만수를 담을 수 있겠"다는 과장에서도 허점이 드러났다. 그녀가 Q선생의 외모에서 받은 인상은 기껏해야 얼굴이 크다는 것뿐이다. 그런데 '천산만수'라는 엄청난 비유를 썼으니, 단순히 얼굴이 크다는 게 아니라 다른 의미를 드러내려던 게 아닐까.

그렇다면 우리는 노파가 가물가물한 정신 상태에서 젊은 시절로 되돌아갔고, 과거의 어떤 유령을 만났다고 착각해 그를 꽉 붙들었으며, 그 애틋한 공상에 죽어라 집착한다고도 볼 수 있지 않을까? 이건 '환각제'와 관련된 게 아닐까? 또다른 사람은 노파가 Q선생을 독점할 목적으로 미친 척하는 게 아니냐고 의심했다. Q선생은 본래 모두의 화젯거리이자 관심거리였는데 노파가 말도 안 되는 소리로 낚아채 자신의 옛 연인이라고 강짜를 부렸다. 누가 봐도 젊은 Q선생을 노파는 삼십 년 전의 유령으로 만들며 남의 의견을 모조리 무시했다. 이 세상이 그녀의 바람처럼 세도가의 천하가 되면 말이 되겠는가?

Q선생의 외모에 관심을 보인 다섯번째 사람은 남성, 바로 X의 남편이었다. 예로부터 제 눈에 안경이라고, 연인 눈에는 자기 연인이 제일 예뻐 보인다고 했다. 그런데 요즘은 뭐가 문제인지 뒤죽박죽 뒤섞여 연적까지도 예뻐 보이는 듯하다. X여사의 남편으로 말하자면, 흔치 않은 미남이었지만(과부와 과부의 친구 및 오향거리의 주민 모두 그렇게 생각했다) 애석하게도 정작 본인은 전혀 인식하지 못했다. 사람들이 호의로 말해줘도 잠깐 놀랐다 금세 잊어버렸다. 그는 자신의 외모에 완전히 무관심했고 남들의 평가에도 전혀 신경쓰지 않았다. 어떻게 보면 스스로에게 무척 '자신만만'했던 건지도 모르겠다. 그는 어린애처럼 천진난만한 한편 어떤 면에서는 고집불통이었다. 오쟁이를 져 오향거리에서 가장 주목받는 인물 중 하나로 떠오른 뒤에도 예전과 똑같이, 그러거나 말거나 아무 일도 없다는 듯 편안하게 지냈다. 과부를 주축으로 한 여성들은 그런 생활 태도를 깊이 연구한 끝에 그에게 "분명히 드러내기 어려

운" 매우 애매한 생리적 원인이 있다고 결론지었다. ('원인'을 이야기할 때 과부는 친구의 허리를 찌르면서 얼굴을 붉혔다.) 그는 Q선생의 외모에 대해 잘생겼다고만 말했다. 언젠가 무의식중에 그의 첫번째 친구(X여사의 나이를 조사한 사람)에게 자기 생각을 말한 적이 있는데, 그 생각이 친구의 아내를 통해 신속하게 퍼져나갔다. 덕분에 도저히 이해할 수 없던 오향거리 주민들은 단숨에 이해할 수 있었고, 모든 의혹도 연기처럼 사라졌다. 사람들은 과부의 탐구 정신에 크게 탄복한 뒤 더 나아가 그 남편의 심리를 '내시內侍 심리'라 이름 붙였다. 그러고는 단숨에 명칭을 생각해낸 것에 거의 쓰러질 정도로 즐거워했다.

모든 일이 암암리에 일어나 X여사의 남편은 아무것도 모른 채 평소처럼 문을 닫고 자신의 평범한 일상을 이어갔다. 그는 언제나처럼 X여사 이외의 여자들에게 기이할 정도로 냉정하고 오만한 태도를 취했다. 길을 갈 때도 고개를 쳐들고 가슴을 활짝 펴서 X여사를 제외한 세상 여자들은 자신의 안중에 없다는 뜻을 분명히 드러냈다. 그토록 극단적인 태도에 오향거리 여자들은 분을 삭일 수 없었다. 전부 미인은 아닐지라도 어쨌든 그중에는 매우 뛰어나고 독특하면서 다정다감한, 예를 들어 과부 같은 인물도 있었기 때문이다. 어느 측면에서 비교하든 말라깽이 X여사는 결코 과부의 상대가 되지 못했다. 과부는 이미 45세가 넘었지만 "어느 남자에게도 패한 적이 없고", "설령 이백 명의 남자가 동시에 와도" 자신은 "끄떡없다"라고 밝혔다. (그녀는 X의 동료 여사에게 귓속말로 이런 말들을 했다. 그런데 동료 여사는 온종일 전화통을 붙드는 수고로움을 감수하며 오향거리 주민 모두에게 이 소식을 전했다. 일부

노인을 포함한 청년과 중년 남성들에게 '재잘재잘' 떠들어대자 하나같이 눈을 가늘게 뜨며 시험해보고 싶어 안달했다.) 과부는 또 (이번에는 큰 목소리로) 그자의 오만은 위장일 뿐이며, 원래는 그다지 오만하지 않은데 자신의 욕망을 필사적으로 억누르느라 이상행동을 보이는 것이라고 했다. 풍만한 가슴을 내밀며 그 앞에 설 때마다 과부는 그가 "온몸을 벌벌 떠는 걸 분명히 봤다"라며 "미친듯이 움찔거렸다" 하고는 자신이 "눈짓만 했으면" 그의 방어선이 틀림없이 "와르르 무너졌을 것"이라고 했다. 하지만 모두가 알다시피 과부는 정직하고 솔직하며 남편과 사별한 뒤 내내 마음을 깨끗이 하고 욕심을 버리고자 노력했으니 그런 수작질에는 조금도 흥미가 없었다. 그래서 과부에 대한 그의 갈망은 희망 없는 공상에 불과했고 그녀는 "영원히 흔들리지 않을 터"였다.

Q선생 외모에 관한 견해 중에는 암시적인 의견도 많았는데 지면 관계상 일일이 언급하지는 않겠다. 이상 다섯 명이 말한 인상을 정리하면 우리는 모순되고 애매한 이미지를 얻을 수 있다. Q선생은 덩치가 크고 못생겼거나 잘생겼거나 혹은 아예 특징이 없다. 얼굴이 크고 네모나며 표정이 살짝 기괴하고 메기와 닮았다.

누구보다 가장 중요한 인물, 바로 X여사가 받은 인상에 대해서는 아직 언급하지 않았다. 정말로, X는 대체 Q를 어떤 식으로 봤을까? 우리가 어떻게 핵심 인물인 X여사를 잊겠는가? 그녀가 없었다면 이 이야기 자체가 없었을 텐데! X로 말하자면, 사실 Q에 대해 확고한 견해를 가지고 있었다. 바로 "그를 본 적이 없다"라는 것이다. 어떤 이는 X가 농담하나, 말장난하나 의심했지만 그렇지 않다. "그녀의 말은 진심(동료 여사의 말)이었다" X는 분명 눈으로 사람을 보지 않았다. (여기에는 Q와 크게 다른 점이 있다. Q는 눈으로 사람을 보고 싶어했으나 모종의 장애 때문에 똑똑히 볼 수 없었다. 예를 들어 X를 볼 때는 눈물샘 문제가 가장 큰 장애물이었다. 그래서 Q의 성격은 언제나 X처럼 명쾌하지 못했다. 늘 보이는 것과 보이지 않는 것 사이를 배회하며 이러지도 저러지도 못했다.) 그렇다면 X는 자기 남편인 그 미남자를 제대로 본 적이 없는 게 아니냐고 또다른 사람이 의문을 제기했다. 애당초 남편이 잘생긴 걸 몰랐기에 실수로 그를 버리고 '못생긴' Q에게 걸려든 것 아니냐고, 그건 X가 평생 한탄할 일이 아니냐고 했다. 꼭 그렇다고 볼 수는 없다. X의 성격이 젊었을 때부터 줄곧 그랬던 건 아니기 때문이다. 젊었을 때 그녀는 잘생긴 남편을 눈으로 본 뒤 온갖 방법을 동원해 그를 유혹하고 결국 부부가 되었다. X의 성격은 미신 활동(뒤에서 자세히 설명하겠다)을 시작한 이후 천천히 비틀리고 기이해졌다. 특히 고물상에서 거울 여러 개와 현미경을 사들인 뒤에는 아예 자신의 눈을 '은퇴'시키겠다고, 거울 속 물건을 제외하고는 아무것도 보지 않겠다고 선언했다. 물론 그런 설명을 믿지 않은 사람들도 있었다. X가 아예 Q를 보지 못해서 그의 생김새를 모른다고 가정하면, 그녀는 그 사람의 존재 자체를 알지 못할 수도 있는데 어떻게 관계를 논할 수 있느냐는 거였다. 여기서 짚고 넘어가야 할 사실이 있다. X가 Q의 외모를 몰랐던 게 아니라는 점이다. X는 눈으로 Q를 보지 않았을 뿐, 자신의 특이한 능력으로 그를 느꼈다. 심지어 눈으로 보는 것보다 만 배는 더 뚜렷했다(X 스스로 밝힘). 이런 일은 터무니없어 보이지만 나름의 근거를 찾아볼 수 있다. 동료 여사의 보고에 따르면, 어느 화창한 아침 그녀는 X가 평소처럼 길을 걸으면서 작은 거울을 들여다보는 걸 발견했다. 사람들이 가득한 거리에서 아무도 없는 양 안정적이면서 거리낌없이 걷고 있었다. 동료 여사는 느닷없는 습격을 감행하리라 마음먹고 냅다 달려가 X의 두 어깨를 붙든 뒤 그녀의 눈을 자세히 살펴봤다. 그 결과 그녀는 "아무 말도 할 수 없었다." X의 눈동자가 "빛을 잃은 아득한 상태로 시각을 완전히 상실"했기 때문이다. 동료 여사는 안타까움에 탄식했다. "그건 전부 우월감 때문이에요. 아무 가치도 없는 생각이 그녀를 망쳤다고요. 조금만 더 객관적이었으면 자기 주변에 본인보다 훨씬 뛰어난 여자, 능력을 뽐내거나 겨루려 하지 않는 여자가 있다는 걸 진작 발견했겠지요. 그랬으면 이 지경까지 가지는 않았을 텐데." (여기서 우리는 Q가 X의 눈동자에 관해 편지에 썼던 그 기괴한 묘사가 완전한 허구나 상상은 아니었음을 알 수 있다.)

좋다. X가 Q를 눈으로 본 게 아니라 '느꼈을' 뿐이라고 고집한 이상 우리도 그녀가 '느낀' Q에 대해 살펴보자. X의 여동생은 X가 수요일 사거리에서 만나려는 남자가 바로 Q이며, 그는 모직 코트를 입고(사실 Q에게는 모직 코트라는 게 없다) 목소리가 나직하며 (이건 기본적으로 사실이다) 눈동자가 최소 다섯 가지 색으로 변한다(이게 어떻게 가능하겠는가?)고 X에게 들은 말을 사람들에게 털어놓았다. X는 목소리가 우렁차고 눈동자 색깔이 하나뿐인 남자에게는 흥미가 없었다. 그러다 Q를 만났고 Q의 눈동자는 그녀가 그토록 '꿈꾸던' 색깔이었으며 목소리는 더더욱 말할 필요도 없었으니, Q와의 관계가 그녀의 '두번째 연애'가 되었다. X는 그런 말을 할 때 완전히 정신병자 같은 표정을 지으면서 가느다란 손가락으로 하얀 종이를 쉼없이 찢은 다음 허공으로 나비처럼 날렸다. 그녀가 그런 행동을 할 때마다 우리는 '환각제'의 영향이 아닐까 생각했다.

'환각제' 하면 우리는 X의 또다른 기괴한 취미도 떠올리게 된다. X를 자주 찾아가는 사람들은 누구나 X의 습관, 침실에 숨어 뭔가를 하면서 펄떡거리는 소리와 원인 모를 음탕한 소리를 내는 것에 대해 잘 알았다. 그럴 때 X는 문틈에 대고 "잠시만 기다려요"라고 손님에게 말했다. 기다림은 길 때도 있고 짧을 때도 있어서 어떤 때는 십 분, 어떤 때는 삼십 분이 되었다. 그녀가 비밀스러운 활동을 할 때는 어느 누구도, 남편이나 사랑하는 아들까지도 전부 그 안에 들어갈 수 없었다. 또 커튼으로 안쪽을 완벽히 차단했기 때문에 그녀가 무슨 짓을 하는지 누구도 알 수 없었다. 과부가 애쓰지 않았다면 오향거리 사람들은 지금까지도 그 일 때문에 골머리를 앓으며 불안해했을 것이다. 비 오는 어느 밤, 총애받는 과부는 자신이 직접 조사해 자료를 확보했다(어떻게 조사했는지는 비밀에 부쳤다). 창밖이 어두컴컴했고 과부는 빗소리를 들으면서 몇몇 주민에게 상황을 말했다. X가 방에 숨어서 하는 행동은 "극도로 무미건조"하며 자기는 "대체 무슨 재미가 있는지 도무지 이해할 수 없다"라고 했다. X가 하는 일이란 거울 앞에서 벌거벗고 어린애처럼 펄쩍펄쩍 뛰어다니는 것에 불과했다(그녀에게는 커다란 전신거울이 있었다. 역시 고물상에서 사 온 중고품이었지만 무척 선명하고 깨끗하게 비쳤다). 이어서 발을 찼다가 허리를 굽히고 자기 허리와 가슴, 엉덩이, 다리 등을 이리저리 꼼꼼하게 살펴보며 "교태"를 부렸다. "저속하기" 이를 데 없었다. 사실 X여사의 가슴은 전혀 풍만하다고 할 수 없고, 기껏해야 사춘기 소녀 수준밖에 되지 못했다.

성숙한 부인이라면 당연히 성숙미, 사람의 마음을 움직이는 기품이 있어야 남자를 유혹할 수 있을 것 아닌가. 그 유치한 가슴과 말벌 같은 허리로 무엇을 할 수 있겠는가? 설마 세상이 뒤집힌 건가? X여사가 그처럼 우쭐대며 자기 모습을 매일 한두 시간씩 관찰하는 건 어떤 존재하지 않는 환영이 그녀 눈에 보이기 때문이 아닐까? 그건 히스테리 환자에게 흔한 증상이라고 했다. 과부는 보고를 마친 뒤, 여기서 X의 내면세계가 얼마나 어두운지, 그녀가 얼마나 이기적이고 거만하며 교만한 성격인지 짐작할 수 있다고 주민들에게 말했다. X여사는 자기 몸을 그토록 중시해 매일 문을 닫고 반복적으로 관찰하면서 주변 사람들에게는 "눈으로 보지 않는다"라느니 눈을 "은퇴시켰다"라느니 떠들어댔다. 그녀가 주변 사람들을 "느끼지 못하는 이유"는 그녀 몸에 "철판이 깔렸기 때문"이었다. 과부의 보고를 들은 뒤 오향거리 주민들은 가슴을 짓누르고 있던 커다란 돌을 내려놓을 수 있었다.

그전까지 오향거리 사람들은 X가 하는 일에 대해 진심으로 증오와 두려움을 드러내며 별의별 추측을 다 했다. 가령 X가 공중변소에 설치할 폭약을 제조중이라느니, 본인에 대해 떠드는 사람들을 혼내주려 전갈을 키운다느니, 모종의 '무술'을 연마중이며 '무술'이 완성되면 마음먹기에 따라 사람을 죽일 수 있다고도 했다. 잘난 척하는 어떤 이는 자기가 한번 들여다본 적이 있는데 안에 아무도 없고 손발을 휘두르는 소리만 들렸다면서 X가 은신법을 연구하는 거라고 주장했다. 당연히 그의 견해는 과부에 의해 부정되었다. X여사의 내실 활동이 무엇인지 확실히 밝혀진 뒤, 유언비어를 일삼는 사람들은 이제 누군가 X여사네 벽에 구멍을 뚫고 밤낮으로 눈요기하려 덤비겠다고 생각했다. 그러는지 아닌지 두고 보자고도 했다. 그렇게 기다려서 무엇을 얻었을까? 아무것도 없었다. 누구도 구멍을 뚫지 않았을뿐더러 아예 그 일을 거론조차 하지 않았다. 얼마 지나지 않아 사람들은 그 일을 깨끗이 잊어버렸다. 엉큼한 사람들만 헛꿈을 꾼 셈이었다.

마지막으로 보충해야 할 점이 있다. 바로 Q 본인은 자신의 외모에 대해 어떻게 평가했을까 하는 것이다. 가장 믿을 만하고 중요한 자료인, 과부가 의무감에서 읽은 편지에서 이를 찾아볼 수 있다. 편지에 따르면 Q는 자기 외모에 대해 완전히 상반된 두 가지 견해를 갖고 있었다. X여사 남편의 의견처럼 스스로를 매우 잘생겼다고 생각했고, 다른 한편으로는 자포자기의 심정에서 행동이 굼뜨고 못생겼다고 생각했다. 이렇게 완전히 상반된 느낌은 교차적으로 찾아왔고, 때로는 한 시간 동안 몇 차례나 심한 기복을 보이기도 했다. 왜 그런 변화를 일으켰는지는 너무 복잡해 우리로서는 그 원인을 밝혀낼 수 없었다. 하지만 한 가지 분명한 점은 X여사가 그를 만나 그녀 눈동자의 주황빛을 발사해줄 때마다 그는 자신이 무척 멋지고 당당하며 미남에 가깝다고 생각했다는 사실이다. 그럴 때면 얼굴의 미세한 표정까지 깊은 의미가 있는 것처럼 매력적으로 변했다. Q는 X여사의 손거울로 자신의 모습을 봤고(X여사는 그 중요한 순간마다 잊지 않고 거울을 보여줬다) 이내 환하게 빛나는 자신의 얼굴을 사랑하게 되었다. 이후 여러 날 동안 자신의 외모를 감상하는 미칠 듯한 기쁨에 빠져, X여사처럼 문을 닫고 반복적으로 거울을 보면서 확인하고 또 확인했다. 그 비밀스러운 기쁨을 만끽하기 위해 그는 일부러 나가서 거울을 사다 벽에 걸었다.

그전까지는 집에 거울이 없었다. 그와 그의 아내 모두 보지 않았기 때문이다. 그들 부부는 자신들이 이미 늙었다고 생각했었고, 서울은 젊은이들이나 가지고 노는 것이라고 여겼었다.

2. X여사의 직업에 관해

X여사와 그 남편은 길 어귀에서 견과류 가게를 작은 규모로 운영하며 볶은 누에콩, 튀긴 누에콩, 오향 해바라기씨, 보통 해바라기씨, 튀긴 땅콩, 볶은 땅콩 등을 팔았다. 그들은 직원을 고용하지 않았다. 매일 X여사의 남편이 어딘가에서 누에콩과 땅콩과 해바라기씨 등을 사 오면 둘이서 직접 씻고 볶고 팔았다. 그들 부부가 항상 눈코 뜰 새 없이 바쁘게 움직여 길가에서는 사시사철 고소한 향이 풍겼다. 우리는 이미 앞에서 X여사네가 오향거리의 외지인이라고 언급했다. 그렇다면 그들은 오향거리에 오기 전에 무슨 일을 했을까? 이 문제에 대해 둘은 입을 꾹 다물며 대답을 피했고, 더이상 피할 수 없는 상황에서만 웃으면서 "폐품을 주워 살았어요"라고 답했다. 결국 호적 조사가 시작되었을 때에야 그들은 오향거리에 오기 전 직업을 적는 칸에 '기관 간부'라고 밝혔다. 오향거리 주민들은 깜짝 놀랐다. 그들이 오향거리에 오기 전, 내내 '국가의 사람'

이었다면 어떻게 견과류 장수로 몰락한 걸까? 견과류 장사는 국가
와 일말의 관계도 없는 일이 아닌가. 국가의 사람에서 누에콩 장수
라니, 천국에서 지옥으로 곤두박질친 거나 마찬가지였다. 무슨 사
고를 쳐서 쫓겨난 게 아니고서야 이렇게 추락할 리 있겠는가? 오향
거리 주민들은 그들이 틀림없이 일부러 숨기는 놀랄 만한 사정이
있으리라 넘겨짚었고, 그 때문에 밤낮없이 불안해하며 의문을 품
었다. 그들 둘은 왜 오향거리 주민들과 똑같이 지내며 자연스럽게
녹아들어 일원이 되지 못하는 걸까? 그러지 말라고 막는 사람도 없
는데! 왜 늘 그리 비밀스러운 행동으로 사람들의 경계와 의심을 사
는 걸까?

표면적으로는 무척 예의바르고 평범해 보였지만 그들의 침묵하
는 태도에서, 또 그 흐릿한 눈빛에서 오향거리 사람들은 뭔가 이상
한, 너무나도 이상한 낌새를 눈치챘다. 그렇게 직감적으로 그들이
이색분자임을 알아챈 사람들은 머릿속에서 아주 빠르게 그들을 오
향거리 일원 밖으로 밀어냈다. 반면 그들 둘은 편안하게 장사를 계
속했을 뿐 아니라, 그 장사가 얼마든지 자랑할 만한 고품격 생계
수단이라도 되는 듯 무척 의기양양했다. 심지어 그런 생각을 아들
인 샤오바오에게도 주입해, 누가 나중에 커서 뭘 하고 싶으냐고 물
을 때마다 아이는 주저 없이 "견과류 장수요"라고 답했다.

X여사에게는 남편과 마찬가지로 견과류 장수라는 공개된 직업
도 있었지만, 누구나 다 아는 비밀 직업이 또하나 있었다. 그녀는
그 직업에 '타인의 답답함 해소 혹은 장난질'이라는 복잡한 명칭
을 붙였다. 그게 무엇인지는 누구도 설명할 수 없었으며, 외부인은
조사해봐야 아무 소득도 얻을 수 없었다. 거기에 참여하는 사람들

에게 물어보면 어떨까. 한층 더 모호해졌다. "눈을 감으면 머릿속에 우주선과 지구가 부딪히는 장면이 떠오른다", "붉은 심장과 파란 심장을 하나씩 나뭇가지에 꿰어 허공에 걸어둔다", "옷장에 걸린 옷 열 벌 가운데 하나를 꺼내면 그 체온을 느낄 수 있다" 등 암호 같은 말로만 설명했기 때문이다.

X여사는 오향거리에 온 첫날부터 비밀스럽게 그 '답답함 해소' 활동을 시작했다. 그녀를 찾아간 사람은 대부분 젊은이였다. X여사는 그(그녀)들을 능수능란하게 상대할 뿐 돈을 받지는 않았다. (솔직히 X여사의 종잡을 수 없는 표정만 봐서는 방에 모인 사람들을 제대로 보기나 했는지 의심스럽다.) 언젠가 정부에서 그녀의 활동을 조사했는데, 증거 부족으로 벌금 100위안과 국가 관련 문서 학습 일주일이라는 관대한 처분으로 끝났다. 학습을 마친 뒤 X여사는 한층 더 거리낌이 없어져 아무래도 상관없다는 듯, 전혀 대수롭지 않다는 듯 타락해갔다. 대체 X여사는 무슨 활동을 했으며, 그 활동은 어떤 결과를 낳고 어떤 영향을 미쳤을까? 왜 오향거리의 젊은이들은 귀신에 쐰 듯 그녀의 작은 방으로 찾아갔을까? 대체 무엇이 그들을 유인했을까? 그런 일련의 의문들에 정부 조사팀은 말할 것도 없고 총애받는 과부까지 속수무책으로 아무 대답도 하지 못했다.

사실 과부는 밤중에 X여사의 내실로 여러 차례 틈입해, 존경스러운 탐구 정신으로 X여사 및 젊은 일당들과 여러 날을 함께 보냈다. 그녀는 모든 방법을 동원해 질문하고 주의를 기울였다. 심지어 차가운 청진기를 그들의 목덜미에서 등으로 집어넣어 시시콜콜한 것까지 자세히 들었지만 소득은 미미하기 그지없었다.

과부는 그들의 정신이 스스로 주체할 수 없는 상태임을 알아차렸다. 하나같이 벽에 얌전히 기대앉아 X여사의 탁자에서 작은 거울을 집어들고 뚫어져라 들여다보고 있었다. 저녁 내내 도자기 인형처럼 꼼짝하지 않는 모습이 지루하고 답답해 죽을 지경이었다. 방안에 서 있던 과부는 무형의 기가 자신한테 달려드는 걸 느꼈다. 거울에서 가지각색의 괴상한 불꽃이 허공으로 뿜어져나왔고 그 열기에 그녀의 등에서 식은땀이 솟았다. 그렇다고 나가기도 난감해 이를 악물고 가만히 서 있었다. 다시 똑바로 바라보니 불꽃 같은 건 없고 도자기 인형들도 여전히 꼼짝 않고 벽에 기대앉아 있었다. X여사는 그러거나 말거나 현미경으로 유리판 위의 물건을 관찰하고 있었다. 잔뜩 긴장한 표정으로 온 정신을 집중하다 마침내 "끝났다"라고 하자 젊은이들의 얼굴에서 붉은빛이 번쩍였다. (눈 밝은 사람이라면 X여사의 "끝났다"라는 말이 혼잣말임을 알아챌 수 있었을 것이다.) 젊은이들은 한껏 들떠서 집으로 돌아가는 길에 서로 쫓고 쫓기며 투덕거리고 나무에 올라갔다가 풀쩍 뛰어내리기도 했다. 또 큰 소리로 X여사를 "나쁜 년"이라고 욕하고 "밥 먹고 할일이 없나, 사람을 가지고 놀다니", "우리 신경을 가지고 실험했어", "스스로 대단한 천재인 줄 아는데 사실 개똥만 못해", "이렇게 웃기는 짓거리가 뭐가 대단하지?", "정부에서 이런 활동을 제한해야 하는 거 아니야?" 하고 떠들었다. 그들한테 정보를 얻기란 확실히 어려울 듯했다. 작은 방에서 무슨 일을 겪었는지, 그게 어떤 의미가 있는지 그들은 아예 알지 못했고 관심도 없었다. X여사의 집에 찾아간 이유는 그들의 몸이 어떤 신비한 부름에 응했기 때문일지 모른다. 그 부름은 별이 빛나는 밤마다 나타났다. 그럴 때 젊은이들은 그 소리를 자세히 분석하지 않을뿐더러, 끊어졌다 이 어지기를 반복하는 그 불안한 소리를 금세 잊어버렸을지 모른다. 그러고 나서 벌이 붕붕거리는 듯한 기이한 소리가 X여사가 설치해 놓은 불길한 거울들에서 강렬하게 흘러나오면 각각의 거울은 경이 롭게도, 뭐라 명명할 수 없는 뭔가를 무감각한 고막으로 집어넣기 때문에 그들은 자기도 모르게 입을 벌리며 한껏 흥분했던 게 아닐 까. 어쩌면 그들은 X여사를 자신들의 일원으로 착각해 그녀와 손 을 맞잡고 나아가려 꾸역꾸역 X여사의 집으로 찾아갔을지도 모른 다. 하지만 그 방에서 X여사의 무덤덤한 표정과 오만한 행동을 보 자 자기도 모르게 분통을 터뜨리고 애초 찾아갔던 이유를 깡그리 잊어버렸을 것이다.

과부는 극도로 실망했지만 불의에 굴복하지 않는 한결같은 태도 로 끝까지 파고들기로 마음먹었다. 그녀는 한 명씩 멱살을 틀어쥐 고 가슴속 진실을 털어놓도록 거세게 흔들었다. 젊은이들은 하나 같이 눈빛이 흐릿하고 요점도 명확하게 짚어내지 못했다. "내 몸 전체가 낯설게 느껴지고 말할 수 없을 만큼 짜릿했어요", "폐와 심 장에서 자신감이 솟는 듯했지요", "머리 위에서 별빛이 비치고 발 밑에서 바람이 일었어요", "비밀스럽게 복수하는 듯하면서도 그걸 부추기는 사람이 원망스러웠어요" 하는 식으로 기이한 말을 해 아 무 말도 하지 않은 것과 다를 바 없었다. 그렇다면 과부는 아무 소 득도 얻지 못했을까? 사건의 본질에 다가갈 방법을 더이상 떠올 릴 수 없었을까? 그건 포기를 모르는 과부의 성격과 어울리지 않 았다. 우리의 과부는 결코 난관 앞에서 물러나는 사람이 아니었다. 며칠을 고민하고 방황하던 중 그녀의 가슴속에 한줄기 빛이 비쳤다. 그녀는 또다른 돌파구를 찾기로 마음먹었다. 그리고 오랫동안 쫓아다닌 끝에 어느 좁은 골목길 구석에서 X여사의 남편, 그 건장한 남자, 아직 피어나지 못한 동정의 미남을 붙잡았다. 과부는 풍만한 가슴을 그의 팔에 끊임없이 문지르며 얼굴까지 바싹 붙이고 유혹해 X여사의 남편을 의아하게 만들었다. 다음은 둘의 대화 내용이다.

과부: 여자 몸에서 가장 끌리는 부위가 어디예요? (자기 가슴으로 계속 암시를 주며 두 뺨을 붉혔다.)

X여사의 남편: 아, 왜 길을 막죠?

과부: 그러니까 내 말은, 남자들 눈이 제일 먼저 향하는 여자의 신체 부위가 어디냐고요? 어디가 남자 몸을 뜨겁게 달구고 자제력을 잃게 만들죠? 내 질문에 답하지 않으면 안 놓아줄 거예요.

X여사의 남편: (난처한 표정으로) 그게, 아주 복잡해요. 이쪽으로 나는 한참 떨어지고요. 여자의 성적 매력을 남자가 판단한다면, 남자마다 다른 기준을 가지고 있으니…… 제일 끌리는 부위요? 이봐요, 왜 치근덕거리죠? 나를 바보로 압니까?

과부: (절망적으로) 통일된 기준이 없다고요? 세상에 이런 법이 어디 있어요? 마귀가 세상 남자를 통치하려고 하면요? 사는 게 무슨 의미람! 당신들처럼 멍청한 인간들은 정말 불쌍하다니까!

X여사의 남편: 당신, 아주 거만하고 무지막지한 사람이군요. 공연한 짓 마요.

과부: 흥! 당신이 뭘 알아? 젖도 못 뗀 어린애 주제에. 당신이 쾌락에 넋을 잃어본 적 있어? 성숙한 여자의 매력을 알기나 해? 시도

조차 못할걸. 틀림없이 무슨 병에 걸린 거야! 당신 마누라의 '답답함 해소'는 당신 병과 관련 있지? 이 질문에는 반드시 대답해야 해. 내가 당신한테 흥미를 느끼리라 착각하지 마. 내 평생 제일 끔찍하게 여기는 게 당신처럼 젖비린내나고, 남자 같지도 여자 같지도 않은 사람이니까. 대체 이런 사람이 어떻게 남의 욕망을 자극하는지 상상이 안 돼. 나는 줄곧 당신이 우스웠다고. 미안하지만, 내가 방금 뭘 물었지? 맞다. 당신 마누라는 대체 밤마다 뭘 하는 거야?

X여사의 남편: 우리 일에 상관하지 마요. 정말 정신 나간 사람이군. (그는 과부의 커다란 가슴 사이에서 팔을 빼내 털고는 자리를 떴다.)

과부: (꿈에서 깬 것처럼) 아!

우리의 과부는 이처럼 이유 없이 모욕받는 지경까지 이르고 말았다. 그렇다면 다 포기하고 X여사 일가에게서 멀리 떨어져야 했을까? 그런데 설마하니 과부가 자신 한 사람의 편견만 대변했을까? 사실 이 타격에 그녀의 믿음은 한층 더 굳건해졌을 뿐이다. 그녀는 더욱 집요하게 파고들어 얼마 지나지 않아 상황을 뒤집었다. 다만 이번에는 평소와 달리 조사 결과를 밝히지 않았다. 단 한 글자도 말하지 않았다. 과부는 스스로 파악한 속사정을 가슴에만, 오색찬란하고 다채로운 자신의 내면세계에만 담아뒀다. 그러다 누군가 끝내 참지 못하고 속사정을 묻자 과부는 얇고 주름진 눈꺼풀을 가늘게 뜨면서 매우 의미심장한, 웃는 듯 마는 듯한 표정으로 뒷짐을 진 채 그 사람 주변을 몇 바퀴 돌고 나서 느닷없이 그 사람 엉덩이를 한 대 치고 하하 큰 소리로 웃었다. 그녀는 질문한 사람이 파랗게 질리고 눈도 제대로 뜨기 힘들어할 때까지 웃다 천천히 다가가 귓가에 대고 물었다. "발육부전인 아가씨와 팔팔한 아줌마 중에 누가 더 좋지?" 그러면서 추파를 던지고 정신을 차리지 못할 정도로 여기저기 꼬집으며 그 사람을 자극했다. 하지만 마지막에는 정색하며 "나를 뭐로 보는 거야? 꺼져!" 하고 크게 소리쳤다.

그 일이 벌어졌을 때 길 가던 사람들은 X여사네 새하얀 담장에서 기이한 그림을 발견했다. 목탄으로 그린 남성 성기였다. 어린애가 그린 듯 유치한 그림 아래에는 누군가의 두번째 직업을 의미하는 듯한 첨언까지 있었다. 그 일에 대해 X여사는 화를 내기는커녕 오히려 보물을 얻은 듯 며칠 동안이나 흥분을 가라앉히지 못하고 혼자 중얼거렸다. 드디어 어둠 속에서 지기를 만난 걸까? 나와 통하는 그 사람은 지금 어디 숨어 있을까? 왜 그(그녀)는 이런 기이한 방식으로 내게 연락하는 걸까? X여사는 생각하고 또 생각하다 결국 무리수가 되더라도 일단 나서기로 마음먹었다. 그녀는 대문 앞에 기다란 탁자를 놓고 제비처럼 날렵하게 올라가 허공에 대고 연설을 시작했다. 오향거리 사람들이 벌떼처럼 몰려가 그 요지경을 구경했다. 그녀의 연설은 전부 성性과 관련된 문제로, '성교' 등 민망한 어휘가 종종 등장했다. X여사는 연설 도중 감동한 듯 코를 훌쩍이기도 하고 몇몇 중요한 대목에서는 목소리가 떨리기도 했다. 그녀는 친구가 곧 도착할 것이며, 밤낮없이 그 친구를 그리워한다고 말했다. 또 자기가 하는 일이 정말 최고이자 대단히 고상한 일이라며 언젠가는 진상이 모두 밝혀질 거라고 했다. 이 좋은 일을 이루기 위해 현미경 앞에서 아주 긴 시간을 보낼 거라고도 했다. "이 일은 엄청난 힘을 가지고 있습니다!"

"그녀의 말에 우리는 심장이 근질근질해졌어요. 제가 보기에 그녀는 참으로 대단한 심리학자예요." 석탄공장 젊은이가 진지하게 말하며 감탄을 연발했다.

"저런 여자는 진짜 재미있어." 약방 점쟁이 할아범이 취한 듯 눈을 가늘게 뜨고 말했다. "내가 80세가 넘었는데 예전에 여자를 꽤 많이 만났거든. 요즘 꼴같잖은 젊은이들은 우리 나이든 세대를 우습게 생각하며 폐물이라고까지 부르지. 그런데 실제로 붙으면 우리를 이기지 못할 수도 있어. 언젠가 내가 증명해 보이겠어. 성 기능은 절대 세월의 영향을 받지 않는다는 걸. 영향을 받지 않을뿐더러 나이가 들수록 더 강해져. 끊임없이 강해진다고. 나는 쉬지 않고 할 수 있어도 개들은 못해. 이런 개새끼들!" 그는 앙상한 주먹을 들고 석탄공장 젊은이 등에게 과시하듯 말했다. "내가 저들보다 훨씬 세! 못 믿겠으면 해보자고! X여사의 연설을 들으니 회춘하는 것 같네. 하지만 이런 일을 입 밖으로 내다니 X여사한테도 확실히 문제가 있어. 여자가 욕정을 품는 거야 얼마든지 가능하지만, 사방에 떠들어대는 건 너무 심하잖아? 우리가 전부 미쳤나?"

"그녀는 내게 말한 거예요." X여사의 소꿉친구 청년이 말했다. "너무 오랫동안 억눌렀거든요. 정말 안됐어요. 이제 저 여인은 완전히 끝장났어요. 저 얼토당토않은 소리를 장소도 가리지 않고 늘어놓다니. 이번 일로 그녀의 이미지가 완전히 망가졌어요. 이렇게 대대적으로 떠들어대다니, 대체 무슨 생각일까요? 어째선지 거기 서 있는 그녀를 보니 가슴속에 원망만 차오르고 예전의 사랑했던 감정이 순식간에 흔적도 없이 사라지더군요. 모든 것이 내게서 시작되었지만 맹세코 오늘 이후로는 나도 그녀를 적대시할 겁니다.

자존심이 너무 상했거든요. 어떻게 여자가 사람들 앞에서 공개적으로 자신의 사생활을 마음껏 떠들 수 있죠? 자제하기 힘들 만큼 욕망이 끓어올라도 조용히 처리해야 옳지요. 그런데 저 여자는 완전히 거꾸로잖아요. 평소에는 그렇게 반듯한 척하면서 고백을 받으면 엄숙하고 단호하게 거절해놓고, 전혀 생각지도 못한 곳에서 이 따위 짓을 하다니요! 정말 참을 수 없네요!"

청중이 점점 많아지자 X여사의 남편은 상황이 잘못되었음을 알고 다급하게 사람들 틈새를 비집고 들어갔다. 어떻게든 빨리 X여사에게 다가가야겠다는 생각으로 땀을 줄줄 흘리며 파고들었다. 마침내 X여사의 등뒤까지 다가간 그는 경고의 의미로 그녀의 옷자락을 잡아당겼다. 그러자 그가 X여사를 독점하려 한다고 생각한 주변 남자들이 큰 소리로 화를 내며 발을 걸어 넘어뜨렸다.

X여사는 잔뜩 흥분한 상태로 한껏 공상의 나래를 펼치고 있었기에 곁에서 일어나는 일에 신경쓸 겨를이 없었다. 그녀는 누군가 자신을 잡아당기는 줄 전혀 몰랐을 뿐 아니라 아래 청중이 누군지도 몰랐다. 심지어 누가 자기 연설을 듣고 있는 줄도 몰랐다. 그녀는 자신이 상상한 머릿속의 사람들에게 이야기하는 중이었다. 그녀의 눈에서 흔들리는 빛이 발사되자 주변 사람들 얼굴이 전부 기이한 형태로 바뀌었지만, X여사 본인은 자신의 번쩍이는 눈으로 아무것도 볼 수 없었다. 슬픈 일이 아닐 수 없었다. 우리에게 선택하라면 기이한 빛을 뿜는 눈이 아니라 평범한 눈을 원할 터였다. 물론 X여사 본인은 결코 슬퍼하지 않았다. 그녀는 이미 보이지 않는 생활에 익숙해졌으며 그것이 자신에게 더할 나위 없이 적합하다고 말했다. 지금 얼마나 "자유로운지" 모른다며 "물 만난 물고기 같다"

라고 허세까지 부렸다. 그녀는 계속 말을 이어가며 감상에 젖어 재미있는 이야기를 늘어놓는 한편, 수시로 멈추고 "나 자신의 연설에 감동해 죽을 것 같다"라고 했다. 어떻게 이처럼 기이한 생각을 할 수 있단 말인가. 세상에 어느 누가 그런 식으로 '감동'하겠는가? 더구나 '감동해 죽을 것 같다'니!

X여사가 상황을 전혀 파악하지 못한 상태에서 사람들이 꿈틀거리며 모종의 분위기가 무르익기 시작했다. 위험한 징조를 포착한 X여사의 남편은 목숨을 걸고라도 아내를 보호하리라 마음먹었다. 아내를 막으려는 시도는 더이상 하지 않았다. 아내의 성격을 잘 알았던 것이다. 막으려고 해봐야 아무 소용이 없음을 알았기에 긴장을 풀지 않고 그녀를 주시하며 기다렸다.

군중의 심리란 만화경 속 오색 유리처럼 미묘하기 그지없는 것이다. 처음 청중은 반시간 정도 구름 속을 떠다니는 듯 몽롱한 상태로 그녀가 떠들어대는 걸 가만히 들으며 숨은 의미를 찾으려 애썼다. 앞쪽 남자들은 잇달아 팔을 내밀며 젊은 여자의 얼굴과 허벅지를 꼬집어보고 싶어 안달했고, 뒤쪽 남자들은 격분해 앞의 무뢰배를 넘어뜨리고 싶어했다. 그런데 갑자기 뒤쪽 어딘가에서(과부네 창문이라고 말한 사람이 있다) 참외껍질이 날아오더니 공교롭게도 X여사의 왼쪽 뺨에 붙었다. 그리고 나자 이번에는 돌과 기왓조각이 폭우처럼 그녀에게 날아들었다. X여사의 남편은 필사적으로 그녀를 보호했다. 비틀비틀 자신들의 작은 집으로 물러난 둘은 숨소리도 제대로 내지 못했다. 하지만 끝내 창문에 커다란 구멍이 뚫리면서 X여사는 종아리에 심한 상처를 입고 "보름이나 가게에 나갈 수 없는 지경"이 되었다. X여사는 실패한 듯했다. 그녀는 맹인인 척 최대한 다른 사람을 보지 않았지만, 그녀의 일거수일투족은 남들의 시선에서 조금도 벗어날 수 없었다. 그 일로 X여사는 대중의 폭력성과 변덕을 뼈저리게 인식했으며 이후 한층 더 퇴폐적이고 의기소침해졌다. 그사이 X여사의 남편은 온종일 한숨을 내쉴 만큼 안타까워했고, '상처를 치료할 약초'를 구하러 도시 곳곳을 미친듯이 뛰어다녔다.

보름 뒤, X여사의 다리는 거의 나았지만 마음의 상처는 전혀 아물지 않았다. 먹고살기 위해 하는 수 없이 가게에 나가 일할 때를 빼면 X여사는 내내 깊은 잠에 빠져 있었다. 그렇게 자고 일어나서는 종종 주변 사람(남편과 아들)을 알아보지 못해 "그 사람들"이라고 부르기도 했다. '답답함 해소' 모임도 자연스럽게 취소되었다. 매일 잠만 자고 거의 먹지 않다보니 그녀는 소리 없이 유영하는 투명한 유령처럼 변해갔다. 저녁마다 등불을 켤 때쯤 오향거리 사람들은 미남자가 한 손으로 아들 샤오바오의 손을 잡고 다른 손으로는 창백하고 투명한 그림자를 부축해 새까만 강을 따라 천천히 걸어가는 모습을 봤다. 그들은 몇 걸음 걷다 멈춰서 강물소리에 가만히 귀기울였다. 아들은 끊임없이 펄쩍거리며 돌을 주워 신나게 강으로 내던졌다. 사람들이 한데 모여 떠들었다. "봐, 투명 인간이야!" "환심을 사려고 그렇게 나서더니 저런 꼴이 됐네." "이제 끝났군."

지나치게 낙관적이던 사람들의 예측은 얼마 가지 못하고 깨졌다. 어느 날 미남자의 두번째 친구(자칭 X여사의 소꿉친구)는 미남자가 커다란 종이상자를 안은 채 의기양양하고 기세등등하게 걸어가는 모습을 봤다. 호기심이 일어 쫓아간 그는 주인이 반대하든 말든 뻔뻔스럽게 종이상자를 열어봤다. 안에는 현미경이 들어 있었다. 새 현미경을 사 들고 온 그날 밤, X여사의 내실이 명절 때처럼 환하게 밝아졌다. X여사의 친구는 과부의 부추김에 내실로 찾아갔다 X여사가 "크고 작은 거울을 모두 깨끗하게 닦아 눈에 잘 띄는 곳에 배치해놓은 것"을 발견했다. 그녀의 얼굴에서 "주황색" 빛이 번쩍이고 머리카락이 "칠흑처럼 까매지자" 미남자는 한층 "기쁨에 들떴지만" X여사가 어느 순간에 다시 인간의 형태를 잃고 종잡을 수 없는 뭔가로 변할까봐 걱정이라는 듯 "일 분마다 안절부절못하며 벌떡 일어나 그녀의 어깨를 감싸고" 마치 "주체할 수 없게 행복하다는 듯" 딱 붙어 있는 모습이 "역겨울 정도였다"라고 했다. 마법의 거울이 또다시 신호를 보내자 젊은이들은 어둠 속에서 엎치락뒤치락 답답해하기 시작했다. 몇 명은 무슨 이유에선지 옷을 홀딱 벗고 길에 서 있다 경찰한테 5위안의 벌금을 내기도 했다. 다음날 저녁 그들은 또 줄줄이 X여사의 작은 집으로 찾아가 멍하니 두 시간을 앉아 있었다. 마지막에는 예전과 마찬가지로 X여사에 대해 "무료하다", "허접하다" 등 가차없는 욕을 퍼부었다. 그중 한 사람은 다음에 반드시 그녀의 신발을 훔치겠다고 맹세까지 했다. (하지만 다음번에도 문을 들어서기만 하면 곧장 자기도 모르게 압도되어 도자기 인형처럼 변했고, 문을 나선 뒤 다음번에는 꼭 훔치겠다고 또 맹세했다.)

  X여사의 야간 직업이 무엇인지 그 내막을 아는 사람은 그녀의 남편 한 사람뿐일 것이다. 그는 첫번째 친구의 추궁에 사정을 조금 털어놓은 적이 있다. 그의 태도로 보면 X여사는 확실히 자신의 행위 일체를 설명해줬던 것 같지만, 미남자는 본연의 미숙함 때문에

아내의 작업을 한결같이 아동적 사고방식으로 이해하고 상상하며 따스함과 환상의 어휘로 부풀렸다. X여사의 저녁 활동에 관해 물었을 때 그는 "별자리를 관찰해"라고 답한 다음 얼굴을 붉히면서 덧붙였다. "상상해봐. 크고 작은 모든 거울이 '휘익' 창문을 빠져나가 우주로 날아갔다 '휘익' 돌아오는 거야. 끝내주게 고상하지 않아? 모든 정력을 거기에 쏟으니 현미경이 그녀의 목숨줄이지."

그의 독특한 사고방식으로는 누구나 작은 취미에 집착하는 게 자연스러웠다. 예를 들어 그는 사방치기를 무척 좋아해서 한번 흥이 올랐다 하면 밤낮을 가리지 않고 뛸 수 있었다. 그에게는 아내의 취미도 마찬가지였으니 이상하게 생각할 이유가 조금도 없었다. 친구는 참을성 있게 그 말도 안 되는 소리를 들으며 '이 자식도 미쳤군' 하고 생각했다. 이런 이유로 X여사와 가까운 사람들 역시 정신이 좀 이상한 게 아닐까 추측하게 되었다. 심지어 그들의 아이인 샤오바오도 '거울 집착증' 기미를 보이며 거울 속 자기 모습을 뚫어져라 바라보곤 했다. 친구는 여러 차례 그들 부자를 X여사의 극단적인 경향에서 빼내 정상적인 길로 인도하려 했지만 아무 효과도 거두지 못했다. X여사의 남편은 마지막으로 "내 아내는 지극히 평범한 사람이야"라고 마무리지었다. 친구는 고개를 절레절레 흔들며, 이 사람은 완전히 미숙한 감정에 빠져버려 자기로서는 도와줄 수 없으니 그저 내버려둔 채 상황이 바뀌기를 기다릴 수밖에 없겠다고 생각했다. X여사는 실제로 천문 관측을 하고 있었을까? 모든 게 이처럼 단순했을까? 미남자의 이해력에는 정말 문제가 있었다. 실제로 그의 두 눈은 거짓에 가려져 옳고 그름을 결코 분별할 수 없었다. 생각해보라, 그처럼 요염하고 매력적인 과부의 몸을 거들떠보지 않아 좋은 기회를 놓치고도 아무 느낌이 없는 사람이었다. 그런 폐물 같은 인간이 마법 거울의 용도를 알아차릴 수 있겠는가? 거울 속 물건을 한눈에 파악할 수 있겠는가? 확실히 그의 해명은 얼렁뚱땅 고비를 넘기려는 시도에 불과했다. 그는 자신의 우스운 처지를 숨기기 위해 어떻게든 대장부처럼 보이려 애썼고, 스스로도 그렇게 믿게 되어 의기양양하게 현실을 무시했다.

외부자라 골머리만 앓던 우리는 결국 상황을 아는 내부자에게 도움을 청하기로 했다. 또다른 내부자란 자칭 28, 9세라는 X여사의 여동생이었다. 그녀는 누가 X여사의 야간 직업에 관해 묻기만 하면 이유 없이 감상에 젖어 눈물 콧물을 쏟으며 눈이 작고 또 작아지도록 울었다. 그녀의 두서없는 진술을 들어보자. "우리 언니도 예전에는 가냘픈 소녀였어요. 대단히 아름다웠지요. 그런데 언니가 갑자기 엄마의 안경을 산골짜기로 던져버렸어요. 나중에 우리는 열심히 뛰어갔거든요. 그런데 언니가 공중으로 날아오르더니 작은 두 발로 우리 머리통을 '통통통' 밟고 갔어요. 아빠와 엄마는 언니의 눈에 카바이드등 두 개가 있다고 비밀스럽게 속삭이곤 했어요. 가끔은 언니의 그 가느다란 손가락이 느닷없이 독수리 발톱으로 변했어요. 굉장히 날카롭고 무시무시했지요. 엄마는 늘 언니를 붙잡아 손톱을 깎아줬어요. 피가 날 때까지 깎았어요." 그러고서 그녀는 말했다. 언니는 자신이 처음으로 본 하늘을 나는 사람이라고, 바로 그런 능력이 있으니 언니가 하는 모든 행위는 절대적으로 옳으며 비판의 여지가 없다고 말이다. X여사는 며칠씩 굶어 몸이 깃털처럼 가벼워지면 창문으로 날아갔다. 아주 높이 날아올랐기에 동생은 이리저리 날아다니는 언니의 쓸쓸한 그림자만 보다 참지 못하고 눈물을 터뜨렸다. 이 여동생은 매번 말을 하면 할수록 현실에서 벗어났고, 현실에서 벗어날수록 흥이 났으며, 흥이 날수록 머릿속이 온통 미신과 개인 숭배로 가득해졌다. 자기 생각이나 관념은 뒤엉키거나 혹은 한데 섞여 뼈대라고는 조금도 찾아볼 수 없었다. (여기서 우리는 몇 년 뒤 그녀가 이혼했다는 사실을 또다시 떠올리게 된다. 이렇게 보면 확실히 유행만 좇는 졸렬한 모방자에 불과하다.)

X여사 동생의 말은 문제의 본질과 거리가 멀었지만 그래도 X여사의 어린 시절에 대한 자료를 조금 제공해줬다. 이런 자료는 우리가 이후 X여사의 성격과 특성을 분석하는 데 도움이 되었다. 이를 기반으로 보면 X여사는 어려서부터 마음속에 원한이 차곡차곡 쌓였던 것 같다. 물론 부모의 소홀함과 무관하지 않지만(일부 어리석은 부모들은 종종 낭만적인 시선으로 자녀를 바라보며 무책임하고 방관적인 태도를 취한다. 모두 선량한 아버지, 어머니이지만 자녀의 손톱 같은 작은 일에만 신경쓸 뿐이다) 주된 책임은 그녀 자신에게 있었다. 그런 독소는 시간이 흐르면서 온몸의 모세혈관으로 침투해 그녀를 몰인정하고 적의에 가득한 괴물로 만들었다. X여사는 진흙 구덩이로 미끄러져 들어가 구제할 수 없는 지경에 이르고 말았다. 문제는 그녀가 스스로를 자랑스러워했을 뿐 아니라 자신과 가까운 사람들까지 유혹하고 부추겨 어떻게든 진흙 구덩이로 끌어들인 뒤 기뻐했다는 사실이다. 더군다나 유혹하고 부추기는 방법도 독특해서 중독자들은 그녀 덕분에 새로운 삶을 얻은 듯 감격했다. 여기서 한 가지 묻고 싶다. 어릴 때부터 모살 성향을 지닌(아이에게 어머니의 안경을 산골짜기로 내던지는 행위는 모살이나

마찬가지이다) 사람이 나중에 자라면 얼마나 파괴적인 성격이 될까? 그런 파괴성이 객관적 환경에 억압받으면(X여사는 불행히도 자신의 초인적인 정욕을 마음껏 발휘할 수 없었다) 어떤 기이한 변형이 일어날까?

여러 정황을 분석할수록 우리는 X여사의 암담한 미래를 더욱 비관적이고 절망적으로 바라보게 되었다. 솔직히 말해 오래전 비 오는 밤에 그녀의 어머니는 자연법칙에 어긋나는 이 고깃덩어리를 낳아서는 안 됐다. 이렇게 세상의 질서와 안녕을 어지럽히면 안 됐다. X여사의 부모는 이미 무덤 속 유골함에 조용히 잠들어 있지만, 여기까지 말하고 나니 역시 그들에게 욕을 하지 않을 수 없다. 그들이 무책임하게 X여사를 낳지 않았다면, 또 낭만적 태도로 자녀의 모살 심리를 부추기지 않았다면 그녀가 어떻게 이런 사건들을 저질렀겠는가? (여기서 한마디 끼어들자면, 필자의 서술 태도는 이야기의 시작 부분에서 오향거리 사람들이 X여사에 대해 드러낸 기본적인 태도와 같다. 이 태도는 뒤에서 드러나듯 고정불변의 것은 아니다.) 오향거리 사람들의 경계심에는 나름의 이유가 있었다. 그들은 모두 눈 밝고 이성적이며 무슨 일에든 잘 대처하는 사람들이다. 일이 벌어지기 전에 직감적으로 자신들에 대한 위험을 감지하고 즉시 대비하거나 제지할 수 있다. 그래서 우리도 지나치게 그들을 걱정할 필요가 없다. 외부 위협에 대응할 자체적인 방법이 그들에게 있다는 뜻이다. 당장은 조사에 전혀 진전이 없어도 때가 되면 그들의 오래되고 완벽한 방어 조치가 분명 위력을 발휘할 것이므로 우리는 아무 걱정 없이 사건이 벌어지기만 조용히 기다리면 된다.

여동생은 자기 언니의 활동을 설명할 때마다 매번 죽을 듯, 더는 실고 싶지 않은 듯 가슴 아파했다. 헌번은 말을 끝낸 뒤 필사적으로 달라붙어 칼로 "심장을 파내 검사해"보라고 요구하는 바람에 상대가 식은땀을 줄줄 흘리기도 했다. 이런 여자는 원래 판 흐리기를 좋아하며 훗날 본인이 저지를 추악한 일을 위해 미리 이론적 근거를 만들어놓으려 한다. 이처럼 막돼먹은 인간이라 우리도 훗날 그녀가 저지른 일에 별로 놀라지 않았다. 그녀는 무슨 일이든 저지를 수 있고, 그뒤에는 미친 척, 멍청한 척하며 남들의 값싼 동정심을 갈취하곤 했다. 듣자 하니 언니의 추악한 행위가 폭로되었을 때 그녀는 날 듯이 언니 집으로 달려갔다. 그러고는 비통함과 상심에 잠긴 어린애 같은 형부를 위로하는 한편 그 집에서 제일 큰 거울을 슬그머니 훔쳤다. 그녀는 거울을 자기 집에 들여놓고 길 맞은편 흙담에 햇빛을 반사시켰다가 날카로운 비명을 질렀다. 시커먼 뜨내기 한 명이 벽 앞을 지나가다 벽에 생긴 반사광을 알아차리고 곧장 걸음을 멈췄기 때문이다. 그 사람은 쪼그려앉아 내내 벽을 떠나지 않았다. 밤에는 폐지와 목재를 주워다 불을 피운 뒤 벽에 기대 정신없이 잠을 잤다. 뜨내기는 그렇게 돌담 아래서 사흘 밤낮을 머물렀다. 우리의 여동생은 옷가지를 챙겨 그 시커먼 사내와 '사통해' 엉덩이를 썰룩거리며 달아났다! 이렇게 기이한 일이 어디 있단 말인가? 이토록 어이없는 행동에 대체 무슨 의미가 있겠는가? 얼마 지나지 않아 그 뜨내기가 무식하게도 "시커먼 손으로 따귀를 날려 그녀의 두 귀가 먹었다"라는 소식이 들려왔다. '시커먼 손으로 따귀를 날려'라는 표현에 오향거리 사람들은 자신이 분풀이를 한 기분이 들었다. 그런 여자는 따귀를 맞아도 싸며 많이 맞을수록 좋았다. 우리 성정과 어울리지 않아 직접 할 수 없었던 거친 행동을 다른 누군가 대신해주니 속이 후련했다. 그녀가 오향거리에 올 때마다 모두들 이번에도 기이한 사고를 치겠구나 예상하며 손바닥에 땀을 쥐었다. 누구나 그녀가 온갖 계략으로 남을 도발하고 선동하기 위해 오는 것임을 잘 알았기 때문이다. 멍청하긴 했지만 워낙 비열하고 고집스러운데다 엽기적이고 그릇된 사상을 신봉했기에 누구도 그녀를 제어할 수 없었다.

사정을 아는 내부자든 모르는 외부자든 누구도 믿을 만한 정보를 제공해주지 못했다. 쉽게 접근하려던 시도가 모두 실패했으니 우리는 X여사가 스스로 폭로하기를 '앉아서 기다리는' 수밖에 없었다. 우리 경험에 따르면 오향거리에서는 아무리 애매하고 우회적인 행위라도 때가 되면 결국 만천하에 드러나기 마련이었다.

'앉아서 기다리던' 봄볕 따스한 어느 아침, 잡화점 옆에서 헌책을 팔아 살아가는 진 할멈이 겨우내 잠에 빠졌다 가까스로 정신을 차렸다. 그녀는 낡은 솜신을 꺾어 신고 사자 대가리처럼 헝클어진 머리로 처마 밑에 서서는 가슴을 두드리며 스스로에게 큰 소리로 "죽어 마땅한 것"이라고 욕했다. 진 할멈의 기억으로는 겨울이 시작되기 전만 해도 자신의 머리카락이 '아름답다'라고 할 수 있을 만큼 반지르르 윤기가 흘렀다. 그런데 잠을 자다 완전히 망가져버린 것이다. 한바탕 욕을 퍼부은 그녀는 사방을 둘러봤다. 비틀비틀 걸어오는 석탄공장 젊은이를 발견한 그녀는 곧장 젊은이를 안으로 끌고 가 망가진 등나무의자에 앉힌 다음 얼굴을 가까이 대고 귓속말을 했다. 겨우내 축적된 그녀의 말은 청산유수가 따로 없었다. 젊은이가 몸을 일으키려 할 때마다 그녀는 한사코 내리눌렀다.

혈기 왕성한 젊은이도 강철집게 같은 늙은 두 손에 당해낼 수 없었다. "생강은 늙을수록 매운 법이지." 그녀는 가슴에 보물처럼 간직하고 있던 비밀을 털어놓았다.

"나는 늘 어떤 믿음이 있었어. 무척 기이하지만 말이야. 가끔 잠에서 깨면 짜증스럽고 머리가 텅 빈 듯할 때가 있어. 하지만 그건 별일 아니야. 내 손바닥만 보면 힘이 돌아오니까. 아가씨였을 때부터 이런 믿음이 있었어. 그때 나는 송곳으로 벽에 구멍을 뚫겠다고 맹세한 뒤 나중에 실제로 그 목표를 이루었지. 길을 걸을 때는 맞은편에서 오는 사람에게 양보해주는 법이 없었고. 나한테는 힘이 있으니까. 한번은 맞은편에서 노인이 오기에 엉덩이뼈로 쳤더니 뒤로 벌렁 나자빠지더라. 내 약혼자(불행히도 약혼자가 있었는데 다행히 결혼하지 않았어)는 늘 겁에 질려 문가에 선 채 '됐어'라고 했어. 나는 그를 째려본 뒤 계속 내 마음대로 했고. 어느 날 그가 얼마나 튼튼한지 시험해보고 싶어서 그의 빈약한 가슴을 발로 걷어찼어. 그 발길질로 그는 목숨을 잃었고. 정말 아름다운 발길질이었어. 모든 게 통쾌하게 끝났지. 이게 바로 나만의 독특한 기질이야. 오향거리 사람들은 남루한 옷차림 때문에 내가 고기도 못 먹는 하층민이라고 생각할 거야. 그래서 나를 길가의 전봇대 정도로 여기며 거들떠보지도 않지. 틀려도 한참 틀렸어! 앞으로 형세가 점점 달라지다 언젠가 모든 게 내 손아귀에 들어올 거야. 개개인의 사적인 이익도 전부 내 일거수일투족과 밀접해질 테고. 그런 날이 올 거야. 그들이 전혀 예상하지 못한 일이 틀림없이 일어날 거야.

나는 스스로를 돌아볼 줄 모르는 사람이 아니야. 수없이 자문해봤어. 이런 신념이 내 환상에서 비롯된 건 아닐까, 이렇게 계속하다 평생을 그냥 날리는 건 아닐까. 확실히 말이야, 나는 평생 크고 작은 시험을 수없이 거쳤는데 전부 목숨을 걸어야 할 정도는 아니었거든. 그런데 이번만큼은 유례를 찾아볼 수 없게 독특하고 웅장해. 이번에야말로 신선하고 왕성한 활력으로 충만해진 것 같아. 초라하고 비굴한 마음이 깨끗이 사라지고 고목에서 꽃이 피듯, 아니, 100세에 자식을 얻듯, 아니, 대기만성이라고 할 수 있겠지! 나는 늘 평범하지 않은 내 삶에 기회가 찾아오리라 예감했고, 이 예감을 불쌍한 우리 어머니에게 세 번이나 이야기했어. 교외 산비탈의 소나무 아래서 말했지. 나무 위에 새 둥지가 두 개 있었고. 나는 새 둥지를 보며 한 글자씩 또박또박 '언젠가는 기회가 올 거야'라고 잇새로 내뱉었어. 이렇게 말했다니까! 나중에 일어난 일들을 보며 그 예감이 실현되었음을 알았지. 나 자신조차 깜짝 놀랐어. 분석해보려 했지만 그럴 틈도 없었고! 내 몸에는 얼마나 대단한 잠재력이 숨어 있을까? 어렸을 때 잠잠했던 씨앗은 나중에 얼마나 눈부신 꽃을 피워낼 수 있는 걸까? 내가 예전에 이런 것들을 이야기했다면 누가 그 말을 믿어줬겠어? 하지만 마침내 기회가 찾아왔어. 너무 빠르고 맹렬하게 찾아와서 당황한 나머지 그게 흘러가는 걸, 물거품처럼 사라지는 걸 눈을 동그랗게 뜬 채 지켜볼 뻔했어. 물론 '뻔했다'는 거야. 실은 아주 빠르게 반응해서 필사적으로 기회를 붙잡았으니까. 새로운 형세를 분명하게 파악하고 보폭을 조정해 행동에 나섰지. 나는 최선을 다해 붙잡은 뒤 순식간에 오향거리 사람들의 편견을 뒤집고 그들 가슴에 새로운 모습을 만들어냈어. 그 예로 이번 기회가 가져온 변화에 대해 설명해볼게. 옆집 잡화점의 저우싼지를 주의깊게 본 적 있어? 수십 년 동안 매일 대변을 본 뒤 일부러 우리집 문을 막아선 채 꼬질꼬질한 바지를 여미는 사람에게 신경쓴 적 있냐고. 그는 그 저급한 행동으로 내게 반복해 강조하는 거야. 저우쌴지 자신이 나보다 만 배는 뛰어난 인물이며 전 세계가 그 사실을 알아야 하고, 모르는 사람이 있으면 자신이 알릴 의무가 있다고 말이야. 나는 울분을 억누른 채 쥐새끼처럼 집안에 숨어 있었어. 그 시간이 얼마큼이었든 그건 정의가 사라진 시간이었어. 그러다 이번에 구름이 걷히고 안개가 흩어지면서 비로소 상황이 뒤집혔지. 이번은 정말 획기적이고 찬란하며 혁신적이라고."

진 할멈은 여기까지 말한 뒤 뜸을 들이듯 돌연 말을 멈췄다. 그러고는 비틀비틀 걸어가 한 손으로 불갈고리를 집어 거칠게 난로를 뒤적였다. 석탄재가 온 방에 휘날려 기침이 나고 숨도 제대로 쉴 수 없었다. 그 와중에도 할멈은 또다른 손으로 석탄공장 젊은이를 움직이지 못하게 꽉 붙잡고 있었다. 그때 석탄공장 젊은이는 그녀가 거론하려는 일을 이미 눈치챈 상태였다. 그는 망가진 등나무 의자에서 몸을 비비 꼬며 거친 숨을 몰아쉬고 얼굴을 붉혔다. 단번에 성적 충동이 일었다. 그에게 충동을 일으키는 대상이 없었음에도 자제할 수 없을뿐더러 죽을 듯 괴로웠다. 할멈은 긴 손톱으로 젊은이의 살을 뚫어버릴 듯 찌르는 한편, 몇 분 간격으로 나직하게 소리를 끌어올려 그 오싹한 이름을 내뱉었다. "X?" 진 할멈은 자기 일생의 비밀스러운 소망, 그 아름답고 찬란한 환상이 전부 현실이 되려 하며, 그 현실이란 바로 X라는 이름을 아슬아슬하게 체험하는 것임을 감지했다. 그래서 정신병자의 유희처럼 한 차례 또 한 차례 그 이름을 반복하고 음미했다. 젊은이를 단호하게 노려보던 그녀의 늙은 눈이 점점 흐릿해진 뒤 핏빛 공처럼 변해 순식간에 눈

구멍 밖으로 튀어나오는가 싶더니 도로 들어갔다. 석탄공장 젊은
이는 저항할 수 없는 압박을 느꼈다. 비참하고 비현실적인 복잡한
감정에 억눌린 나머지 그는 자신의 일생에서 가장 놀라운 결정을
매우 빠르게 내렸다. 눈앞의 무당 할멈과 '한바탕 놀아보기'로 말
이다.

그들의 놀이가 끝났을 때 느닷없이 방문이 활짝 열렸다. 침대에
서 엉덩이를 홀딱 까고 있던 둘은 문 앞에 나타난 사람이 바로 그
존경스러운 저우쌴지라는 걸 발견했다. 그는 안쪽으로 고개를 들
이밀고 살펴본 뒤 다시 문가에 몇 초 동안 서 있었다. 무척 신이 난
것처럼 보였다. 그런 다음 걸음을 옮기면서 알 수 없는 말을 남겼
다. "새로운 시대가 시작되었구나. 겨우내 지속되던 고민이 깨끗이
사라졌어."

진 할멈은 맨 엉덩이를 드러낸 채 침대에서 내려와 (석탄공장 젊
은이에게 절대 바지를 입지 못하게 하면서) 저우쌴지의 등뒤에 침
을 뱉으며 "재수 없는 속물" 하고 욕한 다음 방안을 천천히 거닐
었다. 그렇게 어슬렁거리다 불현듯 멈춰 서서 말했다. "나는 결코
X와 같은 하늘 아래 살 수 없어!" 석탄공장 젊은이도 벌벌 떨면서
아랫도리를 드러낸 채 침대에서 내려왔다. 석탄공장 젊은이는 대
체 눈앞에서 무슨 일이 벌어지는지 알 수 없었다. 그저 자신이 이
용당했다고만 느껴질 뿐이었다. 그런 생각을 하자 곧바로 풀이 죽
고 후회가 밀려들었다. 무당 할멈이 왜 자신을 이용하려는지 그의
머리로는 전혀 파악할 수 없었다. 여기서 우리는 그가 반복적 암시
를 듣고 유혹을 받던 중 X라는 자기 우상의 이름에서 그 사람과 육
체의 특정 부위가 연상되어 본능적으로 성욕을 느끼고 어리석은

착각에 빠져 무모하게 놀아난 끝에 희생자가 되었다고 가정해볼 수 있다. 그런데 진 할멈은 이런 과정에서 시종일관 멀쩡하고 냉정한 정신을 유지했다. 철저한 사전 계획과 준비로 모든 과정을 주도하고 남한테 드러낼 수 없는 목적을 매우 수월하게 달성했다는 뜻이다. 다만 기이한 점은 그녀의 모든 행위가 석탄공장 젊은이의 육체에서 쾌감을 얻기 위함이 아니라는 것이다. 사실 그녀는 그런 쾌감을 느낄 나이를 오래전에 지났다. '한바탕 놀아보기'에 전혀 '흥미'가 없으며 심지어 '혐오'한다고 하는 편이 더 맞을 수도 있겠다. 그럼 상황이 무척 복잡해진다. 과연 진 할멈의 이런 각종 계략과 사전 모의가 고작 상상 속의 적 한두 명을 물리치기 위해서였을까? 할멈과 석탄공장 젊은이가 그들의 어두운 인생에서 찾고자 하는 경지는 무엇일까? 그녀처럼 강하고 단호한 인물도 예측을 잘못할 때가 있을까? 정말 의문투성이다. 우리 오향거리에는 독특한 사유의 규칙이 있다. 이해할 수 없는 일은 조용히 기다리면 저절로 해결될 테니 애써 생각하지 말라는 것이다. 조용히 기다릴 수 없다면 문제는 자신에게 있다고 봐야 한다. 그런 문제는 머리에 있기도 하고 발가락에 있기도 한데, 어쨌든 고칠 수 없다.

그 한 번이 지난 뒤 진 할멈에게 큰 변화가 일어났다. 어느 날 아침, 일어났을 때 갑자기 자기 몸에 대해 강한 자신감이 생긴 것이다. 할멈은 거울에 이리저리 몸을 비춰보며 그럴싸한 자세를 잔뜩 취해본 뒤 자신의 몸을 가리는 윗도리를 벗어버리기로 했다. '영혼의 완벽한 노출'을 감행하려는 시도였다. 모든 조건이 무르익었다고 느꼈기에 진 할멈은 상반신을 드러내 그 '노출'을 감행했다. 하지만 애석하게도 오향거리 사람들의 심미관은 그런 '노출'에 익숙하지 않았다. 모두들 썰렁하게 반응하며 최대한 다른 곳으로 시선을 돌렸고, 늙은 나체를 보지 못한 척 굴었다. 그 외에 진 할멈의 일상에도 큰 변화가 더해졌다. 다름 아니라 X여사의 야간작업을 방해하는 일이었다. 누가 겁도 없이 그 일에 관해 물으면 그녀는 허공에 대고 박수를 치면서 대꾸했다. "흥! 역사적 오해를 확실히 밝혀야지! 내 성과를 비열하게 훔쳐간 거라고! X? X가 누군데? 나 아니겠어? 당연히 나야. 내가 여기 있다고. 나를 제외하고 또 누가 그런 마귀 같은 지배력을 가졌겠어? 당신들은 눈이 멀어서 그런 진짜인 척하는 농간에 말려든 거야. 이 자리에서 내가 당당하게 밝히는데, X는 천박한 년이야!" 매일 저녁 진 할멈은 초조함에 안절부절못하다 결국 X여사의 집으로 달려가 강제로 그녀의 거울을 빼앗았다. 또한 누군가를 만날 때마다 자신이 X여사의 모든 진상을 파악했으며 X여사는 이미 "자기 손에 패했으니" 머지않아 오향거리에서 "은퇴할 것"이라고 말했다. 그 말을 할 때 할멈은 벌거벗은 상반신이 잘 보이도록 흔드는 걸 당연히 잊지 않았고, 말을 마친 뒤에는 석탄공장 젊은이의 이름을 큰 소리로 부르며 그에게 나와서 "증언하라"라고 했다. 그 위풍당당한 기세에 오향거리 주민들은 두 손을 들지 않을 수 없었다.

우리의 석탄공장 젊은이는 어떻게 되었을까? 말하자면 정말 애통하고 절망적이다. 그는 왜 이런 세상에 태어났을까? 태어난 거야 어쩔 수 없다고 쳐도 왜 이토록 많은 고난을 겪어야 할까? 곤경에 빠진 젊은이는 언젠가 벗어날 수 있을까? 자, 일단 그의 앞날에 대한 걱정은 잠시 접어두고 다시 현재로 돌아오자. 지금 젊은이는 정신분열증 환자로 전락했다. 진 할멈의 집을 제외하고는 온종일 두문불출하며 어디에도 가지 않았다. 가끔 그의 텅 빈 머릿속에 흐릿한 형상이 떠올랐다. 자욱한 안개처럼 모호한 배경 한가운데에 X여사의 뒷모습, 혹은 X여사의 뒷모습을 연상시키는 뭔가가 있었다. 그 형상은 진 할멈네 대문으로 들어서서 '놀고 있을 때'에만 나타났다. 그럴 때 그는 온몸이 덜덜 떨릴 정도로 흥분해 수탉처럼 소리를 질렀다. 그래서 귀신에 들린 것처럼, 아편에 중독된 것처럼 매일 할멈의 집으로 찾아갔다. 일이 이렇게 흘러갈 줄은 정말 누구도 예상하지 못했다. 헌책을 사고파는, 머지않아 관에 들어갈 듯한 노인이 갑자기 원기 왕성해지다니! 오향거리 사람들의 머리 꼭대기에 오르려 하다니! 그리고 저우쌍즈도 있었다. 매일 건장한 젊은이가 자기 옆집으로 들어가는 광경을, 이따금 그가 엉덩이를 드러낸 채 밖으로 나와 길가에 오줌을 누고 도로 들어가는 모습을 빤히 지켜보는 기분이 어땠겠는가? 지난 십여 년간 누리던 쾌감을 한순간에 잃어버렸으니 정신병자처럼 굴며 미치지 않을 수 있겠는가?

진 할멈의 야만적인 습격에 대해 X여사는 어떤 것도 알아차리지 못한 듯 계속 태연자약하게 무시하면서 엄숙한 태도까지 취했다. 그녀와 남편의 대화를 예로 들어보겠다.

남편: 그 미치광이가 또 와서 훔쳐갔으니 혼쭐을 내줄까요?

X여사: 오늘도 최상의 평온함을 이십 분이나 느꼈어요. 그냥 예비용 거울을 좀더 사서 상자에 넣어두는 게 좋겠어요.

남편: 할멈 때문에 짜증이 나는데 어떻게 계속 모르는 척을 해요?

X여사: 당신 맥박소리를 가만히 들어봐요. 그럼 눈앞으로 구름 조각이 천천히 지나가고 짜증은 연기처럼 사라질 테니까. 다음번

에는 눈앞이 안개가 낀 듯 흐릿해지고 치아에서 반짝반짝 빛이 날 거예요. 더이상 할멈 따위가 오는 줄은 알아채지도 못할걸요. 거울이야 잘 숨기면 되고.

앞에서 이야기했던 것 같은데 X여사는 자신과 친밀한 주변 사람들에게 영향을 끼칠 수 있을 뿐 아니라 그들을 암암리에 조종할 수 있는 본능까지 타고났다. 그녀는 이를 인식하지 못하고 의도적으로 이용하지도 않았지만 본능은 시도 때도 없이 발동되었다. 이런 대화를 거친 뒤 그녀의 미남자는 실제로 정신이 흐릿해졌고 할멈의 소란에도 상당히 둔감해졌다. 한참 뒤에는 할멈의 생김새마저 잊었고, 언젠가 할멈과 정면으로 부딪혔을 때는 의아해하며 "누구세요?" 하고 물었다. 이어서 무심하게 그녀를 지나친 뒤 자기 일을 하면서 할멈이 집안을 뒤지거나 말거나 빤히 쳐다보기만 할 뿐 전혀 화를 내지 않았다. 이런 상황이 여러 번 있었다. 반면 정신이 맑을 때는 할멈에게 따지고 심지어 한번은 때리기까지 했으며 아내의 무관심한 태도를 조금 원망하기도 했으나 금세 또 아내에게 동화되었다.

우리의 귀여운 과부는 한동안 "앉아서 기다린" 뒤 우연한 기회에 Q선생이 X여사에게 보낸 편지 한 통을 입수했다. 마침 X여사의 야간 직업에 관한 내용이었다. 비록 암호와 은어를 사용했지만, 과부는 자신의 풍부한 경험과 성관계에 관한 놀라운 후각으로 어떤 낌새를 알아챈 듯했다. 그 편지는 Q선생이 X여사에게 썼거나 X여사가 Q선생에게 쓴 다른 편지들처럼 호칭도 없고 서명도 없으며 시작과 끝도 없었다. 처음부터 끝까지 세련된 척 가식을 떨고 있어 정말 역겨울 정도였다. (여기까지 말한 뒤 과부는 또 오랫동안 가슴에 품고 있던 의문, 이런 편지 속 말은 옛날 책에서 한 단락씩 그대로 베껴 쓴 게 아닐까 하는 의문을 제기했다. 그럼 힘이 덜 드는 동시에 남들과 달리 특별하다는 둘의 허영심을 만족시킬 수 있으니 백치들이 기꺼이 할 만한 행동이라는 거였다.) 여기서 몇 단락을 발췌해 적어보겠다.

1. "당신 눈에 염증이 생겼다는 말에 나는 바늘방석에 앉은 듯 불안하고 아주 많이 두려웠어요. 혹시라도 눈이 멀면 어떡해요? 물론 당신은 자신한테 시력이 쓸모 있다고 생각하지 않으니까 조금도 개의치 않겠지요. 바람이 썰렁한 밤에도 당신은 느긋하게 거울을 보며 신비롭고 섹시한 미소를 짓겠지만 나는 그렇게 할 수 없어요. 시도는 해봤어요. 그런데 눈을 감아도 내 눈빛은 눈꺼풀을 뚫고 안개가 자욱한 외부 세계를 바라보고 있더군요. 그럴 때는 머리가 어질어질하고 자꾸 허둥대요. 길을 갈 때도 비틀거리며 온갖 추태를 보이지요. 그런 순간마다 당신의 요정 같은 미소가 보여서 당신을 원망하고 뭔가에 반항하듯 필사적으로 발버둥쳐요."

2. "……어젯밤도 당신은 거울에서 밤하늘로 날아올랐지요. 그때 나는 깊은 생각에 빠졌다 불현듯 들리는 '획' 소리에 당신이라는 걸 알았어요. 그래서 두 귀를 쫑긋 세우고 소리를 따라 당신을 쫓았지요. 당신의 맨발에서 이는 찬 바람이 내 얼굴로 불어왔어요. 어떤 이가 당신에게 복수하려 한다는 소문을 낮에 들었어요. (젊은이 중 하나일까요?) 그 사람이 침대 밑이나 장롱 뒤에 숨었을지도 모르니, 방에서 숨을 만한 곳을 꼭 좀 살펴보고 내가 보내준 빗자

루로 깨끗이 쓸어요. 내가 너무 예민하다고 비웃겠죠. 당신이 뭐라고 할지 알아요. 틀림없이 '난 그런 사람을 애당초 느낄 수 없어요. 일반적으로 나는 다른 사람을 거의 느끼지 못하는데 그가 어떻게 나를 해칠 수 있겠어요?'라고 하겠죠. 이 말을 하는 당신의 표정도 상상이 되네요. 어쨌든 오늘밤은 당신 집 앞에서 계속 돌아다닐 거예요. 그 사람, 악당 놈이 걱정되거든요."

3. "당신은 '감각기관의 맑고 깨끗한 상태'를 오랫동안 유지할 수 있다고 했죠. 거울들을 잘 사용하기 때문이라고요. 당신은 앉자마자 곧바로 '고요의 경지'에 들어갈 수 있고요. 나는 아주 가끔 그런 경지를 느낄 수 있을 뿐(예를 들어 당신과 만나는 아침), 평소에는 마음이 너무 어지러워서……"

과부는 이 편지에서 몇 가지 중요한 사실을 발견하고 분석했다. 첫째, X여사는 처음부터 줄곧 속임수를 써왔다. X여사는 애초에 어떤 '성과'도 거두지 못했고 그저 남을 속이고 기만하는 공연을 하고 또 했던 것일 뿐이었다. X여사는 세상 모든 남자(일부 여자도 포함)를 점유하겠다는 망상을 가지고 그(그녀)들의 엽기적이고 허약한 본성을 파악했다. 그러고는 대단한 척하며 속임수로 그들이 정신을 차릴 수 없게, 스스로 발을 뺄 수 없게 만들었다. 둘째, 세상에는 X여사의 남편처럼 미숙한 성적 지체자가 꽤 많다. 이런 사람들은 미덥지 못한 여자일수록, 즉 그들의 비현실적인 상상을 자극하는 여자일수록 흥미를 느끼고 그녀가 자신을 좋아한다는 착각 속에 '매혹'되기 쉽다. 그들은 성적으로 완전히 무지하지만 항상 자신이 옳다고 생각하며 절대 고집을 꺾지 않는다. 사실 이런 정신

병을 고치기는 매우 쉽다. 진정한 여인이 그들 삶에 들어가 육체관계를 확실히 맺어주면 그들과 X여사의 연약한 연계는 곧바로 무너져버릴 것이다. 세상에 진정한 여인이 없어서 이런 불합리한 현상이 존재한다는 뜻은 아니다. 진정한 여인은 있지만(과부는 눈살을 찌푸리며 말했다) 극히 드물고, 그녀들은 미숙하거나 양성적인 남자를 전혀 유혹하고 싶어하지 않는다. 정말 "서툴고" "말할 수 없게 어색하기" 때문이다. 바로 그렇게 뒤죽박죽으로 틀어져서 우리의 X여사는 그런 말도 안 되는 놀이를 계속할 수 있었고, 사람들은 눈을 멀쩡히 뜬 채 그녀의 사기 행각을 지켜보는 수밖에 없었다.

우리가 조용히 기다리는 동안 성에 관한 X여사의 연설과 직접적으로 관련된 일이 터졌다. 수박껍질과 참외껍질이 어지럽게 날아다니던 그때 날카로운 매의 눈빛으로 X여사를 지켜보는 사람이 있었다. 그는 언제라도 일어나 X여사의 남편과 함께 그녀를 보호할 모든 준비를 하고 있었지만, 보호하러 갈 새도 없이 일이 마무리되었다. 그가 담장에 그림을 그린 불한당이었을까? 아니면 그저 낯선 나그네였을까? 삼 개월 뒤 그 "혈기 왕성한"(동료 여사의 표현) 청년이 X여사의 집으로 찾아와 이름도 밝히지 않은 채 "느긋하고 단호하게" 자리에 앉더니, X여사의 온몸을 "호시탐탐" 훑어보다 단도직입적으로 그 연설에 관해 이야기했다. 둘의 대화는 두 시간이나 이어졌는데 그중 한 시간은 정신적으로 소통하느라 침묵 속에 지나갔다. 마지막에 청년이 벌떡 일어나 "제가 당신한테 적합하지 않다고 생각하세요?"라고 물었다. X여사는 화들짝 정신을 차리고는 맑은 눈빛으로 천천히 고개를 저으며 "그래요. 당신의 눈빛은 충분히 부드럽지 않고 색깔도 세 가지뿐인데다 변하지도 않아요.

나는 이미 젊음으로 빛나는 아가씨가 아니지요. 우리는 서로 만족할 수 없어요"라고 답했다. 젊은이는 씩씩거리며 떠났고 X여사는 창문으로 그의 쓸쓸한 뒷모습을 바라보다 더는 견딜 수 없다는 듯 침대로 쓰러져 오랫동안 일어나지 못했다. 물론 그 일은 거기서 끝나지 않았다. 청년은 X여사를 향한 갈망을 도저히 떨쳐낼 수 없었다. 그는 그게 "성"적 유혹이 아니라 "말로 표현할 수 없는 무엇"이라고 했다. 그의 기준에서는 X여사가 충분히 "섹시"하지 않았는데, 단순히 "섹시"한 여성은 얼마든지 찾을 수 있지만 단 한 명도 오래도록 그를 매료시키지 못했기 때문이다. 그렇다면 그의 몸에 문제가 있었던 게 아닐까? 아니면 그의 생각 자체에 문제가 있었을까? 이 일에 대해 그는 끝내 명확한 답을 찾을 수 없었다. 그는 이후에도 툭하면 X여사의 집에 찾아가 한 시간씩 앉아 만족스러운 '정신적 교류'를 했다. 그럴 때 둘은 감동을 주체하지 못하고 뜨거운 눈물을 흘렸다. 하지만 그가 더 많은 요구를 하거나 뭔가를 암시하는 동작을 보이면 X여사는 단호하고 분명하게 저항했다. 한번은 그가 몸을 부르르 떨고는 그녀의 연약한 어깨를 흔들며 물었다.

"왜요?"

X여사는 몹시 괴로워하면서도 냉정하게 대답했다. "우린 맞지 않아요."

"뭐가 맞지 않은데요?"

"당신과의 성적 관계가 맞지 않다고요."

"어떻게 알아요?"

"내 몸이 느낄 수 있어요."

"젠장할 거울 같으니!"

청년은 평정심을 잃고 X여사의 거울을 주먹으로 세게 내려쳤다. 그러고는 손에 피를 줄줄 흘리며 밖으로 나갔다. 이 일로 X여사는 아주 오랫동안 안절부절못했다. X여사는 청년에게 아무 매력도 못 느꼈던 게 아니었다. 무슨 정절이나 금욕에 발목이 잡힌 것도 아니었다. 그보다는 그녀가 맞겠다고 느껴야만 거침없이 그 사람에게 다가갈 수 있다고 해야 옳았다. 이번에 X여사는 청년을 무척 좋아했고 줄곧 그의 매력에 흔들렸지만 확실히 성적 충동이 일지 않았고 가장할 수도 없었다. 그뿐이었다. 청년만 받아들이면 X여사는 그와 '미묘'한 관계, 둘이 자연스럽고 합리적이라고 느끼는 관계를 유지할 의향이 있었다. 하지만 안타깝게도 그는 융통성이 전혀 없는 고집불통이라 그런 관계를 받아들일 수 없었다. 그러니 그녀로서는 아무리 고통스러워도 그와의 우정을 포기해야 했다.

이 일에 대해 우리는 동료 여사의 말을 참고할 수 있다. 동료 여사는 그 청년이 찾아온 날 마침 X여사의 집에 있었다고 했다. 청년이 들어와 앉은 뒤 그녀는 "일부러 나가지 않고 옆에 있었기에" 모든 상황을 처음부터 끝까지 똑똑히 볼 수 있었다. 다만 욕정에 눈이 먼 둘은 그녀의 존재 자체를 잊은 채 자극적이고 방탕하며 음란한 말에만 정신이 팔렸다. 겉으로는 꽤나 엄숙한 척했지만 속마음은 "당장이라도 침대로 가고 싶어 죽겠다는 듯" 간질간질해 보였다. 제일 우스운 건 둘의 대화가 툭하면 십여 분씩 중단되는 점이었다. 그렇게 뚝 끊어질 때면 서로를 쳐다보지도 않고 꼼짝하지도 않으면서 "눈물이 그렁그렁해졌기"에 그녀는 둘이 기공 같은 걸 연마하는 게 아닌가 의심스러웠다고 했다. 그러다 나름 머리를 굴려 훼방을 놓을 작정으로 그들이 침묵할 때 큰 소리로 깔깔깔 웃었다. 그런데 둘은 "전혀 듣지 못하는 것"이었다! 그들은 정말로 듣지 못했다. X여사는 고요하고 찬란한 경지에서 한창 노니는 중이라 이미 세상의 소란을 느낄 수 없었다. 청년은 자신의 미칠 듯한 심장박동 소리에 귀가 먹고 단기적으로 시력을 상실한 상태였다. 그래서 동료 여사의 훼방은 헛수고로 끝났다. 그녀의 행동은 두 미치광이에게 아무 영향도 미치지 못했다. 결국 그녀는 자리에서 일어나 "방문을 세게 걷어찬 뒤" 경멸의 눈으로 흘겨보며 그 집을 나왔다.

혹시 X여사는 성관계에 무척 보수적인 여자가 아닐까? 이 사건만 보면 그런 것처럼 느껴진다. 하지만 그녀를 아는 사람이라면 그녀의 많은 행동이 이와 정반대임을 안다. 가령 X여사는 자신을 찾아온 남자를 피하지 않을뿐더러 "누구든 환영"하는 쪽이었다. 많을수록 좋아하고, "성심껏 집적"거릴 때도 있으며, 심지어 "직접 찾아갈 때"도 있었다. 당연히 그들을 만날 때는 뭔가 감추려는 듯 수상쩍게 굴며 남의 이목을 피하려 했다. 특히 남편을 속이려 했다(아무리 '좋은 남편'이라고 해도). 이런 경우 그녀와 성관계를 맺은 사람이 없다고 하면 누구도 믿기 힘들 것이다. X여사도 사람들이 그렇게 믿기를 바라지 않았다. 아니, 그보다는 "전혀 개의치 않았다"라고 말하는 편이 더 맞겠다. 그녀는 절대 입을 열지 않았다. X여사와 만난 남자들도 전부 입을 꽉 다물었다. 그런데 대명천지에 거리에서 어떤 남자(Q선생은 절대 아니다)가 X여사에게 입맞추는 걸 똑똑히 본 사람이 있었다. 그는 "혐오스럽고 수치스러워" X여사의 표정을 똑바로 보지는 못했어도 X여사가 전혀 반항하지 않았다고 확신했다. 어쩌면 이미 녹작지근해졌는지도 몰랐다! 어쩌면 벌써 육체관계를 가졌던 건지도 몰랐다. X여사 남편의 첫번째 친구도 어느 날 X여사와 아주 젊은 남자가 손을 잡고 교외 황무지로 갔다 하룻밤을 보내고 이튿날 오전 아홉시에야 돌아오는 걸 봤다. 그 둘은 "말할 수 없이 초췌"해도 "무척 흥분되어" 보였다. 친구가 끓어오르는 증오를 억누르며 침통한 표정으로 충고하자, X여사는 뻔뻔스럽게 말도 안 되는 궤변을 늘어놓았다. 그녀가 히죽거리며 말했다.

"아무 일도 없었어요. 그도 납득했고. 결국 설득해서 우리는 여전히 좋은 친구지요."

"그가 폭력을 쓸 수 있다는 생각은 안 해봤어요? 혹시 그걸 은근히 바랐던 건가요?"

"당연히 생각했지요. 그런 일이 생겼다면 무척 슬펐을 거예요. 하지만 다행히 거기까지 가기 전에 감각으로 설득했어요."

"그가 입을 맞췄죠?"

"그럼 어때서요?" X여사가 무척 분개하며 물었다. "그럼 또 어때서? 이봐요, 말해봐요, 어떠냐고?"

X여사는 한 걸음씩 위협적으로 다가가 오히려 남편의 친구를 벽까지 밀어붙였다. 나중에 이 남자는 그때의 볼썽사나웠던 자기 모습이 떠오를 때마다 쥐구멍에라도 들어가고 싶었다. 그렇게 문란한 여자한테 어떻게 진지함을 기대할 수 있겠는가? 그녀의 인성에는 믿을 만한 진실이란 게 없으니, 우리는 그녀가 허세를 떠는 거라고 말할 수밖에 없다. X여사의 여러 행동을 접하다보면, 사람들을 비밀스럽게 조종할 수 있는 그녀의 악마적 본능과 수없이 판이한 얼굴들이 자연스럽게 떠오른다. 그녀는 가장하고 있다는 흔적

이 전혀 보이지 않을 만큼 누구를 만나든 뛰어나게 모습을 바꿨다. 앞에서 언급한 X여사의 강연을 열심히 들었다는 청년만 해도 그렇다. X여사는 틀림없이 경험이 풍부하므로, 아주 엄숙한 표정으로 일정한 거리를 유지하며 마지막 한 걸음을 영영 남겨둬야만, 그 거침없는 야생마를 오래도록 붙들고 길들여 자신의 변태적 성욕을 만족시킬 수 있음을 알아차렸다. 물론 객관적으로 보면 그녀가 미리 계획했던 것 같지는 않다. 그저 자신의 본능에 따라 가장 적확한 판단을 내렸을 뿐이다. 따라서 우리는 X여사가 천성적으로 뛰어난 연기자이며 시시각각 연기를 하고 있는 것이라 말할 수 있다. 혹은 연기를 하는 것이 아니라 본능적으로 남자를 가지고 노는 걸 인생 최대의 즐거움으로 생각하는 무녀巫女라고 말할 수도 있다. 그녀는 남에게 상처가 되든 말든 개의치 않으면서도 늘 다른 사람을 생각해주는 척하고, 얼음처럼 차가운 성격을 드러내는 대신 열정적인 척 행동했다. 결국 X여사의 성격을 한마디로 규정짓는 건 불가능하다. 그녀의 나이를 확정하기 위해 그토록 많이 노력했음에도 무책임하게 흐지부지 끝났던 것을 떠올려보라. 나이도 그런데 그보다 만 배는 더 복잡한 '성격'을 어떻게 명확히 파악할 수 있겠는가? 파악할 수 없다면 파악하지 말고, 늘 그랬던 것처럼 계속 '기다리자'. 그래도 한 가지, 제멋대로 군다는 핵심적 성향은 파악할 수 있었다. 우리 오향거리 사람들은 금욕적이지 않고 매우 관대한 편이지만 규칙과 규범을 준수하는 유형이다. 그러다보니 X여사의 무법 행위를 발견하고는 하나같이 치를 떨며 그녀를 사지로 몰아넣고 싶어 안달했다. 물론 우리 가운데에 어떻게든 기회를 노리는 모리배도 있다는 건 인정한다. 그런 사람들은 X여사를 욕하는 동시에 그녀에게 비밀스럽게 다가갔다 끝내 거절당한 뒤 우리보다 한층 더 심하게 X여사를 원망하고 욕했다. 당연히 그런 패배자들은 우리 무리에 속한다고 말할 수 없다.

X여사의 파렴치한 행태에 관한 예는 몇 가지 더 들 수 있지만 그건 논점에서 너무 벗어난다. 지금 우리가 논하고자 하는 건 X여사의 야간 직업에 대한 문제다. 더군다나 이토록 많은 이야기를 했음에도 진실에 가까워지지 못하고 안개 속에서 헤매는 듯, 잠꼬대를 끝없이 늘어놓는 듯하지 않은가. 말할 것도 없이 그건 한바탕 사기극에 불과하므로 애당초 진실 같은 건 없다고 단언할 수 있다. 이렇게 말하면 더할 나위 없이 간단명료하고, 곤란하거나 골치 아플 일도 없다. 하지만 X여사의 야간 직업이 미친 영향력은 분명히 존재한다. 그 영향력은 보이거나 만져지지 않지만 오향거리 사람들은 누구나 느낄 수 있다. 때로는 방사성 물질이나 충격파 같고, 때로는 벌레가 무는 것 같다. 가령 X여사 동료의 아들은 X여사의 집에서 하룻밤 훈련을 받은 뒤 성격이 완전히 바뀌었다. 술고래, 떠돌이로 전락해 사방을 떠돌다 길바닥에서 자고 치안을 어지럽혔다. 또 누구를 만나든 사람마다 구걸(실은 반강탈) 생활이 얼마나 행복한지 모른다며 "온몸에서 빛이 나는 듯하다"라고 허풍을 떨었다. 이런 생활을 하기 전에는 수도 없이 자살 충동을 느꼈지만, 이제는 진심으로 "영원히 살면서 곳곳을 구경하고 싶다. 싸우고 싶으면 싸우고, 아무 아가씨나 만나 사랑하고 성교하고 싶다"라고 말했다. 우리의 동료 여사는 자포자기의 심정으로 긴 죽간을 휘두르며 그 '후레자식'을 쫓아갔다 오히려 아들한테 맞아 팔이 부러졌다. 차마 눈뜨고 보기 힘든 광경이었다. 곳곳을 떠돌던 그 아들은 지금 북방

의 미개한 지역에서 제대로 된 식량을 구하지 못해 "짐승을 털과 피가 있는 채로 먹고" 죽은 사람의 뇌수를 마신다고 했다. 그는 무척 "자유롭고 편안하게" 지내며 "영원히 돌아오지 않을 계획"이라고도 했다. 아들이 떠난 뒤 그 어머니는 단기적으로 발작을 일으켜 X여사의 간호를 받았다. 그런데 X여사는 동료 여사의 아들을 구해주려 하지 않음은 물론이고 "놓아버려라", "낳지 않은 셈 쳐라" 하고 권유하며 그렇게 하는 게 "아이에게 가장 좋다"라고 말했다. 동료 여사는 체력을 회복하자마자 그 음험한 여자와 한바탕 몸싸움을 벌였다. 어미 호랑이처럼 달려드는 그녀를 X여사가 가볍고 날렵하게 피했기에 망정이지 "다리가 부러질 뻔"했다. 하지만 시간이 흐르자 동료 여사도 입으로만 부인할 뿐 속으로는 아들이 나가서 좋다고 생각했다. 집에 있을 때 아들은 툭하면 가족들과 부딪혔고, 걸핏하면 "칼로 찔러 죽이겠다"라고 소리치는데다, 밤중에 부모가 일을 벌이고 있을 때 방문을 걷어차며 들어와 괴상한 말로 놀리기까지 했다. 그 바람에 가족들은 날마다 가슴을 졸이며 신경을 바짝 곤두세워야 했다. 그런 아들이 떠났으니 집안이 '편안'해졌다.

동료 여사는 이득을 봤으면서도 X여사에게 고마워하기는커녕 오히려 경찰서로 뛰어가 X여사가 "청년을 유혹해 타락시켰다", "몸을 팔아 큰돈을 벌었다"라고 고발했다. 그 소동으로 온 동네가 들썩거렸지만 결국에는 증거 부족으로 수사가 중지되었다. 우리 오향거리 사람들의 생각으로는 '간통 현장을 잡으려면 두 사람을 모두 잡아야' 옳은데 누구도 X여사와 관련해 '두 사람'을 잡은 적이 없었다. 소위 '몸을 파는 장사'는 사적인 추측, 개인의 주관적 판단에 불과했다. 그래서 우리의 군중은 동료 여사처럼 독단적이고 충동적으로 X여사의 야간 직업을 '몸을 파는 활동'이라고 단정 짓지 않았고, 경찰서로 우르르 몰려가 우스운 소동을 벌이지도 않았다. 누가 뭐래도 우리의 군중은 진중하고 사실을 존중했다. 그들은 '조용히 기다릴지언정' 절대 무모한 행동을 벌이지 않았다. '조용히 기다리면' 모든 것이 저절로 드러날 테니 조급하게 굴 이유가 전혀 없었다. 한편 동료 여사의 조급한 반응에는 조금 부정적인 견해를 갖고 있었다. 그해 5월 그녀가 확성기를 들고 거리를 돌아다니며 과부의 사생활을 떠벌린 뒤 모두가 곱지 않은 시선으로 동료 여사를 보게 되었다. 특히 청장년 남자들은 그녀를 보기만 해도 몸을 사리며 뒤에서 "검은 머리 파리"라고 불렀다. 그런 와중에 갑자기 경찰서로 달려가 일등 공신이 되겠다고 소란을 떨었으니, 다들 드러내지는 않아도 그녀를 한층 혐오하게 되었다. 대체 누가 그녀에게 똑똑한 척 나서서 멀쩡한 판을 엉망으로 만들라 했는가? 머리가 돌거나 미쳐서 앞뒤 분간을 못하는 꼴 아닌가? 그렇게 하면 혼자 권력을 독차지하고 오향거리 사람들 머리 꼭대기에 올라가 횡포를 부릴 수 있으리라 생각한 게 아니겠는가! 언제부터 동료 여사에게 우리 군중을 대표해 발언할 권리가 있었단 말인가? "누구도 그녀를 안중에 두지 않았다"(과부의 말)는 사실을 알아야 한다! 그때 과부가 그녀에게 당해 지금까지 명예를 회복하지 못한 일을 생각해보라. 얼마나 가슴 아픈 교훈인데, 설마 우리가 아직도 깨닫지 못하고 휘둘리리라 생각했단 말인가?

3. X여사와 과부의 '성'에 대한 이견

앞에서 이야기했던 것 같은데, 총애받는 과부는 성에 대해 냉담한 태도를 고수하며 시종일관 정절을 지켰다. 물론 이런 이유 때문에 과부가 세속을 초탈해 성적 매력이 전혀 없다고 말할 수는 없다. 실은 완전히 반대에 가깝다고 하는 게 옳다. 과부는 그렇게 생각했을 뿐 아니라 모종의 타고난 자신감까지 갖고 있었다. 당연하지만 그런 자신감을 가질 이유 역시 충분했다. 우선 몸매가 그랬다. 전형적인 남성의 눈으로 볼 때 그녀는 "관능미가 철철 넘치는" 유형으로, 가슴과 엉덩이가 "기이할 정도로 풍만"하고 "선이 도발적"이었다(어느 중년 남성의 말을 과부가 수집함). 이처럼 천성적으로 우월한 몸이라서, 나무토막처럼 무딘 감각을 지녔음에도 그녀는 천만 남성의 애끓는 욕망을 알아챌 수 있었다(당연히 천만 남성에는 반쯤 여자 같은 인물은 포함되지 않는다). 저절로 드러나는 성적 매력 때문에 과부는 난감한 상황에 놓이곤 했다. 우리는 과부가 했던 말에서 그런 난감한 상황을 찾아볼 수 있다. (사실 수많은 남성을 사로잡으면서도 정절을 지키느라 특정한 누군가와 '우정을 뛰어넘는 관계'를 맺지는 못했다. 이로 인해 그녀는 자신의 매력을 한껏 드러내기 힘들었고 이도 저도 아닌 상태로 보일 때가 상당히 많았다.)

1. "어디에도 나를 감당할 수 있는 사람이 없었어요. 20대부터 50대까지 남자들은 전부 나 때문에 정신이 나갔지요. 잠을 자다 한밤중에 색마 같은 인간들이 창살을 요란하게 흔드는 통에 깨기도 했어요. 가끔 참 무료하다는 생각도 들었고요. 지나치게 육감적인 외모는 여자한테 정말 재난이에요. 조용히 살고 싶은 나를 저들은 가만히 내버려두질 않지요. 스스로 꽤 잘생기고 아름다운 아내까지(물론 나처럼 육감적이지는 않지만) 있는 남자들도 나를 한번 보기만 하면 무엇 때문인지 초췌해져요. 그러고는 어떻게든 나와 엮이고 싶어 밤낮으로 애를 태우다 병이 나지요. 이렇게 육감적으로 태어나지 않았더라면 좋았겠다 싶어요. 성적 매력은 나한테 아무 이득이 없는데 남한테는 가늠할 수 없을 만큼 엄청난 고통을 안겨주니까요. 하지만 어떤 외모로 태어나느냐는 선택할 수 있는 게 아니잖아요. 이미 이런 모습으로 태어났고요. 생각해보면 좋은 점도 있어요. 나를 숭배하는 이를 바른길로 인도해 사회 분위기를 정화하고 사람들 소양을 높일 수 있지요. 그래서 여자한테 육감적 외모는 재난이기도 하지만 행운이기도 해요. 육감적인 여자는 자기 능력으로 사회의 흐름을 좌지우지할 수 있어요."
2. "남자들은 대체로 터무니없는 망상에 빠지고 주관이 없어서

우리처럼 강력한 여자들이 이끌어줘야 해요. 특히 전통적 심미관이 크게 흔들리는 오늘날은 그들의 나약한 본성이 더 잘 드러나지요. 일부는 생리적 본능을 내던진 채 허무하고 기이한 자극을 추구하다 돌이킬 수 없을 정도로 깊이 중독돼요. 그와 비슷한 게 동성애인데, 전부 불건전하고 비정상적이지요. 나는 이런 상황에 우리여자들의 나약함도 일조했다고 생각해요. 자신의 성적 매력에 확고한 자신감이 없기 때문에 피동적이 되어 남자에 대한 지배력을 잃은 거지요. 그러니 남자들이 애먼 짓거리를 하다 자기연민에 빠지는 걸 두고 볼 수밖에요. 완전히 달라질 수 있었는데 말이에요. 우리는 자신의 신체 능력을 이해하고 그걸로 남자를 유혹해 제어할 수 있어야 해요. 그렇게 남자들을 착실하고 고분고분하게 만들어야지요. 세상에는 X여사 같은 별종도 있지만 그녀가 만능은 아니거든요. 이 점은 내가 아주 분명하게 경험했고요. 그녀와 엮인남자도 내가 원하기만 하면 언제든 낚아챌 수 있어요. 전부 내 앞에서 침을 질질 흘리게 만들 수 있다고요. 성격이 이렇지 않았다면나는 스칼렛 오하라 같은 인물이 되었을 거예요. 내가 이런 성격이라서 X 같은 괴물이 오랫동안 득의양양하게 수작을 펼치고 대대적으로 미신 활동을 할 수 있는 거예요. X는 내 본성을 잘 알기에 마음껏 일을 벌이면서, 이처럼 나서지도 물러서지도 못하는 지경으로 나를 몰아가는 거지요. 내가 외모는 육감적이어도 오랫동안 수련하면서 인간으로서의 욕망을 내려놓았기에 그녀의 허위와 약점을 직접 증명할 수는 없어요. 나서서 다툴 만큼 그녀가 가치 있는것도 아니고요. 나는 그녀와 근본적으로 격이 다르니까……"

　3. "남자의 섹시함은 쓸모도 없고 삶에 영향을 주지도 못해요.

반면 여자의 섹시함은 외부 세계를 무너뜨리고 자신의 생존 의미를 드러내는 신비한 무기와 같지요. 나는 남자의 성적 매력이 뭔지 모르겠어요. 우리 여자들이 보기에 남자는 전부 똑같아요. 못생겼든 잘생겼든, 늙었든 젊었든 생식기에 문제만 없으면 누구나 똑같이 분발해서 있는 힘을 다하지요. 물론 힘은 조금씩 다르지만 본질적으로는 아무 차이가 없어요. 섹시함이란 여자만 가진, 신체 기능에 대한 자의식이라고 생각해요. 이런 자의식이 높은 수준에 다다르면 여자는 신성함으로 충만해져 상대의 혼을 빼놓을 수 있어요. 이럴 때 여자의 행동 하나하나, 찡그리고 웃는 표정 하나하나에 남자는 온몸이 녹작지근해지고 넋이 나가게 되지요. (이런 표현으로 볼 때 우리의 과부가 폭넓은 사색을 통해 수준 높은 철학적 사고에 이르렀음을 알 수 있다. 또한 그녀가 성을 과학적으로 깊이 파고들어 스스로 깨우쳤다는 사실에 감탄하지 않을 수 없다.) 이런 상황에서 스스로를 훌륭하게 제어하는 동시에 남자와의 육체적 접촉을 피한다면, 여자의 신비한 섹시함은 가히 대적할 자가 없을 만큼 충만하고 성숙해져요. (그녀의 말에 오향거리 청장년 남자들은 분통을 터뜨리며 이구동성으로 "여자의 기능이 그런 정신 나간 괴벽을 위해서만 존재한다면 무슨 쓸모가 있겠는가? 그건 여자가 '꽃병'이나 마찬가지라는 뜻이 아닌가?" 하고 말했다. 자기 집에 그런 여자가 있으면 "반쯤 패 죽이겠다"라고도 했다.) 오늘날 사회 기풍이 이렇게 음란해진 건 전부 우리 여자들 잘못이에요. 우리가 너무 느슨하고 의기소침해졌기 때문이지요."

과부는 그 밖에도 일일이 나열할 수 없을 만큼 많은 말을 했다.

여기서 과부가 성을 과학적으로 연구하는 동시에 현장 조사도 수시로 진행했다는 점을 짚고 넘어가야겠다. 그녀는 남들의 입방아에 오르거나 고생하는 걸 마다하지 않고 자신만의 독특한 방법으로 과부는 믿을 만한 기초 자료를 쥐도 새도 모르게, 또 순식간에 확보했다. 범죄자들은 자신들의 일이 어떻게 새어나갔는지 죽어도 알 수 없으니 벽에 눈이 달린 건 아닐까 의심할 지경이었다.

X여사와 그 남편이 오향거리로 들어온 뒤 과부는 둘의 성생활을 조사 일지의 주요 사항으로 분류하고 다양한 조치를 취했다. 당연히 과부는 담장을 넘나드는 능력도 없고 '투명 인간'도 아니었기에 탄탄한 논리적 추론으로 조사를 진행했다. 마침내 X여사와 남편의 성생활은 "이상할 정도로 고통스럽고" 서로 "증오가 넘쳐" "성생활이라고 할 만한 게 없으며" 그저 "변태적 성 심리만" 있다는 결론을 내렸다. 과부는 "엄청난 신체적 차이만 봐도 문제가 있다는 걸 알 수 있잖아요. 그렇게 건장한 사람과 그렇게 허약한 사람이 어떻게 성적으로 잘 맞겠어요? 물론 그 남자는 성적으로 아주 무능해요. 하지만 무능할수록 비현실적 환상에 빠지기 쉽지요. 스스로 강하다는 착각 속에서 실전에 임했다 금세 쓸모없는 폐물임을 드러낸다고요. 그 여자는 분위기를 살살 맞추면서 남자들 춘심이나 도발할 줄 알지 정작 본인은 아무 느낌이 없거든요. 그러니까 정말 쿵짝이 잘 맞는 천생연분이지요. 둘의 성관계는 일반인이 보기에 불가사의하다고요"라고 했다. 또 "성생활이 얼음처럼 차가우니, 어쩌면 둘 다 지금까지 '동정'일지 몰라요! 아들 샤오바오도 그들과 전혀 안 닮았잖아요. 어쩌면 고아원에서 데려왔을지 몰라요. X여사의 엉덩이와 가슴을 잘 보라고요. 아직도 처녀가 아닐까 줄

곧 의심했는데, 얼마든지 가능한 일이에요. 그녀가 이 수치스러운 사실을 숨기기 위해 음란하고 거리낌없는 여자의 이미지를 일부러 만들었다고 생각해요. 자기가 정말 능력이 있는 것처럼요. 그녀와 만났던 남자들도 전부 벙어리 냉가슴 앓듯 입을 꾹 다문 채 속으로만 재수가 없었다고 되뇔 뿐이잖아요. 그렇지 않고서야 왜 지금껏 단 한 사람도 X의 사생활에 대해 입도 뻥긋하지 않았겠어요? 이건 곰곰이 따져봐야 할 현상이에요"라고도 했다. 그러다 상황이 한층 더 전형적으로 변했다. X여사의 사생활 속에 Q선생이라는 "혐의를 피하지 않고 공공연하게 나서는 인물"이 등장하면서다. 과부는 자신의 조사를 좀더 심도 있게 진행하기로 결심한 뒤 결국 X여사의 '바닥'까지 파헤치는 데 성공했다. 그 덕분에 사람들은 위험을 인식하고 자발적으로 "전통적 심미관을 유지"하게 되었다.

이쯤에서 독자들의 머릿속에 또다른 의문이 떠오를 것이다. 과부가 옥처럼 순결하게 정절을 지켰다면, 예전에 사별한 남편에게도 그런 태도를 취했을 테니 그녀 자신이야말로(X가 아니라) 지금까지 처녀가 아닐까? 그런 과부가 끊임없이 '성적 매력'에 대해 논할 자격이 있을까? 우리는 결국 과부의 꾐에 빠져 그 손바닥에서 놀아난 게 아닐까? 여기서 과부의 해명을 들어보자. 그녀는 평생 육체관계를 맺은 남자가 단 한 사람, 남편밖에 없다고 말했다. 본인은 의심할 여지 없이 밝고 개방적이며 생기발랄하고 특별한 매력을 지녔지만, 우리의 전통 미덕을 엄격히 따라 지금까지 신체적, 정신적 순결을 지켜왔다고 밝혔다. 오랫동안 혼자 살다보니 조금 외롭고 쓸쓸해도 조용한 생활과 의식적 수련을 통해 최고의 경지에 이르렀으며 그런 경지 속에서 감동의 눈물까지 흘렸다고 했다.

그런 경지에 비하면 인간의 향락은 조금도 매력이 없기 때문에 그녀는 영원히 흔들리지 않을 것이며, 설령 미친 남자들이 유리창을 부수고 억지로 문을 열고 들어와도 원하는 바를 얻을 수 없을 것이라고 말이다.

그러므로 과부는 태생적으로 그런 게 아니었다. 남편과 살 때만 해도 인간의 쾌락을 있는 그대로 누렸다. 성욕이 유난히 강해 "하룻밤에 일고여덟 번을 해도 만족할 수 없을" 정도였고 언제든 "셀 수 없이 많은 기교와 동작을 만들어낼 수 있었다"라고 숨김없이 털어놓았다. 이 점에서 과부의 남편(당시에는 건장한 젊은이)은 당연히 그녀의 상대가 되지 못했고 그녀처럼 풍부한 상상력도 없었기에, 결혼하고 얼마 지나지 않아 발기부전이 나타나고 점점 쇠약해지다 갑자기 황천길로 떠났다. 몇 년 뒤 그 이야기가 나올 때마다 과부는 눈물을 흘리며 서럽게 흐느꼈다.

"내가 경험했던 기묘한 순간들을 당신은 상상도 못할 거예요. 아니, 그건 말로 설명할 수 없으니 당신은 상상할 수 없어요. 몇 년이 흐른 뒤까지도 나는 냉정을 되찾을 수 없었어요. 남편을 떠올릴 때마다 나는 그가 사람이 아니라 천상의 신이 아니었을까 상상하게 돼요. 나는 이미 마음속에서 정말로 그를 신격화하기 시작했어요. 세상에 그와 같은 사람이 또 있을까요? 주변의 잘생긴 사람들, 그 속된 인간들을 보면 구역질이 나요. 그러니 어떻게 흥미가 일겠어요?"

과부는 흐느낌을 멈춘 다음 덧붙였다. "때때로 나도 그런 생각을 해요. 어쩌면 그 사람도 대단한 게 아니라 아주 평범했는데, 나와 관계를 맺으면서 내 몸의 기묘한 매력을 건네받았기 때문에 비로소 내 영혼을 사로잡았던 건지도 모른다고요. 나를 만나지 않았으면 그도 평범한 남자, 세상 남자들과 전혀 다르지 않은 보통 남자에 불과했을 거예요. 남자는 여자를 통해서만 자신의 미덕을 실현할 수 있거든요. 그리고 그 여인은 강력한 힘과 성적 매력을 지녀야만 하고요. 그게 아니면 남자들은 나약한 천성 때문에 사악한 여자한테 빠져 타락한 난봉꾼이 되고 세상의 질서를 어지럽히지요."

이제 우리는 안심할 수 있다. 과부는 평생 한 남자와 성관계를 맺었지만, 성적으로 경험이 풍부해 가히 권위자라고 할 수 있기 때문이다. 이런 경험은 여러 남자와의 성관계에서 오는 게 아니라 그녀의 맑고 정확한 인식에서 나온다. 따라서 남자와 접촉하지 않을수록 그녀는 점점 더 냉정해지고 감각이 선명해지며 완벽하게 파악할 수 있게 된다. 또한 과부 본인도 남자들 눈에 갈수록 섹시해지며, 볼 수만 있을 뿐 손에 넣을 수 없는 존재가 된다. 우리는 추호의 과장도 없이, 과부가 이상적인 성性의 화신이라고 말할 수 있다. 이 점은 오향거리 남자들의 신체 반응이 증명해준다. 과부가 엄숙한 표정으로 천천히 큰길을 걸어가면, 대부분의 남자가 걸음을 멈추고 멍하니 "돌아보며 웃음을 짓는"다. 그들은 머릿속에서 재빨리 그녀의 옷을 벗기고 몇몇 은밀한 부위에 시선을 둔 채 한참을 헤어나오지 못한다. 얼굴이 붉어지고 호흡이 거칠어지는 등 도무지 진정되지 않는다. 그러고서도 온종일 넋이 나간 듯 사방을 돌아다니며 연애사를 제멋대로 지어내 허풍을 떨고 스스로를 대단한 영웅처럼 부풀린다. 이런 착각은 밤중까지 이어지다 어느 순간 느닷없이 사라진다. 그럼 바람 빠진 고무공처럼 갑자기 풀이 죽어 아내와는 도무지 달아오르지 않는다. 그래서 또 아내한테 화살을 돌려 "조금도 섹시하지 않아", "무미건조해", "병원에서 모형을 빌려다 하는 게 더 낫겠네", "이 따위 마누라와 뭘 하겠어?", "집에 매이지만 않았어도 진작 성공했을 거야" 등 자신을 제어하지 못하고 큰소리를 친다. 이불을 걷어찬 뒤 오기로 벌거벗은 채 밤새 바닥에 누워 있다 오랫동안 앓았던 이도 있다. 우리의 과부는 이런 상황을 훤히 알지만, 일단 냉정하게 지켜본 뒤 오만방자한 무리를 "차근차근 타이르고 일깨워줬"다. 그녀는 자신의 "선한 영향력"으로 사회 분위기를 바꿀 수 있기를 희망하기에 번거로움을 마다하지 않았다.

성관계에 대한 과부의 의견을 우리 오향거리 남자들은 줄곧 불만스러워했다. 당연히 가슴 깊은 곳에서는 그녀가 지어낸 헛소리를 믿지 않았다. 하지만 과부가 반복해서 주장하자 그들도 '좀 꺼림칙한데', '허공에 매달려 있는 기분이야'라고 생각하게 되었다. 이런 감정은 아내와의 성생활에도 영향을 미쳤기에 그들 중 일부는 과부에게 알 수 없는 노기를 품었다. 어느 '착실한' 중년 A는 끓어오르는 분노에 무서울 게 없어졌는지 칠흑 같은 밤에 '독한 마음'을 먹고 과부의 대문으로 뛰어들어갔다 "도로 나오지 못했"다. 사람들은 일주일 뒤에야 그를 볼 수 있었는데 이미 반병신이나 마찬가지였다. 피골이 상접해 피를 토하고 식은땀을 줄줄 흘리며 종일 늙은 고양이처럼 구석에 웅크리고 있었다. 정신도 이상해져 누가 찾아오든 "표범"이라고 부르며 온몸을 사시나무 떨듯 떨었다. 몇몇 사람들이 호기심을 참지 못해 과부와 무슨 일이 있었느냐 물었다가 끝내 답은 듣지 못하고, 오히려 그의 표정에 마음이 불안해져 뭔가 잃어버린 사람처럼 두 손으로 주머니를 뒤적거렸다. 한편 과부를 본 사람들은 그 "아무도 상상할 수 없는 하룻밤"을 보낸 뒤 그녀가 오히려 예전보다 더 "보들보들"하고 "매혹적"으로 변해 갑히 "닿을 수 없는 높은 존재"가 되었더라고 입을 모았다. 이 변화가 과부 본인의 수행에도 타격을 줬기에 그녀는 며칠 동안 "약간 불안"하고 "기억력이 감퇴한 듯" 했다. 그녀는 정색하고 심사숙고한 끝에 배수진을 치는 심정으로 사건의 진실을 '폭로'해 자신을 향한 대중의 의심을 잠재우기로 했다. 어느 날 저녁, 과부는 그 일에 착수했다. 그녀가 선택한 장소는 바로 X여사의 집 대문 앞, 그 공터였다. 공터에 쌓인 통나무에 과부가 자리를 잡고 앉자 오향거리 남자들이 한 명씩 줄줄이 찾아와 달을 에워싼 별처럼 그녀를 우러러봤다. 남자들은 하나같이 번들거리는 눈빛으로 음흉한 생각을 품고 있었다. 과부는 먼저 X여사의 커튼이 드리운 창문을 쳐다보며 이 분 가까이나 하품을 했다. 그렇게 남자들을 안달복달 초조하게 만든 뒤에야 그녀는 힘껏 목청을 가다듬고 모기처럼 작은 소리로 이야기를 시작했다. 그러면서 손으로 목을 감싸며 "감기에 걸려서 목소리가 잘 나오지 않아요"라고 말했다. 남자들은 어쩔 수 없이 촘촘히 간격을 좁히며 과부 쪽으로 다가갔다. 남자들 몸이 전부 작고 납작하게 변하고 머리도 가늘고 뾰족해지더니 도미처럼 날렵하게 틈새를 파고들었다. 자리를 잡지 못한 대범한 남자 둘은 건들거리며 과부의 머리카락과 코끝에 깃들었다. 그때 커튼이 흔들리자 과부는 곧장 신경을 곤두세웠지만 금세 바람이었음을 깨닫고 실망했다. 모호하던 그녀의 말이 마침내 명료해지고 주제를 건드리기 시작했다. 몇 마디 할 때마다 도미 같은 남자들이 서로를 밀치면서 과부의 가슴으로 뛰어들어 뾰족한 머리로 치대며 "음음" 하고 대꾸했다. 뒤쪽에 있던 남자들도 가만히 보고 있을 수 없어 필사적으로 앞사람을 밀어낸 뒤 자리를 차지하고 '여복'을 누렸다. 과부가 모기 같은 목소리로 했던 말은 대략 다음과 같다.

그날 밤에 있었던 일을 모두에게 '분명히' 밝혀야 할 것 같다. 이 일에서 나는 '결백하고 무고'하다. 나는 절대 '어떤 사람들'처럼(그녀는 이 말을 할 때 살짝 목청을 키우고 커튼을 매섭게 노려봤다) 정욕에 사로잡힌 척 집적대고 누군가를 유혹하다, 막상 정말 일이 터지면 전혀 아니었다고 발뺌해 남자를 진퇴양난에 빠뜨리고 자괴감이 들도록 만들고 난 뒤 기뻐하는 그런 부류가 아니다. 나는 정직하고 성실한 여자라 모든 행위가 진심에서 비롯되며 결코 남을 유혹하지 않는다. 또한 누구를 의도적으로 실망시키거나 통제하려는 목적에서 일을 벌이지도 않는다. 비록 그날 밤 시종일관 A와 뒤엉켜 있었지만, 날이 밝을 때까지도 나는 그의 소망을 이뤄주지 않았다. 가만히 생각해보면 A 같은 다혈질 남자에게는 이런 경험이 이로울 수 있다. 뒤엉키는 과정에서 나처럼 성숙한 여인의 신체를 끊임없이 접촉했으니, 그 일이 그의 향후 긴 인생에 엄청난 영향을 줄 것이라 장담할 수는 없어도 최소한 낙인은 깊게 찍었을 테다. 이번 경험으로 그는 더이상 어떤 유혹에도 흔들리지 않을 것이며, 이로 인해 속세에 달관해 나처럼 심신을 수양하게 될지도 모르겠다. 남자의 순응성이 매우 강하다는 사실은 과거의 경험에서 이미 확인한 바 있다.

과부는 오랫동안 성 문제를 연구해 자기만의 독특한 견해와 체계를 구축했는데 모든 영감을 깊은 사색에서 얻었으니 실로 감탄스럽다. 반면 X여사도 비슷한 내용을 탐색했지만 태도가 완전히 딴판이었다. 교묘한 수단을 일삼고 온갖 소란을 떠는데다 아무 공헌도 없는 주제에 연설까지 해 대중의 눈과 귀를 어지럽혔으니 동기 자체가 선하지 못하다. 따라서 우리는 그 둘을 각각 순금과 녹슨 구리에 비유할 수 있다. 과부는 한층 더 정곡을 찔러 X여사를 아예 '짝퉁'에 비유했다. 다만 어떤 짝퉁이냐에 대해서는 확실한 언급을 피하며 '키득키득' 웃기만 할 뿐 직접적으로 표현하지 않았다. 우리로서는 그녀가 모종의 자료를 손에 쥐고 있으며 이 비유도 분명 '성'과 관련이 있으리라 추측할 뿐이다. 예전에 우리 오향거리의 군중은 X가 여자라는 사실을 전혀 의심하지 않았는데, 지금 보면 이 관점조차 확신할 수 없다. X여사에 관해서라면 어떤 측면에서든 신중한 태도를 유지해야지 무작정 믿어서는 안 된다. 여기서 과부의 암시적인 말을 들어보자.

"그녀한테서 달콤함을 맛본 남자가 한 명이라도 있나요? 없어요. 그녀 몸에서 감각적 쾌락을 느껴본 남자는요? 없어요. 진정한 여인이라면 언제나 안개 같기만 할 순 없겠지요? 그녀처럼 음탕하고 사악해서는 나처럼 완벽하게 초탈할 수 없어요. 이런 일에 흥미가 없는 것도 틀림없이 자유로운 행동을 가로막는 방해물이 있기 때문이겠지요. 우리가 그녀의 모든 행동을 자세히 분석하면 확실해지지 않겠어요?"

다만 상황이 그리 단순해 보이지 않는다. X여사가 '여자'가 아니고 사악한 술수로 수많은 남자를 유혹할 뿐이라면, 과부의 힘겨운 투쟁을 거치면서 X여사의 속임수가 가장자리부터 허물어지고, 남자들도 경각심을 가지고 쉽게 넘어가지 않아야 했다. 하지만 지금까지도 X여사의 사업은 무너질 기미가 전혀 보이지 않는다. 그녀와 교류하는 남자들은(젊은 남녀 무리까지 포함해) 그녀를 멀리하기는커녕 갈수록 더 의지하고 무슨 이유에선지 계속해서 그녀의 집으로 달려간다. 과부가 아무리 좋은 마음에서 일깨워줘도 그들은 들리지 않는다는 듯 무시할 뿐 아니라, 성별에 문제가 있는 건 X 여사가 아니라 과부 본인인 것처럼 곱지 않은 시선으로 바라보기까지 한다. 물론 그들의 절대다수는 X여사를 긍정적으로 보지 않고, 어떤 이들은 어떻게든 최대한 헐뜯는 방식으로 그녀가 만들어 낸 사악한 기운을 없애려 한다. 과부는 목적을 이루기 위해 '진정한 능력'을 쓰는 수밖에 없음을 잘 알지만 진정한 능력을 쓰면 과부가 오랫동안 수련해온 '인격'이 망가지기 때문에 결코 사용할 수 없다. 보아하니 과부와 X여사의 치명적 승부는 막상막하로 대치하며 영원히 승부가 나지 않을 듯하다. 사실 이는 과부가 절대 원하지 않는 상황이다. 그녀의 연구가 철저하지 못하고 진정한 가치가 없음을, 한바탕 헛소리에 불과함을 변칙적으로 인정하는 것과 같기 때문이다. 우리의 과부는 위태롭기 그지없는 미래를 앞두고도 전혀 흔들림 없이, 함정으로 가득한 좁은 가시밭길을 선택해 의연하게 나아가고 있다. 본질적으로 그녀는 열정적 이상주의자이자 시정잡배의 철학을 가만히 두고 볼 수 없는, 고상하고 순결한 삶을 갈망하면서 자신이 정한 목표를 단호하고 완강하며 확고하게 추구하는 사람이기 때문이다.

사람들은 모두 알고 있다. 우리의 X여사가 일단 성에 관해 이야기하기 시작하면 참으로 청산유수처럼 줄줄 말을 쏟아내고 수상한 열정으로 충만해질 뿐 아니라 지치지도 않는다는 점을 말이다. 성은 그녀가 일생을 걸고 가장 중시하는 문제이다. 예상치 못한 순간에 정신을 잃을 정도로 집중하고 거리에서 괴상한 연설까지 하는 모습에서 우리는 '성'이 그녀의 삶에서 무엇보다 중요한 비중을 차지힘을 알 수 있다. 또한 가게에서 일하고 거울을 보고 눈을 관찰하고 남자들과 교류하는 등 그녀의 모든 활동이 전부 그 목적을 위해서라고 말할 수도 있다. 그러려면 초인적인 정력과 체력이 필수적이다. 그녀는 언제나 체계적이고 엄격한 생활을 유지한다. 관계없는 사람들에게는 그녀의 일상생활이 야간 직업과 거울 집착증을 제외하면 보통 사람과 별 차이가 없어 보일 것이다. 대체 누가 그녀의 일상생활이 거짓임을, 체력과 정력을 비축하기 위한 일종의 훈련임을 알겠는가. 그녀의 진짜 생활은 야간 직업과 거울 보기에 있다. 그리고 이 두 가지는 다시 성과 연결된다. 그녀는 날마다 이 두 가지에 모든 정력과 체력을 쏟아붓는다. 언제나 고도의 긴장 상태를 유지하는지 바싹 말랐고, 앞으로도 영영 살이 붙지 않을 듯 보인다.

성에 관한 X여사의 견해를 들었을 때 사람들은 놀라지 않을 수 없었다. 그녀의 견해는 오향거리 사람들도 갈피를 잡을 수 없었지만 그녀의 남편과 동생, 심지어 불륜 상대인 Q선생까지도 전혀 이해할 수 없었다. 모두들 단편적인 부분만 겨우 알아들을 뿐이었다. 그녀는 자신이 완벽하게 섹시하다고 생각했을까? 과부처럼 자신감을 타고난 걸까? 대답은 그렇다는 것이다. 심지어 그녀의 자신감은 과부를 한참 뛰어넘어 무분별한 오만에 가까웠다. 다만 X여사가 무분별한 이유는 과부와 아예 달랐다. 그녀는 '생리 기능'을 완전히 무시한 채, 자신의 '성적 매력'이 시력을 잃은 두 눈에서 나오는 빛의 파장에 있다는 황당한 생각을 했다.

"이게 바로 섹시한 거죠." 그녀는 얼굴을 붉히며 자아도취 상태에 빠졌다. "눈동자에 몰입하기 때문에 영원히 젊음을 유지하고 신기한 물건에 고도로 예민해질 수 있어요."

X여사는 또 이런 성적 매력이 예전부터 있었던 게 아니라 미신 활동을 시작한 뒤 점차 "분출되었다"라고도 말했다. 예전에는 성적 매력이 잠재되어 있었기에 그녀도 다른 여자들과 별 차이가 없었다. 미신 활동을 시작한 뒤부터 그녀의 본성 속 뭔가가 툭 불거져나오더니 점점 빛을 발했고, 단숨에 다른 여자들을 훌쩍 뛰어넘었다. 이후 그녀의 모든 동작 하나하나가 남달리 우아해지고 여성적 매력도 흘러넘쳤으며, 그녀 스스로 "20세 때보다 훨씬 매력적이다", "더는 늙지 않을 것이다"라고 믿게 되었다.

X여사와 Q선생이 뒤엉키던 그 시기에 그녀의 눈동자 빛이 결정적 역할을 했다는 건 부인할 수 없다. 그 눈동자 빛이 성적으로 매력적인지는 사실 Q선생도 처음에는 확신할 수 없었다. 평소 그의 머릿속에 들어 있던 생각과 크게 달랐기 때문이다. 아무 확신이 없었음에도 일단 마주보기만 하면, X여사의 마술 때문에 Q선생은 매우 빠르게 생리적 반응을 보였다. 어질어질한 상태에서 눈물에 흐릿해진 눈으로 X여사의 눈동자를 바라볼 때, 머릿속에서 X여사의 특정 부위가 끊임없이 떠올랐다. 단숨에 흥분해 "당장 침대에 오르고 싶고" 그녀의 온몸을 "구석구석 어루만질 수 있기를" 갈망하며 "그녀도 자기처럼 엄청난 쾌감에 이르도록" 만들고 싶었다. 이런 생각은 당연하게도 처음에는 실현되지 못하고 Q선생의 머릿속에만 있었다. Q선생은, 앞에서 이야기했던 것 같은데, X여사처럼 호탕한 사람이 아니라 늘 방황하고 심약하며 누군가에게 해를 끼칠 수 없는 이였다. 그래서 그는 X여사한테 잔뜩 흥분했는데도 필

사적으로 억제하고 숨겼으며, 툭하면 자신의 행동을 해명할 핑계를 찾곤 했다. 반면 X여사는 Q선생이 머릿속으로 자신을 어떻게 평가하는가는 상관하지 않고 몸으로 그의 '반응'을 접수했다. 둘이 처음부터 '놀아난' 건 아니지만, X여사는 시작부터 Q선생을 단순하고 긍정적으로 생각했다. 그러니까 Q선생과 자신은 성적으로 이상적인 한 쌍이고, 성관계를 하면 둘 다 최대의 만족을 느낄 것이며, Q는 그녀가 지금까지 만난 사람 중 유일하게 '섹시'한 남자이자 간절히 바라던 바로 그 남자라고 말이다. 그녀는 지조도 없고 감정적으로 매일 것 역시 없었음에도 이게 평생에 두 번 다시 만나기 힘든 기회임을 본능적으로 알았기에 절대 놓칠 수 없었다.

대체 X여사는 어떻게 남자를 볼까? 그녀의 눈에는 어떤 남자가 육감적으로 보일까? X여사는 과부가 그랬듯 남자의 매력을 전면적으로 부정한 게 아니라 기준을 아주 높게, 불가사의할 정도로 높게 설정했다. 사실 그 기준은 극히 간단하면서 우스웠다. 그녀는 남자의 성적 매력을 두 가지 기준에서 판단했다. 이미 앞에서 밝힌 것처럼 바로 눈동자 색깔과 목소리였다. 일반인한테는 정신 나간 듯 보이는 기준이었다. 누구도 그게 '성性'이라는 풍부하고 실질적인 행위와 어떤 관계가 있는지 알 수 없었다. 더구나 X여사는 감각 기관으로 판단하지 않았다. 그녀의 표현에 따르면 신체 감응으로 판단을 내리며, '감응'을 거치고 그녀에게 흥미를 느낀 대부분의 남자가 불합격으로 내쳐진다고 했다. 흥미를 느끼는 다른 부분이 없는 건 아니지만, X여사는 그들에게 성적 욕망이 일지 않았다. 이런 점도 신체 감응이 결정하기에 어쩔 수 없으며 타협할 수도 없었다. 그녀가 매우 좋아하는 남자라 해도 마찬가지였다. 그녀가 무척 좋아한 남자는 Q선생 한 명이었던 게 아닌 듯싶다. 이성을 무책임하게 대하는 이런 태도 때문에 어떤 이는 그녀를 "범애주의자"라 불렀고 또 어떤 이는 "불감증"이라고 했다. Q선생 본인도 늘 이런 문제 때문에 고민하고 질투하고 돌연 그녀를 잃을까봐 두려워했다. 언제나 그녀와 '놀아나기'를 갈망하고 거기서 벗어나지 못했지만, 그렇다고 앞뒤 가리지 않고 쫓아다닐 수도 없었다. 시간이 지나며 점점 의기소침해지던 그는 "정말 살고 싶지 않은" 지경에 이르렀다.

어느 날 정오에 동료 여사가 X여사의 어둡고 좁은 집에서 대체 그녀에게 성이란 무엇인지, "관념적 음탕함"의 범주인지, "잠자리"와 아무 관계가 없는 것인지 캐물었다. 사람들을 속이기 위해 지어낸 거라면 자신은(이 말을 할 때는 입을 X여사의 귀에 가져다 댔다) 오랫동안 함께 지낸 충실한 친구이니 비밀을 숨길 필요가 없으며, 친구의 비밀을 금고보다 더 안전하게 가슴속에 보관하겠노라고 말했다.

그러자 X여사는 일말의 망설임도 없이 동료를 믿고 비밀을 털어놓았다. 우선 그녀는 자신에게 성이란 잠자리와 관련 없는 게 아니라 밀접한 관계가 있다고 인정했다. 잠자리야말로 이 일의 목적이자 절정이고 더할 나위 없이 미묘한 순간이라며 이상의 실현이라 할 수 있다고 말했다. 바로 그런 이유에서 X여사는 그 일에 지나치다 싶을 만큼 엄숙하고 철저했다. 참깨처럼 작은 일도 그녀의 기분을 망가뜨려 흥분과 쾌감을 일순간에 날려버리고 무미건조하고 딱딱하게 바꿔놓을 수 있었다. X여사는 이런 성격이 자신의 최대 단점이라면서, 바로 이 단점 때문에 본분을 지키기 힘들고 어떤 남자에게도 만족할 수 없으며, 기준이 극도로 높고(현실 속 사람은 다 다를 수 없을 만큼) 감정 기복이 너무 심하며, 두렵고 짜증스럽다고 털어놓았다. 예전에는 지금과 달리 "남의 떡이 더 커 보이지 않았다"라고 덧붙였다. 그녀의 성격을 바꿔놓은 건 다름 아니라 미신 활동이었다. 이 활동은 성적 매력을 높여주는 한편 그녀 몸속의 악마를 불러냈다. 그때부터 그녀는 굶주린 늑대처럼 사방을 두리번거리며 셀 수 없이 많은 사달을 일으켰다. 동료 여사는 X여사가 쉼 없이 떠들 때 그녀의 얼굴에 소녀처럼 천진하고 순결한 표정이 떠오르는 걸 발견하고는 속으로 한층 더 경멸하게 되었다. 그녀가 비명을 지를 만큼 발로 세게 걷어차주면 속이 후련할 것만 같았다.

이어서 X여사는 남자에게서 흥미가 이는 부분은 언제나 눈동자 색깔과 목소리라며 이와 관련해 "극도로 세밀한 판별력과 풍부한 경험이 있다"라고 말했다. 그건 낭만을 좋아한다는 의미가 아니었다. 오히려 X여사는 낭만을 날조된 사랑이라며 매우 싫어했다. 남자가 그 두 가지 부분에서 그녀의 취향에 부합한다면, X여사는 그가 넋을 잃을 정도로 짜릿한 잠자리를 가지게 될 거라고 단언하며, 그럴 때 자신한테는 어떤 제약도 소용없다고 강조했다. 자신은 분명 모든 것을 아낌없이 내어줄 테니, 상대도 분명 한 번도 느껴보지 못한 엄청난 만족감을 그녀 몸에서 얻을 거라고 장담했다. 이 대목에서 X여사가 스스로를 아주, 매우 높게 평가하고 있음을 알수 있다. 너무 높아서 평가가 아니라 떠죽거림이라고 해야 할 정도다. 또한 X여사는 자기 기준이 완전히 고정된 건 아니라면서, 기준이 바뀌면 언제든 감각에 의지해 자신에게 적합한 유형을 아주 빠르게 찾아낼 수 있다고 말했다. 그리고 일단 그런 유형을 만나면 끝까지 쫓아가 완벽히 사로잡지, 중간에 포기하거나 어렵다는 이유로 절대 위축되지 않는다고 했다. 자신은 이상이 무너졌다는 명확한 증거가 나와야만 "돌아설 것"이라고 말이다.

동료 여사는 X여사의 호기로운 큰소리를 들은 뒤, 자신의 생활을 풍부하게 만들어볼 요량으로 이리저리 변죽을 울려가며 '연애사'를 들려달라고 X여사를 꼬드겼다. 뱀을 동굴 밖으로 유인하듯 온갖 질문을 던졌다. "남자의 체형에 대해 어떻게 생각해?", "덩치가 큰 사람과 작은 사람 중 어느 쪽이 더 좋아?", "유부남과 총각은 뭐가 달라?", "부드러운 유형과 거친 유형 중 어느 쪽이 더 자극적이야?" 등. 그러자 X여사는 조금 무서울 정도로 정색하더니 순수한 학술 토론이라도 하고 있었다는 듯 남을 한두 마디로 평가하려 하지 않았다. 동료 여사가 그럴 필요 없다고 지적했을 때도 입을 다문 채 침통하고 안쓰럽다는 표정만 지었다. 그녀 대신 슬퍼하는 듯, 도와주고 싶어하는 듯했다. 그처럼 높은 곳에서 내려다보는 듯한 X여사의 태도에 동료 여사는 화가 치솟아 벌떡 일어나서(그 틈에 X여사를 발로 찼다) 다짜고짜 "몸을 파는 주제에 열녀비를 세우려 하느냐"라고 고래고래 소리를 질렀다. 남자를 만나면 처음 본 순간부터 내내 '잠자리'할 생각만 떠올리면서, 지조 따위는 진작 내팽개친 인간이 고상하고 엄숙한 척하는 게 가당키나 하냔 말이다. 잠자리만이 유일한 진실이니, 기관에 문제가 있는 게 아니라면 아무리 그럴듯한 말로 성인인 척 허풍을 떨어도 도무지 믿을 수 없다. 바보가 아닌 이상 네가 잠자리의 쾌락을 포기한다고 누가 믿겠는가. 오랜 세월 네가 얼마나 많은 남자와 그런 일을 했는지는 귀신만 알 것이다. 그게 아니고서야 어떻게 '극도로 세밀한 판별력과 풍부한 경험'이 있겠느냐? 완전히 공상이 아니겠는가?

X여사는 어깨를 으쓱이고는 참을성 있게 설명했다. 자신의 내재적 감각은 말로 전달할 수 없다, 바로 이처럼 이상하기 때문에 남들한테는 불가능해 보이는 일이 내 몸에서는 발생할 수 있다. 폐쇄적이라 생각하지 마라, 사실 내 가슴은 세상 사람들에게 열려 있으며 남들과 교류하고 싶다(남자와 '놀아나기'를 포함해), 하지만 오랜 경험으로 이미 '냉정'해졌기에 그럴 수 없다고 말이다.

동료 여사는 X여사의 집에서 나온 뒤 골목을 돌자마자 진 할멈의 집으로 들어갔다. 그때 진 할멈은 석탄공장 젊은이와 놀아난 직후라 그들 모두 맨 궁둥이를 드러내고 있었다. 동료 여사가 바람처럼 뛰어들자 (진 할멈은 절대 문을 걸어두지 않았다) 둘은 벌떡 몸을 일으켜 앉으면서도 이불 밖으로 나오지는 않았다. 그러고는 동료 여사와 대화하는 한편 무척 감격스러운 듯 서로를 쓰다듬었다. 동료 여사는 그들에게 폭탄 같은 소식을 전했다. X여사가 시집가려 한다는 거였다. 진 할멈은 소스라치게 놀라 다급하게 바지를 찾았다. 아무리 찾아도 바지가 보이지 않자 할멈은 윗도리를 허리에 묶어 앞을 가린 뒤 펄쩍 바닥으로 내려와 속사포처럼 질문을 퍼부었다. X여사는 남편이 있는데 어떻게 마음대로 '시집'갈 수 있는가? 우리 법이 이런 일을 용납한단 말인가? 시집을 가더라도 좀더 이르거나 나중이 아니라 왜 하필 지금, 자신이 엄청난 성과를 거두고 명예적으로도 완벽하게 그녀를 압도하며 애정도 순조롭게 무르익는 이때인가? 그녀가 시집을 가면 자신의 모든 노력이 수포로 돌아가며 이도 저도 아닌 상태에 놓이지 않겠는가? 대체 무슨 생각이란 말인가? 혹시 전혀 아닌데 민심을 흐리려고 유언비어를 만들어낸 것 아닌가? 동료 여사는 의미심장하게 웃으며 진 할멈에게 진정하라는 눈짓을 했다. 그러면서 유유히 할멈의 침대에, 하필 석탄공장 젊은이의 발 위에 앉았다. 석탄공장 젊은이가 입을 비쭉이며 두 발을 빼냈다. "X여사." 동료 여사가 느릿느릿 입을 열었다. "X여사는 정말 대단한 사람이지요!"

그 말에 진 할멈은 온몸을 부들부들 떨었다. 동료 여사가 그들에게 이렇게 말하기 시작했다. X여사는 자신의 친한 친구이기도 하지만, 확실히 자신이 살면서 만나본 가장 대단한 여인이기도 하다. 그녀가 눈썹을 꿈틀거리기만 해도 사람들이 전부 고분고분해진다. 그녀의 허를 찌르며 대적하려 한 사람치고 끝이 좋은 이가 없었다. X여사는 눈 하나 까딱하지 않고도 사람을 죽을 지경으로 몰아넣고 완전히 매장해버릴 수 있다. 또한 자신은 이번 생에 그런 친구를 사귈 수 있어서 정말 행운이며, 최선을 다해 X여사의 명예를 지키고 절대 물러서지 않을 것이다. 남성 지배권을 두고 당연히 진할멈 같은 여자는 X여사와 대적할 수 없다. 애당초 할멈은 X여사의 안중에 없다. 할멈과 석탄공장 젊은이가 이처럼 놀아나도, 정신적으로 그녀를 이겼다고 의기양양해도 X여사 본인은 할멈의 이런 작은 행동에 전혀 관심이 없고 아예 느끼지도 못한다. 뛰어난 재능과 원대한 계략을 지닌 여자가 어떻게 석탄공장 젊은이처럼 보잘것없는 인물을 가슴에 담고 있겠는가? 설령 X여사의 가슴에 중요한 위치에 있다고 석탄공장 젊은이가 우겨도 그건 본인의 짝사랑에 불과하다. 따라서 진 할멈의 전략과 전술도 한바탕 착각, 어린애 장난, 관계없는 놀이에 불과하니 하지 않느니만 못하다. X여사에게 진정한 적수가 있다면 그건 동료인 자신, X여사의 친한 친구뿐이다. 오직 자신만이 X여사가 두려워하는 존재다. 누가 X여사의 개인적 비밀을 전부 알고 있는가? 누가 X여사의 기이한 개성을 완벽하게 이해하는가? 또 누가 남자를 유혹하는 데 X여사에 비해 손색이 없으며, 심지어 그녀를 압도할 수 있는가? 오직 한 사람뿐이다. 그래서 자신은 X여사의 친한 친구이자 걱정거리이며 공존할 수 없는 경쟁자다. 남자를 유혹하는 X여사의 매력도 다년간의 관찰을 통해 어떤 술수를 부리는지 파악하고 있다. 그중 가장 많이 쓰는 술수가 성욕을 암시하는 은어다. X여사는 이 부분에 매우 저속해서 자신의 '욕망'을 적나라하게 말하며 상대를 흥분시킨 뒤 제어한다. 물론 그녀 자신은 절대 흥분하지 않고, 흥분한 상대를 악랄하게 비웃는다. 이런 술수를 이미 수도 없이 썼고 그때마다 성공을 거뒀다. 대부분의 남자가 쓸모없는 폐물이기 때문이다. 그들은 지구에 태어난 것 자체가 잘못이다. 자신이 X여사의 내적 냉혹함을 완전히 파악하자 X여사는 죽을 듯 두려워하며 여러 차례 찾아와 해명했다. 남자한테 무심한 게 아니라 늘 이상적 남자와의 육체관계를 갈망하는데, 세상이 "너무 넓고 황량해서" "자신의 이상을 찾을 수 없었기에" 오늘과 같은 상태로 전락했다고 털어놓았다. 자신은 X여사의 고백을 들으며 그녀를 꿰뚫어봤다. X여사가 털어놓은 건 바로 그녀 자신의 치명적 약점이었다. 그녀는 이 약점이 세상에 드러나면 숭배자를 전부 잃고 완전히 고립될 거라고 걱정하는 게 틀림없다. 물론 자신은 그녀의 오랜 친구로서 결코 그녀의 약점을 세상에 떠벌리지 않을 것이다. 자신은 X여사를 아끼는 마음에서 그녀의 오만한 기운을 조금 꺾어 덜 거만하고 다가가기 쉬운 사람으로 만들고 싶을 뿐이다. 어쨌든 그녀는 세상의 유일무이한 여자가 아니다. 모든 면에서 그녀보다 뛰어나지만 이를 드러내지 않고 평화로운 심경을 유지하면서 겸손하게 지내는 사람이 분명 있는데, 왜 그녀라고 그럴 수 없단 말인가? 날 때부터 과도한 열정을 가진 것도 아니면서 왜 그런 척하는가? 그런 행동으로 허영심을 채울 수는 있겠지만 세상 남자(비록 폐물일지라도)에게 너무도 큰 심리적 타격을 준다!

동료 여사는 여기까지 말한 뒤 문가로 가서 바깥을 살펴봤다. 그러고는 문을 굳게 잠근 다음 돌아서서 목소리를 잔뜩 낮추고 비밀이라며 이야기했다. "얼마 전에도 이런 일이 있었어요. 절대 흰소리가 아니에요. 원래 그녀를 숭배하던 사람이 나를 본 뒤에 불현듯 자신의 숭배가 맹목적이었음을 깨닫고는 진정한 여자의 매력이 무엇인지 이해했어요. 그녀의 일을 빼앗겠다는 의도는 전혀 없었어요. 그럴 필요가 없으니까요. 나는 조용히 옆에 서 있을 뿐인데 항상 남자들이 나를 발견해요. 이건 내 잘못이 아니라 그들 몸속에 있던 남성성이 깨어나는 거예요. 진짜가 여기 있으니까! 반짝이는 진주가 여기 있으니까요! 이런 상황은 아주 많았죠. 부지기수였어요. 내가 그 숫자를 털어놓으면 그녀는 창피해서 고개를 들 수 없을 거예요. 그녀는 내 존재를 전혀 의식하지 못했어요, 오만하게도." 동료 여사는 그 둘에게 비밀을 털어놓은 뒤 갑자기 썰렁한 느낌이 들어 버럭 화를 내며 트집을 잡았다. "왜 방에 불을 때지 않아요?" 그러고는 난로를 발로 걷어차 넘어뜨렸다. 동료 여사는 바닥으로 흩어지는 석탄을 보고 나서야 팔을 휘저으며 밖으로 나갔다.

진 할멈과 석탄공장 젊은이는 멀뚱멀뚱 서로를 쳐다보기만 했다. 석탄공장 젊은이가 머뭇거리며 "바지를 입을까요?" 하고 물었다. 그 질문에 진 할멈은 격노하며 카랑카랑한 목소리로 "니미럴!" 하고 소리쳤다. 젊은이는 바지를 입지 말라는 뜻으로 할멈의 의중을 잘못 해석했다. 자기가 충분히 뜨겁지 못했다고 질책하는 줄 알고 후다닥 달려들어 진 할멈과 뒤엉켜 또 한바탕 '놀아났다'. 그러다 뜨거운 석탄 위로 굴러 돼지 멱따는 듯한 비명을 질렀다.

그런데 X여사는 나면서부터 그런 생각을 가졌던 걸까? 실질적인 성공과 실패를 겪어본 적이 없을까? 그렇다면 우리는 그녀의 생각이 일종의 괴벽이라고 말할 수밖에 없다. 하지만 X여사 동생의 말로는, X여사의 성적 의식이 "기나긴 역사적 과정을 거치면서 점점 명료해져 결국 오늘날처럼 변했다"라고 했다. 다만 동생의 말에서 뭔가를 분석해낸다는 건 불가능에 가깝다. 이는 우리가 이미 경험해본 바로, 차라리 우리 스스로 추리하는 게 훨씬 더 효과적이다. 우리는 눈을 똑바로 뜰 수 있을 뿐 아니라 논리적으로 사유할 수 있다. 지금의 행태로 볼 때 X여사는 과거에 앞뒤 가리지 않고 방탕하게 즐겼으며, 보나마나 그 속에 무수한 불법적 '잠자리'가 있었을 게 뻔하다('잠자리'라는 말만 꺼내면 그녀의 두 눈이 반짝반짝 빛나는 게 증거다). 그녀의 무서운 기세로 보아 몇 명이 목숨을 잃거나 앞날이 망가지지 않고서야 끝났을 리 있겠는가? 우리는 여러 여자를 봤지만 그들이 방탕하고 자유롭다고 해도 사람들의 질책을 받을 정도는 아니었다. X여사처럼 남의 목숨을 좌지우지하는 여자는 한 번도 본 적이 없다. 국가기관에서 악명을 떨치다 쫓겨난 그녀는 오향거리에 흘러든 이후에야 어쩔 수 없이 자중하게 되었다. 그렇게 몇 달을 잠잠하게 지내다 다시 진용을 정비해 일을 크게 터뜨릴 계획을 세웠다. 스스로 큰 손해를 봤고 강탈당했다고 생각한 그녀는 잃어버린 시간을 되찾고 싶었기에 얼마 지나지 않아 본모습을 드러냈다. 그녀는 "철저히 자각하고 매우 신중히 움직여" 이제 "자신에 대해 명료하게 평가할 단계"에 이르렀다며 답답함 해소 활동 덕분에 "속세의 모든 간섭을 제거"했으니 "직접적으로 내 욕망을 볼 수 있다"라고 말했다. X여사의 행복이라는 차원에서 접근한다면, 그녀는 평생 흐릿한 상태에서 영영 깨지 않는 편이 더 나았을지도 모른다. 그 기괴한 명료함이 한편으로 그녀의 기세를 너무 키워 남자를 쫓아버렸다. 남자들은 달아나지 않으면 그녀에게 목숨줄을 내줘야 했다. 또다른 한편으로는 그녀가 남들과 완전히 다르다는 자아도취에 빠지게 했다. (그녀는 과거의 경험 때문에 모든 남자가 눈에 들어오지 않는다고 밝혔다.) 사실 그녀 뱃속에 무슨 꿍꿍이가 들었는지 누가 알겠는가? 그게 남자들과 얼마나 큰 관계가 있을까? 그녀는 스스로를 그리 높게 평가할 필요가 없다. 애당초 아무것도 아닌 착각에 불과하기 때문이다. 남자들이 눈에 들어오지 않는다면서 대체 왜 그렇게 찾아다닌단 말인가? 과부처럼 정절을 지키는 게 훨씬 더 고차원적이고 진실하지 않은가? X여사는 이런 질문들에 대답하지 못했다. 질문을 피하면서 미신 활동을 시작한 뒤 몸이 날마다 "탱탱하고 활력적"으로 변한다고 강조했다. 시내에서 종소리가 울리고 서광이 창문으로 비쳐 올 때마다 살며시 남편의 팔베개에서 빠져나와 오래도록 창문 앞에 서 있는데 그럴 때면 (여동생에게) "가슴이 부풀어오르고 엉덩이가 풍만해지며 허벅지가 늘씬해지고 온몸이 버드나무 가지처럼 야리야리해진다"라고 말했다. 우리의 과부는 어느 날 아침 그 꼬락서니를 직접 보고 나서 "뭐라 표현할 수 없는 느낌"이었다고 전했다. 그리고 뜻밖에 X여사 남편이 "그런 행동을 부추기더라"며 어쩌면 X여사의 모든 연애는 그 소중한 남편과 "공모했을지도" 모른다고 했다.

어느 순간 X여사의 몸속 악마가 깨어나자 풍파가 끊임없이 일었다. 원래 그녀는 자신의 신기한 능력을 아무 제한이나 속박 없이 드러낼 수 있었는데 불행히도 장소를 잘못 선택하고 말았다. 하필이면 우리 오향거리의 주민들이 대대손손 거주하며 가지런하게 질서를 잡아온 곳이었으니 말이다. 사실 누구도, 약방의 83세 점쟁이 할아범까지도 그녀가 나타날 것을 예상하지 못했다. 하지만 그녀는 외계인처럼 오향거리로 툭 떨어졌고, 남편과 견과류 가게를 열며 영구히 눌러앉겠다는 자세를 취했다. 한참이 지난 뒤에야 문득 우리는 그들 두 사람의 존재를 알아차렸다. 오향거리 사람들은 전부 현실주의자라서 처음에는 의혹과 혼란의 눈길로 그들을 지켜봤지만, 이내 기정사실로 받아들이고 X여사 일가를 '이색분자'로서 수용할 방법을 재빨리 모색했다. 오향거리의 대중 단체는 줄곧 다양한 사상과 개인을 잘 수용하는 조직이었으며, 이런 '수용'이란 희석이 아니라 오랜 시간을 통한 점진적 동화, 완벽한 융화를 의미했다. 예로부터 이 방법은 늘 기대했던 대로 좋은 결과를 거뒀다. 그런데 이번 X여사의 경우는 모든 규칙이 소용없었다.

X여사는 오향거리로 내려온 첫날부터 지금까지(약 이삼 년간) 동화되지 않을뿐더러 암처럼 고집스럽게 사방팔방으로 독소를 퍼뜨리며 다른 이들에게 해를 끼쳤다. 동화되지 않은 건 그녀가 아니라 오히려 주변 대중인 것 같았다. 그녀가 암암리에 이를 악물고 부지런히 노력한 목적이 바로 이것 아니겠는가? 물론 대중 단체의 유구한 역사 앞에서 그녀의 파괴성은 보잘것없었다. 그 방대하고

건강한 체제에 아무 손상을 주지 못했을뿐더러 오히려 항체 생성 같은 도움을 줬다. 하지만 모기는 분명 피를 빨아먹고 윙윙 소리를 내는 성가신 존재가 아닌가. X여사는 바로 그 성가신 모기와 같았다. 우리는 그녀가 지나치게 설쳐서 우리 선량한 주민들의 살기를 자극하는 일이 없기를 바랐다. 여기서 그녀의 생각이 오향거리의 전통적 관념과 얼마나 어긋났는지 예를 들어 설명해보겠다.

우선 바람 쐬는 일에 대해 말해보자. 그건 X여사 가족이 했던 가장 혐오스러운 행동이었다. 우리 남방에서는 매년 여름이 되면 바람을 쐬러 나간다. 바람을 쐬는 장소는 언제나 대로변이며, 삼삼오오 모인 사람들은 밤이 깊을 때까지 주요한 세상사에 대해 신나게 떠들고 아름다운 미래를 예측하며 불량한 사회 풍조를 비난한다. 이런 모임에는 누구나 반드시 참가해야 하고, 수많은 중요한 결정이 거기서 이뤄진다. 그런데 X여사 일가는 이사온 첫해 여름부터 교양 없는 면모를 여실히 드러냈다. 그들은 사람들이 바람을 쐬는 동안 거만하게 대로를 산책하며 옆쪽에는 눈길을 주지 않았다. 느긋하게 산책을 마친 뒤에는 자기네 집으로 들어가 문을 닫고 다시는 나오지 않았다. 여자는 현미경을 꺼내고 남자는 "무슨 일을 하는지 알 수 없었"다. 한번은 석탄공장 젊은이가 X여사의 집으로 찾아가 "완곡하게 일깨우"며 "사회 활동에 좀 참가하라"라고 권했지만 그녀는 "코웃음을 치고"는 다시 고개를 숙여 현미경을 들여다봤다. 석탄공장 젊은이를 상대하느라 일 분을 허비한 게 안타까운 듯도 하고 그를 알아보지 못한 것도 같았다. 석탄공장 젊은이는 잠시 아무 말 없이 앉아 있다가 끊임없이 자괴감이 밀려들어 돌아갈 때는 "제대로 걸을 수 없었"다.

"확실히." 그는 무척 겸연쩍어했다. "그녀는 자기 일이 있었어요. 분명 대단한 일이었겠지요. 옆에 있다 감동한 나머지 울음을 터뜨릴 뻔했어요. 워낙 전무후무한 일이니 우리가 강요할 수는 없……"

석탄공장 젊은이의 말이 채 끝나기도 전에 과부가 그의 얼굴에 침을 뱉으며 욕했다. "창피한 줄도 모르고! 그 원숭이 같은 년한테 뭔가 단물을 받아먹었겠지."

일 년 또 일 년이 흘러도 X여사네 가족은 바람을 쐬러 나오지 않았고 언제나 그렇듯 문도 굳게 닫아걸었다. 암암리에 파괴 공작을 벌이고 미신 활동으로 오향거리 군중 단체를 와해시키려고까지 했다. 그녀의 노력으로 바람을 쐬러 나오는 사람들이 확실히 줄었다. 바꿔 말하자면 그녀와 미신 활동을 하는 사람들이 늘어났다. 그 어리석은 남편은 무척 기뻐하며 누군가를 만날 때마다 X여사의 '묘수'가 얼마나 대단한지 모른다고 떠들어댔다. 묘수를 쓰면 바람 쐬기 같은 전통적 습관으로는 막을 수 없을 거라며, 가히 천하무적이라 했다. 당연히 그 남편은 어린애처럼 부풀려 떠들었을 뿐이지만 그 속에서 우리는 그동안 간과했던 X여사의 '침투력'을 엿볼 수 있었다.

바람 쐬기 외에 또다른 큰 사건으로 사진 촬영을 들 수 있다. 우리 오향거리 사람들은 사진 찍는 것을 무척 좋아해 명절을 치르듯 거창하게 찍곤 했다. 집에서 사진기로 각자 찍기도 했지만, 매년 봄꽃이 만개하면 우르르 시내 사진관으로 몰려가 단체 사진을 찍고 진귀한 기념품이라도 되는 듯 최고급 액자에 넣어 벽 중앙에 걸어뒀다. 어느 집에 가든 벽에 각양각색의 사진이 잔뜩 걸려 있어 경건한 마음마저 들었다. 이 단체 활동에서도 X여사네는 예외였다. 참가하지 않는 거야 그렇다고 쳐도, 문제는 그들의 과격한 말이었다. 사진 촬영이란 것 자체가 "좋은 점이 하나도 없다", "완전히 거짓 농간이지", "진짜 생생한 자아를 보는 가장 좋은 방법은 거울을 보는 것이다", "거울조차 보지 못하는 사람이 사진이라니, 자기기만일 뿐이지" 등. 그들의 아들 샤오바오조차 놀다가 무심코 "찍어, 찍어, 찍으라고! 찍다 죽겠네!"라고 말할 정도였다. X여사 일가의 괴이한 점을 늘어놓기 시작하면 한도 끝도 없으니 짧게 결론을 내리겠다. 그들의 모든 행동은 오향거리의 사회 질서를 무너뜨리는 것이 목적이고, 그들은 그런 적개심을 무덤까지 가져갈 작정이다.

4. Q선생과 그의 가정

변두리의 낮은 산자락에 일렬로 늘어선 단층의 붉은 벽돌집, 그 중 한 곳에 우리의 Q선생이 아내와 두 아들이랑 함께 살았다. Q선생과 그 아내는 대략 38, 9세고(그들끼리는 45세라고 고집하면서 세상을 아무 비밀 없이 꿰뚫어보는 나이라고 자랑스러워했다) 상냥하며 솔직하고 성실한데다 대범하고 사랑스러웠다. 둘 다 공무원이었다. 고된 일과를 마치고 집으로 돌아와 펄쩍펄쩍 뛰면서 반기는 두 아들(11세와 9세)을 보면 피로가 단숨에 날아가는 기분이 들었다.

외부인이 보기에 감동적이라 할 만큼 단란한 가족이었다. 집 앞뒤에 호박, 여주, 강낭콩 등을 심고 눈처럼 하얀 앙고라토끼 몇 마리와 줄무늬 고양이, 용맹한 사냥개를 길렀다. 부부는 시골 분위기를 무척 좋아하고 도시의 번잡함을 싫어했다. 따스한 햇빛이 내리쬐어 공기 중으로 달콤한 꽃향기가 퍼지고 벌들이 날아다닐 때면

Q선생은 아내의 붉은 얼굴을 감싸쥐고 시렁 아래서 입을 맞췄다. 끝도 없이 이어지는 입맞춤에 둘의 입술에서 꿀이 떨어질 것 같았다. 입을 맞춘 뒤에는 꼭 끌어안은 채 시렁 아래의 긴 돌의자에 앉았다. 눈물이 그렁그렁 맺힌 눈으로 아득한 사색에 잠겨 일상의 번뇌를 깨끗이 잊어버렸다. 머리 위에서 새 울음소리가 들려올 때에야 그들은 정신을 차리고 다시 감동에 젖어 또 입을 맞췄다. 평화롭고 사이좋은 관계 속에서 십오 년이라는 시간이 눈 깜짝할 사이에 흘러갔다. 그들은 처음부터 잘 어울렸고 행복했다. 그런 생활은 Q선생이 X여사를 만날 때까지 지속되었다. 그전까지는 조금의 빈틈도 없고 나날이 사랑도 깊어져 둘은 절대 분리될 수 없는 하나처럼 보였다.

물론 두 사람이 성격은 달랐다. 아내는 나긋나긋하고 소심하며 순수한 여자로, Q선생을 만난 첫날부터 그를 숭배했다. 숭배의 감정은 차츰 사랑으로 발전했다. 그녀는 일편단심으로 Q선생을 사랑해 그 이외의 남자한테는 눈길 한 번 준 적이 없었다. 그녀 마음속에서 Q선생을 제외한 다른 남자는 전부 무섭고 이해할 수 없는 존재였다. Q선생을 만난 건 그녀 인생의 최대 행운이자 복이었다. 성심성의껏 그를 보살피고 어려운 살림을 책임질 때 그녀의 가슴 밑바닥은 늘 아내로서의 자부심이 가득했다. 그래서 얼마 지나지 않아 그녀는 소심함을 털어버리고 두 뺨을 젊은 부인의 홍조로 물들이면서 매력적인 여인으로 거듭났다. 반면 Q선생의 성격은 워낙 다층적이라 한마디로 정의하기 힘들었다. 한 번도 자신의 성격을 충분히 드러낸 적이 없기에 우리로서는 정확한 판단을 내릴 수 없었다. 하지만 가장 큰 특징 두 가지는 항상 겉으로 드러났다. 바로 다정함과 너그러움이었다. 그의 성격 속에 있는 다른 요소가 X여사와 만났던 반년 동안 일부 드러나기도 했지만 완전히 밝혀졌다고 하기에는 한참 부족했다. 그 자신의 고백에 따르면, 태생적인 '원죄 의식'으로 행동 하나하나가 전부 억눌린 탓이었다. 누구도 그가 얼마나 많은 잠재력을 가졌는지, 어떤 특이한 일을 할 수 있는지 명확히 알지 못했다.

　Q선생은 다정하고 정의감 넘치는 남자로 아내를 무척 사랑했다. 처음부터 아내에게 해가 되는 일은 절대 하지 않을 것이며 언제까지나 그녀의 오라비이자 보호자, 친애하는 남편이 되겠다고 다짐했다. 처음에는 성생활이 잘 맞지 않았지만 둘이서 합심해 노력했고, 감정까지 깊어지면서 차츰 잘 맞고 만족스러워졌다. 그의 아내도 피동적인 처녀의 면모에서 점점 벗어나더니 나중에는 주도적으로 도발하고 애무해 Q선생을 감정적으로 또 육체적으로 크게 만족시켰다. 그런 아내의 모습에 Q선생은 감동해 보은하겠다는 마음까지 먹었다. 그들 집에서는 늘 삶의 재미를 더해주는 말들이 넘쳐났다. "당신이 다른 여자를 사랑하게 되면 내가 얼른 죽어줄게. 두 사람이 맺어질 수 있도록." "당신이 내 손에 떨어질 줄은 정말 몰랐어요. 하늘이 내 오랜 외로움을 보상해준 거지."(아내의 말) "다음 생애에도 아내를 선택하라면 일말의 망설임도 없이 당신을 택할 거야." "당신은 내 이상적인 의지처이니까. 나는 당신 덕분에 환골탈태해서 완전히 좋은 남자가 되었어요. 다른 여자는 나를 타락시킬 뿐이지." "내가 겪어보지 못한 쾌락이 뭐가 있겠어? 이처럼 풍부한 것보다 더 감동적인 게 뭐가 있겠냐고?"(Q선생의 말) 듣기에 민망한 면이 없지 않지만 둘의 감정이 얼마나 깊은지 여실

히 드러내주는 말들이다.

그들의 삶이 제삼자의 침입을 한 번도 받지 않아 늘 평화로웠다고 말한다면, 머리 위로 푸른 하늘이 펼쳐지고 발밑에는 앙고라토끼가 엎드려 있으며 귓가에서 벌이 윙윙거리고 새와 곤충들이 그들의 사랑을 함께 느꼈다고 말한다면, 그건 지나친 이상화라고밖에 할 수 없다. 불행하게도 Q선생 자신의 관점과 달리 그는 매우 섹시한 남자였다. 민감한 여자는 그의 얼굴과 동작에서 억압된 육욕을 감지하고 그가 침대에서의 쾌락에 얼마나 흥미를 느끼고 미련을 갖는지 간파할 수 있었다. 몸안에서 펄떡펄떡 요동치는 힘이 수시로 이성과 충돌했기에 그는 곤란할 때가 많았고 골머리를 앓았으며 미혹되기도 했다. 물론 그는 언제나 마귀의 유혹을 물리치고 자신의 낙원으로 돌아와 맑아진 정신으로 다시 순결한 남자, 다정하고 좋은 남편이 되었다.

Q선생이 35세 때(남자의 전성기), 한 아름다운 여자가 그를 몇 시간이나 관찰하다 어두운 계단 아래서 기다린 적이 있었다. 그녀는 계단을 내려오는 Q선생의 팔을 '낚아채고는' 적나라하고 다급하게 자신의 욕망을 드러내며 요구했다.

"당신, 이걸 원하죠." 그녀는 반박할 여지도 주지 않고 그의 눈을 똑바로 쳐다보며 붉은 입술을 반쯤 벌려 입맞춤을 기다렸다.

Q선생은 움직이지 않았다. 한참이 지난 뒤에야(여자한테는 만년쯤 되는 듯했다) 둘은 그 모종의 대치 속에서 출구를 찾기 시작했다. 그가 먼저 숨을 길게 내쉬며 말했다. "무슨 근거로요? 우리는 서로를 전혀 모르는데!"

여자는 그렇게 모욕적인 말은 처음이라는 듯 씩씩거리며 떠났다.

나중에 그는 잠깐 현기증이 나는 듯했지만 금세 진정하고 그 여자를 "꿰뚫어봤다"라고 아내에게 고백했다. "아주 천박하고 경망스러운 여자였어요." 그는 담담하게(지나치게 담담한 표정이 뭔가를 숨기는 듯했다) "어디 당신한테 비할 수 있겠어!"라고 말했다.

그가 피하자 여자는 실망하며 금세 다른 사람에게 향했다. Q선생은 스스로가 자랑스러웠고 기뻤다. 사기를 당하지 않아 다행이야. 안 그랬으면 상상하기도 힘든 끔찍한 일이 벌어졌을 테니. 세상 여자란 처음에는 하나같이 뭔가 있어 보여도 실은 아무것도 없어. 이게 증거 아니겠어? 그런 여자 때문에 위험을 무릅써봤자 자기 자신만 망가질 뿐이지, 뭘 얻을 수 있겠어? 일반적으로 여자는 다 골치 아파. 다른 유형도 있을지 모르지만 내가 본 적이 없으니 어떻게 믿겠어? 지금까지 나와 집사람 사이보다 더 완벽하고 고상한 관계는 본 적이 없어. 이런 관계를 뛰어넘는 건 절대 없을 거야. 내 날카로운 눈은 무엇도 속일 수 없어. 나는 이미 45세라고. 내가 꿰뚫어보지 못하는 일이 뭐가 있겠어?

그의 아내는 함께 그들의 승리를 축하하며(그녀는 한 번도 그라고 하지 않고 항상 그들이라고 말했다) 명절 때처럼 뿌듯한 마음으로 감동에 젖었다. 일단 감동이 밀려들자 그에 대한 사랑과 애틋함도 걷잡을 수 없게 커져서 그를 "의지가지없는 불쌍한 사내아이"라고 불렀다. Q선생도 한층 더 그녀에게 보답하고 싶어졌고, 순간적으로 떠올랐던 자신의 비열한 생각에 한없이 부끄러워하며 절대 아내에게 밝히지 않으리라 다짐했다. 그들의 완벽하고 순결한 사랑을 영원히 지키겠다 맹세했다. 누가 그의 아내 같을 수 있겠는가? 이토록 우아하고 순결하며 순수한 자태라니! 사랑으로 가득찬 영혼이라니! 그녀는 언제나 그의 감탄과 숭배를 자아내는 사람이었다. 그런 '골치 아픈 일'이 그들의 십오 년 세월 동안 대략 네다섯 번 발생했고, 그때마다 Q선생은 혼자 알아서 적절하게 조치했다. 그는 결코 세속적인 일로 아내의 천사 같은 마음을 어지럽히지 않았다(그건 고의로 상처 주는 것이나 마찬가지였다). 알려야 할 때는 언제나 일이 끝난 뒤에 농담처럼 말했을 뿐이고, 결코 일말의 의심이나 불안을 일으키지 않았다. 안 그럼 평생 후회할 것 같았다.

Q선생의 아내는 가슴 깊은 곳에서부터 그가 매력적인 남자임을 알았고 여자들 눈에 어떻게 보이는지도 잘 알았다. 하지만 전혀 질투하지 않았다. 질투란 감정은 그녀의 아름다운 영혼과 어울리지 않았다. 그녀는 그저 걱정할 뿐이었다. 자신의 남자가 연약한 아이라고 생각했다. 벌거벗은 채 세상을 돌아다니는데 주변이 온통 가시밭이고 어둠 속에서 맹수가 노리고 있어 아차 하는 순간 다칠 것만 같았다. 그는 그녀의 남자이자 오라비였지만 심정적으로는 그녀의 아이, 사람을 너무 쉽게 믿는 친절한 아이였다. 그녀가 은밀히 그를 안전한 곳으로 이끌어줘야 했다. 그런 스스로의 사명을 떠올릴 때마다 그녀는 비밀스럽게 흥분해 자기도 모르게 웃음을 지었다.

"뭐 좋은 일이라도 있어요?"

"여자만의 일이에요. 가르쳐주지 않을 거고요."

먹구름이 지나가고 하늘이 다시 파랗게 개었다. 강낭콩꽃이 매혹적인 향을 풍기고 자운영 꽃송이가 활짝 자태를 뽐냈다. Q선생은 무릎에 아들을 앉히고 단단한 팔로 여리여리한 아내를 안아 아버지와 남편으로서의 기쁨을 만끽했다. X라는 마녀가 나타나지 않앉으면, 그의 앞에 나타난 게 X가 아니라 다른 여자였다면, Q선생과 그의 아내는 지금 우리 사회에서 사랑의 대명사, 모두의 본보기로 칭송받았을 것이다.

불행은 5월의 어느 아름다운 오후에 찾아왔다. Q선생과 아내가 쉬는 날이었다. 아침 일찍 일어났을 때부터(그들 부부는 늦잠을 자지 않았다) Q선생은 자기 몸속의 은밀하고 불안한 움직임을 감지했다. 그 알 수 없는 움직임이 오후까지 지속되었지만 그는 조심스럽게 아내를 속였다. 식사를 마친 뒤 Q선생은 자리에서 일어나 점을 보러 가야겠다는 말을 남기고 허둥지둥 밖으로 나갔다. (여기서 보충하자면, 우리의 Q선생은 X여사와 달리 실제로 미신을 믿는 사람이었다. X여사는 신비주의를 실천할 뿐이지 정작 미신을 믿지 않았다. 그녀는 뼛속 깊은 곳까지 남다른 자신감으로 가득차 있었다. 다시 말해 자기 자신만 믿고 신이나 운명은 믿지 않았다. 운명에 도전하고 그것을 비웃으며 가능한 한 맞서거나 어깃장을 놓으면서 절대 패배를 인정하지 않았다. Q선생은 그녀와 완전히 반대였다. 언제나 두려움 속에서 생활하고 신과 운명을 믿을 뿐 아니라 분수에 맞지 않는 생각도 거의 하지 않았다. 그는 점을 자주 봤고 그 결과에 영향도 많이 받아 이상할 정도로 흥분하거나 크게 풀이 죽곤 했다. 며칠은 어린애처럼 펄쩍거리며 뭔가를 중얼거리고 한껏 기분이 좋았다가, 며칠은 노인처럼 가만히 앉아서 아무 생각 없이 멍한 눈빛으로 지냈다. 그런 일이 있을 때마다 그의 아내는 또 점을 봤으려니 짐작했다. 그는 쉬는 시간을 희생해가며 수십 리씩 걸어 점쟁이를 찾아가서는, 입고 먹는 걸 아껴 모은 돈을 자신의 운명을 쥐고 있는 사람에게 건넸다. 그는 점을 보는 것 외에는 평생 다른 취미가 없었다.) 그러던 어느 날 그의 동료가 말했다. 시내 오향거리에 아주 특이한 능력을 가진 진짜 무녀가 사는데 점을 봐주지는 않는다고. 그래도 그가 찾아가면 외모에 반해서 태도를 바꿀지도 모른다고 말이다. Q선생은 순간 멈칫했지만 얼른 그 말을 가슴에 새겼다. 당시에 점을 어떻게 쳤는지 상세한 상황은 여기에 기록하지 않는다. 아무도 믿을 만한 정보를 주지 못했고, Q선생 본인도 누군가에게 말한 적이 없기 때문이다. 편지에도 눈동자에 관한 내용만 있지 점과 관련해서는 한 글자도 없었고, X여사의 동생 (그녀는 당시 현장에 있었다) 역시 전혀 상관없는 감탄을 늘어놓으며 Q선생 외모에 대해서만 모호하게 말했다. 이에 관해서는 이미 앞에서 이야기했다. 어쨌든 그게 Q선생과 X여사의 첫 만남이었다. 치명적인 그 만남이 수많은 사람의 삶을 바꿔놓았고 무고한 생명을 앗아가기까지 했다. 이건 나중에 다시 이야기하겠다.

여기서 그날 날씨에 관해 이야기하지 않을 수 없다. 날씨도 전체 사건 중 간과할 수 없는 결정적인 부분을 차지하기 때문이다. 도통 종잡을 수 없을 만큼 이상한 날이었다! 물론 특별히 주의를 기울이지 않으면 보통의 봄날과 별로 차이가 없어 보일지도 모르겠다. 몇 년이 흐른 뒤 오향거리의 절름발이 여사는 그날을 떠올리며, 날씨가 아주 화창했고 아침부터 하늘에 꽃송이 같은 흰 구름이 수도 없이 떠다니다 나중에는 "나뭇가지에조차 그 꽃들이 가득 걸렸다"라고 말했다. 또 그녀가 창문 밖으로 고개를 내밀었더니 바깥이 "선계 같았다"며 "구름 말고도 이상한 건 풀냄새였다"라고 밝혔다. 오향거리의 길가에는 풀 같은 건 없고 시들시들한 나무만 몇 그루 있다는 걸 알아야 한다. 하지만 그때는 정말 가슴을 파고들 정도로

짙은 풀냄새가 풍겨와 공기마저 푸르러지는 듯했다며 살짝 흥분도
되고 서글퍼지기도 했다는 거였다. 우리의 Q선생은 그렇게 선계처
럼 매혹적인 분위기 속에서 X여사의 작은 집으로 향했다. 이어서
어떤 일이 벌어지고 그의 삶이 어떻게 바뀌었는지는 짐작할 수 있
을 것이다. 그날 대체 뭐가 문제였는지는 몰라도 하늘마저 그 불륜
남녀한테 다리를 놓아줬다.

　오후에 일어났던 일에 관해 Q선생의 아내는 전혀 알지 못했다.
그녀는 남편이 어떤 사람들을 만나는지 한 번도 물어본 적이 없었
고 그가 혼자 무슨 활동을 하는지도 알아본 적이 없었다. 남편이
먼저 알려주지 않는 일에 관해서는 흥미나 호기심이 조금도 일지
않았다. 그날 Q선생이 저녁에 돌아왔을 때 유난히 들떠 있어서 아
내는 '점괘가 아주 좋았나보네' 하고 생각하며 진심으로 기뻐했다.
별이 떠올랐을 때는 서로 끌어안은 채 문가에 서서 나직한 목소리
로 〈산기슭의 시냇물〉을 부르며 오랫동안 심취했다. Q선생은 자기
도 모르게 노래에 또다른 의미를 부여해 마지막 부분에서 목청을
떨다 느닷없이 뚝 멈췄다. 그의 아내는 온몸으로 엄청난 행복감을
느끼던 중이라 전혀 알아채지 못했다. 둘은 한층 더 서로를 꽉 끌
어안았다.

　"풀냄새." Q선생이 갑자기 눈물을 흘렸다. "정말 봄이 왔네, 그
렇죠?"

　"그렇네요." 아내가 목멘 소리로 대답했다.

　초록색 별똥별 하나가 하늘가에서 연기를 뿜고 산비탈이 몇 차
례 엄청나게 흔들렸지만 이내 신비로운 정적이 되돌아왔다. 그날
밤 Q선생은 꿈에서도 '사람의 눈에 축전지를 장착할 수 있나?' 하

는 의문에서 벗어날 수 없었다. 밤새 비몽사몽 뒤척일 때, 환한 전등불이 눈동자를 똑바로 비춰 그는 두 눈이 머는 줄 알고 허둥거렸다. 고개를 돌리자 유리로 된 무색의 텅 빈 길이 어느 골목까지 똑바로 뻗어 있는 게 보였다.

Q선생과 X여사가 만난 다음날, 절름발이 여사가 창문에서 Q선생과 '해후'한 뒤에 돌연 기적이 일어났다. 그녀는 개미한테 다리를 물리는 듯한 느낌을 받고 나서 "어디서 온 힘인지 몰라도" 벌떡 일어나 지팡이를 짚고 비틀비틀 문을 나섰다. 누가 Q선생의 거처에 대해 말하는 걸 그녀가 들은 적이 있는지 우리로서는 알지 못한다. 심지어 Q선생이라는 사람에 대해 들은 바가 있었는지도 확실하지 않다. 어쨌든 그녀는 어떤 인상에 근거하여 단숨에 "그를 알아봤고" 이번에는 흐릿한 머릿속 기억에 의지해 비틀비틀 Q선생의 집으로 나아갔다. 그녀는 금세 호박 시렁이 있는 작은 집 앞에 도착했다. Q선생의 아내가 그곳에 앉아 꿀벌의 노랫소리를 들으며 작고 붉은 꽃을 꽂은 머리를 이리저리 심취한 듯 흔들고 있었다. 그녀는 자기 앞에 서 있는 절름발이 여사를 전혀 알아채지 못했다. 늘 외부 사람들을 신경쓰지 않았기에 아무 상관 없는 행인이 자기 집 앞에서 누군가를 기다린다고만 생각했다. 그녀는 살짝 눈을 떠 행인을 쳐다봤다가 다시 눈을 감은 뒤 꿀벌의 노랫소리에 빠져들었다.

"저기요……" 절름발이 여사가 불쾌한 듯 목소리를 길게 끌며 말했다.

Q선생의 아내는 그게 들판에서 울부짖는 바람소리라고 생각했다. 바람은 늘 그렇게 불안했고 툭하면 울부짖었다.

"귀가 먹었나?" 절름발이 여사가 앙상한 손을 어깨까지 뻗었을 때에야 Q선생의 아내는 깜짝 놀라 고개를 돌리고 분노와 원망이 섞인 표정으로 절름발이 여사를 바라봤다.

"저기 앞쪽에 날 듯이 뛰어가는 건 들개예요." 절름발이 여사가 Q선생의 아내를 음산하게 쏘아봤다. "이런 일이 또 있었어요. 십 년 전, 완두꽃이 피었던 황혼 무렵이었지요."

Q선생의 아내는 이제 그녀를 똑바로 바라봤다. 나무인형 같은 얼굴에 불길한 그림자가 떠올랐지만 금세 도로 밝아졌다.

"마음이 불안하지요? 맞죠?" Q선생의 아내는 진심어린 눈으로 절름발이 여사를 바라보며 자기 앞 의자에 앉으라는 표시를 했다. "모든 사람이 나 같은 마음을 가진 건 아니니까요. 이건 분명히 알고 있답니다. 어딜 가나 사람들이 불안하다고 말하더군요. 참으로 불쌍하고 비참한 사람들이에요. 당신은 누구죠?"

"나요? 당신이 나에 대해 어떻게 알겠어요? 나는 당신과 들판의 개에 관한 이야기를 내내 들었어요. 놈한테 다리가 세 개뿐인 거 맞죠? 나는, 당신도 알겠지만, 십 년 전에 하지가 망가졌어요. 거기 가만히 누워서 아주 많은 일을, 머리가 터질 정도로 계속 들었지요. 침대에서 일어나지 못했지만 나는 당신을 알고 그 개도 알아요. 오늘 내가 갑자기 걷게 된 건 참으로 이상한 일이에요. 의사가 조급하게 굴면 위험하다고 했는데. 가슴이 아프군요."

"너무 안됐네요. 오늘 오전에 나는 버드나무 가지로 왕관을 만들어 쓰려고 했어요. 뒤쪽 저수지 옆에 오래된 버드나무가 있거든요."

"귀신 같은 꼬락서니 하고는!" 절름발이 여사가 경멸스럽다는 듯 자리에서 일어나더니 지팡이로 시렁을 가리키며 소리쳤다. "이게 뭐하는 짓이람? 이봐요, 이 따위 너저분한 걸 문 앞에 걸쳐두다니, 위장 아닌가? 전부 산송장 같은 걸, 난 생각만 해도 머리가 아프네!" 그녀는 씩씩거리며 돌아섰다.

Q선생의 아내는 그 사람의 분노를 이해할 수 없었다. 이상하면서 무서웠다. Q선생의 아내는 눈앞에 낯선 사람이 나타날 때마다 본능적으로 겁을 먹었기에 누구와도 친해질 수 없었다. 늘 그렇게 화를 내고 씩씩거리는 사람들한테 감히 다가갈 수 없었다. 위협이 그토록 많으니, 그녀는 이 세상에 부적합한 사람이었다. 다행히 Q선생, 그녀의 남편, 그녀의 제일 친한 친구 덕분에 세상의 위험을 피할 수 있었다. 그래서 생전 처음으로 은근히 불안해졌다. Q는 어디 있담! 내 친절한 사내애는 어디 있지? 그녀는 신발을 바꿔 신고 오솔길로 나가 내다보며 귓가에서 흐느끼는 바람소리를 들었다. 보고 또 보다 이번에는 불현듯 창피해졌다. 그에게 미안한 일을 하는 것 같아 부끄러웠다. 그녀는 마음을 가라앉히고 다시 시렁 아래로 돌아와 꿀벌의 노래에 귀기울였다. 그런데 이번에는 꿀벌이 노래하는 대신 올라갔다 내려갔다 하면서 빙글빙글 이상한 원만 그리는 게 아닌가. Q선생의 아내는 머리가 둔해지고 눈앞이 흐릿해지는 기분이 들었다. 그 사람은 대체 누구일까? 그 불꽃 같은 검은 눈동자를 어디선가 많이 봤던 것 같은데. 우물가에 물을 길러 갔을 때 살쾡이가 앉아 있고 오솔길에 야수 발자국이 잔뜩 있더니. 그게 무슨 전조였을까? 아니, 내가 어떻게 근심에 빠질 수 있지? 그녀는 자신의 보석상자를 떠올렸다. 거기에 없는 게 뭐가 있어, 그 절름발이 여자는 상상도 못할걸. 그렇다면 목청을 높여 노래하자. 그녀는 목이 쉬도록 노래했다.

절름발이 여사가 꽤 멀리까지 갔는데도 지팡이 소리가 계속 울렸다. "탁, 탁, 탁……"

진실로 무서운 날이었다.

꿀벌은 더이상 노래하지 않았다.

"점쟁이가 왔었어요." 그녀가 억지로 기운을 내서 남편에게 농담을 건넸다.

"요즘은 점을 그리 많이 보지 않는데." Q선생이 혈색 좋은 얼굴로 아내를 보면서 그녀의 작은 귀에 입을 맞춘 뒤 뭔가 생각에 잠긴 듯 웃음을 지었다.

"당신은 아주 대단해요!" 그녀가 칭찬하며 그의 품으로 파고들었다. "우리 꿀벌한테 신경 좀 써줄래요? 계속 노래하도록."

5. 개조 실패

　　X여사가 '답답함 해소' 활동을 시작한 지 이 년째 되는 어느 날 정오였다. 절름발이 여사의 집에서 열린 소규모 집회에 단아하고 우아한 여성 십여 명이 참석했다. 누가 소집한 게 아니라 다들 똑같은 마음에서 '약속이라도 한 듯' 그 집으로 몰려들어 집회가 된 것이었다. 여사들은 하나같이 시원시원하고 거리낌이 없어서, 자리를 잡자마자 제각각 흉을 보고 욕을 하기 시작했다. 그러다 은연중에 서로의 마음을, 대부분 동일 인물을 욕하고 있었음을 알아차렸다. 공통분모가 생기자 그들은 배로 흥분해 한마음으로 적의를 드러내고 투지를 높이더니 잔뜩 벼르며 결전을 결심했다.

　　이렇게 분위기가 달아올랐을 때 과부가 돈을 좀 모아서 진 할멈한테 튀김빵을 사다달라고 하자고 했다. 일단 "활력을 높인" 다음에 "결전을 벌이자"라는 거였다. 과부의 제안은 말할 것도 없이 적극적인 호응을 받아 온 집안에서 '아작아작' 튀김빵 먹는 소리가 울렸다. 어떤 사람은 기름 범벅인 손가락을 몰래 절름발이 여사의 침대보에 닦기도 했다. 튀김빵을 다 먹은 뒤에는 꽈배기를 먹고, 꽈배기를 먹은 뒤에는 카드를 쳤다. 너무 재미있어서 집회의 목적을 잊을 지경이었다. 동료 여사가 한마디 지적한 뒤에야 다시 욕을 하기 시작했다. 이번에는 처음 들어왔을 때 욕했던 그 사람이 아니었다. 처음 들어와서 욕한 사람은 모두가 아는 여자였지만 이번에는 80세의 '죽지도 않는 늙은이'였다. 삼십 분 정도 욕한 뒤에야 '투쟁 목표'가 달라진 것을 알고 다시 첫번째 여자를 욕했다.

"그녀는 여러분의 자식에게도 눈독을 들이고 있어요!" 과부가 가장 민감하고 자극적인 문제를 지적한 뒤 지루한 자기분석을 시작했다. 감정이 홍수처럼 밀려들었다. "저는 자식이 없지만 여러분과 함께 끝까지 싸울 겁니다. 처음에는 저한테도 자식을 낳을 능력이 있었어요. 이건 의심할 여지가 없는 사실이지요. 저와 제 죽은 남편은 자식에 대해 너무 가볍게 생각한 나머지 가슴에 담아두지 않았습니다. 그러니 이런 결과가 나올 수밖에요. 여러분도 분명 그때를 기억할 겁니다. 나이드신 분들은 저한테 아이를 최소 열둘은 낳을 수 있으리라 장담했지요. 저를 '알 낳는 암탉'에 비유할 정도였어요. 그렇게 말한 사람이 쉰여덟 명이고, 어떤 사람은 말하는 도중에 감동해 몇 번씩 반복해 말하기도 했습니다. 아시다시피 제 성적 능력은 필적할 자가 없을 정도로 뛰어납니다. 풍요로운 토양과 같으니 건강한 씨만 뿌려지면 얼마든지 열매를 맺을 수 있어요. 누구처럼 건강한 씨앗이 있어도 열매를 맺지 못하거나 이상한 열매를 맺지 않을 거라고요. 그건 그녀의 토양이 너무 빈약한 탓이지요. 그녀가 여자인지 아닌지조차 분명하지 않잖아요. 나중에 저는 제게 자식이 있든 없든 신경쓰지 않게 되었습니다. 자식의 유무가 뭘 대변할 수 있는 건 아니니까요. 중요한 것은 품성이지요. 그것이야말로 사람이 세상을 살아가는 진정한 가치입니다. 자식이 있으면 좋지만, 제대로 자라지 못한 자식은 사회에 손실을 끼쳐요. 특히 파괴적인 아이들은 나면서부터 사회에 대드니 무슨 기대를 하겠어요? 우리 중에도 파괴적 성향의 아이들이 얼마나 많습니까? 그애들은 전부 어떤 한 사람의 음모와 직접적으로 관련이 있고요. 그렇다면 우리는 이 현실적 문제를 어떻게 마주해야 할까요? 설마 대책을 찾을 수 없을까요?"

여기까지 말했을 때 과부는 덧붙여야 할 말이 떠올라 다시 입을 열었다. "제가 자식이 없는 이유는 오랫동안 정절을 지킨 것과 관련이 있습니다. 저는 이 점이 매우 중요하다고 봐요. 병을 앓던 남편이 세상을 떠난 뒤 제가 어느 남자와 우정 이상의 관계를 맺는 걸 보신 분 계십니까? 그들은 하나같이 젊고 건장하며 혈기 왕성해 거의 안달복달 난리를 치지요. 하지만 저는 이미 세속을 초탈해 그런 일에 흥미가 없습니다. 사실 친자식이 있느냐 없느냐는 그다지 중요한 일이라고 할 수 없어요. 제가 관심을 두는 건 오직 제 숭고한 이상의 실현뿐입니다."

간곡하고 의미심장한 과부의 말이 동료 여사의 닫혀 있던 감정의 문을 열어줬다. 동료 여사는 자신의 '후레자식'을 떠올리자 통곡이 절로 터져나와 얼굴이 눈물 콧물로 범벅이 되었다. 처음에는 소매로 닦다 나중에는 절름발이 여사의 기름기가 반질반질한 침대보로 닦아 얼굴이 얼룩덜룩해졌다. 그녀는 흐느끼면서 자신은 X여사와(그녀는 과부처럼 두루뭉술 함축하는 대신 이름을 드러냈다. 이 또한 그녀의 낮은 교양 수준을 보여준다) "맞붙으려 한다"
라고 밀했다. 그게 안 되면 자신이 죽을 테니 공평한 법으로 벌해
달라면서 실제로 침대 모서리에 머리를 들이받았다. 그런데 다들
말리지 않고 그녀의 두개골이 얼마나 단단한지 시험하려는 양 흥
미진진하게 구경만 했다. 동료 여사는 스무 번 남짓 들이받은 뒤에
야 고개를 들고 '험악한 눈빛'으로 뛰쳐나갔다.

"이게 바로 자식이 초래한 재난입니다." 과부가 평온한 어조로
정리했다. "이런 자식이라면 자랑할 만한 게 뭐가 있겠습니까? 자
신의 열등함이 자식을 통해 한층 더 적나라하게 드러날 뿐이지요.
사람들은 그녀의 아들을 볼 때마다 자기도 모르게 그녀를 떠올릴
테니 이런 아들은 없는 게 낫습니다. 최소한 고상한 척이라도 할
수 있으니까요."

과부의 말이 끝나자 방안이 정적에 휩싸였다. 한참 뒤 양쪽 구
석에서 훌쩍이는 소리가 간헐적으로 흘러나왔다. 진 할멈과 48세
의 과부 친구가 울고 있었다. 둘의 눈물은 과부와 동병상련인 처
지, 자식이 없으며 앞으로도 가질 수 없다는 것 때문이었다. 또한 X
여사가 오향거리 자손들에게 눈독을 들인다는 생각만 하면 그들은
원한이 끓어오르고, 자신들한테 자식이 없는 이유가 어째선지 어
렴풋하게 전부 그 끔찍한 X여사 때문이라는 착각이 들었다. X여사
가 없었으면 지금 자신은 자손한테 둘러싸인, 동글동글한 얼굴의
복 많은 노부인일 것 같았다.

진 할멈은 쾌감이라고는 조금도 없는 석탄공장 젊은이와의 '애
정생활'을 떠올리자 처량한 기분이 물밀듯 밀려들었다. 그랬다. 그
녀는 잠시 승리감과 희열을 느꼈지만 그런 감정은 아주 잠깐일 뿐

금세 흔적도 없이 사라졌다. X 그 여자가 자신이 사랑을 즐기도록 내버려두지 않았다. 진 할멈은 이제 석탄공장 젊은이가 "죽을 만큼 끔찍"했고, 둘의 관계는 일종의 '의무'로 변질되었다(그렇다고 그를 버려 망가뜨릴 수는 없었다). X여사와 겨뤄볼 마음이 아니었으면 절대 석탄공장 젊은이처럼 덜 자란 어린애를 선택하지 않았을 것이다(이런 어린애는 마음만 먹으면 얼마든지 찾을 수 있었다). 예전에 진 할멈도 '매혹적인' 여자였음을 알아야만 한다. 운이 나빠서 가슴 밑바닥부터 남자에 대한 증오심이 자라나 모든 남자를 멀리했을 뿐이다. 운이 좋았다면 남자들을 발밑에 굴복시키고 마음대로 고를 수 있었을지도 모른다. 그런데 지금 그녀는 석탄공장 젊은이(불쌍한 젊은이)의 동거녀로 전락하고 말았다. 이 상황은 오향거리 내 그녀의 지위를 높여주지 못했다. 사람들은 오히려 그녀를 얕잡아보고 있을지도 몰랐다. 이 모든 것을 초래한 화근이 X여사였다. X여사는 정말 마술을 부릴 수 있는 여자였다. 누구든 그녀를 보면 자기도 모르게 어떤 환각에 빠져 무의식적으로 잘못을 저질렀다. 사람들은 보통 그 잘못으로 인해 뼈저리게 후회하지만 되돌릴 수도 없었다. 처음만 해도 진 할멈에게 가슴 뛰는 구상이 얼마나 많았던가! 꿈에 부풀어 얼마나 많은 날을 들뜬 마음으로 보냈던가! 진 할멈은 저우쌴지를 물리쳤으며 의심할 여지 없는 승리라고 생각했다. 하지만 그제 아침부터 그 죽일 놈의 그림자가 다시 문 앞에 나타났다. 그는 바지를 치켜올리는 한편 그녀가 알아채지 못할까봐 흥얼거리기까지 했다. 이제 확실한 건 모든 상황이 뒤집혔다는 사실이다. 왜 이렇게 되었는지는 참으로 알 수 없었다. 오로지 그녀의 모든 노력이 헛수고, 모두의 웃음거리가 되었다는 것만 알 수 있었다. 심지어 저우쌴지는 정오에 진 할멈의 방으로 들어와 그녀와 석탄공장 젊은이에게 분명히 밝히기까지 했다. 대문 앞에서 바지를 치켜올리는 동작은 그녀에게 보여주기 위함이 아니며, 자신은 그녀의 상태에 전혀 관심이 없고, 어제 그녀가 자신에게 고래고래 고함치는 걸 우연히 들었는데 자신이 문 앞에 서 있는 이유는 "문제를 곰곰이 생각하기" 위함일 뿐이라고 말이다.

48세의 친구는 왜 울었을까? 그녀가 과부에게 털어놓은 말을 자세히 들어보자. (과부는 처음부터 끝까지 정신을 집중하고 진지한 표정으로 귀기울였다.) 48세의 친구는 이십여 년 전, 아직 요염하고 젊은 부인일 때 자신에게 반한 소년이 있었다고 입을 열었다. 당시 그녀는 무척 감동했음에도 나이 차이가 너무 큰데다 자신이 과부였기에 "감정을 억누르고" 전혀 내색하지 않았다. 이십 년이 흘러 소년은 일과 가정을 가진 성인 남자가 되었지만, 그녀는 여전히 홀몸인 상태로 소년의 순수한 감정을 정신적 의지처로 삼으며 지내고 있었다. 둘 다 내적 갈망이 사라지기는커녕 하루하루 더 강렬해진다는 걸 잘 알았다. (물론 그녀는 결코 관계를 발전시켜 그의 가정을 망가뜨리려 하지 않았다.) 바로 이런 상황에서 마른하늘에 날벼락이라고, 그녀의 잘생긴 남자가 갑자기 변심해 다른 여자에게 빠져버렸다. 남자는 평소와 달리 온종일 그 여자의 꽁무니를 따라다니고 심지어 "그녀의 호적까지 조사"했다. 또 감각이 이상할 정도로 예민해져서 누구든 그가 짝사랑하는 이에 대해 떠들기만 하면 대화에 끼어들어 큰 소리로 거침없이 그 여자의 기사를 자처하며 편을 들었다. "정말 창피한 줄 모르는" 꼴이었다. 멀쩡한 사람이 어떻게 생사를 따지지 않을 만큼 극단적인 열정을 가질 수 있겠는가? 이해할 수 없는 일이었다. 가령 48세인 친구의 경우, 처음 소년과 지금의 청년에게 품는 열정이, 그 강렬함이 일반인은 상상할 수 없는 정도이기는 해도 '생사를 따지지 않'거나 '창피한 줄 모르는' 건 아니었다. 이건 결코 그녀의 과장으로 보이지 않는다. 누구든 그녀의 감정이 자연스럽고 합리적이라 할 것이다. '생사를 따지지 않는' 방식이야말로 거짓이며 공허하다! 48세의 친구는 자신이 사랑하는 사람을 탓하고 싶지 않았다. 그녀가 증오하는 사람은 그를 그릇된 길로 인도한 나쁜 여자와 나쁜 남자였다. 나쁜 남자란 바로 나쁜 여자의 남편이었다. 그녀가 사랑하는 사람은 단순하고 남을 쉽게 믿는 탓에 어째선지 그 남편과 꼭 붙어다니는 친구가 되었다. 그녀가 충고했을 때도 가볍게 웃어넘기기만 했다. 여기도 그가 얼마나 선량하고 호의로 충만한지, 언제나 남을 먼저 생각하고 앞뒤 재는 일 없이 무조건 도와주는지 알 수 있다. 그녀는 이십여 년 동안 충분히 봤기에 그의 품성을 잘 알았고, 바로 그래서 둘의 감정이 그토록 오래 유지될 수 있었다. 하지만 이제 모든 게 끝났다. 너무도 갑자기! 전혀 예상치 못하게!

여자들은 비밀을 지키기로 약속했다. 며칠 뒤 어느 저녁, 젊은이들이 오기 전에 여자들이 먼저 X여사의 집으로 들이닥쳤다. X여사의 남편은 앞쪽 방에서 아들과 다이아몬드게임을 하고 있었다. 그는 완전히 몰입해 게임판만 쳐다봤다. 그런 변태적 심리에서, 그는 자신이 여자들의 방문을 조금도 중시하지 않으며 심지어 그녀들이 전부 매력적임에도 전혀 여자로 보지 않음을 드러내려 했다. 그는 여자들에게 눈길 한 번 주지 않고 경멸의 미소만 살며시 입가에 띠었다. X여사는 하얀 털옷을 입고 창가에 앉아 허공에 복잡한 손짓을 하고 있었다. 작은 거울을 가슴 앞 단추에 매단 채 사람들을 등지고 있던 그녀는 몸을 돌리려는 시늉조차 하지 않았다. 여자들은 알았다는 듯 눈빛을 주고받은 뒤 손짓의 의미를 추측해 귓속말로 소곤거렸다.

결국 과부가 모두를 대신해 앞으로 나섰다. 그녀는 마주볼 수 있게 X여사의 몸을 돌린 뒤 서글픈 음성으로 이렇게 말했다. 자신은 '어머니들'을 대표해 더는 아이들에게 해를 끼치지 말라고 충고하려 한다. 그동안 늘 X여사가 총명함과 각고의 노력으로(핵심은 각고였다. 누구든 안간힘을 쓰면 머리가 별로 뛰어나지 않아도 어느 정도는 똑똑해질 수 있으므로) 정치적 의견을 내놓거나 신문에 기고하거나, 혹은 법률 지식을 홍보하는 등등 무엇이든 합법적이고 희망적이고 유익한 사회 활동을 하는 게 낫다고 생각해왔다. (과부는 그녀가 어떤 방면에서는 확실히 뛰어나다는 것을 인정했다.) 왜 굳이 이처럼 고집을 피우며 덩그러니 혼자서 무슨 미신 활동을 하는가? 그런 건 십 년, 이십 년을 해도 공인된 성과를 얻을 수 없고 지위가 올라가는 것도 아니다. 가끔 안하무인 격으로 스스로가 엄청나게 대단한 성과를 거뒀다고 좋아하고 자만해본들 무슨 의미가 있겠는가? 누구도 그 활동을 이해할 수 없다면 그런 성공이 현실적으로 어떤 의미가 있겠는가? 또 누가 당신의 성공에 관심을 기울이겠는가? 물론 우리도 당신의 심정을 이해하고, 당신이 아주 고고한 인물이라는 사실을 알고 있다. 지금은 자기 지위를 바꾸려는 절절한 희망을 품는 대신 신선한 자극을 찾는 데만 흥미가 있을 것이다. 하지만 사람은 진공상태에서 살 수 없으며 자기 이익만을 추구해서는 안 된다. 그 행위가 타인을 해칠 때는 끔찍한 결과를 초래할 수 있다.

과부가 말할 때 사람들은 X여사의 얼굴이 평소 보던 모습이 아니라 전혀 모르는 얼굴로 바뀌는 걸 발견했다. 그 무심한 얼굴에서 동공 없는 회백색 안구가 죽은 듯 꼼짝하지 않았다. 그녀의 가늘고 긴 손가락만 가슴 앞 작은 거울을 만지작거리며 끊임없이 움직였는데 손가락의 표정이 무척 풍부해 기묘한 공연을 하는 듯했다. 그녀는 한마디도 하지 않았다.

과부가 말을 마친 뒤 동료 여사가 말하고, 동료 여사가 말을 마친 뒤에는 진 할멈이 이어서 말했다. 진 할멈 뒤에는 48세의 친구가 말했으며, 48세의 친구가 말을 마친 뒤에는 B여사가 말하고, B여사 뒤에는 A여사가 말했다. 그렇게 계속 이어 말하다 마지막에는 한꺼번에 떠들어댔다. "파괴적 활동을 포기하라! 아이들은 우리의 목숨이다!" 몇몇은 폭력적으로 그녀의 턱을 들어올리며 그 낯선 얼굴을 원래 모습으로 되돌리려 했다.

X여사는 그제야 움찔하면서 동공 없는 눈을 부라리며 물었다. "무슨 아이?"

"네가 매일 여기로 불러모으는 아이들." 절름발이 여사가 지팡이로 X여사의 무릎을 찍으며 말했다. "아직도 아닌 척하나?"

"아이는 없어요." 그녀는 간단하고 확실하게 말했다. "나는 무슨 일인지 모르겠네요. 어쩌면 그림자들이 집안으로 들어왔을 수도 있지만."

생각지도 못한 대답에 모두 아연실색했다.

"실험할 때는 뭐가 안으로 들어오든 말든 전혀 신경쓰지 않아요. 조금도 중요하지 않은 사소하디 사소한 일이거든요. 방금 무슨 아이들에 대해 이야기했는데 혹시 그런 건가요?" 이어서 말하는 X여사의 태도는 더할 나위 없이 진지했다.

그러나 한 가지, 사람들은 아무리 해도 그녀 눈에서 동공을 찾을 수 없었다. 옆방에 있던 X여사의 남편이 떠들썩한 소리를 듣고 여자들이 자기 아내를 괴롭힌다고 생각해 성큼성큼 사람들을 헤치고 나아가 넓은 등으로 아내의 작은 몸을 가리고는 악의에 찬 나직한 음성으로 소리쳤다. "무슨 일입니까?"

여자들이 뒤로 물러나 서로의 얼굴을 바라봤다. 용감한 과부가 항의했지만 아무리 그녀라도 남자의 단단해 보이는 주먹에 맞설 용기까지는 없었다. 결국 여자들은 밖으로 물러나는 수밖에 없었다. 남편은 '쾅' 하며 대문을 닫은 뒤 창문으로 고개를 내밀고는 누구든 또 찾아와 자기 아내를 괴롭히면 "이를 뽑아버릴 것"이라면서 "어떤 사회 활동도 우리와는 무관하다"라고 했다. 여자들은 집으로 돌아가다 젊은이 무리와 마주쳤다. 어떻게든 가지 못하게 말리려 했지만 실패했다. 젊은이들의 몸이 물고기처럼 미끄러워 도저히 잡을 수 없었다. 그들은 히죽거리며 여자들의 가랑이나 겨드랑이 밑으로 빠져나갔다.

"우리가 당했어요." 여자들은 의기소침하게 길가에 앉았다. 갑자기 가슴이 무거워졌다.

"여름까지 기다려야 해요." B여사가 말했다. "국가 대사를 토론하기 시작하면 군중이 흥분할 테니, 그 연설 때와 같은 상황이 생길 수 있어요. 우리는 믿음을 잃어버리면 안 돼요."

6. X여사가 피상적으로 밝힌 남자에 대한 느낌

상당히 여러 번, X여사는 자신의 어두운 방에서 남자에 대한 감상을 털어놓았다. 그럴 때 주요 청중은 그녀의 여동생과 동료 여사 두 사람이었다. 그건 X여사가 가장 좋아하는 화제였다. 그런 문제를 논할 때마다 그녀는 머뭇머뭇 유치한 표정을 짓고 붕 뜬 듯한 목소리를 내며 가볍게 손짓하는 한편, 방안에 무슨 그림자라도 숨어 있을까봐 걱정스럽게 주변을 두리번거렸다. 그런데 두 청중이 털어놓은 상황에 따르면, 남자에 대한 X여사의 묘사는 꽤 적나라하고 노골적이었다. 그녀는 이상적이라고 생각하는 남자의 신체 각 부위를 오랫동안 이야기했다(물론 그런 사람은 존재하지 않고, 사실 X에게는 청중조차 존재하지 않았다). 또한 각종 자세와 동작의 의미에 대해서도 논했는데, 말할 필요도 없이 눈동자 색깔과 목소리 이야기는 빠지지 않았다. X여사는 그 두 가지를 신체의 내면으로 완전히 녹여낼 수 있다고 말했다.

여기서 정말 어처구니없는 그녀의 의견 두 가지를 살펴보자. "손과 입술의 본능적 동작에는 한 사람 인생의 감정이 응축되어 있어. 우리는 한 남자를 이해하는 데 시간을 들일 필요가 전혀 없지. 그저 어떻게 움직이는지만 보면 돼. 심지어 볼 필요도 없어. 그냥 기다리고 느끼면 되거든." "힘과 지속성이 개성을 가장 잘 설명해줘. 하지만 반드시 여성을 통해야만 진짜로 실현될 수 있어. 그게 아니면 자기기만이고 남자답지 못한 거지." 그보다 더 끔찍한 말도 했지만 차마 여기에는 실을 수 없다. 어쨌든 X여사는 그런 일에 도가 튼 음탕한 여인처럼 일말의 수치심도 보이지 않았다. 누가 이 점을 지적하면 그녀는 늘 오만하게 입을 삐죽이며, 수치심을 느껴야 하는 사람은 자신이 아니라 지적한 사람이라고 되받고 심지어 적반하장으로 "변태"라고 욕까지 했다. 다만 이해할 수 없는 점은 그녀가 말할 때 보여준 그 초연한 표정과 입가에 언뜻 떠오른 매혹적인 미소다. 여기서 그녀의 표정을 연기라고 부르지 않는다면 우리는 골치 아픈 그녀의 성별 문제를 또 언급해야 한다. 모두가 기억하는 한, 우리 오향거리에서 그런 불결하기 짝이 없는 언어로 기탄없이 남자를 논한 사람은 X여사가 처음이자 마지막이었다. 그녀가 말하는 방식은 그녀를 잘 아는 동료 여사까지 대판 싸우고 싶게 만들 때가 많았다.

우리의 동료 여사 역시 남자에게 흥미도 많고 경험도 많았다. 그녀는 남편과 방사를 자주 치를 뿐 아니라(아들이 떠난 뒤에는 더더욱) 거기에 대해 떠들기도 무척 좋아했다. 특히 그 이야기를 하는 한편 의미 있는 부분을 세세하게 떠올리며 다시 느끼고 복습하기를 즐겼다. 그녀는 이런 것에 가히 일가견이 있었다. 하지만 X여사

처럼 현실과 동떨어진 내용으로 남녀 간의 사생활을 논하는 것에
는 아무래도 적응되지 않았다. 그렇게 특정 개인과 전혀 상관없는
노골적 과장은, 그녀의 은밀한 감정을 자극하며 다음 이야기를 애
타게 기다리고 자신의 심미관에 들어맞는 암시적인 것들을 고대하
게 했지만, 정작 진정한 자극은 전혀 주지 못했다. 결국 그녀는 아
무 소득도 거두지 못하고 놀림만 당한 꼴이라 견딜 수 없게 부끄러
워졌다. 자신의 초라한 모습을 가리고 싶었다. 정말 말도 안 되는
대화가 아닌가! 너무 심했다! 남자에 대해 논하는 이상 이름과 구
체적 신분과 관계가 있어야만 현실감이 있는데, 그렇게 허공에 뜬
듯한 이야기라니 황당무계한 속임수라 할 수밖에 없었다. X여사
는 어린애 같은 어투로 짐짓 노련해 보이는 분석을 가미해가며 이
도 저도 아닌 이야기를 떠들어댔다. 가만히 들어보면 자신의 느낌
이나 믿을 만한 근거는 하나도 없는, 전부 헛소리에 심심풀이로 만
들어낸 못된 장난에 불과했다. 그랬다. 그녀는 자극적인 용어도 아
낌없이 사용했지만, 그런 단어는 그녀의 입에서 그 어리둥절한 표
정과 섞이기만 하면 곧바로 일반적이고 공인된 뜻을 잃어버리고
무미건조하게 변했다. 앞에서 거론한 두 가지 이야기에 나온 어휘
들도 마찬가지였다. X여사는 공문서를 읽는 듯한 어투로 그 어휘
들을 내뱉었다. 그녀의 말을 듣고 있으면 참으로 미칠 듯 지루하고
미칠 듯 어색했다.

　동료 여사는 문을 나선 뒤 우연히 자신의 퉁퉁한 남편과 마주쳤
다. 그녀는 발을 동동 구르며 욕을 퍼붓기 시작했다. 남편은 그녀
를 품에 꽉 안고 엉덩이를 두드리며 진정시키려 했다.

　"강도한테 털렸어! 가죽까지 홀랑 벗겨졌어!" 그녀가 펄쩍 뛰어

올라 남편의 따귀를 때렸다. 그러고도 분이 풀리지 않는지 온몸을
부들부들 떨기까지 했다.

"누가?"

"강도!"

"어디서?"

"살인이야!"

X여사는 주변 사람들에게 그다지 민감하지 않았지만, 각종 경로
를 통해 자신을 향한 남들의 분노를 감지했고 이성적으로도 세상
의 적의를 눈치챘다. 오랜 시간에 걸쳐 그녀는 특별한 경험, 사람
들에게 진짜 느낌을 털어놓으면 웃음거리가 된다는 경험을 했다.
사물을 보는 방식이 모든 사람과 완전히 달랐기 때문이다. 가장 일
반적이고 가장 세밀한 감각까지도 사람들은 그녀와 완전히 다르
고 어긋났다. 이미 오래전에 몸에 배었기에 X여사는 자기 습관을
바꿀 수도 없고 남한테 적응할 수도 없었다. 그렇다면 대체 누구에
게 문제가 있는 걸까? X여사는 자신이 아니라 다른 모든 사람이라
고 고집스럽게 믿었다. 자기 뜻을 지키기 위해 더이상 주위에 시선
을 주지 않았고 남들과 말을 섞지도 않았다. 가끔 진지하게 대화에
임하며 아주 집중하는 듯 느껴지기도 했지만, 결국 그 상대에게 이
야기하는 게 아니라 상대의 머리 위 특정 부위, 혹은 더 끔찍하게
도 그녀 스스로에게 말하고 있음을 발견할 수 있었다. 그럴 때 상
대의 존재를 알려주면 불같이 화를 냈다. X여사는 이미 그런 식의
대화에 익숙했다. 그건 세상 사람들을 상대할 때 사용하는 그녀의
무기이기도 했다. 눈에 보이지는 않아도 무척 강력한 그 무기 때문
에 오향거리 사람들은 무척 곤혹스러웠다. 뭔가를 잃어버린 것 같

고, 그녀와 계속 이야기를 할지 말지 갈피를 잡을 수 없었다. 그들은 또 그녀가 암암리에 자신을 비웃지는 않을까, 그들이 인식하지 못하지만 그녀의 공허하고 피상적인 말은 야유가 아닐까, 그들이 알아채지 못하면 결국 바보가 되는 셈이 아닐까 걱정했다. 그래서 반드시 X여사의 의도를 파악하리라 여러 차례 단단히 마음먹었지만 그들의 노력은 매번 허사로 끝났다. X여사와의 대화가 늘 너무도 피곤해서 어느새 자신감마저 완전히 바닥났던 것이다.

어떤 사람이 묻자 X여사는 '아주 소박'하게 답했다. 자신한테는 아무 음모도 없으며 누군가를 비웃을 마음도 없다. 그저 그런 식으로만 대화할 수 있다. 자신은 늘 모두와 "관점이 달랐고" 원래부터 그랬기에 이런 방식으로만 겨우 소통할 수 있다. 그렇지 않으면 서로가 "굉장히 고통스러울" 것이다. 예를 들어보자. 자신은 남녀 간의 육체관계를 성교라고 부르는데 사람들은 그게 너무 "직설적이고 노골적일 뿐" 낭만이라고는 하나도 없다면서 "문화 여가 생활" 등으로 표현해야 한다고 말한다. 하지만 자신은 그런 표현을 듣기만 해도 "역겹다". 남들도 자기들 관점이 좋다고 고집하는데 나도 바꿀 의향이 없다. 서로 간섭하지 않으면 아무 일도 없을 것이다.

X여사가 대중한테는 이런 태도를 보여도 여동생을 대하는 건 완전히 달랐다. 그들 자매는 정말 취향도 닮고 손발도 잘 맞았다. 일단 시작하면 '흥이 다하도록' 떠들어야 했다. 때로는 문을 닫은 채 반나절씩 너 한마디, 나 한마디 끝도 없이 떠들어댔다. 뜨겁게 달아오른 가운데 활력이 넘치고 엄숙한 와중에 웃음이 피어났다. 내용은 주로 눈동자 구조나 남녀 간 차이, 별자리 등의 범위에서 벗어나지 않았다. 이런 문제에 X여사는 늘 만반의 준비를 하는 듯,

입을 열기만 하면 청산유수로 자신의 독특한 견해를 내놓았다. 그럼 여동생은 언니가 매 순간 진지한 인생 문제를 고민한다고 생각해 크게 탄복했다. 이에 대해 X여사는 이렇게 말했다. 자신의 비결은 "아주 많이 고민하는 게" 아니라 "고민하지 않는 것"이다. "고민하지 않기 때문에" 비로소 시종일관 "머리를 맑게 유지할" 수 있다. 사람이 일단 "생각"이라는 그릇된 길에 빠지면 머리가 멍해져 자신의 진면목을 잃어버리고 "앵무새처럼 되뇌기" 시작한다. 만약 모든 사람이 "생각하지 않아서" 자신처럼 단순해지면 완전히 다른 상황이 펼쳐지고 모두가 함께 있어도 훨씬 자유로워질 수 있다. 다들 평생 "생각" 따위를 배우기 때문에 일이 이상할 정도로 복잡하게 꼬이고, 오히려 "괴짜"가 되어 풍선처럼 허공을 떠다니는 것이다. 당연히 여동생은 이런 말을 전부 이해할 수 없었다. 아무 이유 없이 언니를 숭배할 뿐 제대로 생각해본 적이 없었다. 언니의 기이하고 황당한 논리에 대해 동생은 "언니는 날 수 있는 사람이야!"라고 한마디로 설명했다. 태생적인지, 언니의 영향을 받아선지는 모르겠지만 그녀의 논리 역시 기괴하기 짝이 없었다. 자매가 문을 닫고 이야기할 때면 종종 창문 틈새로 쉰 목소리의 여성 이중창(〈외로운 조각배〉)이 흘러나왔다. 둘은 항상 같은 노래를 불렀지만 감정은 매번 다른 듯했다. 그런 순간에 누가 찾아오면 미남자는 정중하게 막아 세운 뒤 "안에서 노래하고 있어요, 쉿!" 하고 속삭였다.

그 기간 동안 (X여사의 여동생 말에 따르면) 둘은 남자에 대한 감정을 상세하게 털어놓았다. 자기가 이상적이라고 생각하는 남자에 대해 X는 반복적으로 묘사했다. 당연히 그런 묘사는 평소의 거칠고 솔직하며 공허하고 과장된 스타일에서 벗어나지 않았다. 그녀는 걸핏하면 흥미진진하고 정말 있었던 일인 것처럼 "그럴 때면 둘 다 끊임없이 애무하고 속삭이는 거야. 감정을 암시하는 말만 하고. 네 열정과 상상을 어떻게든 상대에게 전달하고 싶을 때는 동작에만 의지해서는 충분하지 않아. 그래서 언어를 이용해야 해. 그럴 때 언어는 일상적 의미로 그치지 않지. 그건 간단한 음절, 날개 달린 작은 소리와 비슷해. 나는 그렇게 특수한 언어를 생각해낼 수 있어"라고 말했다.

X여사는 또 툭하면 탄식했다. "좋은 손을 찾을 수 없어. 남자의 손은 생생하게 살아 있으면서 따뜻한 힘이 넘쳐야 해. 손은 그 사람 전체를 대변하거든. 감정의 격류가 그 위로 내달리고." 하지만 거의 모든 남자의 손이 "아주 건조하고 창백하며 생명력 없이" "자기 욕망을 배출하기 위한 도구일 뿐"이라며 그녀는 "그 삐삐 마르고 중성적이고 불쌍한 것들을 한눈에 알아볼 수 있어"라고 했다. 그런 것들은 "평생 애무의 즐거움을 느껴보지 못하고 여성의 세계에 도달해본 적도 없어서 진실한 남자로 자라나지 못한 거야. 딱 모조품 같다니까"라고도 했다. 여동생은 흥미진진하게 들으며 좀 더 자세히 이야기해주기를 기대하다 멍청하게도 "가끔 억누를 수 없을 만큼 춘심이 동해"라고 털어놓았다. 당연히 X여사는 여동생처럼 단순하고 충동적인 사람이 아니라 노련하고 주도면밀한 인물이었다. 자매는 저속하다는 점에서만 비슷했다.

X여사가 예를 하나 들었다. 오래전 어느 날 그녀가 우연히 누군가의 눈동자를 봤는데 바로 앞에서 반짝이더니 순식간에 세 가지 색깔로 변했다. 그녀는 속으로 기뻐하며 주저하지 않고 다가가 그를 붙들었다. 젊은 두 손에도 "내용이 있을 거라는" 예감이 들었

다. 하지만 손이 닿는 순간 자신의 어리석은 착각이었음을 깨달았다. "두 손이 앙상하게 마르고 영양 상태도 불량한데다 아프기까지 하더라." "어루만질 때 경련이 일어나는 것 같았어." 그녀는 옛날 자신의 유치함이 민망스럽다는 듯 고개를 흔들었다. 이제 절대 그런 실수를 하지 않을 거라면서, 세상에 그런 발육 미달의 손이 너무 많아 "눈을 감아도 똑똑히 느껴져", "여긴 늙고 무성생식만 있는 곳이야. 그런 손을 가진 남자는 결코 뭘 창조할 수 없어"라고 한탄했다.

때때로 X여사가 자신의 기이한 견해를 모두 말하고 나면 둘은 조용히 서로를 바라보며 알 수 없는 슬픔에 잠겼다. 그리고 석양의 후광이 방충망 위로 천천히 이동하는 걸 보고, 시곗바늘이 유리 덮개 안에서 '똑딱똑딱' 움직이는 소리를 들었다. 여동생은 침묵 속에서 "예전에 우리는 노루처럼 활발했는데!" 하고 탄식하곤 했다. 그럴 때 X여사는 예의 담담하고 애매한 웃음으로 대답을 대신했다. 그렇게 슬픔으로 충만한 대화 중에 X여사가 동생에게 비밀을 털어놓은 적이 있었다.

어느 날 정오, X여사가 혼자 강가 모래밭에 누워 있었다. 사방에 정적만 감돌 뿐 사람은 한 명도 없었다. "하늘이 슬픔에 푹 젖은 색이었어. 구름 한 점 보이지 않고 태양 가장자리에 뾰족한 삼각형이 잔뜩 자라났지." 태양이 "강렬하고 힘차게" 몸을 비추자 돌연 그녀의 머릿속에 색색의 무수한 환각이 떠올랐다. 그녀는 "그 사람의 입맞춤 같았어"라고 했다. X여사는 "정말로 육체가 밀착되는 것"을 느꼈다. 또 어째선지 불현듯 "반드시 옷을 다 벗어던져야" 한다는 충동에 휩싸였다. 그녀는 그렇게 했다. 벌거벗은 채 그곳에 아주 오랫동안 누워 있다 다시 일어나서는 "화끈거리는 기체 속으로 날아올라 앞뒤 가리지 않고 마음껏 새하얀 구름을 쫓아다녔"다. (다행히 그때 강가에는 지나가는 사람이 없었다. 그렇지 않았으면 어떤 추한 광경이 벌어졌을지 모른다!) 나중에도 그녀는 여러 번 강가에 나갔지만 옷을 벗지는 않고 모래밭을 거닐기만 했다. 그녀의 표현으로는 "기적이 오기를 기다리는 것"이었다. 날이 좋으면 "그가 햇빛 속에서 내게로 걸어올 거야"라고 말하고, 비가 내리면 "빗속에서 올 거야. 땅에 하얀 버섯이 줄줄이 돋아나겠지"라고 말했다. 하지만 기적은 일어나지 않았다. 그건 일방적인 소망 놀이였고, X여사도 속으로는 분명히 알았다. 나중에 경험이 쌓인 뒤에는 더이상 그런 놀이를 하지 않았다. "우연히 만나는 수밖에 없어." X여사는 담담하게 말했다. X여사의 여동생이 언니의 비밀을 친구에게 말했고 친구는 자기 남편에게, 남편은 또 자기 친구에게 말했다. 그런데 그 친구는 입이 아주 가벼운 사람이었다. 결국 오향거리에 모르는 사람이 없을 정도로 X여사의 비밀이 쫙 퍼졌다. 그렇다면 X여사는 끝장나야 맞지 않겠는가? 어떻게 얼굴을 들고 다니겠는가? 하지만 그녀는 조금도 개의치 않았고 얼굴도 '희색이 만연'한 것처럼 보였다.

X여사 남편의 첫번째 친구는 그 충격적인 소식을 접한 뒤 그녀의 남편을 자기 집으로 끌고 가 두 시간이나 비밀스럽게 이야기를 나누었다. 그는 X여사의 남편한테 "아내를 너무 방임"하니 이러다 언젠가 "큰 문제가 터질지도" 모르며 그때는 "후회해도 소용없다"라고 지적했다. 한편 무척 원망스럽다는 듯 힘껏 자기 무릎을 치기까지 했다. 감정을 중요하게 생각하는 X여사의 남편은 한참을 망

연해했다. 그러다 갑자기 안쓰러운 마음이 들었는지 "몸이 상할 수 있으니 지나치게 화내지 말라"라고 오히려 그를 위로하고 눈치도 없이 본보기까지 들었다. 예전에 동료 하나가 아주 사소한 일로 "심장이 망가져" 심근경색이 생긴 뒤 지금도 툭하면 발작해 심하게 고생한다며 "무슨 일이든 마음을 편히 가져야 한다"라고 말이다.

친구는 그 자리에서 벌떡 일어나 소리쳤다. "대체 내가 등신이야, 네가 등신이야? 너 성도착자지?" X여사의 남편은 그만하자는 뜻으로 친구의 어깨를 두드리며 그를 자리에 앉힌 뒤 말했다. "별일 아니야." 그러고는 계속 이어갔다. "사람이 옷을 벗는 건 원래 대단한 일이 아니잖아. 사실 속으로는 다들 그러기를 원하고. 다만 그러지 않으려고 절제한 뒤 내가 얼마나 잘 참는지, 얼마나 금욕적인지 보라고 자랑스럽게 내세울 뿐이지. 그러다 누가 실제로 행하면 대역죄인으로 취급하고." 그는 자신도 가끔 공공장소에서 벌거벗은 채 뛰어다니면 아주 통쾌하겠다고 생각하지만 "그럴 용기가 없어서" 감히 못한다고 했다. 아내는 자기보다 훨씬 용기가 있는데도 아무도 없는 곳에서 실행할 수밖에 없었다며, 거기에 대해 자신은 감탄하고 탄복할 뿐이라고도 덧붙였다. 그래서 그는 그녀의 사적인 취향에 간섭할 수 없었다! 그는 바보가 아니었다! 누구도 그를 바보로 만들 수 없었다!

"그럼 내가 바보란 말이야?" 친구가 미친듯이 화를 냈다. 미안함이 가득한 X여사 남편의 눈빛을 그는 정말 참을 수 없었다. 오랫동안 친분을 유지했던 둘은 그날 처음으로 불쾌하게 헤어졌다.

X여사의 남편이 떠난 뒤 친구는 아내에게 큰 소리로 말했다. "그 자식이 앉았던 의자를 쓰레깃더미에 던져버려! 정말 별 거지

같은 꼴을 다 보겠네!" 이후 며칠 내내 그는 기분이 좋지 않았다.

　오향거리 남자들은 X여사의 비밀을 퍼뜨리며 하나같이 민감하고 감상적으로 변했다. 심지어 꽤 많은 사람이 걸핏하면 "경치를 감상한다"며 강가로 달려가 그 "나체 구경거리"(과부의 말)를 기다리면서 겉으로는 아닌 척 굴었다. 그들은 전부 혼자였고, 혹시라도 다른 사람한테 자기 속마음을 들킬까봐 전전긍긍했다. 어쩌다 아는 사람을 만나면 얼굴을 붉히며 "날이 덥지요? 아닌가요? 좀 뜨겁죠? 하하……"라고 얼버무린 뒤 돌아섰지만 멀리 가지 않고 그 자리를 맴돌았다. 당연히 그런 꼼수는 소용이 없었다. X여사는 그림자도 보이지 않았다. 그들은 창피하고 화가 나 속으로 중얼거렸다. 애당초 거짓말이었구나, 하긴 그런 일이 어떻게 있겠어! 여기에 와서 옷을 벗어던지느니 집에서 남자 몇을 후리겠지. 사실 옷을 벗는 게 낭만적이기도 하고 자극적이기도 하지만 어쨌든 남자를 만나는 것과는 전혀 상관 없지. 비슷하지도 않잖아. 더군다나 아무도 없는 황무지로 달려오는 건 한층 더 이해할 수 없다니까. 혹시 무슨 상징적인 행동일까? 어쩌면 그건 위장일 뿐이고 진짜는 숨겨진 게 아닐까? 여자 혼자 이렇게 이상한 곳에서 맨몸으로 뛰어다니는 게 무슨 꼴이겠어? 도저히 억누를 수 없다고 해도 집에서 몰래 그러면 되지, 왜 이런 '나체 공연'을 하겠어?라고 말이다. 우리 오향거리의 군중은 무슨 일이든 아주 멀리 보고 깊게 생각하므로 쉽게 결론을 내리는 법이 없었다. 갈피를 잡을 수 없는 수수께끼에 대해 쉽게 포기하지 않고 열심히 생각했다. 아무리 파고들어도 답을 낼 수 없자 가슴에 묻어두고 수시로 떠올리며 예의 주시했다. 때로는 아주 작은 일이 그들의 끝없는 생각을 자극하기도 하고, 또다른 사소한 일이 후련한 깨달음을 주기도 했다.

우리의 X여사는 세상에서 가장 변화무쌍하고 가장 예측할 수 없는 인물이라고 할 수 있었다. 그녀의 일거수일투족, 말 한마디 한마디가 전부 이해할 수 없는 수수께끼였다. 모든 경험과 상식도 그녀 앞에서는 효력이 없었다. 우리는 그녀를 대할 때 외계인을 대하듯 논리와 규칙에서 벗어난 새로운 방법을 찾아야 했다. 신중에 신중을 기해야지 절대 조급해하거나 경솔하면 안 되고 감정에 좌우되어서도 안 됐다. 차라리 내내 무표정하게 아무 행동도 하지 않는 게 소리를 지르거나 함부로 움직이는 것보다 훨씬 나았다. 지금까지 사소한 실수가 있었어도, 특정 개인이 잠시 큰 방향을 어지럽혔어도, 전반적으로 우리의 군중은 계속 관찰의 자세를 유지하며 경거망동하지 않고 흐름을 쫓아갔다. 이건 그들의 교양 수준을 아주 잘 보여주는 현명한 처사라고 할 수 있다. X여사의 탈의 사건은 한동안 오향거리에 활기를 불어넣었다. 사람들은 남몰래 이웃을 방문해 의견을 나누고 토론중에 수준 높은 분석을 끊임없이 내놓는 한편 풍부한 상상력을 발휘함으로써 남아도는 정력을 바람직하게 발산했다. 이는 원래 아주 고상한 일이자 영혼을 정화해 해탈에 이를 수 있는 기회였다. 하지만 불행하게도 오향거리 군중 가운데는 교양 없는 족속이 있었다. 그들은 할일을 제대로 하지 않고 늘 사방팔방으로 뛰어다니며 나쁜 짓을 벌였다. 멀쩡한 사회 질서를 엉망으로 만들고 좋은 일을 망쳤으며 상황을 수습할 수 없게 망가뜨렸다. 그들의 행동에 무슨 목적이 있으리라 짐작해봤자였다. 그들 스스로가 무슨 짓을 하는지 몰랐다. 그저 그러는 걸 좋아해서 누가 손쓸 새도 없이 엉망으로 만들어놓고 유유자적 가버렸다.

이번에 나선 사람은 B라는 이름의 여자, 즉 지난번 개조에 실패했을 때 모두에게 "여름까지 기다렸다가" X여사와 결판을 내자고 말했던 여자였다. 그녀는 상황을 세밀하게 분석한 뒤 동료 여사를 찾아가 온종일 상의했다. 반복적으로 논의하던 중 "밝은 등불이 마음을 비춰" 둘은 큰길에서 즉흥 공연을 하기로 아주 빠르게 결론을 내렸다. 그렇게 '생동적이고 활발한' 형식으로 X여사 탈의 사건의 본질을 재현하기로 했다. 둘은 상의하는 동안 얼굴이 붉어지고 심장이 콩닥거리며 흥분하는 한편 긴장했다. 그들은 세부 사항과 발생 가능한 상황을 하나하나 따져보고 규칙을 정해 행동 방안을 짰다. 그리고 마지막에는 밀려드는 졸음에 눈을 끔벅거리고 우물우물 음절을 중얼거리다 침대에 고꾸라져 야심만만한 꿈으로 빠져들었다. 꿈에서도 마음을 다잡으며 이튿날의 긴장되는 전투를 준비했다.

날이 밝자마자 둘은 실오라기 하나 걸치지 않고 큰길 양쪽에 자리를 잡았다. 한 사람은 동쪽에서 서쪽으로 걸어가고 다른 사람은 서쪽에서 동쪽으로 걸어갔다. 몸이 불편해 침대에서 움직이지 못하는 사람을 제외하고 모두가 거리로 몰려나왔다. 처음에 사람들은 날카로운 비명을 지르며 멀찍이 떨어진 채 당황한 시선으로 '새로운' 놀이를 구경만 했다. 그 의미를 알아차리지도 못했다. 두 여자는 한껏 흥분해 엉덩이와 사타구니를 비틀고 뱃가죽을 흔들며 온갖 자세를 아낌없이 선보였다. 그렇게 공연하는 한편 두 손으로 나팔을 만들어 모두에게 소리쳤다. "하! 하! 하하!" 그 함성을 듣자 머리가 트인 듯 사람들이 하나둘씩 자기도 모르게 여자들을 따라 몸을 흔들기 시작했다. 일단 흔들자 옷을 벗고 싶어지고, 참으려야 참을 수 없어져 벗어던졌다. 완전히 벌거벗지 않고 상반신만 내놓았는데도 무척 짜릿했다.

그래서 십 리에 이르는 긴 거리에서 남녀노소가 전부 흥분해 누구와 만나든 끌어안고 입을 맞추고 온몸을 마구 쓰다듬었다. 심지어 그 자리에서 '놀아나는' 사람까지 있었다. 시끌벅적 떠들썩해지고 너나없이 땀을 뻘뻘 흘리며 소처럼 숨을 헐떡거렸다. 두 여사의 남편은 원래 화를 내려 했지만 발랄하고 육감적인 여자들이 자기 품으로 달려오는 걸 보자 얼른 생각을 바꿔 즐거움에 동참했다. 둘은 숨을 헐떡이면서 말했다. "세상에 이런 별천지가 있을 줄이야! 지금까지 우리는 너무 비좁고 고루하게 살았어. 삶을 즐길 줄 몰랐다니까. 그동안 헛살았어. 아무것도 얻지 못하고 질투할 줄만 알았지. 질투는 가장 쓸모없는 감정이고 무능한 표현인데. 보아하니 우리 도덕관에 새로운 요소를 받아들여야 할 것 같아. 안 그럼 시대에 뒤떨어지겠다고."

광란의 활동은 온종일 이어지면서 오향거리에 되돌릴 수 없는 끔찍한 영향을 미쳤다. 이튿날 아침, 눈을 떴을 때 거의 모든 사람이 전날 자신의 행동을 잊어버리고 누구를 만나든 그 일을 입에 올리지 않았다. 그 대신 하나같이 정색하며 '도덕적 소양' 문제를 꺼내들었다. 무척 걱정스러운 표정에 비관적 어투로 암울한 분위기를 풍기면서 사기당했다는 분노를 은근히 드러낸 뒤 좌우를 두리번거렸다. 그 두리번거림의 의미가 무엇인지, 대상이 누군지 그들 모두 잘 알았다. 활동을 마친 뒤 사라졌던 두 여사는 이삼일이 지난 다음에야 슬그머니 오향거리로 되돌아왔다. 두 여사는 민감한 코로 표적이 바뀌었음을 감지했기에 어떻게든 그 위기를 피해야 했다. 소문에 따르면 둘은 도망가는 길에 끊임없이 싸우며 책임를 전가하고 맹렬하게 치고받다 "이까지 부러졌다"라고 한다.

X여사는 창가에 앉아 거울로 거리의 소동을 지켜봤다. 그녀는 아무렇지도 않다는 듯 공들여 머리를 빗었다. 그뒤에는 신발을 닦고, 신발을 닦은 뒤에는 아들 샤오바오에게 현미경 사용법을 가르쳤다. 그런 다음 짐짓 놀란 척하며 남편에게 물었다. "어떻게 된 거죠? 내가 또 그들에게 연설을 했나요? 언제?" 남편은 얼른 그녀의 기분을 살피며 부정했다. 그녀가 '그 사람들'에게 연설 같은 걸 한 적이 없는데 '그 사람들'이 그녀의 혼잣말을 자신들에게 하는 연설이라고 멋대로 생각해 공격의 핑계로 삼았으니 "참으로 촌극이 따로 없다"라고 말이다. (여기서 우리는 그 남편이 평소 얼마나 힘들게 X여사의 비위를 맞추는지 알 수 있다. 다만 그런 기괴한 생활방식을 어떻게 참는지는 누구도 이해할 수 없으니 그가 마귀에 씌인 게 틀림없다.) X여사가 또 물었다. "그때 내가 그들한테 신경을 좀 썼나요?"

"당신이 잘못했어요." 남편이 그러고는 얼른 알랑거렸다. "당신은 늘 가상의 상대와 대화하는 걸 좋아하니까. 그때 그들을 또다른 사람들로 가정했어요. 그들한테는 전혀 신경쓰지 않았고."

"그랬던 것 같네요." X여사는 마음이 놓이는지 평소의 미소를 되찾았다. 며칠 뒤 그녀는 자신이 옷을 벗었던 행동에 관해 무심하게 입을 연 뒤 풍자적으로 "간질 발작"이라 칭하며 "이해할 수 없는 충동이었을 뿐"이라고 말했다. 이제 그녀는 '우연한 만남'을 기다리기로 마음먹었다. 자신이 매우 안정적이고 확실하게 변했으며 감각이 "뭇 산을 뚫고 극지에 이를" 정도라면서, 손가락이 갈수록

"매끄럽고 섬세해"지고 "다시는 초조한 마음이 들지 않을 것"이라 했다. 그 이후 정말로 그녀는 거의 외출하지 않고 온종일 집과 가게에만 머물렀다. 일거수일투족에서 "우아함과 편안함"이 배어나왔으며(여동생의 표현) 늘 눈꺼풀을 내린 채 다른 사람을 쳐다보지 않았다(장사할 때도 마찬가지였다. 어쩌다 눈을 들어도 상대의 머리 위 공간이나 발밑 바닥을 봤기에 누구도 그녀와 시선을 맞출 수 없었다). 대화할 때는 뜬구름 같고 어눌한 말로 상대를 난처하게 만들었지만 그녀 자신은 전혀 눈치채지 못했다.

봄이 가고 여름이 왔다가 가을이 가고 겨울이 왔다. X여사는 조용히 자신의 시간을 보냈다. 그동안 적지 않은 남자가 흥미를 보였지만 그녀는 그들을 한 명씩 살펴보다 결국 그중에 그 사람은 보이지 않는다고 확신했다. 당연하게도 그들은 그녀의 모질고 차가운 시선을 견디지 못했지만 이를 항의하자마자 꼬리를 내리고 헛된 욕심을 버렸다. X여사가 찾는 건 자신이 알아볼 수 있는 사람이라고 했다. 어떤 장소, 어떤 상황에 있든 그를 보기만 하면 틀림없이 알아볼 자신이 있다고 했다. 그는 유일무이한 눈과 생생하고 강한 두 손을 가졌으며 "혈관에서 뜨거운 피가 끓는" 사람이었다.

하지만 X여사가 완전히 상반된 이야기를 할 때도 종종 있었다. "그 사람 일은 상상일 뿐이야." 그녀는 겨울의 석양 속에서 길게 한숨을 내쉬며 여동생에게 말했다. "그것 때문에 걱정하지는 않아. 와야 할 것은 오기 마련이니까. 나는 어느 정도까지 다다를 수 있는지 시험해보고 싶어. 설령 지나고 나면 아무것도 남지 않을지라도, 그게 오기만 하면 시험해볼 거야. 이건 운명이야."

그렇게 말한 뒤 X여사는 얼굴을 태양 쪽으로 돌리고 여동생에게 자기 눈을 살펴본 다음 뭐가 보이는지 말해달라고 했다. 여동생은 눈에서 두 마리 물고기가 헤엄치는 듯하다고 어리둥절한 표정으로 답했다. X여사는 그건 무슨 물고기가 아니라 분명 자기 "생명의 방사선"이라고 알려줬다. 오직 그 사람만 그런 방사선을 분명히 볼 수 있다고, 자신과 똑같은 눈을 가졌기에 그녀와 그는 각자의 눈으로 상대를 알아볼 수 있다고 했다. 이제 그녀는 자신의 눈빛이 하루하루 갈수록 뜨겁게 변하는 걸 느꼈다. "똑바로만 응시하면 우주의 모든 것을 밝게 비출 수 있어."

본격적인
이야기

1. 이야기의 발단에 관한 몇 가지 견해

외지인이 오향거리 사람들에게 이 이야기의 세세한 내용을 물을 경우, 그는 주민들이 '이야기' 자체를 인정하지 않는다는 기이한 사실을 발견할 것이다. 주민들 가운데 누구도 반시간이나 한 시간씩 이야기를 들려주겠다고 나설 리도 없다. 다들 무척 바쁘고 마음이 이미 다른 곳에 가 있기 때문이다. 그런데도 외지인이 그 근거 없는 '이야기'로 귀찮게 매달리면 그들은 불같이 화를 내며 모욕당했다고 느낄지도 모른다.

"우리는 해야 할 일이 있습니다. 본질적 문제와 상관없는 그런 작은 일에는 관심이 없어요. 토론이라면, 가령 컬러필름의 인화 문제나 헌법과 국민의 관계 같은 문제라면 또 다르지만요. 그런 문제는 이론적으로 근거를 확정해야 하니까요. 꿍꿍이가 있는 사람들은 어떻게든 X나 Q의 우연한 문제를 본질적인 것에 갖다붙이려 하지만 우리는 그런 방식을 극도로 싫어합니다. 누구도 무슨 X나

Q를 안중에 둔 적이 없어요. 평소에도 거의 주의를 기울이지 않고요. 이렇게 끄집어내기 시작하면 우리가 그들을 매우 중시하고 대단하게 여기는 것 같지요. 그들이 오히려 엄청난 인물처럼 되어버리는 듯해요. 이런 문제를 제기하는 자는 틀림없이 우리처럼 순수한 사람들을 사악한 길로 이끌고 싶은 거겠지요. 음험한 생각을 가지고 있어요. 그물을 쳐놓고 사냥감이 날아들기를 기다리는 꼴이지요. 사실 우리한테는 아무 이야기도 없습니다." 주민들은 이렇게 말한 뒤 서로 밀치며 눈짓을 주고받다 한꺼번에 소리를 지르면서 외지인 혼자만 남겨두고 뿔뿔이 흩어져버리곤 했다. 아주 진중하고 믿음직한 주민들이었다.

이처럼 포용력 있고 자애로운 주민이니 무슨 흠을 잡을 수 있겠는가. 그들은 영혼의 상처를 담담하게 바라보고 미래에 대한 자신감이 넘치며 언제나 겸허하고 현실적으로 행동했다. 그들끼리 지난날을 이야기할 때는 빛과 아름다운 기억만 가득했던 것처럼 말했다. 사실 그렇게 은폐하는 건 재난에 가까운 엄청난 충격을 받았기 때문임을 누구나 잘 알았다. 당시의 상황이 여전히 눈에 선하고 생각할 때마다 쓰린 눈물이 흘러나왔다. 이제는 모두 지나갔지만 그들의 강인한 품성으로는 자신들이 쩨쩨하게 따지고 애정에 절절맸던 일을 용납할 수 없었다. 그래도 가야 할 길이 한참 남았고 예측할 수 없는 풍파가 가득하니 정신을 가다듬고 용감하게 나아가는 것 외에는 선택의 여지가 없었다. 다만 과거에 뜨겁게 달아올랐던 그 괴이한 일이 지금까지도 마음속에 그림자를 남겨, 혼자 생각에 잠길 때면 의심과 굴욕, 우롱당했다는 수치심, 후회와 자책이 홍수처럼 거세게 밀려든다는 점은 부인할 수 없었다. 좋은 면이라고는 하나도 없는 일이었다. 그들은 모두 자신을 억누르고 또 억누르면서 어떻게든 과거를 떨쳐버리고 감정을 승화시켜 훌훌 털고 앞으로 나아가려 했다. 또한 철저히 잊기 위해 아주 빡빡한 일과표를 작성하고 결연한 의지를 다잡았다. 일과표는 하루에 해야 할 일을 분과 초 단위까지 상세하게 규정했다. 모든 이가 지켜야 하고 감독하는 사람까지 따로 있었다. 그렇게 함으로써 상처 입은 감정이 은연중에 흘러나오지 못하도록 막고 사상의 건강한 발전을 보장하려 했다.

그 끔찍한 사건의 발단에 관해서는 우리 대중 단체의 공문서 속에 다섯 사람의 구술이 사실대로 기록되어 있다. 그들 다섯 사람은 아주 생생하게 진술했는데 각각 특징이 뚜렷했고 시각이 완전히 달랐다. 그들 모두 독창적인 견해를 드러내며 남의 의견은 반대하고 배척했기에 그걸 읽으면 오히려 어지럽고 갈피를 잡을 수 없을지도 모른다. 하지만 이것 역시 우리 민중 심리의 풍부함과 독립성을 반영한다고 할 수 있다. 그들은 무작정 흐름을 따라가는 인물이 아니며, 쉽게 동조하는 사람들에게 반감을 느끼고 말과 글로 성토하고 싶어했다. 누구도 그들에게 자기 생각을 강요할 수 없었다. 두루뭉술한 태도로 의견을 일치시키려 하면 소득을 얻지 못할뿐더러 비웃음까지 받았다.

검은 털모자를 쓴 독거 노파의 구술

"친애하는 사촌오빠 이야기를 꺼내려 하면 그날 밤 담요를 떨어뜨렸던 게 생각나. 내 침대에서, 여러분도 알다시피, 값이 나가는 건 이 거친 담요뿐이잖아. 면이불은 삼십 년을 덮어서 이미 다 해졌어. 침대 깔개 아래에는 볏짚만 있고. 그런데 담요는 정말 좋은 물건이거든. 금빛 찬란한 털에 햇빛이 비치면 금방이라도 타오를 것 같지. 사십 년 전에 아버지는 담요를 주시면서(그 자리에는 영민한 사촌오빠도 있었어) '이건 순모로 된 담요다'라고 하셨어. 나는 아직도 아버지 목소리를 똑똑히 기억해. 사촌오빠의 매력적인 미소도 생생하게 기억해. (그녀는 침을 십 분이나 계속 삼킨 뒤 눈을 감은 채 꼼짝도 하지 않았다. 거의 말하는 걸 잊어버린 듯했다. 상대가 어깨를 세게 흔들었을 때야 차츰 정신을 차렸다.) 내가 왜 담요를 떨어뜨렸을까? 말하자면 긴데, 이미 봄이 되어 무척 습하고 더웠어. 원래는 이불을 덮으면 담요까지 덮을 필요가 없었지. 모든 문제는 그 망할 조카놈 때문이야.

사실 그는 무슨 조카가 아니라고. 십이 년 전부터 내 조카라고 사칭했을 뿐이지. 이제 모든 사람이 그의 거짓말을 믿으니 참 이상한 일이라니까. 그놈은 근본 없는 부랑아, 부모 없는 망나니, 인성을 잃어버린 위선자야. 훔치고 뺏고 사람 피를 마시고 뺨에는 늘 커다란 혹을 달고 다녀. 어떤 오해 때문인지 몰라도(그 소문을 만든 개자식을 저주해) 사람들은 대부분 그가 내게 석탄을 보내줘야 한다고 생각하지. 정작 나 자신은 그런 불량한 의견에 분개하는데 말이야. 그놈이 정말 그렇게 하면 나는 죽자고 싸울 거야. 아무리 늙고 약해도 그런 인간 정도는 충분히 상대할 수 있거든. 어쨌든 그가 내 집 문턱을 넘도록 내버려두지 않았어. 빈틈을 노려 들어오려고 했지만 어림없는 일이었지. 나는 겨우내 문을 지켰어. 그러니까 겨우내 불을 피우지 않았다는 뜻이라고(그럴 겨를이 어디 있겠어). 집안이 굉장히 습했지만 마음은 편했어. 그러다 봄이 되자 보슬비가 내린 듯 습해져서 담요를 이불 위에 깔았고, 한밤중에 더워서 발로 차버렸던 거야. 아침에 일어나서 보니 담요가 바닥에 떨어져 있었지. 바로 그때 그 일이 일어났어. 물론 들어온 사람은 사촌오빠였어. 내게 석탄을 가져다준 거야.

잘 들어. 사십 년이 지나서 소리도 없이 돌아왔다고. 내가 가장 필요로 하는 순간에 내 곁으로 왔어. 나는 늘 사촌오빠가 돌아올 것을 예감했어. 소위 조카라는 놈과 싸울 때, 한기가 뼈를 에는 그 겨울밤에, 바로 그런 믿음이 있었기에 무너지지 않았던 거야. 사람 피를 마시는 그 망할 놈은 줄곧 내 담요를 노렸지. 놈은 내가 겨울에 죽을 거라고 철석같이 믿으며 안달복달 난리를 쳤어. 실제로 사촌오빠가 왔다니까. 내게 석탄을 줬을 뿐 아니라 칠팔 분 정도 집에 머물렀어. 정감어린 두 눈이 사십 년 전과 똑같이 그윽하고 묵직했어. 오빠는 조용히 '정말 생각도 못했구나'라고 말했어. 그 말을 할 때 입술만 움직이고 소리는 내지 않았지. 하지만 나는 아주 똑똑히 들었어. 그 말을 듣자마자 눈물이 쏟아져 더는 오빠를 제대로 볼 수 없었어. 얼마나 따뜻한 남자인지! 얼마나 의리 있는지! 오빠가 떠난 뒤 갑자기 다리에 힘이 생겨서 나는 단숨에 '쿵쿵쿵' 십 리를 걸어갔어. 심지어 몇 차례 뛰기까지 했는데 전혀 피곤하지 않았어. 아직도 내가 염문 속 주인공이 될 수 있을 것 같았지. 그러니 회춘의 기적이 아닐까? (그녀는 고개를 떨구더니 잠이 든 듯했다 오 분 뒤 갑자기 또 고개를 들었다.)

아주 오랫동안 어렴풋하게, 어떤 보이지 않는 위험이 오빠를 위협한다고 느꼈어. 그런 느낌은 사십 년 전에 시작되어 지금까지 이어졌지. 그리고 예상했던 일이 결국 벌어진 거야! 오빠는 명실상부한 총각이었어. 내가 이 점을 강조하는 선 그가 흠 없이 순결하고 무고하며 남녀 간의 짓거리에 대해 아는 게 전혀 없었다는 사실을 알려주고 싶어서야. 사십 년의 시련이 충분히 오빠의 성품을 증명해주고. 거울계집(X에 대한 그녀의 호칭)은 오빠의 바로 이 점에 반해서 필사적으로 물고 늘어진 거야. 기어코 끌어들여서 오늘의 사달을 만들었고. 나는 오빠가 쾌감 자체를 느끼지 못했을 거라고 확신해. 오빠는 거울계집이 자기한테 무슨 짓을 하는지도 몰랐을 거야. 전체 사건에서 나는 소극적인 관망자였을까? 아니면 일부의 추측처럼 남의 불행을 즐겼던 걸까? 내가 얼마나 끔찍한 세월을 살았는지 알기나 해? 거울계집이 마술을 멈추고 현미경 같은 물건을 챙겨 불쌍한 사촌오빠와 도망친 뒤, 나를 기다린 건 밤마다 되풀이되는 고독과 정적, 공허, 공포뿐이었어. 순식간에 두 다리를 움직일 수조차 없을 만큼 늙어버렸고. 아득한 어둠 속으로 사라지는 둘의 뒷모습을 불쌍한 눈빛으로 지켜보는 수밖에 없었어.

사건의 발단이 무엇이었게? 이런 비극적 결말이 왜 나왔을까? 누구도 그 비밀, 실은 아주 작은 일 때문이라는 걸, 그 석탄 때문이었다는 걸 몰라! 그날 석탄공장 직원에게 석탄을 가져다달라고 해서는 안 됐어. 이 일 때문에 나는 죽을 때까지 스스로를 용서할 수 없을 거야. 끊임없이 나를 저주할 거야. 하필 대문 앞이 경사져서, 하필 그 젊은이가 힘들다며 올라오려 하지 않아서, 또 하필 사촌오빠가 그 존경스러운 의협심에서 나를 도와줬기 때문이라고. 오빠는 분명 나와 만난 뒤 너무 흥분해서 혼미해졌던 거야. 그 바람에 목적지를 잊어버리고 자기도 모르게 석탄운반공을 따라 거울계집의 마당으로 들어갔지. 그러다 문 앞에서 고꾸라져 의식을 잃었고. 저녁이 되어서야 깨어났는데 안색이 끔찍했어. 잠깐, 다시 그 담요에 관한 일로 돌아가야 해. 중요한 부분을 빠뜨렸네.

사십 년 전 사촌오빠가 직접 담요를 내게 가져다줬어. 거리 여자들이 전부 부러워서 목을 길게 뺀 채 담요를 보고, 또 나와 오빠를 봤지(다른 일 때문에 보지 못한 사람들은 무척 유감스러워했어). 여자들은 나와 오빠가 천생연분이라고 생각해서 그 담요를 예물이나 다름없다고 여겼어. 담요는 나와 오빠의 마음을 하나로 이어준다고. 내가 그 X 같은 부류를 신경쓴다고 생각하지 마. 흥! 그런 여자 따위는 아예 잊어버렸으니까. 내가 오늘 여기에 온 건 절대 그녀의 일을 이야기하기 위해서가 아니야. 나는 사촌오빠와 담요의 관계에 대해 말하러 왔을 뿐이라고. 그 여자가 대체 뭔데? 지하에서 튀어나온 요괴잖아. 내가 뭣 때문에 그녀의 일에 관심을 가져야 하지? 내 일만으로도 바빠 죽겠는데! 요즘 괴상한 사람을 주시하는 풍조가 있더라고. 누구든 옷을 홀딱 벗고 큰길에서 소리를 지르거나 몇 남자와 어울렸다고 하면 유명인사가 되더라니까! 우리 사람들이 갈수록 기준을 내버리고 아무한테나 빌붙다니, 이건 정말 창피한 일이라고! 사촌오빠가 함정에 빠진 건 문 앞에서 넘어졌기 때문이야. 인사불성 상태에서 타락해 지금까지도 망상과 정신이상 상태에서 벗어나지 못하고 있어. 그런데 우리가 우물에 빠진 사람에게 돌을 던지듯, 이 중요한 순간에 그에게 치명적인 공격을 가해야 하나? 혹은 제대로 따져보지도 않고 부화뇌동하는 자들과 함께 소란을 피우며 전혀 상관없는 사람이 저지른, 우리와 아무 관련도 없는 일을 캐묻느라 죽어가는 그에게 발길질해야 하나?

여기서 한참을 떠들었더니 피곤해 죽겠어. 담요와 사촌오빠의 관계가 바로 오늘 내 이야기의 주제야. 계속 이런저런 방해를 받는 바람에 나는 말하고 싶던 핵심을 제대로 전달하지 못했어. 그 상관 없는 문제가 끊임없이 내 생각을 방해해 엉망으로 만들었다고. 나는 마지막 정력까지 모두 끌어올려 나한테 집중해야만 외부의 방해를 떨쳐내고 본질에 접근할 수 있어. 그나마 그런 상태는 순식간에 지나가고 또다시 방해를 받기 때문에 생각이 계속 분산돼. 갈수록 심해지다 정력이 완전히 바닥나고 떠올랐던 생각도 안개처럼 흐릿해지지. 내 말이 끝났다고, 이 쓰레기들아!"(그녀가 갑자기 쓰러졌고 사지가 경련으로 떨렸다. 이십 분쯤 뒤 정신을 차린 그녀는 씩씩거리며 밖으로 나갔다.)

절름발이 여사의 구술

"거울에 관한 일은 믿지 마세요. 애당초 허구에 불과하니까요. 여러분, 그건 전부 허세이고 시선을 돌리려는 수작입니다. 어느 날 한 사람 집에 들어갔더니 탁자에 크고 작은 거울이 잔뜩 놓여 있고 그 사람이 그럴싸하게 손짓하는 게 보였지요. 그러자 여러분은 솥 단지에서 물이 끓듯 와자지껄하게 떠들었습니다. 세상에 이런 신기한 일이! 정말 초능력이 엄청나구나! 만약 제가 진상을 밝히면 여러분은 또 소리를 질러대겠지요. 여러분의 최대 약점은 너무 쉽게 믿고 충동적으로 반응하는 겁니다. 모든 논의가 사건 자체와는 아무 관련도 없으니 진상은 깊고도 깊은 땅속에 영원히 묻히겠지요. 논의를 시작하면 우리는 모두 꿰뚫고 있는 듯 말합니다. 그런데 이 점이 극히 의심스럽습니다. 여러분은 언제나 본질을 보지 않고 허상이나 인위적 유희만을 보니까요.

소위 그날 오후의 발단에 관해 제가 이야기해보지요. 날씨가 아주 변덕스러운 오후였습니다. 공기 중에 희미하게 감도는 모종의 살기 때문에 아주 작은 흔들림만으로도 깜짝 놀랄 지경이었어요. 창가에 앉아 있는데 커튼이 불시에 들썩이면서 양의 머리뼈가 보였습니다. 저는 끝도 없는 회색 담장을 따라 두 시간을 걸어 마침내 그 조종자의 집에 도착했습니다. 그녀는 저를 등지고 앉아 히죽히죽 바보처럼 웃고 있었습니다. 다가가 살펴보자 녹슨 비수로 개미집을 쑤시고 있더군요. 찌르고 쑤시다 발로 치대기까지 해서 놀란 개미들이 사방으로 달아났습니다.

'당신 남편, 문제가 좀 있어요. 사람들이 전부 그리 이야기한다고.' 저는 그녀의 등을 툭툭 치면서 최대한 가볍게 이야기했습니다.

'쉿! 헛소리!' 그녀는 눈을 가늘게 뜨며 저를 훑어봤습니다. '모든 일이 예정된 계획대로 진행중이에요.'

그렇게 말한 뒤에는 저를 억지로 자신의 어둡고 좁은 방까지 끌고 갔습니다. 낡은 쇠침대에 앉으라고 한 다음 커다란 나무상자를 가져와 뚜껑을 열고 들여다보라더군요. 거기에는 크고 작은 남자 양말 백여 켤레가 층층이 가지런하게 놓여 있었습니다.

'그 사람이 태어나 지금까지 신은 양말이 전부 여기에 있어요. 이건 내 비밀이에요. 그 자신도 모르는.' 그녀는 열정적으로 손짓하며 말하더군요. '이것 좀 봐요. 구멍이 뚫렸지요. 8세 때 신었던 양말인데 발톱이 너무 길어서 뚫린 거예요. 생각만 하면 웃음이 절로 난다니까요. 그는 어디까지 갈 수 있을까요? 불을 켤까요? 아니, 아직 켜지 마요. 불을 켜면 굼벵이가 활동할 테니 우리 채소가 엉망이 될 거예요. 이 상자는 일 년 내내 꽉 잠겨 있는데, 나는 전혀 신경쓰지 않아요. 그는 어디까지 갈 수 있을까요?' 그녀는 그 말을 또 한번 반복한 뒤 어깨를 으쓱거렸습니다.

작은 창문으로 들어오는 한줄기 빛에 의지해 저는 그 여자의 얼굴을 똑똑히 봤습니다. 알고 보니 13세 정도의 어린애더군요. 머리에 나비 리본 두 개를 맨 그녀는 맨발로 메뚜기처럼 방을 뛰어다녔습니다. 제가 분개한 이유는 그녀가 저를 전혀 존중하지 않았기 때문입니다. 계속해서 자기 장난감을(뜨다 만 색색의 솔, 유리구슬 목걸이, 만화책, 플라스틱 강아지 등) 제 앞에 펼쳐놓았습니다. 그 잡스러운 물건들로 스스로를 긍정하고 모종의 자신감을 키우려 했지요. 심지어 아주 오만하게요! 생각해보세요. 그런 볼썽사나운 인간까지도 필사적으로 눈에 띄려 합니다. 그리고 결국 자기 남편의 머리 꼭대기까지 기어올라가 그를 장악해 이런 짓거리를 했고요. 여러분의 굳어버린 머리로는 전혀 예상하지 못했겠지만요!

Q라는 인물에는 몇 가지 의문점이 있습니다.

첫째, 이 Q는 우리 오향거리 여성들에게 가족처럼 익숙합니다. 제가 관찰한 바에 따르면, 누구와 대화하든 그와 관련된 말만 나오면(그를 직접 언급하지 않아도 대화중에 그를 연상할 수 있기만 하면) 하나같이 정신을 집중하고 눈을 반짝거리며 지칠 줄 모르고 떠들더군요. 모두 그에게 달콤하고 절절한 마음을 은밀하게 품었는데, 대놓고 표현할 수 없어 우물쭈물 애매하게 굴거나 지나치게 무심하고 차가운 얼굴을 하는 듯하더군요. 하지만 혼자 있을 때는 매순간 그에게 연정을 품으며 끊임없이 슬퍼하고 안타까워하고요. Q

는 대체 어떻게 이토록 어울리지 않는 인기를 누리게 되었을까요? 그의 신체 곳곳을 자세히 살펴본 사람이 있나요? 혹은 그한테서 단맛을 본 뒤 그의 매력이 무엇인지 확인한 사람이 있나요? (당연히 없지요!)

추측건대, 그와 X의 관계 때문일 겁니다. 더 정확히 말하자면 그 관계에 대한 상상 때문이겠지요. 비유를 들어볼까요. 원래는 아무도 관심을 두지 않다 감귤에 항암 효과가 있다는 연구 결과가 나오면 사람들이 앞다퉈 사들이면서 가격이 급등합니다. 항암 효과가 우리의 상상과 같은 것이지요. 어느 날 결국 우리의 상상이 주관적 착오임을 깨닫는다면, 긴 담장 끝의 작고 검은 집안에서 녹슨 비수를 든 음산한 괴물이 몸을 수그린 채 이를 부득부득 갈면서 상자 속 양말의 개수를 세고 집 바깥에는 뚱뚱하고 흉측한 굼벵이가 잔뜩 기어다니는 걸 발견하면, 그녀야말로 모든 것이고 Q는 실에 매달린 꼭두각시일 뿐임을 깨닫는다면, 그렇다면 Q의 인기에 어떤 변화가 생길지 짐작할 수 있을 겁니다. 우리는 늘 상상 속에 살고 싶어하지요. 그럴 때 사람들은 수줍은 표정과 아쉬운 눈빛으로 주변을 둘러보고 유치한 행동을 합니다. 상징성을 가진 남자의 그림자가 창문 앞에 나타나면 다들 속으로 기뻐하며 잔뜩 들떠 'Q는 얼마나 멋지고 우람하며 다정한지!'라고 조용히 중얼거립니다. 그 그림자를 굳이 Q라고 고집하는 건 그와 X의 매혹적인 '관계'를 상상하기 때문이지요. 우리는 낭만적이지 않고 거론할 가치가 없는 기괴한 행동일수록 거기에 풍부하고 아름다운 의미와 신비한 색채를 부여하며 멋지게 장식해 살아가기 위한 정신적 양식으로 삼습니다. 이것이 바로 우리 모두의 저열한 근성이고요.

우리는 Q와 X의 매혹적인 관계를 설정한 뒤 자신을 X의 위치에 두고 비교합니다. 정신이 반쯤 나간 상태로 자신의 장점을 잔뜩 떠올리며 자기가 X보다 얼마나 뛰어난지, 만약 자신이 Q와 그런 상황에 이르렀으면 얼마나 황홀했을지, Q가 자신한테 반하지 않고 X에게 넘어간 게 얼마나 잘못된 일인지 탄식합니다. 그렇게 이런 저런 생각에 빠져 활기를 잃고 스스로의 가치에 대해 일말의 자신 감마저 모두 잃어버린 뒤 개처럼 코를 벌름대며 누군가의 뒤를 따라갑니다. 우리가 쫓아가는 그 대단한 영웅이 검은 집에 앉아 있는 이상한 여자가 조종하는 꼭두각시에 불과한 줄도 모르고 말입니다.

　둘째, 모두들 이 Q라는 인물을 마음속에서 젊고 용맹하며 강한 남자, 세상에 둘도 없는 미남자라고 설정했습니다. 용감한데다 다정하고, 말을 시작하면 보슬비가 내리듯 포근하게 마음을 녹여준다고요. 세상에 그보다 더 이상적인 공략 목표는 없다고 믿습니다. 다들 집에서 혼잣말하며 초조함에 발을 동동 구르고 밤새 잠을 이루지 못해 전전긍긍하다 날이 희뿌옇게 밝아오면 곧바로 일어나 줄줄이 공중변소로 뛰어가지요. 그렇게 쪼그려앉아 몽롱한 상태로 그 알 수 없는 감정을 서로에게 털어놓습니다. 조잘조잘 신나게 떠들어대지요. 또 멋대로 비교하다 집에 있는 남편이 성에 차지 않는다고 생각합니다. 경망스럽게도 자신의 존재를 잔뜩 부풀려 귀부인으로 설정한 뒤 남편은 손도 못 대게 합니다. 그녀한테 접근하려면 남편은 무릎 꿇고 애원하는 수밖에 없습니다. 설령 자비를 베풀어 허락하더라도 서릿발처럼 차갑게 굴며 경멸하는 표정까지 짓습니다. 제가 사실을 말하면 모두 마음이 불편해질 겁니다. 그날 오후 X의 문 앞 공터에서 그가 고꾸라지는 걸(심지어 의식을 잃는 걸)

누가 보지 않았습니까? 여러분은 진지하게 생각해보셨나요? 멀쩡한 남자라면 평지를 걸어가다 넘어져 의식을 잃을 리 없습니다.

물론 저는 어떻게 된 일인지 잘 알고 있습니다. 제가 질투한다고 생각해도 좋고, 근거 없는 이야기로 남을 공격해 스스로를 치켜세우려 한다고 생각해도 좋습니다. 어쨌든 저는 계속 진실을 추구하며 굴복하지 않을 테니까요. 제가 하고 싶은 말은, 날씨가 변덕스러웠던 그날 오후에 Q가 여러분이 상상할 수 없는 모습으로 제 창문 앞에 나타났다는 겁니다. 목발을 짚고 있었지요. 우리는 이십삼 분이나 서로를 마주봤습니다. 지팡이가 더는 육중한 몸을 버틸 수 없을 때에야 그는 유감스럽게 몸을 돌려 떠났습니다. 그러고도 한 걸음을 옮길 때마다 뒤돌아볼 만큼 아쉬워했습니다. 같은 부류의 사람을 알아봤던 것이지요.

셋째, 우리는 이 Q라는 인물이 X 한 사람에게만 흥미를 느낀다고 단정하고 그 사실을 추호도 의심하지 않습니다. 그날 오후 Q의 행동으로 볼 때 그는 곧장 X의 집으로 달려갔던 게 아닙니다. 우선 그는 제 창문 앞에서 의미심장하게 이십삼 분을 머물렀습니다. 이 부분이 문제점을 잘 설명해줍니다. 제가 여러분에게 일말의 희망이라도 품었더라면, 그렇게 소극적인 태도로 새를 둥지에서 날려버리고 사태가 멋대로 커지도록 내버려두지 않았을 겁니다. 저는 여러분한테 절망했습니다. 이미 오래전에 극도로 실망한 나머지 행동할 마음이 전혀 들지 않았습니다. 저는 그의 목표가 절대 X 한 사람에게 국한되었다고 생각하지 않습니다(소위 한 나무에만 매달릴 수 없는 거지요). 우리가 조금만 덜 까탈스럽게 굴고 조금만 더 마음을 열면, 그는 틀림없이 여러분 모두에게 흥미를 보였을 겁니다. 결론적으로 그는 절대 완전무결한 영웅이 아닙니다. 여러분의 집에 있는 남편과 똑같지 더 나은 게 진허 없어요. 여러분은 경솔함과 무모함으로 한순간에 그를 X에게 밀어놓고 지금 와서 또 후회하며 하릴없이 온갖 낭만적 감정을 일으킵니다. 게다가 스스로 우상을 만든 뒤 매일 숭배하며 모든 가능성을 날려버리지요. 이게 바로 제가 예상했던 상황입니다. 저는 이 때문에 낙담했고, 어떤 적극적 노력도 소용없을 것을 간파했습니다. 원래 Q가 처음 흥미를 느낀 여자는 저입니다. 저는 손 하나 까딱하지 않고도 그를 사로잡을 수 있었습니다. 그런 '유인' 작업을 했더라면 여러분도 이렇게 쓸쓸하거나 외롭지 않았겠지요. 아침부터 밤까지 이루어질 수 없는 망상에 빠지지도, 감정이 약해지지도, 인생에 실망하거나 슬퍼하지도 않았을 겁니다. 하지만 기회는 전부 사라졌습니다. 왜 그럴까요? 어리석어서입니다! 게을러서입니다! 여러분은 침대에서 끙끙거리며 백일몽을 꾸지요. 하늘이 무너지는데도 그 비현실적이고 불가사의한 일에 빠져 있지요. 영원히 깨지 않기 위해 달려가 커튼까지 단단히 여미지만, 다시 일부러 방문을 열어두고 시선을 입구에 고정한 채 속으로 부르고 또 부릅니다. 온 마음을 다해서요. 그때 행여 남편이 돌아오면 생떼를 쓰면서 내쫓고 '내 기분을 망쳐놓다니!' 하며 화까지 냅니다.

이제 이야기를 하나 들려드리지요. 듣고 나면 진실을 좀 이해할 수 있을 겁니다. 제 이야기는 아주 길고 복잡합니다. 이 이야기를 들으려면 상당한 의지와 인내심이 필요하며, 온 신경을 집중해야 그 속의 관계를 파악할 수 있습니다. 그래서 실패할 확률이 매우 높고 성공할 희망은 천분의 일에 불과합니다. 여러분이 그 산만한 정신 상태를 바꾸지 않으면 영원히 제 이야기 속으로 들어갈 수 없다는 뜻입니다. 제 이야기는 한 여자 혹은 남자(어쩌면 저와 똑같은 절름발이)가 비정상적인 사회 질서 속에서 어떻게 성공하는가에 관한 것입니다. 회색 담장 끝의 작고 검은 집에 사는 사람과는 아무 관련이 없습니다. 여기 계시는 여러분과 직접적인 관련이 있으며, 심지어 여러분은 곧장 이야기로 들어가 주인공이 될 수도 있습니다. 당시에 이런 가능성이 이미 충분했고, 여러분은 주체적 능동성만 발휘하면 됐습니다. 여러분이 주인공이 되지 않은 건 상관없습니다. 그런데 억지를 부리며 그처럼 산만하고 끝없는 상상력을 동원해 별개의 일들을 하나로 연결하는 데 몰두하다니요. 그다음에는 한편에 내팽개쳐놓고 깊이 이해하는 대신 각자 흩어져 이유 없이 울고 슬퍼하다니요. 이제 여러분은 더이상 무슨 일이 벌어졌는지 알 수 없게 되었습니다. 무슨 일이 일어났나요? 지진이 발생했습니다! 산사태가 났어요! 마귀가 내려왔습니다! 혹은 아무 일도 일어나지 않았습니다. 단지 아침에 찐빵 하나를 더 먹고 배탈이 나서 눈물을 흘렸을 뿐입니다.

아니, 말하지 않겠습니다. 말해봐야 소용없을 테니 제 가슴속 이야기는 그냥 묻어두겠습니다. 이런 보물은 제 평생의 위로이자 일종의 무기니까요. 칠흑처럼 어두운 밤에 몸을 일으키면 창밖의 하늘은 강철처럼 단단하고 회백색 담장은 산비탈에서 들쑥날쑥 흔들립니다. 저는 이를 덜덜 떨면서 이불을 파고들어 그 이야기들로 저 자신을 감싸지요. 제 이야기는 따뜻하고 선명하며 조금 자극적이고 오로지 제 것입니다. 다시 한번 말하지만, 여러분이 만들어낸 그 일들은 존재하지 않습니다. 발단 자체가 없어요. 여러분 각자가 설정한 온갖 발단은 주관적인 날조이며, 서글픈 낭만이 흘러넘친 결과입니다. 진짜 발단은 이제 사라졌고 영원히 다시 오지 않을 겁니다.

예전 어느 날, 구름이 낮게 깔리고 풀냄새가 공기 중을 맴돌던 오후, 그건 우리 가운데서 시작될 수 있었습니다. 저는 거의 준비를 마친 상태였지요. 강철 같은 사실이 방해하지 않았다면, 퇴폐적인 분위기가 물씬 풍기지 않았다면, 모든 가능성은 현실이 되었을 겁니다. 지금은 완전히 끝났고요. 여러분은 삼삼오오 모여서 논의하다 우스운 추측을 할 수도 있고, 호기심에 가득찬 어린애처럼 남과 입장을 바꿔 슬퍼하거나 낭만에 젖을 수도 있습니다. 저는 누구보다 모든 것을 명확히 알고 있으니 여러분 뒤에서 절망적으로 냉소를 지을 겁니다. 여러분이 어느 날 자신의 습성을 바꾸거나 갑자기 깨달아 뉘우치지 않는 한 누구도 제 입에서 진짜 이야기를 꺼낼 수 없을 겁니다. 저는 세속에 물들지 않고 깨끗하게 살고 싶어요. 이 어지러운 세태에서 맑은 정신으로 소박하고 묵묵히 제 평범한 일생을 살아가고 싶습니다. 일순간의 성과를 위해 여러분과 같은 물에서 더러워지고 싶지 않아요. 제 순수한 본질을 완전히 잃어버리고 남들을 따라 어지러이 떠들고 싶지 않습니다."

X여사 남편 친구(호적을 본 그 사람)의 구술

"발단? 이런! 발단이라는 말을 꺼내기만 해도 나는 또다시 그 복잡하고 어지러운 번뇌에 빠진다고요. X여사의 모든 발단은 내 발단이기도 합니다. 내 삶 전체가 이미 그녀의 셀 수 없이 많은 일에 반응하면서 풀리지 않는 무수한 고리로 채워졌으니. 또다른 발단을 언급하기만 하면 나는 극도로 긴장하며 온몸으로 싸울 태세를 취하지요. X여사가 우리 거리로 이사온 뒤 나는 그녀 남편의 절친한 친구이자 그녀의 첫번째 보호자가 되었어요. 그런 다음부터 정말 숨돌릴 새도 없이 온갖 사건이 일어났지요. 드디어 끝났다고 겨우 안도의 한숨을 내쉬고 앉아서 노곤해진 머리를 쉬려고 할 때마다 그녀는 뒤에서 또 새로운 문제를 일으켰지만. 그럼 감전이라도 된 듯 벌떡 일어설 수밖에요. 그 여자의 정력이 얼마나 왕성한지는 아무도 모를 겁니다. 그녀는 거의 매 순간 또다른 발단을 계획해요. 그녀 남편과의 깊은 우정, 그가 처한 비참한 상황을 고려해 나는 거의 필사적으로 그녀 주변을 맴돌고요. 매일 눈앞이 캄캄하고 식욕이 없어요. 얼마나 암울한 삶을 사는지 말로 표현할 수 없다고요. 몇 년 동안 고기를 못 먹었을 뿐 아니라 아내와의 친밀한 중대사도 멈췄어요. 몸도 그림자처럼 말랐고. 내 이런 고충을 X가 감사히 여겼을까? 그 결과는 누구도 예측하지 못한 것이었지요!

어느 날, 그녀가 자기 방으로 부르더니 그 동공 없는 두 눈으로 나를 뚫어져라 십 분 동안 쳐다보더군요. 그러다 갑자기 나를 밀치고 온몸을 부들부들 떨고는 신경질적으로 자기 머리카락을 잡아당기며 방안을 이리저리 걸어다녔어요. 거의 한 시간쯤. (내 인내심이 얼마나 대단한지!) 결국 내가 참을 수 없어 가볍게 기침을 하고는 조심스럽게 기분이 나아졌느냐 물었죠. 그랬더니 뭐라고 대답했는지 들어봐요. '제가 당신을 오라고 했나요? 어떤 사람이 늘 멋대로 찾아왔던 건 기억하는데. 그는 늘 내 근처에 있고요. 제가 당신을 불렀다니 무슨 일일까요? 착각한 거 아닌가요? 제가 정말 불렀다고요? 볼일이 있었던 거 아니고요? 이렇게 남한테 관심을 기울이는 건 당신에게 참으로 좋지 않아요.' 이 얼마나 무례한 태도인지! 그날 이후 그녀는 거리에서 마주칠 때마다 눈길을 돌리며 나를 외면했어요. 길을 막자 내가 허수아비라도 되는 듯 그대로 밀치며 지나가고. 집으로 찾아가 따지니까 나를 정말 못 봤다고, 자기는 나를 볼 수 없으니 길을 막은 건 아주 큰 실수라고 하더군요. 차라리 집에서 진흙 인형이나 만드는 게 낫지. 적어도 그건 심신에 유익하고 예술적 영감이 생길지도 모르잖아요! 왜 이런 기괴한 일에 골머리를 썩이는지.

그녀는 나쁜 버릇을 가진 자기 친구에 대해서도 이야기했어요. 공중변소에서 수다 떨기를 아주 좋아한다고. 한번 시작하면 시간 가는 줄 모르고 온종일 변소에 있어서 온몸에서 냄새가 진동한다더군요. 그 남편이 역겹다면서 침대에 못 올라오게 하는 바람에 친구는 복도에서 잘 수밖에 없었대요. 그걸로 부족했는지 남편이 빗자루를 휘두르며 친구를 거리로 내쫓은 뒤 감히 들어오면 죽여버리겠다 소리쳤고. 어느 날 거리에서 이 여인을 만났는데 쓰레깃더미에 쪼그려앉아 먹을 걸 찾더랍니다. 그녀가 다가가 말을 걸고 종려나무 잎으로 메뚜기 만드는 법을 알려줬다더군요. 친구는 분발해서 얼른 배운 뒤 순식간에 빠져들었고. 이후 다시는 변소에서 엉뚱한 짓을 하지 않았대요. 그러자 남편이 여인을 도로 데려가 온 가족이 화기애애하게 합쳤다나. 그녀가 왜 그런 천일야화를 들려줬는지 내가 모를 리 있나요. 서글프고 화가 나는 건 내 친구가 옆에서 빙그레 웃고 있는 거였지요. 마누라가 말할 때마다 고개를 끄덕이는 걸로 모자라, 내 옆으로 다가와 친근하게 등을 두드리며 X

여사의 말은 전부 진실이라고 바보처럼 말하더군요. 멍텅구리, 눈동자 하나 굴릴 줄 모르는 백치, 그녀가 살짝 건드려줘야 생각이란 걸 하고 정상이 되는 주제에. 둘은 부창부수가 따로 없어서 말할수록 흥분해 달아오르더군요. 친구는 시종일관 X여사의 허리를 꽉 안고 손을 풀지 않았어요. 나중에 X여사가 '우리, 책상으로 올라가요'라는 황당한 제의를 했어요. 그런 다음 둘은 펄쩍 책상으로 뛰어올라 팔짱을 끼고 다리를 흔들면서 조롱하듯 내게 휘파람을 불었지요!

그 일은 엄청난 충격이었어요. 아주 오랫동안 무슨 일이 있었는지 알 수 없을 만큼 얼떨떨했고. 힘들고 역겨워 살고 싶지 않더군요. 나는 노쇠하고 암담한 눈빛으로 막막한 세상을 바라보며 생각했지요. 사람들은 너를 필요로 하지 않아, 심지어 친한 친구마저 너를 부르면 오고 쫓아내면 가는 우스운 사람으로 생각해. 뒤에서 네 모든 노력을 비웃으며 호의를 짓밟고 자기 마누라 편만 들어. 이런 세상에서 무슨 역할을 할 수 있겠어? 네 모든 노력이 웃음거리밖에 더 돼? 생각하면 할수록 고통스럽고 슬펐어요. 그래서 어느 달빛 좋은 밤에 단도로 이 중년의 목숨을 끝내리라 결심했지요. 칼도 준비하고 장소도 정했어요. 집 뒤의 우물로.

바로 그때 X여사와 친구가 우리집으로 찾아왔어요. 한없이 다정하게 안부를 물은 뒤 어색하고 쑥스럽게 내 침대 옆에 둘이 딱 붙어서 앉더군요. 잠시 뒤 친구가 맹세를 시작했고요. 자신은 언제까지나 내 제일 친한 친구이고 결코 배반하지 않을 거라고. 내 모든 호의를 가슴 깊이 새기고 영원히 잊지 않겠다고. 자신과 나 사이에 오해가 생기면 그건 세상을 어지럽히려는 나쁜 인간이 중간에서 이간질한 것이니, 절대 그것 때문에 자신에 대한 생각을 바꾸면 안 된다고. 그렇게 말하면서 손까지 내저었어요. 친구의 아내, X여사는 그의 어깨에 기대고 있어서 남편의 격렬한 동작에 따라 계속 흔들렸지만 최면에 걸린 듯 눈을 꼭 감고 있었지요. 그는 지난번의 그 이야기도 언급하더군요. 자신들은 결코 중상모략하는 사람들이 아니라고. 내가 공연한 의심으로 목숨을 끊으면 그들이 무척 슬퍼할 거라고. 한 번도 내 총명함을 의심해본 적이 없다고요. 그의 아내도 얼마 전에 내가 세상에서 가장 똑똑한 사람이라 했다며, 그녀가 확실히 그렇게 말했다고, 장담한다더군요. 혹시라도 자신들이 내 총명함을 의심한다고 생각했다면 정말 억울하다고. 그도 항상 나처럼 똑똑하고 유능한 친구를 잃으면 자신들이 어떻게 살아갈지, 누구를 의지해야 할지 걱정이라고 했어요. 친구가 말을 마쳤을 때 그의 아내는 깊은 잠에 빠져 있었지요. 아무리 흔들어도 깨지 않아서 그는 어쩔 수 없이 그녀를 안고 돌아갔어요.

우정이 다시 한번 나를 벼랑 끝에서 멈춰 세운 겁니다. 우정의 기쁨과 고통을 느껴보지 못한 사람은 얼마나 불쌍한지! 얼마나 공허할지! 나는 늘 감정을 최우선시하며 그걸 위해 살아요. 친구의 일이라면 아무리 사소해도 칼산이든 불바다든 내 한몸을 아낌없이 던질 수 있지요. 그들이 떠난 뒤 나는 곧바로 침대에서 내려와 세수하고 정신을 가다듬었어요. 그리고 한층 더 깊어진 우정과 모든 지혜를 동원해 친구에게 보답하리라 마음먹었지요. 졸음을 쫓기 위해(관자놀이에 호랑이연고를 바르는 방법으로) 눈을 크게 뜨고 밤낮없이 친구를 위해 경계를 섰어요. 심지어 아내까지 동원해서 (그녀는 천성적으로 연약하고 능력이 떨어지며 정력도 나보다 훨씬 못하지만). 문제는 아내한테서 일어났어요. 여인의 오만함과 무모함, 무절제에 대해 거의 예상하지 못했던 탓에 아주 호된 교훈을 얻었지요.

어느 날 X여사가 숲으로 들어가기에 아내와 함께 뒤따라갔어요. X여사가 바위에 앉는 걸 보며 또다른 발단이 되리라 확신했지요. 나는 속이 빈 거목 줄기에 숨은 뒤 틈새로 그녀의 일거수일투족을 감시하자고 아내에게 손짓했어요. X여사가 다리를 쭉 뻗고 누워 꼼짝도 하지 않는 게 보이더군요. 나와 아내는 미칠 듯이 흥분해 술을 마신 것처럼 얼굴이 붉어졌어요. 나무 구멍 속에서 한껏 신이 나 서로를 두드리며 발로 찼고요. 아내는 입을 가리며 작게 속삭이기까지 하더군요. '이제 내 평생 제일 재미있는 광경이 펼쳐지겠네! 도무지 진정이 안 돼! 쓰러질 것 같아!' 그러면서 점점 더 크게 떠들더라고요. 나는 일이 잘못될 것 같아 조용히 좀 하라고 손짓했지요. 하지만 아내는 내 말을 귓등으로도 듣지 않고 점점 흥분했어요. 한층 더 심하게 떠들고 발을 구르며 '바스락바스락' 소리까지 냈지요. 얼마나 끔찍하던지. 나중에는 나무 틈새로 돌멩이를 잡아 X여사의 발 쪽으로 던지기까지 하더라고요. 나는 움직이지 못하게 손을 비틀며 아내를 말리기 시작했어요. 그러자 아내가 발광했어요. 개처럼 물어뜯고 'X여사와 한통속'이라고 욕하며 '진작에 싹수를 알아봤어', '아주 훌륭한 술수야!' 같은 말을 했어요. 진즉부터 내 비밀을 까발릴 기회만 노렸다고도 하고. 나를 따라 숲에 온 건 X여사를 감시하기 위해서가 아니라면서 자신은 남의 일에 관심이 없다더군요. 그녀와 매일 만나지만 말도 한 번 건네본 적이 없다고, 나를 감시하고 내 추악한 행동을 밝히기 위해 숲에 왔다는 거예요. 처음부터 끝까지 자신의 비밀을 알아채지 못하는 내 멍청한 모습을 보자니 우스워 죽을 뻔했다고요! 내가 정말 그녀를 바보라고 생각했던 걸까요? 부부간에 이유도 없이 반년이나 방사를 멈췄는데 그녀가 아무렇지도 않게 그게 정상이라고 받아들일 리 있었겠어요? 제가 그렇게 생각했었으니, 아내에 대해 완전히 잘못 알았던 거지요! 언젠가는 그녀가 이를 드러내며 자신의 대단한 모습을 보여줄 수도 있는데, 그녀가 원하기만 하면 언제든 내 목숨을 가져갈 수도 있는데 말이에요. 아내의 복수는 방사와 관련 없어요. 그녀는 늘 그걸 아주 싫어했으니까. 성관계를 할 때면 항상 어쩔 수 없이 따랐으니 그녀의 태도를 알 수 있지요. 방사를 멈춘 건 그녀에게 일종의 해방이나 마찬가지라고요. 내가 다시 생각을 바꿔 쾌락을 요구한다면 그녀에게는 그게 바로 재난이겠지요. 아내가 나를 따라온 건 내 꼬투리를 잡아 자신에 대한 어리석은 망상을 없애버리기 위해서였어요. 어쨌든 우리가 서로 치고받다 얼굴이 퉁퉁부은 채 나무 구멍을 빠져나왔을 때 X여사는 이미 사라지고 없었어요.

아내는 갑자기 자신의 잘못을 깨닫고 머리를 감싸안더니 엉엉통곡하기 시작했어요. 그 순간 이제부터는 나 혼자 행동하리라 맹세했지요. 세상의 문제는 전부 여자 때문이니까. 열정적인데 의지력이 없는 여자들은 특히 더 골칫거리고. 여자들은 발작을 일으키면 무슨 일이든 할 수 있거든요. 상대의 계획을 엉망으로 만든 뒤에야 멈추고요. 그녀들은 제약을 받는다 싶으면 돌연 미쳐서 결정적인 순간에 치명타를 날려요. 소동을 부린 다음에는 또 멍청한 척을 하고. 의지가지없다는 듯 불쌍하게 굴면서 동정심을 자극한다니까요. 그렇게 다음번을 위한 기회를 남겨두지요. 여자는 대부분 그래요. 거기서 거기야. 나는 혼자 움직이기로 마음먹었고, 그건 친구를 향한 내 진심이 잘 드러나는 결정이기도 했어요.

인생은 잘못된 한 걸음 때문에 돌이킬 수 없는 상황에 놓이기도 해요. 혼자 움직이기 시작한 뒤 나는 언제인지 몰라도 내 뒤에 긴 꼬리가 생겼다는 걸 발견하고 절망했어요. 내가 아무리 경계해도, 또 아무리 전술을 바꿔도 아내는 늘 대응할 방법을 찾아냈어요. 소극적이 아니라 아주 공격적이었지요. 아내를 떨쳐낼 수 없더군요. 그러자 내가 대체 매일 X여사를 감시해 친구의 책임을 다하는 건지, 아니면 아내와 숨바꼭질을 하는 건지 헷갈리기 시작했어요. 아침 일찍 문을 나설 때는 목적이 분명하고 머리도 맑은데 늘 중간에 우스운 반전이 생겨 흐리멍덩해지는 거예요. 미행 목표를 놓칠 뿐 아니라 스스로가 남의 목표가 되지요. 나는 어떻게든 벗어나기 위해 이리저리 몸을 숨겼어요. 갑자기 덤불로 뛰어들었다 돌연 쓰레 깃더미 뒤에 숨고, 어느 순간에는 다락방을 통해 지붕으로 올라갔지요. 원숭이가 된 것 같더군요.

내 여자는 그런 놀이를 좋아했지만 나는 성가셔 미칠 지경이었어요. 앞이 캄캄하더군요. X여사의 변화무쌍한 술수만으로도 버티기 힘든데 하나가 더 늘었으니! 그 올가미에서 벗어나려고 조급해할수록 아내는 즐거워했어요. 얼굴에서 빛이 나고 한순간에 젊은 아가씨가 된 듯했지요. 내가 새로운 수를 생각해낼 때마다 그녀도 흥분해서는 자신의 모든 기지를 발휘해 나와 겨루었어요. 힘들어 죽을 지경이었지요. 결국 대놓고 이렇게 말했어요. 당신이 계속 이러면 둘 다 망하는 것 외에는 다른 결과가 없어. 지금 당신이 무슨 짓을 하는지는 알아? 사람은 누구나 명확한 생활신조를 갖고 살아야 해. 한결같이 좋는 목표가 있어야 한다고. 님한테 빌붙거나 남의 행동을 방해하는 건 부도덕하고 수치스러운 거야. 멍청하게 허송세월하다 늙으면 추억은 하나도 안 남고, 살아온 듯한 그림자만 남아. 후회할 거라고. 나는 평생 최고의 정신세계를 추구하며 물질적 기쁨을 모두 포기했어. 고난과 위험으로 가득한 길을 걷는다고. 그런데 아쉽게도 당신은 내 친구, 반려자가 될 수 없네. 그건 상관없지만, 어떻게든 나를 망가뜨리려 하니. 정말 견디기 힘들다고.

아내는 듣는 둥 마는 둥 하다 눈을 동그랗게 뜨며 놀란 표정으로 이렇게 대답하더군요. 내가 추구하는 목표? 내 목표는 당신이란 걸 명심해. 그동안은 당신의 통제를 순순히 따르며 살았지만, 최근 약방 점쟁이 할아범의 도움으로 크게 깨달은 게 있거든. 내가 평생을 헛살았다는 거. 그동안 이토록 의미 있고 헌신할 만한 일에 너무 무관심했어. 철저히 무감각했지! 바보처럼! 당신은 세상에서 가장 어려운 수수께끼야. 당신을 완전히 파악하면 내 일생도 가치를 찾을 수 있어. 이 목표를 정하자마자 머릿속이 충만해지고 생기가 끓어오르더라. 내 재능도 처음으로 확연히 드러나고. 당신조차 내 기세등등함에 뒤로 물러서잖아. 생각해봐, 상황이 얼마나 많이 변했는지! 예전에는 내 삶이 참 굴욕스럽고 무미건조하며 무기력했어. 거의 벌레 같은 삶이었지. 이제 그런 생활로 절대 돌아갈 수 없어. 죽어도 안 돼! 지금 내 적극적이고 진취적인 삶은 온전히 나 혼자만의 노력으로 얻은 거야. 누구도 그걸 망가뜨릴 수 없어. 마음을 접고 되돌아가라고 아무리 달콤하게 유혹해도 할 수 없어. 나는 당신의 꿍꿍이를 전부 꿰고 있다고. 옛날과 달라. 내 눈이 빛나잖아!

코가 예민해졌잖아! 당신이 어디에 숨든, 설령 '투명 인간'이 돼도 나는 찾아낼 수 있어. 지금의 이런 흥미진진한 일 덕분에 아주 뿌듯하고 즐거워. 시시각각 기운이 넘쳐나고. 행복의 최고 경지에 도달했다고 확신할 수 있을 정도야. 어떤 여자들은 마음을 온통 방사에 둬서 미미한 소득만 얻고 금방 늙어버리지. 심지어 남편한테 학대당하고 버려져. 생각해보면 진짜 수지 타산도 안 맞고 자존심도 상해. 여자가 남자보다 못난 게 뭐가 있다고. 여자라고 왜 무슨 일을 할지 자기 뜻대로 정해서 남자와 경쟁할 수 없어? 왜 청춘과 정력을 남자한테만 낭비해야 해? 말할 것도 없이 나처럼 독립을 추구하는 여자는 온갖 방해를 받아. 그 압력은 사회와 남자한테서 나오고. 사실 뚫어버리려고 하면 두려울 것도 없어. 흔들리지 않는 마음과 굳은 의지만 있으면 극복하지 못할 어려움은 없으니까. 나는 이미 결정했으니 당신도 포기하는 게 좋을걸. 당신이 무슨 속셈으로 그런 말을 하는지 내가 모를 것 같아? 아무리 고압적으로 나와도 전혀 두렵지 않아! 지금 내 일이 최고조에 이르렀기에 이 중요한 대목에서 해이해질 수 없어. 지난 노력을 수포로 만들어 비웃음 당할 수 없다고. 어떤 유혹도 나를 흔들지 못해. 당신도 더는 요행을 기대하며 이래라저래라 하지 마. 이렇게 진전이 보이는데 어찌 손을 뗄 수 있겠어? 언젠가는 내 일이 놀라운 성과를 거둘지도 몰라. 내 성공은 바로 당신의 끝이고.

아내가 그렇게 한바탕 떠들어댔으니 나도 우리 관계가 어떻게 된 건지 그런대로 이해하지 않겠어요? 내가 내 일을 계속하기로 하고 그녀 역시 자기 일을 끝까지 고집했다고 해서, 내가 그녀에게 무슨 권위를 주장했다거나 그녀가 방사에 흥미를 보였다고는 생각하지 마요. 여자가 일단 각성하면 무시무시한 호랑이로 변한다는 사실조차 내가 모를 것 같아요? 그럼 수십 년을 헛살았게. 아내, 그 호랑이는 이빨을 드러내며 발톱을 휘두르거나 포효하는 걸 좋아하지 않았어요. 하지만 정말 사람을 잡아먹을 생각이었으니 조심해야 했지요. 특히 밤중에 잠이 들었을 때. 그땐 어떤 기이한 일도 발생할 수 있으니까요. 허장성세로 그녀를 겁주는 것보다는 차라리 내 안전을 고려하는 게 현명했어요. 그게 그녀의 진짜 속마음이었고. 아내가 그토록 결연하게 반대편에 섰으니. 누가 내 고충을 이해할 수 있겠어요. 사실 누구를 원망할 수도 없어요. 쓸쓸하지만 전부 내가 자초한 일이니 조용히 삼키는 수밖에요. 내 아내, 나는 그녀를 이해할 수 있어요. 그녀의 기이한 변화는 미묘한 복수심에서 나왔고, 그런 심리는 내가 어떻게 할 수 있는 게 아니었어요. 도와주고 싶어도 사람의 정력은 한계가 있으니 그럴 수도 없었고요.

한번 가정해봅시다. 한 부부가 서로 사랑하며 이십 년을 살아왔어요. 아내는 일편단심 한결같은 사람으로 온몸과 마음을 다해 성애를 추구하고, 방사에 대해 무궁무진한 욕망과 흥미를 가지고 있어요. 반면 남편은 성교 외에도 사교 모임이나 친구, 의무 같은 할일이 있지요. 그런데 그의 가장 친한 친구가 자기 아내 때문에 끔찍한 지경에 놓여요. 그들은 스스로 빠져나올 수 없고요. 그의 품성은 누구나 잘 알다시피, 친구 간의 의리를 중시하고 희생정신이 투철해요. 그래서 중간에 끼어들어 모든 일에 관여하기 시작하고 끝까지 갈 마음을 먹어요. (친구는 당연히 그에게 감사해하고요.) 그런데 불행히도 그 일이 아주 까다롭지요. 반드시 모든 체력과 정력을 쏟아부어야만 장악할 수 있어요. 무엇보다 중요한 점은 반드시 흥미를 느끼고 낯선 감정으로 들어가야 한다는 거고요. 감정이 있어야만 그 여사의 모든 세계를 이해하고 행동 규칙을 알며 다양한 욕망을 파악할 수 있으니까. 그런 다음에는 또 시시각각 긴장을 늦추지 않고 언제 어느 때나 임기응변으로 대처할 수 있어야 해요. 안 그럼 아무것도 얻을 수 없거든요. 그는 일할 때 아주 신중하고 모든 잡념을 내려놓는 사람이라서, 어느 정도 시간이 흐르자 그 여사의 세계에 강한 흥미를 느껴요. 그녀의 일거수일투족을 연구하고 반복적으로 체험하며 분석하다 아주 빠르게 미혹되지요. 평소 집에 있을 때도 여사의 일을 생각하느라 밥을 먹건 일을 하건 잠을 자건 항상 머릿속으로 여사의 표정과 동작을 떠올려요. 그녀 행동의 온갖 가능성을 따져보고 조사할 방법도 계획하고. 자기도 모르게 여사와 비슷한 괴벽까지 생겨 툭하면 저수지로 달려가 자기 얼굴을 관찰하지요(그의 집은 거울처럼 사악한 물건은 사지 않거든요). 더욱 난감한 점은 시간이 지나자 여사를 볼 때마다 부끄러움에 얼굴이 달아오르고 심장이 두근거린다는 거예요. 완전히 엉망이 되지요. 스스로에게 아무리 화를 내봐도 상황은 바뀌지 않고. 물론 그가 여사에게 흥미를 느꼈다는 뜻은 아니에요. 그는 남녀관계에는 항상 순결한 태도를 지켰으니까. 오로지 아무 사심 없이 친구를 돕겠다는 생각뿐이지요. 그건 누구나 다 아는 사실로 비난의 여지가 없고요. 그가 허둥댄 이유라면, 크게는 아내 이외의 여성을 접해볼 기회가 워낙 적었기 때문이고, 작게는 사람들이 말하는 것처럼 그 여사가 사악해서예요. 여사는 툭하면 마술을 부려 사람을 혼란스럽게 만들고 그걸 즐겼거든요.

이제 여러분도 친구가 그에게 맡긴 일이 얼마나 어려운 일인지,

그 자신에게 얼마나 힘든 시련인지 이해하겠지요. 이런 일에 휘말리고도 그의 몸이나 정신이 무너지지 않고 살아 있는 건 정말 엄청난 기적이에요! 그가 꼽아보니 지금까지 서른여섯 명이 그만 손을 떼고 아내와 잘 지내라고, 집으로 돌아가 가족의 단란함을 느끼라고 권고했더군요. 그렇게 전망이 불투명하고 아무 효과도 없는 일을 해봐야 '단맛을 누리지도 못하고' 그저 '온종일 바보처럼 눈 빠지게 뭔가를 기대하는 것밖에' 안 된다고 했어요. (뭔가라니? 하늘에서 떨어지는 돈지갑? 땅에서 솟아나는 금덩이?) 이런 상태가 지속되면 틀림없이 성 기능을 잃을 텐데 사람은 '문화 여가 생활'에서 한순간도 떨어질 수 없음을 알아야 한다고. 하지만 그는 온갖 여론의 압박에도 마음을 바꾸지 않았지요. 지금까지 자신처럼 여사의 내적생활을 이해하는 사람은 없다고 확신했어요. 그녀의 일거수일투족을 파악하고 그녀의 의도를 정확하게 추측할 수 있는 사람은 없다고. (그 덕분에 끔찍한 사건을 수도 없이 막았지요!) 그가 친구에 대한 고상한 감정에 빠져 대단히 어려운 작업을 진행하는 동안 그의 가정에는 위기가 찾아왔어요. 그의 아내는 애정을 중시했지만 무척 속이 좁고 쉽게 질투하며 고집스럽고 집요했거든요. 남편의 고상한 지조를 이해할 수도, 이해하려 들지도 않았어요. 아무 이유도 없이 자신의 마땅한 권리를 박탈당했다고 생각했지요. 그런데 그 빈번한 '문화 여가 생활'을 그녀는 이미 이십 년이나 누리지 않았나요? 늘 아름답고 만족스럽지 않았나요? 그녀는 그런 식으로 남편과 가정을 옭아맸었지요. 그러다 갑자기 무슨 요괴가 튀어나와 자기 남편을 독점하는 바람에 독수공방하며 밤잠을 이룰 수 없게 되었으니 그녀가 어떻게 달가워했겠어요? 세상 만물을 좁아터진 머리로 받아들이는 사람이라 남편의 힘겹고 숭고한 사업을 '저급한 수작'이라고 배척했지요. 남편이 좀 늦게 돌아오면 '남들 보기 창피한 짓을 하느라' 그런다고 말하고, 남편이 방사를 치를 힘이 없으면 자기 가정은 '이미 존재하지 않아', '요괴가 내 자리를 차지했어'라며 투덜댔어요. 그녀는 온종일 집에서 남편 흉을 보는 대자보를 작성한 뒤 사방에 붙여놓았지요. 그렇게 남편을 이웃의 웃음거리로 만들었어요. 남편이 놀라서 억지로 잠자리를 하려고 하면 그녀는 피하면서 '창피한 줄도 모르긴' 하고 욕하고 '탐욕스러워', '세상 여자를 다 데리고 놀게?' 하는 식으로 비꼬았어요. 논리라고는 찾아볼 수 없는 악담만 내뱉고, 갈수록 천박하고 폭력적이며 비이성적이 되었고요. 결국 그들의 부부관계는 되돌릴 수 없을 정도로 나빠졌지요. 그러다 어느 나쁜 놈의 이간질에 말려들었는지 그녀가 밑도 끝도 없이 '자신의 생존 가치를 찾았다'라고 단정했어요. 그 생존 가치란 남편을 한도 끝도 없이 괴롭히고 방해하며 함정에 빠뜨린 뒤 적당한 때 독수를 써서 없애겠다는 것이었지요. 잔뜩 흥이 올라 그렇게 오싹한 짓거리를 했어요. 한번 빠져들자 벗어날 수 없었고요. 점점 사그라들던 성욕이 느닷없이 왕성해져 변태적으로 표출된 거예요. 늑대처럼 탐욕스럽고 멈출 줄 모르는 식으로요. 나긋나긋하던 예전 아내의 모습은 그림자도 찾아볼 수 없게 되었어요.

한동안 적대적으로 굴던 아내는 갑자기 태도를 바꾸더니 내게서 관심을 거뒀어요. 며칠 동안 나는 속으로 기뻐하며 귀찮은 마귀가 사라졌으니 모든 게 원래대로 돌아가겠다고 생각했지요. 아침에 문을 나설 때 그녀가 다정하게 내 어깨를 두드리면서 '마음놓고 당신 길을 가'라고 했어요. 그 좋은 날이 얼마 가지 않고 훨씬 엄청난 타격이 내 머리 위로 떨어졌지만. 이웃 사람이 알려주더군요(그는 나를 바보 멍청이라고 생각했는지 말하면서 내 발을 밟았어요). 아내가 점쟁이 할아범을 꾀어 약방 위층에서 거리 사람들이 전부 알 수 있도록 공공연하게 일을 벌였다고요. 심지어 아내는 이미 남편의 허락을 받았으며 우리 부부는 '각자 자신의 지기를 찾았다'라고 떠벌리기까지 했다더군요. 그 소식이 청천벽력이나 다름없어서 나는 순간 이성을 잃었어요. 그대로 약방으로 달려가 문을 발로 찼지요. 둘은 여전히 침대에서 뒹굴더군요. 할아범이 쇠꼬챙이 같은 손가락을 부들부들 떨면서 안경을 집어 콧등에 얹은 뒤 사방을 두리번거렸어요. 무슨 일이 일어났는지 몰랐던 거예요. 장님에 가까울 정도로 근시가 심해서 나를 아예 보지도 못했어요.

'뭐가 뛰어들어오지 않았나? 개 같은 거?' 그가 물으며 무서운 듯 그녀 뒤로 숨더군요.

아내는 천천히 바지를 입고 칼날 같은 눈빛으로 나를 쏘아본 뒤 느긋하게 대꾸했어요. '그냥 원숭이예요. 다른 게 또 뭐가 있겠어.'

그런 다음 손가락으로 문을 똑바로 가리키며 내가 망연자실해질 정도로 노려봤지요. 느닷없이 어서 나가야겠다는 생각이 들더군요. 그런 생각이 들자 한시름 놓였지요. 돌아서자 뒤에서 할아범의 당부가 들려왔어요. '다음에는 빗장을 걸어. 이런 일은 원숭이한테도 보여줄 만한 게 아니거든.'

계단을 내려오는데 아내가 쫓아와 막아서더니 아주 천진난만하게 내 가슴에 매달리며 재잘거렸어요. '저 사람 어때? 응? 아주 희귀한 사람이지? 내 새로운 삶은 전적으로 저 사람이 이끌어준 덕분이야! 당연히 당신은 예전의 내 모습을 기억하겠지. 떠올리기만 해도 끔찍하다. 저 사람을 집에 데려가고 싶어. 당신한테는 전혀 방해되지 않을 거야. 저 사람은 아주 고상하거든. 당신은 이미 '문화여가 생활'을 할 정력이 없잖아, 그렇지? 저 사람은 내게 사람의 도리를 알려줬어. 나는 이런 식으로 보답할 수밖에 없고. 참 불쌍한 사람이야. 당신은 평소처럼 당신 일을 해. 그럼 우리 둘 다 만족스러울 거야.'

나는 그녀를 설득하기 시작했어요. 예를 열 가지나 들면서 그건 사랑이 아니라 보은에 불과하다고, 감사하는 방법에는 여러 가지가 있으니 몸을 바칠 필요까지는 없다고, 그건 정말 멍청하고 이해받을 수 없는 일이라고. 고개를 돌린 채 가만히 듣던 그녀가 비웃듯 입을 삐죽이더니 반박하더군요. 자기는 꼭 '몸을 바쳐야 한다'라며 그래야 재미도 있고 세태에도 잘 맞는다고요.

나는 그들에게 쫓겨나 쓰레기장 옆의 작업장으로 거처를 옮겼어요. 완전히 혼자가 되었지요. 일을 제외하고는 어떤 것에도 흥미를 느끼지 못했고요. 밤에는 무척 쓸쓸했어요. 작업장 천장의 드문드문한 삼나무 틈새로 밤하늘을 쳐다보며 그 공허한 순간을 일 분 일 분 흘려보냈지요. 때로는 벌떡 몸을 일으켜 밖으로 나가 친구 집 문 앞을 밤새 배회하기도 했고요. 작은 집에서 편안히 잠들었을 그 둘을 제외하면 더이상의 가족은 없었어요. 어느 때보다 더 절절하게 일이 내 전부라고 느껴졌어요. 나는 이미 인생 전부를 거기에 걸었으니까. 그 작은 집에 친구가 있는 한 내 목표는 물거품이 되지 않을 거고요. 언젠가는 내가 증명하고 싶었던 모든 것을 증명해낼 거예요. 나는 창문에 귀를 대고 그 숨소리를 들으며 그들이 아직 살아 있음을, 내 곁에 있음을 확인하고 안심했어요. 수많은 밤이 그렇게 쓸쓸하게 지나갔지요. 내 비밀스러운 노력과 희생, 풍비박산 난 가정에 대해서는 조심조심하며 친구에게 말하지 않았고요. 나 개인이 초라해지고 고생이 심해질수록 내 삶이 충실해지는 느낌이었어요. 내 희생을 비밀로 간직한 채 즐겁고 아무렇지도 않다는 듯 그들과 대화할 때는 가슴 깊은 곳에서 엄청난 만족감을 느꼈고요.

얼마 뒤 나는 새로운 생활에 적응하고 심지어 빠져들기 시작했어요. 그런 생활이 내 정신을 완벽하게 해방시켰거든요. 나는 일부러 육체적 고통을 더하기 위해 작업장에서 침대를 들어내고 이불도 버렸어요. 그리고 커다란 석판을 몇 개 구해다 볏짚을 깐 뒤 보금자리로 삼았지요. 밤이면 그 속으로 기어들어가 웅크린 채 잤고요. 피부가 새파래질 정도로 추웠지만 이를 악물고 버텼어요. 아주 심한 감기에 걸려 볏짚 속에서 덜덜 떤 적이 있는데 정신은 오히려 건강하고 충만해지더군요. 친구가 찾아왔을 때는 수련중이라고 말했고요. 아침에는 풍족하게 차려 먹으니(사실 이미 이틀이나 굶었지만) 걱정하지 말라고, 아내가 살뜰하게 챙겨줘서 어느 때보다 건강하다고 했어요. 친구가 반신반의하는 표정으로 돌아설 때는 눈물이 날 뻔했지요! 얼마나 숭고해요! 이렇게 위대하다니! 어찌할 수 없을 정도로 감동했어요. 그 생활의 끝없는 즐거움이란! 누구든 진정으로 자기희생의 기쁨을 얻으면 인간의 모든 즐거움에는 코웃음을 치게 될 거예요. 내 아내 같은 산송장은 몸만 살아 있지 영혼은 진작에 죽었어요. 미라처럼 세상을 돌아다니며 남을 방해하고 타인에게 기생할 뿐이지요. 그런 상태야말로 참으로 슬픈 거고.

그녀가 어디서 내 정신생활의 미묘함을 느껴봤겠어요? 그런 건 아예 보지도 못했겠지! 이제야 나는 내 결혼이 엄청난 실수였음을 깨달았어요. 나와 그녀가 얼마나 맞지 않는지도. 그 족쇄에서 벗어난 건 대단한 행운이고요. 제발 그녀가 남은 평생을 변치 않고 다시는 나를 귀찮게 하지 않기만을 바라요.

X여사의 이번 사건은 무엇이 발단이었을까요? 사실 일어나기 전에 아주 긴 공백이 있었어요. 계속 두문불출하고 찾아오는 사람도 거절한 채 매일 멍하니 창문 앞에 앉아만 있더군요. 누가 말을 걸든 그저 웃음만 짓고 본체만체해서 상대를 난처하게 했지요. 그러는 동안에는 사건을 일으킬 징조 같은 건 전혀 보이지 않았어요. 마치 평생을 소리 없이 조용히 보내기로 마음먹은 듯했지요. 나는 그런 상황에 애가 탔고요. 한층 더 절식하고 추위에 떨어봐야 아무 소용이 없었지요. 그들은 그런 고통이 자신들과 상관없이 나 혼자 좋아서 하는 일이라고 분명히 밝히더군요. 삽시간에 내 머리 위로 거대한 공허가 내려앉았어요. 어쩔 줄 몰라 망연자실했지요. 의심의 마귀가 내 마음을 물어뜯었어요. 나는 매일 밤 위험을 무릅쓰고 달려가 그 집 대문을 두드렸지요. X여사가 진면목을 드러내기를 원했어요. 설령 풍파를 일으키고 나쁜 짓을 하더라도 그렇게 위장하는 것보다는 나으니까. 그건 세 사람의 존망과 관련되니까. 함정이 바로 발밑에 있으니 모두를 일깨워야 했어요. 그들의 평온한 겉모습 뒤에 맹수의 발톱이 숨겨져 있음을, 얼마나 많은 사람이 그처럼 무심하게 있다 망가졌는지 알려줘야 했어요. 관절이 퉁퉁 붓고 현기증이 나도록 두드렸지만 그들은 깊은 잠에 빠져 한 번도 문을 열어주지 않았어요.

다음날 나는 X여사에게 밤새 무슨 소리를 듣지 못했느냐고 물어봤어요. 그녀는 눈을 크게 뜨며 자신은 잘 듣지 못하고 특히 밤에는 더욱 그렇다고 대답하더군요. 자신은 뭔가를 눈으로 볼 필요도 없지만 귀로 들을 필요도 없다고요. 밖에서 아무리 천지개벽할 일이 벌어져도 들리지 않는다는 거예요. 자기 세상은 광활한 평원처럼 조용하대요. 진흙 위로 아스라하게 풀이 돋고 작열하는 태양이 높이 떠 있으며 벌레 소리조차 들리지 않는 평원처럼요. 그러니 소란을 떨어 자기를 방해하겠다는 건 완전히 잘못된 생각이라고…… 그런 헛소리를 늘어놓아서 머리가 아팠어요. 보아하니 그녀는 나라는 보호자를 떨쳐내기로 마음먹은 것 같았어요. 내가 그렇게 경박한 여자 때문에 얼마나 고생하고 고통받았는지 생각해봐요. 지금은 나아졌지만요. 그녀는 매일 야위어가는 내 얼굴을 보면서도 아무 반응을 보이지 않을뿐더러 나한테 '괴벽'이 있다고까지 했어요. 자신은 '내 보호를 전혀 좋아하지 않으며' 오히려 '혐오한다'라고 했지요. 자기한테는 애당초 아무 위험이 없는데 왜 보호가 필요하느냐고요. 보호 강박증이 있으면 내 아내나 보호하라고 했어요.

물론 그런 말들은 내 예상에서 전혀 벗어난 게 아니었어요. 충언은 귀에 거슬린다고 하지요. 누군들 그러지 않겠어요? 성질을 부리려면 부리라지. 나는 여자의 일시적인 어리광 따위에 일일이 반응하는 쪼잔한 사람이 아니거든요. 여자들은 시도 때도 없이 제멋대로 굴며 자각심을 잃어버려서 정확히 이끌어줘야만 잘못된 길로 빠지지 않아요. 내가 X여사의 말 몇 마디 때문에 보호자의 신분을 내동댕이치고 친구의 기대를 저버릴 리 있겠어요? 동정심을 잃어버린 냉랭한 현자가 되어 범속하게, 내 아내 같은 산송장으로 살아갈 리가 있겠느냐고요. 나는 내 불쌍한 친구가 과거 어느 때보다 내 도움을 필요로 하고 있음을 간파했어요. 그는 눈먼 아이처럼 막다른 골목으로 들어갔고, 자기 능력으로는 출구를 찾을 수 없는 상태였지요. 모든 희망이 나한테 달렸던 거예요. 나만이 그를 구할 수 있었지요. 나는 궁지에 몰린 상황에서 자력갱생과도 같은 용감한 행동을 했어요. 찬란하고 이성적이며 지혜로운 불꽃으로 그 길고 어두운 통로를 밝혀줬지요. 그게 무엇일까요? 어떤 결과를 만들었을까요? 그건 X여사의 이번 사건의 발단과 직접적인 연관이 있을까요? 모든 비밀을 사적 재산으로 오래도록 내 가슴에만 묻어두려는 걸 용서해요. 나는 말로 표현할 수 없는 고통을 참아냈으니 혼자 즐거움을 누릴 특권이 있거든요. 다른 사람과 그 즐거움을 나누고 싶지 않아요. 아무리 친밀한 사람이라도. 반드시 '혼자만의' 즐거움을 만끽할 거예요. 이 즐거움은 내가 세상을 떠나는 날까지 계속될 거고. 당신들도 나처럼 초인적 의지력을 발휘해 오랫동안 고통을 참아내면 언젠가는 누릴 수 있을지도 모르지요.

여기서 당신들에게 밝힐 수 있는 점은 X여사가 내 지도와 조종을 받아 움직였다는 거예요. 이번 일은 전혀 대단할 게 없어요. 완전히 내 의도에 따라 자유롭게 진행된 것이니까요. 내 아내 같은 사람들은 이 일을 멋대로 부풀리고 과장하지요. 내 무능을 드러내려는 듯이요. 하지만 그 속의 비밀을 어떻게 알겠어요? 그들의 저열하고 수준 낮은 견문으로는 영원히 그런 판단밖에 못 내리지요. 성공한 사람은 나라고요. 나는 주변 상황에 밀리지도, 온갖 어려움에 압도되지도 않고 거인처럼 일어났으니까!"

석탄공장 젊은이의 구술

"제가 이 존경스러운 여사에게 특별한 감정을 품었다는 건 이미 누구나 잘 아는 사실입니다. 기왕 알려졌으니 세세히 설명할 필요는 없겠지요. 제가 여러분에게 말씀드리고 싶은 내용은 개인적인 정신생활에 관한 것입니다. 분명하게 말하자면, 존경스러운 여사가 직접 이끌어준, 찬란하고 다채로운 제 개인적인 환상에 대해서요. 그 환상은 제가 제대로 살았다는 영원한 상징이 될 겁니다. 예전에는, 존경스러운 여사가 오향거리로 이사오기 전까지는 제게 개인적인 정신생활이라는 게 없었습니다. 매일 흐리멍덩한 상태로 모두를 따라 시끄럽게 떠들고 소처럼 먹고 시체처럼 잤습니다. 꿈도 꾸지 않고 자의식이라고는 조금도 없이 22세가 되었지요. 그러다 안개 낀 어느 새벽, 세상에 둘도 없는 존경스러운 여사를(저는 절대 이름을 말하지 않을 겁니다. 그녀의 이름을 부르기에는 제가 턱없이 부족하다는 걸 잘 아니까요) 우물가에서 우연히 만났습니다. 그녀는 더할 나위 없이 매력적인 웃음을 지어줬습니다. 그뒤 저는 이 주 동안 치통을 앓았습니다. 수술로 앞니 세 개를 뽑고 나자 수염이 급격히 자라나기 시작했고요. 진정한 남자로 거듭난 겁니다.

그날 이후 제 삶은 엄청나게 변했습니다. 제 새로운 삶을 축하하기 위해, 스스로를 시시각각 일깨우기 위해 저는 일부러 치과에 가서 앞니를 몽땅 뽑아버렸습니다. 틀니도 하지 않았고요. 그러자 음식을 먹을 때 아주 독특한 자세로 몇 배의 힘을 들여야 했지만, 제가 남들과 다름을 절절히 느낄 수 있었습니다. 존경스러운 여사를 만나기 전의 저는 전혀 진중하지 않았습니다. 음식도 허겁지겁 게 걸스럽게 먹고 자제할 줄 몰랐지요. 모든 여자에게 관심을 보이고 화장실에서 실없이 떠들며 입에서 나오는 대로 음탕한 말을 지껄였고요. 길에서는 아가씨든 아줌마든 여자만 보면 쫓아가 껄떡대고 시시덕거리면서 스스로 잘 먹혀든다고 생각했습니다. 한가할 때는 몸에 향수를 필사적으로 정신이 아득해질 때까지 뿌렸습니다. 저와 제 패거리는 '사랑'이라는 말만 나오면 곧장 습관적으로 향수와 여자 꼬시기, 화장실에서의 행동을 떠올리며 눈을 반짝이고 재미있어했습니다. 저희는 그렇게 일 년 내내 쾌락을 추구했고 머릿속으로 황당한 계략을 잔뜩 떠올렸습니다.

존경스러운 여사는 대체 제게 무얼 했던 걸까요? 확실하지는 않지만 제 기억으로는 우물가에서 그녀를 만나고 돌아간 그 밤, 생전 처음으로 꿈을 꾸었습니다. 호저 한 마리가 깊은 연못을 필사적으로 파고들자 삼나무가 줄줄이 연못 옆으로 쓰러지더군요. 완전히 흉몽이었습니다. 아침에 일어났을 때 어머니가 '아들아, 네 얼굴 반쪽이 어디로 갔니?' 하고 물었습니다. 저는 손을 뻗어 얼굴을 더듬어본 뒤 소리를 지르기 시작했고요. 어질어질한 눈으로 침대에서 내려가니 모든 가구에 꿀벌이 기어다니고 있었습니다. 저는 어머니에게 '현실이 어찌 이리 황당할 수 있어요!' 하고 큰 소리로 외쳤습니다. 어머니는 두 손을 덜덜 떨다 그릇을 떨어뜨려 산산조각 냈지요. 여러분, 시선을 진 할멈에게 맞추지 마세요. 할멈은 제 소도구일 뿐 아무것도 대변하지 못합니다. 힘겨운 짝사랑 속에서 저는 끓어오르는 정욕을 발산시킬 대역을 찾아야 했습니다. 누구라도 상관없었지요. 할멈을 선택한 건 제가 얻은 첫 여자이기 때문일 수도 있고, 그녀가 제 추파를 이해하고 기꺼이 어울리려 했기 때문일 수도 있습니다. 하지만 제 긴장된 환상 속에서 할멈은 한 번도 나오지 않았습니다. 저는 매일 특정한 장소에서 존경스러운 여사를 바라봤지만, 그녀는 절대 저를 볼 수 없었습니다. 늘 꼭꼭 숨어 있었으니까요. 여사가 떠나기만 하면 체내에서 온갖 액체가 끓어오르기 시작해 저는 격노한 사자처럼 펄떡거리며 진 할멈의 집으로 달려갔습니다. 그러고는 취한 듯 미친 듯 체내의 불꽃이 사그라질 때까지 그녀와 뒹굴었습니다.

존경스러운 여사가 저를 정복한 이후 저는 더이상 그녀를 마주할 용기가 나지 않았습니다. 그저 그녀가 전혀 알아채지 못하도록 멀찍이 거리를 유지하며 감상만 했습니다. 그런 다음에는 혼자 애모하는 마음으로 무궁무진한 상상을 덧붙였습니다. 그러나 그녀를 만나기만 하면, 설령 그림자만 봐도, 목소리를 살짝 듣기만 해도 다리에서 힘이 풀렸고 한마디도 제대로 내뱉을 수 없었습니다. 그런 상황은 진심으로 두려웠지요. 다행히 여사는 저를 안중에 두지 않았고 미친 현미경에 사로잡혀 있었습니다. 그녀는 목소리가 희미해지고 두 눈이 멀었으며, 남의 방해를 무척 싫어해 훼방꾼이어서 사라지기만 바랐습니다. 그런 기질 때문에 저는 한층 더 그녀를 존경하고 숭배하게 되었지요. 그녀에 대한 감정도 훨씬 견고해졌고요. 저는 어둠 속에 누워 탄식하곤 했습니다. 존경스러운 여사와 만나지 못했다면, 희미한 안개와 희뿌연 연못가, 미소 같은 게 없었다면 지금 내 삶은 어땠을까? 그 남자 같지도, 여자 같지도 않은 유치한 행동(향수를 뿌리고 화장실에서 여자에 대해 떠들어대는 등)은 언제까지 계속되었을까? 그렇게 말입니다. 운명이 22세의 저를 찬란히 빛나는 전환점으로 이끌었습니다. 그 전환점에서 여사가 나타나 제가 나아갈 길을 일깨워줬고요. 삶에 어떤 오류가 생기든, 사람들이 여사의 품격에 어떤 비난을 퍼붓든 제 사심 없는 사랑은 변치 않을 겁니다.

저와 진 할멈의 관계는 그 감정의 파생물입니다. 존경스러운 여사를 향한 열정을 잃어버리지 않는 한, 제가 진 할멈을 떠나는 날은 오지 않을 겁니다. 저는 이런 표현방식을 무척 좋아하거든요. (황당한 억측이라고 비난하는 사람도 있지만 저는 흔들리지 않습니다.) 매일 어쩔 수 없이 반복해 훈련하다보니 그런 숙련된 기교를 갖게 되었습니다. 이런 열정을 통속적인 '문화 여가 생활'과 동급으로 취급하며 제 존재 가치를 떨어뜨리려는 사람이 있음을 압니다. 그런데 과거에 어울렸던 제 동료들이 그보다 더 나은 견해를 가질 수 있겠습니까? 그들은 향수를 잔뜩 뿌린 뒤 우르르 변소로 몰려가 손짓, 발짓을 해대며 남녀 간의 사랑을 논하고 허풍을 떨면서 만족스러워합니다. 누구든 그들의 편협한 관념을 뛰어넘으면 한꺼번에 공격하고요. 잔뜩 무시하는 태도로 '그래봐야 그게 그거지, 뭐 새로운 게 있어?'라고 말합니다. 저는 그게 얼마나 소름끼치는 건지 압니다. 실로 제 옛 동료들은 고도로 문명화된 인류가 될 수 없을 겁니다. 너무 늦었어요. 제 결론은 철저하게 비관적이며, 제게 발생한 모든 일로 인해 이런 결론을 내렸습니다. 그 과정을 여러분께 말씀드리겠습니다.

첫번째 충돌은 '해후'했던 그날 정오에 발생했습니다. 과거 동료들이 화장실에서 저를 에워쌌습니다. 하나같이 눈을 찡긋거리며 잔뜩 흥분해서는 입을 오므려 쉬지 않고 '휘휘' 소리를 냈지요.

그들은 저를 벽으로 밀어붙인 뒤 사건의 '내막'을 털어놓으라 했습니다. '다 같이 즐기게 이야기해봐', '끝내주는 요점만 골라서'라고요. 심지어 이렇게 일깨워주기까지 했지요. 네가 '섹시'라는 예사롭지 않은 표현까지 거론한 이상 너와 그 여사가 육체관계를 맺었다고 단정할 만하지. 그런 표현을 아무렇게나 사용할 수 있어? 아내 이외의 사람에게 쓰면 무슨 의미인지 아직도 몰라? 우리 오향거리에서 '섹시'란 '문화 여가 생활'의 대명사라고. 이 두 표현은 예로부터 통용되었고, '문화 여가 생활'의 함의는 누구나 알지. 이 두 표현은 아주 투명하고 생동감이 넘치며 생리적 쾌감을 불러일으킨다고…… 그들이 제 어휘를 분석한 건 그게 무슨 뜻인지 파고들자는 게 아니었습니다. 어떤 일이 있었는지 알고 확인해서 그 속에서 유익한 경험을 얻고 싶어했을 뿐이었지요. 여사를 찾아가 직접 체험하고 싶어했던 것도 아니니 저는 그들을 경계할 필요가 없었습니다. 더군다나 누구나 여사를 보고 충동이 일었던 것도 아니고요. 여사는 이미 그들의 코앞에서 몇 년을 살았지만 유감스럽게도 그중 누구도 그녀에게 주의를 기울이지 않았습니다. 그녀의 생김새조차 잘 몰랐습니다. 제 묘사를 통해서야 그녀에게 놀랄 만큼 '섹시'한 면도 있음을 알았으니, 이게 바로 괄목상대가 아니겠습니까?

저는 우울하게 설명을 시작했습니다. 세상의 어떤 일들은 일률적 상식으로 이해할 수 없으며, 때로는 관습에 젖은 사고방식에서 벗어나 참신한 시선으로 관찰해야만 사물의 본질에 접근할 수 있다. 언뜻 힘들고 귀찮아 보여도 이를 한번만 악물면 얼마든지 가능하다. 물론 혁신을 위해서는 희생이 필요하며, 나 같은 경우 앞니를 전부 희생했다. 오히려 이런 국부적 손실 덕분에 완전한 자유를 얻었다. 하나하나 따지면서 틀에 박힌 채 살아가면 신기하고 생명력 있는 것들을 영영 이해할 수 없다. 나와 존경스러운 여사의 관계가 바로 너희의 관념을 벗어난 관계다. 이는 수준 높은 인간관계이고, 현재를 초월해 미래에 속한다. 나와 존경스러운 여사 사이에는 절대 육체적 접촉이 없으며, 나는 확실히 환상을 통해 그녀의 생생한 성적 매력을 느낀다. 이런 느낌은 실재이고 허상이라고는 조금도 없지만 '문화 여가 생활'과는 절대적으로 다르다. 이건 무엇이냐, 잠시 적합한 명사를 찾지 못하겠는데, 어쨌든 내가 살고 발전하는 동력이다. 너희는 자신의 관념 너머에 새로운 것들로 가득찬 거대한 공간이 또 있음을 인정해야 한다. 나는 너희가 비좁은 관념 속에서 질식하지 않고 한계를 뛰어넘은 뒤 열심히 스스로를 확장했으면 좋겠다, 라고 말입니다.

제가 말을 마치자 그들은 한층 더 흥분해 소리를 지르며 우르르 몰려들어 제 바지를 잡아당겼습니다. 제가 정말 고자가 아닌지 확인해야겠다고요. 제 옆집에 사는 어린놈은 불난 집에 부채질하듯 모두에게 말했습니다. '이런 병을 가진 자는 하나같이 말솜씨가 뛰어나서 사람 머리를 끝도 없이 어지럽혀요. 말로 죽은 것까지 되살릴 수 있을 정도라니까요. 남들의 주의력을 분산시켜 자신의 눈꼴 사나운 실상을 감추려는 목적이지요. 제가 아는 사람도 이 병에 걸리자 갑자기 말솜씨가 좋아져서는 매일 거리로 나가 뙤약볕 아래서 연설했어요. 사리를 잘 따져가며 무슨 구식 관념이니, 신식 관념이니 떠들다 새로운 방법을 수도 없이 제안했지요. 또 머리카락에 돼지기름을 바르라느니, 문화 여가 생활은 많이 할수록 좋다느니 떠들었어요. 사람들이 듣다보니 흥이 올라 그에게 공공장소에서 연설하라고 했지요. 그러자 그는 화들짝 놀라 바닥에 쓰러진 뒤 숨을 거뒀어요.' 그들이 제게 손을 대려고 할 때, 한 늙은이(약방 할아범 같아요)가 부들거리며 사람들을 헤치고 나와 멈추라고 꾸 짖었습니다. 그런 다음 '대어를 낚으려면 줄을 길게 늘여야 한다' 라며 좀더 기다려 한층 자극적인 염문을 얻는 게 좋지 않겠느냐고 설득했습니다.

두번째 충돌은 바람을 쐬러 나갔을 때 발생했습니다. 그 며칠 동 안 제 운명은 정말 크게 요동쳤지요. 그때 저는 동료들과 사진기 광고를 부착하느냐 마느냐에 대해 논의하던 중이었습니다. 각자 의견을 밝히면서 열띤 토론이 벌어졌고 건설적 의견이 많이 나왔 습니다. 대략적인 틀이 결정되었을 때는 다들 기분이 좋아졌고요. 아름다운 삶을 그리며 한껏 몰입했던 저희가 문득 고개를 들었을 때, 존경스러운 여사네 일가가 느릿느릿 걸어오는 모습이 보였습 니다. 아들과 큰 소리로 무슨 새와 해충에 대한 문제를 토론하더군 요. 그런데 얼마나 무례한지, 저희 무리를 완전히 무시하고 말뚝더 미를 통과하는 양 지나갔습니다. 남자는 자신의 큰 목소리가 만족 스러운지 바보처럼 웃고, 여자는 '좋아! 더 해봐! 더 크게!'라고 격 려했습니다. 저희는 서로의 얼굴만 쳐다보며 붉으락푸르락했고 너 무 기가 막혀 잠시 침묵에 빠졌습니다. 그들 가족이 멀어진 뒤에야 한 노부인이 가슴을 치며 '군중을 바보로 아는 거 아니야?'라고 소 리쳤지요. 그러자 모두 격분해 가만히 따져본 뒤 주변을 둘러봤습 니다. 이어서 저를 노려보고는 그들의 오만방자한 기세가 전부 제 탓이라고 했습니다. 원래 X여사는 누구도 거들떠보지 않던 병색이 완연한 노인이었고, 길을 걸을 때도 남편의 부축을 받고 머리카락도 듬성듬성했다는 겁니다. 그런데 제가 쓸데없이 과장된 헛소리로 여사의 '섹시함'에 관해 말하고 그녀에게서 재미를 보고 난 뒤, 대체 어디가 달라졌는지 몰라도 그녀가 예전과는 확연히 달라졌다고 했습니다. 모두의 눈에는 여전히 나이 많은 부인이지만, 그녀는 분명 뭔가 있는 태도로, 자신이 예전과는 완전히 달라졌으며 아직 절세미인까지는 아니더라도 최소한 상당한 미인이라고 말한다는 겁니다. 그녀의 이런 관점은 허공에서 만들어진 게 아니라 근거가 있으며, 그 근거는 사람들 속에 숨겨져 있다고도 했습니다. 그녀가 그 사람을 조종할 수 있기에 아주 쉽게 그를 통해 모두를 정복할 수 있다는 거였습니다. 바로 그 사람이 그녀의 지위를 늪은 거지에서 지금의 모습으로 끌어올려서 그녀가 사람들이 주의를 기울이고 언급하며 우러러보는 대상이 되었다고요. 반대로 이 거리의 매력적이고 품위 있는 수많은 여자는 빛을 잃고 관심을 받지 못한다고도 했습니다. 그녀의 실체가 이미 사라져버렸는지 모든 사람이 장밋빛 안경을 쓰고 선녀를 발견했다는 듯 군다는 겁니다.

저는 정말 어처구니가 없고 억울했습니다. 제가 그 존경스러운 여사와 '정신적 교류'만 한다, 여사는 제가 누군지조차 모르며 저한테는 경의의 감정만 있을 뿐이다, 라고 맹세하면 할수록 사람들은 점점 더 집요하게 제 과거의 표현을 들먹이며 심각하게 왜곡하고 '자백'을 강요했습니다. 그 목청 큰 노부인은 저한테 존경스러운 여사와 '다시 한번 연기'하라고도 했습니다. 그녀의 의견이 나오자마자 사람들이 일제히 찬성했고요. 저는 그들에게 떠밀려 얼떨결에 여사 댁 대문을 넘었습니다. (창밖에서 친구 둘이 지켜봤고요.) 현미경을 들여다보던 여사는 저 때문에 빛이 가려지자 버럭 화를 냈습니다. 하지만 안에 있는 저를 보지 못하고 다른 방으로 달려가서는, 창밖의 들소 두 마리가 자신의 연구를 망쳤다면서 남편에게 '어떻게 이럴 수가' 하고 소리쳤습니다. 그러고는 엽총을 꺼내 와 그 짐승에게 '총맛을 제대로 보여주겠어'라고 했습니다. 두 친구는 화들짝 놀라 멀리 달아났지요. 그녀는 눈을 가늘게 뜬 채 창밖의 우스운 인간들을 바라봤습니다. 그런 다음 고개를 돌렸다가 저를 발견하고는 무척 불쾌해했습니다. '툭하면 뭔가 들어온다니까, 젠장!'이라고 하자 남편이 후다닥 뛰어와 그녀를 달래기 시작했습니다. 저를 두고 사람이 아니라 빨랫줄에 널린 걸레일 뿐이라면서 몸으로 앞을 막아선 뒤 손바닥으로 저를 바깥까지 밀어냈습니다.

두번째 충돌 후 제 가슴속에는 절망이 크게 자리잡기 시작했습니다. 화가 치솟아 눈알까지 충혈된 채 우리에 갇힌 늑대처럼 집안을 이리저리 오가며 처량하게 울부짖었습니다. 지치면 자리에 앉아서 시름에 잠겼습니다. 이웃집 그 망할 놈의 말을 떠올릴 때마다 저도 모르게 분노의 불길이 일었습니다. 그런 사람들은 결코 저와 같은 언어를 사용할 수 없습니다. 그들은 제 가슴을 가득 채운 온정과 사심 없는 사랑을 처참하게 짓밟았습니다. 세상을 살아가는 건 얼마나 고독한지요. 이상적인 빛이 어둠을 뚫는 건 얼마나 어려운지요. 저는 어느 때보다 더 슬프고 마음이 무거웠습니다. 보이지 않는 실이 저와 존경스러운 여사의 생사를 한데 묶었습니다. 그녀를 위해서라면 불구덩이에도 뛰어들 수 있습니다. 헌신적 열망과 종교적 경건함이 저를 지배하지요. 저는 스스로가 언젠가는 영광스러운 거사를 치를 것이라 예감하고 있습니다. 그 거사가 무엇인지는 때가 되면 알 수 있을 테고요.

　저는 밖에 나가지 않고 매일 집안에서 가만히 귀를 기울였습니다. 존경스러운 여사가 반드시 우리집에 나타나리라 믿을 만한 이유가 있었거든요. 그녀가 갑자기 찾아왔을 때 제가 없으면 평생의 한이 될 테니, 저는 백배의 인내심과 천배의 믿음으로 기다리는 수밖에 없었습니다. 단정한 옷차림과 맑은 정신으로 그녀와 만날 만반의 준비를 해야 했습니다. 그녀가 오면 제 하나뿐인 개잘량이 있는 의자에 앉힌 다음 저는 내내 서 있을 작정이었습니다. 아주 늠름한 자세를 취해 강렬한 인상을 남기려고요. 또 경솔하게 잠을 잘 수도 없었습니다. 존경스러운 여사가 한밤중에 찾아올 수도 있으니까요. 그게 무엇보다 가장 중요한 관건이었지요. 그래서 기발한 방법을 생각해냈습니다. 창문에 줄을 매달고 매듭을 묶은 다음 그 속으로 목을 집어넣는 것이었습니다. 혹시라도 잠이 들면 줄 때문에 정신이 확 들었지요. 바닥에도 대꼬챙이를 잔뜩 박아 밤중에 걸을 때도 고도의 긴장감을 잃지 않았습니다. 조심조심 대꼬챙이를 피해가야지 조금이라도 소홀하면 몸에 구멍이 뚫릴 테니까요. 그 방법이 무척 효과적이라 저는 극도로 고양된 정신상태를 유지할 수 있었습니다. 하루하루가 아슬아슬하게 지나가니 엄청 충실해지는 느낌이었습니다. 문밖에서 발소리가 울리면 저는 곧바로 매무새를 가다듬고 경건한 자세를 취했습니다. 심장이 쿵쿵 뛰었고 감히 창문을 볼 수 없어 천장만 바라봤지요. 소리가 멀어질 때까지 한참을 그 자세로 꼼짝도 하지 않았습니다. 또 어머니가 자꾸 음식과 잠 같은 세속적인 일로 감정을 흩트려놓길래 저는 펄펄 뛰며 정색한 뒤 계속 그러면 죽음으로 제 심정을 드러내겠다고 경고하곤 했습니다. 지금의 제 숭고한 상태를 새롭게 인식한 뒤에야 어머니는 저를 조금 이해할 수 있었지요. 제가 향수병을 전부 내버린 걸 못 보신 걸까요? 새로 변기를 구매한 뒤 공중변소에 가지 않는 걸 어머니는 왜 알아채지 못한단 말입니까?

발단에 관해 물으셨지요? 자, 이것이 바로 그 장황한 발단입니다. 거의 역사의 한 단락이라 할 수 있지요. 저는 이런 일이 어떤 결과로 이어지리라 생각하지 않습니다. 모든 즐거움과 고통이 기다림 속에서 조용히 사라지고, 영원히 꺼지지 않는 빛만 앞쪽에서 반짝이다 새로운 인물이 등장하리라 생각하지 않습니다. 이 모든 것을 결정한 건 그 호저의 꿈이었습니다. 호저가 깊은 연못을 파고들자 삼나무가 줄줄이 연못 옆으로 쓰러졌지요. 그날 이후 저는 존경스러운 여사와 역사를 창조했습니다. 하지만 그 공중변소에서는 얼마나 귀에 거슬리는 말들이 오가는지요! 젊은이들은 또 향수를 뿌리고 있겠지요?"

필자의 구술

"필자는 우리가 밝히고자 하는 것이 X여사와 Q선생의 간통이 어떻게 시작되었는가에 관한 일임을 아주 명확하게 알고 있습니다. 모두 조급한 마음으로 주관적 편견을 고집하며 견고틀지만, 마음 깊숙한 곳에서는 소위 공정하고 일치된 정답을 애타게 기다리지요. 너무 많이 굴려서 피곤해진 우리의 머리가 만족스럽고 편안하게 쉴 수 있도록 말입니다. 물론 그건 천진난만한 환상에 불과합니다. 이런 문제는 겉으로 아주 간단해 보여도 실은 전혀 그렇지 않으니까요. 우리 오향거리에서는 이런 문제가 발생하면 그에 대한 답이 엄청나게 복잡한 형태로 수도 없이 등장합니다. 지극히 개성적인 우리 주민들 눈에는 누군가에게 멧돼지로 보이는 게 다른 사람에게는 비둘기로, 또다른 사람에게는 빗자루로 보이지요. 개성과 사실을 존중하는 태도로 모든 답을 전면적으로 받아들여야만 거센 물살과 험난한 여울을 지나 빛나는 해안에 이를 수 있습니다. 그 안의 개별적 관계에 외곬으로 사로잡혀 사고방식이 경직되면 자기도 모르는 사이에 점점 엉망이 되다 결국 어둠의 밑바닥으로 가라앉을 겁니다. 관대한 마음은 인류가 지닌 가장 고귀한 품성입니다. 이 넓고 관대한 마음 덕분에 복잡다단한 세상의 풀리지 않는 수많은 난제와 정신을 어지럽히는 무수한 의문들이 해결되곤 합니다.

발단에 대해 논하자면, 아마 이런 일에는 고정된 형태가 없을 겁니다. 그처럼 특별하고 자극적이며 다채로워 사람들이 상상의 나래를 끝없이 펼치는 것이고요. 각자의 시선 속에서 매우 빠르게 특정되고 자신의 이익과 직결된 상황으로 발전합니다. 그다음 바늘에 실을 꿰듯 줄줄이 이어지며 복잡한 관계망을 형성하고요. 이 역시 얼마든지 이해할 수 있습니다. 우리 주민들은 십 리에 이르는 이 거리에서 서로 의지하며 밀접한 관계를 맺고 살아왔습니다. 겉으로는 냉정하고 무뚝뚝한데다 산발적으로 움직이는 듯해도 속으로는 무척 열정적이고 다정하며 포용적인 주민들이지요. 한 사람의 일이 곧 모두의 일이라서 매일 남의 일에 대해 생각하고 공감합니다. 행동 목표를 정할 때도 이를 근거로 삼고요. 개개인으로 한정하면 시야가 좁고 얕은데다 온종일 자기만의 작은 세계에 심취한 듯 보일 수도 있지만, 실은 원대한 이상을 품고 의기투합한 상태입니다. 우리의 작은 세계는 커다란 외부 세계의 축소판이고 개인의 목표 역시 집단의 공동 목표이기에 서로 어긋나기는커녕 상호 보완적이지요. 소위 말하는 '모든 길은 천국으로 통한다', '무지개 속에서 승화한다'와 같은 상태입니다. 오향거리에서는 큰일이 하나 터지면 곧바로 연쇄반응이 일어나고 그 속에서 각양각색의 개별적 상황이 수도 없이 등장합니다. 전부 독립적이라 서로 반대되는 상황이 공존하지요. 가끔 큰 혼란이 벌어졌다 우습지만 임시 통합되기도 합니다. 물론 매우 빠르게 저절로 분열되고 각자 자기 길을 택해 극단으로 나아가면서 본인의 생각을 고집하지만요. 각자의 개성이 그런 생각 속에서 충분히 표현되고 발휘되며, 그런 표현 속에서는 한 사람 한 사람이 모두 신神이 됩니다. 우리는 진지하면서 고상하게 열정과 진심으로 무장하고, 낯설지만 아름다운 신천지를 개척한 후 자신의 공적에 미칠 듯 기뻐합니다. 현실은 우리 세계에서 생생하게 재현되며 변화무쌍한 규칙도 우리의 사고방식에 순응합니다. 이런 신천지는 너무도 매력적이지요. 이곳에는 사시사철 맹렬하게 자라는 넝쿨과 나무, 기괴하게 지저귀는 온갖 새들, 웅장하게 넘실대는 바다, 끝없이 포효하는 폭포 등이 있습니다. 모든 것의 뒤에서는 영원한 생명의 빛이 반짝이고요. 이곳은 시적 영감의 발원지이자 예술의 영원한 소재가 됩니다. 뜨거운 여름날 몽롱한 눈으로 하늘을 올려다보면 어디에나 있는 그 외침, 작고 낮은 속삭임이 들려옵니다. 그럼 기러기떼의 대형이 흐트러지고 태양이 보랏빛을 띱니다. 우리의 육체는 장엄하게 움직이고 기민한 대뇌는 시적 영감에 푹 빠지지요. 이번에 우리 눈앞에 나타난 상황은 사실 수천 년 전부터 있었던 고루한 놀이의 재현일 뿐입니다. 이성적으로 바라보면 지극히 평범하고 심지어 지루해서 어쩌면 존재하지 않을지도 모릅니다. 관건은 사건의 본질이 아니라 주민들 머릿속에서 교묘하게 일어난 재현입니다. 그토록 왕성하고 아름다운 창조, 그토록 거침없고 호방한 상상, 그토록 심오하게 저변을 파고드는 탐구, 그토록 세심하고 포기를 모르는 집요한 감지력. 이 모든 것이 바로 우리의 광활한 세계를 구성하는 풍부한 보고寶庫입니다. 우리는 언젠가 늙겠지만 이 생명의 나무에 맺힌 기이한 열매는 자유롭게 내달렸던 우리의 감정을 영원히 상징할 것입니다.

말하자면 X여사와 Q선생은 우리의 십 리 거리에 확실히 어울리지 않는 기이한 인물이었습니다. 우리는 이 점을 인정하고 싶지 않았습니다. 일단 인정하면 우리의 삶이 그들 중심으로 편성되고, 우리의 역사를 그들이 창조하는 것 같아질 테니까요. 정말 말도 안 되는 소리지요. 더군다나 그 둘이 어떤 사람들입니까? 한 사람은 외계인처럼 뚝 떨어져 진흙에 뿌리를 내린 뒤 다시는 움직이려 하지 않고, 다른 사람은 복면을 쓴 투명 인간입니다. 생김새도 상상만 가능해 머리가 없다거나 뱀의 얼굴에 인간의 몸이라고 말해도 상관없을 정도이지요. 원래 우리와 별 관련이 없는 사람들이라 그들에게 주의나 관심을 기울일 이유가 없었습니다. 어차피 오래 살지 못할 테니 될 대로 두자는 게 처음 생각이었지요. 약방 할아범도 그들이 오 년 뒤에 천산갑으로 변해 오향거리의 '벽을 뚫고 나갈 것'이며 그때 노을빛이 사방으로 퍼지고 천하가 평화로워진다는 점괘를 내놓았고요. 그래서 우리는 평소처럼 일상을 보냈습니다. 매일 먼지 묻은 사진첩을 정리하고 대형 컬러사진을 새롭게 바꿔 걸었습니다. 각종 중대형 단체 사진을 촬영할 계획을 세우고, 도로 수리나 바람 쐬는 장소에 관한 규칙을 정했습니다. 그 둘을 잊어버리려는 듯 신경을 곤두세우고 바쁘게 움직였지요. 우리는 스스로의 영웅주의에 도취해 멀리 들쭉날쭉 이어진 산봉우리에만 시선을 뒀습니다.

아주 오랜 기간 우리는 대화중에 그들을 언급하려 하지 않았습니다. 둘의 이름을 의도적으로 'H'와 'L'로 바꿨고요. 심지어 거기에 적응해 그들이 이미 거리에서 사라지고 새로운 두 사람, X와 Q보다 훨씬 가치 있는 인물이 나타났다고 착각했습니다. X와 Q? 그들이 누군지 아무도 떠올리지 못했습니다. 우리 거리에는 'H'와 'L'만 있으며 그들이야말로 생생하게 살아 있는 흥밋거리처럼 여겨졌습니다. 그들은 특별했지요! 하지만 우리가 무관심한 척을 하든 말든, 이름을 바꿔 부르든 말든 그 저급한 둘은 어둠 속에서 내내 엄청난 소란을 피웠습니다. 그리고 결국 대명천지에 '발단'을 만들어 오향거리 사람들의 혼을 쏙 빼놓았습니다. 모두 온종일 이리저리 오가기만 할 뿐 아무 일도 할 수 없었습니다. 하나같이 심각한 울화병을 앓으면서도 얼마나 심각한지 드러낼 수 없어서(그건 투지를 갉아먹으니까요) 그저 암시적으로 털어놓으며 서글프게 원망했습니다. 예를 들어보겠습니다.

'H와 L은 새로운 법률의 제재를 받아야 해요. 불행히도 우리의 현행 법률은 완전하지 못해서 실질적 증거가 없으면 이론적으로 아무리 확실해도 그 범죄를 처벌할 수 없어요. 분명 누군가 그 틈새를 파고드는데도 말이지요. 생각해봐요. 정말로 발단이 되었다니까. 이 발단은 내 문화 여가 생활을 완전히 망가뜨렸다고. 이전에는 발기부전이었던 적이 없으니 이건 일종의 심리 반응이지요.'

'나는 걸핏하면 H와 L이 이미 모기가 되었다는 상상을 해. 앵앵거리면서 날다 흔적도 없이 사라진 거지. 그래서 복사꽃과 배꽃이 흩날리고 세상이 평화로우며 인생이 아름다워진 거야. 내가 너무 안일하게 사는 걸까? 어제는 무의식중에 손을 뻗었다 아주 오래전에 엄지가 마비되었다는 걸 발견했어.'

'이제 성 문제는 과학적 이슈로 간주하고 공개적으로 논의해야 합니다. 그 둘은 우리의 지나치게 엄숙한 태도와 순수한 수치심의 틈새를 파고들며 도전을 시작한 게 아닙니까? 우리는 우리의 자율신경기능이상을 치료하고 대담하게 관점을 밝혀야 합니다. 때가 무르익으면 공개 석상에서 그들의 방탕한 공격을 쳐부수고 우리가 완벽하게 개방적임을 드러낼 수 있을 겁니다.'

'이런 종류의 일은 오래전에 시작되었을 거예요. 어쩌면 진정한 발단은 아직 없을지도 모르고, 우리가 분명하다고 생각했던 것이 모호함 속에 뭉뚱그려져 있을지도 몰라요. 더 빠르지도 늦지도 않은 바로 이 시점에 그게 터진 이유가 우리 모두의 약점을 겨냥한 게 아니겠어요? 제 다리가 어떻게 이처럼 약하고 무력해질 수 있겠어요? 그 소리가 시도 때도 없이 귓가를 맴돌아요. 두 귀, 세 다리, 두 귀, 세 다리……'

이런 여러 논의는 상대가 종잇장처럼 얇은 장벽을 뚫고 그 생생한 원형을 드러냈으면 하는 각자의 바람에서 시작되었습니다. 상대 역시 그 의도를 알았지만, 노련하게 암시만 이어갔지요. 고도의 오묘함이 전부 암시 속에 들어 있었습니다. 누구든 분별없이 개인적 편견을 드러내봐야 모두의 곁눈질만 받을 뿐이었고요.

필자는 줄곧 공정성을 유지하며 이번 일의 발단에 대해 객관적으로 서술하려 했습니다. 그렇다고 다른 사람들의 생생한 묘사가 객관적이지 못하다거나 부정확한 헛소리라는 뜻은 아닙니다. 필자는 단지 다양한 관점을 구슬 꿰듯 연결하고 난잡한 조각들을 명료하게 정리해 확고한 관점을 얻고 싶었을 뿐입니다. 황혼의 해가 떨어지기 전에 우주 전체를 파악하는 것처럼, 혹은 '끝에 다다르면 결국 길이 나오고', '물이 마르면 돌이 드러나는' 것처럼 말입니다. 필자가 집에서 눈을 감고 다각적으로 모든 측면을 생각할 때면, 항상 불청객들이 막무가내로 들어와 방해했습니다. 그들은 감정을 억제하지 못했지요. 몽둥이를 휘두르며 필자가 앉아 있던 의자를 빼내고, '사실을 기반'으로 '진실하고 담백하게' 글을 써야 한다고 필자를 위협한 뒤 왁자지껄하게 자신의 관점을 늘어놓았습니다. 각자 자기 말만 했지요. 그중에는 고도의 역사의식과 책임감에서 나온 의견도 있었으며, 출생연도부터 미래의 전망과 계획까지 줄줄이 털어놓는 이도 있었습니다. 또 끊임없이 자신의 장점과 단점, 기존의 성과와 부족함을 분석했습니다. 원래 주제인 X와 Q의 발단에 대해서는 별로 신경쓰지 않고 얼렁뚱땅 넘어가거나 그마저도 생략했습니다. 아예 잊어버린 겁니다. 사실 그건 지극히 사소하고 중요하지 않은 일이었지요. 그들이 찾아온 건 개인적 감정을 털어놓고 싶어서였습니다. 공동의 평계를 찾느라 X와 Q를 언급했을 뿐이고요. 다시 말해 X와 Q의 사건은 그들 각자의 오래된 열정을 끄집어내는 일이었습니다. 모두 구술을 끝낸 뒤에는 서로 공격하기 시작했고요.

총애받는 과부는 B여사한테 '백조고기를 먹고 싶어하는 두꺼비'
와 같다며 '주제 파악 못하는 추녀가 징그럽고 터무니없는 망상에
빠진 꼴이라고. 그(Q선생)가 당신을 쳐다보긴 했을까?'라며 노기
등등하게 팔꿈치로 B여사의 배를 건드리고는 말했습니다. '그 사
람 눈이 어떤 모양인지도 모르면서 소처럼 크다고 말도 안 되는 소
리를 지껄이다니. 사실대로 알려주자면, 그 사람 눈은 작은 삼각
형 모양이야! 당신은 그 일의 발단이 된 시간까지 전부 날조했어.
그 사람은 한밤중에 왔거든. 온 거리에서 회색 새끼돼지가 뛰어다
니고 어느 불량배가 휘파람을 불었지. 나는 공중변소에 가려고 문
을 나섰다 그 광경을 봤고. 그때 보는 사람이 없었지만 나도 모르
게 얼굴이 붉어졌어. 지금도 그때만 떠올리면 얼굴이 달아오른다
고. 그런데 당신은 벌건 대낮에 무슨 잠꼬대를 늘어놓는 거야. 그
사람이 점심때 왔다면서 멀쩡한 발단을 뒤죽박죽으로 만들었잖아.
당신 같은 이기주의적 악마들이 세상의 좋은 일을 전부 엉망으로
망가뜨린다니까. 당신 같은 사람들 때문에 그들 두 인간이 느긋하
게 일을 벌인 거라고. 당신들은 조리 없이 함부로 말하지. 이렇게
이야기하고 저렇게 이야기하다 마지막 이성까지 전부 잃어버린 뒤
암흑의 심연으로 빠지고. 아예 오리무중 상태인데도 스스로가 지
혜롭고 수준 높다고 생각해. 그들 둘은 이미 틈새를 비집고 들어가
재미를 봤는데. 우리 세대의 우수한 소양이 지금 당신들 손에서 끝
장난 꼴이라니까.'

B여사는 전혀 주눅들지 않고 계속 발을 걸면서 '독재자를 타도
하자!'라고 외쳤습니다. 그러면서 자신은 '봄에 태어나 논리력과
추리력, 진취성이 강하다'라고 강조하며 봄은 '성과가 있는 계절'

이라고 덧붙였습니다. 그리고 과부에 대해 '별로 육감적으로 보이지 않는다'라며 '그저 질투하는 것'이라 일축했습니다. 그렇게 말하다 결국 발을 거는 데 성공해 풍만한 과부를 고꾸라뜨렸고요. 필자는 탁자를 뛰어넘어 끼어드는 수밖에 없었습니다.

그때 X여사 남편의 친구와 약방 할아범이 싸우기 시작했습니다. 할아범은 철사처럼 마른 손으로 의자를 잡고 덜덜 떨면서 머리 위까지 들어올린 뒤 힘껏 내동댕이쳤습니다. 하지만 자기 발을 찧고 말았지요. 친구는 뼈가 부러지는 소리를 듣고 얼굴이 파랗게 질렸습니다. 그는 할아범을 내버려둔 채 재빨리 필자 쪽으로 바싹 다가와 속삭였습니다. '발단이 된 날은 내가 새로 태어난 날이라고요. 누구도 그걸 부정할 수 없어요. 내가 지옥에서 이 진리를 깨닫느라 얼마나 고생했는데! 내가 어떻게 지나왔는데? 현실은 정말 머리털이 쭈뼛해질 정도로 잔혹하지 않나요? 모든 것이 내 예상을 뒷받침해요. 이상이 실현되고 있다고.'

얼마 뒤 그 둘은 또 옥신각신하기 시작했습니다. 할아범이 자신은 '아무 이익도 얻지 못했다'라며 그 부인은 흡혈귀이고 그들 부부가 작당해 자신을 모함하기에 '멀리할' 계획이라고 말했습니다. 그러기에 앞서 '방을 한 칸 내줘야' 비로소 '공평하고 합리적'이라 할 수 있다면서, 방을 못 얻으면 멀리하기는커녕 그들 집에서 '평생 머무를 것'이라 했습니다. 그러자 친구가 할아범에게 '돈은 똥과 같다'라며 자신은 이미 탁발승이나 마찬가지라 더이상 어떤 유혹에도 넘어가지 않는다고 대꾸했습니다. 또 방을 노려서 자기 아내와 어울려봤자 자신한테는 아무 영향도 주지 못한다며, 지금 엄청난 일이 온 마음을 차지해 다른 일을 생각할 겨를이 전혀 없다고 말한 뒤 자신이 노숙하고 구걸하며 살아가는 걸 못 봤느냐고 물었습니다. 그런 다음 필자의 손을 꽉 쥐면서 자신의 마음속에 자리한 아주 중요한 일, '훌륭하고 빛나는 발단'을 꼭 기록해 자신을 '역사의 증인'으로 만들어달라고 부탁했습니다. '내가 얼마나 고생했는데!'라고 다시 한번 강조하면서 '머리카락이 추풍낙엽처럼 전부 떨어졌어'라며 별로 적합하지 않은 비유를 다급하게 덧붙였습니다. 필자는 모든 것을 꼭 기록하겠다고 위로했습니다. 구슬처럼 줄줄 꿰어낼 것이며 하나도 놓치지 않겠다고 대꾸하면서 그게 바로 필자의 재능이라고 말했지요. 다만 '이 자리에서 당장' 기록할 수는 없다고, 이런 수준 높고 복잡한 작업은 아무 방해도 없는 환경에서 혼자 오랫동안 명상하며 준비해야 한다고 설명했습니다. 그런 뒤에야 영감이 떠올라 흐르는 물처럼 막힘 없이 써내려갈 수 있다고요.

'내가 당신 줄에 꿰어질 보통 구슬이라고요?' 친구가 무척 불만스럽게 말했습니다. '어떻게 그토록 저급한 비유로 나를 묘사할 수 있죠? 음험한 속기사(그는 줄곧 저를 속기사로 생각했던 겁니다) 같으니, 나는 구슬 따위가 아니야! 당신과 당신 공모자야말로 구슬이지! 구슬은 무슨, 취두부에 불과하다고. 멋진 발단은 나 혼자만의 것이야.' 그때 할아범도 필자의 다른 손을 잡으며 반드시 '양심에 따라야 한다'라고 외쳤습니다. 방 문제를 역사적 기록으로 삼아야지, 모종의 압박 때문에 '입장을 버려서는' 안 된다고, 자신은 이미 다리뼈가 부러졌으며 이는 진리를 수호하기 위한 희생임을 알아야 한다고 말했습니다. 필자는 난폭한 둘에게 이리저리 끌려다니느라 두 토막이 나는 줄 알았습니다. 그들이 옆구리를 간지럽히는 바람에 바보처럼 웃을 수밖에 없었고요. 그렇게 정신이 하나도 없을 때 이번에는 과부가 달려와 필자의 가슴에 주먹을 날렸습니다. 필자는 정신을 잃은 채 쓰러졌고, 그들은 언제인지 모르게 흩어졌습니다.

이후 정신을 차린 저는 부어오른 관자놀이를 문지르고 상처투성이 몸으로 작업을 이어갔습니다. 살펴보니 의자가 보이지 않았습니다. 가만히 기억을 더듬자 할아범이 의자를 부쉈던 게 떠올랐습니다. 어쩌면 그는 자기 발을 찧는 척하며 의자를 문밖으로 내던져놓고 나중에 은근슬쩍 가져간 게 아닐까요? 어쨌든 의자가 사라졌으니 바닥에 앉는 수밖에 없었습니다. 필자는 공책을 침대에 올려놓은 다음 바닥에 앉아 북받치는 감정을 실어 밤낮없이 글을 썼습니다. 진정한 대중 대부분은 필자의 작업을 칭찬하고 긍정했습니다. 그들은 매일 저녁 필자의 원고를 가져가 강당에서 토론회를 열고 상세한 해설을 추가했습니다. 자신과 관련된 부분은 반복해서 살펴봤고요. 너그럽고 낙관적으로 글의 모든 관점을 비교해보고 페이지마다 정교한 사진을 넣자는 등의 제안을 했습니다. 하지만 필자의 힘든 노동을 호평하는 대신 폄훼하려는 사람도 있었습니다. 그들은 매일 찾아와 방해하고 말도 안 되는 요구를 했습니다. 심지어 건들거리며 방안의 물건을 가져가거나 완성된 글에 잉크를 쏟는 등 막으려야 막을 수 없는 불량스러운 짓을 했습니다.

필자가 원래 썼던 글은 이렇습니다. '……향기가 자욱하게 깔리고 꽃 같은 구름이 피어오르는 아침, 가슴을 뒤흔드는 풀냄새가 멀리 상공에서부터 고풍스러운 십 리 거리로 흘러들어왔다. 정직하고 선량한 주민들은 꿈결에 그 매혹적인 봄기운을 느끼고 얼굴이 복사꽃처럼 환해지면서 열정에 사로잡혔다. 검은 그림자 하나가

이 거리의 주민인 X여사의 작은 문을 향해 곧장 달려갔다. 이어서 다급하게 문 두드리는 소리가 베토벤의 운명교향곡처럼 모두의 가슴에서 울렸다……' 나중에 이 훌륭한 단락(필자의 문장력이 충분히 드러나는)은 삭제할 수밖에 없었습니다. 그러지 않았으면 필자는 목숨을 부지하기 힘들었을 겁니다.

필자가 그 단락을 쓸 때 사납고 못생긴 여자 몇 명이 뛰어들어와 뻔뻔스럽게 들여다보고는 와자지껄 떠들어댔습니다. 심지어 기름기 가득한 머리카락을 필자의 얼굴에 계속 문지르기까지 해 집필을 이어갈 수 없었습니다. 여자들은 점점 더 난폭하게 굴다 나중에는 아예 필자의 공책을 빼앗아 큰 소리로 읽기 시작했습니다. 다 읽은 뒤에는 노기등등하게 눈을 부릅뜨더니 필자가 사실을 왜곡하고 말장난을 한다고 비난했습니다. 겉만 번지르르한 문장을 바꾸지 않으면, 왜곡된 역사를 본래의 모습으로 되돌리지 않으면, 자신들은 더이상 얼굴을 들고 살아갈 수 없기에 필자와 죽기 살기로 싸우는 수밖에 없다고 했습니다! 그 단락에서 가장 치명적인 문장은 '검은 그림자 하나가 이 거리의 주민인 X여사의 작은 문을 향해 곧장 달려갔다'라며 그가 '곧장 달려가는 걸' 누가 봤느냐, 증거가 있느냐고 물었습니다. Q선생의 도착이라는 신비한 행적에 관해서는 여자들 사이에 최소 백여 종의 견해가 있으며 하나같이 근거도 있고 역사적으로 논증을 할 수도 있는데, 필자는 대중의 소망을 반영하는 대신 본인의 생각대로 고집스럽게 적었다며, '곧장 달려갔다'라는 표현으로 민중의 개성을 단칼에 제거했으니 누가 참을 수 있겠느냐고 했습니다. 계속 이렇게 불손한 태도로 역사적 소재를 쓸 생각이면 여기서 그만둬야 유혈 사태가 일어나지 않을 거라고 위

협도 했습니다. 필자가 침묵을 지키며 주제넘게 나서지 않는다면
그 사실이 결국 사실이 되고 사람들은 확신을 갖게 될 거라면서,
누구도 비관하거나 실망해 자신의 존재 가치를 의심하지 않을 거
라고요. 필자의 이런 글은 여자들에게 의지할 것 없이 공중의 철사
위에 서 있도록 하는 것과 마찬가지라고, 조금만 움직여도 추락해
죽을 게 뻔하다며 어쩜 이토록 악랄한 수법을 쓰느냐고 성토했습
니다. 이렇게 현실을 왜곡하는 작품으로 무엇을 하겠느냐고요. 소
중한 공책을 되찾기 위해 필자는 치욕을 감내하는 수밖에 없었습
니다. 대중 앞에서 죄를 인정하고 그 절묘한 글을 삭제한 뒤 다시
는 이와 같은 일이 없을 것이며 언제까지나 정직하고 남을 존중하
겠노라 맹세하는 수밖에 없었습니다.

　글을 쓰면서 필자는 도저히 피하기 어려운 문제, 뛰어넘을 수 없
는 장벽도 만났습니다. 다름 아니라 이야기의 역사적 근원을 찾는
일이었지요. 필자는 그 엄청난 어려움 앞에서 누구의 도움도 받을
수 없었습니다. 유일한 무기라고는 스스로의 재능뿐이었고요. 밤
낮없이 거듭 고심한 끝에 필자는 꿈에서 영감을 얻어 아주 신비로
운 글을 써냈습니다. '……활기차고 오색찬란한 우리 거리에서는
모든 주민이 충분한 자유를 만끽하며 물 만난 고기처럼 편안하고
행복하게 지낸다. 풍성한 음식을 실은 차들이 거리를 오가고, 최신
기술을 갖춘 사진관이 밤낮으로 문을 연다. 길가 푸른 나무의 우듬
지는 투명한 하늘과 대비되어 아름다운 광경을 연출하고 비둘기떼
는 사당 지붕에서 쉬어간다…… 사람들은 아침에 눈을 뜨자마자
심호흡하며 머리부터 발끝까지 밀려드는 행복감에 전율하고, 때로
는 아름다운 선율에 눈시울이 뜨거워지거나 소리 없이 흐느끼기도

한다. 이런 현세의 천국, 무릉도원에서 사람들은 평화롭고 사이좋게 가족처럼 지낸다. 어떤 경계심도 우리와는 무관하며 다들 대범하고 열정적이다. 이곳을 방문한 사람은 세심한 관심과 진심어린 대우, 호탕한 의협심을 경험한다. 생생한 비유를 들어보자. 이곳은 토지가 비옥하고 자원이 풍부하다. 이 자유로운 토지에서는 어떤 씨앗이든 본연의 특수한 형태로 움트고 발육하다 생명의 과정을 끝낸다. 함부로 방해하거나 폭력적으로 짓밟는 일은 발생한 적이 없다. 이곳은 온갖 꽃이 자라는 커다란 화원처럼 온종일 향기가 감돌고 새들이 노래하며, 신선이 꽃밭 속에서 눈을 감은 채 정좌하고 부드러운 칠현금 소리가 하늘 높이 울려퍼진다…… 그런데 모든 씨앗이 튼실하고 순결하며 아름다운 꽃을 피워낸다고 보장할 수 있을까? 어쩌면 병들고 모자란 씨앗 두 개가 있을지도 모른다. 독액에 담가졌다 부드럽고 비옥한 땅에 안겨 훈훈한 봄바람을 맞은 두 씨앗은 기이한 형태로 크게 자라 무수한 꽃들 속에서 보란듯이 한자리를 차지해 눈에 거슬릴 뿐 아니라 필사적으로 자신의 독소를 사방에 뿌린다. 이런 상황은 이미 현실이 되어버린 듯하다. 이렇게 말하면 좀 과장된 걸까? 그렇다면 아주 조금 오염되었다고 해보자. 수술할 필요 없이 자연적으로 곪고 나면 완치되는 뾰루지라고 하는 게 현실과 부합할 수도 있겠다. X여사와 Q선생, 우리는 절대 그들을 끔찍한 적이나 머리에 뿔 달린 우마왕牛魔王으로 보지 않는다. 결코 유치하고 무식한 시선으로 문제를 바라보지 않는다. 그들을 그렇게 생각했다면 우리 지역이 어떻게 무릉도원이라 불릴 수 있겠는가? 영원히 평화로운 천국의 풍광을 누릴 수 있겠는가? 그들을 그런 식으로 보지 않아도(그건 우리의 관대한 품성에 어울리지 않는다) 우리는 이치에 맞는 대담한 가정을 세울 수 있다. 나중에 종종 사실로 밝혀지기도 하는 이런 가정들은 현시점에서 우리의 눈을 밝혀주고, 진리 탐구에 대한 우리의 믿음을 강화한다. 필자에게는 그들 둘의 가계에서 정신이 온전하지 못한 조상, 심지어 혈우병이나 임질 환자가 계속 나왔을 거라고 가정할 만한 충분한 이유가 있다. 말할 것도 없이 그들의 가족은 오향거리와 아무 혈연관계가 없다. 어쩌면 궁벽한 작은 산촌에서 꽤 번성했을지도 모른다. 민둥민둥한 산에는 초목이 자라지 못하고 마을에는 우매함과 잔혹함이 가득하며 소름 끼치는 악습이 많았을 수도 있다. 큰 화재가 마을을 휩쓸고 간 뒤 겨우 살아남은 그들 남녀는 고향을 떠나 우리 도시로 들어오고, 사진 찍는 무리에 섞여 우리 도시의 주민인 척 이곳에 정착한 것이다. 이런 가설을 거쳐 그들을 독액에 담가졌던 두 개의 부족하고 병든 씨앗으로 보는 관점이 생겨났고 우리 거리에서 발생한 큰 사건의 역사적 근원도 확실해졌다. 필자는 돌연 깨달음을 얻어 가슴이 확 트였다.'

이 단락을 쓴 뒤 필자는 참으로 머리가 맑아지고 온몸이 편안해지면서 기쁨의 콧노래가 절로 나왔습니다. 〈동방에서 밝아오는 금빛 아침놀〉이라는 노래였지요. 그날 밤 이 글이 강당 토론회에서 읽힐 때 필자는 자신만만하게 연단 아래서 낭독을 들었습니다. 멋진 부분이 낭독될 때는 흑흑거리며 눈물을 흘렸지요. 필자는 스스로의 재능이 경이로웠습니다. 그런데 낭독이 끝나자 연단 아래서 소곤거리는 소리가 들리더니 이어서는 정적, 무서운 정적이 깔렸습니다. 뭔가 이상했습니다. 숨을 꽉 참는 듯했어요. 언제부터인지 몰라도 사람들이 하나둘씩 회의장을 빠져나갔고요. 필자는 눈물을 멈춘 뒤 붉게 부어오른 눈을 문지르며 연단으로 올라가 조금 쉰 목소리로 작품의 탄생 과정에 관해 이야기하기 시작했습니다. 그러다 아래를 내려다봤는데 줄줄이 놓인 빈 의자만 눈에 들어오는 것이었습니다. 필자는 허물어지듯 주저앉았습니다. 대중의 심리는 정말 알 수 없다더니, 크게 한 방 얻어맞은 기분이었습니다! 예술가가 친애하는 독자를 잃으면 그게 뭐란 말입니까? 아무 가치도 없지 않겠습니까? 부랑자로 전락하는 게 아니겠습니까? 뿌리와 줄기 없이 피어난 꽃이라면 아무리 예쁠지언정 괴상한 허상에 불과합니다. 독자의 따뜻하고 넓은 가슴 안에서만 예술가의 감성은 승화할 수 있고 영감 역시 끊임없이 흘러넘칠 수 있습니다. 독자에게 버림받으면 고아가 되고 재능도 고갈되며 예술과의 인연도 끝납니다. 이건 누구나 아는 상식이지요. 필자는 대체 어디에 문제가 생겨서 그렇게 만회할 수 없는 잘못을 저질렀을까요? 왜 이번에는 자신과 독자 사이에 벽을 세웠을까요? 혹시 필자의 재능과 능력이 성숙하고 위대한 단계에 이르렀을 때 무슨 요괴 같은 것에 허리가 꺾여 완전히 끝장난 건 아닐까요? 설마 찬란한 예술 인생이 이처럼 영문도 모르는 상태에서 끝나는 걸까요? 빌어먹을 X와 Q는 오향거리 군중과 대체 얼마나 미묘한 관계에 있는 걸까요? 필자의 자유로운 상상력과 멋진 형용사, 예술적 경지가 그 민감한 주민들을 분노로 몰아간 건 확실했습니다. 그래서 글 자체가 모든 의미를 잃었고요. 왜 필자는 주민들의 입장에서 그런 관계를 알아차리지 못했을까요? 설마 사고 체계가 이미 굳어지기 시작한 걸까요? 필자는 통한의 심정으로 스스로를 수없이 점검하고, 눈물에 흐릿해진 눈으로 독자를 끊어낸 글을 세 번이나 읽었습니다. 그런 다음 일일이 찾아가 사죄하기로 마음을 먹었습니다. 일일이 찾아다니며 사죄하는 게 비굴함의 표현이 아니라 당당한 개성의 표현이라고 생각했습니다. 언젠가는 군중도 천재를 이해하고 천재의 편에 설 것이라 믿었습니다. 어쩌면 이미 창문으로 고개를 내밀며 기다릴지도 몰랐지요! 어쩌면 벌써 안타까워하며 가슴을 열고 필자가 뛰어들어오기를 기다릴지도요! 어쩌면 조금 전 본인들의 행동이 너무 단순하고 격했음을 깨달았을지도요!

필자가 사죄하러 찾아간 첫번째 독자는 털모자를 쓴 독거 노파였습니다. 몇 번을 저울질하다 그녀한테서 돌파구를 찾기로 결정했지요. 여자, 특히 나이든 여자는 마음이 여리고 선량하니까, 틀림없이 젊은이의 밝은 앞날이 망가지는 걸 가만히 보기만 할 것 같지 않았습니다. 그런 여자들은 누군가 찾아와 도움을 구할 때 열정적으로 돕고 대책을 궁리하며, 때로는 아예 발 벗고 나서기도 합니다. 모성의 본능, 여성의 본능에서(청년과 접촉하면 종종 젊은 시절로 되돌아간 듯 열정적으로 변하지요) 도움을 청하는 사람에게 자신이 줄 수 있는 모든 것을 아낌없이 내어주고 대가를 바라지도 않으니까요. 필자는 그런 희망을 안고 그 급경사를 지나 독거 노파의 집으로 갔습니다. 이미 밤이 깊어 불이 꺼져 있었지만 문은 잠겨 있지 않더군요. 입구 오른쪽에 있는 침대에 노파가 깨어 있었습니다. 깊은 탄식과 뒤척이는 소리로 알 수 있었지요. 침대 가장자리를 더듬어 비스듬히 앉으려 할 때, 노파가 느닷없이 발로 차 필자는 거의 나자빠질 뻔했습니다. '바닥에는 앉아도 돼.' 노파가 단호하게 말했습니다 '가슴에서 불길이 치솟는 것 같아. 나는 아주 솔직한 사람이고.' 필자는 조심스럽게 석탄더미 같은 물건 위에 앉아 아무 말도 하지 않았습니다. 겸허하게 가르침을 들을 생각이었지요. 노파는 한참을 침묵한 뒤에야 힘겹게 한숨을 내쉬고는 입을 열었습니다. '오늘 저녁에 자네 글을 들었을 때 속에서 불이 나는 듯했어. 그 많은 글이 더러운 공책에 적혀 있었지. 표지에도 까만 손자국이 군데군데 있었고. 자네는 정말 지나칠 정도로 부주의하고 경망스러워. 듣자 하니 이렇게 바닥에 앉아 있다 손을 씻지도 않고 글을 쓴다며. 그럼 그 새까만 손가락을 입에 넣고 침을 묻혀서 페이지를 넘겼을 게 뻔하잖아. 자네가 무엇을 썼든 원래는 나와 아무 상관 없었어. 사실 그때 좋았거든. 그런데 낭독하던 사람이 갑자기 소리를 지르는 바람에 의자에서 떨어졌다고. 집으로 돌아온 뒤에도 잠을 이룰 수 없었고. 자네가 에둘러서 흉을 본 건 아닐까 의심스러웠거든. 그렇지 않고서야 그자가 왜 그리 사람을 놀라게 했겠어? 나는 오늘밤에 기분이 좋지 않아. 어쩌면 맥이 빠진 건지도 모르고. 어쨌든 자네를 도울 생각이 없어. 그런 비명은 너무 끔찍하잖아. 자네가 글 속에서 그런 비명을 끄집어낸 거고. 원래 나는 다른 사람들과 같이 해설 작업에 참여하려고 했어. 자네한테 재능이 있다고 생각하거든. 하지만 그런 비명이라니, 그게 대체 무슨 일이냐고? 아니, 그건 내 심미관과 전혀 맞지 않아. 어쩌면 자네는 일종의 암시 같은 걸로 본인의 비범함을 드러내고 싶었을지도 모르지. 하지만 그 바람에 나는 완전히 의욕이 꺾여서 해설 작업에 낄 수 없었어. 너무 심란해서 말이야.' 독거 노파는 그러고 나서 '꾸르륵' 소리를 내며 볏짚 속으로 머리를 파묻었습니다.

필자는 굽실거리며 노파에게 계속 독자가 되겠다는 표시로 악수를 해달라고 청했습니다. 노파가 그렇게 해주지 않으면 '미칠 것'

같았습니다. 또 그건 노파의 훌륭한 성품과 너그러운 품성을 드러내기에 더할 나위 없이 적합한 행동 같았습니다. 그녀 영혼의 아름다움을 드러내기 안성맞춤이었지요. 필자의 손이 침대 가장자리에 있는 걸 그녀는 알아챘을까요? 아주 조금만 움직여도 닿을 수 있었습니다.

'전혀 수고롭지 않은 일이지만 괜히 그럴 순 없어.' 노파는 어둠 속에서 애매하게 웃으며 계속 침 뱉는 소리를 냈습니다. '나는 핵심 인물이야. 그렇지 않아? 내가 태도를 바꾸면 자네는 원하는 걸 전부 얻을 수 있겠지. 이건 우리 둘 다 잘 알아. 나는 말이야, 외모는 뛰어나지 않아도 잠재력이 엄청나거든. 이 점을 제일 잘 아는 사람은 우리 사촌오빠고. 과장하는 게 아니라 그는 거의 바닥에 절할 정도로 나를 숭배했어. 생각해봐. 사십 년이 흘러 노인이 되었는데도 그 일을 생생하게 기억하는 게 보통 사람이 할 수 있는 일이야? 나는 늘 이 문제에 대해 아주 깊이 생각하고 스스로의 능력에 깜짝 놀라곤 해. 똑똑히 봤거든. 내가 원하기만 하면 어떤 일이든 할 수 있다는 걸 말이야. 모든 것을 좌지우지할 수 있는 능력과 품성을 가지고 태어났지. 다만 늘 고결한 마음을 품고, 명예나 부를 추구하지 않았을 뿐이지. 오늘밤에 회의장을 나온 뒤 자네가 찾아오리라 예상했어. 다른 사람을 찾아가면 아무것도 얻을 수 없지만 나를 찾아오면 모든 것을 얻을 수 있으니까. 내가 어떤 사람이야? 누가 나와 견줄 수 있느냐고? 이제 내 말을 이해했겠지? 자네는 능력 있는 속기사고, 살면서 일어나는 큰 사건이나 개성 있고 매력적인 인물에 대해 언제든 기록할 수 있어. 자네에게 제일 중요한 건 꿰뚫어볼 수 있는 안목이지. 멀리 내다보는 눈으로 주변 사람들을 살펴보고 누가 기록할 가치가 있는지, 누가 반짝 나타났다 금세 사라질지 분석해야 해. 외모나 나이로 판가름하면 절대 안 되고. 나이가 종종 매력과 정비례한다는 건 삶을 통해 알겠지만. 우리 지역에 풍운아가 몇 명 있는데, 사실 그다지 심오한 능력은 없어. 겉으로만 요란스럽고 활기차 보이지 뼛속은 텅 비었다고. 자네 같은 젊은이는 그런 위선자들한테 시야가 가려 일순간 흥분한 나머지 역사에 그들을 영웅으로 집어넣을 수 있어. 그럼 그들은 정말 착각에 빠져 횡포를 부리고. 그렇게 역사의 모든 과정이 자네의 부주의함 때문에 어둠의 길로 미끄러져 되돌릴 수 없게 돼. 여기서 자네들 같은 속기사가 얼마나 막중한 책임을 지고 있는지, 얼마나 풍부한 경험을 쌓아야 하는지가 드러나. 총명한 사람한테 지도를 받아 실수를 줄여야만 천추의 한을 남기지 않을 수 있어. 설마 그들, 묵묵히 일하는 무명의 영웅들, 겉으로는 아주 겸손하고 조용하며 밖으로 나다니지 않지만 실제로는 경천동지할 능력을 갖춘 자들이 겉만 번지르르한 자들보다 역사에 기록될 가치가 없겠느냐고? 이미 이런 일에 발을 들인 사람이 왜 주변의 뛰어난 인물에게 주의를 기울이지 않아? 왜 그들에게 흥미를 느끼거나 따르지 않지? 이게 바로 자네 같은 젊은 속기사들의 최대 문제점이야. 사람이 젊을 때 자신의 결점에 주의를 기울이지 않고 교양 있는 선배(종종 이런 선배 자체가 뛰어난 인물이지)한테 세심한 지도를 받지 않으면 자기도 모르는 사이에 재능이 사라져. 결국 서글프게도 평생 무슨 일을 했는지 아무도 모르고 간직할 만한 추억 하나 남지 않는다고. 뛰어난 인물은 아무때나 만날 수 있는 게 아니야. 심지어 몇백 년에 한 명 나오기도 해. 문제는 자네가 예리한 눈을 가지고 한눈에 알아볼 수 있는가야. 안목 외에 운도 필요하고. 그런 사람이 자네한테 다가와 겸손하게 가르침을 주는 식의 운. 물론 자네한테 재능이 없으면 전혀 귀담아듣지 않고 상대가 허풍을 떤다고 생각하겠지. 영민하다면 한눈에 사랑에 빠지는 듯한 반응을 보일 테고.'

독거 노파는 한바탕 말을 쏟아낸 뒤 돌연 평소의 침묵을 되찾았습니다. 그러고는 몸을 돌려 필자를 등진 채 연거푸 침을 삼켰습니다. 침대 가장자리에 있는 필자의 손을 끝내 건드리지 않았고요. 틀림없이 지난날 필자의 홀대를 용서할 수 없었겠지요. 그래서 한껏 거드름을 피우며 필자가 얼마나 경솔하고 터무니없었는지 절절하게 느끼도록 하려는 거였습니다. 그런 대우를 받자 필자는 정말 만감이 교차했습니다. 남들과 마찬가지로 필자 역시 노파를 쓸모없는 늙은이라고만 생각했습니다. 구멍투성이 낡은 털모자를 쓰고 온몸이 메뚜기처럼 쪼그라들었으며, 새가 모이를 쪼듯 고개를 끄덕거리고 침을 삼키는 데 일생의 절반을 소비한다고, 그 깡마른 몸속을 흐르는 액체는 전부 침일 거라고 생각했습니다. 아주 멀리서도 들을 수 있는 '꿀꺽꿀꺽' 소리는 그녀가 아직 세상에 살아 있다는 표식으로 여겼고요. 지금 보니 그런 형이상학적 시선이 문제였습니다. 필자는 머리부터 발끝까지 깨끗이 씻은 뒤 칼로 온몸을 해부해야만 병의 원인을 찾을 수 있을 것 같았습니다. 왜 필자는 온종일 아득한 우주만 올려다보고 사람은 보지 않았을까요? 이런 사람들은 볼품없는 껍데기 밑에 아름답고 열렬한 마음씨를 숨기는데 말입니다. 그들과 날마다 만나면서도 안목이 없어 알아보지 못했습니다. 필자는 칭찬 속에 사는 데 이미 익숙해졌고, 그걸 당연시했기 때문입니다. 괴팍하고 특이한 사람들을 안중에 두지 않고 관심을 기울일 가치가 없다고 별생각 없이 단정했기 때문이지요. 필자는 매일 침대 앞에서 몸을 수그리고 글을 쓸 때, 뜬구름을 잡으며 환상 속에 존재하는 가벼운 인물만 만들었습니다. 그들에게 시선을 집중하고 그들이 역사를 창조하는 영웅이라 떠받들었고요. 그런 인물은 하나같이 현실과 접점이 없는데다 하나같이 고결하고 우아하기만 했습니다. 독거 노파 같은 사람들과 전혀 관련 없는 신선이자 피와 살이 없는 종이 인간이었지요. 필자는 오랫동안 기초 없는 재능, 보기에만 화려하고 속은 텅 빈 형식을 키워왔던 게 아닐까요? 그 결과 필자가 쌓아올린 건물이 와르르 무너지고 필자 본인도 거기에 깔려 가루가 된 건 아닐까요? 생각하다보니 온몸에서 식은땀이 흘렀습니다. 전후 인과관계를 따져보자 독거 노파의 용서가 무엇보다 중요한 일이라는 게 확연해졌습니다. 그녀를 얻는다면 모든 독자를 얻는 것과 같았습니다. 그렇지 않으면 필자의 예술 인생은 종말을 고하는 수밖에 없었습니다. 그렇게 힘들게 쓴 공책도 불태울 수밖에 없고요.

'어쩌면 어느 날 눈을 떴을 때, 온 하늘을 물들인 붉은 노을을 보고 생각에 잠겼다 무심코 저를 용서하실지도 모릅니다.' 필자는 처량하게 울먹이며 말했습니다. '제발 그럴 수 있다고 말씀해주세요. 그럼 한 가닥 희망을 안고 가겠습니다. 그 희망은 앞으로 제 정신적 지주가 될 거고요. 지금 당장 제 독자가 되겠다는 대답은 기대조차 하지 않습니다. 그저 한 가닥 희망만 주세요. 앞으로는 어르신이 말씀한 대로 행동하겠다고 맹세합니다. 제게 삶의 희망을 주시겠다면 어르신 손을 잡을 수 있게 해주세요. 어르신 손에 한 사

람의 생사가 달렸습니다.'

노파는 한참을 생각하다 짜증스럽게 이불을 걷어찼습니다. 뭔가 말하고 싶은데 주저하는 눈치였지요. 마침내 그녀가 느릿느릿 대꾸했습니다. '자네 손을 잡으라고? 그건 식은 죽 먹기 같은 일이지만 나는 다른 생각이 있어. 수십 년의 경험에서 배운 것들이지. 사람은 이상한 생물이라 허영심이 아주 강해. 조금만 높게 평가하면, 심지어 평가가 아니라 잘못을 용서해주기만 해도 당장 교만해져서 사방팔방에 허풍을 떨지. 온종일 들떠서 자기가 어디에 있는지, 어떤 상태에 있는지 몰라. 대부분의 남녀노소가 날 때부터 그런 저급한 성향이 있어. 그러니까 이 세상은 선행을 좋아하는 사람들 때문에 엉망이 되는 거야. 그들은 자신의 값싼 동정심을 전혀 아끼지 않거든. 누구를 만나든 위로하고 멋대로 격려해서, 그 안하무인의 무리가 벌을 받은 후에도 금방 일어나 원래 모습 그대로 자신들이 하던 일을 계속하게 돼. 비슷한 무리를 찾았다는 교만함에 자신감이 백배는 높아져 한층 더 심하게 굴기까지 하지. 아니, 아직 자네한테 손을 내어줄 수 없어. 나는 자네를 전혀 동정하지 않거든. 내 친애하는 사촌오빠도 자네를 동정하지 않아. 우리가 평생 증오한 부류가 그렇게 선행을 즐기는 부류라고. 자네가 이번의 뼈아픈 교훈을 통해 다시 일어나 내 말을 기억하고 행동으로 옮기겠다면 희망을 줄 수는 있어. 하지만 절대 손을 내어줄 수는 없지. 그럼 허영심이 또 끔찍하게 부풀어 자네는 지금 직면한 어려움을 잊은 채 줄곧 도취해 있을 테고 줄곧 경박스러울 거야. 인간이란 원래가 그러니까. 희망을 품고 행동하는 건 좋아. 자네를 단단히 주시하고 성공을 빌어주지. 다만 명심할 게 있어. 성공해도 내 손을 잡을 수 있으리라는 생각은 버리라는 거야. 나는 자네의 또다른 문제점을 찾아내고 자네한테서 건질 게 하나도 없다고 말할지도 몰라. 그래야만 자네가 계속 스스로의 한계를 넘을 수 있을 테니까. 나는 평범한 걸 제일 싫어하거든. 한 가지 더 분명히 할 점은 침을 삼키는 일이야. 누군가 나의 이 특징에 대해 신랄하게 비판하는 걸 들은 적이 있어. 도저히 참기 힘든 저급한 행동이라며 내가 한마디를 할 때마다 침을 세 번은 삼킨다고 단언하더군. 사실이 어떤지는 자네가 이미 들었잖아. 이렇게 한참을 이야기했지만 침을 삼키느라 중단한 적이 없어. 내 통제력은 엄청나다고. 이미 말했듯 나는 못하는 일이 없어. 소인배 같은 인간들이 나를 중상모략하지. 그들은 누군가의 소소한 버릇을 지적하면 그 사람을 걸출한 인물 대열에서 영원히 배제할 수 있다고 생각해. 그런데 결점 없는 사람이 어디 있어? 역사를 창조한 인물 중에도 눈에 띄는 버릇을 많이 가졌던 사람이 있어. 하지만 그런 건 그들의 위대함에 전혀 영향을 미치지 않는다고. 핵심은 그 사람의 소양, 내재적 능력이니까. 어쩌면 특별한 버릇은 위대한 인물의 표식일지도 몰라. 나는 평범함을 제일 싫어해. 버릇조차 없는 평범한 사람은 이 세상을 살아갈 이유가 전혀 없어.'"

2. 암시적 요점들

이제 우리는 이야기의 핵심으로 들어가려 한다. 모든 과정을 특정한 양식에 따라 객관적으로 서술하려면…… 아마 누구도 그런 능력은 없을 듯싶다. 전통적 방식은 이미 구식이 되기도 했으니 혁신이 필요하다. 그러지 않으면 소동이 일어날지 모른다. 사람들이 우르르 난입해 자신의 권리를 지키겠다며 격렬하게 싸우고 벽에 구멍을 내다 결국 집을 무너뜨릴지도 모른다. 그들은 무슨 일이든 다 할 수 있다. 최선의 상황이라고 해봐야 사람들이 오리떼처럼 '꽥꽥' 울어대면서 남의 말은 귓등으로도 듣지 않고 아침부터 밤까지, 밤부터 다시 아침까지, 상대가 미쳐서 포기할 때까지 쫓아다니는 수준일 것이다. 암암리에 발생했던 남녀 간의 사적 교분은 아주 오랫동안 우리 오향거리 사람들의 정신적 양식이 되었다. 겉으로는 인정하지 않고 경시했지만 실은 밤마다 오매불망 그리워하며 자신을 주인공으로 설정해 참여하곤 했다. 낮에 작은 동향이라도 보이면 현장으로 달려가 꼼꼼히 살펴보고 소재를 수집한 뒤 대담하게 살을 붙였다. 이런 행동은 단독으로 이뤄졌다. 종종 소규모 집단토론도 열렸는데 누군가의 방에서 흐릿하게 등불 하나를 켜거나 완전히 끈 채 진행되었다. 그런 문제는 어둠 속에서 논의하는 게 '훨씬 극적'이라고 했다. 그 장소는 필자가 자료를 얻는 곳이기도 했다.

필자는 엄청난 잘못을 저질러 수많은 독자들에게 버림받았다 다행히 독거 노파의 일깨움으로 다시금 독자를 얻을 수 있었다. 그뒤로 많이 침착하고 진중해졌으며 더는 '문을 닫아걸고 수레를 만드는 식'으로 예술을 추구하지 않았다. 기회가 있을 때마다 대중 속으로 들어가 '그들의 가슴에 엎드려 호흡소리를 들음으로써' 정신 상태가 전면적으로 개선되었다. 스스로와 사회를 예전보다 더욱 철학적인 시선으로 보고 자신감도 커졌다.

우리 대중 단체의 동지들은 토론할 때 몸을 바싹 밀착하고, 서로의 숨결을 느낄 수 있을 만큼 최대한 머리를 모은 다음 소리를 가능한 한 작게 줄였다. 모기보다 희미하고 모호하게, 거의 말하지 않는 듯 작은 소리로 끊임없이 입술만 움직였다. 듣는 사람은 말하는 사람의 입술 모양으로 그게 무슨 뜻인지 추측했다. 어떤 표현은 의미가 미묘하게 달랐다. 예를 들어 '문화 여가 생활'은 성교와 완전히 같은 뜻도 아니지만 그렇다고 '순수한 정신적 교류'와 같지도 않았다. 실질적 의미에서 벗어난 극단적 표현이므로 우리는 두 가지 표현 모두를 반대했다. 그렇다고 어느 한쪽에 치중하는 것도 절대 아니기에 세심하게 파악하고 엄격하게 구분해야 했으며, 그런 구분은 입가의 미세한 움직임으로 가능했다. 우리 단체에 속한 사람이 아니면 누구도 그 동작의 깊은 의미를 이해할 수 없었다. 불을 켜지 않을 때는 웅웅거리는 소리로 알아서 판단하고 상상했다.

그 모임은 몹시 재미있어서 모든 참가자에게 영원한 기억을 심어줬다. 오랜 시간이 흐른 지금까지도 우리 중 상당수가 탄식하며, 시간을 되돌려 그 비밀과 기쁨으로 충만했던 순간에 멈춰놓을 수 있다면, 심신의 위대한 그 떨림을 다시 한번 느껴볼 수 있다면 자신의 수명을 십 년, 이십 년은 내놓을 수 있다고 말할 정도다. 이제 기쁨은 영영 떠나버리고 담담한 서글픔만 남았다. 어두운 방에서의 모임, 벽에서 흔들리던 귀신 그림자, 소리 없는 속삭임, 불면의 긴 밤, 주인공이 되는 흥분은 어디로 갔을까? 정말 달콤하고 사랑스러운 추억이었는데! 누구든 노년에 이르러 그런 예술적 경지를 다시 한두 차례 경험할 수 있다면 죽어도 여한이 없을 것이다. 필자는 기회가 있을 때마다 모임에 참여했다. 물론 그들이 '무슨 이야기를 하는지' 들으러 갔던 게 아니다. 그런 목적에서 기계적으로 참여했다면 퇴짜를 맞았을 것이다. 무엇이든 예전 방식은 유효하지 않고 창조적 실천만이 효과를 거둘 수 있었다. 그렇지 않으면 그들이 하는 말을 아예 '알아들을 수 없기' 때문이었다. 그건 고급 취향의 암시적인 사유 활동으로, 수양을 쌓은 개인이 '깨달음'을 통해서만 이해할 수 있었다. 필자는 일정 기간 고되게 수련했을 뿐 아니라 천부적 재능과 기민한 본성을 가진 덕분에 차츰 요령을 습득하고 결국 그 경지에 들어가 큰 성과를 거둘 수 있었다. 불완전한 느낌을 윤색한 뒤 그럴듯한 상상을 가미했던, 겉만 번지르르하고 경박했던 과거의 작품을 진지하고 순수한 형태로 바꿔 개성과 감각을 드러내게 되었다. 가식과 과장을 버린 뒤 진실되고 자연스러운 진면모들을 핵심 요점으로 공책에 기록했다.

요점 1 : X와 Q의 간통은 어떤 상황에서 이뤄졌나?

우선 Q선생부터 분석해보자. 이 남자는 앞에 서술한 바와 같이 좋은 남편이자 아버지였다. 자신에게 일편단심인 아내와 착한 두 아들이 있고 전원 풍경을 좋아했다. 집 앞뒤에 호박 등 채소를 심고 고양이와 개와 토끼를 기르며, 미신과 운명에 집착하는 것 외에 이렇다 할 결점이 없는 사람이었다. 하지만 그 결점이 그를 망가뜨리고 집안을 풍비박산하게 했다. 그 아름다운 오후, X여사의 집을 찾아가 바람조차 통하지 않는 방에서 비밀스러운 점괘(상세한 상황은 알 수 없다)를 본 뒤 그는 이성과 상식을 잃어버렸다. 때로는 불량스러운 행동을 하는 등 예전의 충실하고 무던하던 것과는 완전히 다른 사람이 되었다.

Q선생은 회사의 친한 동료에게 이제부터 통제력을 버리고 운명이 정해준 대로 따를 거라고 선언했다. 이는 모두 하늘의 뜻이며 너무 강력한 힘이라 도저히 대항할 수 없고, 발버둥조차 칠 수 없어 얌전히 따르는 수밖에 없다고 했다. 언젠가 자신이 끝장난다 해도 그 또한 하늘의 뜻이라고 했다. 초점 잃은 눈으로 이를 '딱딱' 맞부딪히면서 그렇게 말했다. 동료가 무슨 일 있느냐고 물었지만, Q선생은 듣지 못하고 무슨 사거리이니, 수요일이니 하고 애매하게 중얼거렸다. 흥분했는지 목소리마저 떨렸다. 그러고는 갑자기 얼굴이 붉어지더니 목이 부풀어오를 정도로 우렁차고 크게 닭 울음소리를 흉내냈다. 깜짝 놀란 동료가 "사람 살려"라고 소리쳤다.

진정이 된 Q선생이 힘주어 말했다. "나 원래부터 이랬어. 자네들
은 이제야 알았겠지만. 살짝 제정신이 아닌데 멀쩡한 척 굴었던 거
지. 사무실 책상 앞에 앉아 있을 때면 늘 그 위로 뛰어올라 크게 닭
울음소리를 내고 싶었어. 자네들이 방금 봤던 것처럼 말이야. 오랫
동안 꾹 참으며 실행하지 않았을 뿐이라고."

그 둘이 간통을 저지른 뒤 Q선생이 일하는 회사까지 소문이 어
렴풋하게 퍼졌을 때, 그 선량한 친구는 문제가 생기지 않도록 이쯤
에서 "그만둬"라고 충고했다. 하지만 Q선생은 충고를 받아들이기
는커녕 그가 도와주지 않는다고 비난하며 "권력자에게 아부나 하
는 주제에", "위선적이다", "매몰차다"라는 식으로 욕했다. 이어
고래고래 소리치면서 망치로 창문을 깨부수기까지 하며, 평소와
완전히 다른 모습으로 도저히 이해할 수 없는 행동을 했다. 동료는
호의를 거두고 본래의 구경꾼 자세로 돌아갈 수밖에 없었다. 이후
Q선생은 '중단'할 기미를 보이지 않았을뿐더러 마른 장작에 불붙
듯 점점 더 심하게 행동했다. 어떤 일에도 전혀 신경쓰지 않았다.
의심이 많아지고 난폭해져서 누구든 한마디라도 비아냥거리면, 아
니 비아냥거린다고 느껴지기만 해도 곧장 달려가 상대의 어깨를
움켜쥐며 "다시 한번 말해봐"라고 으름장을 놓다가 온갖 변명과
해명을 들은 뒤에야 반신반의하며 손을 풀었다. 하루는 상사가 일
을 맡겼는데 무슨 근거에선지 자신을 괴롭힌다고 단정해 말싸움을
벌이다 주먹까지 휘두르기 시작했다. 결국 '상사의 머리를 붙잡아
피가 날 정도로 벽에 박은' 다음 싸움을 말리는 사람에게 "사직하
겠어, 나가서 거지로 살겠어"라고 노기등등하게 소리쳤다. 얼마나
길길이 날뛰는지 사람들은 말문이 막혔다. X여사의 여동생은 Q선

생이 여러 차례 자신한테 이렇게 털어놓았다고 밝혔다. 애당초 재난을 피해갈 수 없는 팔자라서 되려 마음을 독하게 먹었다고 말이다. 그렇게 말할 때 Q선생의 두 눈이 반짝반짝 빛나고 온 얼굴에서 행복의 기운이 넘실거렸다고 했다. "세상에 그런 눈동자도 있더군요. 당신 언니, 나는 아직도 그녀가 대체 어떻게 한 건지 모르겠어요." 하지만 그의 눈빛은 그녀가 어떻게 했는지 알고 있음을, 너무도 잘 알고 있음을 분명하게 말해줬다. 스스로가 어떻게 된 것인지만 몰랐다. 알았다면 그때 또 어떤 일이 벌어졌을지 모르겠다. 멀쩡하던 남자가 하루아침에 불량배, 건달로 변했으니 그 이면에 어떤 문제가 있지 않았을까? 이제 우리는 점치러 갔던 일을 들여다보는 수밖에 없다.

Q선생은 허무주의적 인생관으로 삼사십 년을 아무렇게나 살다 돌연 눈 속의 파장이니, 신비한 힘이니 하는 것들에 대해 떠들기 시작했다. 물론 전부 헛소리였고, 근본적으로 그의 치명적 미신 활동과 삶에 대한 소극적 태도 때문에 그런 말을 하는 것이었다. 들리는 바에 따르면 그는 11세부터 재난을 걱정하고, 친구에게 작별 인사를 하기도 전에 별안간 죽음이 찾아올까봐 두려워했다. 그 바람에 길을 걸을 때도 전전긍긍하고 밤에도 잠을 이루지 못했다. 그 빌어먹을 증상이 계속 증폭되며 Q선생을 괴롭혔다. 이에 대해 Q선생은 "머릿속에서 수많은 토끼가 한꺼번에 뛰어다니는 것 같아"라고 설명한 적이 있었다. 점을 봤다는 건 대체 어찌 된 일일까? 우리의 Q선생은 절뚝거리며 오향거리로 들어왔다. 털모자를 쓴 독거 노파를 위해 석탄 수레를 밀어주고, 그녀 집에서 '칠팔 분 동안 서 있다' 밖으로 나온 뒤, 절름발이 여사와 '해후'하고, 마지막에는

'인사불성'으로 X여사의 대문 앞에 쓰러졌다. 그가 어떻게 문을 넘어갔는지는 누구도 보지 못했다. 이후 설마 '눈동자의 움직임'만 있었을까? (이 표현은 '환각제'를 연상시킨다. 정신을 잃은 순간, 집안에 소동이 일고 그 틈에 야만적 주사를 맞았던 건 아닐까? 당시 상영중이던 영화 〈아파트의 유령〉이 아주 좋은 방법을 제시해주지 않았을까?) 몇 차례 어떤 파장이 발사되어 한 남자의 일생이 결정되었다! Q선생은 자세한 상황을 누구에게도 털어놓은 적이 없었다. "이런 일은 설명할 수 없어", "무슨 언어든 모독이지", "말을 하려고만 하면 현기증이 나", "절대 말로 바꿀 수 없어" 등의 이유에서였다. 목격자인 X여사의 여동생도 단순히 "얼마나 눈부셨는지"와 같은 말만 했다. 그 우둔한 여동생은 현장에 있었으면서도 "아무 흔적도 못 봤다"라며 천진하게 "첫눈에 반했다고 단정할 수 있어요. 그들 둘은 한 마디도 하지 않았고 서로 건드리지도 않았어요. 그저 침묵했죠. 그게 바로 정조의 힘이고요", "무슨 점을 봤다는 거죠? 그런 일은 없었어요"라고 했다. 확실히 겉으로 보면 점을 치러 간 일은 '아무것도 아닌 것' 같았다. 바로 그 '아무것도 아닌 것'이 이후의 모든 것을 만들어냈음에도 말이다. 모든 것이 가설 속에서 시작되었고, 그 찬란한 빛 속에서 Q선생은 번데기에서 성충으로 변했다. 껍데기를 벗어던지고 운명적으로 탈바꿈했다. (이것이 X여사의 뛰어난 술수, 바로 보이지 않는 생각으로 사람을 조종하는 것이다.)

그날 이후 이 남자는 매우 황당무계한 관점에서 자신이 남들과 다르다고 생각하기 시작했다. 다르기만 한 게 아니라 한 수 위라고 여겼다. 그는 모든 책임과 의무를 뒷전으로 내팽개친 채 두 손을 외투 호주머니에 넣고 바람둥이처럼 사거리로 나가 여자를 살펴봤다. 그러고는 여자의 소매를 붙들고 자그마치 십 분 동안(동료 여사의 계산) 속마음을 털어놓았다. 고백중에 칠면조니, 오리니 등을 운운해 아주 분명하게 '침대로 가자'라는 암시를 드러냈다. '제대로 서 있기 힘들 만큼' 다급해 거의 '여자에게 달려들' 지경이었다. 또한 거울 보는 걸 즐기게 되었다. 매일 문을 닫은 채 집안에서 비춰봤고(Q는 체면을 아주 중시하는 사람이었다) 거리에서도 통유리창으로 자기 모습을 살폈다. 통유리창을 마주할 때마다 한참을 서 있어 가게 주인이 신경을 곤두세우곤 했다. 사랑하는 아내, 선녀 같은 아내의 따뜻한 잔소리에도 "어"라고 대충 대답한 뒤 얼른 거울 앞으로 갔다. 하루는 느닷없이 아내한테 외투를 못 입겠다고, 벌레가 기어다닌다고 말했다. "이런 일이 벌어질 줄 진작에 알았어. 한밤중에 사사삭 하면서 지나가는 소리를 당신도 들었는지 모르겠네? 아주 많았다고요." 그가 입을 삐죽이며 오만상을 짓자 당황한 아내는 겁에 질린 눈빛으로 그를 쳐다봤다. Q선생은 미안했는지 얼른 아내에게 벌레 이야기는 괜히 해본 말로 "사악한 생각에 조종당했나봐요"라고 변명했다. 머릿속에 그런 사악한 생각이 종기처럼 불쑥불쑥 떠오르지만 이제는 괜찮아졌다고 말이다. 하지만 무척 우울하고 불확실한 어투였기에 전혀 '괜찮아' 보이지 않았다. 며칠 뒤 그는 다시 병이 도져 벌레 이야기를 꺼내더니 외투가 이미 "너덜너덜해져" 도저히 입을 수 없다고 말했다.

"옷을 걸치기만 하면 놈들이 피부를 물어뜯는다고." Q선생은 무척 고통스럽게 말한 뒤 막대기로 외투를 들어올렸다. "놈들이 전부 저 창문으로 날아들어와. 한밤중에."

"뭐가요?"

"벌레, 아직도 모르겠어?" 그는 한사코 외투를 태우려 했다.

깜짝 놀란 아내가 눈물을 터뜨렸다.

"왜 울어요? 전혀 중요하지 않은 사소한 일을 말했을 뿐인데." 그가 자상하게 어깨를 토닥이며 아내를 달랬다. "요즘 자주 환각에 시달려요. 하루하루 늙어가기 때문이겠지. 우리가 꿰뚫어보지 못하는 일이 뭐가 있겠어요?" 마지막 말을 할 때 그의 어투가 불안정하게 흔들려 마치 스스로에게 반문하는 듯했다.

쉬는 날에 날씨가 좋아도 Q선생은 더이상 채소를 돌보지 않았고(결국 금세 시들었다) 고양이와 개를 데리고 놀지도 않았다. 그저 등나무의자를 들고 나가 햇살 아래서 홀로 졸기만 했다. 혼곤하게 잠에 빠진 뒤에는 살며시 미소를 지으며 다섯 손가락을 펼쳤다 오므렸다를 반복했다. 대체 무슨 짓을 하는 건지 아무도 알 수 없었다. 누군가 깨우면 퉁명스럽게 대꾸한 뒤 손바닥을 눈부신 햇살에 비추며 한참 동안 살펴본 다음에야 고개를 돌려 상대를 봤다. Q선생의 어리둥절한 표정은 지금 막 다른 세상에서 온 사람 같았다.

"사람 등뒤에는 최소 두 개의 그림자가 있어요. 어떤 사람은 더 많고." 그가 아내에게 말했다. "그림자는 땅에 쥘부채를 펼쳐놓은 것처럼 서 있지요. 보고 있으면 현기증이 나요. (언제부터인지 몰라도 Q선생은 그런 식으로 말했다. 목소리는 아주 깊은 바위굴에서 나오는 듯했다.) 나는 아주 애써 실눈을 떠야지만 그 흩어진 그림자를 모을 수 있어요. 물론 이 일은 전혀 유쾌하지 않아. (그의 어투가 분노를 띠며 격앙되었다.) 당신들은 전부 그렇게 확신하지. 확신에 차 눈빛을 반짝이는 꼴이라니, 정말 가소로워! 내가 사실을 말해주면, 당신들의 부채에 관한 일, 그건 진짜거든, 그걸 알려주면 당신들은 또 화를 내겠지. 펄펄 뛰면서 나를 하루살이 취급하고는 서로 같은 생각이라는 눈빛을 주고받은 뒤 안심하고 만족하겠지."

"밖에 여전히 벌들이 날아다녀요. 당신도 들리지요?"

"그래요, 들려요." 그는 의기소침하게 대답한 뒤 그림자처럼 조금씩 집안으로 물러갔다.

탈바꿈을 끝낸 Q선생은 어느 날 오향거리로 잠입해 비밀스러운 장소에서 X여사와 쥐도 새도 모르게 간통을 저질렀다. 이후에도 그런 상황이 네다섯 번가량 있었는데 전부 쥐도 새도 모르게 이뤄졌다. 그 재수 없는 고양이가 아니었으면 그들의 간통은 영원히 지속되었을지도 모른다. 그렇다고 우리 오향거리 사람들이 코앞에서 벌어지는 악행도 전혀 눈치채지 못하는 바보, 멍청이라는 뜻은 아니다. 우리는 침묵했을 뿐이며 그 침묵에는 심오한 의미가 있었다.

장소에 대해, 그리고 실제 간통 상황에 대해 우리 오향거리 사람들은 완벽히 추상적인 반응을 보였다. 모두 정색하며 최대한 표정을 지우고 입가의 움직임마저 억누른 것이다. 불을 켜든 끄든, 사람이 많든 적든, 방안에서든 거리에서든 필자나 외지인이 그 문제를 거론하면 모두가 일제히 엄숙하고 무뚝뚝한 얼굴로 자신의 태도를 드러냈다. 수준 높은 추상적 사고력과 극도로 풍부하고 훈련된 감각을 지닌 사람만 그런 표면적 무감각 속에서 진실을 찾아내고 군중의 심오한 통찰력에 탄복할 수 있었다. 그렇지 않은 사람은 군중이 무신경하고 비이성적이며 역사의 흐름에 무관심하고 시야가 좁고 무감각하다고 원망만 했다. 유치하고 비현실적인 이상주의에 빠진 수많은 학자가 열정만 있으면 뭔가 연구할 수 있다는 기

대감에 부풀어 우리 지역을 찾아왔지만 결국 모두 실망하고 돌아
갔다. 그들은 자신의 사상적 결점을 알아차리지 못하고, 우리가 비
협조적이고 구제불능이며 심지어 방해까지 한다고 확신했다. 정말
이지 최소한의 자기반성도 할 줄 몰랐다. 그런 학자와 예술가들에
게 우리는 매우 불만이 많았다. 우리는 그들이 원래의 자기 자리에
머물기를, 괜히 찾아와 일상을 방해하지 않기를 바랐다. 그들이 없
으면 우리는 삶의 일정표를 훨씬 더 잘 만들 수 있었다. 남을 방해
하는 것 말고 그들이 할 수 있는 일이 무엇이란 말인가? 의식 있는
예술가라면 마음을 가다듬고 가만히 생각만 해도 대중의 무뚝뚝한
태도가 절대 빈약한 자아와 텅 빈 머리를 대변하는 게 아님을 깨달
을 터였다. 그런 태도는 하늘의 무지개나 사막의 신기루처럼 무궁
무진하게 해석될 수 있었다. 대충 헤아려봐도 대여섯 가지 함의를
열거할 수 있을 정도다.

첫째, 그건 우리 내부의 사생활이었다. 그런 사생활은 일종의 재
산처럼 매력이 넘치기에 외부인과 나누고 싶지 않았다. 우리의 이
독보적인 지역이 아니면 어디서도 이처럼 수준 높은 정신적 양식
을 만들어낼 수 없을 터였다. 우리 내부 사람들은 다들 이 문제를
어떻게 대해야 하는지 분명히 알고 자신만의 절절한 감정을 누군
가와 토론할 필요도 없었으므로 무뚝뚝하게 굴었다.

둘째, 설마 우리가 전부 부랑자이겠는가? 한가하고 무료한 건달
이겠는가? 종일 누군가의 의미 없는 행동을 정탐하는 것 말고 할일
이 없겠는가? 그렇다고 우리의 성적 능력을 의심한단 말인가? 온
종일 거리를 어슬렁거리며 기웃대고 담벼락에 귀기울이거나 문틈
으로 들여다보는 고자라는 이미지를 열심히 만들어대는 사람이 있

었지만, 우리가 그런 속임수에 걸려들 리 있겠는가! 그래서 우리는 무뚝뚝하게 굴었다.

셋째, 이런 문제를 제기한 사람은 어떤 인물인가? 이런 일을 이해하는 데 필요한 교양을 갖췄는가? 진중한 처세술을 지녔는가? 상스럽고 저급한 태도로 세상을 대하는 사람과 단정한 오향거리 인재들이 어울릴 리 있겠는가. 자력갱생으로 연구하든 말든, 가서 비참하게 깨지든 말든, 웃기지도 않는 결론을 내리든 말든 우리는 그와 얽힐 의무가 없었으므로 무뚝뚝하게 굴었다.

넷째, 문제의 핵심을 건드리기만 하면 고도의 교양을 갖춘 오향거리 군중은 본능적으로 일치된 반응을 보였다. 말이나 표정으로 전달할 수 있는 성질이 아니라 감응을 통해서만 느낄 수 있는 문제라는 거였다. 그런 감응은 매우 복잡하고 다층적이라 외부인이 제대로 느끼지 못하리라 이미 예상했다. 우리 자신의 우수성에 대한 믿음은 한 번도 흔들린 적이 없었다. 외지에서 멋대로 들어온 망나니가 네댓새 만에 각성해 우리의 경지에 이른다면, 꼴통이 우리처럼 영민해진다면, 그야말로 비극이었다. 그러느니 우리를 무례한 시골뜨기로 보도록, 제풀에 펄쩍펄쩍 화를 내도록 내버려두는 게 나았다. 우리는 평소대로 행동하며 표현방식을 바꾸지 않았다. 원래가 세속의 흐름에 무조건 동참하는 부류도 아니었다. 그래서 우리는 무뚝뚝하게 굴었다.

다섯째, 어쩌면 다른 꿍꿍이를 가진 무리가 있을지도 몰랐다. 우리의 진짜 의도를 떠본 뒤 쩨쩨한 심보에 온갖 추측까지 더해 멋대로 이용하며 이익을 취할지도 몰랐다. 자신들과 상관없는 일이므로 그저 지나가도 되는데 그들은 괜히 비통해하며 동정심을 보였다. 구세주라도 되는 양, 우리가 그들, 하수구에서 기어나온 자신들에게 의지해야만 문제를 해결하고 우리 지역을 관리할 수 있는 양, 그들이 참여하지 않으면 우리가 한 걸음도 나아가지 못하는 양 나섰다! 그래서 우리는 무뚝뚝하게 굴었다. 우리가 무표정으로 일관했던 이유는 이 밖에도 수없이 열거할 수 있다. 누구나 두 가지 이상씩 댈 수 있고, 그 두 내용 역시 고정된 게 아니라 하루에도 몇 차례씩 극적으로 변할 수 있다.

Q의 관점에서 간통 사건에 접근할 경우 다음의 몇 가지 가능성을 제기할 수 있다. 첫째, 그날 오후 Q가 불행히도 X의 대문 앞에서 넘어져 인사불성이 되었을 때 순식간에 환각제를 맞았다. 둘째, Q의 체내에는 어렸을 때부터 광견병과 비슷한 모종의 바이러스가 잠복하고 있었다. 일단 발작하면 정신이 무너져 밤낮없이 불안에 떨고 시시각각 헌신의 열정에 시달리게 되는 바이러스였다. 이 요점들을 적었을 때, 뒤에서 몰래 훔쳐보던 동료 여사가 큰 소리로 질책해 필자는 깜짝 놀라고 말았다.

이번에는 필자도 즉각 반응했다. 바닥에서 일어나 겸손하고 예의바르게 허리를 굽힌 뒤 동료 여사의 보들보들한 손을 잡아 코앞까지 들어올리고 냄새를 맡았다. 그러고는 부드러운 음성으로 무슨 의견이 있느냐, 필자의 글이 마음에 들지 않느냐고 물었다. 그렇게 말하면서 다른 손으로 여사의 뺨을 쓰다듬었다. 그러자 여사가 무척 감동하며 차츰 안정을 되찾고는 필자의 글을 싫어하는 게 아니라고 했다. 자신은 중요한 상황을 보충하고 싶을 뿐이며, 너무도 중요한 상황이라 그게 빠지면 역사가 암흑으로 변할 수 있다고, 자신이 고도의 사회적 책임감으로 찾아오지 않았다면 그 손실이 어마어마했을 거라고도 했다. 그녀는 필자의 예술적 재능을 매우 신뢰했다. 필자가 태도를 가다듬어 사랑스러운 남자가 된 뒤 그녀는 암암리에 필자의 일거수일투족을 주시하고 있었다. 이런 예술가가 주민들의 속기사로 활동하니 모두 마음이 편안하고 후련해졌다고 생각했다. "삶이 장밋빛으로 변한 것 같아요." 그녀는 필자가 글쓰기를 계속해 재능을 "찬란하게 빛낼 수 있기를 바란다"라고 격려하며 그녀 자신도 필자의 성공에 언제나 기뻐할 거라고 했다. 남녀 간의 이런 순수한 우정이 더할 나위 없이 고상하다며, 정신적 공감대를 추구하는 것보다 더 아름다운 일이 무엇이겠냐고도 물었다. 반면 그녀의 친구 X여사는 이처럼 고상한 열정을 경험해본 적 없이 그저 '잠자리'에만 흥미를 보인다며, 지금 생각해보니 몹시 지루하고 가련한 사람이라고 한탄했다. 그러면서 동료 여사는 흥분을 억누르지 못하고 눈물을 흘리기 시작했다. 필자는 손수건을 꺼내 여사의 눈물을 세심하게 전부 닦아주고 부러질 듯 연약한 몸을 부축해 침대에 앉혔다. 아주 오랫동안 쉬면서 우리 둘은 슬픈 분위기에 완전히 몰입해버렸다. 마지막에 필자는 한없이 쓸쓸한 마음으로 여사를 배웅했다.

보충 상황: Q선생과 X여사가 길에서 나눈 또다른 대화

X: 오늘 날이 무척 환한데 당신도 느껴지나요? 우리 둘이 이렇게 밝은 빛 속에서 이야기할 때마다 당신한테 무척 불만스러워져요. 가끔 나쁜 생각을 품거든요. 당신이 하루하루 점점 작아지는 거예요. 게다가 그 일은 부지불식간에 일어나고 아무도 막을 수 없

지요. 햇살 아래의 조약돌들이 그리워요. 눈앞에서 손으로 쥐었다 놓았다 하던. 가까이 와요. 눈물이 날 것 같아요. (눈물을 닦는 척 하며 Q의 몸에 기댄다.)

Q: (부드럽게)아, 울지 마요. 내가 여기 있잖아요. 두 녀석이 있어요. 한 녀석은 길에서 어슬렁거리고 다른 녀석은 어두운 방에 있어요. 길에 있는 녀석은 까맣고 부드러워요. 조심하지 않으면 한낮의 빛 속에서 흔적도 없이 녹을 거예요. 방에 있는 녀석은 새하얘요. 하얗게 빛나는 고체지요. 관에 들어가도 그런 모양일 거예요. 들어봐요. 녀석이 왔어요. 항상 저기 구석에 서 있지요. 녀석이 쳐다보면 나는 꼼짝할 수 없어요. 이런 상황이 세 번 있었고요.

X: (매혹된 표정으로)오늘은 거울을 가져오지 않았어요. 당신의 이런 모습은 정말 자극적이에요. 제발 마지막 말을 다시 해줘요. 진짜 아름다웠어요.

Q: 난 꼼짝할 수 없어요. 아! (낙담한 표정을 짓다 잠시 뒤 다시 달콤한 미소를 지으며 길가 통유리창에 치아를 비춰본다.)

X: (혼잣말로)기적아, 일어나라. 기적아, 일어나라.

동료 여사는 전봇대 뒤에 숨어서 한 글자도 빼놓지 않고 그들 대화를 수첩에 적었다. 두번째 '간통'이 발생한 뒤였다. 그녀는 이 대화를 필자에게 넘겨준 뒤 비밀로 해달라고, 글에 자기 이름을 적지 말라고 당부했다. 제일 좋은 방법은 사람들이 알 수 없게 연막을 치는 거라고 했다. 그녀는(이 일은 누구도 내막을 몰랐고, 그녀는 방금 전의 일로 우리가 생사를 같이하는 친구라고 생각해 필자 한 사람에게만 털어놓았다) 사랑스럽고 매력적인 X여사와 줄곧 친

자매처럼 지냈고, X여사가 남녀관계에서 늘 그녀의 조언을 구했기 때문이다. 둘이 항상 붙어다녔기에 X여사는 그녀의 매력을 이용해 수많은 남자를 유혹했다. 남들 눈에는 X여사의 능력이 대단한 것처럼 보였지만 말이다. 이렇게 의존하면서 X여사는 동료 여사를 이상화했고 속마음을 모두 털어놓았으며 사생활을 전혀 숨기지 않았다. 그뿐 아니라 동료 여사를 자신의 모든 활동에 동참시켰다. X여사는 그 대화를 동료 여사가 듣는 것에 상관하지 않았다. 동료 여사가 전봇대 뒤에 있는 줄 알면서도 목소리를 높였다. 대화 내용이 바람을 타고 친구의 귀에 잘 전해지도록 호흡을 조절했기에 동료 여사는 듣고 싶지 않아도 들을 수밖에 없었다.

X여사가 일부러 친구에게 대화를 기록하게 했다고 볼 만한 이유도 있었다. 어쩌면 그때 자신이 역사책에 기록될 것을 짐작했을지도 모른다! 그녀는 친구의 충직함과 신실함, 우정을 아주 잘 알았기에 친구가 사실을 왜곡할 리 없다고 믿었다. 상황이 이런데 동료 여사는 왜 필자에게 비밀을 지켜달라고 했을까? 혹시 남들에게 드러내기 창피한 부분이 있었던 걸까? 그 일에서 자신의 이익을 위해 술수를 부렸을까? 전혀 그렇지 않다. 그녀는 처음부터 끝까지 떳떳했다. 그녀가 대화를 제공한 이유는 X여사의 암시 때문이라고 해야 옳았다. 그 암시는 눈짓도 하지 않고 안면 근육도 움직이지 않는 고차원적 방식으로 전달되었다. 암시가 없었다면, X여사에 대한 자매애 같은 우정이 없었다면, 동료 여사가 먼지 풀풀 날리는 길거리에서 바보처럼 전봇대 뒤에 숨어 땀을 뻘뻘 흘리며 대화를 적었을 리 있겠는가! 더군다나 속기 능력도 전혀 없는데 말이다. 동료 여사는 글자도 느리게 쓰고 귀도 별로 밝지 못한데다 정신 나

간 말에 혐오감까지 느끼는 사람이었다. 실제로 받아적을 때는 진이 다 빠져 거의 사력을 다해야 했다. 혹시 나중에라도 똑같은 부류라는 모욕과 비방을 듣고 분란을 일으키는 수다쟁이로 취급받으면 그녀가 어떻게 살 수 있겠는가? 그녀 본인은 가까스로 버틸 수 있다고 해도 그녀를 사랑하는 친구로서 X여사는 또 얼마나 상심하겠는가?

X여사는 이미 여러 차례 자신의 어두운 방에서 동료 여사에게 밝혔다. 동료 여사가 불행한 일을 당하거나 나쁜 사람들의 계략으로 명예나 목숨을 잃는다면 자신도 살 수 없을 거라고 말이다. X여사는 그녀처럼 감정에 크게 휘둘리는 여인이었다. 그녀와 X여사의 우정은 아무리 냉정한 사람이라도 감동할 정도였다. 이런 우정은 잔혹한 세월의 시련을 거쳐 완성되었기에 동료 여사는 자기 마음대로 행동할 수 없었다. X여사의 기분에 따라 일거수일투족을 고려해야 했다. X여사가 영원히 행복하기를 바랐고, 자신 때문에 상심하는 일이 없기를 바랐다. 만약 필자가 이름을 밝혀서 동료 여사가 소인배들한테 수다쟁이라는 욕을 먹는다면, 그런 비난이 X여사의 귀에 들어간다면 그녀는 극도로 상심할 터였다. 그녀는 X여사의 마음을 너무도 잘 이해했다. X여사는 그녀에게 늘 감사의 마음을 품었고 아직 보답도 못한 상태였으니 그런 타격을 어떻게 견뎌낼 수 있겠는가! 그녀가 아니었다면 보잘것없는 X여사가 지금처럼 화제의 인물이 될 수 있었겠는가? 남자들은 원래 그녀에게 달려왔지만 그녀가 교묘하게 양보해 차츰 X여사에게 흥미를 느꼈던 게 아닌가? 그녀가 조금만 더 이기적으로 자신의 매력을 드러냈다면 남자들이 시선을 거두지 못했을 테니 X여사도 지금 같은 행운을

누리지 못했을 게 뻔했다. 이 점에 대해서는 X여사도 뼈저리게 느꼈다.

동료 여사는 말을 마친 뒤 멍한 눈빛으로 필자를 바라보며 자기 말을 이해했느냐고, 새로운 영감을 받았느냐고, 자신과 필자의 이상적인 남녀관계를 또다른 방식으로 속기 공책에 기록할 것이냐고 물었다. 필자는 잠시 생각한 뒤, 영감이 떠오르면 이 생생하고 감동적인 장면을 진실하게 재현해 세속을 초탈한 둘의 감정을 역사책에 기록하겠다고 결연하게 답했다. 필자는 이미 동료 여사한테 한눈에 반해 헤어나오지 못할 만큼 깊이 빠져 있었다. 생전 처음 겪는 기이한 감정이었지만 육체적 요소와는 전혀 관련이 없었다. 필자는 아름다운(이런 세속적인 어휘를 용서하기 바란다) 동료 여사에게 고차원적으로 탄복해 충심어린 존경만을 느낄 뿐, 그 외에는 어떤 망상도 품지 않았다. 어떻게든 사심과 잡념을 철저하게 떨쳐버리려 했다. 단숨에 없애지 못하더라도 불굴의 의지로 계속 노력하며 순수하고 꾸밈없는 마음으로 그녀와 교류하려 했다. 그래야만 필자가 깨우침을 얻고 영감을 불러올 수 있지, 아니면 속세의 구렁텅이로 빠질 것이 뻔했다. 잔꾀를 굴리며 겉만 번지르르한 글을 쓰다 결국 아무것도 이루지 못할 터였다.

동료 여사를 배웅한 뒤 필자는 다시 X여사에게 관심을 집중했다. 이 지루한 이야기의 주인공이자 오향거리에서 가장 전기傳奇적 색채가 뚜렷한 무녀, 그녀가 벌인 간통 사건의 진실은 대체 무엇이었을까? 침대에서 살을 맞댔을 때는 어떤 부호나 수증기 같은 상태였을 리 없지 않겠는가? 거미줄처럼 희미한 단서로 우리가 공정하고 이치에 맞는 추정을 할 수 있을까? 물론 여기에는 무궁무진한 내용이 들어 있었다. 필자가 끝까지 파고들겠다는 정신으로 어지럽게 뒤섞인 난장판 속에서 꼼꼼하게 단서를 끄집어내 밤낮없이 맞춰보지 않았다면, 이 수수께끼는 여전히 철옹성 속에 남았을 것이다.

가장 신뢰할 만하고 그럴싸한 소식은 X여사 여동생의 남편 친구의 아내 입에서 나왔다. 피부가 검고 몸이 마른 그 여인은 쉴새없이 무릎을 떨었다. 커다란 부들부채로 씩씩거리며 모기를 쫓는 한편 "그 일은 입 밖으로 꺼낼 수 없어요"라고 심드렁한 척 말했다. 하지만 그 말을 하자마자 빈대한테 물린 듯 펄쩍 뛰면서 바람을 쐬러 나온 주변 사람들을 둘러봤다. (사람들은 흥미진진한 얼굴로 그녀를 쳐다보며 두 귀를 쫑긋 세웠다. 꽤 멀리에 앉아 있던 사람들까지 '후다닥' 의자를 옮겨왔다.)

"다른 곳에 가서 이야기해요!" 그녀는 짐짓 태연하게 자리에서 일어나더니 돌연 필자의 팔을 획 잡아끌고 달리기 시작했다. 그러자 사람들이 바짝 뒤따라오며 "우와우와" 하고 알 수 없는 소리를 질렀다. 필자의 등이 땀으로 금세 축축해졌다. 반면 그 여인은 기이할 정도로 기운이 넘쳐 나중에는 기진맥진해진 필자를 자신의 넓고 야윈 어깨에 들쳐 메고 뛰었다. 얼마나 지났을까, 여인이 어둡고 작은 방의 침대에 필자를 내려놓고는 몸을 돌려 문에 빗장을 걸었다. 바람을 쐬러 나왔던 사람들이 집을 에워싼 뒤 문을 발로 차거나 창문을 두드렸다. 사방에서 돌이 폭우처럼 날아들었다.

"소리 내지 마요. 저들은 졸렬한 호기심에서 왔을 뿐이니 저절로 물러갈 거예요. 게걸스러운 아이들처럼 도무지 만족할 줄을 모른다니까요." 여인이 허리를 굽혀 필자의 귀에 속삭였다.

문밖에서는 한동안 소동이 이어지더니 누군가가 큰 소리로 외쳤다. "뭔가 그럴듯한 비밀은 없나보군. 이걸 핑계로 둘이 재미를 보려고 그랬구나. 확실히 그 속기사가 괜찮긴 하지!"

　순간 사람들이 조용해졌다 다시 투덜거리며 괜히 뛰어왔다고 원망을 늘어놓았다. 그러고는 천천히 발길을 돌려 흩어졌다. 어둠 속에서 여인이 필자의 옆구리를 주먹으로 찌르더니 목에 바싹 붙어 간지럼을 태우듯 쉬지 않고 '깔깔' 웃으며 한껏 즐거워했다. 하지만 필자가 친밀함을 표하려 하자 여인은 혐오스럽다는 듯 펄쩍 물러나 한쪽 구석에 앉았다. 북을 치듯 양 무릎을 계속 맞부딪치며 소리를 냈다.

　"대단해요!" 여인이 갑자기 입을 열었다.

　"누가요?"

　"누구긴 누구겠어요? X여사가 대단하다고 말했으니 대단한 남자지요! 어쨌든 평범하지 않은 남자라고요! 알겠어요? 이런 멍청이! 당신이 무슨 자격으로 속기사예요? 누가 뽑았지요? 어떻게 감히 속기사를 자임해요? 이렇게 어두운데도 당신이 진흙이라는 게 보이는군요! 아무 쓸모 없는 진흙! 세상에! 내가 왜 이런 나무토막을 업고 여기까지 뛰어올 생각을 했을까? 왜 이리 된 거지? 난 끝장났군!" 여인이 탄식하며 단단한 주먹을 필자의 등에 우박처럼 내리꽂았다. 이번 행동으로 사람들에게 나쁜 인상을 남기게 되었다며 "손실을 메꿔줘요"라고 요구했다. 한 번도 속기사 따위를 눈여겨본 적이 없으며 전에 관직에 있는 친구를 사귄 적은 있다고 말했다. 군중 속에서 거의 신뢰받지 못하는 위치에 있는 예술가 부류를 누구도 진지하게 존중하지 않는다면서, 그들이 기어코 스스로를 치켜세우는 건 뭔가를 얻기 위한 수작질에 불과하다고 했다. 누군가 예술가 따위를 사랑한다면 그건 빛을 볼 희망을 포기하는 것이며, 번거롭기만 하니 감정적으로 일을 처리하고 싶지 않다고도 했다. 필자는 여인의 흐느낌이 잦아들 때까지 참을성 있게 그녀의 공격을 다 받아줬지만 말은 한 마디도 하지 않았다.

"X와 Q는 선박의 구멍에 관해서도 이야기했어요." 마침내 그녀가 훌쩍이며 덧붙였다. 그러고는 화해의 뜻으로 필자의 얼굴을 꼬집었다.

필자는 졸린 눈으로 검은 여인을 따라 집을 나왔는데, 문을 나서자마자 그 여인이 사라졌다. 어두운 밤거리에 남은 필자는 절뚝절뚝 앞으로 걸어가는 수밖에 없었다. 사람 그림자라고는 하나도 보이지 않고 정적만 흘렀다. 길가의 수많은 집에서 오싹하게 푸르스름한 빛이 흘러나왔다. 앞에 대체 무엇이 있는 걸까? 두려움이 밀려왔다. 이마에서 땀방울이 천천히 배어나왔다.

"내가 최고의 자료를 줄 수 있어." 어디선지 진 할멈이 튀어나와 길을 막더니 필자의 어깨를 거칠게 치면서 "하하" 크게 웃었다.

"여기가 어디예요?" 필자가 바보처럼 물었다.

"우리 거리지! 하! 귀신한테 홀렸나? 어떻게 못 알아봐? 자, 길가에 앉아 이야기해보자고. 들어봐, 모두 잠들었으니 방해받지 않을 거야. 내가 주는 자료가 최고라고 장담해. 다른 사람 말은 믿지 마. 누구 말도 믿으면 안 돼. 전부 지어낸 거거든. 확실해. 자네를 가지고 노는 거야. 가령 방금 그 검은 여편네 말이야, 젊다고 생각하지? 60세는 족히 됐어. 나보다 열 살이나 많다니까! 틀림없이 자네한테는 40세라 했겠지. 누구를 만나든 자기가 40세라 밝히고, 화

려한 꽃무늬 옷으로 위장하면 남자들 눈을 속일 수 있다고 생각하
니까. 웃기는 소리지! 어쩜 그리 주제 파악을 못하고 어울리지도
않는 역할에 욕심을 내는지 이해할 수 없어. 완전히 착각 아니야?
살면서 가장 무섭고 비참한 게 바로 스스로에 대해 착각하는 거야.
멀쩡하던 사람도 착각에 빠지면 모든 가치를 잃어. 정작 자신은 전
혀 모르고 그 우스꽝스러운 역할에만 몰두하지. 얼마나 무서운 일
이야! 착각에 빠진 그 여자가 자네를 집에 가두는 걸 보고는 속셈
을 눈치채고 여기서 기다렸어. (예전에 내가 자네에게 온정을 품었
거든.) 그녀가 목적을 이루지 못해 다급해진 나머지 자네를 죽여야
겠다 마음먹으면? 증인도 없으니 얼마든지 은밀하게 손쓸 수 있거
든. 나는 그런 인간을 잘 알아. 그래서 몰래 자네의 안전을 보호할
수밖에 없었어. 그거 아나? 착각에 빠진 여자는 평범한 악당보다
파괴력이 훨씬 크고, 아무리 잔인한 일이라도 다 할 수 있어. 방금
자네가 무사히 문을 나오는 걸 보고서야 무거운 돌을 내려놓는 기
분이었지. 그녀의 잔인한 손아귀에서 벗어난 셈이니까! 자료를 주
겠다고 했지. 이제 알려줄게. 속기사에게 가장 중요한 게 뭐겠나?
바로 예술적 소재야. 소재는 자네의 성공과 실패를 근본적으로 결
정하는 치명적인 문제라고. 얼마나 많은 사람이 여기서 무너지는
데. 좋은 소재를 찾고 싶으면 일단 소재를 제공해줄 사람부터 찾아
야 해. 가령 방금 전에 자네는 돌이킬 수 없는 실수를 저지를 뻔했
어. 어리벙벙하게도 60세인 정신 나간 창부를 조사하고, 거기 넘
어가 그녀의 방에서 한 시간 이십오 분이나 있었으니 정말 끔찍해.
바람을 쐬러 나왔을 때 달려가 호된 경고를 해주려 했거든. 그런데
하필 그때 친구와 컬러사진을 확대해서 칠판에 게재할지 말지를

두고 논쟁이 벌어진 거야. 너무 격렬하게 토론하느라 빠져나올 수 없었지. 그 미친년이 자네한테 무슨 소재를 줄 수 있겠어? 내가 남몰래 보호해주지 않았으면 자네한테 어떤 비극이 벌어졌을지 모른다고. 예술가에게 소재를 주는 사람은 강건하고 지혜로우며 경험이 풍부해야 해. 그런 사람들은 온갖 풍파를 겪으면서도 잔혹한 현실에 넘어지지 않을 테니까. 타고난 소양 덕분에 모든 고난을 생존의 영양분으로 바꿀 수 있고……"

진 할멈은 눈을 들어 어두운 밤하늘을 올려다보다 자기 기분에 도취되어 말을 이어가는 걸 잊어버렸다. 기분에 완전히 취해서 행진곡을 흥얼거리며 박자에 맞춰 신발 뒤축으로 아스팔트 도로를 경쾌하게 두들기기까지 했다.

십여 분이 흐른 뒤 필자가 조심스럽게 그녀의 소매를 잡아당기며 가만히 물었다. "소재는요?"

"맞다. 그게 제일 중요한데. 자네는 밝은 눈을 유지하며 의지를 굳건히 해야 해. 그럼 한눈에 진위를 판별할 수 있을 거야. 작업도 진전이 있을 거고. 엄청난 재능을 타고난 사람이라도 불행히 위선자에게 휘둘려 그릇된 길에 빠지면, 평생 힘들게 일하고도 이류나 삼류밖에 못 돼. 이런 교훈은 사방에 널렸지. 모사꾼이 살아가는 걸 막을 수도 없고 그들을 전부 쓸어버릴 수도 없으니, 스스로 감별력을 키워 비극을 최대한 막는 수밖에. 아쉽게도 세상에는 풍부한 경험과 지혜를 가진 사람이 너무 적어. 그런 사람이 많으면 뛰어난 천재를 얼마나 많이 키워낼까!" 그녀는 다시 딴생각에 빠져 행진곡을 흥얼거리기 시작했다. "다, 다, 다……" 하면서 박자를 맞추고 턱을 까닥거렸다.

"하지만 아직 소재를 주지 않으셨어요!"

"흥! 남자는 다 이렇다니까. 말하는 것 좀 봐, 대체 만족을 모르고 빚쟁이처럼 계속 조르기만 하지. 매력적인 여자는 불행할 뿐이야. 마음이 약해져서 요구를 들어줘봐야 또 부족하다며 오 분도 지나지 않아 졸라대기 시작한다니까. 굶주린 아귀처럼 온갖 걸 요구하면서 전에 약속을 했다고 우기기까지 해. 무슨 약속을 했는데? 그럼 여자는 무슨 방법이 있어? 남자한테서 아무것도 얻지 못하고 자기 걸 전부 내줬건만, 부족하다며 더 많이 달라는 소리만 들으니."

"뭘 요구하는 게 아니라 그저 소재를 언급했을……"

"그저! 아직도 적다고 푸념하는 것 같군! 내 평생 얼마나 많은 남자가 딱 한 번만 더 달라고 했는지 몰라. 또 내줘도 다시 달라면서 끝없이 졸랐고. 대체 자기 통제력과 희생정신이 조금이라도 있어? 아니, 전혀 아니지. 그들은 그저 쾌락만 찾을 뿐이야!"

"그럼 저 집에 갈까요?"

"집에 간다고! 목적을 이루지 못했는데 집에 간다니! 하여튼 다들 판에 박은 듯 똑같다니까. 온정이나, 동정, 우정, 아련한 그리움 따위는 전부 저들과 상관없어. 저들은 하나만 원하지. 그걸 얻지 못하면 곧 차가운 본성을 드러내며 큰 소리로 집에 돌아가겠다고 말해. 일부러 기지개를 켜서 머리부터 발끝까지 좌절감에 떨게 만들지. 이런 세태를 어떻게 참을 수 있겠어!"

"방금 X의 문제를 이야기했어요." 필자가 전전긍긍하며 말했다.

"그게 나랑 무슨 상관이야? 흥! 내 문제도 제대로 모르는데, 귀찮아 죽겠네. 왜 X 따위한테 관심을 가져야 해? 그게 누군데! 나랑 무슨 상관이라고? 화제 돌리지 마, 무슨 수작이야! 그 여자가 중요

해, 내가 중요해? 나를 우습게 보는 거야? 무서운 맛을 보여줘야겠
군, 흥!"

필자는 한바탕 면박만 당하고 끝내 아무 정보도 얻을 수 없었다.
진 할멈은 입이 무거운 사람이었다. 그뿐 아니라 토론회로 달려가
"여성 동지들은 단결해 남성들의 침범에 대항하자. 명명백백하게
침범하는 남성들을 절대 가볍게 봐서는 안 된다"라고 외쳤다. 연설
을 마친 뒤에는 비수를 꺼내 대청 뒤쪽의 나무기둥으로 인정사정
없이 '날리기'까지 했다. 그 바람에 한바탕 소동이 일고 비명이 난
무했다. 혼란은 십삼 분이나 이어졌다.

"나는 춤에도 재능이 있어." 그녀가 몸을 돌려 필자에게 말했다.
"자네한테 보여줄 기회가 없었지. 나는 나서기를 좋아하는 사람이
아니거든. 이제 나를 좀 알고 싶어졌지? 허나 아쉽게도 늦었어! 나
는 다차원적인 사람이라 아무도 꿰뚫어볼 수 없다고. 누구든 내게
서 뭘 얻는 건 불가능해. 그건 두꺼비가 백조고기를 먹고 싶어하는
것과 같아. 나는 자네들처럼 소위 예술한다는 사람한테 환상이 없
어. 자네들이 뭘 할 수 있는데?"

위의 상황들을 종합한 뒤, 필자는 결국 X여사의 간통을 둘러싼
전후 맥락에 대해 '사전에 계획해 냉정하게 움직였다'라고 주관적
으로 적었다. 그렇게 적었을 때 창밖에 이미 여명이 밝아오고 있었
다. 맞은편을 바라보자 호텔 옥상의 하늘이 불그레했다. 정말 희망
으로 가득한 날이었다! 그때 파란 옷을 입은 여자가 창문 앞으로
지나갔다. 바로 X여사, 필자에게 끝없는 고뇌와 기쁨을 주는 인물
이었다. 얼른 창문으로 고개를 내밀고 자세히 둘러봤는데, 어쩌된
일인지 아무도 보이지 않았다. 허공에서 흩날리는 푸르스름한 그

림자에 불과했다. 다시 보자 그림자조차 보이지 않았다. 거리에는 익숙한 듯하면서도 의심스러운 발소리만 울렸다. 필자는 맥이 풀려 침대로 쓰러졌다가 이내 얼굴을 붉혔다. 전부 이해되었다! 핵심을 찾았다! 오랜 뒤얽힘과 방황이 마침내 일단락되었다. 만세! 친애하는 동료 여사! 만세! 친애하는 진 할멈! 그리고 상냥한 검은 피부의 여인! 필자는 붉은 펜으로 아까 쓴 문장을 과감하게 지우고 다음의 영감 넘치는 문장을 써내려갔다.

X여사, 있는 듯 없는 듯한 이 인물은 우리의 역사에 수없이 많은 수수께끼를 남겼다. 그녀가 실행했을 것으로 보이는 행위는 절대 논리나 이성으로 판단할 수 없다. 이 인물의 존재 자체가 믿을 수 없는 가정이기 때문이다. 우듬지는 거대하나 뿌리는 얕아 살짝 흔들기만 해도 완전히 무너질 수 있는 거목처럼 말이다. 확실한 점은 그런 환상이나 영원한 안개, 구름만이 우리에게 더할 나위 없이 강한 흥미를 불러일으킨다는 사실이다.

요점 2: 간통 사건 이후 X여사에게 나타난 몇 가지 변화

간통은 확실히 있었다. 언제 어디서 일어났는지 누구도 정확히 말할 수 없었지만, 모든 사람이 실제로 있었다고 확신했다. 하루는 필자도 한밤중 불을 끈 채 진행된 회의에 참석한 적이 있는데, 수준 높은 사람들 속에서 한껏 고양된 채 두 시간 이십오 분을 보내고 나자 이 문제를 보는 관점이 확실해졌다. 그 일이 사실로 확정된 뒤 X여사는 은연중에 자유를 잃었다. 왜 '은연중'일까? 우리 오

향거리 군중은 표면적으로 그녀 행동의 자유를 제지한 적이 없기 때문이다. 그런 행위는 우리의 교양에 부합하지 않았다. 누군가 문란한 행동을 한다고 해서 몽둥이찜질을 하는 일은 절대 없었다. 우리는 예의바른 사람들이다. 우리 주민들은 그녀 앞에서 고개를 숙이고 쳐다보지 않다가, 그녀가 몸을 돌렸을 때 일제히 그 여윈 등에 모호한 시선을 아주 오래도록(가장 길게는 한 시간) 던졌다. 그녀가 스스로 감지하고 깨닫기를 기다리는 변칙적 방법으로 일거수일투족을 제약하려 했다. 우리는 인내심이 대단하다. 하지만 그 행동은 오랫동안 효과를 거두지 못했다. 그 여성은 무감각한 본성을 잃어버리는 적이 없었기에 삼삼오오 모인 사람들이 등뒤에서 아무리 노려봐도 3세짜리 어린애처럼 멋대로 행동할 뿐이었다. 말도 예전보다 훨씬 방자해졌다. 멀쩡하게 길을 가다 사람들이 쳐다보건 말건 갑자기 펄쩍 높이 뛰기까지 했다.

간통 이후 X여사에게 일어난 몇몇 변화는 모두의 눈에 더할 나위 없이 분명히 보였다. 필자도 더는 조사하러 다닐 필요가 없었다.

가장 큰 변화는 단시간에 시력을 회복했다는 점이었다. 그건 대부분의 오향거리 사람이 증언할 수 있었다. 물론 몇몇 문제는 여전히 남아 있었다. 길을 걸을 때 왜 아직도 공기 속을 날아가는 듯한지, 왜 길가로 시선을 돌리지 않는지 등이었다. 다만 시력은 확실히 회복되었다. 특히 사람들과 이야기할 때는 두 눈이 '반짝반짝한 생기'로 넘친다거나 '별똥별처럼 매혹적'이라 할 수 있을 정도였다.

간통을 벌이고 대략 이삼일 뒤 X여사가 가게에서 볶은 땅콩을 팔 때였다. 땅콩을 저울에 다는 한편 털모자를 쓴 독거 노파에게 인사를 건넸는데, 노파의 머리 위 공간이나 발밑의 바닥이 아니라 얼굴을 똑바로 바라봤다. 또한 무슨 이유에선지 노파를 "천 양"이라고 불렀다. 아부 같기도 하고, 정말 아가씨로 보는 것 같기도 했다. 혹은 둘 다일 수 있었다. 노파는 무척 흥분해 얼굴을 붉혔다. 주름 사이로 살며시 땀까지 배어나왔다. 그리고 상상 속의 어떤 동작을 하고 싶은 듯 쉼없이 어깨를 들썩였다.

나중에 독거 노파는 누군가를 만날 때마다 "그 사람 눈동자는 정말 기이해. 한번 멀었기 때문인지 아주 맑고 깨끗해졌어. 맹세코 현미경 같아. 정말 대단해!"라고 했다.

이어서 X여사의 시력 회복을 증언한 사람은 석탄공장 젊은이와 과부의 48세 친구 등이었다. 석탄공장 젊은이는 자신을 대하는 X여사의 태도가 우정에서 "친밀함"으로 발전했다고 단언했다. 헤어질 때(가게에서 만남) X여사가 손바닥으로 자기 등을 세 번이나 힘껏 두드리며 "곡예 잘하는 오빠"라 불렀다고 했다. 세 번의 두들김 때문에 석탄공장 젊은이는 며칠 동안 등이 근질근질했다. 48세의 친구는 이렇게 말했다. "예전에 이해할 수 없을 정도로 도도했던 게 눈병 때문이었어. 틀림없이 속으로 괴로워하고 절망했을 거야. 하지만 그렇게 창피한 일을 저지른 이상, 아무리 고통과 절망에 시달렸어도 용서할 수 없지. 유감스럽게도 그 일은 이미 객관적 사실이 되었고, 눈과 아무 관련도 없으니 동정의 여지는 없어. 그녀의 눈이 나쁘지 않았더라도, 처음부터 사람을 볼 수 있었더라도, 나를 푸대접하지 않았더라도 지금의 일을 다르게 대할 수는 없어. 원칙적으로 양보할 수 없는 문제니까. 그녀의 눈은 왜 더 이르지도 늦지도 않고 하필 지금 좋아졌을까? 이게 무슨 소용이람? X여사는 완전히 잘못 계산했어!"

정작 X여사 본인은 시력 회복에 대해 무척 심드렁했다. 그녀가 변화를 느꼈는지조차 의심스러울 정도였다. 반면 오향거리 군중은 잔뜩 흥분하고 빠져들어, 치정 사건과 별 차이가 없을 만큼 자극적인 사건이라고 여겼다. 사람들은 식사를 마치면 X여사의 가게 맞은편 길에 서서 그녀가 나오기를 기다렸다. 그런 다음 실성한 사람들처럼 X여사를 넘어뜨릴 듯 달려들었다. 그렇게 특별한 방법으로 X여사의 시력이 얼마큼 회복되었는지 시험해보고, 나아가 그 변화와 '간통' 사이의 미묘한 연관성을 확인하려 했다. 무척 재미있었기에 끝없이 계속했다. 사람들은 놀라운 근성과 간절함을 드러내며 매일 온종일 거기에 시간을 쏟았다. X여사는 무척 고통스럽고 문밖으로 나가는 것조차 겁이 났다. 멀쩡히 걸어갈 때도 누가 총알처럼 튀어나올 수 있었다! 눈이 보인다고 해도 피하기 어려운 일이었다.

하루는 식사를 하던 X여사가 심술궂은 표정으로 남편에게 말했다. "많은 것들이 원래 잘 보였지만 보지 않았을 뿐이거든요. 이제는 보고 놀란 척을 했더니 사람들이 전혀 예상하지 못했는지 당황하더라고요. 그 모습이 얼마나 웃기는지. 일부러 그랬는데, 고의로 당황하게 만들었는데 말이에요. 장난치고 싶어서. 당신은 이 방법이 어떤 것 같아요? 때로는 심각하게 얼굴을 구기고 아주 힘든 척해요. 사람들이 걸을 때 어떤 모습인지 주의깊게 봤어요? 태연한 척하며 엉덩이를 씰룩거리더라고, 맞죠? 그렇게 할 필요가 어디 있담, 아무것도 설명할 수 없는데."

남편은 매료된 듯 그녀의 정신 나간 소리를 듣다 뜬금없이 "오리들 같아요!"라고 대꾸했다. "오늘, 꽈배기를 파는 왕 양(아마 과부를 말하는 듯)과 대화를 나눴거든요. 쥐 퇴치법을 알려줬더니 얼굴이 하얗게 질려서 부들부들 떨기까지 하더라고요. 그 사람들 마음속에는 대체 뭐가 들었을까? 원래 그녀와 말할 필요가 없었는데 그 순간 왕 양한테 흥미가 일잖아. 그래서 쥐 이야기로 놀래줬어요. 그걸 제일 무서워하는 줄 아니까. 그녀는 늘 소리를 지르거든요. 한밤중까지도. 당신도 알죠? 불시에 한 방 날리고 싶었어." 그녀는 갈수록 더 이상한 말을 늘어놓았지만, 남편은 갈수록 빠져든다는 표정으로 고개까지 가볍게 끄덕여가며 경청했다.

이제 오향거리 사람들은 X여사와 대화할 때마다 당연하다는 듯 그녀의 시력을 언급했다. 면전에 대놓고 "눈빛이 예리하다"라고 칭찬하는 이도 있고, 칭찬 없이 자기 느낌을 직접적으로 말하는 이도 있었다. 누구도 '간통'에 대해서는 언급하지 않았다. 매우 야만적이라고 생각했기 때문이다. 성격이 아무리 괴상한 사람이라도 그 단어는 X여사 앞에서 꺼내지 못했다! 하지만 말하지 않는다고 해서 찬성한다는 의미는 아니었다. 그들은 우회적이고 느슨한 방법으로 X여사를 교육하려 했다. 여기서 몇 사람의 말을 인용해보자.

과부: "잃었던 시력을 되찾았다고요. 그 일은 굳이 강조할 필요가 없겠지요. 별로 대단한 일도 아니니까. 눈이 멀었다가 회복하는 게 뭐라고요. 당사자가 말하지 않으면 남들은 아예 알 수도 없을걸요. 눈이 좋은 게, 설령 천리안이라도 대단한 자랑거리는 아니잖아요. 그걸로 뭐든 마음대로 할 수 있다고 여기면, 그야말로 실성한 거지요. 누가 그렇게 생각한다던데, 알아요? 자의식을 잃은 사람은 어둠 속에서 사는 게 훨씬 자유로워요. 남들이 그 사람에게 주의를

기울이지 않고, 터무니없는 행동을 해도 용서할지 모르지요. 하지만 지금은 첨예하게 대립하고 있어요. 시력을 되찾은 게 하나도 좋지 않다고요!"(그러면서 돌출된 앞니를 기세등등하게 드러냈다.)

약방 할아범: "시력을 회복했으니 거울도 필요 없겠군. 당신이 제일 먼저 해야 할 일은 그 거울들을 버리는 거야. 미련 갖지 말고. 사람이 거울을 보기 시작하면 환각이 생기거든. 파괴적 욕망도 절로 생기고. 주변 사람들을 보라고, 누가 거울을 봐? 아무도 안 봐! 그러니까 다들 멀쩡하고 이상한 짓을 안 하지. 아주 분명하지 않아?"

동료 여사: "친구지만 나도 네 빛나는 눈빛이 너한테 좋다고 생각하지 않아. 한층 우스꽝스러워 보일 뿐이야. 그게 네 매력을 키워준다고 누가 믿겠어? 네 매력은 이미 증명됐고, 우리가 협력할 때 결론이 났어. 이제 와서 새로운 명목을 얻겠다고 애쓰는 건 정말 어울리지 않아. 아주 큰 혼란을 만들 거야."

남편의 친구: "이제 내가 똑똑히 보이겠군요. 나는 온몸이 부자연스럽지만요. 누가 엑스레이처럼 훤히 나를 들여다보는 게 어색하거든요. 솔직히 내 눈에는 당신 이미지가 예전처럼 산뜻하지 않아요. 예전에는 이런저런 결점에도 당신의 순수하고 유치한 면에 감동해서 나도 모르게 보호자를 자처했지요. 지금은, 당신한테 모종의 변화가 생겼는데도(간통을 암시함) 당신이 그렇게 몰아세우는 듯한 눈빛으로 태연하게 바라보니, 정말 부끄러워 견딜 수 없네요. 쥐구멍이라도 찾아서 숨고 싶을 정도예요."

X여사는 이런 권고에 어떻게 반응했을까? 그녀가 했던 말을 들

어보자.

1. "나는 보고 싶으면 그게 뭐든 똑똑히 볼 수 있어. 아무것도 아니라고. 시력 자체는 하나도 중요하지 않아. 사용하는 방식이 다를 뿐이지. 전에는 최대한 절제해서 사용했지만 이제는 의도적으로 일시에 풀어버린 거야. 어쨌든 나 자신의 상황을 보고 결정한다고. 여태껏 애초의 생각을 바꾼 적이 없고 몇십 년이 지나도 마찬가지일 거야. 지금이 내 평생 가장 만족스러운 시간이라 자유분방함의 이점을 누리고 있어. 너도 나 같은 행운을 누리면 좋겠다."(여동생에게 한 말)

2. "그 일이 어때서요? 참 이상하군요. 어떻게 사람들한테 '그일'이 없을 수 있죠? 모두 비밀스럽게 속닥거리며 밤마다 잠을 이루지 못하고 날이 밝으면 길가에 서 있는 이유가 내 '그 일' 때문이라고 들었어요. 정말 기뻤던 나는 당신들 중 한 사람에게 다가가 어깨를 두들기며 내 감정을 들려주고 함께 나누려 했어요! 그런데 입을 열자마자 그 사람이 시선을 애매하게, 꼭 도둑처럼 피하는 게 보여서 그만둘 수밖에 없었지요. 아, 그 일! 당신들은 나를 원숭이처럼 여기지만, 설마 여지껏 내가 원숭이일 뿐이었나요?"(남편의 친구에게 한 말)

3. "내가 어떤 사람한테 '종이연'이라고 했더니 그 사람은 '신발에 신경써'라고 답했어요. 이런 말을 이미 수십 년 동안이나 했는데 왜 누구도 알아채지 못할까? 어쩜 이리 무감각할 수 있지? 그들은 나한테 문제가 있다고 주장하면서 내가 무슨 병에 걸렸다고 해요. 재미있어서 일부러 내 병을 과장했더니 그 사람들은 깜짝 놀

라서 나를 잊어버리고. 참 이상한 사람들이라니까. 차츰 규칙을 찾아냈지만. 최근 시력을 너무 많이 써서 이상한 일을 자꾸 발견하게 되네요. 가령 오늘 F가 집으로 들어오더라고요. 내가 눈을 들어 쳐다봤더니 수줍었는지 곧장 얼굴을 붉히는 거예요. 그러고는 의자에 앉았다 일어나고, 또 일어났다 앉아서 엉덩이를 들썩이고. 나는 몇 번이나 목청을 가다듬은 뒤 망설이다 '탁자의 나무무늬가 너무 자주 펄떡거리죠? 집안의 모든 물건이 오늘은 아주 격렬하게 펄떡거리네요. 커튼만 봐도 알 수 있지요. 대체 왜 그럴까요? 도무지 그럴싸한 결론을 내릴 수 없어요'라고 했어요. 그랬더니 놀라며 의아한 표정을 짓다가 나를 미친 사람 보듯 보더라고. 정말 그가 곤두박질치는 꼴을 보고 싶었는데. 그렇게 더러운 것들이 나를 감시하다니, 말도 안 돼. 그들의 무례하기 짝이 없는 횡포에 대응할 방법을 찾아야겠어요."(남편에게 한 말)

우리는 위의 세 가지 언사를 통해 X의 태도를 파악할 수 있다. 첫째, 평소 어느 때보다 의기양양하다. 둘째, 제멋대로다.(이런 태도는 간통을 저지르기 전에도 똑같았다.) 셋째, 간통으로 '정말 기쁜' 나머지 '함께 나누고' 싶어한다.(그녀가 분명히 밝히지는 않았어도 누군들 그 말의 숨은 뜻을 모르겠는가?) 넷째, 자신의 병을 과장한 건 혼란을 주기 위해서이다.

X여사의 두번째 변화 역시 어마어마하게 놀라웠다. 그 변화를 처음 느낀 사람은 여름에 복수하리라 마음먹었던 B여사였다. 그날 오후 B여사는 "온몸이 희망에 부풀어" 행진곡을 흥얼거리며 표어를 붙이기 위해 경쾌한 걸음으로 나아가고 있었다. (손에 든 울

굿불굿한 표어에는 '컬러사진은 국가 경제와 민생을 위한 중대한 일'이라고 적혀 있었다.) X여사의 집 앞을 지날 때 그녀는 새하얀 번갯불에 맞아 쓰러졌고 반시간 정도 눈앞이 보이지 않았다. 소식은 곧장 온 거리로 전해졌다. 저녁식사를 마친 뒤 사람들은 그 일에 대해 논의하기 시작했다. 어둠의 회의를 열어 긴급하게 토론하고 B여사의 증언을 직접 들은 최고층 지식인들은 X여사의 특이한 능력이 이미 가늠하기 어려울 만큼 높은 수준에 이르러 타인에게 직접적인 위해를 가하게 되었다는 결론에 이르렀다. B여사는 평생 잊지 못할 그 반시간 동안 두 눈도 멀었지만 "전신도 마비되어 꼼짝할 수 없었"다. 정신을 차린 그녀는 "수백 대의 은빛 헬리콥터가 번쩍이며 허공에서 선회하는 것"을 봤고 X여사의 창문에 "엄청나게 큰 마법 거울이 걸려 있었으며" X여사 본인은 "상간남, 남편과 함께 거울 아래 서서 어리둥절한 표정을 지으며 은어로 대화했다"라고 전했다.

어둠의 고위층 회의에 참석한 뒤 필자는 잘못된 예측을 내렸다가 스스로의 재능이 얼마나 부족한지를 통감했다. 회의가 끝난 후 사랑스러운 과부와 밤빛 속을 나란히 걸어갈 때였다. 회의의 흥분에서 미처 빠져나오지 못한 필자는 머릿속에 표표히 떠오르는 온갖 생각을 억누를 수 없었다. 결국 계속 가슴에 담았던 생각을 입 밖으로 꺼냈다. "다들 이번에는 X여사한테 뭔가 행동을 취하려 하던데요." 그랬다가 사랑스러운 과부의 냉랭한 태도에 필자는 깜짝 놀라고 무안해졌다.

"왜요?" 그녀가 낮고 가라앉은 음성으로 반문했다. "무슨 행동을 취하죠? 우리가 신경과민에라도 걸렸나요? 당신 말이 이상하네요. 이렇게 오래 속기사로 일했으면서 아직도 이토록 경박하다니 이해할 수 없네요."

필자는 묵묵히 걷기만 했다. 그녀는 내내 한마디도 하지 않고 심각한 표정도 풀지 않다가 헤어지기 직전에 정색하며 말했다. "제일 현명하지 못한 게 터무니없는 생각으로 사물에 내재된 객관적 규칙을 대신하는 거예요."

과부의 의견은 오향거리 엘리트들의 태도를 대변했다. 어둠의 회의가 열린 뒤 한참이 지났지만 오향거리에서는 아무 움직임도 보이지 않았다. X여사가 마법 거울을 창문 앞에 높이 걸어놓든 말든 그들은 평소처럼 규칙적인 생활을 이어갔다. 비슷한 회의가 여러 차례 열렸지만 그게 '어떤 행동'을 의미하지는 않았다. 회의 참석자 모두 '오랜 풍파를 겪은 나이든 참새'였기에 애송이처럼 구는 이가 없었다. 회의가 열리면 회의에 참석했다. 그들은 이런 고위급 회의에 참석하는 것을 즐겼고 우수한 엘리트들이 모이는 형식에 매료되었다. 불을 끈 신비한 분위기 역시 그들을 사로잡는 요소였다. 그래서 그들은 시간에 맞춰 적극적으로 회의에 참석했다. 검은 외투를 걸치고 매우 엄숙하고 단정하게 어두운 방에 앉아 있었다. 그들의 안정적이고 중후한 기풍은 필자는 감화시켰다. 그들의 태도를 숭배하게 된 필자는 닮고 싶다는 마음에 꾸준히 연습했고 마침내 그들 속에 꼈다. 사회 엘리트 무리에 들어가 예술적 재능을 인정받기 위해 필자는 검은 외투부터 구매해 머리부터 발끝까지 진지하게 치장했다. 그런 다음 어둑발이 내릴 때 사람들을 따라 회의장으로 들어간 뒤, 한마디도 하지 않고 회의가 끝날 때까지 구석에 앉아 있었다. 필자는 영민한 사람의 침묵이 무엇인지 배웠고 언어란 게 얼마나 우스운지 깨달았다. 어둠 속에서 누가 말하고 있는지 확실히 구분할 수 있겠는가? 구분한들 무슨 의미가 있겠는가? 우리는 조용하고 냉정했다. 거리 모두의 안전과 직결된 중대한 문제를 논의할 때조차 신경을 과도하게 곤두세우는 법이 없었다. 그렇지 않다면 경솔한 애송이들과 무슨 차이가 있겠는가? 이런 문제에 우리가 속수무책임을 드러내는 것밖에 더 되겠는가? 보잘것없는 사람의 특이한 능력 때문에 오향거리의 엘리트들이 전부 손바닥을 비비며 전투 준비에 들어갔다는 소리밖에 더 듣겠는가? 우리는 남들이 어떻게 생각하든 우리의 본능에 따라 어떤 행동도 취하지 않았다. 우리만의 특수한 방법으로 승리를 거뒀다. 일상생활을 조금의 변동도 없이 평소처럼 차분히 꾸려나가는 방법이었다. 누구도 특정인의 특이한 능력에 주의를 기울이지 않았다. 하지만 정해진 시간에 회의를 열었다. 그렇게 우리는 강력한 공세, 아무리 견고한 요새라도 무너뜨릴 수 있는 공세를 펼쳤다. 우리가 검은 옷을 입고 음침하게 회의장으로 들어갈 때면 그 어떤 교활한 적이라도 혼비백산할 터였다.

엘리트들이 취한 대책이 X여사에게 어떤 영향을 미쳤을까? 그들의 수준 높은 의식 활동은 모든 사람이 이해할 수 있는 게 아니었다. 그렇다면 X여사는 그 비밀스러운 대책을 전혀 모를 수도 있지 않을까? 이에 대해 B여사가 세심하게 조사를 진행했다. B여사의 보고에 따르면 대책을 시행한 뒤 눈에 띄는 효과가 나타났다. X여사의 특이한 능력이 빠르게 저하되고 몸이 "날로 누렇게 마르는 데다" 외출 횟수도 "크게 줄었으며" 말할 때 "삶을 경시하는 듯한 표현이 감지"되었다고 했다. 여기까지 말한 뒤 그녀는 더는 참지 못하겠는지 벌떡 일어나 목을 조르는 손짓으로 자신이 말한 '삶을 경시하는 태도'가 뭔지 표현했다. "여기에 무슨 출구가 있겠어요? 없지요. 모든 군중이 단결했으니, 이렇게 강력한 진용 앞에서 그녀처럼 보잘것없는 재주는 '계란으로 바위 치기' 같은 꼴이지요! 간통만으로도 충분히 복잡한데 누가 특별한 능력까지 쓰라 그랬나! 자업자득이지요!" 그녀는 놀라운 새 소식도 전해줬다. X여사가 창문에 검은 커튼을 달고 스물일곱 시간째 밖으로 나오지 않았다는 거였다.

필자는 강렬한 호기심을 누를 수 없어 X여사의 내실로 쳐들어갔다. 지하실처럼 어두운 그곳은 꽃향기가 너무 강렬해 숨도 쉬기 힘들었다.

"앉아요. 그 의자에는 아무 문제도 없으니까." 구석에서 목소리가 들렸다. "원래 이 방에 있는 물건들은 조금씩 문제가 있었는데 내가 그때그때 전부 해결했어요. 나는 질질 끄는 게 싫거든요. 이제 잘 보이나요?" 그녀가 안락의자에서 몸을 일으키며 물었다.

두꺼운 커튼과 탁자, 의자, 침대가 하나씩 필자의 눈에 들어왔다. 크고 작은 거울에서 가물가물하게 반사되는 하얀빛 때문에 방 안의 모든 것이 허상이나 가짜처럼 보였다. X여사가 있는 구석에는 화분이 아주 많이 놓여 있었다. 향기는 그곳에서 풍겨왔는데 마찬가지로 과장된 듯 느껴졌다. 그 억지스러운 분위기 속에서 X여사는 이상할 정도로 말을 많이 했다.

"여기 있는 물건은 전부 아무 문제 없어요. 모든 의자 다리가 견고하지요. 밖에서는 그렇지 않지만요. 한번은 밖에 나갔다가 사람들이 문제 있는 의자에 앉는 걸 보고 깜짝 놀라 눈을 감은 채 도망쳤어요. 나는 웬만하면 나가지 않는 게 좋을 것 같더라고요. 안심해요. 이 방에 있는 건 전부 튼튼하거든요. 나는 공중에 매달리는 걸 싫어해요." 그녀는 말하면서 웃기 시작했다. 그러고는 보들보들한 털장갑을 낀 손을 필자에게 내밀었다. 필자는 용기를 내서 손을 맞잡았지만, 장갑 안에 든 게 뭔가 석연치 않게 느껴졌다.

"나는 장갑을 벗지 않기로 이미 결정했답니다. 이것도 좋지 않나요? 커튼을 새로 달았는데 아주 독특하지 않아요? 최근에 생각해낸 거지요."

"당신 스스로 만들어낸 세상에 비현실적인 기대만 품고 있는 거라면요?" 필자가 걱정스럽게 물었다.

"자아상에 대해 말하는 건가요? 그런 데 관심을 가진 적이 없어요. 거울에 스스로를 비춰볼 뿐, 사진은 찍지 않아요. 당신들은 내 취미에 대해 아주 잘 알지요. 가끔 고리처럼 줄줄이 연결된 함정에 빠지곤 해요. 당신들 중 그, 맞아요, 천 양이 설치해놓은 함정이요. 빠져나오기가 무척 힘들지요. 여기에 앉아 있어도 외부 세계에 대해 분명한 이미지가 있어요. 예를 들어 당신, 당신은 그물을 고치는 사람이지요. 쥐를 잡고 싶어하고요. 어쨌든 나는 이미 모든 문제를 해결하기로 마음을 굳혔어요." 그녀가 살며시 웃었다. "왜 왔죠? 아무도 오지 않는데. 그들은 문제없는 곳에 익숙하지 않지요. 천 양은 여기가 '텅 빈 투명 지대 같다', '사람을 둥둥 띄운다'라고 했어요."

필자는 가슴이 답답해졌다. 어느 거울에선가 하얀빛이 나와 필자의 두 눈을 똑바로 비췄다. "눈동자에 관한 연구를 계속할 건가요?"

"내 연구는 의심할 여지 없이 상당한 수준에 올랐어요. 지금은 현미경에서 벗어나려 노력하지요. 늘 생각해요. 나는 왜 기적을 제조하지 않는 걸까, 하고요. 제조가 연구보다 훨씬 재미있는데 말이에요! 이 커튼이 바로 내 첫번째 시도랍니다. 하지만 별것 아니에요. 나는 아무것도 없는 상태에서 기적을 제조할 거니까." 그런 다음 그녀는 갑자기 의기양양해져서 고개를 치켜들고 탁자로 걸어가더니 거울을 집어 바닥으로 힘껏 내던졌다. 거울이 산산조각났다. "나는 이 속에서 기적을 제조할 거예요. 이제 가도 돼요. 나갈 때 빛이 들어오지 않도록 조심해요. 머리 아프거든요."

필자는 X여사의 어두운 방안 행동과 바깥 군중의 강력한 공세 사이에 어떤 연관성이 있는지 도무지 알 수 없었다. 머리카락 한 올 만큼의 미약한 관계조차 도저히 찾아낼 수 없었다. 그녀는 거기 앉아 두꺼운 커튼으로 외부의 빛을 차단한 채 부스럭부스럭 '기적'을 제조했다. 가슴속 열정을 억누르지 못한 누군가가 뛰어들어가 공세를 펼친들 과연 그녀가 반응을 보일지조차 알 수 없었다. 더구나 오향거리 사람들은 약속이라도 한 듯 예의바른 태도를 고수하겠다고 정한 뒤, 별다른 행동 없이 오로지 눈에 보이지 않는 정신적 무기만 사용했다. 외부인의 눈에 '기공' 수준으로 보이는 무기가 X여사한테 타격을 줄 수 있을지 누구도 확신할 수 없었다. X여사의 실제 모습을 보더라도 그런 '기공'을 감지조차 못하는 듯했다. X여사의 집을 나온 필자는 사회 엘리트들이 잘못 판단한 게 아닐지, 그런 착오가 치유될 수 없는 후유증을 남기지 않을지, 심각하게 우려하기 시작했다.

X여사의 세번째 변화는 부지불식간에 발생했다. 언제부터인지

몰라도 그녀는 밤중의 '답답함 해소 활동'을 그만두고 어두운 방에 틀어박혀 '기적 제조'에만 매달렸다. 동료 여사는 친구한테서 "여성적 기질이 완전히 사라져" "가장 못생긴 남자의 흥미조차 끌 수 없는 상태가 되었고" 이는 친한 친구로서 "심히 유감스러운 일이며" "예전의 좋은 날"이 그립다고 했다. "그건 정말 매혹적인 시간"에 "그런 시간 속에 살면 영원히 젊은 아가씨일 것처럼 느껴지고 무한한 긍지와 자신감으로 가득차기 때문"이라고 했다.

추억에 잠겼던 동료 여사가 씩씩거리며 화제를 돌렸다. "문을 닫건 수작에 대해 어떻게 생각하세요? 충절이라는 허상을 만들고 싶어하는 게 뻔합니다. 웃기는 짓 아닌가요? 간통 행위라는 게 한 명이든 스무 명이든 본질적으로 차이가 없다는 걸 설마 모르는 걸까요? 예전의 행위는 모종의 동심이 반영된 자유방임에 속한다 할 수 있을지라도 지금의 행위는 면죄부를 받을 수 없어요. 허위에 가득차 혐오스러운 행동을 하는 사람입니다. 문을 닫고 개과천선을 하다니요! 그렇게 엄숙해지다니요! 무엇을 증명하려는 걸까요? 상간남의 마음을 붙잡으려는 게 아니겠어요? 그렇습니다. 제 기억에 그녀는 그런 사람이에요. 누군가한테 꽂히면 수줍은 척을 시작하고, 어떤 유형을 흉내내 하룻밤 사이에 딴사람처럼 변하죠. 그녀의 상간남은 질투심이 엄청난 괴물이라고 들었습니다. 그 사람을 위해 이제 다른 남자를 거들떠보지 않고 온종일 숨은 채 귀신 짓거리를 하는 거예요. 제 입으로 말하고 싶진 않지만, 이런 짓은 제가 그녀를 안 이래로 가장 역겨운 행위입니다. 그녀는 이런 행위를 '창조'라고 부릅니다. '창조'를 통해 자신은 음양의 괴물이 되었고요. 그래서 과거의 추종자들이 코를 막고 달아나는 겁니다! 그녀가 방에서 나오면 온몸에서 유황냄새가 풍기지요! 창문을 열면 길 가던 사람들 모두 그녀의 방에서 나오는 짙은 연기를 볼 수 있고요! 예전에 저와 함께 일했던 귀여운 여성을 누가 기억합니까? 스스로 자기 이미지를 완전히 무너뜨렸으니 참 실망스러워요." 동료 여사는 상심한 나머지 눈물을 흘렸다. 듣고 있던 사람들도 그녀의 우정에 감동해 덩달아 침울해졌다.

X여사가 정말로 방에서 기적을 '제조'했을까? 일부러 그런 분위기를 조장해놓고 실은 상간남과 밀회를 즐겼던 게 아닐까? 답은, 아니었다. 벌건 대낮에 상간남을 집으로 끌어들여 밀회를 즐길 만큼 단순하거나 충동적인 사람일 리 있겠는가. 우리는 우리의 적수를 저평가할 수 없었다. 다만 밀회 장소에 대해 누구도 정확한 곳을 말하지 못했다. 교외 민둥산이니, 쓰레기장 뒤편이니, 약방 할아범의 다락방이니(X여사 남편의 친구 주장), 회의실이니, 천여 명의 머리에서 최소 오백 가지 의견이 나왔다. 그러니 이건 군중의 내적 열망에서 비롯된 무책임한 추측이라 볼 수밖에 없었다. 하지만 간통은 확실히 최근에도 발생했다. 사람들 모두 확신했으며 어둠의 회의에서도 고차원적 감응에 따라 그렇게 결론지었다. 모든 사람이 분명히 간통을 '봤으며' 눈앞에 선하다고 말했다. 누가 물어도 그들의 대답은 똑같았다. 장소와 시간은 부차적 문제이고, 중요한 건 '목격'이었다. '목격'은 영원히 변하지 않는 사실로서 오향거리 사람들의 예술적 기질, 시인의 풍모를 여실히 드러냈다. X여사가 Q선생과 간통을 벌일 때 '투명'해져 꼬투리를 잡히지 않을 수 있다면, 오향거리의 엘리트들도 특수한 방식으로 그녀의 간통을 재현할 수 있었다. 소위 말하는 '도道가 한 자 높아지면 마魔는 한

장 높아지'는 상황이었다.

X여사의 단정한 품행이 거짓이든 아니면 다른 의도가 있든 그녀는 정말로 남자를 멀리했다. 몸에서 아찔한 여성적 기운이 발산되지 않았고 더는 그다지 '육감적'이지도 않았다. 여동생이 그에 관해 물었을 때 X여사는 하하 크게 웃고는 그런 일을 "생각조차 해본 적이 없다"라며 남들이 자신에게 흥미를 갖는지 어떻게 알 수 있겠냐고 대꾸했다. 스스로가 "순결한지 문란한지조차" 따져본 적 없다면서 자신은 자신일 뿐이라고 했다. 남자를 아무리 좋아해도 눈을 뜨면 가짜밖에 보이지 않다가, 이제 마음에 드는 사람을 찾았기에 "가짜가 전부 눈에 들어오지 않는다"라고 했다. 더이상 행복할 수 없을 만큼 행복한데 남의 생각에 관심을 가질 이유가 어디 있겠냐고도 했다. 그날 자매는 어두운 방에서 한참을 앉아 있었다. 거울에서 나오는 하얀빛에 의지해 동생은 X여사의 눈에 눈물이 고인 것을 보고, 사실 언니가 스스로의 말처럼 그렇게 행복하지 않다는 걸 알았다. 여동생은 곧장 감정을 이입해 '친애하는 언니'를 동정하기 시작했다. 그녀는 언니가 틀림없이 추울 것이라 짐작하고는 장롱에서 모직 코트를 꺼내 걸쳐줬다. 이미 꽤 따스한 5월이라 사람들이 홑겹으로 다닐 때였다. 동생은 언니 어깨에 걸쳐진 외투를 보고 나서야 조금 마음을 놓았다.

"여기 있으면, 세상에 나 혼자만 이 방에 남은 듯해. 바깥에 수 많은 사람이 있지만 나는 꽤 오래전부터 그들을 알아볼 수 없었거든. 오랜 친구인 척 굴어도 실은 그들을 구분할 수 없어서 되는대로 이름을 부르고 대충 지어낸 이야기를 했어. 때때로 여긴 이상하리만큼 조용한데 그게 좋은지 나쁜지 모르겠어. 예측할 수 없으니까 기다리는 수밖에 없고. 예전에 우리가 노래했던 거 기억해? 아주 오래됐어, 그렇지? 네 형부 말이야, 나 그를 떠날 것 같아. 그런 예감이 들어."

"우리 노래하자." 여동생이 흐느끼며 말했다. (그녀는 언니의 슬픈 말에 이미 눈물 콧물을 다 흘리고 있었다. 머릿속도 완전히 뒤죽박죽되어 큰 재난이 닥쳤다는 것만 알았다.)

"부르지 마!" X여사가 몸을 작게 웅크렸다. "잘 들어봐. 그가 저기 산비탈에서 왔다갔다해. 난 들린다고. 그가 없을 때 여기 구석에 앉아 귀기울이면 전부 들을 수 있어. 그거 아니. 그 사람은 자신의 진실성을 의심해. 그래서 난 너무 괴로워. 여기에는 숙명 같은 게 있어. 그게 곧 올 텐데 내가 감당할 수 있을까?"

여동생은 감정이 북받쳐올라 결국 앞뒤 가리지 않고 통곡하기 시작해 거의 십오 분을 울었다.

"네가 틀렸어." X여사가 마침내 입을 열었다. "전부 내가 원한 거야. 내가 원했던 것보다 몇 배는 더 좋아. 그게 얼마나 좋은지 상상도 못할걸. 내가 눈에 얼마나 많은 규칙을 적용했는데!"

"성공했어?" 동생은 눈물이 그렁그렁한 채 물었다.

"그뿐이겠니! 난 뭐든 있어, 전부, 전부 다…… 아, 난 그를 붙들고 싶어. 최선을 다해 그를 붙들어놓을 거야!" 발을 동동 구르는 X여사의 창백한 얼굴에 결연한 표정이 떠올랐다.

X여사의 세번째 변화에 사람들이 주목한 지 얼마 지나지 않은 어느 날, 한 대담한 남자가 그녀 집으로 침입했다. 그는 용감하게도 산발적으로 반짝이는 마법 거울 가운데에 서서 X여사에게 도발적인 질문을 던졌다. "밤에 외롭지 않아요?"라든가 "남자의 매력

을 대체 어떻게 체득했나요?", "빨강에 금색 벨벳이 섹시하지 않나요?" 등. 질문을 던진 뒤 그는 X여사가 이미 창턱에 올라가 있고 어두운 방에서 자신의 목소리만 축음기를 틀어놓은 것처럼 미친듯이 울리고 있는 것을 발견했다. "이 커튼 좀 같이 잡아줘요." 그녀가 위쪽에서 말했다. "여기에 새로운 문제가 생긴 걸 계속 보고 있었거든요."

"그녀는 예전과 완전히 달라졌어요." (예전에 변소에서 나와 토론할 때만 해도 F군은 그녀 때문에 거의 미칠 지경이었다.) 그 남자가 선언했다. "함께 있을 때 그녀는 원숭이처럼 창턱으로 기어올라갔어요. 그건 내 뜨거운 몸에 냉수를 대야째로 들이붓는 것과 같았지요."

그 말을 들은 사람들이 이구동성으로 "쯧쯧" 혀를 차기 시작했다.

"왜 그렇게 변했을까." 그들은 이해할 수 없었다. "지나치게 야단법석을 떤 것 같군. 자신의 중요성을 과대평가했던 거지. 그녀는 애당초 스스로를 바꿀 필요가 없었는데. 역시 원래가 더 나았어."

X여사의 세번째 변화 이후 한 사람이 길에서 그녀의 남편을 막고 억지로 말을 붙였다. 여기서 그 대화를 공개하겠다. (길을 막았던 사람은 당시에 복면을 썼고, 나중에도 분쟁에 말려들까봐 이름 공개를 거부했다. 이에 X군이라고 부르겠다.)

X군: 멈춰요! 물어볼 게 있어요. 당신 아내의 세번째 변화에 대해 어떻게 생각하죠?

X의 남편: '세번째 변화'가 뭐죠? 미안하지만 오랫동안 당신들의 사회 활동에 참여하지 않았어요. 당신들이 나를 데리고 사진 같

은 걸 찍을까봐. 누구든 살면서 조금씩 변한다고 생각해요. 매일 똑같을 수는 없지요. 하루에 네다섯 번씩도 변할 수 있어요. 제일 좋은 건 각자 자신의 눈동자에 병이나 염증이 있는지 살펴보는 거예요. 다른 사람을 상관할 게 아니라요. 남한테 지나치게 집중하다가 자기 눈이 머는 걸 모를 수 있거든요. 이렇게 우리한테 관심을 보여주는 건 감동적이지만, 그 때문에 자기 자신한테 소홀해져서 치명적인 고질병에 걸리지 마요.

X군: 당신 아내는 왜 미신 활동을 그만뒀죠?

X의 남편: (정색하며) 그녀는 별자리를 관찰해요. (되묻는다) 당신 자신의 눈동자를 주의깊게 본 적 있어요? 방심하지 마요. 바이러스성 각막염은 인식하지 못하는 사이에 심각해질 수 있으니까. 아침까지 멀쩡했던 사람도 점심때 눈이 멀 수 있다고요. 내 아내는 더 좋은 방법을 발명했어요(자랑스러움을 억누르지 못하며). 그녀는 아무것도 없는 상태에서 별들을 만들 수 있어요. (금세 또 경계하며) 내가 당신한테 무슨 이야기를 하는 거지? 저리 비켜요!

이 대화가 공개된 뒤 모든 이가 자초지종을 이해했다. 그들은 가슴속 흥분을 감춘 채 처마 밑을 왔다갔다하다 서로를 쿡쿡 찌르고 재빠르게 회심의 눈빛을 교환하며 온종일 생긋거렸다. B여사가 처마 밑을 돌아다니며 모두에게 "조용히 하세요"라고 주의를 주고 "발끝을 모으고 벽에 기대앉아요"라고 지시를 내렸다.

그들은 무엇을 이해했을까?

그 기간에도 X여사는 규칙적으로 남편과 가게에 나가 일했다. 저녁이 되면 세 식구가 산책을 나갔는데, 산책 시간이 '답답함 해소' 활동 시간의 절반가량이 될 정도로 아주 길어졌다. 그들은 한 마디도 하지 않고 걷기만 했다. 아들 샤오바오는 아버지 어깨에 엎드려 잠들곤 했다. 여러 차례 미행했지만 오향거리 사람들은 아무 정보도 얻을 수 없었다. 그 둘이 꿀 먹은 벙어리처럼 입을 닫은 채 걷기만 해서 미행하는 사람들은 분통을 터뜨리곤 했다.

그들이 산책할 때면 여인이 높게 감탄하는 소리가 자주 들려왔다. 그녀는 추위를 타는 것처럼 일부러 남편에게 찰싹 달라붙어 큰 소리로 말했다. "음산한 바람이 느껴지는데 당신은 모르겠어요? 뼈마디를 파고드니 그만 돌아가는 게 어때요?" 온 거리의 사람들이 고개를 쭉 빼고 그들을 보고 있었기에 우쭐해진 남편은 아내를 달래며 무슨 바람이 부느냐고, 고개를 들어 나뭇잎 하나 움직이지 않는 걸 보라고, 바람이 불었어도 이미 지나갔다고 말했다. 저녁 산책을 나오면 기분이 정말 상쾌해진다면서 가능하면 평생 그녀와 함께 걷고 싶다고 했다. 얼마나 좋은지! 문제를 얼마나 잘 설명해주는지! (무슨 문제인지는 하늘만 아는 것을, 그 남편은 그렇게 좀 어리석었다.) X여사는 친밀하게 남편을 쳐다본 뒤 말했다. "그럼 우리 조금만 더 걸어요. 여기는 사람이 아무도 없는 게 무척 썰렁하네." 그런 말은 X여사의 특기였다. 모두가 귀를 쫑긋 세워 그녀에게 주의를 기울일 때, 느닷없이 허세를 부리며 자기 눈에는 한 명도 보이지 않는다고 선언하곤 했다. 그런 식으로 자신이 얼마나 고결한지, 사람들에게 얼마나 중요한지를 드러내려 했다. 그러다 남들이 그녀에게 관심을 끊고 각자 자기 일에만 몰두하면 참을 수 없이 괴로워했다. 적막감을 견디지 못해 사방을 돌아다니며 인사를 건넸다. 남들이 거들떠보지 않는 걸 두려워했다. 불행히도 우리는 모두 악습에 물들어 있었다. 그러니까 감정을 억누르지 못하고 사방을 둘러보며 아무 의미 없는 사람이나 일에 시선을 고정하곤 했다. 그 속에서 자극을 기대하며 할일 없는 사람처럼 온 정신을 그 사람과 일에 집중했다. 연애하는 것처럼 얼굴을 붉히고 조마조마하게 지켜봤다. 정말 우리 같은 사람들의 최대 약점이었다. 물론 그러지 않는 사람도 많았다.

과부와 그녀의 48세 친구는 완전히 다른 태도를 보였다. 둘은 위엄있게 똑바로 앉아 시종일관 하늘의 구름만 응시한 채 우울한 표정으로 소리를 차단했다. 다시 말해 X여사의 헛소리를 전혀 듣지 않고 자신의 성숙한 여성성을 단단히 붙들었다. 모두가 그들처럼 뛰어난 성품을 지녔다면 X여사가 아무리 애써 농간을 부려도 당연히 먹히지 않았을 것이다. 그럼 그녀는 우울해하다가 실망하고 좌절해 그런 수작을 포기했을 게 틀림없다. 하지만 일은 기어코 반대로 진행되었고, 우리 중 많은 이가 부지불식간에 그녀의 변태적 욕망에 호응하며 그 뜬금없고 그럴싸한 발언에 크나큰 흥미를 보였다. 결국 X여사는 그런 분위기를 이용해 사람들을 도발할 수 있었다. 남들이 주의를 기울일수록 그녀는 남들을 신경쓰지 않는다는 태도를 드러내려 했다. 그런 태도가 시간이 흐르면서 조건반사처럼 굳어졌고 그녀 자신도 거기서 상상을 초월하는 쾌감을 얻었다. 우리의 과부는 처음으로 그 이치를 꿰뚫어본 사람이었다. 과부는 어리석은 젊은이들의 정신을 교육하고 일깨우기 위해 온 힘을 기울였다. 끊임없이 경험에 비추어 훈계하다 조바심에 몇 사람의 따귀를 때리기까지 했다. 하지만 타성에 젖은 천성적 게으름뱅이들은 구제불능처럼 계속해서 낭떠러지를 향해 나아갔다. X여사

일가가 길가에 모습을 드러낼 때마다 자기도 모르게 고개를 길게 빼며 쳐다보고 귀를 쫑긋 세웠다. 온몸의 뼈가 흐늘흐늘해 보였다.

과부 등은 사태를 바꿀 힘이 없었기에 동조자들과 한데 모여 군은 얼굴로 단정히 앉음으로써 남다른 모습을 드러냈다. 눈이 밝은 사람들은 당연히 그런 대오의 분열과 전략적 불화를 눈치챌 수 있었다. 모든 사람이 추구하는 큰 방향은 X 일가에 반대한다는 것으로 같았지만, 이론적 차이와 사상적 분열로 승리할 가능성이 갈수록 줄어들었다. 대부분의 정력이 내부 분쟁에 소모되었으니 통합할 희망도 요원하기만 했다. 반면 상대는 그 기회를 틈타 자유자재로 돌아다니며 악담을 쏟아내고 공격 태세를 드러냈다. 과부는 매일 지속되는 모략을 가만히 지켜보며 애태웠다. 바람을 쐬러 나갈 때마다 뜨거운 솥에 놓인 개미처럼 안절부절못했다. 동조자들을 소집해 바람조차 통하지 않을 만큼 촘촘하게 원을 만든 뒤 머리를 맞대고 귓속말로 논의했다. 급진파는 돌을 던져 그 세 사람을 "집으로 돌려보내자"라고 주장하고, 온건파는 "잠시 바람 쐬는 활동을 중지하자"라고 건의했다. 각자 집에서 나오지 않고 거리를 텅 비우면 X여사 일가가 산책을 나오든 말든, 큰 소리로 "아무도 없네" 따위의 말을 하든 말든 누구도 듣지 못할 거라고 했다. 두세 차례 그러고 나면 그들도 저절로 흥미가 떨어져 보여주기식 활동을 끝내지 않겠느냐는 말이었다.

3. 미행자의 자백

미행자 1: 저도 교양을 갖춘 지식층에 속하고 인내심이 뭔지 잘 알아요. 성질 난폭한 애송이가 아니라고요. 일반적으로 저는 어떤 상황에서든 제 주장을 잃지 않거든요. 하지만 이번에는 아주 비정상적인 상황이 벌어졌어요(제가 비정상적이라고 말한 건 이면에 뭔가가 숨겨져 있기 때문이에요). 치명적인 타격과 우롱을 받아 자신감이 뿌리째 흔들렸어요. 저는 어떤 사람일까요? 설마 배부른 호사가라서 헛소문이나 날조하려고 매일 저녁 멀쩡한 부부의 꽁무니를 쫓아다니고, 결국 아무것도 얻지 못한 걸까요? 그들이 정말 그렇게 멀쩡하고 단정한가요? 밤마다 반복되는 미행은 그걸 확실히 증명하기 위해서였을까요? 제가 증명하고 싶은 것을 전혀 증명할 수 없다면, 그건 제가 무뢰한이라는 뜻 아니겠어요? 처음에는 의지력 싸움이라고 생각해서 이길 자신이 있었는데, 이제는 대체 뭐가 문제인지 모르겠어요. 아무리 노력해도 악마의 굴레에서 벗어날 수 없어요. 산은 더이상 산이 아니고, 물도 더이상 물이 아니라고요. 저는 너무 화가 나서 신발이 벗겨지도록 뛰었어요. 이제는 허상에 미혹돼 재능을 낭비하며 연금술 같은 놀이에 빠졌던 건 아닐까 하는 근본적인 의심이 들어요. 그런 미행이 제 신분과 어울리냐고요?

미행자 2: 그 둘의 행방에 관심을 가질 시간 자체가 없었습니다. 생각해보세요. 저는 거리 주민들의 기둥에 해당하는 사람이에요. 무슨 일이든 전부 제 머리 위에 쌓이니 온종일 피곤해 죽을 지경이지요. 낮잠 잘 시간조차 없다고요. 눈 좀 붙여볼까 하면 금세 누가 찾아와 표어를 붙여라, 벽보를 내라, 군중 집회를 조직하라고 요구해요. 앉아서 담배를 피우려다가도 포기한다니까요. 질투로 눈이 벌건 사람이 제 지도자 자리를 노리기 때문이에요. 저는 승부욕이 강해서 무슨 일을 하든 성과를 내어 상대를 승복시켜야 직성이 풀립니다. 그러니 다른 일에 관심을 가질 시간과 정력이 어디 있었겠어요. 제 일에 완전히 몰입해야 하는데요.

지금 두 악당의 악행을 고발하려 합니다. 아니, 도저히 참을 수 없어요! 어떻게 이럴 수 있는지! 이건 약탈이나 재난과 같아 말문이 다 막힙니다. 생각해보세요. 저는 아직 사업에서 두각을 나타내지 못한 청년이긴 하지만 전도유망합니다. 미혼이고 아름다운 환상을 품었는데 갑자기⋯⋯, 아, 그 악당들! 누가 그들을 오향거리로 보내 우리의 일상을 어지럽히는 걸까요? 이목을 잡아끄는 수법 뒤에는 어떤 의도가 숨겨져 있을까요? 게다가 결국 수많은 사람들이 미행에 나서다니요! 이런 미행이 조금이라도 효과가 있습니까? 누가 감히 이 문제를 자세히 생각해봤을까요? 우리는 내내 귀를 닫고 입을 닫은 채 모르는 척했습니다. 누구나 자기 상황을 잘 알았으니까요. 우리 중에는 성가신 미행에 지쳐서 앓아눕고 생명까지 위독해진 사람이 있어요! 사실 그런 건 사소할지도 모르지요. 정말 치명적인 건 도무지 바뀌지 않는 그들의 제멋대로인 태도입니다. 그런 태도 앞에서는 정신착란이 일어나지 않을 수 없어요. 우리가 올빼미처럼 이리저리 기웃거리는데도 그들은 전혀 모른다는 듯 천천히 걸어갑니다. 그럴 때면 가슴 밑바닥에서부터 온갖 치욕감과 자괴감이 스멀스멀 올라와요. 걸음이 꼬이고 눈앞이 어질어질하고 온몸이 노곤해질 지경에 절대 어떤 변화를 기대할 수 없는데도 계속 쫓아갈 수밖에 없습니다. 눈앞의 이익에 급급해선 안 되는 줄 알고 자신의 노력이 끝내 헛수고가 될 것을 알아도, 또 그들이 자기 운명을 틀어쥐었다는 걸 알아도 벗어날 생각을 할 수 없어요.

미행에 관한 일로 X여사와 대화한 적이 있습니다. 제가 이런 대규모 활동에 대해 어떻게 생각하느냐고 큰 소리로 묻자, 그녀는 벌떡 일어나 천천히 서성이면서 밑도 끝도 없는 말을 했지요. "오늘 아침에." 그녀가 말했습니다. "불을 켰더니 방에 사람이 가득했어요. 벽에 기대앉아 있다 전등불에 눈이 부신지 실눈을 뜨더군요. 한 사람이 자신들은 이 방에서 이미 몇 년을 살았다면서 매일 나를 관찰했다고 했어요. 내가 아주 난폭한 사람인 걸 알아봤고, 입만 열면 거만하고 뻔뻔하고 허세로 가득하다고 했지요. 그 사람은 그렇게 말하면서 탁자로 뛰어올라가 욕을 퍼부은 뒤 다시 내 앞으로 달려와 자기 질문에 답하라고 몰아붙였어요. 마지막에는 회의실에 가보라고 권하면서, 그럼 '또다른 발단'을 맞을 수 있다고 하더군요."

X여사는 일반 대중의 안목이 "빈틈없고 통찰력 있다"라고 했습니다. 일부러 한껏 과장한 것이지요. 그 의도가 더할 나위 없이 명확하지 않나요? 우리는 언제부터 바보가 된 걸까요? 바보도 바보지만 이런 상황에서 벗어날 희망이 전혀 없어요. 상황은 아주 분명합니다. 우리가 미행을 중지하고 그들의 행위를 모르는 척 내버려두면, 어느 날 산책하던 중에 그들에게 깜짝 놀랄 변화가 생길지도 모르지요. 이처럼 많은 사람이 전부 움직일 필요 없이 한두 사람만 남아도 충분할 수 있어요. 하지만 모두 같은 생각을 해서 아무도 오지 않거나 어쩌다 남은 한두 사람마저 똑같이 생각하면 소홀해질 수밖에 없겠지요. 그런데 일을 대충 얼버무리면 순간 큰 문제가 터질 거예요. 그럼 정말 안타까워지겠지요.

 원하든 원치 않든, 우리에게는 한 가지 선택뿐이에요. 끝까지 미행하는 겁니다. 충실한 개떼처럼 주인의 엉덩이 뒤를 몰래 따라가며 보호하는 겁니다. 기진맥진 지칠지라도 절대 해이해질 수 없어요. 이건 운명입니다. 설령 불만으로 가득차도, 길이 나쁘다느니, 잠을 못 잔다느니, 아무 소득이 없다느니, 무료하다느니 원망하더라도 벗어날 수 없어요. 그들이 출발하면 우리 영혼은 그들의 엉덩이 뒤에 묶이는 거지요. 때로는 저도 스스로에게 묻습니다. 이게 무슨 일인가, 저 둘이 어떻게 우리의 주인인가 하고요. 사실 그들은 아무것도 아니고 우리도 그들을 대단하게 여긴 적이 없지만, 하늘은 기어코 사람을 가지고 놀지요. 당신이 어떤 물건을 경시하면 할수록 그 물건값을 높여서 당신을 혼란스럽게 만드는 겁니다. 당신은 내내 헛수고만 하는데 스스로를 통제할 수 없고요.

 미행자 3: 한번은 제가 좋은 계획을 찾았습니다. X여사가 산책할 때 특정한 행동을 하는 것이었지요. 물론 그런 일은 저 혼자 할 수 없으니 모두의 동의를 얻어야 했습니다. 그렇지 않으면 저한테 다른 꿍꿍이속이 있다고 여길 테니까요. 그런데 생각해보니 의견을 통일하는 게 상당히 어려울 것 같았습니다. 각자 자신만의 계획이 있으니까요. 제가 심하게 밀어붙이고 서두르면 모두의 반감을 살 게 틀림없었습니다. 그들은 하던 일을 전부 내던진 뒤 일제히 달려와 물어보겠지요. 어떻게 된 거냐, 무슨 문제가 있느냐? 혼자만 단맛을 보고 이 많은 사람은 내동댕이칠 셈이냐? 언제부터 선각자가 되었느냐? 이런 식으로요. 일단 저를 의심하면 그들은 모든 것을 포기하고 저와 협력하지 않을뿐더러 제 계획을 어떻게든 망치려 하겠지요. 원래는 제 완벽한 계획을 공개할 생각이었는데, 거기서 파생될 후폭풍을 떠올리자 주눅이 들었습니다. 차라리 계획을 가슴에 묻고 아무 말도 하지 않은 채 모든 일이 저절로 끝나기를 기다리는 게 나을 것 같았지요. 제 성향으로 볼 때 그렇게 해야만 했습니다. 누구도 제 허점을 노릴 수 없도록요.

매일 밤 집에 돌아가 간이의자에 누워 종잡을 수 없는 운명에 대해 생각할 때마다, 또 스스로의 비범한 자제력과 날로 신중해지는 성격을 떠올릴 때마다 저도 모르게 눈물이 글썽글썽합니다. 군중심리는 정말 예측하기 힘들어 조금만 부주의해도 배척당할 수 있습니다. 젊을 때는 그런 잘못을 수도 없이 저질렀지만 지금은 상황이 완전히 달라졌지요. 모든 과정에서 최대한 스스로의 이미지를 평범하고 애매하며 특징 없게 만듭니다. 늘 신중을 기하고 본분을 벗어나지 않으며 대세를 따르기에 누구도 제 진짜 생각을 알지 못합니다. 하지만 가슴속에는 뛰어난 생각을 품고 있지요! 이런 이유로 저는 제가 하는 일의 유용함을 의심하지 않고 자신감이 넘치는 상태로 스스로를 발전시킬 수 있습니다. 정신적 지주 없이 세상을 살아가는 사람은 걸어다니는 시체나 마찬가지입니다. 주변 사람들이 그렇게 불안에 떨고 의심하는 걸 볼 때마다 스스로가 얼마나 충만하고 행복한지 실감합니다. 그들이 어떤 잘못을 저지르는지 똑똑히 볼 수 있어서, 가끔 진심으로 그들에게 고함을 지르고 싶습니다.

불행하게도 세상 사람들은 너무 근시안적이고 삶을 이해하지 못합니다. 그들의 머리를 일깨우는 건 수탉한테 알을 낳으라고 하는 것과 같습니다. 세상에 이상과 포부를 가진 사람이 너무 적다는 사실을 통감합니다. 곳곳에 평범한 사람만 넘쳐나지요. 모든 사업이 중간에 가로채여져 미완성으로 끝나고 천재가 탄생하기도 전에 요절하며 앞날은 막막하기만 합니다. 이 얼마나 슬픈 현실입니까! 저는 비관주의자가 아니라 이런 현실에도 끝없이 분투하는 사람일 뿐입니다. 제 행동을 보면 전부 이해할 수 있을 겁니다.

미행자 4: 어젯밤 제가 강둑을 걸을 때 X여사의 음성이 남풍을 타고 들려왔어요. 그녀는 본인의 성과를 공개할 수는 없어도 속마음을 조금 털어놓겠다며, 모두를 절망에 빠뜨린 일의 핵심을 파악했으니 앞으로는 그 일의 진행 상황에 대해 걱정할 필요가 없다고 했어요.

구체적인 사실이나 증거가 없으니 어쩌면 다들 제 말을 믿지 못할 거예요. 그렇다고 제가 거짓말한다거나 모두를 놀리는 거라고 장담할 수도 없겠지요. 제가 어떻게 X여사의 말을 여기서 공개할 수 있겠어요? 제 개인적인 비밀일 뿐인데요. 수많은 불면의 밤과 바꿨으니 어쩌면 신령의 계시일지도 몰라요! 제가 어떻게 아무렇게나 말할 수 있겠어요? 그럼 너무 경박하지 않나요? 이건 누구나 쉽게 경험할 수 있는 일이 아니지요. 평생에 한 번도 만나기 힘들어요. 저는 모두가 바람이 불건 비가 오건 힘들게 미행과 감시를 (이런 표현은 너무 저속할 수 있겠지만요) 계속하고 절망에 빠지는 걸 가만히 보고 있을 수 없었어요. 그러니 제가 할 수 있는 일은 하늘에 대고 맹세하는 것뿐이지요. 저는 이 일의 전 과정을 알고, 제 정보는 X여사 본인에게서 나왔습니다. 이는 절대적인 사실입니다.

제가 잘난 척한다고 생각하지 마세요. 아니요, 저는 이런 성과를 얻었다고 스스로를 대단하게 여기지 않아요. 여전히 모두와 같은 마음이고, 이런 일이 없었던 것처럼 행동할 거예요. 어제 사촌 여동생이 왜 식사 때마다 배추탕과 무말랭이만 먹느냐고 묻기에 저는 이런 생활방식을 죽을 때까지 유지할 거라고 답했어요. 절대 허풍이 아니에요. 오늘밤에도 저는 모두와 함께 나가서 뛰어다닐 것이고, 누구도 제게서 달라진 점을 발견할 수 없을 거예요. 저는 주목받는 걸 좋아하지 않거든요. 저는 그런 우월감 비슷한 감정에 빠진 사람을 가소롭게 생각해요. 그들은 자신을 드러내는 데 열중하며 허상을 끌어안은 채 도취해서 두 다리로 계속 전진하는 걸 잊어버려요. 유치한 어린애처럼요. 아무것도 경험하지 못한 채 쾌락에 빠져 늘 삶에서 더 많이 누리기를 갈망하지요. 뭔가 새로운 걸 조금만 발견해도(심지어 착각일 수 있는데) 곧바로 호들갑을 떨며 자신의 공로라고 말하고 남들이 몰라줄까봐 전전긍긍할 뿐 아니라 자신들의 발견에 상을 달라고까지 요구해요. 거저먹는 일상에 익숙해지면서 타성에 망가지지요. 저는 그런 사람들과 정반대로 어려서부터 근면하고 소박하게 살았어요. 이런 생활도 얼마든지 이상적이에요. 또한 평생 의식적으로 스스로를 훈련한 덕분에 어떤 일에든 냉정을 유지하고 주제넘게 나서지 않는 좋은 습관을 기를 수 있었지요.

이런 대규모 미행 활동에 시종일관 참여하지 않고 냉철함을 유지하는 사람도 있었다. 바로 총애받는 과부였다. 여기서 그녀의 의견을 들어보자.

"동지 여러분, 여러분의 비이성적이고 우매한 행동을 저는 더이상 참을 수 없습니다! 우리는 각자 뭔가 얻을 수 있으리라 기대하며 맹목적 충동으로 이 단체 행동에 참여합니다. 그 때문에 밤낮없이 바쁘지요. 그런데 이 일의 성격에 대해 여러분은 얼마나 아십니까? 여러분 앞에 있는 것은 아예 들어갈 수조차 없는 미궁입니다. 여러분은 그럴듯하게 승산이 있는 척 가장할 뿐이지요. 그럼 스스로의 어리석음을 감출 수 있다고 여기면서요.

단도직입적으로 분석해보겠습니다. X여사는 미심쩍은 정신적 지주로서 우리의 십 리 거리에서 수많은 풍파를 일으켰습니다. 많은 사람의 정신을 무너뜨리고 개인의 운명을 바꿔놓기까지 했습니다. 모두가 다 아는 사실이지요. 우리는 누구나 타성에 젖어 자신의 견해를 절대 바꾸지 못합니다. 그게 아주 조금만 흔들려도 곧장 전력을 다해 개입하고요. 가만히 잘 생각해보면 그 속에서 매우 큰 문제를 발견할 수 있습니다. (우리는 늘 생각할 시간이 없지요. 온종일 바쁘고 신나게 사회 활동에 참여하느라고요.) 간단한 예를 들어보겠습니다. 지금 이 미행 활동은 X여사가 고정적이고 특수한 간통을 벌인다는 믿음을 기반으로 합니다.

여러분은 어둠의 회의에서 계시를 받아 곧 폭력 사건이 발생하리라 확신했지만 현실은 예측과 완전히 다르게 나타났습니다. 앞으로도 평온한 상태가 지속될 것으로 보일 뿐 변고가 일어날 조짐은 전혀 보이지 않습니다. 희롱당했다고 느낀 여러분은 고집스럽게 움직이기 시작했지요. 강인하고 호전적인 행동으로 문제를 해결하고, 여러분이 지정한 궤도에 따라 역사가 나아가도록 만들고 싶었던 겁니다. 누군가 그런 신념 자체에 대해 모호하고 믿을 수 없다고 지적하면(불행히도 이렇게 총명한 사람은 극소수지요) 어떻겠습니까? 거기에 기반을 둔 추리는 발붙일 곳을 잃지 않겠습니까? 우리는 한순간의 흥분으로 상대에게 온갖 매력적 색채를 부여한 뒤 자신까지 그 현란함에 어지러워하고 있습니다. 독특한 간통이니, 신비한 정부니 하는 것들은 모두 우리의 기대 심리에서 만들어진 겁니다. 왜 우리가 그런 것에 기대를 품을까요? 공허함과 답답함, 두려움 때문에 위기를 극복하려 하지 않고 이런 활동을 벌이게 된 겁니다.

이제 말씀드리지요. X여사가 여러분의 공상대로 형상화되면, 그건 근본적으로 존재할 수 없는 농담에 불과합니다. 우리의 완벽한 사회에서는 어떤 행동이든 엄격한 규율의 통제를 받고, 모두들 일관된 본능을 가지고 있습니다. 이것이 우리의 안녕과 행복을 보장해줍니다. 그런데 돌연 한 사람이 툭 튀어나왔다고 가정해봅시다. 그 사람은 우리 사회와 무관할 뿐 아니라 배후에서 우리 전체의 의지를 조종해 자기 손바닥 위의 꼭두각시로 만들려 하는데, 그녀가 외계에서 왔는지, 지하에서 솟아나왔는지 누구도 모르는 겁니다. 이런 상황을 어떻게 납득할 수 있습니까? 이건 우리 사회가 마음대로 조종당하고 바뀔 수 있는 장난감 왕국에 불과하다는 말과 같은 뜻 아닙니까? 우리 사회의 엘리트들은 어디에 시선을 두어야 합니까? 이런 생각을 하자 저는 격분하지 않을 수 없었습니다. 우리 중 일부는 고등교육과 엄격한 사회 훈련을 받고, 어둠의 회의에서 중요한 지도자 역할을 맡아 항상 냉정을 유지하며 뛰어난 분석력을 보였습니다. 오랫동안 저는 무조건적으로 그들을 신뢰하고 그들이 일을 벌이는 걸 지지했지요. 그런데 지금 보니 제가 틀려도 한참 틀렸습니다! 스스로의 단순함과 진심 때문에 오늘 이렇게 난감한 상황에 놓였습니다. 사태가 예상과 달리 엄청난 기세로 발전하면서 저는 한쪽으로 밀려나 완전히 무시당했습니다. 모든 것을 압도하는 기세가 거리 전체를 뒤덮었지요. 사람들은 경쟁하듯 전통적 심미관을 내동댕이친 뒤 정신없이 뛰어다니며 자신의 소위 '새로운 탄생'을 축하하고 신대륙을 발견했다고 떠들었습니다. 신대륙이란 바로 X여사이고요. 그녀는 이렇게 기발한 사람으로서 무궁무진한 술수를 가지고 있습니다. 모두의 주의력을 자신한테 집중시킬 수 있지요! 과거 우리의 냉정한 태도는 어디로 간 겁니까?

예전에 한 속기사가 똑같은 환상을 가지고 우리 지역을 조사할 때 여러분이 얼마나 정확한 방식으로 그를 대했는지 아직도 똑똑히 기억합니다. 정말 지금과는 완전히 달랐지요. 어떻게 지금 이런 상황이 벌어졌을까요? 왜 이 지경에 이르렀을까요? 가만히 따져 보던 저는 스스로를 질책하며 후회하지 않을 수 없었습니다. 지난달 어둠의 회의에서 여러 현상이 이미 오늘의 위기를 가리키고 있었습니다. 하지만 그때 저는 연단 뒤편에 앉아 지나치게 낙관적이고 여린 어린애의 눈빛으로 모두의 결정을 지켜봤습니다. 군중심리 속 위험 요소를 감지하지 못하고 모두가 구렁텅이로 빠지는 걸 안이하게 보고만 있었습니다. 회의가 파한 뒤 사람들이 들썩거리며 행동 계획을 세울 때도 제 일에 매여 적시에 경고하지도, 제지하지도 못했습니다. 그 바람에 오늘날 이 지경에 이르게 되었지요. 저는 왜 그렇게 부주의했을까요? 단순히 객관적인 상황 때문이었을까요? 우연한 착오였을까요? 보통 사람이라면 그런 식으로 자기 책임에서 벗어나고 심지어 고난받는 영웅처럼 스스로를 치장하겠지요. 하지만 저는 그런 것과 거리가 멉니다. 모든 잘못을 책임질 작정이며 제 영혼의 오염된 부분까지 점검해 문제의 근원을 찾아내려 합니다.

똑똑히 기억하는데 저는 어렸을 때부터 남을 쉽게 믿었고 주변 사람을 전부 미화하며 최대한 좋은 방향으로 생각했습니다. 누가 제 물건을 훔쳐가면 되찾아오는 대신 다른 것을 더 내줬지요. 그럼 상대가 감동해 평생의 친구가 되었습니다. 젊은 시절 아름다운 인연을 맺은 뒤에는 남편을 수호신으로 여기며 무한히 신뢰하고 순종했습니다. 다른 유혹에는 콧방귀도 뀌지 않았지요. 남편은 제가 생각했던 만큼 완벽하지 않았거나, 말 못할 병이 있었는데 결혼할 때 숨겼는지도 모르겠습니다. 하지만 그 무엇도 제 밀물 같은 열정을 막을 수는 없었습니다. 저는 지금까지도 그 열정을 간직하고 있으며 외부인에게 조금도 낭비한 적이 없습니다. 오늘 이 일을 언급하는 건 과거를 전부 뒤엎겠다는 의도가 아닙니다. 그저 제 약한 성격의 이유를 설명하려는 것뿐입니다. 남편이 살아 있을 때 어떤 사람이 남편의 충실하지 못한 몇 차례 행위에 대해 알려줬습니다. 그때 저는 길길이 뛰며 그 사람에게 온갖 욕을 퍼부었지요! 남

들은 꽃처럼 아름답고 옥처럼 순결하며 육감적인 제가 속아서 반
불구인 남자한테 붙들렸다고 봤습니다. 얼마나 슬프고 우스웠는지
요! 제가 왜 다른 사람을 만나 작은 만족을 얻지 않았겠습니까? 눈
썹만 까딱하면 달려올 사람이 설마 없었겠습니까? 한 사람 일생의
운명을 결정하는 건 그 품성과 기질입니다. 저는 전통의 수호자가
될 운명이었고 지금까지도 이에 긍지를 느낍니다.

　제 약점을 부인하지 않습니다. 개인적 약점이 역사의 흐름에 영
향을 준 것도 부인하지 않습니다. 조금만 더 강인하고 조금만 더
경계했다면, 단순하게 굴지 않고 쉽게 믿지 않았다면 많은 일이 달
라졌을 겁니다. 이게 바로 '무골호인'의 치명적 약점이지요. 이 약
점으로 생긴 손실을 책임지고 영혼 깊은 곳에서 원인을 찾으려 합
니다. 제가 모두의 잘못을 초래한 핵심 인물이기 때문입니다. 피해
갈 수도 있었던 이 실망스러운 상황이 벌어진 데 양심의 가책을 느
낍니다."

4. Q선생의 성격

우리의 군중이 X여사 일가를 상대로 대규모 미행 활동을 벌이는 동안 관심에서 잊힌 Q선생은 정신분열 상태를 보였다. 상태가 갈수록 심각해져 나중에는 아예 폐인이 되었다. 그런데 우리 군중 속 한 강인한 여성이 대세에 따라 용렬한 미행에 참여하는 대신 자기 생각을 고수하며 독립적으로 개별 활동을 벌였다. 그녀는 밤낮없이 관찰한 내용을 종합해, Q선생 체내에서 뱀 두 마리가 세력 다툼 중이라 그가 밤과 낮에 완전히 다른 인격을 보인다고 알렸다.

어느 날, 그 강인한 여성은 길가 가시덤불에 숨어 있다 Q선생이 집에서 고무공을 가지고 나오는 모습을 봤다. 그는 좋아 죽겠다는 표정으로 어린애처럼 이리저리 뛰면서 공을 튀겼다. 범처럼 거대한 사내가 어색하기 짝이 없게 어린애 장난을 치는 모습을 보자 여성은(내친김에 말해주자면 그녀는 발을 절었다) 극도로 분노했다. 그렇게 혐오스러울 수 없었다! 그녀는 지팡이를 짚으며 쏜살같이 달려가 Q선생의 길을 막고 "이봐요!" 하고 소리쳤다. 그리고 길 한복판에서 데굴데굴 구르기 시작했다. 그러면서 먼지 사이로 Q선생을 험악하게 노려봤다. 그러자 놀랍게도 Q선생이 "도로를 벗어나 도망치는 게" 아닌가. 그녀 혼자 길바닥에서 구르든 말든 상관하지 않고 눈 깜짝할 사이에 '어디론가' 사라졌다. 몇 시간 뒤 그녀는 창고 부근에서 두 차례 더 그를 발견했다. 두 번 모두 공을 튀기면서 폴짝거리고 있었다. 그는 그녀를 보자마자 자취를 감췄다.

같은 날 그녀는 Q선생이 일하는 기관으로 찾아가 물어봤다. 머리부터 발끝까지 두꺼운 담요를 칭칭 말고 있던 사람들은 Q선생이 사무실에까지 공을 가져와 툭하면 튀긴다며 중독된 것 같다고 했다. 모두 Q선생이 이상한 것을 눈치챘고, 공 튀는 소리마저 이상하다고 생각했지만, 다들 긴장하고 땀만 흘릴 뿐 감히 그에게 뭐라고 하지 못했다. 동료들은 사무실로 들어오는 그를 보면 슬그머니 자리를 빠져나가 그 혼자 사무실에서 요란스럽게 공을 튀기도록 내버려뒀다.

"우리는 엄청난 위협을 받고 있어요." 동료들이 얼굴을 찡그리며 말했다. "이건 우리의 성생활에 영향을 준다고요. 나쁜 먼지 때문에 폐결핵에 걸릴 수도 있고요. 요즘 우리는 추위를 타요." 동료들은 깊은 한숨을 내쉬며 눈물을 흘렸다.

Q선생의 이런 행동이 이 여성의 상상력을 자극했기에 그녀는 한층 적극적이고 용감하게 작업을 진행했다. 어느 날 저녁, 그녀는 목발을 짚고 Q선생의 집 내실로 들어간 뒤 정맥이 훤히 보이는 손으로 Q선생의 멱살을 움켜쥐었다. 그러고는 그의 눈을 똑바로 들여다보면서 "가까이 와요"라고 명령했다. 사람들은 그녀가 갈망했

던 일은 일어나지 않았으리라 예측했다. 그녀는 대체 무엇을 갈망했을까? 어떤 일로 괴로웠기에 배수진을 치듯 결사적으로 행동했을까? 나중에 그녀는 "그 사람과 같이 공을 튀기고 싶었어요. 그걸 오매불망 바랐고, 결국 목적을 이루었어요. 우리는 깜깜한 방에서 밤새 공놀이를 했지요. 그의 아내는 문밖에 있었고요"라고 했다. 이것이 바로 한 여성(그녀는 자기 신분과 이름을 비밀로 해달라고 강력히 요구했다)이 Q선생의 낮시간 활동을 근접 관찰한 내용이며, 신빙성이 있는지는 증명할 필요가 있다.

어쩌면 X여사의 여동생이 퍼트린 말이 문제를 훨씬 더 잘 설명할지 모르겠다. 그녀는 Q선생이 자신에게 했다는 말을 들려줬다. 이제 그의 눈동자는 다섯 색이 더 늘어나 모두 열 가지 색을 띠며, 이는 공놀이라는 "빠져들 수밖에 없는 운동"의 효과로서, 그 덕분에 "다시 어려진 듯"하고, 어린 시절의 여러 가지 놀이에 푹 빠져 "헤어나올 수 없는 지경"에 이르렀다는 거였다. 그는 얼버무리듯 "X여사는 말로 표현할 수 없을 만큼 훌륭"하며, 자신은 이제 하루에 "거울을 마흔다섯 번" 비춰봐야 해서 "아무도 모르게 웃옷 주머니에 거울을 넣고 다닌다"라고도 했다. X의 여동생에게는 "나 훤칠한 미남자 같지 않아요?"라고 반복해 물었다. 그는 여동생이 재차 그렇다고 대답한 뒤에야 만족스럽게 뛰어가 공을 튀겼다.

그뿐 아니라 Q선생은 자신의 내력에 대한 신화까지 만들기 시작했다. 자신은 부모 없이 나무에 걸린 주머니에서 튀어나왔고, 태어나던 날 수많은 누에가 나무에 황금 고치를 지었다는 말도 안 되는 소리를 거침없이 늘어놓았다. "이리 감고 저리 감고, 이리 감고 저리 감고." 그는 바보 같은 웃음을 지었다. "사람은 전부 나무에서 뛰어내려요. 발을 보면 알 수 있지요. 앞쪽의 새까만 숲에서 온 갖 것들을 잃어버릴 거예요. 후각을 잃은 개미처럼. 저게 무슨 소리죠?" 여동생은 그게 오향거리 사람들의 발소리이고, 그들이 자기 언니의 가족을 따라다닌다고 알려줬다. "빽빽한 수풀이 그들을 흩어놓을 거예요. 이런 딱정벌레들." 그는 확신에 차 고개를 끄덕인 뒤 고양이처럼 두 귀를 세웠다.

군중 운동의 흐름에 동참하지 않은 또다른 여성, 우리의 과부는 Q선생의 낮시간 성격에 대해 다른 견해를 가지고 있었다. 그건 상당히 큰 대가를 치러야 했던 본인의 경험에서 비롯되었다. 과부는 꽤 오랫동안 스스로에 관한 연구에 열중하며 Q선생이라는 인물을 뒷전으로 치워버렸기에 그의 생김새를 거의 기억하지 못했다. 그러던 어느 날, 담장 밑에서 Q선생과 우연히 마주쳤다. Q선생은 "육감적인 입을 벌리고 외설스럽게 웃으며" 그녀를 "음탕한 눈"으로 쳐다봤다. 딱 봐도 "나쁜 짓을 꾸미려는" 형상이었다. 과부는 비명을 지르며 달아나기 시작했다. 두 리 밖까지 달아난 뒤에도 "낯빛이 파랗게 질릴 정도"로 두려움에 떨었다. "확실히 그는 내 정조를 더럽힐 생각이었어요." 그녀가 씩씩거리며 말했다. 그전까지 과부의 눈에 Q선생은 반음양자나 '폐인'으로밖에 보이지 않았다. Q선생에 대해 말할 때면 고개를 젖히며 "푸" 하고 웃은 뒤 "그 닭 뼈다귀를 주워먹는 인간 말이에요?"라고 물을 정도였다. 어떻게 그런 표현을 생각해냈는지는 누구도 알 수 없었다. 위선자나 가짜, 말 도둑 등으로 부를 수 있을 텐데 기어코 닭 뼈다귀를 주워먹는 인간이라고 말했다! 정말 절묘한 표현이 아닌가! 모두가 그를 잊어버리고 보잘것없는 인간, 언급할 가치도 없는 존재로 생각할 때 갑자기 그가 승냥이처럼 나타났다. 불가사의하게도 느닷없이 성욕이 왕성하고 공격적인 사람으로 변해서 말이다.

"놀라서 죽을 뻔했어요." 과부가 가슴을 움켜쥐며 말했다. "성적 능력도 없고 닭 뼈다귀나 주워먹던 남자가 어떤 상황에 놓였기에 폭력적인 호색한으로 변했을까요? 아주 의미심장한 사건 아니겠어요? 담장 아래서 그의 행동은 과장된 부분이 전혀 없었어요. 완전히 체내의 원시적 힘이 표출된 거였지요. 이 대목에서 우리는 Q선생과 X여사가 만나는 동안, X여사가 Q선생의 성적 의식을 자극하지 않았다고 어렵지 않게 판단할 수 있어요. 그들의 유치한 우정은 육체적 접촉과 한참 동떨어졌던 것이지요. Q선생이 진정한 여인을 만난 뒤 왜 그렇게 폭력적 성향을 드러냈는지, 순식간에 남자로 변했는지도 쉽게 유추할 수 있어요."

담장에서의 만남 이후 과부는 계속 기운을 차리지 못하고 하루종일 답답함과 어지럼증에 시달렸다. 매일 잠자리에 들기 전에는 쥐와 맨발바닥이 보였다. 그녀는 어둠의 회의 때 사용하는 언어로 자기 가슴속 깊은 곳에 있는 것들을 사람들에게 암시하기 시작했다. 말로 드러낼 수 없는 것이었다. 일단 말로 내뱉으면 더는 그게 아니었다. 그녀는 아주 많은 비유를 들고 많은 가정을 했다. Q선생이 그때 담장에서 만난 게 자신이 아니라 털모자를 쓴 독거 노파 등이었으면, 단언컨대 그는 다른 모습을 보였으리라 가정했다. 시험해볼 필요도 없이 직감적으로 명확히 알 수 있다고 했다. Q선생이 계속 꼭두각시와 어울리느라 자기처럼 명실상부한 여인을 끝내 만나지 못했다면 그의 입술과 눈이 어떻게 '섹시'해졌을지도 상상할 수 있다고 했다.

그때까지 일반적 견해는 X여사와 소위 간통을 벌인 뒤 Q선생의 외모가 크게 달라졌고 "매우 육감적으로" 변했다는 데 편중되어 있었다. 그건 무의미한 추측, 이미 정해진 결론을 전제로 한 확인에 불과했으며, 그런 확인은 엄밀하지 못할뿐더러 분석도 부족했다. 결국 담장 아래서 발생한 사건이 그 유치한 상상을 완전히 뒤집어 놓았다. 또다른 상황, 만약 그 짧은 순간 Q선생이 과부에게 달려들었고 그녀가 미처 대비하지 못해 더럽혀졌다면, 하는 가정도 있었다. 물론 통탄할 상황이지만 과부는 이 경우에도 Q선생이 진정한 여인과의 육체적 접촉을 통해 체내의 욕망을 분출한 뒤 섹시한 외모를 곧바로 잃었으리라 단정했다. 과부는 온종일 그런 가정과 검증을 되풀이하느라 눈이 뻣뻣해지고 얼굴에서 생기가 점점 사라졌다. 얼마 지나지 않아 Q선생이 훨씬 더 격하게 자신의 성적 폭력성을 드러낸다는 소문이 돌았다. 우리 오향거리의 매력적인 여성들 다수가 대낮에 그의 공격을 받았으며 장소는 모두 창고 부근이었다. 그녀들은 Q선생이 손에 든 공으로 먼저 공격한 뒤 달려와 "어떻게 하려"고 했지만 자신들이 달아나 "어떻게 하지 못했"으며, 필사적으로 달아나지 않았으면 "어떻게 했을 것"이라고 했다.

귀여운 과부가 Q선생한테 상해를 입어 드러누웠다는 소식을 들은 뒤 필자는 가슴이 너무 아파 그녀를 찾아갔다. 상태는 무척 좋지 못했다. 안으로 들어갔을 때 그녀는 두꺼운 솜이불을 덮은 채 땀을 비 오듯 흘리고 있었다. 사건 당시의 무시무시한 비명으로 청력을 잃었는지 필자와 대화조차 할 수 없었다. 하지만 필자가 침대 옆에 앉자 그녀는 매우 흥분한 듯 중얼거리기 시작했다. 자신의 출생부터 젊은 시절에 세웠던 이상과 노력, 방황, 고민, 파멸에 관해 쉬지 않고 이야기했다.

"사람들 눈에 나는 어떤 이미지인지." 그녀는 이불로 입을 가린 채 힘겹게 말했다. "아주 긍정적이지요. 수십 년 동안 나는 이 이미지를 완벽하게 지켜왔어요. 내 말이 사실인지 알려줘요."

필자는 얼른 턱이 가슴에 닿을 정도로 고개를 힘껏 끄덕였다. 필자의 반응에 과부가 "엉엉" 소리 내 울기 시작했다. 눈물이 금세 이불을 적셨다. 필자는 그녀를 진정시키기 위해 어깨를 다독이면서 아이를 달래듯 "응응응" 소리를 냈다. 그런데 뜻밖에도 과부는 한층 더 심하게 울었다. 눈물이 그렁그렁하고 원망이 실린 눈으로 매섭게 필자를 노려보며 입술까지 내밀었다. 그녀의 얼굴은 너무도 초췌하고 수척하며 사랑스러웠다. 어린애처럼 순결하고 천진한 데다 신뢰로 충만해 필자 역시 뜨거운 눈물을 참을 수 없었다. 누가 주도했는지 몰라도 필자는 어느 순간 과부의 뜨거운 이불 속으로 들어갔다. 서로를 꽉 끌어안았다.

필자는 운좋게도 과부의 풍만하고 감동적인 몸을 체험할 수 있었다. 물론 그 이상의 행위는 원칙에 어긋나고, 과부 본인이 줄곧 혐오해왔기에 일어나지 않았다. 그녀가 위로와 연민을 찾을 뿐이라고 생각해 필자는 딱 거기서 멈췄다. 그녀는 얼마나 연약한가! 질병에 무너진 상태가 아닌가! 온 정신이 완전히 무너진 뒤 그녀는 한 걸음 한 걸음 죽음의 심연으로 나아감을 느끼며 도움을 절실하게 원했다. 진정한 남자가 힘을 보태주기를 바라고 있었다. 영광스럽게 그 기사 역할을 맡게 된 필자는 평생 처음으로 영예감과 사명감에 충만해졌다. 필자는 일개 예술가에 불과하지만, 이런 행동은 의심할 여지 없이 필자의 영웅과도 같은 고결함을 드높여줄 것이다.

필자가 과부의 몸을 건드린 순간, 그녀가 기적처럼 청력을 회복해 대화가 가능해졌다. 필자와 과부는 이불 속에서 앞으로 영원히 서로를 지지하고 도와주기로 굳게 맹세했다. 그런 뒤 과부가 두 다리로 필자의 다리를 꽉 감싸며 물었다. "이제 정신을 집중해서 느껴봐요. 위험한 유혹의 존재가 느껴지지 않아요?"

필자는 멍해졌다. 그녀가 조금 더 암시해줬다. "가령 성관계 같은 거?"

필자는 순간 그녀의 의도를 깨닫고 몸을 일으켜 앉은 뒤 장광설을 늘어놓기 시작했다. 온갖 고전을 인용하고 수많은 성어와 형용사를 들먹였다. '위국충절'이나 '살신성인'이라든가 '정신적 반려자'나 '영원한 상징' 등. 누가 보면 과장이 심하다고 여길지도 모르지만, 필자 본인이 보기에는 더할 나위 없이 적절했다. 연설하다보니 필자는 피가 들끓을 정도로 흥분하고 선계에 이른 듯 마음이 맑고 깨끗해졌다.

이상하게도 과부는 필자의 연설을 썩 달가워하지 않았다. 필자가 고조될수록 그녀의 안색은 점점 더 어두워지고, 마지막에는 필자의 말을 듣는 둥 마는 둥 했다. 거칠게 필자의 말을 자른 뒤 이불 속에서 벌레가 무는 것 같지 않느냐고 물었다. 필자가 연설을 끝냈을 때 과부가 어두운 얼굴로 말했다. "두 사람이 한 이불 속에 있으니 덥지 않아요? 당신이 왜 내 이불 속에 들어왔는지 의아해하고 있었어요."

그러고는 몸을 돌려 등을 보이며 중얼거렸다. "진작 알아봤어, 차라리…… 어디서 이런 까마귀가 기어들어왔을까, 시끄러워 죽겠네."

잔뜩 들떴던 필자는 냉수를 뒤집어쓴 듯 머리부터 발끝까지 차가워졌다. 결국 가르침을 좀 달라고 서글프게 애원하는 수밖에 없었다. 예상 외로 과부가 표정을 일그러뜨리더니 필자에게 "쥐새끼"라며 "당장 나가"라고 명했다. 허리를 발로 걷어차 필자를 바닥으로 떨어뜨리기까지 했다. 물러나는 수밖에 없었다. 비극적이고 돌이킬 수 없는 결말이었다.

Q선생이 밤에 보였다는 완전히 다른 성격은 무엇일까? 앞서 언급한 강인한 여성의 현장 조사로 돌아가보자. 그 여성은 어느 밤 Q선생의 집에서 흘러나오는 통곡소리를 듣고 진상을 알아보기 위해 매우 기발한 방법으로 집안에 잠입했다. 몇 시간이나 정신을 집중해 귀기울인 끝에 그들 부부와 두 아들이 모두 잠들었는데 남자가 끊임없이 우는 것을 발견했다. Q선생의 비통함은 꿈속에서 저절로 생겨나 자제할 수 없는 모양이었다. 그의 잠든 모습은 거의 '몸부림'과 같았다. 날이 밝은 뒤에도 여성은 Q선생이 집에서 나갈 때까지 잠복했다. 그리고 Q선생이 태양 아래서 앙상하고 쪼글쪼글한 노인으로 변하는 모습을 봤다. 멍한 눈빛에 눈두덩이는 통마늘처럼 부어 있었다. 무슨 망상증에라도 걸렸는지 아내가 바닥에 쓰러질까봐 심하게 전전긍긍했다. 길에 작은 돌 하나만 보여도 비틀거리며 앞으로 가서 발로 찬 뒤 어린애를 다루듯 아내를 부축하며 나아갔다. 예전과 똑같이 절절매며 떠받들었다.

또다른 밤, 그 여성은 부근 숲에서 Q선생을 발견했다. 다가가 말을 붙이려는데 목소리가 하나가 아니라 둘이었다. 여성은 재빠르게 커다란 나무 뒤로 몸을 숨기고 참을성 있게 귀기울였다. 한참이 지난 뒤에야 Q선생이 혼잣말을 하고 있다는 걸 알았다. 특별한 기술을 가진 듯 자신의 원래 목소리와 전혀 다른 목소리를 냈다. 혹은 "상대를 설정하고 있는 듯"했다. Q선생은 취한 듯 홀린 듯 그 대화에 무아지경으로 빠져 있었다. 얼마나 정신이 팔렸는지 갑자기 머리를 나무줄기에 세게 박아 새빨간 피를 발까지 줄줄 흘리며 자포자기의 결심을 드러내기도 하고, 별이 번쩍거릴 만큼 돌로 관자놀이를 세게 때린 뒤 좁은 나무 구멍에 머리를 집어넣고 새벽까지 꼼짝않기도 했다. 나뭇잎을 먹거나 진흙 속에 몸을 묻는 등 여러 행동을 했는데 그럴 때마다 시종일관 임종을 앞둔 사람처럼 흐느껴 여성은 모골이 송연해졌다.

결국 Q선생의 육체는 둘로 나뉘어 '낮에는 귀신, 밤에는 사람'이라는 무시무시한 상태가 되었고, 그의 육신은 피골이 상접할 정도로 피폐해졌다. 그의 몸에 숨어 있던 병을 일찌감치 눈치챘던 X여사는 훗날 냉혹하게 갈라섰는데, 이건 나중 이야기다. 여기서 X여사의 말을 통해 Q선생의 병에 대해 좀더 살펴보자.

여동생한테 '미래'에 대한 질문을 받았을 때 X여사는 평소와 달리 안색을 흐렸다. 놀랍게도 오랜 실험에 시달린 그녀의 눈에서 액체 두 줄기가 천천히 흘러내렸다. "그는 곧 끝날 거야." 그녀가 훌쩍거리며 말했다. "결말이 천천히 드러나고 있어. 요즘 들어 이 불면의 밤 동안 그를 찾을 수 없었어. 지붕 위에서 미친듯이 뛰며 담장 구석구석을 살펴봤지만 아무 소용 없었지. 날이 밝을 때에야 정말 뜻하지 않게 마른 풀더미 속에서 신음하는 그를 발견하곤 했어. 왜소하고 허약했지. 뼈가 가느다란 풀줄기 같았어. 두 눈이 완전히 멀어 눈동자가 생명을 잃은 듯 희뿌연 색이었지. 그래도 오후에 사거리에서 만나면 목소리가 독특한 미남자로 변할 걸 알았어. 다만 밤사이의 일은 갈수록 이상하고 애매해졌어. 나는 갈수록 참기 힘들어졌고. 그 바람에 가만히 설 수 없을 정도로 온몸이 가벼워져 한 차례 실종 사건이 벌어졌지."

'병의 원인'에 대해서는 이렇게 말했다. "살인의 수술手術은 밤에 완성돼. 저승의 바람이 몸을 끊어내지. 내가 지붕 위를 달릴 때……아! 왜 이리 됐을까? 왜 다른 식으로 되지 않았을까?"

X여사는 절망적으로 말했다. "딱 한 번 그가 내 꿈에 찾아왔어. 생김새가 완전히 달랐지만 나는 그 사람인 걸 알아봤어. 그는 내 침대 머리맡에 서서 '틱톡, 틱톡, 틱톡……' 아! 나는 그에게 '오후에 사거리에서 태양이 비칠 때 당신이 그 통유리창 앞에 나타났어요!'라고 외쳤어. 그렇게 소리치며 나 자신에게 용기를 불어넣었어."

만신창이 같은 생각을 가졌어도 X여사와 Q선생의 간통은 여전히 지속되었다. 아무도 모르는 장소에서 그들이 어떻게 그 일을 하고 '한껏 즐겼는지', 어떻게 그녀가 남자에 대한 자기 견해를 검증했는지는 하늘만 알 뿐이다. 자세한 상황은 친동생에게도 전혀 털어놓지 않았다. 이 부분에 관한 한 그녀는 지나칠 정도로 신중했던 것 같다. 우리는 그들 사이에 일어났던 상황이 과부의 추측처럼 무미건조하거나 겉보기에만 번지르르했던 건 아니라고 상상할 수 있다. 지극히 주관적인 그 추측을 과부 본인도 진지하게 믿었던 건 아니다.

과부의 추측은 오향거리 사람들에게 모종의 반감을 일으켰다. 언제였는지 몰라도 상당히 많은 사람이 회화 예술에 열광하기 시작해 순식간에 길가 담장이 각양각색의 그림으로 도배되었다. 하나같이 성교 자세를 선으로 묘사한 그림들이었다. 눈 밝은 사람은 단숨에 그게 지금 벌어지고 있는 '간통'의 실제 상황임을 알아볼 수 있었다. 그 대담하고 적나라한 묘사가 의심할 여지 없이 과부의 황당무계한 논리를 겨냥했다. 사람들은 이 작업에 몰두하며 강렬한 창작욕을 불태웠다. 먹지도 쉬지도 않으면서 밤낮없이 그림만 그렸다. 어떤 사람은 열기를 참지 못하고 페인트통을 자기 머리에서부터 들이부어 온몸을 페인트 범벅으로 만들었다. 또 어떤 사람은 미친듯이 고함을 지르며 누드화를 갈기갈기 찢은 뒤 그 조각을 담장에 붙여놓고 '추상파'라 불렀다. 그들은 이구동성으로 끝없이 감탄했다. "예술이 주는 기쁨은 얼마나 숭고한가! 과부 같은 이성주의자 말고 누가 그 힘에 감동하지 않을까? 풍부한 상상에서 벗어난 삶은 메말라버리는 것을."

밖에서 무슨 일이 벌어지는지 X여사는 전혀 알지 못했다. 간통에 푹 빠진 그녀는 순간의 즐거움에 집중하겠다는 태도로 절대 뒤돌아보지 않았다. 그러나 자신의 처지를 분명하게 예측하고 환상이 무너지는 중임을, 재난이 머리 위에 도달했음을 알았다. 남들의 눈에만 그녀가 아무 상관 없다는 듯 매일 두 가지 일에 신경쓰는 것처럼 보였을 뿐이다. 그중 하나는 사거리에서의 데이트였다. 그녀는 늘 숨을 헐떡이며 아무도 보이지 않고 아무 소리도 들리지 않는 사람처럼 통유리창 앞까지 달려갔다. 그러고는 눈이 아름다운 그 남자를 풍랑 속 암초를 붙잡듯, 욕망의 화염에 활활 타오르는 듯 꽉 붙잡았다. 다른 하나는 장소를 알 수 없는 간통이었다. 누구도 그 사건을 파헤칠 수 없었지만, 벌건 대낮의 방자한 행동이 이미 모두의 수치가 되었지만, 오향거리 사람들은 X여사와 Q선생이 대낮에 손을 잡고 나란히 지나가는 것을, 하루하루 젊어지고 빛나고 섹시해지는 것을, 다른 사람한테는 신경도 쓰지 않는 둘을 멀뚱멀뚱 눈을 뜬 채 지켜봤다. 이보다 더 우리의 교양 수준을 드러낼 수 있는 게 무엇이겠는가? 조금만 더 깊이 생각해보면, X여사와 Q선생은 모두 성 경험이 있는 성인이고(X여사는 심지어 '풍부'하다고 할 수 있었다) 그런 일에 완전히 몰입해 즐거워할 한창때였다. 그들이 아무도 모르는 곳에 도착했는데 당장 옷을 벗어던지고 온갖 자세를 취하지 않는다면, 과부의 말대로 목석처럼 멀뚱멀뚱 앉아 시를 짓고 노래하거나 멀찍이 떨어져 앉아 눈으로만 감정을 전하며 '오누이'처럼 군다면, 그야말로 논리적으로 말이 안 되는 상황이었다. 더구나 Q선생은 성 기능에 아무 문제가 없고(두 아들이 증거다. 생김새만 봐도 한눈에 그의 자식임을 알 수 있었다), X여사는 말할 필요도 없이 지금까지 내내 거론하는 것만으로 오향거리 사람들이 얼굴을 붉히는, 규범을 완전히 무시하는 여자였다. 그녀는 어떤 사회적 제약도 받아들인 적이 없었다.

이런 분석을 통해, 그리고 그림의 암시를 통해 우리는 곡물창고 안쪽(잠시 간통 장소를 이곳으로 설정하자)에서의 상세한 상황에 대해 대략적인 실마리를 찾아낼 수 있었다. Q선생한테 '숨은 질병'이 있든 말든, 그의 육체가 이미 '둘로 갈렸든' 말든, X여사가 어느 날 '갈라서든' 말든 그들은 마른 장작에 불이 붙듯 거세게 타올랐다. X여사의 말대로 "성적 이상이 실현"되었고, "삶이 헛되지 않게" 되었으며, "열 가지 색을 가진 눈동자의 파장에 녹아드는" 등의 상황이었다. 물론 이는 완전히 미화된 표현이다. 어쩌면 뭔가를 가리기 위해서일지도 모르겠다. (혹시 그녀가 자신의 이상한 욕망을 부끄러워했던 게 아닐까?) 우리는 그녀의 말을 곰곰이 생각해보다 마침내 그 이면에 성교에 대한 갈망과 횟수, 만족과 불만족 등이 숨겨져 있음을 깨달았다. X여사 본인은 자신이 표현하려는 게 무엇인지 정확히 알았고, Q선생도 그랬을 것이다. 어떻게 위장하고 엄폐하든, 어떤 교묘한 명목을 붙이든(사거리의 대화나 거울, 눈의 파장 등) 그들은 그 일 때문에 만났고, 그건 둘이서 오랫동안 밤낮없이, 오매불망 바라던 일이었다. (이 점에서 Q선생은 X여사보다 한참 둔해 그녀의 도발을 접한 뒤에야 탐욕스러운 본성을 드러냈다.)

'제 배가 부르면 남 배고픈 줄 모른다'라는 속담이 있다. X여사와 Q선생은 그들의 특이하고 비범한 성욕 때문에 줄곧 배고픈 상태에 놓여 있었지만 세상 사람들은 그걸 이해할 수 없었다. 우리는 모두 규칙적인 성생활(가령 일주일에 두세 차례, 많으면 열 차례)을 좋아했고 몸에 무리가 되는 행위나 무절제한 음란함은 혐오했다. 건강한 성교는 머리를 맑게 해주고 우리를 적극적으로 나아가게 만드는 동시에 삶을 감격으로 채워준다. 그런데 갑자기 우리 가운데에 이성을 잃고 미쳐 날뛰는 두 사람이 등장한 것이다. 무절제하게 성교를 했고 음탕하기 그지없을뿐더러 그 전염병을 퍼뜨리려는 기세까지 보였기에 수많은 사람이 불안해하며 생각을 그쪽으로 집중했다. 몇몇 중년 남성들의 얼굴에 돌연 여드름 같은 종기가 무수히 솟아났고, 그들의 아내는 얼굴을 붉히며 "정말 못 참겠어"라고 원망했다. 신체적 욕망을 정신적 욕망으로 바꿔 회화 예술을 시작한 뒤 "숭고한 예술 사업에 평생을 바치겠다"라고 결심한 사람들도 생겼다.

Q선생은 변함없이 공을 튀겼고, 낮 동안만큼은 여전히 건장하고 눈이 아름다운 남자였다. 과부마저 늘 "저 젊은이는 성욕이 왕성해지는 순간에는 정말 눈부시게 빛나"라며 무엇이 그의 '왕성한 성욕'을 부추기는가에 대해 다른 해석을 내놓았다. 그즈음 X여사의 외모에도 엄청난 변화가 생겼다. 가장 눈에 띄는 부위는 눈이었다. 눈동자 색깔이 예전보다 진해졌다. 건조했던 눈자위도 예전과 달리 촉촉하게 빛나며 동공까지 물기로 덮였다. Q선생한테 전염되었는지 눈물샘도 제어하기 힘들 정도로 과도하게 발달해 눈을 살짝 깜빡이기만 해도 분비액이 줄줄 흘러나왔다. 결국 그녀는 그 분비액 너머로 흐릿하게 세상을 볼 수밖에 없었고, 손수건 서너 개를 들고 다니며 수시로 '감기에 걸린 듯' 굴어야 했다. 빈번하고 '스스로 계획한' 매우 자극적인 성 활동은 X여사의 내분비계에 이처럼 커다란 변화를 가져왔다. 변화는 눈물샘에서 그치지 않고 납작했던 가슴까지 '날로 풍만'하고 '아주 탄력적'이 되었다. 이런 변화에 대해서는 '근거리에서 오랫동안 관찰했던' 과부마저 '한마디도' 하지 않았다. "논의할 가치도 없는 문제"라는 게 이유였다.

과부는 점점 새로운 관점을 가지게 되었다. 그런 관점은 역사의 흐름 속에 잠재된 뭔가를 대변했다. 그녀는 자신의 변화 속에서 차츰 선구자로서의 고독을 느끼며 한층 오만하고 냉엄해졌다. 사람들과 충돌해 활동에 참여하지 않을 때도 있었다. 하루는 필자가 한쪽 옆에 공손히 서서 그녀의 새로운 생각을 경청했다. "솔직히 말해서 엉덩이니, 가슴이니 하는 것은 핵심이 아니에요. 여자한테 제일 중요한 건 정신적 기질이니까. 기질이 없는 여자는 빈껍데기, 빛 좋은 개살구, 재떨이, 슬리퍼 같은 거예요. 외적 매력은 나이가

들면서 사라지지만 정신적 매력은 영원히 젊거든요. 내 평생 만나
본 여자 중에, 미안하지만, 매력적인 사람은 정말 몇 안 됐어요. 이
제 나는 안목이 크게 바뀌어 남의 외모를 거의 보지 않아요. 쓱 훑
어보기만 해도 내 예리한 시선은 그(그녀)의 몸을 뚫고 영혼까지
닿을 수 있지요."

필자는 그녀의 마지막 말을 들었을 때 괜히 부끄러워져 온몸을
부르르 떨었다. 하지만 그녀는 필자를 이 초 정도 쳐다보다 흥미를
잃고는 침을 삼키며 눈을 감았다.

"내 말이 끝난 줄 알았죠?" 그녀가 갑자기 눈을 뜨고 말했다.
"흥."

그만 가려고 했던 필자는 깜짝 놀라 발을 움찔하고는 가만히 서
서 꼼짝하지 않았다. 그러나 한참이 지나도록 과부는 입을 열지 않
았다.

필자가 다시 걸음을 옮기려 하자 그녀가 또 느닷없이 말했다.
"내 말이 끝난 줄 알았죠? 그럴 리가요."

그렇게 네다섯 번을, 과부는 냉소를 지으며 반복했다.

"X여사는 이제 풍만한 부인이 되었어요. 눈물샘이 예전보다 조
금 발달했지만, 수시로 감기에 걸린 척해 역겹긴 하지만, 그런 건
사소한 결점일 뿐이지요. 그녀의 외모에 대해 다른 사람들이 새롭
게 평가하기에 좀 수집해봤어요."

"설령 그녀가 나를 냉대하며 자신은 성적 사건과 무관하다는 매
서운 표정을 지어도, 역시 나는 그녀가 예전보다 훨씬 육감적이고
흥미로우며 '성숙한 부인의 기운을 풍긴'다고 생각해요. 확실히 풍

만한 여인은 빈약한 여인보다 훨씬 매력적이지요. 특히 30세 즈음에는. 그녀는 나한테 이처럼 차갑게 굴면 안 돼요. 설마 내가 인생을 모를까봐?"

"저는 그녀의 원래 외모가 훨씬 더 좋은 것 같아요. 지금 모습은 위험한 경향이 있어요. 제대로 서지 못하는 그녀를 볼 때마다 현기증이 나요. 깡마른 여자는 훨씬 순결한 느낌을 주지요. 제 어머니가 바로 그런 유형이고, 우리는 늘 어머니를 모범으로 생각해요. 일 년 내내 하얀 앞치마를 두르고 계시지요."

"예전에는 사람을 무시하더라도 눈동자가 똑똑히 보였기에 우리 나름대로 감을 잡을 수 있었습니다. 반면 지금 모습은 정말 무서워요. 그녀를 똑바로 바라봐도 동공은 보이지 않고 혼탁한 액체만 번들거려서 마음이 불안해집니다. 우리가 뭔가 악한 생각을 품거나 나쁜 짓을 저지른 듯해서 수치스럽다고 할까요. 이 수법은 너무 잔악해요."

"음란한 성생활이 사람의 외형에 낙인을 찍은 거지. 창백했던 여자가 돌연 요염해지다니, 그게 기형 아닌가? 그렇게 갑작스러운 변화는 좋은 일이 아니야. 밤중에 틀림없이 내분비계에 심한 불균형이 생긴 거라고. 눈의 분비물이 확 증가한 걸 보면 알 수 있어. 나는 그런 사람의 표면적 변화에 미혹되지 않아. 가슴 깊이 측은히 여기지."

"원래는 그녀에 대한 신뢰를 잃어서 더이상 그 문제에 관여하지 않을 작정이었어요. 하지만 그토록 아찔한 변화를 접하니 지난 감정이 새삼 떠오르며 가슴속이 또 한차례 부글거리더라고요. 어쨌든 그 여인은 내 평생 가장 귀찮은 여자예요. 사람을 보이지 않게 꽉 붙들지요. 내 운명을 그녀와 연결하지 않을 수 없어요. 그녀의 모든 변화가 생리적 반응을 자극해서 나는 다시 불면증에 시달리게 됐어요. 내 성격에 비극적 요소가 많아진 셈이지요."

이 다양한 의견 속에서 X여사 남편의 친구도 아주 독특하고 생각할 여지가 많은 의견을 내놓았다. 그는 도로에 접한 창문으로 길고 초췌한 머리통을 내민 뒤 우리에게 이야기를 들려줬다.

"어느 거리에 투명하고 순결한 청년과 투명하고 순결한 여사가 살았어요. 둘은 몇 년 동안 서로를 조용히 사랑했지만 외적 요인 때문에 그 이상으로 발전하지 못하고 멀리서 그리워하기만 했어요. 그들은 그렇게 세속을 초탈한 사람들이었어요. 요즘 풍토에서는 점점 줄어들고 있지요. 그들 가슴 깊은 곳에는 말로 표현할 수 없는 심층적인 뉘앙스가 있고(날씨나 신체, 남의 성 문제를 논하는 등 다양한 방식으로 드러냈어요) 둘은 상대를 향한 갈망을 잘 알아 남몰래 서로를 격려하고 도왔어요. 몇 년이 흘렀어요. 평화롭고 무탈하게 여러 해가 지났지요. 청년은 그런 우정(혹은 애정)을 정신적 의지처로 삼아 즐겁게 살았고, 여사도 암묵적 약속을 지키며 그들 사이의 모든 것에 푹 빠졌어요. 그런데 청년에게 청천벽력 같은 일이 일어났어요. 하룻밤 사이에 미녀가 독사로, 고결하던 신선이 간악한 불여우로 변했고 이상이 썩은 걸레가 됐어요! 왜 이런 일이 일어났을까요? 처음에 청년은 아무 반응도 할 수 없었어요. 기운이 빠지고 의기소침해져 몸이 허물어졌어요. 일생이 망가져버렸지요. 이 얼마나 끔찍한 운명이고 잔혹한 농간인지요. 그는 어찌 견뎌내야 할지 상상조차 할 수 없었어요. 그의 입장에서는 오래전부터 액운이 시작됐던 거예요. 지금 돌처럼 완전히 얼어붙은 그의 마음 앞에서 사람들은 잔뜩 흥이 올라 이러쿵저러쿵 여사의 얼굴이나 신체 특정 부위의 변화에 대해 떠들어요. 그건 청년에게 별로 기이한 일도 아니고 더는 감정적 파장을 일으킬 수 있는 일도 아니에요. 그저 역겹다고 느낄 뿐이지요. 어서 이런 속세의 뒤얽힘과 번뇌에서 벗어나 진정으로 독립적인 인격체가 되기만을 바라고 있어요. 그 여사의 신체 부위 변화가 정말 그와 무슨 상관이 있겠어요? 그간 그녀에게 휘둘린 게 아직도 부족해 수치스러운 진흙 구렁텅이로 다시 떨어져야 하나요? 내내 인생을 낭비하고 자신의 가치를 남김없이 잃어버린데다 이상을 지키지도 못했는데, 이 교훈으로도 부족하다는 건가요? 청춘이 아무리 아름다워도 사람은 결국 성숙하고 노련해져야 해요. 공상이나 현실과 동떨어진 이상주의에 평생 빠져서는 안 돼요. 앞으로 나아가려면 자신의 과거를 인식하고 새로운 사람으로 거듭나야 해요. 그래서 청년은 사람들의 논의에 참여하지 않고 홀로 자신의 내적 세계를 들여다보며 주변의 모든 것을 잊어버렸어요. 순수한 경지에서 성년의 단계로 들어섰어요."

　Q선생이 밤마다 폐인이 된다면 그 병이 성 기능에 아무 영향도 미치지 않았겠느냐고, 그렇게 기이한 병에 걸렸다면 낮에 불능은 커녕 원기 충천해 거침없지 않겠느냐고 의문을 제기한 이도 있었다. 세상일이란 얼마나 기이한지! 바로 이처럼 기이해서 신비한 X여사가 오향거리에 온 뒤 상식에 어긋나는 일이 꼬리에 꼬리를 물고 일어났다. 믿기지 않아도 믿어야만 하는 사실이었다. Q선생의 성 기능이 어느 정도로 강렬하고 왕성한지는 X여사의 신체적 변화가 증명하고 있었다. 석탄공장 젊은이는 지금 그녀가 "한 떨기 만

개한 꽃과 같다"라고 평하지 않았던가. 아무리 부정해도 눈이 멀지 않고서야 그녀의 얼굴에 쓰인 욕망을 보지 못할 수 없어서 모든 남자가 뒤돌아보며 온몸이 간질거릴 정도로 웃음을 지었다. 물론 누구도 그녀의 꼬투리를 잡지는 못했고, 그녀가 일을 벌이는 장소와 시간을 알아내지도 못했다. 낮에는 가게에 틀어박혀 남편과 정신 없이 바쁘게 일하는 듯했다. 곡물창고에서의 간통 역시 추측일 뿐이니 중요한 자료가 될 수 없었다. 한 사람이 사거리에서의 데이트를 목격하고 전봇대 뒤에서 대화를 기록한 건 사실이지만, 그것 역시 간통과 동일시될 수 없었다.

그래서 다음과 같은 새로운 견해가 등장했다. Q선생의 이중성은 X여사가 고의로 퍼뜨린 소문에 불과하며, 남들에게 밝힐 수 없는 자신의 행위를 숨기려고 일부러 Q선생을 밤중의 폐인으로 만들었다. 어떤 정신 나간 인간이 Q선생에 대한 사람들의 시선을 분산시켜 감시를 허술하게 만들어준 덕분에 둘은 곡물창고로 들어가 쾌락을 즐길 수 있었다. 그들의 간통은 낮에 이뤄진 적이 없고, X여사가 "그를 찾을 수 없어서" 어쩔 수 없이 "지붕 위에서 미친 듯이 뛰어다닌다"라고 말했던 한밤중인 시간에 이뤄졌다. 소위 강인하다는 여성은(뭐가 강인한지, 허세일 뿐이다) 그들에게 매수되어 헛바닥 노릇을 했던 거였다. 그녀의 관찰이라는 것도 사람들의 마음을 흔들기 위해 꾸며낸 헛소리였다. 우리의 대중 단체 내부에 배신자가 생겼으니 시한폭탄을 심어둔 것과 마찬가지다. 꽤 오랫동안 우리는 낮에 보초를 서고 미행했으며, 토론의 중심도 낮에 치중되어 있었다. 지금 보면 그런 작업은 완전히 헛짓거리에 불과했다. 우리는 X여사의 계략에 넘어갔다. "뼈가 가느다란 풀줄기 같왔다", "두 눈이 완전히 멀었다" 같은 그녀의 말을 들었을 때 측은한 마음을 품으며 원칙과 상식을 내동댕이쳤다. '30세는 이리 같고 40세는 호랑이 같다'라는 말이 있다. 한밤중 사방이 고요할 때, 쥐도 새도 모르게 컴컴한 곡물창고에 가서 무슨 일을 벌였을지 이제 분명하지 않은가? 우리는 시간을 한밤중으로 설정해야 한다! 너무 멀리 돌아왔다!

그렇게 등장한 새로운 견해는 곧바로 대다수의 호응을 받으며 우리 단체의 지침이 되었다. 오향거리 사람들은 신속하게 행동에 들어갔다. 일과 시간을 조정해 낮에 자고 밤에 긴장된 작업을 시작했다. 하지만 수확은 여전히 미미했다. 밤에 그 둘이 자기 집을 나오는 일이 없었다. 모두가 직접 확인했으니 '투명 인간'으로 변하지 않고서는 불가능한 일인데, 이건 따로 논하겠다. 그처럼 일과 시간을 바꾸자 모두의 건강에 심각한 문제가 생겼다. 낮에는 아무래도 잠이 잘 안 와 눈이 말똥말똥해지는데, Q선생이 사방팔방에서 무슨 대단한 사명처럼 튀겨대는 공 소리까지 들어야 했다. 소리는 기세가 엄청나 모두의 잠기운을 깨끗이 날려버렸다. 사무실에서 담요를 칭칭 말고 있던 동료들이라고 졸 수 있었을까? 이 애매한 상황은 언제까지 지속되어야 할까?

5. 진퇴양난에 처한 X여사

X여사는 어두컴컴한 자기 방에 앉아 앞으로의 발전 방향과 각종 가능성에 대해 꼼꼼히 따져봤다. 그 결과 자신이 거대한 살얼음판 위에 있고, 발밑에서 '쩍쩍' 소리를 내며 균열이 계속 커지고 있음을 발견했다. 이럴 수도 저럴 수도 없는 상태였다. 여동생은 예전에 그녀가 날 수 있었다고 했다. 그렇다면 그녀는 모든 것을 내던지고 하늘로 날아갈 수 있지 않을까?

"아, 버릴 수 없어. 너는 이 모든 것이 나한테 얼마나 매력적인지 절대 모를 거야. 나는 아무것도 개의치 않아."

그렇게 말하면서 그녀는 자기 발을 가리켰다. 두 발이 얼음에 달라붙어 '방법이 없다'라는 표시였다. 따지면 그녀의 상황은 완전히 자업자득, 스스로 원한 결과라고 볼 수 있었다. 그녀는 두 발이 얼음판에 꽉 달라붙어 꼼짝할 수 없었다. 언젠가 얼음이 깨지면 바다나 강으로 가라앉을 게 뻔했다. 그럼에도 그녀는 결코 움직이지 않겠다는 자세를 취했다. 자신의 소망을 저버리지 않고 끝까지 공연을 하겠다는 의미였다.

X여사가 완고하게 살얼음판을 고수하고 있던 어느 날, 여동생의 믿음이 갑자기 흔들리기 시작했다. 그녀는 전전긍긍하며 바닷가 혹은 강가로 걸어가 얼음판에서 멀리 떨어진 곳에 멈춰 섰다. 감히 더 나아갈 수 없었다. 해가 떠 있었지만 햇살이 차가웠다. 자매는 멀리서 서로를 바라보며 두 손을 나팔 모양으로 입에 대고 소리쳐 대화했다. X여사는 얼굴이 파랗게 질려 무척 매섭고 짜증스러워 보이는데다 수시로 발을 굴러 얼음판의 균열까지 키웠다. 여동생은 간절한 눈빛으로 애원하다 눈물을 글썽이며 무릎을 꿇다시피 했다. 그날 자매는 한 시간 반이나 대화하느라 목이 다 쉬고 기진맥진해졌다. 나중에 여동생은 자기 안위를 돌보지 않고 얼음판으로 달려가 조난당한 언니를 구하려 했다. 하지만 언니는 호의를 받아들이기는커녕 호되게 꾸짖었다. 동생은 기가 죽어 터덜터덜 돌아가는 수밖에 없었다.

여동생: 원만하게 해결할 방법을 찾아보자. 일단 발끝으로 서서 재빨리 뛰어와. 내가 여기서 잡을게. 언니가 결심만 하면 성공할 거야.

X여사: 뒤꿈치를 들려면 일단 그러고 싶다는 소망부터 생겨야 해. 하지만 나는 얼음판이 완전히 갈라질 때까지 여기 있고 싶어. 그다음에 상황을 보고 행동할 거야. 내가 여기서 아주 오래 있었던 것 같니? 나는 방금 시작했어! 하, 매 순간의 시작이란, 이 노쇠한 자홍색 저녁놀이란! 아직 늦지 않았다고? 내가 실마리를 풀 수 있

을 거라고? 나는 선택할 수 있어. 실행할 수 있는 유일한 방법은 언제나 있거든. 그건 혼돈 속에서 갑자기 나타나. 잠복하고 있는 상어처럼.

여동생: 언니는 선택할 수 없어. 저기 균열을 봐, 균열을 보라고. 이미 언니 발밑에서 얼음판 끝까지 뻗었고, 상어가 입을 벌린 채 암초 부근에서 기다리고 있어. 바닷물은 무서울 정도로 새까맣고! 너무 추워, 얼어죽을 것 같아.

X여사: 시간이 많지 않다던데, 어쨌든 연극을 끝내야 하잖아? 땅콩 가게 주인인 나는 결국 이를 악물고 끝까지 버티다 화살 구멍으로 만신창이가 된 몸을 바다에 던져야 하는 걸까? 기다려, 뭔가 또 기상천외한 일을 해야 해. 얼음판에서 춤을 춰야겠어. 얼마나 빛날까! 얼마나 빛날까!

여동생: 가자, 그만 가자. 날이 어두워지고 있어. 누군가 부르고 있잖아? 무서워 죽겠어.

X여사: 거기 누구지? 당신 누구예요? 왜 거기 있죠? 저리 가요! 나는 누가 옆에 있는 걸 싫어해요. 친구나 가족도 안 돼. 다들 날 방해할 뿐이야. 예전에 산골짜기에서 내가 얼마나 냉혹한지 그들한테 보여주기도 했어. 꺼져! 수다쟁이 여편네! 나는 원만한 방법이라는 걸 한 번도 믿은 적 없어. 늘 기상천외한 방법으로 악랄하게 행동했어. 정반대의 방법을 썼다고. 꺼져! 성공이니, 실패니 하는 건 괜한 야단법석에 불과해. 나는 장소를 바꿔 별자리를 관찰하는 것뿐이라고. 하늘이 얼마나 밝아, 별들이 흘러가고. 가라고!

여동생이 떠난 뒤 X여사는 얇고 반짝이는 얼음 조각을 어두운

하늘에 이리저리 비춰보고 쪼그려앉았다 일어났다를 반복했다. 나
중에는 얼음덩이로 발밑의 얼음을 두들겨 두 발을 떼어냈다. 어쩌
면 그때 도망쳐야 했다고 여기는 사람도 있겠지만, 그녀는 달아나
지 않았을뿐더러 유빙 가장자리에 앉아 두 발을 새까만 바닷물 혹
은 강물에 집어넣기까지 했다. 순간 그녀는 꿈결에 남쪽의 수풀과
늪을 봤다. 그렇게 끊임없이 꿈을 꾸면서 단정하게 앉아 있다가 눈
을 뜨고 노래를 흥얼거렸다. 그러는 동안 균열은 끊임없이 늘어나
고 커졌다. 이튿날 새벽, 다시 찾아온 여동생은 X여사의 온 얼굴이
발그레한 게 어느 때보다 더 "생기발랄"하고 온몸에서도 "더할 나
위 없이 살가운 기운이 전해지는 걸" 느꼈다. 그녀는 "가슴속 돌덩
이를 내려놓은 기분"이 들었고 이제 더는 언니 일에 관여하지 않기
로 했다.

　여기서 의문을 가지지 않을 수 없다. 유빙에서 있었던 X여사의
일에 대해 오향거리 군중은 왜 관심을 두지 않았을까? 너무 바빠
생사가 걸린 그 엄청난 일을 놓쳤을까? 혹은 이런 일에는 전혀 흥
미가 없어서 보고도 못 본 척했을까? 사실 그들은 X여사의 상황을
아예 몰랐고 유빙 일도 들어본 적이 없었다. 그건 X여사 개인의 비
밀로, 말하자면 일종의 도원경이었다. X여사는 우리가 알다시피
무녀와 비슷해 아무것도 없는 상태에서 기적을 만들 수 있었다. 그
러니 도원경이라고 만들지 못하겠는가? 그녀는 대중을 피해서 바
다나 강의 유빙에 있기로 마음먹었다. 역시 불현듯 떠오른 생각이
었다. 보통 사람은 그런 도원경에 들어갈 수 없으며 그녀의 친동생
도 가장자리에만 닿을 수 있었다. 그러다 본인만의 '경지'에 이르
면 X여사는 여동생조차 낯선 사람으로 만들 수 있었다. 그녀의 능

력은 점점 발달해 이제는 언제 어디서나 '경지'에 들어갈 수 있는 수준에 이르렀다. 그녀와 대화하던 사람들은 종종 그녀가 갑자기 눈을 멍하니 뜬 채 흐리멍덩한 표정을 짓는 걸 발견하곤 했다. 그럴 때 X여사가 이미 구중천 밖으로 날아갔을 수 있다는 걸 그 사람이 어찌 알겠는가! 우습게도 우리가 소란을 피우며 쫓아다니고 회의를 여는 사이, 그렇게 정중하게 행동하는 사이, 그녀는 유빙에 누워 푹 자고 있었다! 그런 비밀도 모르고 우리는 자신만만하고 완강하게 길을 정한 뒤 끝까지 나아갔다.

X여사의 마법 능력은 몇 년 뒤 여동생이 털어놓고 소문이 날개 돋친 듯 퍼지면서 모든 사람이 알게 되었다. 그제야 우리는 망연자실하게 뭔가를 떠올렸고, 이어서 누군가 큰 소리로 말했다. "우리가 했던 모든 행동이 그녀의 계략을 전반적으로 고려한 셈이었구나. 우리 정말 똑똑했네!"

여동생은 그 사람에게 반박하며 당신들이 무슨 수로 언니의 능력을 알았겠느냐, 그건 영원히 불가능하니 억지에 불과하며 그런 만용은 언니에게 아무 영향을 미치지 못하고, 그녀가 마술을 부릴 때는 누구도 알아차릴 수 없으며 도구 같은 것도 사용하지 않았다고 했다. 여사의 능력은 예전에 거울과 현미경으로 연구하던 때보다 훨씬 강력해졌다. 예전 연구가 낮은 단계라면 지금은 진정한 발명 및 창조의 단계로도 도달할 수 없을 만큼 높은 수준이었다. 추종자인 여동생 본인조차 저급한 단계에만 도달할 수 있을 뿐 더는 올라갈 수 없었다. 그러니 일반 대중의 경우 지금 X여사의 경지는 볼 수도, 다다를 수도 없었다. 포기하지 않고 끝까지 물고 늘어져봐야 X여사의 얼굴이 이상해지는 것 외에는 아무것도 볼 수 없을 터였다. X여사는 특별한 마술을 부리기에 영혼이 육체를 벗어날 때도 겉으로는 남들과 똑같았다. 더구나 X여사는 자신이 새로 습득한 능력을 자랑하지 않을뿐더러 대단하거나 우월하다고 생각하지도 않았다. 오히려 부끄러워서 누가 자신의 새 능력을 알아차리는 걸 원치 않았다. 하지만 확실히 X여사는 능력이 있었다! X여사와 아침저녁으로 함께했던 여동생은 언니와의 감정적 교류를 통해 꽤 많은 순간 언니의 도원경 경계에 이르곤 했다. 다만 도원경 자체를 완전히 이해하지는 못하고 느낄 수만 있었다.

"그곳에는 놀랍고 짜릿한 게 있어요." 그녀가 어리숙한 표정으로 엄숙하게 말해 사람들의 웃음을 자아냈다.

"누가 저런 광고를 시켰을까." 사람들이 떠들썩하게 비웃었다. "말이 갈수록 황당하고 어이가 없네. 설마 우리가 판단하지 못할까? 뭐가 대단한 능력이람? 무엇이든 뛰어난 능력이라면 드러나기 마련이야. 보이지도 느껴지지도 않는 것을 누군가 청산유수 같은 말솜씨로만 신비롭다고 하면 뭐가 대단하겠어? 능력이 있으면 내놓고 똑똑히 보여줘. 우리가 눈이 멀었나? 우리는 지근거리에서 아주 오랫동안 그녀를 관찰했어. 도원경 같은 게 어디 있었다는 거야? 틀림없이 겁먹어서 일부러 그런 모호한 표정을 지으며 속였겠지. 어느 순간 그냥 좋았거나. 몇몇 주관 없는 사람들도 그녀가 마술 같은 걸 부린다고 착각해서 소문을 마구 퍼뜨렸어. 그런데 어떤 마술이든 결국 사람이 느낄 수 있어야 해. 느낄 수 없으면 없는 거야. 바보 같은 여자의 자화자찬은 믿을 수 없어."

사람들의 무관심한 태도에는 이유가 있었다. 유빙이나 구중천 바깥의 일은 완전히 사적인 영역이었다. 외부 세계와 직접적 관련이 없으니 남에게 미치는 영향력 같은 건 더 말할 필요가 없었다. 우리가 왜 그런 것들을 신경써야 한단 말인가. 우리가 할일이 그렇게 없겠는가? X여사가 그런 놀이에 심취해 좋아하든 말든 그건 그녀 자유였다. 하지만 점잖은 우리의 시선을 끌겠다는 건 어림 반푼어치도 없는 일이었다.

6. 공세 주도권

X여사와 Q선생이 아무도 모르는 시간에 컴컴한 곡물창고로 들어간 뒤 어떤 일을 벌였을지는 이미 충분히 상상할 수 있었다. 이제는 누가 먼저 공세를 펼쳤는지, 그러니까 누가 먼저 움직였나, 라는 가장 중요한 문제만 남았다.

어둠의 회의에서 우리의 엘리트들은 이 민감한 문제를 두고 세 가지 견해로 갈렸다. 그리고 격렬한 대토론 중 여러 차례 마음을 바꾸다 결국 모두 첫번째 발언자의 편에 섰다. 엘리트들은 역사를 거시적, 미시적으로 분석하고 비교학적 방법에 따라 체계적으로 연구한 끝에 그런 결론에 도달했다. 그들 중 많은 대학자와 사회학자가 오향거리의 이데올로기 측면에 매우 중요한 역할을 했고, 세번째 발언자(C박사)는 그들의 중요성을 절감했기에 성급하게 자기 관점을 드러냈다가 생각지도 못한 참패를 당하고 말았다. 우리의 엘리트들은 절대 만만치 않았다!

첫번째 발언자(A박사)는 Q선생이 공세를 개시했을 거라는 입장이었다. 표면적으로 보면 X여사가 주도적 요소로(둘을 잠시 두 요소로 가정하자) 태생적 공격성을 가졌고, Q선생은 워낙 피동적이라 그녀의 함정에 빠진 허수아비 같았다. Q선생이라는 요소가 너무도 순박하고 무고해 보이기에 X여사라는 요소가 달려들어 그의 옷을 벗기고 꼭두각시처럼 조종했을 것이라고, 그 바람에 Q선생은 바닷속으로 뛰어들어도 울분이 씻기지 않을 만큼 억울했을 것이라고 상상하기에 충분했다. 하지만 그건 평범한 사람들의 생각에 불과했다. 우리 오향거리의 엘리트들은 결코 표면적인 현상에 미혹되지 않았다. 많은 책을 두루두루 읽어 생각이 깊은 우리는 다급하게 얄팍한 결론을 내리고 안주하지 않았다. 대토론을 거치면서 한층 성숙해졌다. 처음부터 끝까지 생각이 바뀌지 않았을지라도, 일단 엄숙하고 과학적인 태도로 고금의 역사를 심도 있게 탐구하고 종합적으로 살핀 뒤 엄격하게 구분하고 논증한 다음에야 A박사의 의견에 동의했다. 여기에 세 사람의 발언을 기록해보겠다.

A: 여자는 타고난 신체적 구조로 인해 주도권을 가질 가능성이 전혀 없으니 선제공격 같은 건 더 말할 필요가 없습니다. X여사라는 요소가 공격적이며 살기와 에너지를 가진 것처럼 보여도 절대 자연법칙을 거스를 수 없습니다. 그녀라는 유기체 내부에 피동성이 존재한다고 확신합니다. 그녀한테 생리적 문제가 있거나 여성이 아니라면 몰라도, 무슨 공세 같은 건 거론할 수조차 없습니다. 여인의 공세 같은 건 아직 성 경험이 없는 애송이들이나 믿는 신화지요. 성불능자도 그런 신화를 좋아하겠지만 정상인 성인 남자는

그런 성적 경험이 있을 리 없으며, 생각만 해도 요괴라도 만난 듯 매우 불편해할 겁니다. 혹시라도 그런 지경에 떨어지면 정신을 놓아버릴 게 틀림없습니다.

아니, 멀리 돌아갈 필요 없습니다. 이 문제는 애당초 존재하지 않으니까요. 우리가 독특한 여자를 상대하느라 흔들리기 시작해 상식조차 믿을 수 없게 된 겁니다. 그녀를 여자라고 전제하면, 우리는 보통 여자를 보는 시선으로 그녀를 볼 수 있습니다. 반면 그녀가 요괴라면 이 전제 자체가 사라지겠지요. 저는 살기등등하고 충격적인 여자를 수없이 만나봤습니다. 그런데 일단 침대에 오르면 그들이라고 태도가 다를까요? 설마 세상을 뒤집기라도 할까요? 그녀들 스스로 뒤집기를 원하지 않습니다. 한층 여성스럽게 굴어야만 원하는 기쁨을 얻을 수 있음을 잘 아니까요. 낮 동안 부리는 온갖 위세는 남들의 눈에 비치는 자신의 몸값을 올리고 남자보다 위에 있다는 그럴듯한 자아상을 만들기 위함일 뿐입니다. 남자들은 그런 마음을 이해해 관대하게 미소만 지을 뿐 그녀들의 얄은 꾀를 폭로하지 않고요. 별로 중요하지 않은 일이니까요. 밤일이야말로 본질입니다. 심지어 남자들은 사랑하는 사람이 위세 떠는 걸 '개성'이라고 생각해 좋아하기까지 합니다. 남자들은 일종의 허영심에서 누구나 자기 여자가 개성 있기를 바라지요. 그런 개성은 침대에서 전혀 방해되지 않을뿐더러 흥미까지 돋울 수 있으니 당연히 좋은 일입니다. 그래서 사랑하는 사람이 위세를 떨면 떨수록 남자는 얼굴이 빛납니다.

여자는 예로부터 이랬습니다. 남자들은 여자를 아끼고 일정 범위 내에서는 조금 멋대로 굴어도 이해해줍니다. X여사가 아무리

나서기를 좋아하고 남자한테 도전적이라도 어떻게 여자의 운명에서 벗어날 수 있겠습니까? 어두운 창고에서 처음 만났을 때 그녀도 틀림없이 허둥대며 어쩔 줄 몰라했으리라 확신합니다. 원래의 성향대로 통제에 순응할 수밖에 없었을 겁니다. 그러니 주도자는 당연히 Q선생이었을 테지요. 이 일로 문제를 절대 표면만 보지 말고 본질을 칼날처럼 예리하게 꿰뚫어봐야 함을 알 수 있습니다. 유감스럽게도 일반인은 그러지 못하고 맹목적으로 믿고 따르면서 기이한 소문까지 만들어냅니다. 우리는 타성이 지나치게 강하고 자기 주관과 능동성이 너무 부족합니다! 어제도 한 멍청이가 달려와 X여사의 특이한 능력은 전파력이 대단해서 오향거리 여자들이 따라서 우위를 점하려 할 거라고 말하더군요. 그의 무지몽매함이 정말 우습지 않습니까? 안타깝게도 이런 의견을 가진 사람이 많습니다.

예를 들어보겠습니다. 제 아내의 경우, 그녀가 매우 '그렇다는 것'은 모두 잘 아실 겁니다. 아주 개성적인 여인으로 낮에는 제 머리에 오줌통까지 뒤집어씌운 적이 있지요. 저는 성욕이 그다지 강하지 않고 매우 규칙적으로 성생활을 합니다. 그런데 본질이 뒤바뀔 수 있을까요? 설마 제가 개성적인 여인 하나를 어쩌지 못해서 세상을 원망하고 발기불능이 되겠습니까? 그건 일부 사람들의 황당한 발상에 불과합니다. 우리 남자들은 여자를 다룰 수 있으며, 이는 타고난 본능입니다. 여자들과 우열을 따질 필요도 없습니다. 누가 우세하고 열세한지는 타고난 몸으로 결정되며 영원히 바뀔 수 없으니까요. 평상시에 너그럽고 부드러우며 적절히 양보하는 게 바로 남자다운 품격입니다. 여자들이 조급해하고 잘난 척하는 건 자신의 피동적 지위가 불안해 소소한 반란을 꾀하기 때문입니다. 나쁠 게 전혀 없습니다. 여자들의 활발한 태도는 남자의 성욕을 한층 자극하고 성생활을 유쾌하고 생기롭게 만들며 삶을 더 밝게 바라보도록 해주니까요. 개성 있는 여자와(X여사처럼 극단적이거나 마술 따위를 부리지만 않으면) 결혼하는 건 남자의 행복입니다. 부부간의 모든 다툼은 서로의 감정을 키워주고요. 먹구름이 지나가면 파란 하늘이 빛나고 금빛 햇살이 쏟아지지요. 저는 이렇게 행복한 남자입니다. 이미 십이 년 동안 그런 행복을 누렸고, 지금까지 건강하고 혈색이 좋으며 매사에 흥이 납니다. 이미 현실 속에서 여성의 본질을 제대로 파악했고 한 번도 의문을 가진 적이 없습니다. 스스로의 눈을 가리지도 않았고요. 이 방면에서 매우 철저히 연구했습니다. 이제 저는 성욕 절제라는 문제도 이야기할까 합니다. 일반적으로 우리 남자의 성욕은 한계가 있으며 본질에 직접적인 영향을 줍니다. 매우 '그런' 여자와 비교하면 도리어 약자가 됩니다. 따라서 절제는 시급하고도 긴박한 문제입니다. 행복한 가정은 모두 이런 절제의 산물이라 할 수 있습니다. 절제는 본인의 심신에 유익할 뿐 아니라 상대를 제어해 더 큰 쾌감까지 이끌어낼 수 있습니다. 배부른 사람은 음식이 싫어질 것이므로, 반쯤 허기진 상태에 놓여야만 성적 화합을 유지할 수 있습니다. 그래야 상대가 우리 남자의 은혜에 감지덕지할 것이며 신선하고 예민한 감각을 영원히 유지할 겁니다. 가령 제 아내는 종종 눈물을 쏟으며 애원합니다. 그럴 때면 저는 대장부의 기질이 넘쳐흐르고, 여자는 부드러운 살덩이에 불과해집니다.

예전에 X여사의 어두운 방에서 그 둘이 처음 만났을 때는 X여사가 주도적으로 공세를 펼쳤을지도 모릅니다. 소위 눈 속의 파장으로 Q선생의 혼을 쏙 빼놓고 우위를 점했을 수 있지요. 그런데 가만히 생각해보면 그게 대수인가요? 그때는 침대에 오르지 않았으니 그런 수작은 어린애 장난이나 마찬가지입니다. 기껏해야 X여사를 개성 넘치고 과시욕 있는 여자라 할 수 있는 정도입니다. 여자는 결국 여자일 뿐, 무슨 짓을 해도 남자가 될 수 없습니다. 유언비어를 좋아하는 사람은 창고에서 암호랑이가 튀어나와 남자 옷을 벗겼다는 따위의 말을 하더군요. 자신의 성생활에 불만이 많은 듯 보였습니다. 그런 괴담을 만들어 상상하지 않으면 흥분할 수 없는지, 변태적 쾌감을 얻고 싶어 자기 아내도 암호랑이로 변하기를 바라는 듯했지요. 호랑이 같은 여인이 상상 속 존재라는 건 누구나 알고 있습니다. 실제로 그런 호랑이가 오면 놀라서 오줌을 지리는 게 정상이지, 누가 감히 나서서 즐기겠습니까! 사람들은 일어나지 않은 일일수록 상상의 나래를 펼칩니다. 사람이란 이렇게 끔찍합니다. 이 역시 어리석기 때문이고요. 저는 본보기를 보여야 하는 사람으로서 이지적이고 이성적인 문화 여가 생활을 영위하며, 어리석음의 타파를 개인적 소임으로 생각해왔습니다. 그처럼 무지한 사람들과 허무맹랑한 문제에 대해 논쟁하고 싶지 않습니다. 경건한 몸가짐과 건강하고 정겨운 부부생활로 그들에게 답함으로써 제 소임을 다하려 합니다.

문제의 또다른 측면, Q선생이 어떻게 주도하고 무슨 동작을 취했는가 등 구체적인 것에 대해서는 따로 가정하지 않았습니다. 저는 이론가로서 어떤 문제든 엄격하게 과학적 근거만 찾으려고 하니까요. 지금까지의 논증을 통해 이미 미신을 타파하고 사실을 본래의 모습으로 되돌려놓았습니다. 자세한 묘사는 예술가의 일입니다. 예술가는 우리의 지적을 염두에 두고 큰 방향을 정해야만 진실에 다다르고 수준 높은 작품을 만들어낼 수 있습니다. 앞서 선묘線描 예술운동은 문제가 많았습니다. 전망이 그다지 밝지도 않고요. 사람들은 고개를 숙인 채 걷다가 하릴없이 부딪혔고, 대량으로 쏟아져나온 조악한 그림들은 몹시 나쁜 영향을 미쳤습니다. 일부의 졸렬한 변태 심리나 만족시키면서 사람들 마음속에 있는 순수예술의 가치를 떨어뜨렸습니다. 엽기적 취향으로 싸구려 갈채를 받았지요. 사회 도덕의 문제로까지 확대되었습니다. 그 영향으로 어떤 사람은 부부간의 의무를 한푼 가치도 없다고 여기고 온종일 암호랑이처럼 괴이한 것에만 사로잡혔습니다. 또 어떤 사람은 자기 아내가 너무 순종적이라 늘 만족할 수 없다고 원망했습니다. 이렇게 괴상한 일이 벌어졌으니 기가 막힐 노릇입니다!

최근 저는 대담한 상상을 해봤습니다. 얼마 전 어둠의 회의가 끝난 뒤 떠오른 생각입니다. 우리 오향거리 남자들에게 남성성 제고 운동을 제안합니다. 여러 종류의 운동 프로그램이 가능하겠지요. 사진만 해도 할 수 있는 일이 많습니다. 남자들끼리 미간에 제대로 표정을 실어서 단체 사진을 찍는 겁니다. 요즘 이런 사진이 너무 부족해요. 각 가정 벽에 높이 걸린 사진들마다 여성성이 넘치니, 우리 남성의 본 모습은 어디로 간 겁니까? 언제부터 우리가 할머니, 어머니로 바뀌어 성적 우월감을 상실한 채 상상 속의 여성을 숭배하게 된 겁니까? 스스로 어느 지경까지 망가지려는 걸까요? 또한 우리 오향거리 남자들에게 내일 아침부터 매일 산에 올라 발성 연습을 하자고 제안합니다. 끊임없이 소리를 질러 우리의 위용을 드러내 잠든 남성성을 회복하는 겁니다. 우리는 정말 너무 오랫동안 가라앉아 있었습니다. 늪지에서 자며 여인의 신화를 만드는 방식으로 발기부전증의 확산을 억제하려 했지만 결과는 반대로 나타났습니다. 목소리가 가늘어지고 온종일 눈빛이 음흉하고 음란하니 이 얼마나 끔찍합니까! 복수란 불가능한 게 아닙니다. 우리가 타성에 계속 젖어 있으면 뿌리부터 썩기 시작해 벌을 받을 겁니다. 그때가 되면 여자 탈을 쓴 요괴가 지상에 나타나 검은 하늘을 향해 포효할 테지요. 남자들은 몸통이 부러져 바닥으로 엎어지고 체내에서 부드러운 섬유가 잔뜩 자라날 겁니다. 이게 바로 복수입니다! 이렇게 끔찍한 광경이 제 머릿속에서 떠나지를 않습니다. 경계합시다! 당연히 X 같은 여자의 수법은 저 같은 남자에게 영향을 미치지 못합니다. 사람들이 모두 저와 같으면 X 같은 부류는 존재하지도 않을 겁니다. 하지만 불행히도 이곳에는 그녀가 존재하고 활개칠 수 있는 토양이 있습니다. 이 독을 가진 존재가 자라고 번식할 뿐 아니라 위협까지 합니다. 모든 사람이 자기도 모르는 사이에 의견을 주고받았지요. 그런 논의가 오가면서 환상은 사실이 되었고, 그 사실은 가뜩이나 좁은 우리의 머리를 한층 더 옥죄는 질곡이 되었습니다.

오늘 아침에 아내가 이상한 눈으로 저를 노려보다가 기이하게 고개를 치켜들더군요. 저는 민감한 남자이므로 곧장 예사롭지 않은 변화를 알아차렸습니다. 그건 전례 없는 도전적인 자세였습니다. 그에 비하면 예전의 소란, 심지어 오줌통을 머리에 뒤집어씌운 행위까지 어린애 장난이었습니다. 사회의 전염병이 우리네 가정생활에까지 퍼진 것이지요. 부부간의 성생활이 곧 망가지거나 질적 변화가 생길 듯합니다. 남자는 더이상 남자가 아니고 여자 역시 더

이상 여자가 아닌, 상상하기 힘든 괴물로 변할 겁니다. 저는 이것을, 다시 말해 우리 모든 남성이 생존을 위해 싸워야 하는 날이 올 것을 예감했습니다. 우리는 무기를 들고 싸우는 게 아닙니다. 적도 외부에 있지 않고요. 우리의 적은 바로 우리 자신, 이 둔하고 게으른 몸뚱이, 녹슨 머리, 굳어버린 사지, 환상에 집착하는 텅 빈 눈입니다. 분발합시다! 스스로를 고결하게 지킵시다! 산에 가서 발성 연습을 합시다! 길을 걸을 때 다리를 높이 듭시다! 벽 곳곳에 남성성이 넘치는 사진을 걸어둡시다!

B: 여자가 주도적이지 못하다고 누가 그러나요? 엄청난 오해예요. 저는 90퍼센트 이상의 여자가 주도적이고 성욕도 남자보다 훨씬 강하며, 표현이나 행동도 훨씬 직설적이라고 단언할 수 있어요. 눈을 똑바로 뜨고 주변을 둘러보면 부부의 성생활을 주도하는 건 여자들임을 알 수 있을 거예요. 남자들이 뭡니까? 그냥 돌덩이예요. 이 돌을 여자들이 가슴에 품고 따뜻하게 데워서 살리는 겁니다. 이게 바로 우리 여성들이 밤에 겪는 슬픔이지요. 남자는 자기 일에 치여서 더는 여인의 아름다운 자태를 눈여겨보지 않아요. 이 세상은 생동적인 여자와 형편없이 노쇠한 남자로 가득해요. 여자는 성생활에서 우위를 점할 뿐 아니라 모든 사회 역사의 발전 방향을 결정하지요!

X여사가 뭐가 대수인가요. 그녀는 어느 창고에서 허수아비 같은 남자에게 공세를 펼쳤어요. 그 행동은 그녀가 새롭게 발명한 게 아니라 누구든 할 수 있는 일이라고요. 관례를 따랐을 뿐이지요. 아니 멀쩡하게 살아 있는 여자가 어두운 구석에 쪼그려앉아 그 돌덩

이가 호랑이로 변해 덮쳐주기를 하염없이 기다려야 했나요? 애당초 그녀가 그 어두운 장소에 들어간 건 이미 참을 수 없었기 때문이겠지요. 기껏 일을 치르기로 해놓고 무슨 이유로 부끄러워하며 허수아비 같은 남자한테 희망을 걸겠어요? 어둠 속에서는 누구도 보이지 않잖아요. 그녀가 달려들어 그 허수아비를 물어뜯으며 "왜 이렇게 오래 기다리게 해"라고 욕하지 않으면, 그게 이상한 거지요. 남자가 나서기를 기다리느니 해가 서쪽에서 뜨기를 기다리는 게 나아요.

보통 남자가 먼저 시작한다는 점을 부인할 수는 없겠지만, 그걸 그들이 주도적이라고 할 수도 없어요. 남자들은 마음이 다른 데 쏠려서 자기가 하는 일에 관심이 없거든요. 중간에 돌연 휘파람을 불거나 벌떡 일어나 물을 마시는 등 완전히 그 일을 등한시해요. 인내심이나 환상이 없으면 여자들은 거의 미칠 겁니다. 남자한테는 기대하면 안 돼요. 그들이 뭘 할 수 있나요? 제 남편에 대해 이야기해보지요. 사람들은 모두 그가 늠름하고 당당하다고 생각해요. 우리의 '문화 여가 생활'을 보면 그가 늘 먼저 시작하고 종종 용이나 호랑이 같은 기세로 달려들기도 하지요. 언뜻 보면 그가 주도하는 듯하다니까요. 하지만 맹세컨대 열에 아홉은 그 일을 하기도 전에 제 몸에 엎어져 잠이 들어요. 나머지 한 번, 정말로 할 때도 딴생각에 빠지고요. 누가 문밖에서 훔쳐본다고 중얼거리는 통에 둘 다 흥미를 잃고 중간에 끝납니다. 그럴 때 그는 안도의 한숨을 쉬는 듯해요. 누가 먼저 공세를 펼치나요? 남자이지요. 그런데 그들의 공세는 누구를 향하나요? 애당초 여자를 향하지 않아요. 어떤 환영幻影을 향해 달려들고 환상 속에서 의기투합한 다음 잠들어버려요.

반면 여자는 괜히 들떴다가 탄식을 내뱉으며 뜬눈으로 밤을 지새우지요. 수십 년의 경험과 교훈으로 저는 깨달음을 얻어서 더는 남자에게 희망을 품지 않아요. 대신 그들을 이용하고 가지고 놀면서 혼란으로 몰아넣어 온종일 제 주위를 맴돌게 해요. 하지만 방귀조차 주는 일이 없지요. 남자는 실전은 젬병인데 환상만큼은 최고 수준이에요. 그들은 집에 있는 아내를 안중에 두지 않아요. 아내 이야기만 나오면 화를 내며 무슨 '걸림돌'이니 '재난'이니 '야차夜叉'니 하고 떠들어요. 그게 우리를 지칭하는 말이에요. 자신들이 밤일 못하는 걸 숨기려 괜히 우리한테 화풀이하면서, 우리가 '불감증'이라 따분하고 지루하다며 성 기능이 나날이 퇴화한다고 하지요. 우리가 자신들의 욕망을 전혀 자극하지 못한다고, 상황이 바뀌지 않으면 발기부전이 될 거라고 해요. 한바탕 헛소리를 늘어놓은 뒤에는 핑계가 생겼다는 듯 밖으로 나가 여자를 농락하지요. 일부러 주눅든 척하며 일도 내팽개치고 온종일 처마 밑에 앉아 음탕한 눈으로 지나가는 여자를 쳐다봐요. 끊임없이 눈짓하고 추파를 던지며 심지어 손짓 발짓까지 해요. 당연히 그 여자들은 속으로 얼씨구나 하면서도 일단 부끄러운 척 얼굴을 붉히지만 결국 눈짓으로 맞장구치고요. 그런 다음 둘이 함께 어두운 방으로 들어가 일을 치러요. 그렇다고 본질이 조금이라도 바뀔 수 있을까요? 그렇게 한두 번 간통을 벌인다고 남자가 위풍당당하게 일어설 수 있나요? 주변을 둘러보면 답을 찾을 수 있을 거예요.

어두운 방에서의 일 자체를 논해보지요. 그들의 논리대로라면 남자는 '의외의 자극'이나 '신선한 느낌' 따위를 얻으면 힘이 불끈 솟아야겠죠? 난폭하게 날뛰는 모습으로는 확실히 그럴 것도 같고요. 그래서 여자는 처음에 그들을 감당하기 힘드리라 오해도 해요! 하지만 막상 시작하면 그들의 고질병이 바로 도지지요. 딴생각에 빠지거나 졸린 듯 멍해지고, 한창 흥이 올랐을 때 돌연 몸을 빼고는 문을 닫거나 쉼없이 노래를 흥얼거리거나 욕하거나 온갖 짓거리를 해요. 결국 본 모습을 드러내며 추태를 보이지요. 남자들의 그런 졸렬한 행위를 기록하기 시작하면 책 한 권은 써야 할 거예요. 그럼 아주 재미있겠지요! 일부 엄숙한 남자들은 처음부터 끝까지 고문이라도 받는 듯 굳은 표정을 지어요. 땀을 뻘뻘 흘리며 금방이라도 기절할 것 같은 모습에 여자는 자기도 모르게 마음이 짠해져 쾌락을 추구하는 대신 그의 안녕만을 기원하지요. 그렇게 해봐야 아무 보답도 얻지 못하지만요. 헤어지기 전에 남자는 당당하게 서서(이런 남자는 보통 체격이 우람해요) 여자를 경멸하듯 처다보며 콧방귀를 뀌어요. 상대 여자의 불완전한 성 기능 때문에 자신이 실패한 영웅이 되었다 여기는 거지요. 어떤 남자들은 몇 번 움직이지도 못하고 죽은 개처럼 늘어지고도 패배를 인정하기는커녕 끝없이 귀찮게 굴어요. 그 몇 번이 아주 대단했다고 말해달라는 거지요. 그 역겨운 치근덕거림을 보면 그들의 인내력에 놀라게 돼요. 실전에서 그런 인내력을 보였으면 실로 대단할 텐데 말이지요. 여자는 몇 시간을 시달리다 결국 진이 빠져 "정말 힘 좋더라", "매력이 엄청나", "남성미가 대단해"라는 식으로 칭찬해줘요. 한바탕 거짓말을 들은 그들은 만족스럽게 일어나 기분좋게 나가고요. 여자 혼자 어둠 속에서 씩씩거리게 남겨둔 채로요. 여자들 대부분이 이런 식의 상황을 겪어요. 결론은 여자들만 낭패라는 거예요. 지저분한 사태를 수습해야 하고, 허기에 시달리며 밤낮없이 불안해하고, 평생 수많은 질병과 후회를 감내해야 하지요. 엄숙하고 순결한 여자는 하나같이 요절하지만, 선천적으로 발육부전인 남자는 아주 오래 살아요. 여자는 모든 것을 창조하고 사회 전체를 힘겹게 지탱해요. 남자는 앉아서 그 성과를 누리는 주제에 온종일 우리가 자기들 일을 방해하고 만족감을 빼앗는다고(엄청난 욕망이라도 가진 듯) 원망하고요. 남자들이 이렇게 약해진 건 전부 우리 여자들 잘못이에요. 계속 이런 식이면 그들은 우리 때문에 못쓰게 될 거예요.

다시 X여사의 일로 돌아가서, 생각해보세요. Q선생이라고 뭐가 얼마나 대단하겠어요? 그 둘은 그토록 오래 만나는 동안 뜻밖에도 침대에 오르지 않았어요. 더는 견딜 수 없게 된 X여사가 머리를 싸매고 창고 일을 계획해 그 허수아비 같은 남자를 끌고 들어간 뒤에야 이뤄졌지요. 그 허수아비는 창고에 들어가기 전에도 틀림없이 전전긍긍하며 망설였을 거예요. 십중팔구 X여사가 엉덩이를 발로 차 밀어넣었을걸요. 진흙 바닥으로 쓰러지는 바람에 온몸이 흙투성이로 엉망이 되었을 테니, 그가 어떻게 주도할 수 있었겠어요? 어리둥절하며 눈앞에서 벌어진 일을 제대로 파악도 못했겠지요. 바닥에 앉아 엉엉 울었을지도 몰라요. 그러니 어떻게 주도할 수 있었겠어요? X여사가 성심껏 위로해주지 않았으면, 방법을 바꿔 유혹하지 않았으면 그는 창고에서 달아나려 했을걸요! 처음부터 그는 달아날 생각을 품었고, 정말 그 일을 할 생각은 없었다고 충분히 예측할 수 있어요. 그걸 원한 사람은 X여사였어요. 누군가는 그가 왜 창고에 갔겠느냐, 그는 원치 않는데 X여사가 억지로 데려갔겠느냐 물을 수도 있어요. 제 대답은 이래요. 창고로 갈 때 그는 좋아하는 사람의 눈을 관찰할 거라는 환상을 품고 있었던 거예요! 눈속의 무슨 빛에 엄청난 흥미가 있잖아요? X여사가 가자고 했을 때 잔뜩 흥이 올라서는 뛰면서 공을 튀겼을 거예요. 이번 기회에 흥미로운 일을 제대로 해봐야겠다 생각했겠지요. X여사가 들어가자마자 자기 눈을 가리고 정말로 할 줄은 꿈에도 생각하지 못했을 거예요. 소위 X여사 눈의 파장이란 실은 그녀의 기교에 불과해요. X여사는 일단 그 기교로 남자를 무장해제시킨 뒤 모든 걸 자기가 하고 싶은 대로 해요. 그건 그녀가 새로 발명한 게 아니라 예전부터 있었던 방식이에요. X여사는 아주 실질적으로 문제에 접근했을 뿐이라고요. Q선생은 어리바리하게 그녀 뒤에서 그 파장의 눈빛과 구름, 나비 같은 것을 끊임없이 떠올리며 따라가다가 곡물창고에 이르렀지요. 이어 느닷없는 발길질에 어둡고 축축한 구멍 속으로 넘어졌지요. 발길질이 아주 적절하고 교육적이어서, 현실을 인식한 그는 남자의 의무를 이행하지 않을 수 없었어요. 엉엉 울든지 말든지, 달아나고 싶어하든지 말든지, 이미 X여사의 손아귀에 놓였는데 그가 감히 하지 않을 수 있겠어요? 그래서 현실적으로 했지요. 효과가 어떻든 그 일은 일어났어요. 이건 우리 어둠의 회의에서 인정한 사실이고요.

생각해봐요. 이 세상에서 우리 여자들은 엄청난 손해를 봐요. 우리가 계획하고 처리하고 주도하지 않는 일이 어디 하나라도 있나요? 그런데 그 결과 우리는 무엇을 얻죠? 아무것도 없어요! 성관계에서도 여자가 주도하지만 정작 쾌감은 남자들이 얻으니, 뭐 이렇게 웃기는 일이 있느냐고요! 다시 말해 우리가 얼마나 노력하든 세상은 결국 우리를 가지고 놀고 우리의 욕망을 비웃는다는 말이에요. 남자가 성생활에서 허수아비 역할만 한다는 말로 끝나면 그만이겠는데, 그들은 사회 여론까지 장악해서 자신이 허수아비라는 걸 인정하지 않아요. 자신을 무슨 영웅처럼 포장하며 아주아주 많은 여자와 했다느니, 하룻밤에 연속으로 몇 번을 했다느니 하고 곳곳에서 허풍까지 떨어요. 거리를 걸을 때도 가슴을 내밀고 고개를 치켜든 채 큰 소리로 군가를 불러 여자들의 기를 죽이고요. 침대 이외의 장소는 어디든 제패하고 우리 머리 꼭대기에서 마음껏 위세를 떨치며 사업상 필요하다고 떠벌려요. 우리의 저항은 어떤 것도 절대 용납하지 않고요. 말할 때 보면 유아독존들이 따로 없어요. 매우 비정상적이고 현실에 부합하지도 않는 상황이지요. 여자들은 옛부터 이런 지위를 묵인했고요. 정말 불가사의해요.

우리들은 왜 이런 걸 순순히 받아들일까요? 스스로의 게으름 때문이에요. 남자가 여론을 이용해 세상을 조종하는데도 우리는 반쯤 눈을 감은 채 모르는 척해요. 아무 생각 없이 흐뭇하게 앵무새처럼 그 말을 따라하고, 오로지 남자들 비위만 맞추며 대충 편안하고 즐겁게 지내요. 그러다 남자들이 말도 안 되는 허풍으로 우리를 희화화하고 나아가 침대에서의 일을 들먹이며 영웅인 척 왜곡과 날조를 일삼으면, 우리는 엄청난 모욕을 받은 듯 씩씩거리지요. 한바탕 싸우고 싶어도 머릿속이 황폐해서 그들에게 반격할 만큼 날카로운 표현을 생각해내지 못해요. 이게 바로 우리의 비극적인 현실이에요. 어둠 속에 누워 이런 곤경을 떠올리다보면 통곡하며 울분을 풀고 싶을 때가 얼마나 많은지 몰라요. 침대에서 뛰어내려 남편을 깨워서 따지려고도 해봤고요. 하지만 늘 시도로 그쳤지요. 남자들은 우리의 노력으로 만족을 얻으면 곧장 곯아떨어져서 절대 일어나지 않으니까요. 날이 밝은 뒤 다시 따져봐야 그는 이미 밤사이의 일을 잊어버렸고요. 오히려 문화 여가 생활에서 영웅 같았다고 확신하며 사방으로 침을 튀기고 눈을 반짝거리면서 잘난 척하지요. X여사의 주도성(혹은 승리)이 어때서요? 저는 차라리 이 승리를 포기하고 좀더 실질적인 것을 얻고 싶어요. 이런 승리는 과시할 만한 가치가 전혀 없거든요. 새롭게 창조된 게 아니라 옛부터 내려온 습관일 뿐이에요. 이런 습관은 되려 우리에게 해로워요. 현실에 안주하고 정신적으로도 스스로의 지위가 아주 높은 것처럼 착각하게 되니까요. 그래서 저는 앞으로 주도성이니 승리니 하는 말을 꺼내지 말자고 제안해요. 이런 주도성을 혐오해요. 우리를 망가뜨려서 영원히 헤어나오지 못하도록 만들어요. 우리는 진흙탕에 빠져 스스로 벗어나지도 못하면서 잘난 척까지 하지요. 이와 정반대로 남자들은 여자가 멍청하게 도취됐을 때 그런 심리를 어떻게든 더 부추겨요. 그게 자신들에게 아주 유용한 마취제임을 잘 아니까요. 적당한 때 능청을 떨며 "어머니"니 "여신"이니 하며 치켜세우지만 속으로는 몰래 비웃어요. 반면 우리의 바보 같은 자매들은 그런 칭송에 넘어가 밤에 한층 굽실거리며 비위를 맞추고 더 주도적으로 행동하려 애를 쓰지요. 어린애를 돌보듯 그 허수아비를 보살피고 온갖 낯부끄러운 행동까지 하는데, 정작 자신은 흐리멍덩해져 스스로 만족하는지 아닌지조차 몰라요.

동지 여러분, 저는 여기서 오랫동안 가슴에만 품었던 제안을 하나 하려고 합니다. 집집마다 여자들이 도로 쪽 대문에 게시판을 마련하고 남자들이 밤사이 했던 졸렬한 행위를 암시와 은유의 형식으로 게재하는 겁니다. 일주일에 한 번씩 사회 전체에 경종을 울리고 우리 여자의 힘을 보여주자고요. 생각해보니 남자들의 성공은 여론을 장악했기 때문에 가능했어요. 어떤 사회든 이데올로기가 제일 중요하잖아요. 오랫동안 우리 여자 중에는 이 사실을 깨달은 사람이 하나도 없었어요. 그저 맹목적으로 운명을 받아들이고 허수아비 남자들을 숭배할 줄만 알았지요. 그들의 여론을 성지처럼 받들며 스스로의 여론을 가져본 적이 없어요. 현실을 보세요. 남자들의 대자보가 나붙을 때마다 여자들이 우르르 몰려가잖아요. 땡볕이 내리쬐든 폭우가 쏟아지든 꼼꼼하게 읽은 다음 논평하고 환하게 웃으며 바보 같은 말이나 하지요.

"우리 가슴속 말을 시원하게 해줬네. 우리에게는 이런 여론이 필요해!"

"이렇게 수준 높은 이론으로 인도해주지 않으면 우리처럼 어리숙한 사람들이 어떻게 살 수 있겠어!"

"남자는 언제나 구세주 역할을 한다니까. 그들의 영웅적 기개는 정말 감동적이야. 우리가 뭘 할 수 있겠어? 아무것도 못하고 일을 망치기만 하지. 우리는 기쁘게 운명을 받아들이고 안분지족하며 그들을 잘 섬겨야 해."

이런 사람들은 대자보를 읽은 뒤 어리석은 신앙을 한층 공고히 하지요. 어떻게든 자신한테서 결점을 찾아내 열심히 '보완'하려 노력하고요. 완전히 곯아떨어진 남편 옆을 밤새 뜬눈으로 지키며 자기가 제대로 챙기지 못했느니, 반항심이 생겼었느니 하고 끊임없이 회개하는 여자들도 있지요. 노예근성이란 타고나는 게 아니라 여론을 통해 전파된 것을 무의식중에 받아들이는 행위예요. 이제 우리가 똑같은 방식으로 그 무기를 장악하면 틀림없이 천지개벽할 변화가 생길 거예요. 남자들이 그렇게 득의양양하고 우쭐대는 건 모두 그 죽일 놈의 대자보 때문이에요. 그들은 대자보를 통해 빛나는 이미지를 만들어내지요. 우리가 여론전에서 그들을 물리치면 상황이 완전히 달라질 거예요. 그때가 되면 길고도 긴 밤이 아름답고 짧게 변할 겁니다. 쾌감을 얻는 쪽은 우리 여자가 되고요. 반면 남자들은 밤새 잠을 이루지 못하고 고통 속에서 지새울 거예요. 여자들이 명실상부한 영웅이 되어 성생활도 조종할 뿐 아니라 사회 전반의 삶까지 조종하게 될 거고요. 그렇더라도 절대 냉혹해지면 안 되고 자애롭게 굴어야 해요. 최대한 남자들에게도 만족감을 주며 쾌락을 공유해야 해요.

X여사 행동의 본질은 무엇일까요? 제가 방금 이야기한 건 그녀와 전혀 상관없어요. 그녀는 이처럼 높은 경지에 영원히 이를 수 없을 테니까요. 이건 확실해요. 어두운 곳에서 누가 달려들었든 결국 마찬가지이며 아무 의미가 없어요. 그 속에는 정신적인 부분이 부족하니 독립심은 말할 필요도 없을 거예요. 그들은 아직도 고리타분한 놀음을 계속하지요. X여사가 주도적 요소라는 의견에 찬성하지만, 이 의견은 대단할 게 없어요. 모든 여성은 대자보에 주의를 기울여야 해요. 이건 획기적인 일이니까요.

C: 제 의견은 좀 참신하고 독특합니다. 그 둘 다 주도권을 갖기 위해 공세를 펼치면서 어두운 창고에서 몸싸움이 벌어졌다는 것입니다. 마지막에는 둘 다 원하는 바를 얻어 매우 기뻐하고요.

한 남자 혹은 여자로서 누군들 자신의 활력과 용기를 드러내고 싶지 않겠습니까? 우선 그들은 상대를 사자로, 자신을 민첩한 사냥꾼으로 가정한 뒤 온갖 기교를 떠올리며 각종 난관과 위험을 예측합니다. 그다음 구름이 잔뜩 낀 어느 아침에 굳게 결심하고 출발해, 온종일 쫓고 쫓기며 기다리기를 반복하다 완전히 녹초가 됩니다. 인내심이 바닥나고 현기증이 나기 시작했을 때쯤 갑자기 곡물창고가 나타나지요.

둘은 승패를 판가름할 요충지인 그 보루를 선점해야겠다고 생각합니다. 다리가 가늘고 동작이 민첩한 X여사가 재빨리 달려가 먼저 보루로 들어갑니다. 이에 몸집이 크고 동작이 둔한 Q는 다른 방법을 강구하지요. 창고 바깥에 숨어 지구전을 시작하는 겁니다. 어둠 속에서 두 쌍의 초록색 눈동자가 긴장한 채 상대를 주시하며 한순간도 흐트러지지 않습니다. 대략 세 시간 정도 대치가 지속됐다 가정합시다. 그러다 약속이라도 한 듯 둘은 상대를 향해 달려갑니다. 첫번째 육탄전은 허탕으로, 둘 다 진흙 바닥에 곤두박질칩니다. 어쩌면 Q는 이가 하나 빠졌을지도 모릅니다. 반시간쯤 쉬고 나서 두번째 육탄전을 시작합니다.

두번째 육탄전에서 X는 우회 전술을 구사해 끊임없이 창고 안을 맴돕니다. Q의 정신을 빼놓으려는 의도지요. Q는 움직이지 않는 것으로 대응하고요. 덩치가 크고 힘이 센 자신이 X한테 넘어갈 리 없다고 생각해 휴식을 취하며 담배까지 피웁니다! 그런데 그가 담배를 다 태웠을 때 X가 가는 다리로 그의 다리를 겁니다. 놀랍게도 Q를 넘어뜨리지만 그녀 자신도 진흙 바닥으로 쓰러지지요. Q가 그녀 위로 넘어지자 X는 피범벅이 되도록 그를 물어뜯으려다 무슨 이유에선지 그만둡니다. 둘은 동시에 자리에서 일어나 떨리는 목소리로 "우리 옷을 벗어요!"라고 하지요. 네, 그들은 재빨리 옷을 벗어던집니다. 그렇지요, 환희의 순간이 도래한 겁니다. 둘은 끌어안은 채 서로를 깨물고 잡아당깁니다. X는 Q 이마께의 머리카락을 최소 오백 가닥은 잡아당깁니다. 둘이 그 일을 했는지는 모르겠는데, 그건 부차적인 문제입니다. 어쨌든 쾌감을 충분히 즐겼으니까요.

나중에는 곡식 포대에 앉아 노래를 부르기 시작합니다. 어렸을 때 불렀던 〈즐거운 하굣길〉이라는 노래지요. 한 소절을 부를 때마다 상대의 뺨을 경쾌하게 때립니다. 분명 박자를 맞추는 건데 X의 연약한 뺨이 잔뜩 부풀어오릅니다. 반면 Q의 뺨은 워낙 거칠고 나무토막처럼 단단해 전혀 변화가 없습니다. 따귀를 칠 때마다 X의 손가락 관절만 아플 뿐이지요. 그들은 잔뜩 신이 나서 말합니다. "이렇게만 해도 충분해요. 이야말로 진정한 성적 화합이에요. 주변의 중생들은 얼마나 가련한가요. 동물적 성교에서 무엇을 얻을까요? 우리는 정말 용감해요!" 이어서 그들은 입을 맞춥니다. 서로의 혀를 깨물려 하지요. 둘 다 민첩하게 혀를 빼지 않았으면 아주 참혹한 일이 벌어졌을지 모릅니다.

친애하는 동지 여러분, 여기서 저는 성생활의 쾌감이 무엇인지 말씀드리려 합니다. 이것은 오랫동안 거센 오류에 휩쓸려 본질을 찾기 힘들 정도로 가라앉아 있었습니다. 백절불굴의 노력으로 겨우 윤곽을 찾아내도, 조금 더 파고들면 윤곽이란 것 자체가 없음을, 삶이 던진 거대한 농담에 지나지 않음을 발견하게 되지요. 성적 쾌감이란 구름 위에나 있는 매우 신기한 것입니다. 네, 엘리트들이 어둠의 회의에서 이미 입술 모양으로 이것을 암시한 적이 있습니다. 하지만 완전히 동떨어진 이야기였지요! 쾌감 같은 건 절대 근접할 수 있는 게 아닙니다. 성교 따위로는 얻을 수 없다는 말입니다. 그건 일종의 유희로, 거의 잡았다고 느꼈을 때는 이미 빠져나간 지 한참 뒤입니다. 의기소침해져 모든 책임을 상대에게 돌리고 펄쩍펄쩍 뛰며 소리치지요. "이런 귀신 같은 일을 왜 하지? 이런 일은 바람이나 그림자를 잡는 것보다 어려워. 자기가 파놓은 함정에 떨어져 장님처럼 제자리를 맴돌기까지 해야 하니까. 차라리 금욕주의자로 사는 게 훨씬 편하고 깔끔하겠어. 이렇게 갈망하다가는 말라죽겠다고! 반년도 안 돼서 끝장나겠어! 쾌감은 무슨, 누가 골탕 먹이려고 만든 수수께끼지!" 말은 이처럼 격하게 해도 다음에 좋아하는 사람이 나타나면 금세 늙은 개처럼 킁킁거리며 쾌감에 연연합니다.

다시 X와 Q 이야기로 돌아가겠습니다. 그들은 서로를 물어뜯고 다리를 걸고 따귀를 때리는 행위에서 쾌감을 느꼈습니다. 그게 조금 일리가 있는 건 사실이지만, 전부라고 하기에는 한참 모자랍니다. 보잘것없고 저속한 둘이 구름 위의 오묘함을 파악했다면, 우리의 엘리트들은 전부 놀고먹은 게 아니겠습니까? 몇 년에 걸친 연구가 헛짓이었다는 뜻 아니겠습니까? 제가 조금 일리가 있다고 말한 건 그들이 잔꾀로 사리사욕을 취하는 데 능한 인간들이기 때문입니다. 그들은 어둠의 회의 때마다 참가할 자격이 없음에도 어디선가 틈을 노려 우리의 비밀 정보를 빼낸 뒤 자기 것인 양 기회를 잡아 실행으로 옮겼습니다. 그러자 무심결에 소소한 성과를 거둘 수 있었습니다. 반면 우리의 엘리트는 성적 쾌감의 비밀을 파악하지 못한 채 부단히 탐색하고 있었지요. 그래도 보잘것없는 그들 소인배가 성과를 전부 훔쳐가도록 두기야 하겠습니까? 몸싸움을 벌이고 다리를 걸고 물어뜯고 머리카락 오백 가닥을 잡아당기는 게 설마 쾌감의 모든 비밀이겠습니까? 그럼 우리를 너무 얕잡아본 게 아니겠습니까? 밤낮없이 진행하는 우리의 과학적 연구가 그렇게 단순하겠습니까? 그 둘은 너무 자만하면 안 됩니다. 우리는 언젠가 모든 연구 성과를 대중에 공개할 테니까요. 그날이 아직 멀었을지 모르지만 언젠가는 올 테니, 동지 여러분, 기다리십시오! 연구 성과가 나오기 전까지는 당연히 비밀을 유지해야 하므로 여기서 너무 떠들지 않겠습니다. 하지만 제 성과를 조금 알려드리려 합니다. 저는 분별없는 사람이 아니기에 이미 파악한 성적 쾌감의 비밀을 전부 떠벌릴 수 없습니다. 일단 저는 X와 Q처럼 물고 발을 거는 게 쾌감의 구성 요소라는 데 동의합니다. 없어서는 안 되는, 쾌감의 초급 단계입니다. 초급 단계라 대단하지는 않지만 누구나 각기 다른 방식으로 시도할 수 있다고 거의 확신합니다. 제 여동생은 쾌감을 붙들고 싶을 때 사랑하는 사람의 두피를 깨뭅니다. 자칫하면 머리통에 구멍이 날 정도로요. 사람은 항상 떳떳하고 숨기는 게 없어야 하므로, 여러분께 제가 어떻게 쾌감의 언저리까지 도달했는지(고급 단계), 또 왜 참패했는지 털어놓겠습니다.

어느 날 저는 창가에 앉아 구름을 바라보며 한참을 시적 상상에 빠져 있었습니다. 그때 문득 손만 뻗으면 닿을 수 있을 정도로 쾌감에서 가까이 있다는 느낌을 받았습니다. 이윽고 산책하러 나가, 산책하라고, 거기 오묘한 게 있어, 하고 속삭이는 목소리를 들었습니다. 저는 벌떡 일어나 제 아내, 그러니까 성교 상대를 찾았습니다. 그녀는 가위로 제 바지 뒤쪽에 구멍을 내고 있었습니다. 제가 걸을 때 엉덩이가 보이도록요. 저는 아내에게 "산책 가자! 산책!" 하고 소리친 뒤 밖으로 함께 나갔습니다. 신선이 된 듯 가뿐하고 주체하기 힘들 정도로 들떴습니다. 강가 모래사장에 누웠을 때는 평생 도달해보지 못한 고급 단계에 이를 것 같았습니다. 우리는 "으흐흐흐" 끊임없이 웃으며 무의식적으로 온갖 요란한 동작을 취했습니다.

그 빌어먹을 개미들만 아니었으면 우리는 이미 모든 엘리트를 앞질러 가장 유명하고 실력이 뛰어나며 이론적 기초가 견고한 대학자가 되었을 겁니다. 개미가 제일 먼저 공격한 부위는 생식기였습니다. 상상도 못한 재난이었지요. 어쨌든 우리는 끝났습니다. 자그마치 다섯 시간의 준비 작업과 십오 킬로미터의 산책을 거쳐 고작 반걸음만 더 가면 성공할 일이었는데, 갑자기 개미라니요! 그 빌어먹을 개미들 때문에 아내는 더이상 호응하려 하지 않고 거칠게 욕을 퍼부었습니다. 산책은 X여사한테서 "표절"해 온 것이고 "피상적인 것만 배우니", "정말 역겨워", "영원히 성공하지 못할걸"이라고 했습니다. 예전에 공원에서 눈에 콩깍지가 씌어 저처럼 무능력한 남자를 따라오지만 않았어도, 이미 "혼자서 최고 경지에 이르렀을 것"이라고 투덜거렸습니다. 이어 허리에 손을 얹은 채 말하더군요. "성적 쾌감은 내가 알아서 할 일인데 당신 같은 폐물이 왜 설치고 난리야? 흥! 산책이라니! 거짓말쟁이! 사기꾼! 나중에 내가 모른 척한다고 탓하지 마!"

이렇게 보면 소위 고급 단계는 산책뿐 아니라 요란한 동작까지 포함하는 게 아닐까요? 우리가 가장 궁금해하는 성과는 전부 그 사이에서 실현되고 거기서 무한한 기쁨이 생겨나는 게 아닐까요? 저기요, 동지 여러분, 그렇지 않습니다. 제가 방금 말한 것들은 길고도 긴 준비 단계에 불과합니다. 진정하고 실질적인 것, 그러니까 쾌감 자체는 그렇게 만만한 일이 아닙니다. 실행되면 목숨을 앗아 갈지도 모릅니다. 이것만큼은 아주 분명합니다. 저처럼 똑똑한 사람이 그렇게 결정적인 한 걸음을 쉽게 내디딜 수 없는 건 말하자면 결국 슬픔 때문입니다. 왜일까요? 상대를 찾을 수 없어서입니다. 저와 아내는 산책하고 모래사장에서 뒹굴고 끊임없이 쫓고 쫓기며 분위기를 만들었습니다. 최고의 목표를 좇아 전력을 다하는 것처럼요. 둘 다 극도로 흥분했고 자신감에 넘쳤지요. 그런데 그 개미가 저절로 왔을까요? 외부 요인이 우리 미래에 그토록 크게 개입할 수 있을까요? 하, 그건 못된 장난일 뿐입니다. 개미는 있어도 되고 없어도 되는 요소입니다. 의지에 따라 변할 수 있어요. 있기를 바라면 있고, 신경쓰지 않으면 존재하지 않습니다. 따라서 진짜 문제는 아내의 몸에 있었던 겁니다. 그녀는 늘 쾌감을 혼자만의 것으로 여겼습니다. 저와 공유하기는커녕 근처에도 못 오게 했지요. 제가 수준 높은 경지를 체험하는 것에도 전혀 관심이 없어서 "죽어도 느끼지 못할 것"이라고 했습니다. 거기서 그치지 않고 날조하고 '표절'을 운운하며, 저와 쾌감을 공유하느니 "차라리 죽는 게 낫다"라고까지 했습니다. 그녀가 성질을 억누른 채 저와 십오 킬로미터를 걸은 건 "대체 무슨 짓거리를 하는지 보고" 나중에 그걸 꼬투리삼아 저를 비웃기 위해서였습니다. 그동안 제가 그처럼 '개똥' 같은 줄 몰랐다며, 그 요란하고 가벼운 동작이 꼭 곡예를 부리는 것 같은데 차라리 2마오*짜리 공연을 보는 게 낫겠다고도 했습니다. 벌

---

* 1마오는 1위안의 십분의 일.

거벗고 하는 곡예가 무슨 추태냐고요.

자, 친애하는 동지 여러분, 이제 개미의 의미를 이해하셨지요? 상대가 없는 일은 아무리 완벽하게 구상해봐야 비극일 뿐입니다. 가슴에서 피가 흐르지요. 실망과 고독, 적막, 너무 많아요. 너무 많습니다! 수준 높은 '문화 여가 생활'을 추구하고 싶으시지요? 쾌감의 절정에 이르고 싶으시지요? 실패가 기다립니다. 불운도 기다리고 있어요. 텅 빈 광야에 선 듯합니다. 석양이 그림자를 한없이 길게 늘이고, 더이상 길이 없어서 조금만 움직여도 곤두박질치지요. 그게 아니면 야차의 손아귀로 떨어져 빌어먹을 개미에 시달리는 겁니다.

반려자의 팔짱을 끼고 긴 제방을 걸을 때는 가슴에서 고상한 열정이 흘러넘치고 모든 것이 계획대로 된다고 생각합니다. 아주 자신이 있지요. 스스로 대단한 사람처럼 느껴지고요. 한 가지, 곧 일어날 대사와 가장 밀접한 한 가지를 놓치고 있는 줄은 전혀 모릅니다. 그건 바로 빌어먹을 마누라입니다. (그녀는 언제 제 삶으로 침투했을까요? 그 망할 것이 어떻게 제 믿음을 갈취했을까요?) 그녀는 제 순결과 이상주의적 이념을 완벽하게 이용하며 몰래 못된 장난을 계획했습니다. 저와 발을 맞춰 걷는 동안 얼굴을 새빨갛게 붉혔기 때문에 저보다 더 흥분한 것처럼 보였지요. 심지어 계속 "아, 나는 당신이 정말 좋아! 아, 당신이 정말 좋아!"라고 감탄까지 했습니다. 그 바람에 저는 그녀가 금방이라도 이성을 잃을 줄 알았습니다. 일평생 중도를 추구하며 진지하게 살아온 제가 그녀가 그걸 거짓으로 꾸미는 줄 어떻게 알아챌 수 있겠습니까? 저는 고독과 적막 속에서 홀로 오랜 시간을 보냈습니다. 그래서 대단한 지음을 만났다고만 생각했지요! 그건 꿈에서도 갈망하던 일이 아닙니까? 저는 꾹 참았습니다. 십오 킬로미터를 다 걸어간 뒤 제 이상적 목표를 완수할 생각이었습니다. 그런데 아내는 참지 못하겠는지 필사적으로 저를 졸랐습니다. 나중에는 저더러 냉혹하고 무정한 사람이라면서 당장 자신의 요구를 만족시키라고까지 했습니다. 저는 참을성 있게, 십오 킬로미터의 길은 가장 낮은 단계에 속하며 뒤에 더 높은 수준의 기쁨이 기다리고 있다고 그녀를 달랬습니다. 십오 킬로미터를 모두 걷지 않아 감정이 충분히 무르익지 않은 상태에서(기공의 운기조식과 비슷하지요) 일을 대충 치르면 후회하게 될 거라고요. 우리의 모든 귀찮은 준비 작업이 아무 느낌 없는 일 분의 성교만을 위한 것이라면, 그건 일부러 스스로를 괴롭히는 게 아니겠습니까? 그런 일은 집에서도 할 수 있으니 굳이 신비롭게 할 필요가 없지요.

그렇습니다. 제가 말할수록 아내는 점점 달아올랐고, 목적지에 거의 도달했을 때 갑자기 펄쩍 뛰어 저를 바닥으로 넘어뜨렸습니다. 그러고는 자기 혼자 느껴야겠다며 저한테는 어떤 주도권도 줄 수 없다고 했습니다. 그 순간 제 모든 쾌감이 무너지고 엉망이 되었습니다. 저는 죽은 사람처럼 그 일 분짜리 짓거리를 끝냈습니다. 얼굴에서 핏기가 사라지고 온몸이 땀범벅이 되었으며 눈앞에서 일어난 모든 일을 믿을 수 없었습니다. 여자란 대체 어떤 존재입니까? 어디서 그렇게 대단한 힘이 나올까요? 저는 왜 미리 알아차리고 대비하지 못했을까요? 그러기는커녕 왜 그녀를 제 동지로 보고 깊이 신뢰했을까요? 동지 여러분, 저는 그 일 분의 성교를 저주합니다. 그로 인해 저는 영원한 금욕주의자가 되리라 결심했으며 이 결심을 반드시 실행할 겁니다. 그것만이 제 희망입니다. 저는 이미 엄청난 웃음거리가 되었고 거의 허물어졌기 때문입니다.

십오 킬로미터의 일이 있은 후 확실히 뒤에서 비웃으며 제 추태를 보고 싶어하는 사람이 생겼습니다. 아내와 그녀의 공모자들은 자기들끼리 저를 '알랑쇠'라 규정하며 오향거리 모든 주민의 공적인 X여사한테도 알랑거린다고 여겼습니다. 아침에 제가 어지러워서 일어나지 못하자 그들은 우르르 방으로 들어와 침대 밑에 쪼그려앉아서는 제가 "이불 속에서 무슨 곡예 동작을 하는지" 관찰해야겠다며 쳐다봤습니다. 저는 꼼짝도 할 수 없었지요. 심지어 빈대까지도 그 난리통에 합세해 이를 악물고 버텨야 했습니다. 그런데 제가 정말 무너졌을까요? 아니요. 저는 불운을 동력삼아 세상에 제 존재를 드러내려 발버둥쳤습니다. 세상 모든 이치와 인심에 완전히 실망한 뒤 사흘째 되던 날, 저는 스스로의 힘으로 일어났습니다. 초가지붕으로 올라가 매일 가부좌를 틀고 평생의 경험과 교훈을 정리했습니다. 그 속에는 성적 쾌감의 고급 단계에 대한 참신한 정의도 있었지요. 저는 거기에 가만히 앉아 하늘을 바라봤습니다. 발밑으로는 정신없이 오가는 중생이 있었습니다. 세속을 초탈한 느낌이 들었습니다. 세상의 소리에 귀기울이지 않고 철학적인 높은 경지를 향해 안정적으로 사유를 발전시켰습니다. 꽤 많은 시간이 흘렀습니다. 해가 내리쬐든 비가 쏟아지든 시종일관 지붕에 솟아난 화석처럼, 백발이 성성하고 모든 것을 꿰뚫어보는 늙은 철학자처럼 그 자리를 지켰습니다. 천지와 동화되어 만물이 제 가슴속에서 춤췄습니다. 인간이 너무도 애틋하고 가련하게 느껴지고, 그들의 성교방식이 너무도 우스워 보였습니다.

어느 날 제가 추상적 사유에 빠져 미소를 지으며 마음을 가다듬고 있을 때 갑자기 발바닥에서 엄청난 통증이 느껴졌습니다. 정신이 혼미해져 더이상 생각을 이어갈 수 없었습니다. 발밑에서는 시끄러운 소리가 들려왔습니다. 아내를 중심으로 한 패거리가 끝이 뾰족한 대나무 장대로 저를 찌르며 "소똥 덩어리를 지붕에서 끌어내리자"라고 소리쳤습니다. "지붕 위에서 내뿜는 방귀가 밥 짓는 솥으로 떨어지잖아"라며 그 냄새가 "오향거리 주민들 공적公敵의 냄새"라고까지 했습니다. 그들 패거리는 점점 크게 소리치며 제가 막을 수 없도록 공격했습니다. 결국 목과 가슴, 엉덩이를 심하게 찔려 피가 줄줄 흘러내렸습니다. 아내 패거리는 깜짝 놀라 황급히 장대를 내던지고 달아나기 시작했고요. 멀리 달아났는데도 서로 책임을 미루는 소리가 들렸습니다. 방해꾼이 물러가자 철학적 사유가 다시 제 머릿속을 점령했습니다. 여태껏 없었던 견고함이 생겨나는 걸, 천재적 자아상이 희미하게 탄생하는 걸 느꼈습니다. 저는 누구일까요? 어떤 사명을 가지고 세상에 왔을까요? 왜 저 혼자만 지붕 위에서 동요하지 않고, 인류는 제 발밑에서 공연하는 걸까요? 사십구 일, 어쩌면 육십사 일 뒤(저는 이미 시간관념을 잃어버렸습니다) 마침내 지붕에서 내려왔습니다. 머리가 수정처럼 맑았지요. 제가 어두운 방으로 들어갔을 때 자리에 있던 모든 엘리트들이 엄숙하게 경의를 표했습니다. 제가 한 걸음을 내디딜 때마다 그들은 두려움에 가슴을 떨었습니다.

제가 장황한 연설을 늘어놓으리라 생각했을지도 모르겠습니다. 그동안 지붕 위에서 정리한 생각이 가슴속에 해박한 이론으로 축적되었고 독보적인 말재주도 충분히 성숙되지 않았습니까? 저는 준엄한 눈빛으로 우리 단체의 모든 사람을 훑어본 뒤 천천히 자리에 앉았습니다. 기대했던 일은 일어나지 않았지요. 초가지붕에서의 제 장거를 목격한 엘리트들 가운데 누가 감히 한순간의 허영심을 만족시키기 위해 검증되지 않은 평범한 이야기를 함부로 대중에게 퍼뜨릴 수 있었겠습니까? 그들은 전부 기대에 찬 어린애 같은 눈빛으로 제 입술의 움직임을 지켜봤습니다. 한순간도 놓치려 하지 않았지요. 하지만 저는 "지금은 비극적인 시대로서 고차원적 쾌감은 환상 속에서만 얻을 수 있습니다"라고 딱 한마디만 했습니다. 말을 마친 뒤에는 눈살을 찌푸리며 가부좌로 앉아 다시 지붕 위 화석으로 변했고요. 방안이 침묵에 휩싸이고 모두가 고개를 떨궜습니다. 그때 황혼의 마지막 빛마저 어두워지면서 깊은 밤이 내려앉았습니다. 유리창 구멍으로 찬바람이 들어와 회의장 분위기는 얼음처럼 차가워졌습니다. 회의가 끝날 때까지 저는 더이상 입을 열지 않았습니다. 제 천근 같은 말 한마디가 모든 것을 요약했습니다. 지붕 위에서 사십구 일 혹은 육십사 일 동안 가부좌를 틀고 있던 늙은 철학자가 아니면 누가 그런 말을 할 수 있겠습니까?

빈틈없고 논리정연한 사유가 군중을 압도했습니다. 이렇게 투철하고 초탈한 비관주의, 세상을 대하는 현명한 태도를 조금이라도 직접 경험해본 지식인이라면 누군들 탄복하지 않았겠습니까? 단언컨대, 침묵 속에서 회의가 끝난 뒤 지식인들은 X여사와 Q선생의 문제에서 관심을 거뒀습니다. 싸우고 물어뜯는 행위는 완전히 저급하니까요. 교양 있는 우리 지식인들이 추구하는 것과는 거리가 한참 멀지요. '그날'은 언젠가 도래할 것이고 역사의 흐름은 막을 수 없습니다. 안개가 자욱한 새벽에 우리는 손을 잡고 나란히 길가에 앉아 노래할 겁니다. "그날이 아직 멀었으니 모두 조용히 기다리자. 소리 없는 곳에서 종달새가 노래하기 시작하리. 이토록 팍팍한 삶, 우리는 괴로움 속에 신음하네, 아, 신음하네……" 이 철학적 가사도 제가 썼습니다. 이 노래는 오향거리의 유행가가 되었지요. 제 아내 같은 사람도 감화돼 어느 날 한밤중에 돌연 마당으로 나와 큰 소리로 노래를 불렀습니다. 다 부른 뒤에는 자기 따귀를 때렸고요.

결론적으로, 제가 유행가 운동을 시작한 뒤 X와 Q의 문제를 묻는 사람이 없어졌습니다. 예전에는 저도 호기심과 환상을 품고 그들을 뒤따르며 관찰했습니다. 그러다 둘의 수작이 너무 저급해 이론적으로 연구할 가치가 없음을 알아차렸지요. 초가지붕에 올라간 그날 아침부터 그들을 제 연구 범주에서 단호하게 제외하고, 한층 더 수준 높고 보편적인 관계 문제를 생각하기 시작했습니다. X와 Q의 관념이 아직도 민중 속에서 큰 영향력을 가진다는 점은 인정합니다. (사람들은 입을 삐죽이면서도 암암리에 그들의 일거수일투족을 살피니까요.) 제가 만약 문제를 곧장 공론화했거나 대자보로 변론했다면, 틀림없이 혼란 속에 말려들어 모든 연구를 중단하고 황폐해졌을 겁니다. 그건 최악의 실수라 할 수 있으며 제 신분과 어울리지도 않지요. 여러분 안심하십시오. 저는 그렇게 어리석은 일을 저지르지 않았습니다. 태산처럼 흔들림 없이 초가지붕 위에 앉아 대책을 마련했습니다. 바로 유행가 운동을 일으킨 겁니다. 높은 수준과 보편성을 결합시킨 제 진정한 비관주의로 수많은 민중을 감화시켰습니다. 유행가 운동이 엄청난 역할을 못하리라는 건 알았습니다. 지붕 위에 있을 때 이미 모든 환상을 버렸지요. 그럼에도 고집스럽게 이 운동을 추진한 이유는 X와 Q라는 이데올로기의 독점을 깨고 싶었기 때문입니다. 제 운동이 시작되자 엘리트들은 그 의미를 깨닫고 퍼뜨리기 시작했습니다. 그러면서 오향거리 전체의 이데올로기가 완전히 방향을 틀었습니다.

물론 그렇다고 그들이 뭔가 깨달았다거나 제가 낙관적으로 변했다는 뜻은 아닙니다. 전혀 그렇지 않습니다. 제 비관주의는 이미 뼛속 깊이 자리잡고 있으니까요. 대중의 이데올로기는 찰흙 놀이와 비슷해 무엇이든 원하는 대로 빚을 수 있습니다. 그들이 진정한 이데올로기를 가지고 있다고 절대 믿지 않습니다. 그런 건 전부 엘리트들이 만드는 겁니다. 엘리트들은 저한테서 영감을 얻고요. 이번에 저는 흐릿한 상태에서 미래의 고차원적 쾌감을 인식한 뒤 통속적 유행가의 형식으로 엘리트들에게 전달했습니다. 엘리트들은 그걸 인정한 뒤(절대 깨달은 게 아닙니다. 여기에는 본질적인 차이가 있어요. 누구도 제 추상적 의식을 깨달을 수 없습니다. 그건 신의 의지니까요) 우리의 친애하는 주민들에게 주입식으로 가르쳤습니다. 친애하는 주민들은 너나없이 술에 취한 듯 대로로 나가 목청껏 제 고차원적 노래를 불렀습니다. 외부 사람들한테는 우스운 촌극처럼 보일 수도 있지만 달리 무슨 방법이 있었겠습니까?

이것이 인생입니다. 저는 이미 목적을 이루었습니다. 형식이 어떻든 결국 X와 Q의 영향력이 사라졌다는 객관적 사실이 남았습니다. 그들이 창고에서 벌인 행각은 완전히 저급하며 사람들은 이미 자기도 모르는 사이에 또다른 고급 단계가 있음을 인정하게 됐습니다. 그게 어떤 형식인지, 어떤 느낌인지는 몰라도 어쨌든 인정하게 됐습니다. 얼떨떨하게 인정해도 상관없고 엉엉 울면서 인정해도 상관없으며 잠결에 인정해도, 원망하며 인정해도, 분노에 차 인정해도 상관없습니다. 어쨌든 저는 승리했습니다.

필자는 이미 앞에서 첫번째 발언자가 엘리트들의 절대적 지지를 받아 오향거리의 여론을 장악했다고 말했다. 두번째 견해를 밝힌 여성은 미친 척 한바탕 난동을 부리다가 금세 끝이 났다. 전형적으로 '천둥소리만 크고 빗방울은 적은 상황'이었기에 아무 영향력도 미치지 못했다. 다만 그날의 여파인지 어느 날 여자들이 일제히 자신의 대문 앞에서 도끼로 나무판을 찍으며 이구동성으로 게시판을 만들겠다고 선언했다. 하지만 잠시 휘두르는가 싶더니 일제히 도끼를 내동댕이치고는 공중변소로 들어가 재미있어 죽겠다는 듯 그 운동의 전망에 대해 논의하기 시작했다. 그녀들은 게시판만 만들면 기를 펼 수 있으리라 믿었다. 어떤 사람은 더는 주눅들고 싶지 않다며 밤에 남편과 침대를 따로 써서 "늙은 개를 굶겨버릴 것"이라고 했다. 그런 다음 변소를 나왔는데 나무판 쪼개는 일을 까맣게 잊어버렸다. 도끼가 바닥을 굴러다니는데도 집집을 돌아다니며 신나게 떠들고, 과거와는 완전히 단절하고 품격 있는 새로운 생활을 시작할 것처럼 굴었다. "X여사가 개똥만도 못하지만 어떤 측면에서는 우리를 일깨워준 게 사실이야." 여자들은 전부 그렇다고 입을 모았다. 그래놓고 행동은 딴판으로 했다. 그날 밤 그녀들은 예전과 똑같은 방식으로 남편을 시중들었고, 누군가는 한층 더 굽신거렸다. 분명 죄책감이 작용한 것으로, 밤새 눈을 동그랗게 뜨고 남편을 품에 안은 채 날이 밝을 때까지 앉아 있으려 했다. 이튿날 아침 남자들이 잠이 덜 깬 눈으로 나무판과 도끼를 발견했을 때, 무슨 일인지 묻기도 전에 여자들이 욕을 퍼부으며 간밤에 도둑이 들었다고 말했다. "도끼로 문과 창문을 부수고 들어오려다가" 자신들한테 발각되자 도끼를 내버린 채 황망히 달아났다고 했다. "비열한 놈!" 여자들이 소리쳤다. "우리 가정의 행복을 깨부수려 이렇게 악랄한 짓을 벌이다니. 내가 제때 발견하지 않았으면 피바람이 불지 않았겠어요?"

필자는 공정성을 유지해야 하므로 이처럼 난감한 사실도 기록하지 않을 수 없다. 여자들의 용두사미 같은 나쁜 습관이 어느 시대부터 시작된 건지는 정말 모르겠다. 친애하는 독자들이여, 필자한테 우리 오향거리의 귀여운 여자들을(더군다나 그들 중에는 아름답고 매혹적인 여자가 얼마나 많은지 모른다) 비하하려는 의도가 전혀 없음을 알아주기 바란다. 그건 작은 결점에 불과할 것이다. 누군들 완벽하겠는가? 그래서 우리는 두번째 견해에 대한 평가를 여기서 끝내려 한다.

세번째 견해의 경우, 수적으로는 확실히 열세였지만(오직 C 한 사람) 그의 강력한 웅변과 수준 높은 철학적 논리, 모두가 알다시피 신령과 직접 대화하는 능력은 의심할 여지 없이 엘리트들의 마음을 뒤흔들었다. 여론을 완전히 끌어오기 직전까지 갔고, 중간에 여러 차례 첫번째 관점을 압도하기도 했다. 하지만 C가 성공하려는 순간 역사가 또다시 우리에게 심한 장난을 쳤다. 그 순간 X여사가 어딘지 모르는 어두운 창고에서 펄쩍 뛰어나와 길가의 모든 행인에게 큰 소리로, 사랑하는 사람과 '정상화'된 관계를 맺겠다고 선언한 것이다. 그 청천벽력 같은 소리에 엘리트들의 눈에서 시뻘건 불꽃이 튀었다. 첫번째 발언자가 곧장 주의를 끌며 소리쳤다.

"여자가 뭐란 말입니까? 네? 보십시오, 이게 바로 복수의 시작입니다! 살모사가 동굴에서 기어나왔습니다! 우리는 여기서 아직도 내전중인데 말이지요! 곧 재난이 닥칠 겁니다!"

세번째 견해를 내세운 빌어먹을 C선생은 신령과 직접적인 연이 전혀 없었다. 오히려 그 독선적인 늙은이가 X여사의 사악한 기세를 더 키워주고 말았다. 그가 초가지붕에서 사십구 일 혹은 육십사 일을 앉아 있었다는 게 확실히 신령 혹은 하늘과 대화했다는 뜻일까? 누가 증명할 수 있겠는가? 그의 아내만이 행적을 증명할 수 있지만, 그렇다고 그게 무슨 대화를 통해 고급 단계의 성적 쾌감을 깨달았다는 증명이 될 수는 없었다. 기껏해야 그가 지붕 위에서 소화불량으로 수도 없이 뀌어댄 방귀가 밥 짓는 솥으로 떨어졌다는 증명밖에 안 됐다. X여사가 행인 한 사람 한 사람에게 자기 생각을 밝힌 뒤로 엘리트들은 한순간 정신을 차릴 수 없었다. 악담을 쏟아내며 잠시 자신들의 교양과 품위까지 잊어버린 채 C선생을 신랄하게 비난했다. 그들이 말했다. 이 모략가(C에 대한 그들의 호칭)가 말도 안 되는 고급 쾌감을 주장하고 같잖은 유행가를 만들어내는 바람에 X여사가 이처럼 날뛰며 횡포를 부리게 되었습니다. 지금까지 그 허접한 두 마리 바퀴벌레(그들은 잠시 X와 Q를 이렇게 지칭하기로 정했다)가 이토록 대담했던 적이 있었습니까? C의 선동으로 오향거리 주민들이 전부 불안해졌습니다. 두고 보십시오. 미풍양속을 해치는 일이 곧 끊임없이 벌어질 겁니다. 이제 우리 엘리트들이 어떻게 얼굴을 들고 다닐 수 있겠습니까? 아무 일도 없다는 듯 개똥 같은 회의를 계속 진행할 수 있겠습니까? 이렇게 끔찍한 문제들을 떠올리니 처음으로 후회가 밀려듭니다. C가 지네처럼 지붕으로 기어올라갈 때 이런 결과가 나올 걸 아무도 예상하지 못했습니다. 모두들 자기 집 창문으로 올려다보며 모든 책임과 의무를 그에게 맡겨버린 듯, 편안히 앉아 남의 성과를 누리겠다는 듯 구경만 했지요. 그가 하늘을 올려다볼 때(실은 남몰래 계략을 꾸미는 중이었는데) 우리는 입을 모아 칭찬하며 그가 우리 세계를, 모두의 영혼을 구원해주기를 바랐습니다. 멍청하게도 그가 우리를 속이기 위해 만든 유행가를 한목소리로 부르기도 했지요! 그게 무슨 '유행가'입니까! 이제는 창피해서 한 글자도 흥얼거릴 수 없는데! 옷장에 숨어서 나오지 못했으면 좋겠습니다! 생각해보십시오, 엘리트들조차 뜬금없이 이렇게 창피한 일을 저지르고 돌아보며 혐오스러워하는데 일반 주민은 어떻겠습니까? X와 Q는 어떻겠습니까?

확실히 단호한 조치를 취할 때가 되었습니다. 동지 여러분! 더는 주저해서는 안 됩니다. 우리 모두 입장을 정하고 A선생의 첫번째 의견을 좌우명으로 삼아 철저히 학습합시다. 회의를 계속 열고 모두들 영혼 깊숙한 곳에서 사심을 꺼내 그 더러운 것을 탁자에 올려놓은 뒤 칼로 낱낱이 해부합시다. 우리 A선생의 연설에서 핵심은 바로 남성성이었습니다. 그가 제시한 개혁 방안 또한 의미심장합니다. 단순히 사진을 촬영하는 방식을 변환하는 데 그치지 않고 본질적인 도약까지 포함하고 있지요. 우리가 도약하면 그 낯선 장소에 도달할 수 있습니다. 그럼 우리 몸에 단단한 근육이 붙고, 수염도 굵고 검게 바뀌며, 목소리도 중후해지고 손짓 하나까지도 시원시원하고 강력해질 겁니다. 그런 사진을 벽에 걸어놓을 때 세상 역시 남성의 것으로 바뀌고 남성의 활력이 넘칠 겁니다.

잘못을 저지른 우리 엘리트들은 스스로의 약점을 직시하기로 했습니다. 반격한다고도 할 수 있겠고 창끝을 우리 진영으로 돌린다고도 할 수 있겠는데, 어쨌든 그 일격은 C선생을 겨눕니다. 우리는 그의 가면을 벗겨 본모습을 확인했습니다. 그가 무슨 대학자이자 철학가란 말입니까? 누군가 그를 자세히 살피고 기억을 더듬은 끝에 몇 년 전에 오향거리에서 가짜 약을 팔던 장사꾼이라는 걸 알아냈습니다. 나중에 그는 완전히 탈바꿈해 우리 엘리트 대오에 끼어들었지요. 이렇게 말하면 우리는 전부 바보라는 의미가 아닐까요? 약장수를 철학가와 사회 지식인의 선상에 놓은 게 아니겠습니까? 여기서 그의 '탈바꿈'이 하루이틀 사이에 완성된 게 아니라는 점을 강조해야겠습니다. 몇 년에 걸친 각고의 연구와 노력이 있었습니다. 시골뜨기 특유의 강인한 의지로 옛 서적을 파고들고 무작정 외우기까지 해서 지금의 높은 수준에 이를 수 있었지요. 워낙 그럴싸하게 행동해 우리는 그의 박식함에 탄복하기까지 했습니다. 그는 임기응변에 매우 능해서 누구를 만나든 상황에 맞게 대화할 수 있었습니다. 우리가 아첨을 싫어하는 줄 알아서 절대 아첨도 하지 않았습니다. 우리의 생각을 탐구하기만 했지요. 우리가 관점을 제시하면 그는 곧장 화제를 이어받아 범위를 넓히고 조리 있게 설명했습니다. 그러니 누구든 기뻐하며 그 자리에서 그를 동지로 받아들이고 가장 친애하는 벗이자 지음으로 생각할 수밖에요. 오랜 시간 고군분투한 끝에 그 빌어먹을 약장수는 박학다식하고 다재다능한 인재가 된 겁니다. 이렇게 재수없는 사건이 터지지 않았으면 누가 그의 미천한 혈통을 떠올렸겠습니까? 그동안 그는 늘 우리와 동급이 아니었던가요? 우리 가운데 또다른 불순분자는 낯간지러울 정도로 그를 치켜세우기까지 했습니다. 그를 수장의 자리에 올린 후

덩달아 출세하려는 의도였겠지요! 심지어 그 불순분자는 함께 초가지붕에 올라가 신령과의 대화라는 사기극에 동참하려 했습니다. 초가지붕의 서까래가 썩어서 두 사람 중량을 견딜 수 없었기에 어쩔 수 없이 포기했지요. 그 사십구 일 혹은 육십사 일 동안 불순분자 역시 내내 지붕 밑을 지켰습니다. 위에서 작은 움직임이 있으면, 설령 방귀 뀌는 소리만 나도 요란스럽게 알리며 스스로를 "머리 위 노철학자의 수제자"라고 일컫고 자신은 "노철학자와 거의 한몸이나 마찬가지다"라고 했습니다.

엘리트들은 자신들의 최대 약점이 역사의 경험과 교훈을 잘 정리하지 못하는 것이라고 여깁니다. 늘 건망증에 시달리고요. C선생만 해도 고작 팔 년, 혹은 십이 년 전까지 약장수였는데, 우리는 어쩜 그걸 새까맣게 잊어버렸던 걸까요? 가짜 약을 팔던 그의 목소리가 지금까지 귀에 선하건만 어떻게 전혀 떠올리지 못하고 맹목적으로 숭배할 수 있었을까요? 그건 우리가 일부러 생각하지 않았거나 그의 더러운 역사를 영광스러운 투쟁의 역사로 간주했기 때문인 듯합니다. 이 점을 인식한 뒤 엘리트들은 닷새에 한 번 열던 어둠의 회의를 사흘에 한 번, 비상시에는 하루에 한 번 열기로 했습니다. 즉각적으로 의견을 나누고 정리해 우리의 강산을 '모기 한 마리도 날아들 수 없을 만큼' 철통같이 지키기 위함입니다.

자, 이제 X여사가 자신의 '정상화'를 어떻게 실현할지 살펴봅시다! 정상화가 합법화와 동일할 수 있을까요? 일단 이 가능성은 배제하겠습니다. 그녀 혹은 그는 결코 합법화될 리 없기 때문이지요. 절대로 영원히! 그렇다면 그녀는 어떻게 '정상'이 되겠다는 의미일까요? 설마 어두운 창고에서 거리로 뛰어나와 대낮에 성교를 벌이겠다는 뜻일까요? 약방 할아범의 다락방을 강제로 빼앗은 뒤 공개적으로 동거하겠다는 의미일까요? 두 가지 모두 불가능하니 우리는 '앉아서 기다리는' 수밖에 없습니다! 앉아서 기다리는 일은 만만한 게 아닙니다. 그 기다림이 얼마나 대단한지는 X와 Q가 이미 여러 차례 맛봤지요. 우리는 X의 선언을 일종의 과장으로 보아야 합니다. A박사의 관점에 따르면 여자는 여자일 뿐이니 얼마나 변할 수 있겠습니까? 그녀가 Q를 정복했다고(실제로는 Q가 그녀를 정복했을지도 모르고) 우리 엘리트 전부를 정복할 수 있겠습니까? 그녀가 구름에 올라 '정상화'되는 건 상관없습니다. 시끄럽게 굴지만 않으면 얼마든지 시도해도 괜찮습니다. 우리는 더이상 C의 의견처럼 그녀의 암탉 같은 울음소리를 쾌감의 단계로 간주하지 않습니다. 우리의 혀를 자르는 한이 있어도 인정하지 않을 겁니다. 어림없는 소리지요! 그녀가 C의 허점을 파고들기 위해 아무도 모르는 어두운 곳에서 자신의 쾌감을 한껏 즐긴 다음 거리로 나왔을지 모르지만, 그렇다고 우리 엘리트들이 그녀와 한편이 될 리 있겠습니까? 어림없는 소리지요! 어쩌면 그녀는 C와 작당해 거대한 세력을 만들면 할아범의 다락방으로 들어갈 수 있다고, 또 우리 엘리트들이 뒤로 물러나거나 기세에 눌려 달아날 거라고 생각했을지도 모릅니다. 어림없는 소리지요! 우리가 보기에는 X의 머리에 문제가 생겨서 자신과 Q가 이제 승리를 눈앞에 두고 있으며 누구도 대적할 수 없다고 착각한 듯합니다. 그래서 자신만만하게 거리로 나와 떠벌렸던 겁니다. 그렇지 않고서야 왜 예전에는 그토록 요리조리 피했겠습니까? 그렇지 않고서야 왜 누구도 창고 위치를 찾지 못해 시종일관 가정만 했겠습니까? 과거의 태도로 분석해보건대 확실히 X는 너무 빨리 자신하고 너무 빨리 도취합니다. 우리가 이렇게 확실히 대비하고 있는 줄도 모르고요! 이번 일의 패인은 지나친 자신감에 있습니다. 그녀에게 초인적인 총명함과 계산력, 연기력이 있더라도 현실과 동떨어진 자신감은 그녀가 힘들게 준비한 모든 것을 파괴할 뿐입니다.

여기서 묻겠습니다. 미치지 않고 정상적인 상식을 가진 사람이라면, 감히 길 가는 사람을 한 명씩 붙들고 그 혹은 그녀의 정부와 관계를 '정상화'하겠다고 '선언'할 수 있겠습니까? 이 문제의 출발점은 얼마나 황당한지요! 단순한 허풍이라면 상관없지만, 소름 끼치게도 그녀는 아주 엄숙한 표정으로 전혀 상관없는 행인들에게 자신의 주장을 '선언'했습니다! 세상에! 이럴 수가요! 그녀를 빙하에 집어넣어 정상화시킵시다! 그 비밀스러운 개집에서 정상화시킵시다! 물론 우리 오향거리에 와서 정상화하지만 않으면 상관없습니다. 오향거리에는 그녀의 '정상' 따위가 필요 없으니까요. 조만간 우리는 그들 남녀의 존재 자체를 속기사의 역사책에서 지워버려 무엇이 '정상'인지 보여줄 겁니다. C의 어리석은 견해대로 그녀를 정상인으로 생각하면, 우리 엘리트들과 모든 주민이 오히려 정신병자가 되는 게 아니겠습니까? 참으로 C는 모든 일을 엉망으로 만들어버린 악의 근원입니다. 그 잘난 잔꾀로 역사의 수레바퀴를 뒤로 되돌릴 뻔했지요. 다행히 우리 엘리트들은 내공이 강하고 판단력을 갖췄기에 제때 그의 관점을 부인할 수 있었습니다. 이런 일은 정말 위험합니다. 간발의 차이로 알아채지 못했으면 그들 세 사람은 아무 방해도 받지 않고 할아범의 다락방에 진입했을 겁니다. 그곳을 거점으로 오향거리 군중의 눈엣가시나, 빼도 박도 못하는 사실이 되어 살아갔겠지요! 속기사의 공책에도 빌어먹을 한 줄이 더 늘어났을 겁니다! 낙관주의자들은 음모가 실현되었어도 잠시일 뿐, 결국 역사의 쓰레기통으로 버려지리라 생각할지 모릅니다. 오산입니다. 제일 무서운 게 뭡니까? 잠복중인 바이러스가 제일 무섭습니다. C는 팔 년 혹은 십이 년을 잠복했다가 이렇게 큰 사달을 만들었습니다. 지금 그들 세 바이러스를 할아범의 다락방에 놓아두면 또 팔 년 혹은 십이 년이 흐른 뒤 상상하기도 힘든 일이 벌어질 수 있습니다. 동지 여러분, 벗 여러분, 결코 대수롭지 않게 생각해서는 안 됩니다. 이론을 철저히 탐구해 예민한 현실감각을 유지하고 바이러스의 침입에 단단히 대비해야 합니다! X가 이번에는 분별없이 '정상화'를 선언했을지 몰라도 다음에는 생사의 교전을 준비할 수 있습니다. 물론 교전 같은 건 일어나지 않고 그녀만 완전히 무너지겠지요. 그녀 주제에 어떻게 우리와 교전을 벌이겠습니까? 하!

7. 결말에 대한 해설

여기까지 서술하는 동안 필자는 두서없는 실마리를 수없이 남겨놓았다. 그건 독자들에게 제대로 된 해설이 될 수 없을 것이다. 그렇다고 이야기가 여기서 끝나지도 않으니, 필자는 이 뒤엉킨 매듭을 깔끔하게 풀고자 한다. 오향거리 사람들은 누구나 이게 끝없이 이어지는 이야기임을 안다. 시작도 없고(앞쪽의 시작은 가정일 뿐이다) 끝도 없다. 이것은 역사의 흐름 그 자체라서 지구와 태양이 충돌해 세상이 멸망하지 않는 한 끝나지 않는다. 끝난다 해도 또다른 행성에서 다시 시작될 것이다. 엄청난 난제라 개미굴 같은 미궁으로 들어가는 듯했지만, 필자는 오랜 시련을 거치며 개성과 재능을 키운 현대 예술가로서 억척스럽게 파고들어 미궁 지도를 한 장씩 그려냈다. 추상예술 기법을 활용했기에 상당수 독자가 확실한 위치를 찾을 수는 없겠지만 '대략적인 감'은 잡을 수 있을 테다. 이것이 바로 예술의 매력이다. 예술은 종잡을 수 없어도 더할 나위 없이 숭고하고 막대한 영향력을 발휘한다. 무감각하고 정서가 메마른 사람들만 감동하지 못하는데, 그런 이들은 애당초 예술과 인연이 없다고 봐야 한다.

미궁 지도1: 과연 X여사는 실존 인물일까? 그녀는 왜 오향거리에 존재할까? 이런 문제를 제기하기에는 이미 늦은 감이 있다. 그렇다면 설마 우리가 이토록 오랫동안 역사적 사건을 묘사한 게 전부 날조된 헛소리, 수많은 독자를 우롱해 즐거움을 얻으려는 악의적 목적의 헛소리에 불과한 걸까? 상황은 절대 단순하지 않다. 친애하는 독자들이여, 우리는 모두 상호 의존적임을 알아야 한다. 지난번에 교훈을 얻은 필자는 다시는 경박한 태도로 독자를 대하지 않았고 부모처럼 친근하면서 중요한 사람으로 여겼다. 이 지도를 제공하는 목적은 모두의 의심과 비판력을 자극해 우리의 이데올로기를 한층 정화하기 위해서다. 필자는 힘겨운 조사를 통해 각종 의견을 수집한 뒤 이 문제가 확실히 거론할 가치가 있다고 판단했다.

우선 X여사는 결코 천재가 아니다. 가게 일과 사람들을 속이는 마술 이외에는 아무 특기가 없다고 하는 게 옳다. 우리 오향거리에는 소수의 천재만(가령 필자와 과부) 진정으로 고독한 강자라고 할 수 있다. X여사는, 우리가 지금까지 관찰한 바로는 확실히 고독하다. 필자와 과부보다도 더 고독하다. 늘 자신의 남편뿐 아니라 정부인 Q선생에게까지 내적 비밀을 드러내지 않는다. 행동 하나하나도 전부 즉흥적인 연기 같다. 그녀가 진정한 내적 감정이나 경험과 관련해 뭐가 털어놓은 적이 있었을까? 없다. 아무것도, 눈곱만큼도 털어놓은 적이 없다. 세상에는 천재만이 최강자가 되고, 최강자만

이 최고의 고독을 느낀다. 그런데 X는 천재도 아니고 최강자도 아니지만, 겉으로 보면 불가사의할 정도로 고독하다. 그녀는 대체 어떤 존재일까? 어쩌면 그녀는 존재하지 않는 우리 모두의 허상, 어떤 집단 무의식의 표출이 아닐까?

하지만 오늘 오전, 필자는 오향거리 입구에서 누에콩을 파는 그녀를 똑똑히 봤다! 앞치마를 두른 그녀는 두 손이 무척 거칠어 보였다. 기이할 정도로 공허한 눈빛을 빼면 평범한 주민과 아무런 차이가 없었다. 그녀는 천재가 아닐뿐더러 엘리트 축에도 끼지 못했다. (그녀 역시 우리 엘리트에게 접근한 적이 없었고, 오히려 멀리 떨어질수록 좋다고 생각하는 눈치였다.) 필자는 언젠가 Q선생이 쭈뼛거리며 자신이 엘리트 계층에 속하는 것 같다고 그녀에게 말하는 걸 본 적이 있다. 그러자 그녀는 순식간에 '얼굴을 붉히며' 콧방귀를 뀌고는 "나는 다행히 일자무식이에요. 이게 얼마나 좋은데"라고 했다. 그녀가 얼굴을 붉히며 콧방귀를 뀌자 Q선생도 덩달아 얼굴을 붉혔다. 이 괴물은 어디서 왔을까? 그녀는 어떻게 오향거리에 존재하게 되었을까?

아무래도 이 문제는 다른 측면에서 연구해야 할 것 같다. 시선을 X여사에게만 맞출 게 아니라 우리 자신의 관념으로 돌리는 것이다. 그런 다음 꼼꼼히 정리하고 검사해 문제가 무엇인지 찾아내고 잘못을 바로잡는 게 옳다. 물론 여기서도 예술적 감각은 빠지지 않는다. 예술적 감각은 언제나 창조의 원천이기 때문이다.

고독이란 측면에서 분석해보자. X여사의 고독은 진정한 천재들의 고독과 본질적 차이가 있다. 천재의 고독은 현실과 시공을 초월한 고차원적 감각으로, 타고난 특성이라 누구도 모방할 수 없다.

우리는 그런 희귀한 인물을 종종 인적 없는 산꼭대기나 초가지붕 위(C처럼. 물론 C는 절묘하게 모방했을 뿐 절대 그런 인물이 아니다)에서 만나게 된다. 그들은 신령과 직접 대화하고 온몸에서 금빛 후광을 발산한다. 신령과의 대화가 우리 같은 보통 사람들의 귀에는 들리지 않는다. 그들은 조용한 성인이나 화석 같다. 사심과 잡념이 없고 높은 수양을 쌓은 사람만이 고개를 들었다가 우연히 그들을 알아볼 수 있다. 그렇다고 그들이 항상 산꼭대기나 지붕 위에서 자신의 고독에만 몰입해 있는 건 아니다. 인간들에게 비범한 열정과 관심을 보이기도 한다. 다만 언제나 역사의 앞쪽에서 걸어가기에 그들의 고독을 인간은 제때 이해할 수 없다. 산꼭대기나 초가지붕에서 내려올 때도 사람들 속으로 완벽히 녹아들어 그들을 쉽게 구분해낼 수 없다. 그들은 시류에 동참해 열심히 사람들을 지도한다. 자신이 산꼭대기와 초가지붕 위에서 봤던 거시적, 미시적 세계를 대중에게 전달하며 모두를 이끌고 역사의 수레바퀴를 전진시킨다. 필자는 살면서 이런 성인을 한두 명 만나봤다. 같은 부류이기에 쉽게 서로를 알아볼 수 있었다.

X여사의 고독은 어떻게 된 일일까? 자세히 살펴본 결과, 필자는 X여사의 고독이 일종의 병이자 냉혹한 결과임을 알아낼 수 있었다. 신령과 대화해본 적도 없고 문화적 소양도 없이 온종일 속세의 생업에 매달리는 사람으로서 그녀는 주변 사람들보다 뛰어난 점이 하나도 없었다. 그녀의 오만함과 세상을 경멸하는 시선은 내적 빈곤에서 온 것으로, 극도로 이기적인 욕망이 발악하듯 터져나온 게 틀림없었다. 그런 병적인 상태 때문에 아주 특이한 면이 생겼다. 까닭 없이 눈을 '은퇴'시켜 '누구도 보지 않을 수 있고', 온몸에 강

철 같은 보호막을 만들어 '칼이 들어가지 않는' 것은 물론 '어떤 외부 공격도 느끼지 못하며', 어릿광대 같은 태도로 사람들을 대하면서 이름을 마음대로 바꿔 부르거나 지어 부를 수 있었다. 가장 참을 수 없는 건 천재의 고독과 비슷한 허상을 만들어 우리 모두의 눈을 현혹하고자 했다는 점이다! 그녀의 얼음 동굴 같은 고독에 흥미를 느낀 사람은 아무도 없었다! 그녀가 그 아무도 모르는 얼음 동굴 속에서 소리 없이 죽었더라도 제때 발견되거나 충격을 불러일으키지 못했을 것이다. 얼음이 동굴 입구를 몇 년 동안 막았어도 우리는 그런 일 자체를 몰랐을 것이다! 그녀의 고독은 순전히 개인의 광기이지 대중과는 무관했다. 그녀는 우리 천재들의 고독과 엮일 망상 따위를 해서는 안 됐다. 우리가 X여사를 객관적 존재로 오향거리에 받아들였을 때, 일부 어리석은 주민들은 그녀가 병자이자 지극히 평범한 인물임을 잊어버리고 기이한 행동을 오해하곤 했다. 그녀의 행동을 거론할 때마다 잔뜩 흥분해 눈을 빛내고, 무의식적으로 그녀의 이미지를 대단하게 치켜세우며 짙은 안개로 감싸기까지 했다. 이런 행동 때문에 사정을 모르는 외부인은 X여사를 대단한 천재로 여기게 되었다! 또 이런 행동 때문에 X여사가 실존 인물인지, 왜 오향거리에 존재하는지에 관한 문제가 터져나왔다. 이 문제는 점점 커지고 곁가지까지 치면서 극도로 신비하고 난해해졌다. 이런 맥락으로 연구하다가는 아무리 박학다식하고 다재다능한 사람이라도 정력을 소진해 죽을 수밖에 없을 게 뻔했다. 이에 필자는 X여사의 고독이 그녀 개인의 정신병이므로 연구할 가치가 전혀 없다는 결론을 내렸다.

다음으로는 X여사가 벌였던 특수한 작업에 대해 논해보겠다. 앞에 서술한 바와 같이 X여사는 확실히 특이한, 스스로 '답답함 해소 활동'이라고 이름 붙인 작업을 진행했다. 이 작업은 명확하게 밝혀지지 않았다. 누구든 조사하러 가면 이러지도 저러지도 못하는 상황에 놓여 기대했던 결과는 얻지 못하고 수많은 웃음거리만 남기곤 했다. 이 부분에 대해 음흉한 사람들은 남몰래 기뻐하며 이렇게 말할지도 모르겠다. 그렇지, 풀리지 않고 남은 역사적 문제를 네가 어떤 헛소리로 해설하는지 보겠어. 속기사나 예술가는 입만 살아 있는 제일 끔찍한 족속이니까. 그들의 작품이 모조리 망가지면 좋겠어. 그들이 고민하고 초췌해질수록 우리는 즐거워지지. 세상의 속기사나 예술가는 전부 죽어버리면 좋겠다고! 이제 독자들은 필자의 작업이 얼마나 위험한지 알았을 것이다. 필자는 늘 급류에 빠져 발버둥치는 조난 상황에 처한다.

이렇게 심각한 문제 앞에서 필자가 쩔쩔맬까? 어렵다는 걸 알고 물러나거나 조용히 침묵할까? 속셈이 있는 사람들은 좀더 인내하시길, 아직 공연은 시작도 안 했으니! 필자는 이 질문에 직접적으로 답하는 대신 그 끈을 길게, X여사의 아득히 멀고 불분명한 어린 시절까지 늘려보겠다. X여사의 여동생이 제공한 소재와 필자의 상상력을 결합해 X여사의 우울한 어린 시절을 눈앞으로 소환해보자. 깡마르고 작은 여자아이는 날 때부터 검은 눈동자에 분노가 가득했다. 온종일 펄떡거리며 강아지처럼 짖었다. 손톱을 뾰족하게 길러 물건을 제대로 '집지' 못하고 눈으로 노려봐 '잡아챘으며' 몸에 걸친 꽃무늬 블라우스도 그렇게 잡아채는 바람에 무수하게 구멍이 뚫리곤 했다. 멍청한 여동생을 제외하고 모든 주변 사람을 적으로 간주해 끊임없이 모살 놀이를 즐겼다. 무척 독하고 악랄했으며(안경을 집어던졌을 때 이미 증명되었다) 아무리 심하게 맞아도(그녀 부모는 도저히 어쩔 수 없어서 한두 차례 그렇게 거친 방법을 썼다) 뉘우치기는커녕 한술 더 떠 '새로운 방법'으로 보복했다. 그 무서운 아이는 성인이 된 뒤 원래의 생활 터전을 버렸다. 어렸을 때의 방법이 더는 통하지 않으며 계속 고집하다가는 파멸할 위험이 있다는 걸 인식했다. 분명 그녀의 본성은 바뀌지 않았다. 아주 융통성이 없는 사람은 아니라 어떤 상황에서는 잘 어울리기까지 했다! 시간이 흐르는 동안 그녀의 살인 욕구는 줄어들기는커녕 오히려 더욱 커졌다! 하지만 세상에 자신의 욕구를 펼칠 장소가 없음을 분명히 알았다. 그렇다고 지나치게 연연하거나 가슴에 억눌러놓기만 했다가는 죽을 것 같았다.

친애하는 독자여! 벗들이여! 이쯤 되면 틀림없이 깨달았을 것이다. X여사는 자신의 유연성과 잔재주를 기반으로 우리 오향거리에서 어릴 적 숙원을 풀기로 했다. 그에 앞서 그녀는 여러 측면에서 조사해 우리 오향거리 주민들이 온화하고 선량하며 너그럽다는 걸 확인했다. 자신이 어떤 소동을 벌이든 처벌받지 않으리라 확신했다. 그래서 정착하고 얼마 뒤 그 죄악의 도구인 거울과 현미경을 사들였다. X여사는 그것들을 다룰 때 미소를 짓고 눈에 확 띄는 과장된 동작을 했다. 남편과 아들을 동원해 그 '작업'의 시작을 '축하'하기까지 했다. 이후에는 문을 닫아걸고 누구에게도 신경쓰지 않았다. 소문에 따르면, 어느 날 소중한 아들을 자기 무릎에 앉히고 한쪽 눈으로 현미경을 반시간 이상 들여다보게 했다고 한다. 그런 다음 모자는 신나게 침대에서 구르며 "세상에서 제일 재미있는 놀이를 했다"라고 말했다. 그녀는 자신이 어렸을 때 잃어버린 모든 것을 소중한 아들에게 "보상해주겠다"라고도 했다.

이런 일은 일단 시작하면 돌이킬 수 없는 법이라, 그녀는 완전히 빠져들어 '이중생활' 비슷한 걸 하게 되었다. 낮에는 온종일 장사에 몰두했기에 오향거리 주민들은 가게 앞을 지나면서도 전혀 눈치채지 못하고 그녀의 시력과 목 같은 것에만 관심을 기울였다. 자신들이 뒤돌아서면 그녀가 매처럼 날카로운 눈빛으로 뒷모습을 노려보는 줄은 아무도 몰랐다. (필자가 바로 그 순간 불시에 고개를 돌렸다가 그녀와 눈이 마주쳤다. 이후 현기증이 나서 사흘을 앓아누웠고 지금까지도 후유증에 시달린다. 여기서 예술 작업이란 정신을 희생해야 하는 일임을 알 수 있다. 공중변소에서 필자를 명예밖에 모르는 작자라고 욕하는 음흉한 인간들은 절대 이해할 수 없는 일이다.) 그럴 때 그녀의 가슴에서는 곧바로 살인 장면이 떠올랐다. 그건 우리가 본 적이 없는 살인방식이었다. 흉기도 없고 피도 나지 않았다. 필자의 통찰력과 날카로운 분석으로만 알아차릴 수 있었다. 아니, 안다기보다는 '감'을 잡을 수 있었다.

'이중생활'이란 그녀가 피운 연막탄을 의미했다. 장사(뒷모습을 노려보기 위한 위장술), 문 닫기(지형 분석 및 작전 지역 선택을 위한 위장술), 야간의 거울 보기와 Q선생과의 간통(진용 확대 및 공모자 확충) 등 모든 활동이 한 가지를 위해서였다. 밤에 잠을 자는 것도 정신을 무장하고 힘을 비축하기 위함이었다. 그렇지 않고서야 모살 활동 때 어찌 그리 기운이 넘쳤겠는가? 그녀는 세계에서 자신을 가장 잘 돌볼 줄 아는 사람이었다. 여기서 누군가는 의문을 제기할 수 있을 것이다. 그렇다면 젊은이들은 어떻게 된 일인가? 그들도 X여사의 모살 활동에 참여했다는 뜻인가? 한동안 젊은이들이 밤마다 그녀의 방으로 달려가 진지하게 꼼짝도 않고 앉아 있었는데, 그들 모두 그녀에게 살해되기를 바라고 거기서 쾌감을 느꼈던 걸까? 필자는 이 물음에 대답하는 대신 선을 길게, X여사가 오향거리로 들어오기 전까지로 늘려보겠다.

그때 X여사의 명성은 지금처럼 대단하지 않아 누구도 그녀의 존재를 몰랐다. 그녀 역시 모살 의도를 가슴 깊이 숨긴 채 행동으로 옮기지 않았다. 신분을 숨긴 채 오향거리에 잠입해 무수한 현지 조사를 벌인 뒤에야 계획을 세우고 실행에 들어갔다. 그녀의 계획에서 젊은이들이 첫번째 모살 대상이었다. 심사숙고 끝에 그녀는 마약과 효과가 비슷한 방법으로 목표를 이루리라 결심했다. 그러자 누구보다 유행에 민감한 젊은이들이 무척 기뻐하며 매일 밤 그녀를 찾아갔다. 한껏 흥이 오른 분위기 속에서 죽을 듯 좋아했다. 한 젊은이는 자신이 "이런 방식으로 유명해질 수도 있겠어"라고 떠들기까지 했다. X여사가 그들 체내에 주사하는 독약에 젊은이들이 어떻게 대비할 수 있었겠는가? 젊은이들은 때때로 그녀를 원망하고 신발 따위를 훔쳐가기도 했지만, 총체적으로 그 단순하고 유치한 아이들은 완전히 X여사의 손아귀 안에 있었다.

X여사처럼 능력 있는 사람이 시도했으니 그녀의 모살 작전이 엄청난 비극을 초래했을까? 미안하지만 필자는 일어났던 일 그대로 진실을 말하는 수밖에 없다. 진실은 이렇다. X여사의 활동은 동료 여사의 아들에게만 예상한 효과를 거뒀을 뿐, 그 외의 사람에게는 신체적으로나 정신적으로 아무 타격을 주지 못했다. 우리 오향거리 지역의 기후 조건으로 인해 사람들에게 면역력이 생긴 덕분이었다. X여사는 현지 조사 때 바로 이 핵심을 놓쳤다. 어쨌든 면역

력 덕분에 우리는 오랫동안 독액에 노출되었어도 건강하고 무탈했다. 동료 여사의 아들은 어렸을 때 큰 병을 앓으면서 면역력을 상실해 X여사의 독에 걸려든 것이다. 한편 X여사는 그 한 번의 결과에 뛸듯이 기뻐했다. X여사의 소중한 남편도 누군가를 만날 때마다 "위력이 무한대예요", "원자폭탄 같은 능력이지요"라고 웃기지도 않는 헛소리를 늘어놓았다. X여사는 그 성과를 "의외의 수확"이라 불렀다. (사실 그녀는 사람에게 영향을 미칠 생각이 없었다. 주변 사람을 완전히 '망각'했다고 여겼기 때문이다.) "아직도 이런 사람이 있을 줄이야!" 그녀는 희색이 만연해 말했다. "아주 용감하고 착한 아이야! 어쩌면 나중에 기적을 만들 수도 있겠어."

동료 여사 아들의 일을 심도 있게 분석하면 '한층 더 감을 잡을 수' 있다. 그는 동료 여사의 친아들로, 다른 아이들처럼 오향거리 사람의 면역력을 가지고 태어났지만 불행히도 큰 병에 걸려 면역력을 잃었다. 그렇다고 해서 그가 지금 같은 모습이 되어야 한다는 뜻은 아니다. 그의 앞에는 빛나는 탄탄대로가 놓여 있었고, 그는 선배들의 지도하에 재난과 질병에 시달리지 않고 걸출한 사내로 성장할 수 있었다. 하지만 어느 여름날 저녁, 그는 기이한 부름에 이끌려 X여사의 집으로 들어갔다. 거기서 나무토막처럼 두 시간을 앉아 있고 난 뒤 갑자기 실성했다. 그 실성으로 십수 년 동안 힘겹게 양육한 어머니의 노력은 물거품이 되었다. X여사의 음모가 빨판처럼 절대 빠져나갈 수 없게 그를 꽉 붙들었다. 어머니는 그 무서운 빨판에 대해 알려주며 벗어나도록 도우려 했지만 아들은 오히려 불같이 화를 냈다. 엉뚱하게도 어머니의 마음을 '모살'이라 몰아붙이며 원래대로 되돌아가느니 "차라리 죽겠다!"라고 했다.

세상에, X여사는 정말로 자신의 활동이 어떤 영향을 미칠 줄 몰랐을까? 정말로 자신의 내적 평화에만 관심을 가지고 그걸 위해 야밤에 수작질을 벌였을까? 그런 황당무계한 말을 누가 믿을 수 있겠는가?

세상에 얽매이지 않고 수련만 하고 싶은 사람이라면 어떤 활동도 하지 않았을 것이다. X여사는 떠들썩하게 허세를 부리는 한편 관심 없는 척 차가운 표정을 지었다. 그래봐야 그녀의 활동이 낳은 객관적 효과와(아주 미미했지만) 변함없는 결심 등은 하나같이 앞쪽에서 말한 우리의 관점을 증명해줬다. 설마 어려서부터 남몰래 모살 계획을 키워왔던 사람이, 나중에 커서도 그런 마음을 없애기는커녕 더 키워온 사람이, 불가사의하게 세속을 초탈하고 그런 마음을 구중천 밖으로 던져버린 뒤 자신의 내적 평화에만 모든 관심을 기울이며 성인이 되려고 하겠는가? 젊은이들, 어리고 부드러운 몸이 눈앞을 오갈 때 달려들어 물어뜯고 싶은 본능적 충동이 일지 않고 못 본 척 '무시'할 수 있단 말인가? 정말로 무시할 수 있고 정말로 세속을 초탈했다면 초가지붕 위나 산꼭대기에 올라가 신령과 대화를 해야 했다. 사람들한테 둘러싸여 온종일 평범하게 지내다 밤이 되어서야 깨진 거울 몇 개를 펼쳐놓거나 무슨 가공의 기적을 만드는 주제에 어찌 감히 초탈을 운운한단 말인가!

'호랑이 이야기만 꺼내도 안색이 변한다'라는 말이 있다. 지금 우리는 X가 초탈 이야기를 꺼내기만 해도 '안색이 변할' 지경이다. 놀라고 무서워 '안색'이 변하는 게 아니라 엄숙하게 '정색'하는 것이지만. 이런 태도로 X를 대하는 건 그녀의 계략을 간파했기 때문이다. 다들 차가운 시선으로 그녀의 특이한 공연을 지켜보는 중이다! 초탈=모살, 이렇게 봐야 옳았다. 우리는 이번 조사를 통해 '완전히 감을 잡았다'. 모살 자체에 초점을 맞추자 X여사가 자기 주변 사람을 '망각'하기는커녕 밤낮없이 신경쓰는 게 보였다. 평소 그녀가 매 순간 하는 모든 동작이 자신의 사냥감을 노리는 매혹적인 올가미와 같았다. (아쉽게도 사냥감은 많지 않고 지금까지 실제로 걸려든 적은 한 번뿐이다.) 그렇지 않고서야 무엇을 기준으로 그녀가 반복적으로 훈련하고 반복적으로 수단을 바꿨겠는가?(현미경에서 '가공'으로 진화함) 소위 말하는 눈의 '은퇴'는 위장술로(그렇지 않으면 왜 대대적으로 '선언'했겠는가!), 사실 그녀는 아무도 모르게 뒤통수의 머리카락 밑에 세번째 눈을 만들어놓았다. 그 눈은 훨씬 대단했으며 모든 것을 꿰뚫어볼 정도는 아니라도 최소한 '예리한 칼날' 같았다. 그녀는 머리카락 뒤에 숨겨놓은 귀신 같은 눈으로 외부 세계의 모든 것을 봤고 모두의 동향을 줄줄이 꿰었다. 우리의 순진하고 소박한 주민들은 그녀 얼굴의 '파면'당한 눈만 보고 경솔하게도 그녀가 정말 초탈하려나보다 믿었다. 천재가 초탈하는 것 같다고 말하는 사람까지 있었다! 한편 X 본인은 주민들의 그런 믿음을 이용해 자신의 '초탈' 이론을 대대적으로 떠벌렸다. 자신의 초탈이 천재의 초탈보다 훨씬 수준 높고 뜻깊다면서 자신은 언제 어디서나 스스로를 "둘로 나눌 수 있고" 그게 싫으면 "둘을 하나로 합칠 수 있다"라고 했다. 초가지붕이나 산꼭대기에 가지 않고도 언제든 자신이 원할 때 신령과 대화할 수 있으며 대화 내용 역시 천재들보다 훨씬 고상하다고도 했다. 그녀의 허풍을 들으면 그녀는 이미 천재를 능가한 듯했다.

우리 속세의 희귀한 천재들에 대해서는 경멸의 말을 쏟아냈다.

"사실을 과장하고 거드름만 피우는 사람들이지. 그렇게 짜증나게 살다가 체력을 모두 소모하면 무슨 기력으로 초가지붕이나 산꼭대기에 올라가지? 틀림없이 어른이 되기도 전에 끝장날걸. 생각해봐. 그렇게 약한 사람이 천재가 되는 게 어떻게 가능하겠냐고! 다행히 나는 그런 생각의 방해를 받지 않아. 천재가 되는 것에 관심도 없고. 온몸에 이미 강철 같은 보호막이 있어서 천재들처럼 민감하지도, 쉽게 분노하지도 않아. 거의 무감각해졌어. 내적 평온을 유지하고 어릿광대처럼 즐거울 수 있지. 요즘 세상에 천재 같은 건 없어. 허약하고 두려워하는 사람들이 그런 단어를 만들어 사람을 속이는 거야. 그럼 스스로 해탈할 수 있고 책임지지 않아도 되는 줄 알아. 온종일 그 단어를 입에 달고 사방을 돌아다니면서 자기가 신령과 대화할 자격을 얻을 거라는 둥 허풍을 떨어. 나는 그런 천재들의 처지를 전혀 동정하지 않아. 번거롭다지만 전부 본인이 좋아서 하는 일이잖아. 빈둥거리는 천재들에게 제안하고 싶어. 직업을 찾아서 보통 사람들의 삶을 살아보고, 생필품을 마련하느라 애도 태워보라고. 그런 다음에도 여력이 있으면 그때 천재 활동이든 뭐든 하라고. 그 활동이 눈곱만큼도 대단해 보이지는 않지만."

누구든 그녀가 질투심에서 이렇게 말했음을 알 수 있을 것이다. 그녀는 자신이 천재가 될 자격이 없음을 명확히 알았고, 그 자리에 오른 출중한 사람을 증오했다. 시간이 흐르면서 그녀는 왜곡된 논리를 체계적으로 정리해 반론했다. 이런 이야기가 시작되면 그녀는 미리 준비한 듯 세세하고 조리 있게 설명할 수 있었다. 또한 이 주제가 나올 때마다 흰자위를 힘껏 번득이며 '초탈'을 보여주려 했다. 사실 그때 그녀의 세번째 눈이 열심히 활동하는 줄 그걸 듣는 사람이 어떻게 알았겠는가. 그녀는 자신에 대한 사람들의 평가를 무척 신경썼다! 그 순간 누군가 그녀의 '세번째 눈'을 발견하고 '초탈' 상태가 위장임을 지적했으면 그녀는 화가 나서 쓰러졌을 게 틀림없다. 오향거리 사람들은 누군가가 특정한 일을 지나칠 정도로 멸시할 때는 사실 그(그녀)가 속으로 그걸 간절히 원하고 있음을 알았다. X여사가 그런 태도로 천재 이야기를 한 건 마음 깊은 곳에서 언젠가 사람들의 인정을 받아 천재들과 동급이 되기를 갈망한다는 의미였다. 속마음을 깊숙이 숨겼을 뿐이다. 그렇지 않고서야 왜 공개적으로 천재를 공격했겠는가? 그녀는 오향거리 사람들이 까마득히 높은 곳의 극소수의 천재들을 절대 비평하지 않는다는 걸 잘 알았다. 그들은 우리의 지도자이자 길잡이, 모두가 숭배하는 우상이기 때문이다. X여사는 천재를 비하해야 주목을 받고 사람들이 그녀를 천재와 비슷하게 대하리라 확신했다. 사람들이 무의식적으로 그녀와 천재를 동일시하는 게 바로 그녀가 원하는 바였다. 이 점만 언급하면 그녀는 좋아서 어쩔 줄 몰라했다. "세상이 엉망진창으로 뒤섞이는 것"을 보는 게 무엇보다 재미있다고 했다.

그녀의 이런 발언 역시 야간의 모살 활동에 속한다 해도 무방할 것이다. X여사의 어리석음이 드러나는 대목이다. 그녀가 정말 천재가 되고 싶다면 착실히 일하고 책임을 져 사람들의 신뢰를 받아야 한다. 계속 내키는 대로, 말도 안 되는 부정한 방법을 쓰면 어떻게 목표를 달성할 수 있겠는가? 그처럼 기괴하게 성공하는 사람이 어디 있단 말인가? 필자가 얼마나 많은 어려움과 타격을 견딘 뒤에야 오늘날의 지위에 이르게 되었는지 생각해보라. 사람들은 지금까지도 필자가 천재임을 공개적으로는 인정하지 않는다. (필자는 그들이 신중해서 발언하지 않을 뿐, 실은 이미 묵인하고 있음을 안다. 이 점은 충분히 이해한다.) 설마 X여사가 아무것도 하지 않고 (필자의 힘겨웠던 인터뷰를 생각해보길) 사람들과 '한사코 교류를 거부'하며 '전혀 어울리지 않은 채' 자신의 작은 방에서 마술 따위만 바스락거리는데 사람들이 그녀를 '천재'로 인정하겠는가? 미친 게 아니고 무엇이겠는가? 그뿐 아니라 그녀는 멋대로 천재에 대한 정의까지 바꿔버렸다! 그녀는 초가지붕이나 산꼭대기에 오르는, 천재라면 반드시 행해야 하는 일을 "가식적이다", "젠체하는 것", "그 정도로 엄숙할 필요는 없다"라는 식으로 폄하했다. 그렇게 말한다고 천재의 정의가 그녀의 입맛대로 바뀌겠는가? 물론 그녀는 세상에 천재는 없으며 천재론이 이미 구식이라는 등의 말도 했다. 그녀가 이렇게 상식을 뒤흔드는 목적은 한 가지, '세상을 엉망진창으로 뒤섞어' 그 속에서 어부지리를 얻으려는 것이다. X여사가 절대 초가지붕이나 산꼭대기에 오르지 않을 것임은 확신할 수 있다. 그 경우 신령한테 벌을 받아 벼락을 맞거나 사고로 죽을지도 모른다고 그녀 스스로 예감하기 때문이다. 그녀는 일관되게 자신이 할 수 없는 일을 크게 비웃고 조롱하며, 할 수 없는 게 아니라 할 가치가 없다고 했다. 그래야만 자신이 특별해진다고 생각하는 것이다.

X여사는 여동생에게 "천재를 모방하느라 애를 쓰느니 차라리 땅콩 몇 근을 더 팔겠어! 그게 훨씬 이득이지……"라고 말하기도 했다. 사람들이 초가지붕 아래로 몰려가 천재의 말에 귀기울일 때는 일부러 고개를 숙이고 눈을 내리깐 채 무심하게 가게 일을 했다. 누군가 그녀에게 물어볼 때에야 놀란 척하며 자신은 외부에서 일어난 일에 전혀 관심을 두지 않는다고 했다. 내적생활이 워낙 충

실하고 유쾌해서 외부의 일에 관심을 기울여야 한다는 생각이 들지 않는다고 했다. X여사는 찾아온 사람의 손을 '신경질적으로 뿌리치며'(그 사람은 엘리트한테 다가갈 수 있는 유일한 길이라며 그녀를 초가지붕 아래로 데려가려 했다) "개인의 자유에 간섭하는 행위"라 비난하고 자신은 "소란스럽고 말도 안 되는 그 따위 일에 참여하지 않겠다"라고 했다. X여사는 "땅콩을 덜 팔면서까지" 그런 "무의미한 일"에 정력을 쓸 수 없다며, 자신은 정력을 어디에 쓸지 세밀하게 계획해놓았고, 그 계획은 "바꿀 수 없는 것"이며 자신의 계획을 파괴하려는 상대의 행위는 "강탈"이나 다름없다고 했다. 그뒤 상대가 알아채지 못하게 세번째 눈으로 한참을 관찰하고는 마지막으로 그를 "걸레 같은 부류"라 단정했다. 이후 X여사는 고개를 숙인 채 땅콩만 저울에 달 뿐 더 상대하지 않았다. 그 사람은 더 논쟁하고 싶어했지만 X여사의 남편이 빗자루 손잡이로 찌르는 바람에 가게 밖으로 물러나야 했다. 남편은 가벼운 투로 "이런 걸레는 여기 두면 안 되지. 당신 마음을 어지럽히니 쓰레기통에 버릴게요"라고 했다.

이제 다시 미궁 지도로 되돌아가보자. 우리는 X여사가 어떻게 지형을 조사했는지, 어떻게 오향거리를 거점으로 선택했는지, 또 무른 칼로 어떻게 사람을 해쳤는지까지 함께 살펴봤다. 이를 증명하기 위해 필자는 그녀와 천재의 행동을 대조하고 구별했으며, 이로써 독자들에게 '대략적인 실마리를 제공'했다. 본래 필자의 작업은 매우 순조로워서 완승을 눈앞에 두고 있었다. 그런데 생각지도 못한 새로운 문제가 불거졌다. X여사가 야간 활동을 포기하고 대로에 나가 행인들에게 상간남과의 관계를 '정상화'하겠다고 선언하면서부터다. 필자의 연구는 큰 타격을 받고 말았다. 그녀의 행동으로 인해 많은 사람이 야간 활동을 '모살'로 정의하는 것에 반대했다. 한 사람은 "야간 활동? 그건 순전히 그녀 개인의 소일거리지!"라고 대수롭지 않은 듯 말하기도 했다. 사람들은 야간 활동에서 시선을 거두고 모든 관심을 '간통'에 집중시켰다.

그렇다. 필자는 잠시 연구를 멈추고 대중의 시선을 쫓아 X여사의 새로운 변화를 살피는 수밖에 없었다. 정상화란 무엇일까? 법률적, 관습적으로 볼 때 남녀관계의 정상화란 일부일처제를 뜻한다. X여사는 남편이 있고 헤어진 것도 아닌데, 어떻게 상간남과의 관계를 정상화한단 말인가? 그녀가 남편을 '떠나겠다' 말한 적이 있지만 그게 법원에서 이혼 절차를 밟겠다는 의미는 아니었다. 그녀 본인도 절차를 밟으려는 기미를 전혀 보이지 않았으며, 그런 일을 "가슴 깊이 혐오한다"라고 했다. 절차를 밟지 않으면서 거리낌없이 간통을 저지르니, 그녀의 정상화란 대체 어떤 의미일까? Q와 백년해로하겠다는 말일까? 가만히 되짚어보면 X여사는 지조가 전혀 없고, 남자에 대해 "오는 사람은 거절하지 않는다", "많을수록 좋다", "직접 찾아간다"라는 식으로 말했다. 나중에 Q선생을 꼬시고 더 나중에 "그에게 푹 빠졌다"라고 선언한 뒤에는 "가짜(다른 남자)는 전부 눈에 들어오지 않는다"라고 강조하기까지 했다. 이 말은 언뜻 그녀가 이혼한 뒤 Q와 결혼하면 잘못을 바로잡고 현모양처가 되겠다는 것처럼 들린다. 허나 여기서 지적해야 할 점은 X여사가 간통의 시작부터 끝까지 '결혼'이란 말을 꺼내지 않았다는 사실이다. 이런 형식 자체도 혐오했을지 모르니, 그녀에게 환상을 품어서는 안 된다. 그녀를 우리의 도덕적 범주에 집어넣으려는 시도는 실패로 끝날 뿐이다. 어렸을 때 이미 탐욕스러운 본성을 드러냈던(물건을 눈으로 '잡아챘다') X가 30세가 된 지금 어떤 도덕관을 가졌을지는 깊이 생각해볼 만하다. 결혼도 이혼도 하지 않겠다는 말의 속뜻은 누구든 자기가 좋아하는 사람과 함께하고 성교하겠다는 의미다. 이것이 바로 그녀의 정상화다.

이건 전혀 새로운 발상이 아니다. 역사 속 '성 해방 물결'이 바로 이런 관점을 표방하지 않았던가? 그런데 X여사는 전혀 '해방'되지 않은 듯 가히 놀라울 정도로 엄숙한 태도를 보였다. 그녀는 우매한 생각을 품고 있었다. 첫째, Q와 간통을 저지른 이상 자신의 소중한 남편을 '떠나는 것'이 정상화다(Q가 받아들이지 않아 실현되지는 않음). 둘째, Q와 법원에 신고할 필요 없이 '광명정대'하게 간통을 지속하는 것이 정상화다. 셋째, '한 사람만 볼' 필요 없이 누군가를 상대할 때라도 다른 사람이 시선을 끌면 기꺼이 '전향'할 수 있다(Q는 이 관점을 끝내 받아들일 수 없었고, 결국 둘이 갈라서는 원인 가운데 하나가 되었다). 여기서 독자들은 더이상 참지 못하고 "그건 소달구지를 타고 삼베를 걸친 거지들이나 벌이는 케케묵은 수법 아닌가? 그런 인간은 몸에 이가 득실거리지"라고 소리칠지 모르겠다. 이가 득실대는 거지에 대해 X는 확실히 "무척 호감이 간다"라고 솔직히 털어놓았고, Q선생에게 "그런 사람들과 비교하면 우리는 야만인이지요!"라고 말하기도 했다. 그녀가 문명과 야만의 개념조차 마음대로 뒤집는다는 점을 포착할 수 있다. 자신의 필요에 부합하면 문명이라 부르고 상반되면 야만이라 욕했다. 그녀가 생각하는 미래의 문명 세계란 혼란으로 뒤덮인 난장판이라는 걸 상상할 수 있다. 그녀는 줄곧 우리 오향거리에서 가슴속 이상을 실현하겠다는 음흉한 의도를 품었다. 친애하는 동지들이여, X여사의 새로운 변화는 알고 보면 전혀 새롭지 않다! 그녀의 정상화에 대해 우리의 지식층과 일반 주민들은 말할 것도 없고 그녀의 상간남인 Q까지도 동의하지 않았다. 심하게 반대했다. 그런 정상화는 그녀 개인이 만든 것으로, 그 정신 나간 머릿속에만 존재할 뿐이었다. 그 생각을 머릿속에 가둬두고 행동으로 옮기지 않는 게 최선이다. 조금만 움직여도 금세 옴짝달싹하기 힘들다는 걸 발견할 테니. 대체 뭐가 새롭다는 건가? 짚신을 신고 소달구지에 앉아 찢어진 옷을 걸치는 게 '새로운' 것인가? 그녀가 짚신을 신고 소달구지에 타든 말든 우리와는 아무 상관도 없었다. 그런데 그녀가 굳이 Q를 유혹하고, 기어코 거리로 나가 행인들을 붙들고 자신의 끔찍한 생각을 선언할 줄 누가 알았겠는가. (한 사람은 오십팔 명이 그녀한테 해를 입었다고 계산했다. 다행히 할아범이 자기 다락방을 빼앗길까 독을 품고 X여사 남편의 친구 아내한테 도움을 받아 새총으로 X여사 다리에 돌을 맞혀 대낮의 악행을 잠시 멈출 수 있었다.) 이런 완강한 의지와 부단한 노력에는 혹 다른 의도가 숨겨진 게 아닐까? X여사의 남다른 면모, 교활함과 괴팍함을 감안하면 경각심을 늦춰서는 안 된다. 고작 반년 만에 그녀는 온갖 수단을 동원해 Q의 가정을 풍비박산 내놓고, 뻔뻔스럽게도 결혼이라는 형식으로 자신과 Q를 속박하고 싶지 않다고 떠들었다. 오로지 '정상화'만 하면 (즉 짚신을 신고 소달구지에 타는) 된다고 했다.

아무래도 다른 의도가 있다고 봐야 한다. X여사의 모든 행동, 소위 간통은 원래 Q와 큰 관련이 없었다. Q도 괜찮고 Y도 괜찮았다. 전부 중요하지 않았다. "아무것도 없는 상태에서 기적을 제조하겠다"라고 큰소리치지 않았던가? 이것이 바로 그녀의 기적이었다! 우리 중 일부는 머리가 너무 굳어 그녀의 밀실과 현미경에만 시선을 둔 채 거기서 '기적'이 만들어진다 여겼다. 누가 시선을 옮기려 하면 오히려 이해할 수 없다는 듯 의아해하며 한참 동안 반응하지 못했다. X여사는 바로 이 점을 이용했다. 빈틈을 파고들어 신속하게 장소와 시간, 수단, 대상을 바꾼 다음 그 어두운 곳에서 '기적을 제조'했다. "이게 현미경보다 얼마나 더 고차원적인지 몰라"라고 허풍까지 떨었다(여동생에게). 그녀는 이목을 피하기 위해 바람조차 들지 못할 정도로 커튼을 꽁꽁 치고 남편한테 망까지 보게 했다. 누군가 침입하면 잠꼬대와 헛소리로 상대를 속였다. 필자도 그녀의 계략에 걸려 큰 실수를 저지를 뻔했다. 그러니 보통 사람들은 그녀의 속임수를 전혀 의심하지 못했다.

필자의 기억으로 사흘 동안 그녀의 창문 아래를 지키던 사람이 있었다. 그는 닭털 총채로 X여사가 '기적'이라고 사칭한 검은 커튼을 끊임없이 털었다. 무척 진지하고 전혀 귀찮은 기색 없이 그 일을 "가장 의미 있는 일"이라 공언했다. 잠이 쏟아져 어질어질해지면 돌로 관자놀이를 쳐 졸음을 쫓기까지 했다! 실은 창문 뒤에 아무도 없고, X여사는 아무도 모르는 창고에서 남자의 육체를 대상으로 '기적을 제조'하며 그 악행에 떨듯이 좋아했다는 걸 그 사람이 알았다면 얼마나 실망했을까!

'모든 강물은 바다로 흘러든다.' 대중을 따라 먼 길을 걸었으니 이제는 원래의 문제로 되돌아오자. 기적 제조는 모살의 한 부분이다. X여사는 Q 혹은 Y에게 전혀 개의치 않는다. 그녀가 신경쓰는 일은 한 가지, 세상에 대한 전면적 복수뿐이다. 몇몇 사람이 계략에 걸려 커튼 아래를 지킬 때 그녀는 주체할 수 없을 정도로 흥분했다! 그녀가 거리로 나가 선언했던 이유도 Q가 아주 매력적이었기 때문이 아니라 그저 세상의 모든 것을 "와장창 박살내고 싶었기" 때문이다!

남편 친구의 폭로에 따르면 어느 날 X여사의 아들 샤오바오가, 틀림없이 어머니의 사주를 받았겠지만, 돌연 거리의 게시판을 바닥으로 패대기친 뒤 쏜살같이 집으로 돌아갔다. X여사는 터져나오는 기쁨을 억누른 뒤 굳은 얼굴로 아들을 한참 타일렀는데 그 방식이 무척 독특했다. "게시판이 네 작은 머리로 떨어졌으면 살아남지 못했을 거야", "네 행동을 누가 보면 엄마 아빠가 벌금을 내거나 감옥에 들어가", "어린애는 어른들 일에 상관하면 안 돼. 그럴 힘이 있으면 친구들하고 실컷 놀아. 구슬치기를 하든 새를 잡든, 얼마나 재미있니"라고 할 뿐 그 행동이 나쁘다거나 어리석다는 말은 단 한마디도 하지 않았다. 아들의 행동이 자신의 영향을 받았으며, 자신과 비슷한 모살 욕구가 어린 몸에서 서서히 생겨나는 걸 분명히 알았기 때문이다. 그녀는 이런 점 때문에 아들의 앞날이 "점점 밝아진다"라고 했다(자애로운 어머니처럼 흐뭇하게 웃으며 남편에게).

그 아들은 이제 겨우 만 7세이지만 어떻게 봐도 X여사의 어릴 때와 똑같다. 다만 집에서 아무 압박도 받지 않아 훨씬 발칙하게(X여사는 '분방'이라고 불렀다) 행동할 뿐이다. 나중에 어머니가 간통을 저지른 뒤 아이는 친구들에게 "창녀 새끼"라는 식의 욕을 들었지만 무슨 뜻인지 알아듣지 못한 듯, 아무 느낌도 없다는 듯 태연하게 대응했다. 그 어머니한테 물려받은 공허하고 꿈결 같은 눈빛으로 멍하게 있더니 금세 활발한 천성을 회복하고 친구들과 천

방지축으로 장난을 쳤다. 전형적인 7세 어린애였지만, 온몸이 독액에 절어 아무리 엄청나고 기이한 일에도 절대 놀라는 법이 없었다. 따뜻하고 친절한 어른들이 일깨워줘도(X여사 남편의 친구는 열의를 다하다가 한번은 "혀가 부어오르기까지" 했다) 아이는 끝내 자기 생각을 바꾸지 않고 "우리 엄마와 아빠, 그리고 Q아저씨는 정말 대단해요"라고 했다. 왜냐고 물으면 "엄마는 거울로 하늘의 일을 볼 수 있고 한밤중에는 날 수도 있어요. 아빠는 누구보다 맛있고 고소하게 땅콩을 볶을 수 있고요. Q아저씨는 공을 천 번도 더 튀길 수 있어요. 나는 쉰일곱 번이 최고인데"라고 답했다. 재치있게 "Q아저씨한테 우리집으로 이사오라고 해서 넷이 같이 살면 더 재미있지 않을까요?"라고 어머니에게 제안까지 했다. 남편 친구는 아이의 그 말이 매서운 따귀처럼 느껴져 일주일 동안 얼굴이 붉으락푸르락했다.

X여사는 사건이 마무리된 뒤 여동생에게 긴 편지를 보냈고, 신중을 기하기 위해 과부를 중심으로 한 엘리트들은 편지를 뜯어봤다. 그 편지로 필자는 미궁 지도가 매우 정확했음을 확인할 수 있었다. 그녀는 정말 Q나 Y를 안중에 둔 적 없이 연기를 했을 뿐이었다. 편지에 따르면, 그녀는 Q가 모직 코트를 입고 멀리서 온 상인인 줄 알았는데 나중에야 이곳에서 나고 자란 괴짜임을 알았다. 아무리 기이해도 어쨌든 이곳 토박이일 뿐, 그녀가 원한 사람은 먼 곳에서 온 상인이었다. 이성으로는 그런 사람이 거울 속에만 존재한다는 점을 그녀도 잘 알았다. 이후 능력이 향상되어 아무것도 없는 상태에서 기적을 만들 수 있게 되었지만, 그래도 사람까지 만들 수는 없어서 그녀는 토박이 괴짜 중에서 대역을 찾는 수밖에 없었다. 대

역은 하나같이 그녀가 이상적으로 생각하는 먼 곳의 상인 기질을 가지고 있었다. 그럼에도 그 대역과 '하나가 되는 것'은 영원히 불가능할 것 같았기에, 계속 물색하고 '방향을 바꾸는 수밖에' 없었다. 그녀는 매번 고차원적인 쾌감을 기대했으며, 그 경험을 위해서라면 '모든 것을 내버릴 수' 있었다. 이제 주변에서는 지위도 명예도 잃었다고 보았지만 그녀는 여전히 '신경쓰지 않으며' 체력과 정력이 받쳐주는 한 '다시 시작할 것'이고, 비슷한 기회가 또 생기면 '절대 놓치지 않을 것'이다. 물론 그녀는 다른 사람을 해치고 싶지 않고 모두와 '잘 지내기를' 희망한다. 무의식중에 남을 해치면(가령 Q의 아내에게 줄곧 호감을 느꼈고, 지금까지도 왜 그녀가 절망적인 길을 선택했는지 이해되지 않는다. 자신이 보기에는 훨씬 좋은 출구를 찾을 수 있었다) 고통스럽겠지만 그녀에게는 다른 방법이 없고 모든 행동이 '내 의지와 상관없다'라고 적혀 있었다.

편지를 뜯어본 뒤 필자는 과부와 함께 거리 입구의 견과류 가게를 찾아가 온종일 X를 주시했다. 그녀가 어떻게 '다시 시작'하는지 보고 싶었는데 헛수고로 끝나고 말았다. X여사는 다시 시력을 잃어서 계산대와 물품, 손에 든 저울의 추(조금도 틀리지 않음) 등은 볼 수 있어도 사람은 보지 못했다. 그녀가 갑자기 우리 쪽으로 돌진하는 바람에 얼마나 당황했는지 모른다. 그녀는 기존 원칙을 고수해 '예기치 않은 만남'을 추구하는 듯했다. 그렇게 자기 멋대로 하겠다는 표정에서 '강태공의 곧은 낚시에도 원하는 물고기는 물린다'라는 옛말이 선명하게 드러났다. X여사의 얼굴에 그 글귀가 떠올랐을 때, 오향거리의 많은 사람이 '물고기'가 되고 싶어하며 X여사의 낚시질에 도전했지만 하나같이 좌절을 경험했다. X여사는 그들을 전혀 물고기로 생각하지 않았고 언제나처럼 '걸레'라고 불렀다. 필자는 그녀가 Y나 Z 같은 부류를 대어라며 낚더라도, 목적이 물고기의 몸은 아닐 거라 추정했다. 눈을 내리깐 채 땅콩이나 누에콩을 저울로 재는 그 대단한 얼굴을 보면 그녀의 쾌감이 남다르다는 걸 눈치챌 수 있었다. 그녀가 원하는 건 모살의 쾌감으로, 누구든 낚이면 끝장이었다. 처음에는 좋다고 생각할지 몰라도(Q처럼 '뜨거운 눈물을 철철' 흘리거나 뛸듯이 기뻐하며 사거리 데이트에 달려나가는 등) 나중에는 그도 자신이 그물에 걸린 대어라는 걸 깨달았다. 물고기도 죽고 그물도 터지든가, 잉어가 용문에 오르듯 펄쩍 뛰어올라 벗어난 뒤 반죽음 상태로 떨어져 불구가 되든가 하는 수밖에 없었다. 반면 X여사는 전혀 동요하지 않았다. 그런 비극 때문에 슬퍼할 이유가 없다는 듯, 비극이나 후회 같은 감정을 느껴본 적이 없다는 듯 평소처럼 땅콩을 팔았다. 아주 빠르게 그런 일 자체를 잊거나 뒷전으로 밀어둔 채, 남몰래 낚싯대를 드리우고 새로운 누군가가 걸려들기를 기대했다. 여동생에게 자신은 이런 놀이를 평생 해야 할 운명이라며 "쓸모없어질 만큼 나이가 들어도" 계속 낚시를 할 거라고 했다. "세상은 아주 크거든." 그녀가 덧붙였다. "이렇게 세상이 넓고 휑한데 멀리서 온 상인 하나를 품지 못하면 나는 평생을 헛기다린 거지."

우리의 미궁 지도는 여기까지다. 많은 사람이 "우리가 여태 어둠의 회의니, 그림이니, 표어니, 미행이니 등 복잡한 작업을 얼마나 많이 했는데. 그 오랜 노력이 전부 헛수고였다고? X와 Q의 사건이 고작 즉흥적 연기에 불과하며 X가 심심해서 사람들을 놀리려 그런 사달을 냈다고? 혹시 너 음험한 속기사 주제에 뭣도 아닌 재능을 드러내려고 그럴싸한 궤변을 늘어놓은 거 아니야? 본인을 드러내고 싶다면 얼마든지 드러내. 하지만 군중을 개똥으로 만들고 창녀를 영웅으로 만들면, 그런 짓거리는 아주 '곤란할 것이야'"라고 소리칠 게 분명하다.

동지들이여, 기다려주시길. 필자는 X가 엄청난 재능을 가져 인생을 무대로 만들고 스스로 감독이 되었다고 말한 적이 없다. 필자는 그저 X가 양심이나 감정이 없는 여인임을 강조했을 뿐이다. 그녀가 문제를 일으키고 어릿광대 역을 맡은 건 뛰어난 재능이나 원대한 계략이 있어서가 아니라 천성을 따른 것에 불과하다는 말이다. 그녀는 교육을 받지 못했고(스스로 "일자무식이다"라고 고백했으나 당연히 과장이 좀 섞였다) 어떤 일이든 '충분히 생각'하지 않는데 어떻게 뛰어난 재능이나 원대한 계략이 있겠는가? 동지들이여, 안심하시길. 우리의 모든 행동은 헛수고가 아니며 언젠가는 '순리대로' 결말이 뚜렷하게 드러날 것이다. 우리의 수준 높은 표현방식과 어둠의 회의는 어디서도 찾아볼 수 없을 만큼 독특하고, 우리 민중과 엘리트들의 지혜를 고도로 응축한다. 이런 것들이 모두 우리의 빛나는 역사책에 사실적으로 기록되었고, 그 책은 지금도 필자의 창문 턱에서 빛을 발한다. 어느 밤엔가 이 보물을 훔쳐가려 도둑이 들어왔다가 찬란한 빛에 눈을 뜨지 못하고 완전히 고꾸라지고 말았다. 자기 능력을 몰라도 한참 몰랐기 때문이다. 필자의 눈에 X여사의 삶은 정말 수지 타산이 맞지 않는 듯하다. 모살을 실행에 옮기지도 못하고, 혼자 쓸쓸하게 지내며 누구와도 왕래하거나 소통하지 못한다. 속내를 털어놓을 사람 하나 없으니 대체 무슨 의미가 있겠는가! 낚시로만 시간을 보내는 게 아닌가? 앞으로는 낚시에 걸려드는 사람이 점점 줄어들 테니 그녀는 결국 기다리며 애만 태울 것이다!

　미궁 지도 2: X여사의 향후 발전 방향을 어떻게 예측할 수 있을까? 지금까지의 분석을 통해 X여사가 온갖 괴벽을 가진 소인배라는 사실이 드러났고, 그녀의 실체가 우리 오향거리에 존재한다는 점도 거의 확인되었다. 고민을 떨쳐버리고 다들 게시판 업무에 전력하려 할 때, 이 두번째 문제가 불현듯 필자의 머릿속에서 떠올랐다. 필자가 큰 소리로 "잠시만요!" 하고 외치자 모두 하던 일을 멈추고 의아한 눈빛으로 바라봤다. 필자는 만일 이 문제를 제대로 해결하지 않을 경우 앞선 작업이 허사로 돌아갈 것이라 말한 뒤, X여사가 실존한다면 틀림없이 발전할 테고 그렇다면 방향성을 갖기 마련인데 어찌 이 기본적인 문제를 소홀히 할 수 있겠느냐 설명했다.

　오늘 아침 우리는 약속이라도 한 듯 모두 함께 길목의 견과류 가게를 지나가며 X여사와 남편이 삼륜차에서 땅콩과 누에콩을 내려 안쪽으로 옮기는 걸 똑똑히 봤다. 우리는 한쪽 옆에서 한참을 서 있었고 모두들 가슴속으로 X여사의 존재를 확신했다. 하지만 이게 끝일까? 그녀의 존재를 인정하는 건 무거운 짐을 지는 일과 같다. 우리는 그 짐을 머리까지 들어올려야 하니 그녀의 미래와 앞날에 어찌 상관하지 않을 수 있겠는가? 그녀는 늙은 철학가도 아니고, 늙은 철학가처럼 화석이 될 리도 없다. 그녀의 변화는 무궁무진하기 때문에 우리는 그것에 영구적으로 관심을 가지고 판단하며 예측해야 한다. 그걸 할 수 없으면 그녀의 존재는 우리가 철저하지 못하고 책임감이 부족함을 뜻할 뿐이다. 멀쩡하게 살아 있는 사람이 우리 눈앞에서 '꿍꿍이짓'을 벌이는데 어찌 지금, 그리고 미래에 제삼자처럼 '아무것도 모른다'라고 할 수 있겠는가?

필자의 외침에, 성공에 도취했던 엘리트들이 깜짝 놀라 정신을 가다듬고 규합해 머리를 굴리기 시작했다. 우리는 X여사가 그 풍파를 겪은 뒤 내적 평화를 회복해 매일 편안하고 즐겁게 땅콩과 누에콩을 팔고 있음을 이미 간파했다. 또 저울의 추 등을 제외하고 '누구도 보지 않겠다'라고 굳게 결심한 것도 알았다. 그런데 X여사는 과연 그 타격(혹은 유희)에서 깨달음을 얻어 환골탈태했을까? 이런 건 유치하고 무지한 젊은이나 제기할 문제였다. 우리처럼 세상사를 이해하고 X여사와 겨뤄봤던 엘리트들은 이런 환상을 가지지 않았다. 아무리 변해도 본질은 달라지지 않는다고 했다. X여사가 어떤 면모를 내보였든 그녀의 원형은 하나뿐이고, 그 원형은 그녀가 태어났을 때 시작해 어린 시절에 이미 완성되었다. 어두컴컴한 창고에서 간통에 심취하는 것과 거리에서 땅콩을 파는 건 본질적으로 다르지 않았다. 이걸 받아들이자 땅콩 장사 역시 '간통의 연속'이나 '새로운 간통을 위한 준비 단계', '화산폭발 전의 에너지 비축' 등으로 간주할 수 있었다. 어떻게 불러도 무방했다. 그녀 본인도 피가 끓어오를 때 자기 동생에게 털어놓지 않았던가? 다시 시작할 힘이 아직 충분하다고 말이다. 그녀가 언제 무슨 땅콩을 팔았단 말인가? 그녀는 내분비계를 조절하고 있었다! 운기조식중이었다! 세번째 눈으로 새로운 사냥감을 찾고 있었다!

예전에 우리 중 몇 명은 그녀의 운명을 살피는 데 필생의 정력을 기울이다 너무 몰입한 나머지 집안이 풍비박산했다(예를 들어 X여사 남편의 친구). 우리가 얼마나 희망을 품었을까, 사실 우리는 아무 효과가 없을 줄 잘 알았지만(X여사가 이로 인해 전혀 변할 리 없고 우리 역시 덕을 볼 게 하나도 없었다) '일단 파고든 이상 절대 나가지 않겠다는 마음'으로 포기하지 않았다. 그 엄청난 과정 자체에서 우리 오향거리 사람들의 우수한 소양이 여실히 드러났고, 그건 신령조차 감동할 수준이었다(예전에 한 천재가 초가지붕 위에서 증명함). 그중 특히 눈물겨웠던 건 한 사람이 덕을 보기는커녕 거의 자학까지 해가며 진행하다가 결국 자학이 취향으로 되어버렸던 상황이다. 이 얼마나 의지력 강한 민중인가! 이런 사람들이 있어서 X여사가 어둠으로 나아가든 빛으로 나아가든 우리는 '편안하게 자리를 지킬 수 있었다'.

미래에 대해서는 비관론과 낙관론이 모두 있었다. 비관주의자들은 X여사의 욕망이 팽창하기 시작해 몇 년 뒤에는 위협적으로 커지는데, 그에 비해 그녀에 대한 군중의 통제력은 약해질 것으로 봤다. 비관주의자들은 X여사 본인의 소양 때문에 이런 결론을 내린 게 아니었다. 우리 군중의 일부, 풍파를 일으키는 바이러스 같은 사람들이 갈수록 늘어나 그들 손에 우리의 일이 망가질 것이라고 했다.

잠시 기억을 더듬어보자. X와 Q의 사건이 터지자(그건 원래 사소한 일로 우리는 저절로 해결될 때까지 기다릴 수 있었다) 일부 사람들은 화를 참지 못하고 본업을 내팽개친 뒤 온종일 X여사 집 주변을 맴돌았다. 그걸 핑계로 게으름을 피우며 삶의 중심이 역사적으로 이동했다고 했다. 그러면서 나름 괜찮다고, 더는 대자보 같은 세속적인 일에 상관하지 않는다며 본디 그런 사무적인 일이 끔찍하게 싫어 진작부터 손을 떼고 싶었다고 떠들어댔다. 태생적으로 딱딱한 업무는 자신에게 맞지 않아 좀더 재능과 능력을 발휘할 기회가 필요했는데 X와 Q라는 의미심장한 일은 능력을 발휘할 만한 사건이니, 하늘이 내려준 기회라고 좋아했다. 그들은 더이상 무명無名의 삶에 만족할 수 없다며 잇달아 사직서를 제출했다. 사직이 받아들여지지 않으면 제 발로 떠났다. 빛나는 앞날이 그들을 인도해줬다! 그들의 심미관에 꼭 들어맞는 일이 그들을 기다렸다! 이렇게 중요한 순간에 단호하게 결정을 내리지 않으면 어찌 거리낌없이 전쟁터에 나가고 또 어찌 성공할 수 있겠는가! 기왕 하려면 제대로 해야 한다면서 그들은 일단 자신의 퇴로부터 끊기로 했다. 사직이 첫걸음이었다. 사직한 뒤 그들은 정말 홀가분해졌고 뱀처럼 민첩하고 개처럼 민감해졌다.

　하지만 관찰자의 보고에 따르면, 그들 몇 명은 직업을 내던진 뒤 허풍을 떨었던 것처럼 대단한 사업을 하지는 않았다. X와 Q의 사건을 핑계로 집을 나간 다음 X의 집을 몇 바퀴 돌았지만, 잇달아 자신들의 보루인 공중변소로 뛰어갔다. 그곳에서도 무슨 책략을 논의한 게 아니라 쪼그려앉은 채 온종일 일어나지 않으면서 끝도 없이 그 저급하고 음란한 대화를 이어갔다. 그런 대화에 '이론 연구'라는 그럴싸한 명칭까지 붙였다. '연구' 때문에 눈이 잔뜩 붓고 핏발까지 선 그들은 어느 인적 없는 모퉁이에서 X여사를 연달아 두 번 공격하기도 했다. 목적은 이루지도 못하고 대중 단체의 명예만 실추시켰다. 그런 가짜 연구는 우리의 오래되고 아름다운 언어까지 모독했다. 그들 중 한 사람은 '문화 여가 생활', '백 년의 기쁨' 같은 전통적 표현 대신 '여자를 후리다', '놀아나다'라는 저급한 어휘를 사용할 뿐 아니라 온종일 입에 달고 다녔다. 말하고 또 말함으로써 방탕함을 과시하고 전통에 도전했다. 정말 우습고 한

심했다. 무리 지어 거리를 돌아다니는 그들을 보면 누구든 구더기라도 삼킨 듯 역겨워했다.

무엇보다 큰 문제는 그들이 본인의 사직으로 끝나지 않고 멀쩡히 일하는 사람을 선동하고 도발하고 비웃으면서 우리 대오를 어지럽히려 했다는 점이다. 매일 정시에 출퇴근하는 사람들을 "로봇", "나무토막", "타고난 박복자"라 비웃고 열심히 일하는 사람을 "벽창호", "낙오자", "무능력자"로 불렀다. 작업 공구를 망가뜨리라고 부추기면서 "이 천년의 족쇄를 끊어야 해", "자유를 위해 투쟁하자"라고 했다. 솔직히 그들이 말하는 자유란 사람들의 피를 마시면서 유유자적 공중변소에 앉아 춘화를 그리고 음란하기 짝이없는 말로 우리의 옛 문화를 짓밟는 것에 불과했다. 그걸로도 모자랐는지 X여사의 미래에 대한 비극적인 노래를 큰 소리로 부르며, 그녀의 앞날이 암울한 이유는 Q때문이라고 떠들었다. 그들은 Q를 증오하며 "얼치기", "반푼이", "모지리"라 욕했다. 한편으로는 의기양양하게 X의 창문 앞을 지나가며 아양을 떨고 추파를 날리며 창살을 두드리고 쪽지를 밀어넣었다. 한 사람은 창문을 넘어들어가 거울을 훔치거나 문에 연애편지를 붙여놓기도 했다. 체면을 깎아먹는 자식의 추태에 한 아버지는 화를 참지 못하고 문 앞 나무에 목을 매달았다.

비관주의자들이 문제를 제기한 뒤 각자 자기 길로 흩어질 때, 석양이 그들의 원래도 여윈 그림자를 더 길게 늘여줬다. 그들은 굳은 표정으로 더는 입을 열려 하지 않았다. 할말이 뭐가 있겠는가? 종말이 다가오니 눈을 감고 기다리는 수밖에.

그와 반대로 절대다수의 사람은 X여사의 발전 방향(즉 오향거리의 발전 방향)에 대해 만족스럽고 낙관적인 태도를 지녔다. 그들은 X여사가 아무리 독특한 괴물이고 바뀌지 않으며 의도적으로 우리 민중에 맞서도, 언젠가는 더이상 버티지 못하고 우리 민중의 넓은 가슴에 융화되어 사라질 것으로 생각했다. 그동안 보여준 그녀의 태도를 봐도 그런 경향은 갈수록 분명해지는 듯했다. 그랬다. 그녀는 여전히 길목에서 땅콩을 팔았지만, 그녀의 존재와 지위는 갈수록 덜 눈에 띄었다. 우리도 너무 바쁘면 그녀에게 '신경쓰지 않을 때'도 있고 한 사람은 '손을 내저어 그녀를 시야에서 지워버린 적'도 있었다. 특히 겨울에 큰 눈이 내려 지붕과 거리를 뒤덮을 때면, 외로움에 움츠러든 X가 아무리 소란을 떨어도 합당한 반응을 일으키지 못했다. 우리의 민중은 '한파와 싸우느라' 바빴다. '불처럼 새빨갛게 달아오른 가슴'으로 '뜨겁게 자연에 대항하느라' 바빴으니, X여사의 모기 같은 신음에 누가 진지하게 귀기울이고 반응할 수 있겠는가? 그렇게 퇴폐적인 음악소리로는 확실히 우리를 와해시키거나 부식시키지 못했다. 이 점에 대해 X여사는 민중이 "그 속의 오묘함을 이해하지 못한다"라고 설명했다. 어떻게 모르겠는가? 우리의 엘리트, 우리의 민중은 그녀의 뻔한 수법을 아주 잘 알았고 금세 흥미를 잃어 "연구할 가치가 없다"라고 판단했을 뿐이다. 어리둥절해진 그녀는 자신의 음악을 최대한 다양하게 변주하며 다시 '시선을 끌려' 노력했다. 우리는 그녀의 기력이 언젠가 '소진'되어 영영 '시선을 끌지 못할' 날이 오리라 믿었다. 이렇게 상상하기도 했다. 호기심 넘치는 한두 사람이 함박눈이 내리는 밤에 그녀의 집으로 들어가 그녀의 입에 귀를 바싹 대고 가만히 들어본다. 그들은 무엇을 들을 수 있을까? 단조롭고 지루하면서 반복되는 속

372

삭임뿐이다. 가슴에서 나오는 게 아니라 복강에서 나오는 모호하면서 띄엄띄엄한 소리. 어쩌면 소리가 전혀 없을지도 모른다. 그저 듣는 사람의 환각일 뿐이라 그들은 결국 인내심을 잃고 발을 동동 거리며 저주를 퍼부은 뒤 밖으로 나온다. 확실한 교훈을 얻은 그들은 더이상 X를 거들떠보지도 않겠다고 맹세한다.

X여사가 융화되고 소실될 거라는 논점은 X여사만을 근거로 한 게 아니었다. 그보다는 우리 엘리트들의 안목에 근거를 두고 있다. 우리가 그 신비한 시선을 돌리기만 해도 세상에 본질적 변화가 생겼다. 어느 날 우리는 처마 밑에서 진한 차를 마시며 그녀에 관해 이야기를 시작했다. 상고시대 원시인을 논하는 듯한 어투를 쓸 만큼 그녀는 확실히 우리의 기억과 시야에서 점점 멀어지고 있었다. 우리의 공책에도 그렇게 한 줄로만 남았으며 그 한 줄조차 역사의 참고 자료, 혹은 우리 민중의 위대한 업적에 딸린 각주에 불과했다. 심지어 개인적인 그녀는 추상적이고 애매하게, 있는 듯 없는 듯한 부호(즉 X)로만 남았다. 언젠가는 이 부호조차 입에서 사라져 그녀는 먼지 쌓인 공책의 한 획으로만 남고, 후대인의 눈에 그 한 획은 영원히 풀 수 없는 수수께끼가 될 터였다. 역사의 거센 물줄기는 언제나처럼 새롭게 떠오른 태양을 향해 거침없이 나아가고, 하늘가에서는 환한 빛이 사방으로 뿜어져나올 것이다.

미래에 대해 만족스러운 판단을 내린 뒤에도 우리는 명예로운 잠에 빠지지 못한 채, 신중하고 조심스럽게 X의 마지막 발악에 대응할 준비를 했다. 우리의 안목으로는 그녀가 곧 용해될 게 분명했지만, 그게 '이미 끝났다'라는 의미는 아니었기 때문이다. 그렇게 되면 앞서 그렸던 그녀 존재에 관한 미궁 지도를 다시 그려야 했다. 우리는 모두 그녀의 존재가 분명한 사실임을 확인했고, 그녀가 여전히 제멋대로 활개치고 있는 점도 잘 알았다. 예를 들어 그저께, 그녀는 Q를 대신해 새로운 인물이 자신의 삶으로 또 들어올 거라는 예감이 든다고 공언했다. 잔뜩 신이 나 그 인물이 나타남으로써 새로운 감정적 승화를 "체험"하고 "스스로 정화"되며 "훨씬 풍부해질 수 있을 것"으로 기대했다. 그녀는 재기하려는 것이었다. 하지만 우리는 누구도 두려워하지 않고 오히려 가슴 깊은 곳에서 그녀의 재기를 반겼다. 다시금 우리 영혼을 드러낼 좋은 기회가 아니겠는가? 우리는 집안에 숨어 계획하고 그녀를 위한 장소까지 골랐다. 이번에는 창고가 아니라 적막한 산골짜기였다. '산골짜기의 사랑'이라는 그럴싸한 명칭을 정하고 남자는 P선생으로 불렸다. 아, 우리의 X여사는 융화되려면 아직도 한참 더 힘겨운 과정을 거쳐야 했다. 우리의 크고 넓은 가슴과 지혜롭고 이성적인 두뇌가 아니고서야 또 어떻게 일사불란한 작업으로 '구름을 걷어내고' '막다른 곳에서 새로운 길을 여는 경지'에 이를 수 있겠는가!

초가지붕 위의 거시적 역사관으로 보면, X는 복잡한 군중 속에 섞여 가면을 쓴 채 보일 듯 말 듯 음흉하게 춤을 추고 있었다. 그녀는 인구의 절대다수를 차지하는 평범한 인물이었다. 일부 과소평가하는 사람들은 그녀가 '눈 깜짝할 사이'에 완전히 사라질 것이며 아무리 늦어도 내일이나 모레 그렇게 되리라 여겼다. 이 잘못된 관점에 대해 낙관주의자들은 태도를 분명히 밝혔다. 앞날이 밝고 아름답긴 해도 힘든 임무가 기다린다. X여사는 지금 당장 '눈 깜짝할 사이'에 사라지지 않을 것이며(결국 그런 날이 오겠지만), 우리 역시 이 순간에는 스스로에게 불리한 '눈 깜짝할 사이'를 완성하지 않을 것이다. 대신 그녀의 행동을 뚫어지게 주시하다가 신속하게 가설을 내리고 청사진을 그려내야 한다. 그녀 본인의 경험보다 더 생생하고 선명하게 그려야 한다. 그녀가 한 걸음 내디디면 그보다 다섯 걸음 앞에서 그녀가 무엇을 할 수 있는지 내다보고, 그녀가 그저께 생각을 떠올리면 우리는 오늘 그 장소와 이름까지 전부 파악해야 한다. 이런 상황에 이르고도 그녀가 포기하지 않고 사람들이 눈을 부릅뜨고 쳐다보는 가운데서 엉덩이가 드러나는 공연을 선보이겠는가? '훨씬 용감해져' 공연을 펼친다고 해도 우리의 대대적인 선전대 앞에서는 그녀의 자신감이 지속될 수 없다. 번개처럼 일을 마무리하고 "새로운 체험이 끝났다!"라고 선언하는 수밖에 없다. 그때가 되면 그녀는 작은 방에서 죽어가며 소리 없이 신음할 것이다. 그때는 그녀의 얼굴에 귀를 바싹 갖다대봐야 소리 자체를 들을 수 없다. 다시 말해 조건이 무르익으면 우리는 그 신비한 '눈 깜짝할 사이'를 완성하고, 세상 만물은 영원히 청춘의 빛을 뿜으며, X는 이 대지에서 종적을 감출 것이다. 그녀의 존재, 공책에 기록된 그녀의 한 획에 관해서는 완전히 새롭고 다른 해석이 생기고 그 해석은 결국 수수께끼 같은 부호로 변할 테다. 오랜 세월이 흐른 뒤 우리의 후손들이 이 부호에 관해 물으면, 수염이 새하얀 노인이 비틀거리며 공책으로 다가와 뼈마디가 두드러진 손가락으로 표지를 두드리고는 "조용, 이게 바로 성공의 비결이란다. 미궁 지도를 숙지하렴"이라 말할 것이다. 그럼 미궁 지도는 환한 빛을 뿜어낸다. 지도에 적힌 대로 수많은 후손이 초가지붕과 산꼭대기에 오르고, 쓸쓸한 선구자인 필자의 이름은 그들에 의해 차츰 재조명될 것이다.

8. 과부의 역사적 공적과 지위의 합리성

우리 오향거리의 이야기에서 과부는 시종일관 찬란하게 빛나는 인물이라 할 수 있다. 이제 그녀의 역사적 공적을 요약하고 그녀의 성격을 깊이 살펴보려 한다.

지금까지 우리는 그녀의 표면적 모습, 특히 그 몸매와 거기서 뻗어나온 다양한 성격적 특징을 주로 다뤘다. 그러다보니 과부가 자신의 특수한 체형과 타고난 소양 덕분에 오향거리에서 중요한 자리를 차지했고, 그녀의 모든 공적은 이 '특수성'에 뿌리를 두며, 만일 과부가 도발적인 모습이 아니었으면 성과를 거두기 쉽지 않았거나 성과를 냈어도 엘리트들과 군중한테 지금과 같은 존중(거의 천재와 동일시)을 받기 힘들었으리라는 게 우리가 그녀에 관해 가진 이미지의 대부분이다. 이런 이미지를 수정해야 한다.

우리의 결론은 완전히 반대다. 과부는 개인적 특수성 때문이 아니라 그녀의 보편성과 대표성으로 우리 오향거리에서 높은 지위에 오르고 대중의 존경을 받으며 여걸 같은 인물이 되었다. 첫째, 과부는 강한 성욕을 가졌고 이런 성욕은 노년이 되어서도 전혀 줄어들지 않았다. 이는 우리 오향거리 사람 대부분이 가진 특징이다. 생기발랄하고 진취적인 우리 오향거리 사람들 속에서는 이런 성기능적 특징을 쉽게 찾아볼 수 있다. 거리를 다녀보면 발기불능 남자나 불감증 여자를 거의 볼 수 없다. 모든 사람이 방중술에 정통하고 관심이 많다. '문화 여가 생활'이라는 말만 꺼내도 온몸에서 힘이 넘치며, 80세 늙은이나 13세 어린애나 전혀 물러서려 하지 않는다. 이렇게 강건한 사람들이니 모두 진취적이고 창조적이다. X여사는 내적 공허와 두려움 때문에 그들을 전부 '가짜'라 불렀지만 그건 자신을 드러내기 위한 평계였을 뿐이다. 이는 생각지도 못한 정반대의 효과를 가져와, 사람들은 오히려 그녀의 성별을 의심하게 되었다.

우리가 얼마나 알짜인지를 설명하기 위해 예를 하나 들어보겠다(이런 예는 비일비재하다). 약방 할아범은 올해 83세인데도 염문을 뿌리며 방사를 치를 수 있다. 이런 경우는 고금을 막론하고 흔히 찾아볼 수 있는 게 아니다. 할아범은 겉보기에 건강하기는커녕 골골해 보이지만, 골격이 강철 같고 원기도 전혀 손상되지 않았다. 누군가와 동침하기를 조금도 두려워하지 않을뿐더러 젊은 부인을 얼마든지 '만족'시키고 '덜덜 떨릴 지경'에까지 이르도록 할 수 있었다. 이 사례만으로도 X여사의 궤변을 충분히 반박할 수 있을 것이다. 물론 회춘하는 데는 우리 오향거리 대대로 내려오는 선단이나 명약의 힘도 있었다. 할아범은 약방에 있으니 당연히 약제의 도움을 많이 받아 청춘을 유지할 수 있었다. 얼마 전에도 그는 X여사 남편 친구의 아내를 내버리고 16세짜리 아가씨를 가정부로 고용했다. 아가씨는 온종일 다락방에서 할아범의 살림을 관리하는데 어느 순간 '얼굴이 복사꽃처럼 피고' '피부가 두부처럼 보들보들하게' 변했다. 할아범은 앞에서든 뒤에서든 노익장을 과시했다. 우리의 이런 보편적인 특징은 대대손손 전해지는 유전의 힘이기도 하고 우리 지역의 풍수 덕분이기도 했다. 이 풍수는 면역력을 주고 생식능력까지 촉진해, 우리 대오는 수적으로나 질적으로나 갈수록 강해졌다. 과부의 성욕이 생식능력과 반비례한다는 건 또다른 범주의 문제이니 나중에 다시 다루도록 하겠다.

오향거리 사람들에 대한 X여사의 비방은 반박할 가치가 없다. 예로부터 성적 문제는 오향거리에서 문제 축에 끼지도 못했기 때문이다. 그건 우리의 무수하고 튼튼한 후손들만 봐도 쉽게 알 수 있을 것이다. 우리 지역에는 절제할 문제만 있을 뿐 고취할 문제는 없다. 우리는 전부 규율을 지키며 우아하고 고상하게 '문화 여가 생활'을 영위한다. 절제하지 않거나 궤도에서 벗어나려는 행동은 민중의 질타를 받는다. (예를 들어 할아범의 행동은 심하게 비난받았다. 그가 설령 아가씨를 '만족'시키고, 몰래 부러워하는 사람이 있을지라도 그의 태도는 선전기관의 질책을 받았다. 우리는 그가 '회개'하고 정식으로 그 아가씨와 결혼해 백년해로하기를 바랐다.)

둘째, 과부는 평생 자신의 성욕을 억누르고 사별한 남편 이외에는 어느 남자와도 실질적 육체관계를 맺지 않음으로써 오향거리의 공인된 본보기가 되었다. 그녀의 고상한 정신세계는 수많은 청년과 여성(가령 X여사 남편의 친구, 석탄공장 젊은이, X여사의 동료 여사, 필자 등)에게 영향을 미쳤다. 이런 정신적 우정이 우리 오향거리에서 사회적 기풍으로 자리잡아, 외지인들은 이곳에만 들어오면 신선하고 상쾌한 기운을 느낄 수 있었다. 하지만 이건 과부가 새로 발명한 게 아니었다. 이런 심리적 자질은 그녀보다 나이많은 검은 털모자를 쓴 독거 노파, 그녀의 사촌오빠 및 기타 수많은 사람에게서 이미 찾아볼 수 있었다. 과부는 이런 보편적이고 우수한 기풍을 한층 발전시켜 오늘날에 이르도록 하는 데 공헌했을 뿐이다. 정신적 우정은 생리적 본능보다 확실히 숭고해, 우리 인류는 이를 기반으로 함께 역사를 창조하고 서로 의존해왔다. 부부관계에서도 정신적 연대가 가장 중요한 위치를 차지했다. 필자는 이런 정신적 사랑이 지나칠 정도로 강렬해 생리적 본능을 경시하게 된 부부를 수도 없이 목격했다. 그들은 '문화 여가 생활'을 극도로 적게 하거나 아예 하지 않았지만, 누구보다 서로에게 정이 깊고 관계가 돈독했다. 이런 결합은 죽을 때까지 유지될 수 있으며, 자식이 없어도 완벽한 본보기가 될 수 있었다. 그렇다고 필자가 누구에게나 이처럼 금욕주의자처럼 담백하게 살 것을 요구하는 건 아니다. 그저 모두가 정신적 사랑을 최우선으로 여기기를 바랄 뿐이다.

우리의 석탄공장 젊은이는 감정적 풍파를 겪은 뒤 매우 성숙해졌다. 그는 의연하게 진 할멈과의 성관계를 끊은 뒤 X여사 남편 친구의 작업장으로 들어가 영원한 이웃이 되었다. 그럼으로써 방탕한 자식이 회개하면 금으로도 바꾸지 않는다는 속담의 전형이 되었다. 당연히 그는 과부, X여사 남편의 친구, 독거 노파와 비교할 때 완벽함에서 한참 떨어졌다. 그는 잘못을 저지르고 뒤늦게 성숙한 아이로, 불건전한 사상의 악영향을 받고 오랜 시간 X여사한테 조종당해 육체적 욕망에 빠졌다. 그의 상대인 진 할멈은 더욱 그러했다. 어쨌든 어둠이 물러갔다. 그들은 스스로 깨달아 부끄러워하고 자책한 뒤 마음을 새롭게 가다듬고 자신의 죄악 및 욕망과 싸우리라 결심했다. 이사하던 날 그는 무척 기분이 좋았다. 진 할멈역시 머리도 빗지 못하고 신발도 신지 못한 채 바쁘게 사방팔방을돌아다녔다. 아가씨처럼 힘이 넘쳐서 이를 악물더니 책상을 등에들쳐메고 날 듯이 달렸다. "진작부터 이런 날을 기대했어." 진 할멈이 말했다. "이 녀석이 5세 때 이미 될성부른 녀석이라고 확신했지. 이제 내 가르침까지 받았으니 하루하루 더 나아질 거야." 석탄공장 젊은이가 자립해 새로운 생활을 시작한 걸 축하하기 위해모두 작업장으로 몰려가 노래했다. 나란히 서서 손을 맞잡은 뒤 원을 그리며 춤까지 췄다. X여사 남편의 친구는 뜻밖에 마음이 통하는 동료를 얻자 감동의 눈물을 쏟았다. 이제 자기 사업을 계승할사람이 없을까 걱정할 필요가 없어졌다고, 오랫동안 어두운 수로를 기어다니던 끝에 서광을 발견한 기분이라며 큰 소리로 울고 또웃었다.

석탄공장 젊은이가 이사한 뒤 과부는 말과 행동으로 모범을 보이기 위해 닷새 밤낮을 임시 작업장에서 떠나지 않았다. 청년의 사상이 불안정한 게 충분히 예상되고 이를 절대 소홀히 넘길 수 없어모든 것을 내려놓고 그를 도왔다. 둘은 닷새 동안 밤이고 낮이고흉금을 터놓고 끊임없이 이야기했다. 피곤해지면 진흙 바닥에서(석탄공장 젊은이는 그때부터 바닥에서 자기로 결심했다) 등을 맞댄 채 잠들었는데 그때조차 쉼없이 중얼거렸다. 그들의 대화는 전부 천국에 관한 것이었다. 닷새가 지나는 동안 석탄공장 젊은이는머릿속이 완전히 바뀌었다! 생각이 깊어져 과부의 한마디 한마디에 가볍게 탄식하고 뼛속까지 감동해 온몸을 떨었다. 과부가 따뜻한 손바닥으로 그의 부드러운 머리카락을 쓰다듬을 때는 흐느끼기까지 했다. "예전 삶은 악몽 같아요." 그가 참회했다. "아, 다시 태어날 수 있다면, 다시 시작할 수 있다면!" 그러자 과부가 위로하기 시작했다. 이제 다시 태어나 새로 시작하는 것과 같으며 앞으로의 날이 훨씬 길다. 하루를 일 년처럼 살아가다보면, 언젠가 나처럼 자신이 얼마나 맑고 풍부한지, 얼마나 의미 있게 살아왔는지 발견하고 놀랄 것이다. 지금 나는 완전히 승화해 신명과 대화할 자격을 얻었고 눈만 뜨면 천당의 일을 볼 수 있지만, 아직 만족스럽지 않아 계속 수련할 작정이다. 수련은 내게 가장 즐거운 일이 되었다. 그런 다음 과부는 석탄공장 젊은이에게 말했다. 그녀가 연장자이자 스승으로서 세세한 것까지 모두 알아야 정확한 처방을 내릴 수 있으니 X여사와 육체관계를 맺었다면 하나도 빠짐없이 털어놓으라고, 그게 아니라 짝사랑에 불과했더라도 음탕한 생각까지 낱낱이 털어놓으라고, 세밀할수록 좋고 그래야 그의 병이 낫는 데 유리하다고. 그녀는 모든 것을 이해할 수 있으며 아무리 불결한 내용이라도 비웃지 않고 격려할 것이며, 이야말로 다시 시작하는 첫걸음으로서 반드시 "낡은 공기를 뱉어내야" 비로소 "신선한 공기를 흡수할 수 있다"라고 말이다.

석탄공장 젊은이는 용기를 내어 사적인 비밀을 털어놓았다. 첫번째 가정은 실제로 없었으니, 두번째인 어리석음으로 점철된 긴 짝사랑을, 머릿속으로 떠올렸던 온갖 비열한 장면을 털어놓았다. 그 장면 속에서 주축은 항상 자신이었고, 벌거벗은 채 형용할 수 없을 만큼 추한 짓을 했지만 X여사는 모호한 뒷모습만 보였다고 말했다. 그는 자신이 할 수 있는 모든 동작을 상세히 묘사했는데 툭하면 중간에 진 할멈과의 실제 육체관계가 끼어들어 조리가 없고 뒤죽박죽이었다. 과부는 눈 하나 깜짝이지 않은 채 그를 바라보며 계속하라고 격려했다. 두 손으로 그의 아랫배를 문질러주고 아이를 어르듯 살피며 뺨에 입을 맞추기도 했지만, 그가 피곤해져 가물가물 졸면 인정사정없이 깨우며 일침을 가했다. "새로 태어나려면 아직 멀었어!" 그럼 석탄공장 젊은이는 다시 정신을 가다듬은 뒤 이야기를 시작했고, 또 어느 순간 졸면 과부가 인정사정없이 흔들어 깨웠다. 이런 과정을 몇 차례 반복하자 젊은이의 얼굴이 점점 뾰족해지고 눈동자가 무서울 정도로 튀어나오며 입가에서 침이 줄줄 흘러내렸다. 결국 그는 눈을 꽉 감더니 더는 아무리 흔들어도 깨어나지 않았다. 과부가 일어나 부엌에서 물을 한 바가지 떠다가 냅다 뿌리며 말했다. "이게 좋지. 이게 제일 효과 있어. 절대 해이해지면 안 돼. 계속 말하라고. 이게 아니면 뭘 할 수 있는데?"

길가 작업장의 그 둘은 오향거리의 선봉장이 되었다. 그들은 외부와 담을 쌓는 게 아니라 한 차례씩 신호를 내보냈다. 최신 소식이 전해질 때마다 군중 사이에서 한바탕 물살이 출렁였고 다들 자신의 낡은 집에서 꿈을 꾸었다. 모두를 뒤덮은 그 몽환 세계는 그들이 살아가는 일상이었다. 다만 자꾸 잊어버리고 무심해져 염두에 두지 않을 뿐이었다. 하지만 집념 강한 두 선봉장이 비망록이 되고 경보기가 되면서 삶의 적극성이 크게 향상되었다. 얼마 전에 발생했던 사건이 이 점을 증명했다. 그동안 실체를 알 수 없던 X여사의 새로운 상간남 P가 여사와 처음으로 접촉했다는 소식을 X여사 남편의 친구가 알려왔다. 이 소식에 점점 해이해지던 군중이 다시 분발하고 흥분했다. 날이 갈수록 두 선봉장을 떠날 수 없겠다는 생각이 들었다. 둘은 여전히 작업장 안의 석판이나 진흙 바닥에서 자고 있었다. 다른 곳에서는 이처럼 사심 없이 수고를 아끼지 않는 공무원을 찾아보기 힘들 터였다.

거의 50세가 된 과부는 한층 더 속세를 초탈한 듯 보였다. 작업장에서 석탄공장 젊은이의 스승으로 닷새 밤낮을 보낸 뒤 그녀는 굴곡이 뚜렷한 자신의 몸을 커다랗고 검은 도포로 완전히 가렸다. 그녀가 장중하게 거리를 걸어갈 때면 먹구름이 출렁이는 듯해 오향거리 사람들은 두려움에 떨며 우러러봤다. 사람들은 더이상 과부의 '육감적'인 예전 모습을 거론하지 않았다. 거론하더라도 현재의 과부와 전혀 상관없이, '동백나무 아래의 아름다운 아가씨' 같은 새로운 별명으로 사람들의 혼을 쏙 빼놓았던 과거의 인물을 지칭했다. 검은 도포를 걸친 과부는 한층 더 매력적이었다. 이처럼 성욕을 배제한 매력은 바다 같고 무지개 같으며, 원시림이나 멀리 하늘을 가득 메운 별 같았다. 청명한 바람을 마시는 듯 상쾌한 느낌을 주고 신비로운데다 아름답고 건강하며 엄숙하고 신령스러웠다. 지상에서 구름 위로 올라가 천당을 마주하는 듯한 신기한 느낌도 줬다. 다시 말해 그녀를 쳐다보기만 하면, 아무리 성욕이 왕성한 젊은이라도 진지하고 고상해져 곧장 성욕을 작업 동력, 예술적 영감, 꿈을 향한 열망 등으로 바꿨다.

셋째, 과부의 예리한 시선 속 통찰력은(성 문제를 둘러싼 토론, 전통적 심미관의 옹호, 남성에 관한 평가 등에서 드러남) 우리 오향거리 사람들이 가진 이쪽 분야의 특별한 소질을 대변했다. 다시 말해 우리 모두의 눈은 구조가 복잡한 현미경이나 망원경 같았다.

(X여사는 잔재주를 부릴 필요가 없었다.) 이런 우수한 소양을 갖췄기에 '눈 하나 깜짝하지 않았던 것'이다! 그렇지 않았으면 X여사의 자극적인 마술이나 대담한 행동이 어떻게 우리 사회의 질서를 어지럽히기는커녕 유익한 추진력이 되었겠는가? 이건 외부인이 보기에는 불가사의한 일이었다! X여사는 우리가 "자신의 눈동자에 관심을 두지 않는다", "거울을 보지 않는다"라는 식으로 말도 안 되는 공론을 펼쳤다. 그렇게 얄팍한 생각으로 어찌 우리의 철두철미한 자의식과 주체성을 이해할 수 있겠는가? 우리는 태어날 때부터 이런 능력과 안목이 있었다. 진작부터 자신의 신체 구조와 특이한 능력을 똑똑히 인지했는데 어째서 거울 같은 장난질에 애를 쓰겠는가! X여사의 의견은 '우물 안 개구리'식 관점에 불과했다. 그러다보니 상황이 반대로 흘러갔다. X여사가 거울에서 뭔가를 발견한 게 아니라(설령 그녀가 발견했다고 계속 언급했어도) 우리가 타고난 시선으로 그녀의 신체를 꿰뚫어보고 완벽하게 파악한 것이다. 결국 그녀가 아무리 간교한 능력이 있어도, 아무리 연무를 피워대도 전혀 소용이 없었다. 우리는 조용하고 엄숙하게 처마 밑에 앉아 있었지만, 모든 문제가 비밀스럽고 '자연스럽게 해결'되고 있었다.

우리의 예리한 시선이 가장 잘 드러난 순간은 창고 사건을 손바닥 보듯 훤히 파악할 때였다. 그렇게 기묘한 일을 누가 조사하겠다고 나서봐야 과연 정보를 수집할 수 있었을까? 전혀 아니다. 우리는 관심 없다는 듯, 각자 자기 고민에 빠져 졸고 있다가도 일단 그 사건 이야기만 나오면 누구나 일장 연설을 늘어놓으며 직접 경험한 것처럼 격하게 흥분했다. 그 속의 오묘함은 우리 자신만 알았다. 우리는 각자 보는 게 다를 뿐 누구나 '볼 수 있었다'. 필요하다면 사건이 발생하기 전에도 분명하게 볼 수 있었다! 통찰력 있는 시선을 가진 사람만이 명석한 머리로 사고할 수 있는데, 우리 오향거리 사람들은 어떤 일이든 분석적이고 논리적인 규칙에 따라 탐구했기 때문에 대부분이 초인적 시선을 가지고 있었다. 외지인이 창고 사건을 조사했다면 터무니없는 당혹감에 빠져 한참을 빙빙 돌고도 아무 소득을 얻지 못한 채 패배감에 젖어 돌아갔을 것이다. 그들은 아무것도 보지 못하고 머릿속이 하얗게 비어 어떤 이미지 하나도, 심지어 가설조차 떠올리지 못했을 것이다. 반면 우리 오향거리 사람들은 한 차례 어둠의 회의를 소집하는 것만으로 이 곤란한 문제를 해결했다. 입술조차 움직이지 않았는데도 이심전심으로 모두가 다 이해할 수 있었다.

따라서 과부의 시선은 절대 그녀 혼자만의 특출난 능력이 아니다. 우리가 그녀를 높이 평가하고 존경하는 이유 역시 그녀가 특별해서가(X처럼) 아니라 대중의 이익을 대변하기 때문이며, 바로 그래서 나중에 그녀를 천재의 반열에 올릴 계획이다(이건 그녀가 임종할 때쯤 실현될 것으로 보이니 그녀 역시 필자처럼 많은 고난을 겪어야 한다. 그전까지 그녀가 천재라는 사실은 필자만 알 것이다). 과부를 생각하면 우리 자신을 떠올리듯 친밀하고 애틋한 마음이 저절로 생겨났다. 그녀의 아름다운 눈은 보면 볼수록 친숙하고 편안해서 마주할 때마다 기분이 좋아지고 숭고한 생각이 끝없이 떠올랐다.

반면 X여사의 시선은 완전히 달랐다. 낯설고 공허하고 기이한데다 알 수 없는 두려움에 소름이 끼쳤다. 그녀와는 오 초 이상 마주보기 힘들었다. 그녀가 흘깃 쳐다보기만 해도 현기증이 나고 혼란스러워졌다. 그녀의 시선은 우리에게 익숙한 범주가 전혀 아니었고, 어떤 범주에도 속하지 않았다. 순전히 그녀 개인의 공허한 치기에 불과했다. 그녀 개인의 졸렬한 성향을 대변할 뿐이라 모든 사람이 그 시선을 증오했다. 그녀가 뒤에서 쳐다보는 것조차 모살을 시도한 일처럼(앞서 언급한 무른 칼로 살인하는 것처럼) 참을 수 없어 하며 노발대발했다. 그녀는 이미 '주황빛 파장'으로 Q를 죽이지 않았던가? 그뒤를 이어 나타날 P나 Y의 운명을 누가 보장할 수 있겠는가? 또 그녀가 자신의 눈빛을 아들 샤오바오에게 물려줘 미래에도 계속 나쁜 짓을 저지르지 않는다고 누가 장담할 수 있겠는가? 누구도 장담할 수 없었다. 그래서 우리의 시선으로 그녀를 '배제'하는 전술을 채택하기로 했다. 이 전술에 그녀는 어떤 대응도 할 수 없었다. 전술을 결정한 뒤 우리는 거래할 때가 아니면 그녀 가게 앞에 머물지 않았으며 물건을 살 때도 시선을 맞추지 않았다. 긴장을 풀지 않고 견과류 가게에 들어간 뒤, 몸을 최대한 숙이거나(이럴 때 X는 시선을 수평이나 위쪽에 두지 아래로 내리지 않는다는 걸 다들 잘 알아서 이렇게 특수한 자세를 취했다) 문밖에 선 채로 한쪽 팔만 들이밀어 값을 치르고 물건을 받자마자 달아났다. 어떤 사람은 붉은색 긴 옷을 입고 붉은 안경까지 쓴 채(X는 붉은색을 제일 싫어했다. 이런 상황에서는 귀신이라도 본 듯 밖에서 들어오는 붉은빛을 손으로 막아야 하니 어떻게 사람한테까지 신경쓸 겨를이 있겠는가) 가게에서 물건을 샀다.

여기서 거론할 만한 사건은 어느 날 우리의 친애하는 과부가 그 순수하고 정의로운 눈빛으로 X여사의 사악한 눈빛을 쏘아본 끝에 그녀를 '물리친 것'이다. 이 소식은 이튿날 게시판 신문에 대문짝만한 표제를 달고 게재되었다. "대단한 것 없어요." 과부는 조용히 미소를 지으며 말했다. "막상 마주해보면 실은 그게 일격에 허물어질 만큼 약하다는 걸 발견할 거예요. 진작 예상했던 일이에요. 궁금하면 시험해보세요." 하지만 아무도 시도해보지는 않았다. 과부의 실험만으로 이미 충분했고, 과부는 모두의 능력을 대변하고 있었기 때문이다. 어쨌든 X여사의 시선은 일격에 허물어질 만큼 약했고 우리는 자신감이 넘쳤다.

넷째, 과부의 분별력과 탐구 정신, 위기 앞에서도 흔들리지 않는 침착함 역시 오향거리 사람들의 집단 개성을 대변했다. 이런 개성 덕분에 우리는 난관을 쉽게 헤쳐나갔고 외계인 같은 X일가를 포용하고 소화할 수 있었다. 그녀에게 동화되기는커녕 오히려 그들을 영양분처럼 우리 체내로 흡수해버릴 수 있었다. 이런 사례는 인류 역사를 통틀어도 찾아보기 힘들 것이다.

동료 여사가 목청을 높이며 '간통 현장'을 붙잡으려 할 때, 우리 민중은 감탄스러울 정도로 냉정한 태도를 유지하며 누구 하나 함부로 움직이지 않았다. 미리 상의하거나 토론하지 않았지만 묵계와 강철 같은 일관성이 작용했다. 이는 하루이틀의 노력으로 이를 수 있는 경지가 아니다. 당당하게 말할 수 있다. 우리 지역에서 우리 같은 민중을 만났기에, X는 비로소 자유자재로 뜻을 펼치고 완벽하면서 감격스러운 이야기를 만들어낼 수 있었던 것이다. 결국 그녀가 우리에게 소화될지라도 그녀의 이야기 자체는 충분히 감동적일 수 있다. (어떤 민중이 자신의 역사에 감동하지 않을까?) 다른 지역이었다면 그녀는 틀림없이 '간통 현장'을 들키거나 간통을 시작하기도 전에 육체가 박살났을 것이다. 혹 간통에 연달아 성공하고 민중이 환호하면서 음란한 기풍이 사회 전체를 물들였을지도 모른다.

눈을 똑바로 뜨고 보면 우리 오향거리만이 X가 생존할 수 있는 이상적 터전임을 알 수 있다. 그녀가 이곳에 온 게 우연처럼 보여도 실은 필연이었다. 오향거리가 없었다면 X도 없고 X와 관련된 모든 이야기도 일어나지 않았을 것이다. 오향거리는 X의 온상, 요람, 어머니(그녀는 결국 어머니의 자궁으로 복귀, 즉 용해되어야 한다)였다. X는 오향거리에 온 뒤에야 진정한 X가 되었다. 우리가 그녀를 만들고 그녀의 소망을 이뤄줬다. 그녀의 진심어린 공연에 반응하면서 우리의 집단정신을 크게 발전시킬 수 있었다. 또한 이 모든 건 우리의 우수한 품성 덕분에 실현될 수 있었다. 다시 말해 우리는 수련을 통해 외부 세계를 통제했다. 어머니라면 아무리 아이가 망나니나 불효자라고 해도 마음 내키는 대로 아이를 내버려두지 않는다. X여사가 처음 오향거리에 왔을 때 우리는 그녀의 몸에서 기이한 냄새를 맡았음에도 평소와 똑같이 가슴을 열어 받아들였다. 이 땅에서 사는 이상 모두가 한 어머니의 자식과 같으며 누구나 그 자애로운 보살핌을 받을 수 있기 때문이었다. 우리는 오래전에 이미 땅과 하나가 되었고 우리 가운데서는 과부처럼 뛰어난 인물이 끊임없이 배출되었다. 그(그녀)들은 길가의 어두운 방에 앉아 꼼짝하지 않으면서도 반짝이는 머리로 외부의 아주 작은 움직임까지 모두 파악할 수 있었다. 이렇게 고도로 발달한 능력은 지금까지도 그 영향력을 제대로 측정할 수 없다. X 하나는 말할 필요도 없고, 열 명의 X가 온다고 해도 이제 우리는 완벽하게 파악했으니 손뼉을 치며 환영할 것이다.

예전에 과부가 깊이 연구한 성 문제에 관한 심오한 이론은 이미 우리의 역사적 이정표가 되었다. 그녀는 과거로 물러나지 않았을 뿐더러 앞으로도 계속 우리의 앞날을 이끌 것이다. 이론의 창시자이면서도 늘 새로운 돌파구를 찾아가는 그녀는 재능이 고갈될 리 없고, 한자리에 오래 머무르는 법 없이 '언제나 깊숙한 곳을 향해 매진'할 게 틀림없다. 얼굴에서 자애로운 빛이 반짝이고 이미지도 갈수록 대지의 어머니와 비슷해지더니, 이제는 아이를 키워본 적 없는 그녀가 우리 오향거리에서 신성한 모성의 상징이 되었다. 그녀를 보면 남녀노소 할 것 없이 진심으로 "어머니"라고 불렀다.

누군가 오래전의 상황을 떠올렸다. 그때 우리 거리에는 X가 없었으니 X와 Q의 간통은 더더욱 일어나지 않았고, 우리의 과부도 천재성을 충분히 드러내지 않았다. 당시 오향거리는 조용한 작은 섬과 같았고, 사람들은 그 섬에 사는 순박한 개미 같았다. 그렇다면 X가 들어와서 우리의 삶을 어지럽힌 걸까? 그보다는 우리가 원래 가지고 있던 우수한 품성과 고상한 정조가 X라는 인물을 통해 여실히 드러났다고 말하는 게 옳다. X는 우리가 간절히 원하던 인물이었다. 그녀가 다른 지역이 아니라 오향거리에 온 것도 우리 인민의 부름을 받았기 때문이다. "그날은 잊을 수 없네. 그날 아침 온 세상에 달리아가 활짝 피었지……" 우리는 모두 이 감동적인 노래를 흥얼거렸다. 소리 없던 우리 개미들은 그날부터 목청 높여 자신의 존재를 세상에 알리고 너나없이 진면모를 드러냈다. 우리가 어찌 개미 따위이겠는가? 동지들이여, 이제 우리의 공연을 봤으니 뭐라 대답하겠는가? X는 계속 살아가겠지만 우리의 공연은 Q가 사라지며 일단락을 고했다. 하지만 끝나지 않았으며, 영원히 끝나지 않을지도 모른다. 새로운 이야기가 또 이어질 것이다!

얼마 전 우리는 한 의혹을 마주했다. 어느 날 점심, 모두가 길가에 앉아 있을 때였다. 16세짜리 소년 하나가 맑은 목소리로 "사실 X의 사건은 전혀 재미있지 않아요"라고 했다. 우리는 곧장 소년을 둘러싸고 매섭게 "왜?"라고 물었다. 소년은 왜인지는 몰라도 어쨌든 전혀 재미있지 않다고 대답한 뒤 그 자리를 빠져나가려 했다. 나비를 잡으러 산에 가고 싶다고 했다. 소년은 보석처럼 소중한 청춘을 낭비하고 있었다. 말하고 또 말하느라 얼굴이 가지처럼 보랏빛으로 변했다. 우리가 몇 살이냐고 묻자 소년은 16세라고 대답한 뒤 "곧 열일곱이 돼요!"라고 덧붙였다. 우리는 너무 화가 나서 말도 제대로 하지 못하고 하나같이 난처한 표정만 지었다. 우리의 과부가 다가오더니 한 손으로 소년의 머리카락을 쓰다듬으며 한참을 말없이 탄식만 내뱉었다. 탄식을 마친 뒤 돌아서려다 과부는 갑자기 걸음을 멈추고 가만히 소년을 살펴보며 물었다. "지금까지 정신적으로 의지해본 적 있니? 빛나는 것을 추구해봤어?"

소년은 어리둥절해져 그녀를 멍하니 쳐다봤다. 과부의 목소리가 점점 강하고 위엄 있게 변했다. "네가 무슨 자격으로 인생의 의미라는 엄청난 문제를 논하지? 응? 네 아버지뻘인 사람들의 정신적 성과를 부정하고 싶니? 처음 인식한 순간부터 너는 세상이 원래 이런 모습이었다고 당연하게 받아들였겠지. 그래서 네가 살면서 누린 모든 것들도 당연하게 여기고. 긴 세월 동안 네 윗사람들이 어둠의 수로 속에서 기어다닌 걸, 출구도 빛도 보이지 않는 상황에서 오로지 마음속의 확고한 신념에만 의지해 부단히 노력했다는 걸

한 번도 생각해보지 않았을 거야. 우리는 절망 속에서 희망을 품고 있었어. '산에 호랑이가 있는 걸 알면서도 기어이 산에 올라' '필사적으로 싸운 뒤'에야 오늘의 이 세계를 만들 수 있었어. 때로는 두 눈을 크게 뜨고 사방을 둘러봐도 칠흑 같은 어둠뿐이고 막다른 골목에 이른 것 같았지. 그렇게 모진 고통의 시간을 일주일이라도 경험해봤니? 어떻게 감히 '전혀 재미있지 않다'라고 할 수 있지? 어떻게 감히 어른들의 용감한 도전을 무시해? 너 같은 아이를 보면 우리가 너무 소홀했다는 걸 통감해. 누리는 것 외에, 허풍 떠는 것 외에 너희 머릿속에는 뭐가 들었니? 불손한 말로 윗사람들이 쟁취한 모든 것들을 던져버림으로써 스스로의 고고함을 드러내고 싶겠지. 하지만 아가, 너한테 뭐가 있니? 무엇에 의지해 네가 이 세상에 온전히 서 있는데? 나비를 잡는 식의 도피 행동으로 반항심을 드러내는 거니? 우리 청년들이 잠자리채나 들고 다니는 바람둥이가 되어 온종일 산을 헤집고 다니는 건가? 아, 정말이지 이런 장면은 상상할 수 없네. 네가 굳이 죽기 살기로 지옥을 파고들겠다면, 상관없어. 다만 네가 무슨 근거로 '전혀 재미있지 않다'라고 했는지는 묻고 싶구나. 네 말대로라면 그걸 추구했던 우리, 광명을 향해 나아갔던 우리는 공허하고 우매하고 '전혀 재미있지 않은' 사람들이겠지. 그런데 너희같이 분별없는 녀석들이 싫어한다는 이유만으로 새로운 세상을 만들어야 하니? 우리 세대는 평생을 분투 속에 살아왔어. 매 순간 긴장하며 충실하게. 재미가 있느냐 없느냐 같이 시시한 문제를 따질 겨를이 없었어. X 사건 이후 터널 속에서 빛을 발견했고, 희망의 불을 켠 뒤 기뻐하며 바쁘게 움직였어. 모든 정력을 그 싸움에 집중하고 누구나 전례 없는 용기와 초인적 지력을 발휘했지. 그런 정신적 힘에 의지해 결국 외부 세계의 어둠을 물리치고 빛나는 길로 들어설 수 있었고. 우리는 그 일로 새롭게 태어났어. 이 아이는 우리 오향거리의 혈육인가요? 여기 앉아서 무심하게 가는(당연히 가늘었다!) 다리를 흔들며 거드름을 피우는데 다들 진지하게 이 아이를 믿었군요! 단언컨대, 이곳에 이런 아이는 없습니다. 아이도 우리의 운명과 관련된 말을 전혀 하지 않았고요. 그저 입을 벌려 우리 모두에게 농담을 건넸을 뿐입니다. 그런 말을 믿고, 말한 사람의 존재를 믿는 건 불가능하기 때문입니다. 이 아이는 오향거리에 사는 우리 모두의 아이이고, 어느 날 점심때 우리에게 농담을 건넨 겁니다. 저는 이 아이가 제 말에 동의하리라 생각합니다. 그렇지, 아가?"

과부가 손을 잡자 소년이 겸연쩍어했다. 모든 사람이 고개를 끄덕이고 울음을 터뜨리더니 과부의 검은 도포에 얼굴을 묻는 소년을 본 것 같았다.

"이런 아이는 늘 사랑스럽지요." 과부가 고개를 들어 모두를 바라봤다. "이 일에 관한 연구가 갈수록 심오해집니다. 우리는 짙은 안개 속에서 횃불을 향해 달려가고 있어요."

9. Q선생과 X여사 남편의 애매한 위치

　이렇게 우리는 X여사라는 인물에 대해 "완벽하게 감을 잡았다"라고 할 수 있다. 그녀의 출생지부터 미래에 있을 협곡과 산비탈까지 미궁 지도를 그렸으니, 일흔두 번을 변하든 여든세 번을 변하든 그녀는 절대 여기서 벗어날 수 없다.

　이제 최대 문제는 그녀가 아니라 그녀 주변의 두 그림자 같은 인물, Q와 남편이라 할 수 있다. 가만히 생각해보니 그 두 인물은 X여사보다 훨씬 희미하고 비현실적이었다. 본문에서 이미 상당한 부분을 할애해 그들을 묘사했지만, 우리 감각으로는 그들이 그저 X의 두 그림자 혹은 X라는 뿌리 없는 거목에 기생하는 덩굴처럼 느껴졌다. 색깔도 없고 형체도 없었다. X가 오향거리에 들어올 때 두 그림자도 달고 왔으니, 어느 날 X의 육체가 사라지면 그들도 따라서 자취를 감출 터였다. 말할 필요도 없이 이건 두 남자가 우리에게 준 표면적 느낌, 혹은 그들이 X와 함께일 때 만들어진 착각일 뿐이다. 각각 보면 그들 역시 보통 남자이고, 이건 누가 공세 주도 권을 가졌는지를 논할 때 이미 A박사에 의해 증명되었다. 문제는 우리의 이야기 속에서 우리가 한 번도 그들을 한 사람으로 보지 않았다는 것이다. 우리는 늘 그들을 삼위일체, 한 사람과 두 그림자 혹은 나방 한 마리와 번데기 두 마리로 봤다. 그런데 나방이 거목 밑에서 나풀나풀 날기만 하면 둘은 영원히 꼼짝할 수 없는 번데기로 있어야 한다. 변태 단계가 거기서 끝나고 마는 것이다.

이 일을 분석할 때 우리 오향거리의 모든 남성과 여성은 분노를 참지 못하고 칼을 뽑으며 그 둘을 도와주려 했다. 이걸 다시 대충 분류하면, Q를 도와주려 한 이들은 대부분 낭만적 기질의 아름다운 여자들이었다. Q의 선한 성격과 겸손한 태도에 마음이 흔들렸던 여자들은 X의 방해로 실패했다고 여기며, X만 제거하면 틀림없이 Q를 얻을 수 있다고 굳게 믿었다.

"한순간의 잘못이었어요." 절름발이 여사가 고개를 숙인 채 '슥슥' 칼을 갈며 말했다. "눈이 마주쳤던 이십오 초 동안 운명을 바꿀 기회가 천 번은 있었는데, 한순간의 잘못으로 모든 걸 잃어버렸어요. 그는 어두운 방을 나간 뒤 회색 담장을 따라 앞으로 걸어갔지요. 그건 정말 새로 태어나는 게 아니라 죽음이었어요. 그가 의탁한 곳은 해골이었으니까요."

다른 수많은 여성도 시간이 흐르면서 Q의 약점을 잊어버리고 그로 인해 생겨난 온갖 번거로움도 잊어버렸다. 그저 끊임없이 애정을 키우며 그가 요녀와 함께하기 전까지 얼마나 멋지고 다정한 남자였는지, 체격도 얼마나 아름답고 매혹적이었는지만 말했다. 이 점을 증명해준 사람 중에는 Q와 관공서 계단 아래서 '우연히 마주쳤던' 여자도 있었다. "마음을 잡아끄는 매혹적인 남자였어요." 그 아름다운 여성이 그렇게 말하면서 주머니에서 과도를 꺼내자 다른 여자들도 잇달아 칼을 꺼내들었다.

여사들의 주관적인 소망이야 당연히 바람직하지만, 애석하게 도 그녀들의 행동이 효과를 거뒀는지는 상당히 의심스럽다. 변태 해 번데기가 된 뒤 꼼짝도 못하고 나무줄기 틈새에 누워 있는 Q는 아마 영원히 그 상태일 테니, 그녀들은 더이상 '뽑아든 칼'을 쓸 수 없을 것이다. 사실 이 비극적 결말은 그가 스스로 내린 선택이었 다. 나중에는 후회할지도 모르지만 이미 돌이킬 수 없는 상태라 그 는 '실성해 죽음의 길로 나아갈 수밖에' 없다. 유치하고 낙관적인 젊은이는 "그렇지만 아직 젊잖아요"라고 말할 수도 있겠다. 하지 만 청춘은 이미 그에게서 영원히 떠나버렸다. 그는 그저 번데기에 불과하며 봄이 되면 천천히 마르고 쪼그라들어 빈껍데기로 변할 것이다. 그는 X에게 많은 희망을 걸면서 자신도 화려한 나비가 될 수 있으리라 생각하지만, 무정한 자연의 법칙은 그를 나무 틈새 속 빈껍데기로 만들어버릴 것이다. 대체 무엇이 그를 괴멸의 파국으 로 이끌었을까?

천만 가지 원인이 있겠지만 직접적 원인은 역시 그의 몸에서 찾 을 수 있다.

11세 때부터 떨쳐버릴 수 없는 내적 공포로 인해 모종의 낭만적 기질이 발달하고 시간이 흘러도 계속 미성숙한 아이 상태로 남은 사람이 있었다. 그는 동심을 지키며 자신과 마찬가지로 미성숙한 아내와 평화롭고 안정적인 삶을 보낼 수 있었다. 하지만 공교롭게 도 X라는 요괴가 펼쳐놓은 사랑의 그물에 걸려들어 어른의 놀이를 연기하기 시작했다. 속으로는 자신의 연기가 얼마나 졸렬한지 알았다(예를 들어 공 튀기기 등, 그는 지금도 얼굴을 붉히며 좋아한다). 남들 눈에 아무리 황당해 보여도 그에게 달리 무슨 방법이 있었겠는가? 그는 미쳐버렸다. X 이야기만 나오면 그는 죽을 듯 숭배하며 눈물을 줄줄 흘리고 온종일 그 창고에 처박혀서 영원히 나오지 않으면 좋겠다고 생각했다. X가 스스로 떠들어댄 것처럼 Q를 미칠 듯 사랑하고 또 기적을 만들어낼 수 있다면, 왜 Q를 나비로 만들어 둘이 함께 날아가지 않았을까? "아니, 나는 커튼이나 장난감을 만들 수 있지, 사람을 만들 수는 없어." 그녀는 고개를 저으며 부정했다. 그러니 멀쩡한 청년, 우리의 Q는 나무 틈새에서 빈껍데기로 변하는 수밖에! 오향거리 여성들은 너무 가슴이 아파서 나무줄기에 머리를 찧어댔다. 두피가 터져 피가 줄줄 흘러내릴 때까지 머리를 박으며 구슬프게 울부짖었다. 죽어도 이해할 수 없었다. Q선생, 사랑스럽고 아름다운 눈을 가진 그 남자가 성숙한 남성이되고 싶었으면 왜 오향거리의 아름다운 여성인 자신들을 찾아오지 않고 그 빌어먹을 해골한테 갔던 걸까. 자신들의 따스한 가슴에서라면 빠르게 성장해 유치함을 떨쳐내고, 과감하고 강인하며 매혹적으로 변했을 것이다. 그녀들은 하나같이 창조적이고 강력한 여성이며 이미 수많은 영웅을 만들어낸 경험도 있었다! 게다가 절대 떠벌리지 않고 묵묵히 사회를 위해 청춘과 정력을 바쳐왔다. 이렇게 사심 없고 공명정대한 정신 덕분에 그녀들은 평생 매력을 유지할 수 있었다. 독거 노파처럼 나이가 들어서도 여전히 얼굴에서 빛이 나고 소녀처럼 선하며 천진하고 우아했다.

Q가 우리 미래의 천재, 과부와 만났음에도 눈이 삐었는지 그녀

를 자세히 살펴보지 않았다는 점을 제일 용서할 수 없다. 자신이 왜 나중에 '왕성한 성욕으로 눈부시게 빛나게 되었는지' 그 내적 원인도 전혀 알아채지 못했다. 그 만남이 자신에게 미친 영향력을 조금도 눈치채지 못한 그는 모든 생리적 변화의 원인을 엉뚱하게도 X에게 돌린 뒤 "어떻게 해볼 수 없는 지경에 이르렀다"라고 했다. 여기서 대담한 상상을 해볼 수 있다. 그 한 번의 만남 때 Q가 과부를 머리부터 발끝까지 자세히 살펴봤다면, 정신을 차려 창고로 가는 대신 몸을 돌려 우리의 과부를 따라가고 이어서 과부의 체계적 가르침에 따라 진정한 진화를 시작했을 것이다. 그랬더라면 지금의 나무 틈새 속 빈껍데기로 전락했을 리 있겠는가?

과부의 감화력은 대단했고 오향거리 사람이라면 누구나 반복적으로 그 영향력을 경험했다. 불행은 Q선생이 그때 과부를 똑바로 보지 못한 것이었다. 게다가 그녀 또한 늘 겸손하고 고상해 억지로 자신을 드러내거나 누군가를 통제하려 하지 않았다. (반면 X는 남자를 보면 굶주린 호랑이처럼 달려들고 상대가 혼미해진 틈을 노려 비겁하게도 환각제를 주사한 뒤 잔혹한 실험을 했다. 일이 끝나면 단번에 차버린 다음 더는 관심을 두지 않았으니, '각자 다 자기 길을 간다'라는 말이 딱 맞았다.) 과부는 자애로운 어머니처럼 나라와 민중을 걱정하고 인민을 자식처럼 사랑했다. 그녀의 영향력은 잠재적으로 당장 드러나지 않았기에 순결한 사람만 오래도록 매료될 수 있었다. 결국 X의 독소를 주입받은 Q는 혼란 속에서 평생에 한 번뿐인 진화의 기회를 놓치고 아주 빠르게 깊고도 깊은 함정으로 떨어졌다. 과부가 잠깐 처다봤을 뿐인데도 그는 며칠 동안 '얼굴이 눈부시게 빛났다'. Q는 그게 어떻게 된 상황인지 전혀 알아채지 못했고, 과부도 더이상 영향력을 행사하지 않았다. (그녀는 일이 너무 많고 힘들었다. 더구나 어떻게 모두를 내동댕이치고 Q 한 사람만 돌볼 수 있겠는가!) 그는 X라는 요녀에게 잡혀 진흙 구덩이로 끌려내려갔다. 본인이 털어놓은 바에 따르면, X와 향락을 추구하는 사이사이 여러 차례 손을 씻고 애매한 상황에서 벗어나려 했지만(당연히 과부가 잠깐 쳐다봤던 잠재적 영향 때문에) 빌어먹을 마녀의 마력 때문에 혼미한 상태에 빠졌다. 젖 먹던 힘까지 짜내 X처럼 화려한 나비로 변하기를 희망할 뿐, 돌아가고 싶다는 생각은 어느새 잃어버렸다.

"설령 나비가 되지 못해도 사람됨의 진리를 깨달을 수 있어요." 그는 이를 악물고 대답했다. "어쨌든 어린애로 사는 데 질렸으니까. 생각해봐요. 벌써 사십 년이 다 된다고!"

사건이 최고조에 이르렀던 그날, Q선생의 동료는 담요에서 머리를 내밀고 단도직입적으로 자신의 견해를 밝혔다. "사람은 스스로를 늙지도 어리지도 않게 할 수 있어요. 이렇게 나이를 먹고도 공을 튀기고 거울을 보다니, 정말 같잖아요. 이런 상태를 시골에서는 '귀신 들렸다'라고 하지요. 결말은 끔찍하고요. 그는 자신이 무엇으로 변하고 싶든 다 가능하다 진심으로 믿었어요. 그게 어떻게 가능해요!" 동료는 말을 마친 뒤 연달아 십여 차례나 재채기했다. Q가 한쪽 구석에서 공을 세게 튀기느라 먼지가 잔뜩 일었기 때문이다.

빈정대는 사람도 많고 얼굴을 찌푸리는 사람도 적지 않았다. Q의 눈과 귀는 보이거나 보이지 않는 상태, 들리거나 들리지 않는 상태 중간쯤에 있었다. 무엇이든 보고 무엇이든 들을 수 있었다.

다만 보고 들었던 것들이 머릿속을 거치면서 귀청이 떨어질 만큼 큰 소리와 기괴한 색으로 변했기에 밤낮없이 불안해하고 수시로 놀라거나 위축되었다. 몇 초만이라도 조용히 있고 싶었지만 불가능했다. 늘 발을 펄쩍펄쩍 구르고, 삶도 그렇게 펄쩍펄쩍 뛰는 식으로 살았다. 정말 견디기 힘든 느낌이었다. X처럼 '최고의 고요'에 도달하고 싶어서 열심히 따라 한 끝에 마침내 십오 초 동안 조용해질 수 있었다. X와 함께 있을 때였다. X가 어떤 환상의 세계로 데려가 십오 초 동안 머물렀던 것이다. 하지만 그후 상황은 더 나빠졌다. 되돌아온 뒤 그가 사흘 내내 캥거루처럼 사방을 뛰어다닐 뿐 침대에도 오르지 않아 그의 아내는 사흘 밤낮을 울면서 수척해졌다.

"그 세상은 매력적이지만 애석하게도 내 것은 아니야." Q는 의기소침하게 결론을 내린 뒤, 고개를 들어 벽에 걸린 거울로 자기 이마의 주름과 우스울 정도로 경직된 자세를 바라봤다. "나는 바퀴벌레일 뿐이지."

그렇게 서글픈 결론을 내렸음에도 다음에 또 X가 함께 환상의 세계를 돌아다니겠느냐 제안하면 그는 기다렸다는 듯 달려들었다. 그녀가 자신을 버리고 갈까봐, 자신이 들어가지 못할까봐 필사적으로 그녀의 허리를 끌어안았다. 나중에 누가 무엇을 봤느냐 물으면 그는 멍한 표정으로 얼굴을 붉히고 눈물까지 그렁그렁해져 바보같이 웃다가 대답하는 걸 잊어버렸다. 매번 그랬다. 그런 순간이 되어야만 그는 몇 초만이라도 완벽하게 보지 않고 듣지 않아 '가슴이 후련'해질 수 있었다.

다시 말하지만, 우리의 Q는 거의 사십 년 동안 내내 놀이를 즐기면서 살아왔다. 그 희희낙락하는 낭만적 정서가 바로 그를 죽음으로 몰고 간 근본 원인이었다. Q는 무슨 파장이나 환각제에 의해 죽은 게 아니며, 여론에 밀려 죽은 건 더욱 아니었다. 나무 틈새로 들어가 빈껍데기가 된 건 그의 낭만주의 이상이 실현된 결과였다. 11세 때부터 이날을 기다려온데다 X의 모살 심리까지 연계되면서 사달이 벌어졌다. 우리는 앞에서 X의 모살 심리를 이야기할 때 얼마나 악랄한지만 이야기했지, 그녀의 사회적 능력을 강조하지는 않았다. 그녀의 능력은 지금까지 아이 하나를 물속으로 끌고 들어간 게 전부였다. Q와 같은 사람의 변태는 X의 능력과 별 관련이 없었다. 파장이니 뭐니 하는 것들은 상상의 산물이고, Q의 변태는 그의 체내 성분에 의한 것이었다. 물론 X와 '하나로 합쳐지는 행동'도 중요한 추동력이 되기는 했다. 머리가 둔한 Q는 처음에 자신이 '새로 태어난'(그는 자신이 새로 태어날 거라 진심으로 믿었다) 이유를 X 눈의 파장 덕분이라고 생각했다. 여러 차례 X를 마술사라 불렀고, 자주 거울을 들여다보면 그 놀이 속에서 새로 태어날 수 있으리라 확신했다. 그가 웃옷 주머니에 거울을 넣고 당당하게 길을 갈 때, 통유리창에 자기 모습을 비춰볼 때 오향거리 사람들은 하나같이 입을 가리며 비웃었다. 더구나 예전의 그는 진지하고 겁이 많으며 올곧은 사람이었다. 호박 시렁 아래에 누워 뜬구름 잡는 환상에 빠질 때를 제외하면 사십 년 동안 정도에서 어긋나는 일을 한 번도 한 적이 없었다.

우리는 Q라는 개인을 떠올릴 때마다 가슴속이 야릇해지고 발바닥 밑이 불안해진다. 정말 그를 어떤 인물이라고 봐야 할까? 문제는 우리의 아름다운 여성들이 그를 거의 죽기 살기로 그리워하는 것이었다. 어떤 이는 그가 이상하든 불안정하든 상관없이 그에게 반했고, 사귀고 싶은 남자는 Q 한 사람뿐이라고 소리치기까지 했다. 그가 나무 틈새의 빈껍데기로 변했을 때도 '칼을 뽑으며 도와주려' 했다! 여사들은 절망에 빠져 우르르 몰려가 Q를 찾았다. 하지만 호박 시렁 아래의 작은 집 입구에는 텅 빈 의자만 놓여 있었다. 한참 동안 자세히 살펴본 뒤에야 그녀들은 Q라는 인물이 이미 X에게 '녹아버렸다는 것'을 알았다. 집 뒤쪽 바위 아래서 깨진 거울을 발견한 여사들은 서로를 쳐다보며 웃기만 했다. 그때 담요를 두르고 생김새가 희미한 사람이 다가와 Q가 자기 사무실에서 통계업무를 하고 있다고 알려줬다.

"그가 실성했던 시간은 우리에게 악몽 같았어요." 그 생김새가 희미한 사람이 말했다.

계단 아래의 아름다운 여자가 곧바로 자신의 독특한 견해를 밝혔다. "원래 모습을 회복하자 매력도 사라졌군요. 이 사건이 벌어지기 전까지 확실히 그에게는 특출난 데가 하나도 없었지요."

다들 생각해보니 아주 훌륭한 지적 같았다. 분명 X 사건이 없었다면 자신들이 어디서 Q라는 사람을 알았겠는가? Q는 그 아름다운 오후에 오향거리에 들어온 뒤에야 사랑스러워지지 않았던가? 그녀들이 경쟁하듯 Q를 그리워한 것도 그 사건과 직결된 일종의 정신적 의지처로 여겼기 때문이다. 그런데 그가 사건에서 물러나 민중의 보통 사람으로 융화되었다면, 더는 우리 오향거리 아름다운 여사들의 연모 대상이 될 수 없었다. 누가 보통 사람을 사랑하겠는가? 우리 여사들의 애정은 자신의 희생정신과 용기를 드러내기 위한 것이라 기이한 연애에서만 의미가 있었다. 우리는 회색

빛 엄숙한 여인이 아니라고! 우리가 여기에 칼까지 준비해서 일제히 뛰어온 이유는 '폭풍우의 세례'를 받을 수 있다는 희망 때문이었어. '사랑을 위해 몸까지 바칠' 준비를 마쳤는데 헛수고라니. Q라는 이 인간도 정말 시시하네. 마음속 이상을 실현하기가 이토록 어려울 수가. 실로 후회스럽다. 이렇게 깊이 빠져서는 안 됐어. 너무 큰 희망을 품어서는 안 됐다고. 현실에서 마음대로 되는 일이 몇 가지나 돼? 잘될 거라고 상상했던 일도 정반대의 결과가 나오곤 하지. 생각지도 못한 타격이 연달아 날아와 정신이 혼미해질 때도 있고. Q가 풍류를 좀 즐기고 싶었을 뿐 '사건'을 참으로 받아들이지 않았다는 걸 진작 알았다면, 사건이 터지자마자 꽁무니를 뺄 줄 진작 알았다면 우리는 그를 쳐다보지도 않았을 거야. 누가 이 따위 동네까지 뛰어와서 맞장구를 치겠어? 이 낡아빠진 집은 영원히 몰랐을 거라고! 이런 식으로 제각기 한마디씩 의견을 내놓다보니, 문득 엄청난 모욕과 우롱을 당한 듯해 모두 분노에 몸을 떨었다.

절름발이 여사를 시작으로(그녀는 그 치명적인 이십오 초만 생각하면 Q가 불구대천의 원수처럼 느껴졌다. 그 빌어먹을 Q가 자신의 처녀성을 빼앗아간 애송이보다 백배는 더 나쁜 것 같았다) 여자들은 돌로 유리창을 부순 뒤 문을 망가뜨리고, 안으로 들어가 가구까지 전부 부숴버렸다. 그런 뒤에야 밖으로 나가 들판을 보며 시원하게 웃고는 누가 시작했는지 몰라도 다 같이 행진곡을 부르기 시작했다. 결국 그녀들은 승리했다. 그날 우리의 과부는 큰 잘못을 저지른 청년을 계도하느라 행동에 참여하지 못했다.

나중에 과부는 상황을 이렇게 정리했다. "사람이 원칙을 세웠으면 끝까지 지켜야 합니다. 앉을 때는 앉는 자세를, 설 때는 선 자세를 고수하고 신용을 지키며 책임을 져야지요. 저는 평생 카멜레온 같은 사람을 제일 싫어했습니다. 갈피를 잡을 수 없게 만들고 하룻밤 사이에 완전히 달라지는 남자는 정말 끔찍합니다. 당당한 사내라면 어찌 여성의 자존심을 짓밟을 수 있겠습니까? 그건 범죄 행위지요! 우리 여성은 온 마음을 다해 남자를 믿고, 사랑하는 남자가 영원히 변치 않는 감정을 주기를 바랍니다. 그래야 생기를 얻고 자신 있게 살 수 있지요. 우리 오향거리 여인들은 한 남자를 연모하면 그에게 이런 확고함을 주저 없이 선사하며 정신적으로 함께 늙어가기를 바랍니다. 이런 상황은 아주 자연스럽게 발생하고, 우리의 사랑스러운 남자들도 여자를 실망시킨 적이 없지요. Q선생한테도 마찬가지였습니다. 우리 사랑스러운 여사들은 언제나처럼 그를 솔직하고 스스럼없이 대하며 무조건 믿었는데 그 꼭두각시, 신분을 알 수 없는 인간이 우리에게 이 따위 장난질을 칠 줄 누가 알았겠습니까? 모두의 열정과 상상을 부추긴 뒤 멀리 달아나는 바람에, 우리의 아름다운 여사들은 들판에서 절망적으로 서로의 얼굴만 쳐다봤지요. 누가 이런 희롱을 당해본 적이 있습니까? 모두 고결한 품성을 지닌 사람들인데요. 문과 창문, 가구를 부순 행동을 저는 완벽하게 이해할 수 있습니다. 그게 야만적이었다 전혀 생각하지 않아요."

그 행동 이후 오향거리 여사들은 한동안 남자에 대한 실망감에서 벗어나지 못했다. "오늘부터 나는 금욕주의자가 될 것 같아. 실망과 무력감이 엄청났거든."

여사들이 잇달아 입을 열었다. "비교해보니 그래도 역시 남편이 믿음직해. 평범하고 별 자극도 없는데다 정신적 만족감도 주지 못하지만, 어쨌든 현실에 존재하고 그렇게 번거롭지도 않잖아. 그동안 남편한테 감사의 표시를 하려고 계속 준비해온 일이 있는데, 내일 아침에 해야겠어."

아침이 되자 여사들은 각자 좋다고 생각한 일을 실행하기 시작했다. 어떤 이는 남편과 찍은 사진을 금박 액자에 넣어 제일 눈에 띄는 곳, 조상들이나 뛰어난 지도자의 사진을 걸던 곳에 걸었다. 어떤 이는 일찍부터 남편한테 제일 좋은 옷을 입힌 뒤 일을 쉬게 하고 명절날처럼 부부 둘이서 거리를 돌아다녔다. 어떤 이는 최고의 요리 솜씨를 발휘해 풍성한 점심을 차리고는 손님을 초대해 실컷 먹고 거나하게 취했다. 그러자 여사들은 마음이 가벼워지고 Q라는 짐보따리도 멀리 내던진 기분이 들었다. 하지만 그런 홀가분함은 한밤중이 되자 도로 사라져버렸다.

인적 드문 깊은 밤, 희미한 가로등이 깜빡거리고 상상의 나래를 펼치기 제일 좋은 시간이었지만 품안의 남편은 아무리 흔들어도 깨어나지 않았다. 그러자 여사들은 다시 변태하기 전의 Q에게로 아련한 그리움을 뻗기 시작했다. 그가 처음 오향거리에 들어왔던 날 받았던 강렬한 인상을 떠올리자 온몸이 노곤해지면서 눈물이 흘러나왔다. 왜 그날 오후에 그는 그녀들을 찾아오지 않았을까? 그녀들 가운데 누구를 만났든, 누구라도 그와 정신적으로 교류할 만반의 준비가 되어 있었다. 그리했으면 그는 얼마든지 멋지고 유능하게 변했을 터였다. 그녀들은 그 끔찍한 한순간의 잘못을 증오했다. 한순간의 잘못으로 십만 팔천 리나 어긋나, 모든 여성과 Q 본인의 운명이 바뀌어버렸다. 한순간의 잘못이 아니었으면 절름발이 여사는 진작에 빌어먹을 지팡이를 내버리고 요조숙녀가 되지 않았겠는가? 과부는 또하나의 성과를 거두고 신도를 늘리지 않았겠는가? 독거 노파와 48세의 친구 등도 황혼의 나이에 청춘처럼 빛나고 사업도 승승장구하지 않았겠는가? Q 본인도 당당한 사내로 성장해 사회의 인정을 받지 않았겠는가? 그가 기회를 누리지 못한 건 당연한 결과였다. 얼마든지 좋은 길을 선택할 수 있지 않았던가. 그녀들 품으로 들어오지 않았더라도, 자신의 정절과 독립을 지키며 X여사와 그 따위 짓거리만 안 했더라면 완전한 남자가 되었지, 나무 틈새의 죽은 벌레로 변하지 않았을 것이다. 그랬다면 그녀들은 한밤중에 위로받고 의지할 대상이 있으니, 추억에 매달려 공허하고 쓸데없는 상상에 빠지지 않았을 테다. 그의 사진을 침대 밑에 숨겨놓고 남편이 만족시켜주지 못할 때 몰래 훔쳐보며 정신적 지주로 삼을 수도 있었을 것이다.

어쨌든 모든 게 불가능해졌다. Q가 모든 것을 엉망으로 만들었다. 여사들은 한밤중만 되면 참기 힘들 정도로, 필자마저 자세히 묘사할 수 없을 정도로 고통스러워했다. 새로운 이상과 정신적 의지처를 찾지 않으면 그런 상황은 금세 끝나지 않을 듯했다. 어느새 공공사업도 타격을 받기 시작했다. 밤새 잠을 이루지 못한 여성이 점심때까지 침대에 누워 있는 바람에 대자보 작업이 지연되었다. 남편에게 잘 보일 생각으로 며칠 연속 무단결근하며 남편과 거리를 쏘다닌 여성 때문에 우리의 엄숙하고 근면한 작업 분위기가 흐트러졌다. 이처럼 골치 아픈 상황이 벌어지자 우리 단체의 두뇌 A박사는 문을 닫고 집에 틀어박혀 며칠을 먹지도 자지도 않고 연구한 끝에 마침내 X여사의 새로운 연인 P라는 방안을 생각해냈다. 이 방안을 내놓자 잘못된 기풍이 빠르게 사라졌다.

A박사는 자신의 학설을 '감정이입'이라 명명한 뒤 사방을 돌아다니며 설파했다. 사람들 마음속에 P라는 인물의 형상을 세움으로써 녹아버린 Q의 형상을 대체하고 부녀자들의 내분비계를 재활성화했다. 여자들은 다시 자신감 넘치고 강인해졌을 뿐 아니라 한층 더 삶과 일을 사랑하게 되었다.

　　"감정이입은 만능입니다." 그가 총회에서 주장했다. "여자가 아이를 잃었을 때 정신을 가다듬을 수 있는 유일한 방법은 아이를 다시 낳는 것입니다."

　　이제 A박사는 권위자가 되었다. 산꼭대기에 올라 신령과 대화를 나눈 그 달밤 이후 그는 필자와 과부보다 먼저 천재의 자리에 올랐으며, 그때부터 목소리가 거대한 종처럼 쩌렁쩌렁해졌다. 오향거리 사람들이 원하는 목소리였다. 사람들은 자신의 고막으로 그런 충격을 경험하려 했고, 거기서 말할 수 없는 쾌감을 느꼈다. Q가 우리 여성들의 동의 없이 수치스럽게 사라졌으니 우리도 더이상 그에 대해 분석하지 않았다. 우리는 이미 A박사의 도움으로 감정을 떨쳐냈을 뿐 아니라 새로운 우상도 만들어냈다.

　　이제 X여사 남편을 분석해보자. 앞에서 묘사한 내용을 보면 이 인물이 종복, 아부꾼, 발기부전 환자라는 인상을 받게 된다. 그는 X여사와 함께 산 오랜 시간 동안 자신의 성별을 잃어버리고 내시처럼 변했다. 이건 그들이 오향거리에 들어오기 전에 확정된 사실이었다. X여사가 어떻게 그런 일을 벌였는지, 그 보배 같은 남편이 어째서 기꺼이 받아들였는지는 하늘만 알 뿐이다. 그런 불쌍한 사람도 기를 쓰고 자신을 드러낼 때가 있었다. 그는 친구에게 자기한테도 개인적인 '기호'가 있다고 속마음을 털어놓았다. 무엇이냐고 묻자 사방치기라는 엉뚱한 대답이 돌아왔다. 물론 그가 사방치기 따위를 한다고 발기부전이 아니라고는 말할 수 없다.

그가 X여사와의 관계에서 시종일관 보모 역할을 했다는 건 확실하다. 그가 집에서 어떤 일을 했는지 살펴보자. X 대신 망을 보거나 경비원 역할을 하고 커튼을 달고 현미경과 거울을 구매하는 등 불가해하고 쓸데없는 일을 바쁘고 진지하게 했으니, 그 어디가 남자 같은가? 가끔 그도 괴로울 때가 있었지만 남에게 털어놓는 일은 거의 없었다. 처제에게 딱 한 번 "X와 아무도 없는 곳으로 도망가 조용히 살고 싶어"라며 "거리에 먼지가 너무 많아서 숨을 쉬기가 힘들어"라고 이유를 밝혔을 뿐이다. 당연히 그는 소망을 실현하지 못했고 앞으로도 영영 실현하지 못한 채 가슴에만 담아둘 것이다.

성 문제에 대한 우리 과부의 심오한 견해로 보면 이 남편은 전적으로 X의 손에 의해 만들어진 인물이었다. X를 떠나 적합한 보호자(예를 들어 동료 여사)의 인도를 받아야만 '성욕이 왕성'해지거나 최소한 남성의 기능을 다시 회복할 확률이 있었다. 지금처럼 남자 같지도 여자 같지도 않은 상황을 대체 뭐라고 해야 한단 말인가? 우리 오향거리 여성들은 그에게 전혀 호감을 느끼지 못했다. 이 점은 앞에서 이미 서술했으니 그의 성격에 대해서만 좀더 보충하겠다. 그는 Q처럼 온화하거나 다정한 성격이 전혀 아니었으며 여자에 대해서도 오만하고 인색하고 기회주의적이었다. 주변 여자에게 감정이 조금이라도 새어나갈까봐 아예 자기 애정은 X만을 향한다고 공개적으로 선언했다. 우리의 여성들은 과부가 영혼을 꿰뚫어본 이후 그를 극도로 경멸했다. 미남이라는 건 모두 인정했지만(우리는 사실을 부인하거나 흑백을 뒤집지 않는다) 그게 무슨 도움이 되겠는가? '빛 좋은 개살구'라는 속담이 딱 맞지 않는가? 차라리 좀 못생겼더라면 우리 눈에 거슬리지 않았을 것이다! 때때로 대자연은 이처럼 사람과 대적하기를 즐긴다. 우리는 어둠의 회의에서 이 인물을 여기에도 대입해보고 저기에도 대입해봤지만, 어느 쪽으로도 분류할 수 없었다. 결국 동료 여사가 소리쳤다.

"사람이라고 할 수 없는 그를 어떻게 분류한단 말이에요? 친애하는 X와 십여 년 넘게 친구로 지냈지만 한 번도 그를 사람으로, 특히 남자로는 생각해본 적이 없어요. 그들 집을 들락거리는 내내 커튼 같은 물건으로 여겼다고요. 우리의 여성적 매력에 대체 어느 남자가 흔들리지 않을 수 있지요? 이건 십여 년의 우정 관계에서 반복적으로 증명되었어요. 그 인간을 유혹하겠다는 생각을 품어본 적이 없어서 십여 년 동안 제대로 쳐다본 적도 없어요. 그러다보니 지금까지도 그의 모습을 정확히 몰라요. 저는 천재를 자처하는 누구, 그 사람을 온갖 방법으로 유혹하고 벌건 대낮에 잡아끌며 자신의 주요 부위를 노출하고도 비열한 목적을 이루지 못한 누구와는 달라요."

그녀의 말이 끝나자 과부가 얼른 이어서 말했다.

"이 남편은 가장 동정받아야 할 인물입니다. X 일가가 오향거리에 들어오기 전에 이 남자가 어떻게 그녀의 손아귀에 잡혔는지는 알 수 없습니다. 우리는 이 남자를 본 첫날부터만 알 수 있지요. 그는 이미 성별을 잃은 사람이었습니다. 그 여인에게 엄밀하게 일거수일투족을 감시받다보니, 여자만 보면 조건반사적으로 달아났습니다. 시간이 흐르면서 그런 성향은 기형적 혐오감으로 발전해 평생을 초라하게 살게 됐지요. 그는 X가 사라져야만 고개를 들고 남자로서의 본모습을 회복할 수 있어요. 몇몇 분별없는 사람들은 그를 유혹해볼 마음을 먹지 않았다고 스스로가 대단한 척 우쭐대는데, 가소롭고 옹졸합니다. 우리 오향거리의 어느 여자도 이 남자를 건드릴 마음이 없다는 점을 모르는 것이지요. 그는 남자가 아니라서 여자들이 유혹할 수 없거든요. 저는 여러 차례 그의 남성적 요소를 일깨우고 끌어내려 해봤지만 모두 실패로 끝났습니다. X가 그의 본질을 철저히 파괴했더군요. 저 역시 한 사람에게만 너무 많은 정력을 쓸 수 없었습니다. 많은 사람이 저를 필요로 하니 그를 내버려두는 수밖에 없었지요. 이따금 노력을 기울였습니다. 그런데 오향거리 군중 내부의 분별없는 누군가는 저를 못마땅해하며, 제가 다른 사람을 구하기 위해 희생한다고 생각하지 않더군요. 도리어 제가 그를 유혹한다고, 남성 기능을 잃어버린 사람을 건드린다고 생각해요! 뭐 이런 밥통 같은 생각이 다 있습니까! 세상에 이런 백치가 있다니요! 이런 말을 퍼뜨리는 건 자신의 내적 세계를 폭로하는 것과 같습니다. 하루종일 그 겉만 번지르르한 미남자를 호시탐탐 지켜보고 있지 않았다면, 누가 언제 그에게 무슨 짓을 하는지 어떻게 알 수 있지요? 이런 일은 정말 미묘합니다! 틀림없이 이 염탐꾼도 발육부전인 양성적 사람으로, 여성 호르몬이 부족할 거예요. 이런 사람이 좋아하는 유형이 바로 X여사 남편처럼 덜 자란 사내애고, 일단 좋아하게 되면 곧바로 강한 질투심을 드러내며 통제하고 싶어합니다. 다른 여자가 그를 쳐다만 봐도(저처럼 고상한 목적이 아니고서야 누가 그를 쳐다볼까요?) 펄펄 뛰며 당장 상상의 연적과 싸우고 싶어합니다. 여러분, 이런 상황인 겁니다. 제게는 이 남자든 여자든 모두 구원해야 할 대상입니다. 그들의 발육부전을 전적으로 그들 탓으로 돌릴 수 없으며 각종 외부 요소의 영향도 고려해야 한다고 생각합니다. 저는 그들의 신체에 미치는 나쁜 영향력을 제거하고 몸속 에너지를 풀어줌으로써 그들이 진정한 남성과 여성으로 돌아오게끔 해주고 싶습니다. 다만 아쉽게도 한 사람의 능력에는 한계가 있습니다. 일일이 살필 수도 없고 여러 곳에서 날아오는 직간접적 공격도 피해야 하니까요(여기에도 상당한 정력이 소요되지요). 저는 이미 여러 작업을 해서 성공한 적도, 실패한 적도 있습니다. X여사 남편에 대한 제 노력이 실패였음은 인정합니다. 줄곧 그를 경시하며 별로 주의를 기울이지 않았기 때문이지요. 제가 행한 그 작은 작업이 누군가에게 '유혹'이라고 불릴 줄은 전혀 생각하지 못했습니다. 그런 말을 한 사람이 제 구원의 대상이라 할지라도, 발육부전으로 인해 말도 안 되는 소리를 했을지라도 말입니다. 아무래도 모두의 교육을 위해 이런 생각의 근원도 깊이 연구해봐야 할 것 같습니다. 우리 지역에 어떻게 덜 자란 남자애가 존재할 수 있을까요? 누가 그들을 만들었을까요? 다들 X가 만들었다 말할 겁니다. 그런데 사실 그건 그녀 한 사람의 힘이 아닙니다. 그건 바로 우리 오향거리에 X여사 남편과 마찬가지로 덜 자란 계집애들도 많아서, 그런 사내애들이 외롭다거나 스스로 이상하다고 느끼지 않기 때문입니다. 세상과 사람을 자기들 눈에 보이는 그런 모습으로 당연하게 인식하는 겁니다. 그래서 자라지 못하는 거지요. 그가 저한테 매료되어 X의 통제에서 벗어났다면, 몇몇 분별없는 여자가 끼어들지 않아 계속 제 선한 영향력 아래 있었다면 어떻게 자라지 않았겠습니까? 어쨌든 지금은 늦었습니다. 전부 늦었어요. 불쌍한 사내애와 수다쟁이 계집애는 난쟁이 단계에 머물며 더 자랄 수 없습니다! 인생이란 얼마나 짓궂은지요!"

두 사람이 발언할 때 여성 동지들은 당연히 만장일치로 자신들의 대표 편에 섰다. 그녀들은 영민한 머리로 이상한 낌새를 감지하고 예전에 있었던 일(경찰서에 X의 간통을 고발했던 일)을 떠올렸다. 예전 일이 반복되는 듯하자 하나같이 화가 부글부글 끓어 표정이 굳어지기 시작했다.

사람들의 굳은 표정을 본 동료 여사는 바늘방석에 앉은 듯해 다급하게 몸을 일으키고는 가방을 찾는 척하며 빠져나가려 했다. 하지만 입구에 이르렀을 때 X여사 여동생의 남편 친구의 아내, 그 힘세고 피부가 까만 여자가 가로막더니 소리쳤다.

"우리를 기만하려 해? 무슨 근거로 그가 커튼이라는 건데? 뭐 그 따위 귀신 씻나락 까먹는 비유가 있어! 사람은, 설령 성 기능을 상실한 남자라도 커튼이 될 수는 없다고! 제대로 뒤통수를 치는 표현이었어! 모든 남자가, 이 남자를 포함해서 다들 남몰래 나를 숭배하거든. 나는 우리 대표님과 똑같이 그들을 진심으로 동정해. 아까 대표님이 그를 자랄 수 없는 사내애로 비유했을 때 불쌍해서 눈물이 나올 뻔했어. 반면 심장에 철판을 깐 당신은, 멀쩡하게 살아 있고 고통스러운 변태 속에서 몸부림치는 사내애를 커튼에 비유했지! 그 고발 이후 우리는 내내 당신이 무엇으로 만들어진 사람인지, 당신 심장은 얼마나 딱딱해서 그러는지 궁금하더라. 그래서 아주 냉정하게 지켜봤지. 아, 세상에, 이렇게 악독한 여자가 있다니! 아까 대표님의 분석을 들은 뒤에야 당신의 목적이 무엇인지 알았어. 원래 당신의 모든 행동은 발육부전 때문이었군! 그런 변태적 성 심리로는 예쁜 사내애에게 끌리니까 그를 한푼 가치도 없는 커튼이라고 한 거였어. 남들을 떨쳐내고 혼자만 몰래 누리려고. 분명 당신은 여기서 나가자마자 그를 찾아가겠지. 그럴싸하게 연막을 쳐놓은 뒤 몰래 달아나면서 속으로는 아주 똑똑하다고 우쭐댔을 거야. 계략을 간파하고 입구에서 기다리는 이가 있을 줄은 생각도 못하고. 아주 낭패지? 잘 들어. 돌아가면 얌전히 누워서 쓸데없는 생각을 접어. 그래야 창피를 당하지 않을 거야. 일할 때는 절차를 잘 따져서 마땅히 해야 할 일을 해야지. 눈을 똑바로 뜨고 여기에 가득 모인 동지들을 봐봐. 누가 당신처럼 경솔하고 거칠지? 좀 더 세심해져야 할 거야. 우리 중에는 예술가도 있거든. 역사를 집필하는 책임을 지고 있지. 그때 바람을 쐬던 밤에 내가 그를 작고 어두운 집으로 데려가 비밀 몇 가지를 전수해줬어. 그뒤부터 그는 실로 영민하고 익살스러워졌지. 그 앞에서 무슨 커튼 같은 이야기는 꺼내지 마. 정말 위험하다고. 우리의 예술가는 이제 내 수준에 거의 근접해서 한눈에 당신의 내적 세계를 꿰뚫어볼 수 있어. 세상에, 당신한테 이야기하는 게 왜 이리 힘들지? 내 평생 이처럼 길게 말한 적이 없는데. 당신 심하게 둔하네."

검은 여인은 말을 마친 뒤에도 동료 여사를 내보내지 않고 번뜩이는 눈빛으로 노려보며 온몸을 '큰대자'로 펼쳐 문을 막았다.

"아니, 생각이 바뀌었어." 그녀가 또 말했다. "집으로 돌려보내지 않을 거야. 나도 오늘밤에는 돌아가지 않고 여기 문 앞에서 날이 밝을 때까지 버티겠어. 오늘이 아주 중요한 밤 같거든. 엄숙한 문제에 대해 헛소문을 퍼뜨리도록 내버려둘 수 없지. 커튼 같은 황당무계한 이야기가 퍼져나가면 내 사회적 지위가 바닥으로 곤두박질칠 거야."

회의를 여러 차례 반복했음에도 X여사 남편의 역할은 계속 가닥이 잡히지 않았다. 필자는 미궁 지도로 X여사의 외모 문제를 해결한 적이 있지만, 이 남자에게는 지도가 적합하지 않았다. 특수한 모순은 특수한 방법으로 해결하는 수밖에 없으니 우리는 그 문에 맞는 열쇠를 찾아야 했다. 우리의 A박사가 Q의 모순을 '감정이입'이라는 방법으로 해결했더라도, 이 남자의 경우만큼은 A박사도 속수무책이리라 필자는 확신했다. 이건 천재로서 결코 그냥 넘어가서는 안 될 일이었다. 필자는 누군가 이 문제를 해결할 수 있다는 가능성을 배제한 뒤 단독으로 행동에 들어갔다. '붉은 것을 가까이하면 붉어진다'라는 비유를 떠올리며 일단 X의 여동생을 찾아갔다.

여기서 설명해야 할 게 있다. X의 여동생은 애인과 달아난 뒤 사태를 '평화적으로 해결'했고, 지금의 남편과 아주 좁은 다락방에 살고 있었다. 다락방은 분뇨 나루터 바로 옆에 있어서 아침부터 밤까지 대변 악취가 풍겨왔지만 그들은 무척 즐거운 듯했다. 분뇨 나루터와 마주한 창문으로 그들 둘이 끌어안고 입 맞추는 모습이 수시로 보였다. 가끔은 창문으로 고개를 내밀고 떠들어댔는데 무슨 말을 하는지는 전혀 알아들을 수 없었다.

그 여인을 찾아갔을 때 주변을 몇 바퀴나 돌았지만 위로 올라가는 계단 입구를 도저히 찾을 수 없었다. 필자는 허리에 손을 얹은 채 분뇨 나루터에서 기다릴 수밖에 없었다. 대략 반시간이 지났을 때 유리창에서 깜짝 놀란 두 얼굴이 보여 다급하게 손짓했다. 여인은 미소를 지었다가 도로 물러나더니 십 분쯤 뒤 밧줄과 막대기로 만들어진 사다리를 창문으로 내려줬다. 필자는 벌벌 떨면서 줄사다리를 타고 올라갔다.

"이게 좋아." 여자가 남자에게 말했다. "우리가 택한 이 방법은 정말 안전하다니까요. 누구도 올라오지 못하지. 그렇지 않아요, 여보? 이쪽 젊은이는 우리 지역의 예술가예요."

"예술가?" 남자가 깜짝 놀랐다. "미안하지만 나는 일하러 가야 해요."

그는 창문으로 올라가 줄사다리를 타고 아래로 내려간 뒤 아내에게 소리쳤다. "그 빌어먹을 놈을 조심해!" 그런 다음 뒤도 돌아보지 않고 사라졌다.

"참 귀엽다니까. 이봐요, 창문 좀 닫아요. 또 똥을 푸기 시작하네. 나한테서 형부 이야기를 듣고 싶겠지만 진짜 말해줄 게 없어요."

"왜요? 사이가 좋았잖아요."

"그건 내가 이리로 이사오기 전이지요. 다락방에 온 뒤로 나는 과거를 깨끗하게 잊었어요. 지금은 온종일 밖에 나가지 않고, 옛일은 더더욱 생각하지 않아요. 생각하면 미칠 것 같고 정말 무서워서. 이렇게 형부한테 관심 가질 필요 없어요. 내가 보기에 형부의 이번 삶은 나름 수지 타산이 맞으니까. 그는 미남이고 행복을 보장받고 있어요. 물론 우리 남편도 미남이지요. 방금 봤잖아요. 우리가 여기서 얼마나 행복한지 모를 거예요. 두 마리 새처럼 살고 있지요. 그리고 그는, 우리 여보는 이 줄사다리를 발명한 뒤 아래로 이어지는 통로를 막아버렸어요. 신선처럼 살게 된 거지요. 그렇지 않아요? 나는 벌써 석 달이나 나가지 않았고 다시는 나가지 않을 거예요. 내게 언니의 일은 일벌백계의 경고와 같아요. 나는 겁도 많고 연약해요. 다행히 우리 여보가 이 다락방을 찾았으니 망정

414

이지, 아래에 있었으면 당신들 군중 속에서 견디지 못했을 거예요. 너무 끔찍해. 조심해요!"

그녀가 벌떡 일어나 몇 초 동안 좌우를 두리번거리더니 날 듯이 탁자 밑으로 들어가 몸을 수그렸다. "이리 와서 탁자 옆에 앉아요. 이야기하기 편하게. 그거 알아요? 밖으로 나가지만 않으면 우리는 이 위에서 행복해요. 그렇다고 아무 걱정이 없다는 뜻은 아니에요. 늘 올라와서 방해하려는 사람들이 있거든요. 제일 곤란한 건 대소변이에요. 변기통을 위로 올렸다 내렸다 해야 하고 공격을 받을 수도 있어요. 이런 곤란함을 당신은 상상조차 못할 거예요."

"상상할 수 있어요." 필자는 다정하게 답했다. "제가 찾아온 건 형부 일 때문이에요. 혹시 아직 기억나는 게 있으면……"

"기억은 무슨. 지금 이러는 거 강요 아닌가요? 나는 매일 탁자 밑으로 숨는 것과 변기통만 기억할 뿐이에요. 이런 일은 조금도 소홀할 수 없거든요. 이미 말했지만 나한테 아무 걱정이 없는 게 아니에요. 이 두 가지 일을 걱정해야 한다고요. 우리 여보와 잠자리에 들었을 때조차도. 며칠 전, 그러니까 그런 순간에 누군가 지붕에서 우리한테 쇳조각을 던졌어요. 그 바람에 고민이 늘었다고요. 그러니 다른 일을 염두에 둘 겨를이 어디 있겠어요! 다락방으로 이사온 뒤 기억력이 감퇴하는 게 느껴져요. 탁자와 변기통 일은 진짜 중요해요. 피할 수도 없고 고도의 집중력이 필요하지요. 비유하자면, 방안이 똥범벅 되는 거 싫죠? 당신 아내가 누군가한테 두들겨 맞아 구멍투성이가 되는 건 더 끔찍하죠? 예전 친구 하나가 찾아왔는데 나는 만나지 않겠다고 거절했어요. 그런 일에 쓸 여력이 어디 있겠어요? 오늘도 당신이 왔다고 경계를 늦출 수는 없어요. 내 주의력은 오직 그 두 가지 일에만 쏠려 있으니 내 입을 열 생각은 버려요. 창문을 열고 우리 여보가 돌아왔는지 좀 봐줘요. 일하다가 틈틈이 돌아와 변기통을 비워주거든요. 나는 나갈 수 없으니까. 밖에만 나가면 공격을 받아요. 그가 싫어한다고 생각하지 마요. 기꺼이 해준다고요. 우리는 아주 잘 맞는 한 쌍이지요. 이 가정적인 분위기가 참 좋아요. 이런 환경에서는 분명 아이를 낳을 수 없겠지만. 이 점에서 나와 형부의 뜻이 달랐지요. 나는 평생 한 남자만 따르는 게 좋아요. 지금 남편이랑 머리가 하얗게 셀 때까지 함께할 거예요. 하, 새가 돌아오네요!"

그녀는 달려가 창문을 열고 사다리를 내린 뒤 몸을 돌려 필자에게 말했다. "그만 가요. 이상하군요. 당신이 왜 아직도 여기 있지요? 그는 당신을 별로 좋아하지 않아요. 내 눈에 다 보인다고요."

그날 오후 필자는 다락방에서 아무 소득도 얻지 못했다. 답답한 마음으로 연석에 앉아 신발 바닥을 치고 있을 때 돌연 묵직한 손바닥이 어깨를 눌렀다. 고개를 들자 같은 부류의 사람, 검은 옷을 입은 거리의 어머니가 보였다.

"그 일을 다시 평가해봤더니, 당신은 나한테 잘못한 게 없어요. 당신의 장점은 무시할 수 없더군요. 확실히 당신 같은 인재는 흔치 않아요." 그녀는 필자의 뺨을 토닥이며 잠시 생각에 잠겼다가 말했다. "이렇게 열심히 탐구하는 정신을 높이 평가해요. 그리고 방금, 당신은 성공했어요."

"네?"

"당신 작업이 끝났다고요. 그 아이가 이미 X여사와 갈라섰거든요. 내가 직접 봤어요. 짐을 챙겨 오향거리에서 사라졌다고요. 문제가 해결된 거지요! 역사를 쓸 때 그를 한방에 청산해버릴 수 있어요. 아, 불필요한 논쟁을 안 해도 된다고요! 가슴이 텅 비고 뭐라 설명할 수 없는 기분이에요. 그 아이가 왔던 첫날부터 무거운 짐을 짊어졌었는데, 이제 끝난 셈이니 기뻐해야 마땅한데, 왜 이리 갈피를 잡을 수 없을까요? 문득 생각해보니 나는 그가 여기 있을 때 오히려 생기 넘치고 목표가 있었던 것 같아요. 훨씬 젊어 보였고, 그렇지 않아요? 그가 떠나기 전에 작별인사라도 해줘서 마음의 준비를 할 수 있었다면 상황은 달라졌을지도 몰라요. 하지만 짐을 챙겨서 곧장 나가버렸으니, 너무 무정하네요! 오랫동안 함께 지내면서 우리는 그의 존재에 익숙해졌어요. 나는 활동을 조직할 때마다 그를 떠올렸지요. 무슨 옷을 입을지조차 그를 염두에 두며 골랐고, 멋진 연설을 준비할 때도 늘 그를 관중으로 가정했어요. 그래야만 특별한 힘을 발휘할 수 있었거든요. 그는 왜 이리 잔혹한 이별방식을 선택했을까요? 최소한 우리집에 찾아와서 작별인사는 해줄 줄 알았어요. 우리는 이미 마음이 통하는 좋은 친구가 아니었나요? 나는 우리 사이에 친구로서의 묵계가 있다고 생각했어요. 누구나 나와 그런 암묵적 약속을 하고, 나는 온 거리의 어머니이니까요. X가 다른 남자를 유혹한 뒤부터 나는 마음 편하게 기다렸어요. 비바람이 부는 어느 밤에 그가 틀림없이 우리집으로 들어올 거라고 믿었지요. 갈 곳이 없으니 내게 찾아올 수밖에 없을 테고, 그때가 되면 예전의 기억을 모두 회복하리라 생각했어요. 그럼 그 친구 눈에 생전 처음 보는 풍만하고 멋진 이미지가 나타나, 단번에 그 이미지를 자기 눈앞의 머리부터 발끝까지 검은 천으로 덮은 비련의 부인과 연결할 거라고요. 그 이미지의 매혹적인 부분을 떠올리며 자신이 좋은 기회를 놓쳤었음을 후회할 거라고, 불현듯 사념이 생겨 순식간에 아이에서 남자로 변할 거라고 확신했어요.

그때 검은 옷의 여인이 눈을 들면서 그 둘의 눈빛이 빠르게 교차하는 거지요. 성인들의 그윽한 눈빛 교환을 마치고 나면 젊은이는 아름다운 머리를 숙이고 '왜 예전에는 그렇게 맹목적이었을까요?'라고 고통스럽게 말하는 거예요.

나는 참을성 있게 그를 위로하고 아직 늦지 않았음을 알려줘요. 예전에 저지른 잘못이 이제 아주 잘한 일이 되어서 훨씬 강인하고 용감해질 거라고, 지난 삼십여 년의 잘못이 없었다면 오늘의 깨우침도 없을 거라고 말하지요. 우리는 누구나 이런저런 잘못을 저지르지만 그런 잘못은 앞으로 나아가는 동력이 되고, 그런 오해를 통해 상대의 진면모를 발견하게 돼요. 내 눈에 그는 더이상 사내애가 아니라 매력적인 남자가 되지요. 그건 내게 아주 큰 위안이 되고요. 과거에 행했던 온갖 계도 작업이 결국 헛수고가 아니라 마땅한 성과를 거둔 셈이고, 거기서 내가 순결한 마음을 품었음이 드러나니까요. 이로써 몇몇 사람들이 내뱉었던 모욕적인 언사를 뒤집는 거지요. 그래서 나는 문 앞에 앉아 자신만만하게 하루하루를 지켜봤어요. 우리가 만날 날이 점점 가까워지는 것을, 그 젊은이의 눈빛이 하루하루 어두워지고 절망적으로 변하는 것을, 갈수록 내게 유리해지는 것을, 몇몇 사람들의 음모로 가득한 공연을 전부 지켜봤어요. 나는 무엇이든 볼 수 있고 무엇이든 예측할 수 있었지요. 하지만 그가 짐을 챙겨 떠날 줄은 몰랐어요. 그가 이토록 단호하게 우리의 우정을 끊어내리라고는 예상하지 못했어요. 물론 결론적으로 이런 과격한 행동도 이해할 수 있어요. 의외지만 이 또한 내 계도 작업의 결과이니까요. 깨달음을 얻은 그는 부끄러움을 견디기 힘들어 과거와 완전히 단절하겠다는 결심으로 이런 과격한 행동을 선택했어요. 이것도 나름 괜찮은 게, 덕분에 우리가 번거로울 일이 없어졌잖아요. 역사에서 그를 그냥 날려버리면 되니까요. 이 행동으로 그는 오향거리에서 존재하지 않았던 것과 같아졌어요. 그가 성인으로 성장해 다른 지역에서 새롭게 시작하는 건 우리와 상관없지요. 보통 군중으로서 이런 생각은 상당히 합리적이에요. 하지만 어머니로서는 새로 태어난 아기가 멀리 타향으로 가는 느낌이라 영 좋지 않네요. 솔직히 말해, 그가 거리 입구에서 사라질 때 눈물을 흘렸어요! 그는 떠나지 않아도 돼요. 내 대문은 밤이든 낮이든 그에게 활짝 열려 있으니 원할 때 언제든 올 수 있었는데, 그 아이는 왜 그런 생각을 못했을까요? 악의적으로 비틀린 누군가의 말이 그의 귀에까지 전해져서, 사랑하는 사람이 상처받지 않도록 보호하기 위해 그 자신을 희생하기로 한 게 아닐까요? 그에 비해 누군가의 입과 얼굴은 얼마나 더럽고 추한지. 아이가 떠남으로써 음모자의 내적 세계가 남김없이 드러났으니, 우리의 정의로운 눈빛 아래서 그녀가 또 감히 궤변을 늘어놓을 수 있을까요? 속기사 동지, 방금 나는 당신도 나와 같은 일을 한다는 걸 발견하고 한시름 놓았어요. 이 사건에 관심을 가지는 사람이 나 혼자만은 아니라는 걸 알았지요. 지금 이 일이 기발한 소재라는 걸 생각해봤나요? 방금 내가 말한 미묘한 심리 활동을 전부 기록할 수 있다면, 그것만으로 충분히 훌륭하고 설득력이 있으니 다들 그 속에서 배우고 깨달을 수 있을 거예요. 반면 음모자는 얼굴을 들지 못하겠지요. 그가 다시 돌아오지 않을 리 없어요. 당신도 그렇게 믿나요? 사

람이 이런 지경에 이르면 존재 자체가 문제가 돼버려요. 모두 그의
본명을 잊어버린 채 'X남편'이라는 기이한 별명으로만 불렀으니,
그에게는 넘어진 곳에서 다시 일어나는 게 아주 많이 어려운 일이
었겠지요. 또 객관적 조건의 한계 때문에 나한테 마음을 털어놓을
수도, 내 보호를 받을 수도 없어서 의기소침해진 나머지 유일한 출
구를 보지 못한 거예요. 그는 이번에 떠나면서 주관적으로는 파멸
을 결심했어요. 물론 객관적으로는 그럴 리 없지요. 틀림없이 내
잠재적 영향력이 그의 일생을 결정할 테니까요. 새로 태어난 뒤 밖
으로 나가 한 바퀴를 돌아도 마지막에는 어머니, 그가 유일하게 존
경하는 친구 곁으로 돌아와 여생을 보낼 거예요. 속기사 동지, 당
신한테 이야기하다보니 생각이 조금씩 정리됐어요. 이건 정말 놀
라운 능력이 아닌가요? 이제 나는 X남편의 앞날을 낙관적으로 보
게 됐어요. 그는 이상한 부호에서 한 사람으로 변했고, 외부 세계
에서의 여행을 마치고 나면 몸과 마음을 모두 내 품에 내맡길 거예
요. 이십 분 전에 나는 그가 내게서 떠나는 것을 우울하게 지켜보
다 순식간에 십 년은 늙었어요. 그건 당신이 직접 봤지요. 하지만
고작 이십 분 만에 기운을 되찾았는데, 지금 내가 어떻게 보이나
요?"

필자는 더이상 좋을 수 없을 정도로 좋아 보인다고 답했다. '막
피어나는 꽃망울'이라는 표현이 꼭 들어맞지만, '막 피어나는 꽃망
울'보다 더 아름답다고 했다. 누구든 그녀의 아름다움을 느껴본 뒤
에는 젊은 아가씨에게 만족할 수 없을 정도로 완벽한 아름다움을
상징한다고 했다.

그제야 필자는 아침에 문을 나와 구불구불한 도로를 걸으며 지

금까지 찾아다닌 목적지가 분뇨 나루터의 작은 다락방이 아니었음을 깨달았다. 그건 핑계, 허상에 불과했다. 그곳에서 내려온 뒤 신령은 필자를 진실이 있는 곳에 데려다줬다. 이제 문제가 해결되었다. 해결 방법은 바로 '무효화'였다. 이렇게 통쾌할 수가! 애석하게도 필자는 공책을 가져가지 않았다. 가져갔더라면 그 자리에서 독창적인 시도를 완성했을 것이다. 그건 '영웅의 안목은 대체로 일치한다'라거나 '길이 다를 뿐 목적지는 같다'와 비슷한 상황이었다. 정말 기념비적인 날이 아닐 수 없었다. 이 독창적 시도의 본질은 인자함과 박애였다. 우리는 낯선 사람에게 고향을 만들어줬고, 이 고향의 대문은 밤이든 낮이든 나그네에게 열려 있었다. 생각만 해도 감동적인 일이었다.

이어서 날이 희뿌옇게 밝아올 때 과부가 X의 집 창턱에서 남자 신발을 가져왔으며 지금 그 상징성이 풍부한 헝겊신이 자신의 기념품 서랍에 들어 있다고 말했다. 그것 역시 강력한 증거였다. 그녀는 자신에게 불의의 사고가 생기면 신발을 기억해달라면서, 혹시 발생할 공격을 이 사실로 물리칠 수 있을 거라고 덧붙였다.

드디어 필자는 두 애매한 인물과 관련해 남아 있던 문제를 마무리했다. 말할 필요도 없이 일종의 해방감이 밀려왔다. 필자가 과부의 집에서 헝겊신을 들었을 때 둘은 동시에 안도의 한숨을 내쉬었다. 그건 둘의 작업이 일단락되었다는 의미였다. 과부가 문 옆 안락의자에 몸을 내려놓았다. 눈빛이 무척 멍하고 경직된데다 몸도 많이 여위어 보여 필자는 속으로 그녀가 늙었다고 생각했다.

"아무 의미도 없어요." 그녀가 갑자기 쓴웃음을 지었다. "당신 앞에서 바람이 불고 당신 눈앞에 거리가 펼쳐져 있어요. 하지만 이 모든 게 정말 아무것도 아니에요. 나는 끊임없이 스스로에게 어떻게 된 일이냐고 물어요. 나는 빛나고 젊으며 아름답지만 그게 무엇을 위해서냐고요. 고목처럼, 검은 털모자를 쓴 사람처럼 늙어도 그리 나쁘지 않을 거예요. 사회적 책임감에서 벗어나 집으로 돌아온 뒤 이 관 같은 작은 방에 앉아 있으면 죽음에 관한 생각이 엄습해와요. 갈수록 인류의 미래를 걱정하고 스스로를 의심하게 되네요. 나는 평생을 너무 피곤하게 살았어요. 솔직히 털어놓을게요. 아까 그 남자가 그처럼 몰인정하게 굴지 않았으면 나는 그와 함께 멀리 날아가 다시 시작하고 싶었어요. 우리 이곳은 너무 폐쇄적이라 순식간에 희망이 사라져버려요."

그녀는 또 쓴웃음을 지었다. 그녀의 기분이 고스란히 전해져 필자도 갑자기 집으로 돌아가 소중한 역사 기록을 불구덩이에 던져넣고 싶다는 충동이 일었다. 다행히 그 충동은 삼십칠 초만 지속되었다. 삼십칠 초가 지나자 다시 새로운 문제가 친애하는 친구의 머릿속을 점령해 우리는 개인적 슬픔을 함께 내던졌다.

10. 불리한 요소를 유리한 요소로 바꾸기 위해
X여사를 대표로

X여사를 우리 대표로 선출한 사건은 수많은 사람의 반감을 불러일으켰다. 지난 몇 년 동안 오향거리의 적대적 인물이었던 X가 갑자기 군중 대표가 되었다는 사실에 사람들은 하나같이 적응할 수 없었다. 그러나 새로운 사상이나 새로운 관점이 만들어질 때는 곳곳에서 저항을 받기 마련이니 전혀 기이한 일이 아니었다. 이런 저항이 몇 개월 지속된 뒤 X는 군중 대표라는 신분으로 역사책에 기록되었다.

이 말에 독자들은 틀림없이 매우 이상하다고 느낄 것이다. 이런 관점은 상식적으로 성립할 수 없고 허점이 많은데다 뭔가 수상해 보인다. 외계인, 군중에게 배척당해온 이색분자, 곳곳에서 군중과 대립해온 모살 음모자, 청소년에게 범죄를 부추긴 교사범, 도덕적으로 품행이 불량한 건달이 삽시간에 주민의 대표가 되다니! 정말 등골이 오싹한 일이 아닌가. 하지만 결국 새로운 관점은 탄생했고,

억센 생명력으로 살아남아 소리 없이 사람들의 생각을 바꿔놓았다. 오늘 외지 대표단이 질서정연하게 오향거리에 들어와 현지 조사를 벌일 때 시민들은 조금도 부끄러워하지 않고 소리쳤다.

"한때 X여사로 불렸던 인물이 우리 모두의 대표가 됐습니다. 이는 거론할 가치가 있는, 역사적 전환을 의미하는 사건입니다." 이어서 몇 사람이 대표단원들의 소매를 끌고 거리 한쪽으로 데려가 '허심탄회하게 이야기'했다. 각성한 군중은 다음과 같이 매우 의미 있는 발언을 했다.

"오래전부터 우리는 X의 행위를 본질적으로 파악해왔습니다. 워낙 잘 알았기에 놀란 적도 별로 없습니다. X의 근본적인 잘못은 시간관념이 없다는 겁니다. 그녀는 완전히 혼란에 빠져 우리의 현 사회 질서를 무시하고 모든 것을 엉망으로 만들었습니다. 그런데 그걸 하나의 실험으로 가정하고 미래 사회에 옮겨놓으면, 그녀의 모든 행동이 사실은 우리가 이미 생각했던 것임을 발견할 수 있습니다. 우리에게는 원초적 본능을 풀어놓을 용기, 오래된 규정을 무시할 용기가 없을 뿐입니다. 이런 용기는 어디서든 말썽을 일으키기에 전혀 필요하지 않습니다. 제정신이 아닌 사람에게만 이런 용기가 있을 뿐이지요. 사람은 누구나 파괴성을 가지고 태어납니다. 태어난 이후 선한 제약 속에서 욕망을 바른길로 인도해 교양 있는 사람이 되는 겁니다. X가 행한 모든 일은 전혀 새로운 게 없습니다. 우리가 이미 만들어놓았던, 이미 욕망했던 것들이지요. 우리는 원초적 욕망을 억제하고 그것을 고도로 발달한 미래 사회에 풀어놓았던 겁니다. 그뿐입니다. 우리가 왜 X의 각종 행위를 떠올릴 때마다 자기도 모르게 친숙하고 친밀하게 느꼈겠습니까? 이 여성이 우리의 생사와 관련이 있다고 왜 느꼈겠습니까? 그녀와 관련된 모든 것을 자세히 따져본 뒤 우리는 그녀가 졸렬한 공연을 하고 있음을 발견했습니다. 우리가 미래 사회에서 하려는 것들을, 현재 사회에서는 감히 할 수 없는 일들을 연기하고 있었습니다. 사실 그런 일들은 누구든 쉽게 할 수 있지만, 우리는 야만인이 아니라 교양을 갖춘 민중이라 하지 않을 뿐입니다. 주제넘게 나서거나 뒤에서 떠드는 걸 좋아하지 않아서 X처럼 파격적인 행동을 하지 않습니다. 재능 면에서는, 연기하려고만 하면 누구라도 X보다 몇 배는 뛰어날 거라 믿습니다. X는 그런 틈새를 비집고 대중이 하찮게 여겨 싫어하는 일을 했을 뿐이지요. 우리는 훨씬 잘할 수 있습니다! 우리의 재능과 명확한 시간관념에 따라 언젠가는 우리도 진정한 공연을 시작할 겁니다. 오늘 우리가 X를 대표로 선출한 건 그녀의 재능이 출중하거나 그녀가 정말로 우리를 대표하기 때문이 아니라(여기서 그녀의 공연이 매우 졸렬하다는 걸 다시 강조합니다) 우리가 공연하려는 소재를 그녀가 먼저 연기했기 때문입니다. 우리는 질투심이 강한 사람들이 아닙니다. 새로운 형식이 탄생한 이상, 그게 아무리 유치하고 단순하고 반동적이어도 현명하게 받아들이고, 그게 발전 과정 속에 녹아들 때까지 자리를 내어줄 겁니다. 이런 의미에서 X는 진보적 역할을 합니다. 그녀의 공연이 어떻든 상관없이 우리는 그녀를 대표로 선출하려 합니다. 이는 우리 단체의 포용력을 보여줍니다. 대표단 여러분, 여러분이 지금 흥미를 느끼는 건 X여사의 공연 내용이 아니라 외재적 형식이겠지요. 사실 그건 우리 모두의 형식입니다. 아직 정식으로 공연한 적은 없으나 미래 사회의 무대에서 전 세계를 깜짝 놀라게 할 형식입니다." 사람들은 대표단원들에게 자신의 감상을 밝힌 뒤 길게 줄을 서서 X에게 연설을 청했다. 그녀가 이미 군중의 대표로 인정받았기 때문이다.

X는 가게에서 땀을 뻘뻘 흘리며 누에콩을 씻고 있었다. 사람들은 조용히 밖에서 기다리고 A박사와 B여사가 모두의 소망을 전달하러 안으로 들어갔다. 입이 가벼운 B여사가 누에콩 씻는 걸 도와주면서 설명하기 시작했다. 예전에 그녀의 멋진 연설을 크게 오해해 사람들이 부적절한 행동으로 일정 부분 해를 끼친 건 분명하다. 하지만 그건 전혀 이상한 일이 아니라 새로운 탄생에 필연적으로 따라오는 반응이다. 그러니 사람들의 행동을 이해해주기 바란다. 그녀를 보호하려는 게 원래 의도였으니 오해 때문에 인민의 반대편에 서지 말아달라. 오랜 발전 과정을 거치면서 사람들은 그녀의 일부 형식을 이미 받아들였고 가슴에서 그녀를 '미래파'로 인식하게 되었다. 이런 믿음을 가볍게 여기지 않기를 바란다. 미래파란 인민의 미래를 대표하므로 매우 영광스러운 호칭이다. B여사 자신은 군중의 이익을 위해 일하느라 청춘을 송두리째 바쳤다. 나라를 위해 온 힘을 다했다고 말할 수 있지만, 지금까지 그럴듯한 명칭을 얻지 못해 그저 무명의 B여사일 뿐이다. 반면 X는 아무 공로도 없이 봉록을 받는 격이다. 아무 일도 하지 않다가 그저 돌의자에 올라가 멋대로 몇 마디 떠들고는 상처 입은 척하며 한 달을 드러누워 있었을 뿐인데 순식간에 이렇게 높은 영예를 얻었다. 대표가 되었을 뿐 아니라 '미래파'라는 영예로운 호칭까지 받았다. 이걸 당연하게 누려야 하는 영예로 생각해서는 안 된다(군중을 위해 묵묵히 일하는 오향거리의 무명 영웅들을 생각해보라). 이는 당연한 게 아니며 그녀는 운이 좋아 기회를 잡았을 뿐이다.

예전의 개조 작업 때 B여사는 확실히 X에게 무례를 범했다. 하지만 오로지 공공의 이익을 염두에 둔 행동이었고 그때의 개조는 아주 정확한 조치였다. 그 개조 작업이 없었다면 X는 오늘 대표가 될 수도, 미래파가 될 수도 없었을 것이다. X는 여사들의 당시 행동에 원한을 품어서는 안 되며 감사해야 마땅하다. 오늘의 모든 영예가 여사들 덕분인데, 그렇게 도와준 사람들은 지금까지 아무 이득도 얻지 못했다. 이 점을 생각해서라도 X는 연설의 의무를 저버려서는 안 된다. 양심에 찔리지도, 죄스럽지도 않은가? 모두가 땔감을 모아 불을 지펴주고 있다. 사실 이건 너무 불공평하다. 한눈에 훤히 보일 정도로 불공평하니 X는 어떻게든 보상해야 한다. 선량한 사람이라면 누구나 안절부절못할 것이다. 무슨 일이든 X는 개인적 안위만을 위해 움직였지만, 갑자기 하늘에서 명예와 지위가 떨어지면서 느닷없이 혁명의 선구자가 되었다. 만약 자신이 이런 상황이면 창피해서 죽을 것이다.

B여사는 누에콩을 씻으면서 이런 논리를 펼쳤다. 얼마나 열심히 씻었는지 X여사는 순간 진한 감동을 받았다. 일단 감동하자 B여사가 말하는 논리가 X여사의 귀에 들어왔다. 결국 X여사는 이 여인의 뜻을 이해하고 대답했다. 오늘 모두가 영광스럽게도 자신을 대표로 선출했다니 무척 감동했다. 다만 좀더 일찍 찾아왔으면 좋았을 것이다. 예전에는 대표도 되고 싶고 영예도 누리고 싶어서 부질없이 노력을 많이 기울였다. 그때 대표에 선출되었다면 틀림없이 가슴을 파고드는 연설을 수없이 했을 것이다. 하지만 애석하게도 너무 늦었다. 시간이 흘러 중년에 접어들다보니 마음이 식어버렸다. 대표도 되고 싶지 않을뿐더러 사람을 보는 것도 너무 힘들다.

방금도 B여사가 누에콩 씻는 걸 도와주지 않았다면 안에 남자와 여자가 들어온 줄도 모르고 여사의 말도 듣지 못했을 것이다. 대표가 되겠다는 생각을 버린 뒤 자신은 귀도 먹고 눈도 멀었다. 이렇게 장애가 있는 여자를 어디에 쓰겠다는 말인가? 연단에 올려 연설을 시켜봐야 자신은 틀림없이 바닥으로 고꾸라지며 추태를 보일 것이다. 아니, 그들은 근본적으로 자신을 필요로 하지 않는다. 잘못해서 본질을 헷갈린 게 틀림없다. 내가 대표라니? 이건 너무 우습다. 죽어도 대표가 되지 않겠다. 억지로 시킨다면 연단에 올라 개 짖는 소리를 내고 공중제비를 돌겠다.

그렇게 대답한 뒤 X여사는 누에콩을 말리러 가다가 A박사의 발등을 세게 밟았다. A박사는 너무 아파서 날카로운 비명을 질렀다.

"이 남자는 왜 아직도 안 갔나. 전혀 못 봤네."

이제 A박사가 말할 차례였다. 그는 벽에 기댄 채(또 밟힐까봐) 당당하고 차분하게 대표의 숭고한 의미와 오향거리 사람들이 그녀에게 거는 간절한 기대에 관해 말했다. 그는 그녀의 문제를 연구한 박사로서 누구보다 이런 일을 잘 알았다. "이건 최고의 영예입니다." 다만 이런 영예를 그녀의 능력으로 쟁취했다 여기지 말라면서, 실은 박사 자신의 권위로 준 것이라고 내막을 조금 털어놓았다. 공세 주도권을 누가 가졌는가에 관한 토론에서 압승을 거둔 뒤 그의 지위는 갈수록 높아졌다. 그의 말 한마디 한마디가 성지처럼 떠받들어지고, 주민들은 박학다식한 그를 말할 수 없이 존경했다. 오향거리에서 중요한 일이 터지고 판결이 필요할 때면 사람들은 깊이 생각할 것도 없이 A박사를 찾아가자고 말했다. 그가 없으면 인민은 길 잃은 양이 되었다. 이제 그의 말 한마디, 눈길 하나가

거리 사람들의 운명을 결정했다. 그의 머릿속은 온종일 심각한 문제들로 가득해 터질 지경이었다. 최근 한동안은 X의 문제가 주요 쟁점이었다. 그의 말 한마디에 그녀는 유명인사가 되었다. 그녀를 개조하겠다는 결심을 했기에 그는 의도적으로 이런 수를 썼다. 평생을 힘들게 노력한다고 누구에게나 그가 이런 기회를 주는 건 아니었다. 한 사람은 그의 앞에서 무릎을 꿇고 울기까지 했다. A박사는 조금 전 그녀의 태도를 이해할 수 없었다. 감사하지 않는 건 상관없지만(그는 수혜자가 감사하기를 기대해본 적이 없었다. 고상한 사람이라 값싼 칭찬을 좋아하지 않았다) 그녀가 그의 발을 얼마나 세게 밟았던지 지금까지 발가락이 얼얼했다. 이런 행동에 그는 진심으로 흔들렸다. 이렇게 쉽게 영예를 주는 게 실수가 아닐까? 하지만 대표단원들한테 그녀에 관해 얼마나 좋은 말을 늘어놓았는데, 지금 와서 어떻게 외지인들 앞에서 주워 담겠는가? 그는 그녀와 협력하겠다는 초심을 고수하기로 했다. 그래서 X여사에게 잘 생각해달라고, 경거망동하지 말라고 청했다. 어쨌든 아직 젊고, 수십 년을 오향거리에서 살아야 하는데 그러려면 자신의 관리를 받아야 하니, 순간의 객기로 자신에게 밉보이면 앞으로 문제가 많을 거라고 했다. 다시는 아무 기회도 주지 않을 것이며, 대표가 되기는커녕 이름조차 언급되기 힘들 거라고 으름장을 놓았다. 오향거리의 수많은 역사학자와 예술가가 모두 생사를 같이하는 친구로서 글을 쓰면 항상 자신에게 보여주는데, 사회 여론의 지지를 받지 못하면 그녀의 개혁과 차별화에 누가 관심을 기울이겠느냐며 영원히 두각을 드러낼 수 없을 것이라고도 했다. A박사는 X여사가 이쯤에서 깨달으면 발 밟은 걸 용서할 작정이었다. 그는 아량이 크고 덕망이 높은 학자로서 남한테 해를 입어도 꼬치꼬치 따져본 적이 없었다. 그래서 그녀가 어서 태도를 바꾸기만 바랐다.

X여사는 눈자위를 굴리면서도 벽에 붙은 그 둘은 보지 않고 가게 안을 바쁘게 오가기만 했다. 잠시 뒤 자신의 새 제부가 들어오자 그녀는 얼른 그를 붙들고 큰 소리로 불평을 늘어놓았다.

"방금 두 사람이 들어왔어. 틈만 있으면 파고든다니까! 나 대신 바깥 좀 내다봐. 포위당한 기분이 들어."

그러자 새 제부가 말했다. 확실히 밖에 사람이 많지만 크게 문제는 없으며, 그들은 여기저기 흩어져서 해바라기 씨앗을 먹거나 나무에 올라가 있는데 이제는 속속 돌아가고 있다고, 인내심이 없는 사람들이니 점심때가 되면 문 앞에 아무도 없을 거라고 말이다. 그녀가 나서지만 않으면 다들 목적을 잊어버릴 것이다. 그는 또 그녀의 귀에 대고 실내에도 의심스러운 두 사람이 벽에 붙어 있는데 내쫓을 거냐고 물었다.

"아, 내버려둬!" 그녀가 말했다. "당신들 숨어 있었군요. 대표에 관심 없다고 이미 말했잖아요. 왜 포기를 안 해요? 거기 숨어봐야 아무것도 바뀌지 않아요." 그녀는 한가하면 자기 일 좀 도와달라고, 그럼 정말 고맙겠다고 덧붙였다.

그 둘 가운데 남자는 무슨 박사라고 들었는데 박사가 별로 대단하게 느껴지지 않는다, 자기는 땅콩을 파는 게 박사보다 몇 배는 더 중요하고, 박사는 허풍이나 치는 사기꾼에 불과하니, 여건만 되면 하나같이 가게에서 노동 개조를 받으며 거짓말하는 나쁜 근성을 뿌리 뽑을 필요가 있다, 자신은 평생 박사 같은 부류를 증오했고 대표도 그 박사가 직접 하는 게 좋을 듯하다, 박사가 가게에 숨어 있으면 나는 정신이 나가 나중에는 미쳐서 사람을 마구 때릴지도 모른다…… X여사가 그렇게 말하면서 위협적으로 저울을 흔들자 둘은 놀라 줄행랑을 쳤다.

"박사는 전부 간사한 족속이야." 그녀가 제부에게 말한 뒤 조롱하듯 눈을 깜빡였다. "내 동생은 아직도 가정 재건에 연연해?"

그렇다, 그런 모습이 좋다, 다만 매일 변기통을 올렸다 내렸다 하는 게 힘들다, 혹시 아기라도 있었으면…… 상상조차 할 수 없다고 제부가 답했다.

"대변냄새가 아기 머리를 망가뜨릴 거예요. 환경이 얼마나 끔찍한데요." 그가 조금 의기소침해졌다.

"두 사람, 우리 가게에 와서 일 좀 도와주는 게 어때? 종일 다락방에만 있으면 개 하지가 마비될 수도 있어. 사람이 어떻게 온종일 꼼짝도 안 해?"

"안 돼요." 그가 다급하게 말했다. "이미 완전히 무너졌어요. 지금 얼마나 신경질적인지 상상도 못하실 거예요. 밤낮없이 경계하는걸요. 저희는 나약해요. 죄송해요."

"표창 던지는 법을 가르쳐주고 싶은데."

"너무 늦었어요. 처형, 요즘 그녀는 온종일 탁자 밑에 쪼그리고 있어요. 누가 지붕에서 소란을 피웠거든요. 의사한테 보이고 싶지만, 줄사다리를 오르겠다는 사람이 없어요. 계단을 만들자는 말만 하면 그녀는 창문에서 뛰어내리려 하고요."

그렇다고 X여사의 대표 선출이 흐지부지 없던 일이 되지는 않았다. 누구나 한두 차례의 회합으로 해결될 리 없음을 잘 알았던 것이다. 과거의 일들을 조금만 떠올려보면 금세 이해할 수 있었다.

소통할 방법이 없으니 X여사가 참석하지 않은 상태에서 찬반투표를 치르기로 했다. 그녀에게 충성하는 석탄공장 젊은이 등 몇몇은 포기하지 않고 몇 차례 더 요청하러 갔지만, 높은 창턱에 앉은 그녀가 정말로 귀가 먹고 눈이 먼 걸 확인하고는 실망해 돌아오는 수밖에 없었다. 투표는 어둠의 방에서 진행되었고, 예상대로 X여사는 대승을 거뒀다. 거의 몰표를 받으며 명실상부한 대표가 되었다. 일부 야심 있는 사람만 주제도 모르고 자기가 대표를 하고 싶어서 반대표를 던졌다. 그들은 희망이 무너지자 한데 모여 음모를 꾸미다가 X여사 남편의 친구가 내지르는 고함에 깜짝 놀라 사방으로 달아났다. 그 가운데에는 X여사의 동료 여사와 B여사 등이 있었다. 사람들은 그제야 B여사가 애당초 X여사의 대표 선출을 원치 않았으며 견과류 가게에 갔던 것도 훼방을 놓기 위해서였음을 알았다. X여사가 투표에 출석하지 않았던 건 전부 그녀 탓이었다! X여사 남편의 친구는 격분해 삽을 집어 들고 B여사의 머리통을 "둘로 쪼개버리겠어"라고 소리쳤다.

"이렇게 많은 사람이." 그가 노기등등하게 말했다. "이렇게 많은 사람이 X여사의 풍모를 한번 보겠다고 여기 모였는데 그림자도 보지 못했어. 몇 년에 걸친 내 노력과 희망도 전부 오늘을 위한 게 아니겠어? 슬픈 과거를 떠올리기만 해도 가슴이 찢어질 지경이라고. 이제 힘든 날이 끝났다고 생각했건만 이 따위 짓거리가 또 튀어나올 줄이야! 분명히 말해주지. 당신 같은 인간은 살아갈 이유가 없어. 당신은 나한테도 타격을 줬지만 내 친구인 석탄공장 젊은이의 꿈도 산산조각냈어. 저 모습 좀 봐(그는 얼굴을 찌푸린 채 코를 후비고 있었다). 우리가 이웃이 된 이후 얼마나 많은 환난을 함께 겪은 줄 알아! 이 꽁지 빠진 까마귀 같은 년, 죽어, 죽으라고!"

그는 삽을 치켜들고 있던 손을 마침내 아래로 휘둘렀다. 하지만 자기 발등을 찧는 바람에 얼굴을 잔뜩 찌푸린 채 실내를 다섯 바퀴나 빙글빙글 돌았다. 그러다 갑자기 기분이 좋아져서는 석탄공장 젊은이의 어깨를 끌어안으며 말했다.

"이게 마지막 증거야. 내 발등이 찢어져 뼈가 드러난 오늘, 존경하는 여사가 두각을 드러냈잖아. 내 영광의 날도 금방 올 거라고. 나는 항상 그녀가 우리의 미래를 대표하리라 믿었어. 이 믿음은 한순간도 흔들린 적이 없지. 내 잠재의식이 작용한 게 틀림없어. 나한테 천부적 재능이 있다는 게 확실하지 않아? 친구! 우리 둘에게는 천부적 재능이 있어. 남들에게 이해받지 못해 고독한 전투를 치르면서 우리는 지금까지 버텨왔지. 내 뒤통수의 커다란 물집을 봐. 오랫동안 석판에서 자다보니 생겼어. X여사가 누구야? 내가 만들어낸 전형적 인물이야. 그 명성 자자한 미래파! 보이지 않는 내 노력 덕분에 동지들이 이곳에서 성대한 선거를 치를 수 있다고. 친구, 오늘밤에 우리는 야근하면서 새로운 방안을 만들어야 해. 긴박함이 느껴지지 않아?"

석탄공장 젊은이는 맞장구치며 "창자 곳곳에서 긴박함이 느껴져" 방귀조차 나오지 않는다고 말했다. 그런데 무엇보다 중요한 점은 X여사의 이유 없는 불참에 위험한 징조가 수없이 도사리고 있다는 거였다. 아니, 그는 오늘 선거에 전혀 도취하지 않았다. 도취할 만한 것을 발견할 수 없었다. 그는 이미 여러 차례 X여사의 수준 높은 방식을 경험해봤다. 모두가 그녀를 중심으로 바쁘게 움직이고 도취할 때 그녀는 전혀 상관하지 않았다. 처음 그도 그녀의 관심을 끌기 위해 수많은 수단을 동원했지만 한 번도 효과를 거두지 못했다. 어느 날 길에서 마주쳐 인사를 건넸을 때 여사는 그를 "신입"이라 불렀다. 물론 도취하지 않았다는 게 노력을 포기한다는 뜻은 아니었다. 투표 진행은 해야 할 일의 절반이며, X여사가 출석하지 않았으니 나머지 절반은 실행되지 않았다는 의미였다. X여사를 출석시킬 수 없다면 중도 포기, 용두사미와 같았다.

X여사를 불러오는 중임이 필자의 어깨에 지워졌다. "당신은 속기사이고 이런 일은 속기사가 하기에 딱 맞으니까요." 모두가 엄숙하게 말했다. 그래서 필자는 견과류 가게로 찾아가 아침부터 밤까지 대표 자리의 중요성을 설명하는 한편, 장애물을 설치해 X여사가 일에 집중하지 못하고 필자에게 주의력을 돌릴 수밖에 없도록 만들었다. 결국 X여사는 타협하며 필자와 회의장에 가기로 했다. 다만 회의장에 가더라도 연단에서 공중제비 두 번만 돈 뒤 돌아오겠다는 조건을 걸었다. "절대 그 개똥 같은 일에 시간을 낭비할 수 없어요." 그녀가 들어가자 모두가 자리에서 일어나 정중하게 인사했다. 그녀는 쏜살같이 연단으로 올라가 '펄쩍펄쩍' 공중제비를 두 번 돌더니 곧바로 문밖으로 달려나가 자취를 감췄다. 사람들은 꿈에서 깨어난 듯 감개무량한 표정으로 너나없이 말했다. "정말 멋지군, 대단해. 그 기술과 자세라니, 하루이틀 사이에 된 게 아니라고!"

필자는 역사적 사명을 완수했다. 이로써 X여사 남편의 친구와 석탄공장 젊은이도 할말이 없어졌다. 연설하지 않고도 그보다 열배는 더 큰 효과를 거뒀다! X여사가 이미 유명인사였기 때문이다. 유명인사의 행동은 당연히 보통 사람과 다를 수밖에 없고, 공중제비는 그녀의 독특한 품격을 드러냈다. '미래파'라면 그런 식으로 행동해야지, 그게 아니고서야 어떻게 미래파라 할 수 있겠는가? 물론 현시점에서는 필자처럼 수준 높은 지식인을 제외하고는 대부분 X여사의 공중제비에 담긴 진정한 의미를 이해하지 못했다. 누군가의 공연은 수십, 수백 년이 지난 뒤에야 관중한테 받아들여질 수 있지만 우리는 이런 공연도 격려하고 환영했다. 공중제비를 아주 멋지게 잘 넘기만 하면 고상한 예술로 간주했다. 우리 오향거리라는 문화 무대에서는 참으로 온갖 꽃이 만발했다!

X여사가 나간 뒤 모두 노래하고 춤추기 시작했다. 시내 사진사들도 대거 몰려와 강건함이 물씬 풍기는 사진을 단독으로, 또 단체로 잔뜩 찍었다. 여자들도 아름다운 사진에 조연으로 등장했다. 뜨거운 분위기 속에서 사람들은 '수사자'(남자 대표)도 선출하기로 하고 거의 만장일치로 A박사를 추천했다. 오랜 시간을 거쳐 모든 사람이 그가 진정한 남자, 부드러움을 지닌 강한 남자라는 걸 똑똑히 알고 있었다. 여자들에게 언제나 예의바르고, 한 번도 성질을 부리거나 잘난 척한 적이 없었다. 학식은 더 말할 필요가 없었다. 얼마나 겸손한지! 얼마나 통찰력이 있는지! 그렇게 A박사가 수사자로 선출되자 사진사들이 그에게 머리카락을 헝클어뜨리고 '용감무쌍한 눈빛'을 보여달라고 요청한 뒤 사진을 여러 장 찍었다. 이어서 다시 머리카락을 단정하게 빗고 두 손으로 턱을 받친 뒤 '우울한 눈빛'을 보여달라 하고는 또 여러 장을 찍었다. 마지막으로 사진사들은 공중제비를 돌아달라고 했는데 그가 단호하게 거절했다.

A박사는 장황하게 입장을 밝혔다. 공중제비는 예술가와 미래파의 기예인데 근엄한 철학자인 자신이 어떻게 할 수 있겠는가? 그

건 이미지를 훼손하는 일이다. 공중제비를 못 넘는 게 아니며 X여사보다 몇 배는 더 멋있게 넘을 수 있지만, 그건 젊었을 때의 취미이자 과거일 뿐 이 나이에 청춘인 척하고 싶지 않다. 지금 머리카락을 기르는 이유는 오래지 않아 친애하는 사람들과 헤어져 산꼭대기로 갈 생각이기 때문이다. 하지만 그 세계에 간 뒤에도 모두의 간절한 기대와 고통을 잊지 않고 수시로 내려와 군중과 소통하며 함께 어려움을 헤쳐 나아가겠다. 사진을 보는 건 본인을 보는 것과 같으니 부디 사진을 잘 보관해주기 바란다. 자신은 이렇게 영원히 군중 속에서 살아갈 것이다.

사진사의 등장으로 회의의 본질이 뒤바뀌고 말았다. 다들 평생의 기념사진을 찍어 집에 걸어둘 생각으로 어떻게든 앞자리를 차지하려 했다. 이제 회의가 왜 열렸는지는 안중에도 없었다. 그들이 회의에 참석한 목적은 사진을 찍고 자신의 강인한 아름다움을 드러내기 위해서였다! 얼마나 드문 기회인가! 그렇게 명예와 이익을 다투는 광경을 지켜보자니 필자는 속이 부글부글 끓었다. A박사도 씩씩거리며 사람들을 헤치고 다가와 가슴 깊은 곳에서부터 탄식했다. 예술의 보급이란 정말 너무 어렵군! 그러고는 X여사의 기묘한 공중제비를 상세하게 다루는 전문 해설서를 쓰겠다고 했다. 무엇과도 비교할 수 없는 미증유의 작품이 될 것이라 단언하면서, 당연히 오늘날의 독자가 아니라 수백 년 뒤의 사람들을 위한 책이라고 했다.

"우리는 X여사를 포기하면 안 돼요." A박사가 말했다. "지금 이해할 수 없는 모든 일을 포기하면 안 되지요. 역사의 교훈에 따르면 때로는 이해할 수 없는 것들이 최고의 것이니까요. 이 점을 나는 이미 알고 있었고, 절대 틀릴 리 없어요. 아까 그 공중제비 상황도 녹음해뒀답니다. 나는 늘 주도면밀하니까. 내일부터 매일 그 녹음을 수십 번씩 들어 일종의 조건반사처럼 만들 거예요. 그렇게 감정적, 이성적 도약을 완성할 겁니다. 우리는 과거에 너무 많은 잘못을 저질렀어요. 다들 나처럼 신중하게 미래파에 접근하면 지금처럼 속물 같은 모습은 보이지 않을 텐데요."

그는 '속물'이라는 말을 몇 번이나 반복한 뒤 해설서를 쓰러 집으로 돌아갔다. 회의장은 여전히 혼란스러웠고, 밀려드는 사람들에게 부딪혀 사진사의 얼굴 한쪽이 퍼렇게 부어올랐다. 필자도 더는 볼 수 없어서 "속물들"이라 말한 뒤 집으로 돌아갔다.

한편 X여사는 공중제비를 넘자마자 가게로 돌아갔다. 그녀는 자신이 일으킨 소동에 전혀 신경쓰지 않았다. 그저 일하면서 〈외로운 조각배〉를 흥얼거렸다. 그녀가 바구니에 든 땅콩을 나무그릇에 쏟을 때 갑자기 눈앞에서 '찰칵찰칵' 플래시가 터졌다. 그녀는 화들짝 놀라 바구니를 내려놓고 펄쩍 뒤로 물러나서는 매섭게 물었다. "누구세요?" 문밖에는 약삭빠른 사진사 둘이 숨어 있었다. 그들은 아무 대꾸도 하지 않고 모험가처럼 기쁜 표정만 지었다. X여사가 화를 내면서 뛰어나오면 정면 사진을 몇 장 찍을 생각이었다. 다만 X여사는 그렇게 묻기만 하고 밖으로 나올 기미가 전혀 없었다. 몇 시간을 기다려도 나오지 않아 그들은 그 극적인 장면을 끝내 찍을 수 없었다. 한참을 서 있느라 다리가 저릿해졌을 때 안에서 목소리가 들려왔다. "이제 일이 끝났으니 자세를 취해줄 수 있어요. 하지만 돈을 내야 해요."

황공한 마음에 사진사들은 쌀알 쪼는 닭처럼 고개를 끄덕이고는

얼른 사진기를 들이댔다. X여사는 어느 틈에 옷까지 갈아입은 상
태였다. 허리에 띠를 두르고 손에 검을 든 채 선 모습이 정말 '늠름
한 자태'라 표현할 만했다. 그녀가 겸허하게 말했다. "아쉽게도 검
을 휘두를 줄은 몰라요. 이 검 위에 앉아서 찍읍시다!"

사진사들은 아주 기발한 발상이라며 곧바로 찬성했다. 그녀가
검을 엉덩이에 깔고 앉자 그들은 한 장이 아니라 열 장을 찍었다.
열 장 모두 아주 특색 있었다. 표정은 똑같았지만 사진사들의 뛰어
난 기술 덕분에 볼수록 입체적이고 특별하게 느껴졌다. 며칠 뒤 사
진관이 X여사가 보낸 청구서 때문에 발칵 뒤집어졌다. 세상에 이
렇게 기이한 사람이 있나, 유명하게 만들어줬는데 도리어 빚쟁이
취급을 하다니, 하고 사진사들은 깜짝 놀랐다. 게다가 그녀는 강경
한 어투로 지금 재정난이 심각한데 사진을 찍느라 시간을 허비했
노라 따지기까지 했다.

사진사들은 처음에만 눈을 동그랗게 떴을 뿐 곧 환호하기 시작
했다. A박사가 신문에 발표한 미문이 떠올랐기 때문이다. 그 내용
에 비춰보니 모든 의문이 풀렸다. 미래파의 이런 기괴한 행동은 충
분히 이해할 만했다. 그녀의 행동이 평범하면 애당초 그렇게 애를
써가며 사진을 찍을 이유가 없었다. 그녀의 남다른 행동은 자신들
이 기울인 노력이 가치 있었음을 증명해주는 셈이었다. 사람을 잘
못 본 게 아니었다. 그들은 그녀가 한층 더 기괴하게 행동하기를 바
랐다. 그건 사진관의 명예에 직접적인 영향을 미쳤다. 거기서 그치
지 않고 사진사들은 속기사에게 연락해 그녀와 사진관의 기이한
관계에 관한 글을 써달라고 했다. 비용에 관해서는 그녀의 요구를
들어줄 수 없어(이건 재정적으로 규정에 어긋났다) 모금을 결정했

다. 개인적으로 주머니를 털어 성의를 표시하기로 한 것이다. 그들은 기꺼이 호주머니를 털면서 자신이 꽤 낭만적이라고 생각했다.

X여사를 대표로 선출한 이후 사람들은 무척 흥분해 걸핏하면 집회를 열고 그 일에 관해 이야기했다. "우리 오향거리에는 정말 인재가 많아." 그러다보니 결국 오향거리에서 자발적인 '혁신 운동'이 일어났다.

어느 날 아침, 몇몇 젊은이가 약속이라도 한 듯 털옷을 머리에 묶고 거리로 나왔다. 묶는 방식이 워낙 새로워 멀리서 보면 커다란 보따리를 머리에 인 듯했다. 누군가는 "깊은 생각에 빠져 목이 구부러진 듯하다"라고도 했다. 그들 몇몇은 몇 번이나 반복해서 거리를 오갔다.

이튿날 오향거리의 절반이 넘는 사람이 털옷을 머리에 묶었다. 주로 혁신 운동의 주축인 청년들이었다. 선두에는 A박사 같은 늙은 철학자도 있었다. 그런데 A박사는 운동을 발전시키는 과정에서 치명적인 약점을 발견했고, 그로 인해 일부가 군중 속에서 떨어져 나갔다. 그들은 단순히 기괴하고 경박한 풍조를 따르는 무리로서 '반역'을 꾀하려는 듯 삼삼오오 따로 모였다. 머리에 털옷을 묶는 형식을 버린 그들은 밤낮없이 떠들어대기 시작했다. 그러다 흥분하면 창문으로 올라가 '야단법석'을 떨기도 해, 거리 사람들은 신경을 바짝 곤두세웠다.

A박사는 온 정신을 집중해 그들을 오랫동안 관찰한 끝에 어디서 문제가 꼬였는지 알아냈다. 그건 운동 초기에 행동 강령이 모호해서 벌어진 현상이었다. X여사를 대표로 선출할 때 완전히 기분에 취해 머리가 흐려진 나머지, 우리는 그녀가 현재의 우리 목표와

맞지 않는다는 사실을 잊어버렸다. 그녀는 상징이자 미래의 한 줄기 서광에 불과했다. 우리가 그녀를 추앙하려는 이유는 현재가 아니라 수백 년 뒤의 자손을 생각해서였다. 그래서 일부 사람들의 맹목적인 모방은 전혀 용납할 수 없었다. 그녀의 행위를 실제 생활로 옮겨오면 이도 저도 아닌 우스운 꼴이 될 뿐이었다.

A박사는 몇 차례 토론회를 제안한 뒤, 오늘날 X여사의 행위는 현실 생활과 전혀 관련이 없는 일종의 가상 공연일 뿐인데 그걸 잘못 이해하면 그녀에 대한 추앙에 무슨 긍정적 의미가 있겠느냐고 분명하게 밝혔다. 이런 운동은 그의 지도하에서만 진행될 수 있으며, 아주 큰 모험정신이 필요한 일이라 잘못하면 '반역'으로 변질되고 머리통이 떨어질 수 있다고 말이다. 그가 매 순간 엄밀하게 관찰하며 제때 '방향을 바로잡아주지' 않으면 무슨 상황이든 벌어질 수 있다고도 경고했다. 오랫동안 실전에서 풍부한 경험을 쌓다보니 십여 년 전에도 비슷한 운동을 겪었는데, 그때는 자신과 같은 지도자가 없어 시종일관 제자리걸음을 하다 결국 어린애들의 숨바꼭질로 전락하고 말았다며, 지금도 그때를 생각하면 인류의 지력이 퇴화한 듯해 가슴이 아프다고 했다. 여기까지 말한 뒤 A박사는 지난번의 공세 주도권 토론회에서 벌어졌던 설전을 떠올리고는 모두에게 '상징'이라는 어휘의 뜻에 주의해달라고 당부했다. "그건 일종의 형식이자 모형, 불명확한 모형일 뿐입니다. 우리가 여성을 대표로 선출한 건 더할 나위 없이 적합한 일이며, 그 속에는 곰곰이 따져봐야 할 것들이 매우 많습니다." X여사가 대표 당선에 무심한 것에 관해서는 이렇게 평했다. "그녀는 자신의 위치를 잘 알고 있습니다. 여자, 특히 X여사처럼 대중의 주목을 받는 여자가 달리

무슨 방법이 있겠습니까? 대표직은 형식에 불과합니다. 모두가 후하게 내어준 영예이지요. 그녀는 자기애와 자존심, 공중제비 기술을 키우는 것 이외에는 어떤 변화도 만들면 안 됩니다. 스스로 대단하다는 생각에 빠져 더는 연습하지 않아 기술에 서툴러지면 이 영예를 잃을 겁니다. 영예는 마르지 않는 자본이 아니기에 제대로 하지 않으면 짐보따리로 변할 겁니다!"

11. 경쾌한 발걸음으로 오향거리 대로에서
내일로 나아가는 X여사

　필자는 이 복잡한 이야기를 여기까지 서술하고 일단락을 고하려 한다. 얼마 전 대표로 선출된 X여사를 오늘 아침에 만났는데 필자의 눈에 X여사는 요 몇 년 사이 전혀 늙지 않은 듯했다. 여러 차례 자세히 살펴봐야만 이마에서 희미한 주름, 세월의 흔적을 발견할 수 있었다. 하지만 거의 무시할 수 있을 만큼 눈에 띄지 않았다. X여사는 여전히 '눈부시고' '도발적이라' 그녀가 독신주의를 버리겠다고 하면 필자가 장담컨대, 그녀보다 열몇 살이 더 많은 A박사조차(그의 아내가 병사할 경우) 여전히 건강하고 지위가 높은 남자로서 그녀와 백년가약을 맺고 싶어할 것이다. 석탄공장 젊은이와 그녀 남편의 친구는 더더욱 말할 필요가 없다. 결혼하겠다고 마음먹으면 그들은 제일 먼저 X여사를 떠올릴 게 뻔하다. 오늘 아침 필자는 교묘한 방식으로 X여사에게 물어봤다. 남편이 떠나고 Q와의 사건이 드러난 뒤 다시 힘을 내서 나이가 비슷하고 잘생긴 남자와 결혼할 생각을 해본 적은 없는지, 대표라는 중임을 맡은 뒤 사업적으로 뜻이 잘 맞는 사람을 찾아 함께 아름다운 미래를 구상하고픈 생각은 들지 않았는지 말이다.

필자의 질문에 X여사는 어떻게 답했을까? X여사는 (말하는 사이사이 누가 엿들을까봐 좌우를 두리번거리며) 주변 사람들이 자신을 '잊어버리거나' 아예 자신의 존재를 느끼지 못하는 게 자기 평생의 소망이라고, 그럼 더할 나위 없이 마음이 편안해질 거라 답했다. 오랫동안 관찰하면서 그녀는 천천히 한 가지 사실을 깨달았다. 자신은 남들과 다르다는 것이었다. 그녀는 남들처럼 한 명의 사람이 아니라 주관적 소망의 화신에 불과했다. 그런 소망은 영원히 실현될 수 없어서 사람들 마음을 어지럽힐 뿐이었다. 만약 모든 사람이 A박사의 말처럼 정말 그녀를 하나의 부호로만 보고 시간의 흐름 속에서 잊어버릴 수 있다면 더 바랄 게 없었다. 하지만 모순은 바로 거기에 있었다. 사람들은 그녀를 부호로 보지 않고 굳이 사람으로 취급하면서 끊임없이 사람의 기준을 적용하려 하고 귀찮게 굴었다. 공중제비를 넘으라고 했다가 사진을 찍으라고 하고(여기까지 말한 뒤 사진사들이 약속한 보수를 주지 않았다며 분개했다) 이제는 시집을 가라고 유도한다며(그녀는 필자를 흘겨봤다), 이런 것들이 자신의 신분을 극도로 애매하게 만든다고 성토했다. 보통 사람도, 추상적 부호도 아닌 그 둘 사이의 어중간한 상태로 만들고, 공을 차듯 그녀를 이쪽으로 찼다가 저쪽으로 찬다며 아무래도 평생 이 운명에서 벗어나지 못할 듯하다고 했다. 일반인이 되고 싶어도 안 되고, 부호가 되고 싶어도 안 되니 실로 환장할 지경이었다. 그렇다고 살아가지 못할 상태로 여기지는 말라면서 자신은 아직도 '강철 같은 보호막'을 가지고 있기에 지금까지 '예상 외로 잘' 지내왔다고 말했다. 누구든 자신의 결혼으로 걱정할 필요가 없다며 자기 '나름의 생각'이 있다고도 했다(여기까지 말한 뒤 그녀가 필자를 보며 야릇한 웃음을 지어 필자는 몇 초 동안 심장이 미칠 듯 뛰었다). 그녀가 말했다.

"바로 어제, 넋이 나갈 만큼 멋진 데이트를 했어요. 이런 일을 당신들은 알아낼 수 없어요. 헛물만 켤 뿐이지요."

필자는 가슴이 환해지는 걸 느끼며 얼른 P가 아닌지 물었다.

"O일 수도 있어요. 어쨌든 누가 있는데 당신들은 알아낼 수 없어요."

"어쩜 그리 가벼울 수 있죠?" 필자는 무척 분개했다. "우리가 P라는 인물을 가정한 게 불과 얼마 전이란 걸 아셔야지요. 그림자도 보지 못했는데, 또 O라니 대단하네요. 대표로서 어찌 이토록 수치스러운 일을 할 수 있나요?"

필자는 X여사에게 생각을 바꿔 P에게 집중해달라고 간청했다. 이제 신분이 달라졌으니 군중에게 미칠 영향력을 생각하며 행동해야 한다고, 그렇지 않으면 필자가 군중에게 어떻게 설명할 수 있겠느냐 말했다. 필자가 반복해서 강조하고 우악스러울 정도로 고집하자 X여사도 견딜 수 없었는지, 최근 데이트한 상대를 P로 고치겠다고 약속했다. 하지만 계속 말을 이어가다보니 집중력이 떨어져 어느새 O 혹은 D라고 불렀다. 필자는 그때마다 매번 P로 교정해줬다.

"대체 당신이랑 무슨 상관이죠?" 그녀가 갑자기 화를 내더니 혐오스럽다는 눈빛으로 필자의 머리 위를 썩은 생선이라도 걸린 듯 노려봤다.

필자는 개인적으로 아무 관련이 없지만 오향거리 전체 주민의 운명과 관련 있는 일이라고 대답했다. P는 모든 주민이 함께 상상해낸 우상인데 어찌 그걸 순식간에 박살을 내거나 바꿔버릴 수 있겠는가? 그건 말도 안 됐다. 대상을 바꿔도 사람들에게 적응할 시간을 줘야지, 이런 식으로 습격하듯 바꾸거나 하루에 한 명씩 수시로 바꾸면 안 된다고 말했다. 그럼 사람들에게 세상에 믿을 수 있는 게 없다는 착각을 줄 수 있으며, 신앙을 잃어버린 민중은 뿌리가 잘린 나무와 같으니 안 된다고, 그러지 말라고, 너무 위험하다 강조했다. 더구나 P는 이미 민중과 끈끈한 연을 맺어서, 그 사람 이야기만 나오면 다들 잔뜩 흥분해 생기를 뿜으며 토론하고 가정하고 계획을 짰다. 심지어 80세 노인도(가령 약방 할아범) 예외가 아니었다. 그의 등장으로 모든 민중이 청춘의 생기를 발산하니, P는 좋은 존재이자 X여사가 건드릴 수 없는 객관적 존재였다. 따라서 X여사는 지혜롭게 그 존재를 대해야지 자신의 사유재산으로 보면 안 됐다. 그는 그녀의 사유재산이 아니라 사람들의 공동 창작물이었다.

필자는 P에 얽힌 다양한 이해관계를 역설한 뒤 그 선거 이후 X여사는 이미 모두의 친구가 되었고, 그녀의 방향성 역시 민중과 일치한다고 알려줬다. 얼마 뒤 그녀의 가게는 문전성시를 이뤘다. 필자가 따져보니 거의 모든 사람(엘리트와 천재까지)이 그녀와 교류하고 한층 더 친밀한 관계를 맺고 싶어했다. 과거에 쌓인 오해로 소원해진 사람들만 찾아가지 않았다. 그들은 너무 조급하게 굴다가 나쁜 결과로 이어질까봐 그녀의 태도를 지켜봤다. 그렇다면 그

녀는 사람들에게 다가가는 첫걸음으로 성명 같은 것을 발표하거
나 게시판에 글을 게재해야 하지 않을까? 그런 형식이 익숙하지 않
다면 대문과 창문을 열고 창턱에 화병을 놓은 뒤 창가에 단정히 앉
는 것으로도 가능했다. 그런 자세를 취하면 누구나 그녀의 심리 변
화를 알 수 있을 터였다. 우리 민중의 넓은 아량에 대해서도 그녀
는 깊이 체득할 필요가 있었다. 그동안 그녀는 '관례에서 크게 벗
어나는 일'을 많이 하지 않았던가? 그렇다고 우리가 그녀한테 '무
슨 일'을 한 적도 없지 않은가? 지금 우리는 새로운 시선을 적용해,
관례에서 벗어난 그녀의 행동을 추궁하기는커녕 미래파의 이미지
로 포장하기까지 했다. 우리가 P라는 인물을 설정한 이유도 그녀
가 먼저 Q를 버렸기 때문이었다. 그녀가 여전히 Q와 창고에서 밀
회를 즐기며 '아교풀처럼 딱 붙어 있었다면' 모두 거기서 '깊은 깨
달음'을 얻었을지도 몰랐다. 어쨌든 그녀는 오향거리가 얼마나 진
귀하고 미묘한 장소인지 알아야 했다. 도로가 얼마나 넓은가! 건물
은 얼마나 고풍스럽고 엄숙한가! 이렇게 신기한 땅에 있어서 그녀
는 존중받을 수 있고 자유롭게 자신을 발전시킬 수 있었다.

　말을 마치고 보니 X여사는 이미 방에 없었다. 나중에 필자가 다
시 가게로 찾아가 문을 열고 화병을 놓으라고 제안하자 그녀가 느
닷없이 큰 소리로 불평했다. "지난번에 빚진 돈을 아직도 안 갚았
네?"

　"누가요?"

　"빌어먹을 사진사들! 아님 누가 있겠어요? 내가 또 당하나 봐
라! 흥!" 그런 다음 그녀는 다시 귀머거리, 벙어리가 되어 필자가
아무리 애써도 되돌아오지 않았다.

얼마 뒤 X여사의 삶에 또하나의 엄청난 사건이 일어났다. 그녀 집의 도로 쪽 벽이 오랜 비바람에 침식되어 거의 무너질 듯 위태로워졌다. X여사는 오전 내내 신중하게 고민하다가 대중 단체에 수리를 요청하는 신청서를 내기로 결정했다. 이 일에 큰 기대를 걸지는 않았다. 신청서를 내는 행동도 그녀가 주변 사람들에게 '잊히기'를 바랐던 소망과 어긋났다. 그렇다면 왜 신청서를 냈을까? 여기서 독자들에게 알려야겠다. X여사의 어떤 원칙들은 고정불변이 아니라 때로는 하루에도 몇 번씩 변한다는 것을 말이다. 그녀는 부탁할 때 정중하기는커녕 '연극을 구경하는 듯' 방관자의 태도를 보였다. 무너질 위기에 처한 게 자기 집 벽이 아니라 전혀 상관없는 남의 집 벽 같았다. "어떻게 하는지 두고 보겠어." X여사는 남의 불행을 즐기듯 말하고서 유유자적 지내며 더는 그 일에 관해 묻지 않았다. 그날부터 도로 쪽 문을 닫아걸고 매일 뒷문으로 들락거릴 뿐이었다.

대중 단체에 신청이 접수된 뒤 사람들은 매우 흥분했다. 모두가 인정했듯 X여사가 먼저 군중에게 접촉한 건 그게 처음이었다. 그녀가 드디어 우리 일원이 되었다! 물고기가 물을 떠나 살 수 있겠는가? 호박이 넝쿨을 떠나 살겠는가? X여사도 결국 수많은 대중을 떠날 수 없으니 그녀를 대표로 선출한 건 정확한 선택이었다. 좀더 일찍 직접적인 관계를 맺었더라면(예를 들어 이사온 첫날에 신청서를 내는 식으로) 그녀는 훨씬 전에 대표가 되었을지도 몰랐다. 기괴한 원칙 때문에 본인이 신청하지 않으니 사람들 역시 먼저 나설 수 없어서 그녀는 줄곧 대중과 닿을 듯 말 듯 애매한 관계를 유지했다. 사실 우리는 늘 그녀를 일원으로 간주했고, 이 점은 바뀐

적이 없었다. 오늘 신청서를 내자 이전의 모든 의심이 눈 녹듯 사라져 이제 사람들은 그녀가 친밀하고 같은 편처럼 느껴졌다. 그래서 호칭도 아주 다정하게 "우리의 X여사"라고 바꿔 불렀다. 다만 벽 수리에 관해서는 진지하게 생각하지 않았다. 사람들은 그게 모종의 계기, 그녀가 모두에게 다가오기 위한 핑계라고 여겼다. 핵심은 그녀가 처음으로 신청서를 냈다는 사실이었다! A박사는 필자에게 그 밤 안에 '거리를 뒤흔든 특대 뉴스'로 대자보를 쓰도록 했다.

"그 벽은 최소 오십 년은 더 버틸 수 있어요." 과부가 사방으로 침을 튀기며 말했다. "'난공불락'이라고 해도 지나치지 않을 만큼 단단해요. 그런데 왜 신청서를 냈을까요? 일관된 허영심이 그렇게 만든 거죠. 똥폼을 포기하지 못한다니까요. 하지만 이런 행동도 우리는 환영해야 해요. 어쨌든 일종의 태도라 할 수 있고, 이런 태도는 대문과 창문을 열고 창턱에 화병을 놓은 뒤 창가에 단정히 앉는 것과 같아요. 하여튼 무슨 일이든 빙빙 돌려서 하는 걸 좋아한다니까요."

석탄공장 젊은이와 X여사 남편의 친구도 게시판에 글을 올렸다. 만 자에 이르는(게시판 십여 개를 차지함) 글에서 그들은 현 대표와의 친밀한 관계를 서술하며 이렇게 구구절절 눈물을 자아냈다. X여사가 지금처럼 깨닫게 된 데는 자신들 둘의 공헌이 매우 크다. 거의 '목숨과 오늘날의 아름다운 광경을 바꾼 것'이라 할 수 있다. 자신들이 사는 곳을 보고 먹는 것을 보라, 돌덩이만 감동하지 않을 것이다. 자신들은 두 다리로 땅을 밟고 일하는 실제 작업자라, A박사처럼 수준 높은 이론가조차 논문을 쓸 때 그들이 제공하는 뛰어난 소재를 사용한다. 또 영예를 추구하지 않아 자신들은 기꺼이 눈에 띄지 않는 무명인이 되었고, 거기서 최고의 즐거움을 얻었다. 이제 자신들이 사랑하고 섬기는 여사가 마침내 짐보따리를 내던지고 경쾌한 발걸음으로 아름다운 내일을 향해 나아가고 있으니 어찌 진심으로 기쁘지 않겠는가! 자신들은 오래전부터 이 특별한 날을 기다렸다!

게시판에 글이 게재된 뒤 그 둘은 얼싸안고 뜨거운 눈물을 흘렸다. 이렇게 좋은 계기를 만들어냈다며 그들은 X여사를 한층 더 사랑하게 되었다. 그녀가 앞으로 더 많은 계기를 찾아 더 많은 신청서를 내기를 축원하고, 그럼으로써 자신들의 재능도 더 많이 발휘되기를 소망했다. "벽이 좀 침식됐어도 무너질 정도는 전혀 아닌 상황에서 신청서를 내다니, 어쩜 이리 귀여울 수 있을까요. 정말 무너지기 직전에 신청했다면 실리를 추구했다고 볼 수밖에 없는데 말이지요."

하지만 이 주가 지난 뒤 X여사의 집을 지나가던 사람들은 도로에 접한 벽이 돌무더기로 변한 것을 발견했다. 다행히 X여사는 미리 대비해 값나가는 물건을 전부 뒷방으로 옮겨뒀다. 뒷방은 네 벽이 모두 '최소한 오십 년은 더 버틸 수 있을 정도'로 튼튼했다. X여사는 무척 기쁘다는 듯 말했다. "이럴 줄 알았어요. 그들이 자기 따귀를 스스로 때렸으면 해서 신청서를 냈지요."

집이 무너진 뒤 그녀는 과연 오랫동안 조용히 지낼 수 있었다. 우리 오향거리 군중은 X여사의 생각에 관심이 많았지만 그건 모든 사람의 운명과 직접적 관계가 있을 때였다. 반면 집이 무너지는 일은 상황이 다르니 모두 망설이기 시작했다. 그게 필요한가? 해달라는 대로 다 받아주다가 그녀가 또 콧대를 세우며 안하무인격으로 변해 이제 겨우 내디딘 진보의 걸음, 소소한 성과를 깡그리 잃어버리면 어떡하지? 안 돼. 이런 문제는 신중하게 생각해야 해. 지금의 태도가 미래에 영향을 줄 수 있어. 이런 생각 끝에 사람들은 집 문제에 대해서는 모르는 척하기로 했다. 다들 신청하는 걸 본 적이 없다거나 제대로 못 봤다고 했다. "그건 위에서 하는 일이에요. 우리 박사님이 전부 처리하시지요. 이 문제에 대해 독특한 견해를 가지고 있다고 들었어요." 한 사람은 이처럼 적당히 책임을 넘기기도 했다. 사람들은 여전히 X여사에게 관심이 있었지만 한동안은 누구도 그녀를 찾아가지 않았다. 그녀를 만나려면 돌무더기를 지나야 하는데 혹시라도 그녀가 붙들고 도와달라고 하면 낭패였기 때문이다. 힘을 쓰는 게 문제가 아니라 원칙이 깨지는 게 문제였다. 게다가 다들 눈코 뜰 새 없이 바빴다. 우리의 X여사에 대해 우리는 마음으로만 걱정하면 충분하지, 매일 찾아가 귀찮게 할 필요는 없었다. 나중에 사람들은 집 문제를 영문자 'T'로 대체했다. "T의 문제는." 그들이 말했다. "A박사가 처리할 거야."

이제 X여사는 사람들에게 잊히고 싶을 때면 일부러 찾아가야 한다는 걸 경험으로 알게 되었다. 사람들에게 봐달라고 청하면 목적을 달성할 수 있었다. 그녀는 이 경험을 몇 차례 반복적으로 암기하다가 그 속에서 정신적 만족감을 얻었다. 나중에도 반복적으로 이 경험을 응용했고 "모두 성공"했다고 한다. X여사의 의도가 무엇이었든 신청서를 낸 행동은 그녀가 모두와 정상적이고 좋은 관계를 맺고 있음을 의미했다. 외지 대표단이 올 때마다 우리는 X여사의 신청서를 꺼내들고 우리 오향거리가 어떤 곳인지, 외지인은 상상할 수 없는 일이 어떻게 실현되는지 설명했다.

X여사는 연달아 다섯 부의 신청서를 제출했다. 첫번째로 집을 수리해 달라는 것 외에 나머지 네 부는 각각 식비 등 재정적 지원, 사회 활동 면제(방문자가 너무 많으며 그들을 응대하는 게 간접적 사회 활동이라는 이유), 가게 외관 수리(너무 오래되어 붉은 글자가 흐릿해졌음), 조용한 환경 보장(미래파 연구에 전념해야 하므로 누구도 집에 들어오지 않기를 희망함)에 관한 내용이었다. 우리는 그녀의 신청을 일종의 상징으로 보고 있었다. 모두들 그녀가 신청서를 제출할 때마다 말할 수 없을 만큼 기뻐하고 안심했다. 그녀의 행동 덕분에 다들 마음이 탁 트이고 편안해졌다.

다섯 부의 신청서는 전부 설명을 첨부해 액자에 넣은 뒤 회의실의 지도부 사진 아래에 걸었다. 우리는 X여사가 계속 신청서를 제출해주기를 바랐다. 이런 환경과 이런 사람들이 있는데, 그녀가 무슨 불만을 품겠는가? 그녀는 정말 운이 좋았다. 틀림없이 오향거리에 온 첫날부터 이곳에서 한 발자국도 움직이지 않고 자신의 모든 소망을 실현하리라 마음먹었을 것이다. 좋은 장소를 찾은 뒤 외부인이 알지 못하도록(질투를 일으킬까봐) 신청서라는 형식으로 자신과 인민의 떼려야 뗄 수 없는 관계를 드러내는 거였다. 그래서 우리는 내용에 신경쓰지 않았다(더군다나 그녀도 전혀 개의치 않는 듯 직접 찾아와 강조한 적이 없었다). 하지만 그녀가 취한 형식에는 과장되게 반응할 필요가 있었다. 우리는 실제로 그렇게 했고 앞으로도 계속 그럴 작정이다. 그녀는 절반이 무너진 집에서 여전히 편안하게 살고 있지 않은가? 사람이 물질적으로 지나치게 충족되면 정신적 탐구를 중단하는 법이다. 사실 우리의 무대응은 먼 미래를 염두에 둔 조치였다. 그럼으로써 그녀가 좀더 노력해 더 큰 성과를 거뒀으면 했다.

　X여사는 절반이 무너진 작은 집에 살면서 매일 자신에게 주목해
달라는 신청서를 내는 방식으로 사람들에게서 잊히는 실질적 효과
를 거뒀다. 이제 그녀는 과거 현미경을 다루듯 신청서 작성에 능수
능란해졌고 그걸 일종의 창조라고 불렀다. 남들과의 차별성을 드러
내기 위해 그 신청서를 장황하게 쓰는데다, 쓸데없는 내용으로 가
득 채워 누구도 무슨 말인지 잘 이해할 수 없었다. 그래도 초반에
는 제목이 있었다. 처음 다섯 부의 경우 신청서 앞면에 눈에 띄는
큰 글자로 요구하는 바를 적었기에 우리도 무슨 내용인지 알 수 있
었다. 하지만 그녀가 신청서 작성을 일종의 '창조'로 여기게 된 뒤
로는 누구도 이해할 수 없었다. 비문이 너무 많고 전혀 상관없는
어휘들이 나열되어 있어 난잡하고 지루하기 짝이 없었다. 다행히
우리는 처음부터 큰 방향을 확정했기 때문에 그녀의 계략에 걸려
들지 않았다. 왜 우리가 그 의미 없는 일을 파악하려고 애를 쓰겠
는가? 사실은 아주 간단했다. X여사가 매일 신청서를 내다보면 언
젠가 고독의 폐해를 깨달을 테고, 그런 행동은 우리에게 유리하니
우리로서는 환영한다는 게 전부였다. 가끔 그녀도 사소한 불평을
늘어놓아야 할 텐데 그런 불평을 아무도 읽지 않는 신청서에 쓰는
것도 나쁠 게 없었다. 게다가 신청서를 읽지 않는 우리가 기존의
시선으로 사람을 판단할 리 있겠는가? 어쩌면 신청서에 불평 같은
건 없고 전부 칭찬만 있었을지도 몰랐다. 그런 상황이 왜 없겠는
가? 자신이 얻은 지위와(힘들이지 않고 거저 얻음) 수많은 대중의
관심에서 출발했기에 그녀는 얼마든지 칭찬을 적을 수 있으며, 그
게 그녀 영감의 원천이 되어야 옳았다. 우리는 그녀가 더 재치 있

는 말, 기묘한 문장으로 칭찬하기를 바랐고 수십, 수백 년 뒤의 자손에게 남기기 위해 최선을 다해 그녀의 필적을 보존했다.

우리가 이런 식으로 격려하자 X여사도 한층 더 부지런해져 거의 매일 한 부씩 신청서를 작성했다. 그녀에게 영향을 주지 않기 위해, 남한테 방해받지 않도록 해달라는 그녀의 요구를 반영하기 위해, 우리는 그녀의 집으로 신청서를 받으러 가는 대신 회원을 가게로 파견해 손님인 척 누에콩을 샀다. 그녀 역시 우리의 의도를 알아채고 포장지가 아니라 신청서로 누에콩을 싸서 회원에게 전달했다. 필자는 그녀가 대중 단체의 눈물겨운 관심을 뼈저리게 느꼈던 거라 확신했다. 언젠가 누에콩을 건네받을 때 필자는(그때 마침 필자가 누에콩을 사러 갔다) X여사의 '눈가가 붉어지는 것'을 봤다. 신청서를 받을 때마다 우리 군중은 한 번도 감탄하지 않은 적이 없었다. X여사는 실로 대단하구나! 신청서를 누에콩 포장지로 쓰는 기발한 형식이라니, 얼마나 대단한가! '미래'보다 더 '미래'답다! 무엇보다 대단한 건 그녀의 무심함이었다. 그녀는 너무도 무심하게 신청서를 포장지로 사용하고 있었다! 우리 오향거리에 인물이 나왔다. 우리 전체가 인물이 되었다!

X여사의 신청서는 갈수록 격정적으로 변했다. 그녀는 종이에만 쓰지 않고 반쪽짜리 집의 회벽에도 적었다. 우리의 A박사는 칼날처럼 날카로운 눈빛으로 그녀의 벽을 훑어보다가 올챙이같이 작은 글자가 빽빽하게 적힌 것을 발견했다. X도 자신의 야간 활동에 거리낌이 없는지 툭하면 나서서 "어젯밤에 잠이 안 와서 밤새 썼어요"라고 손님에게 말했다. 그 어투는 "땅콩 열 근을 또 팔았어요"라고 할 때처럼 심드렁했다. 그녀가 신청서 작성을 땅콩 판매 등과

동일시한 이후 그녀의 사생활은 더이상 우리의 관심을 끌지 못했다. 반쪽이 무너져내린 위태로운 집도 사람들 발걸음을 멀어지게 했다. 그녀 남편의 친구처럼 열정적인 사람조차 그 위태로운 집에 들어가 '등본을 훔쳐볼 용기'를 내지 못했다. (설령 X여사 본인은 "최소 오십 년은 더 살 수 있다"라고 단언했어도.)

필자는 X여사가 대로에 나타나 분필로 집집의 담벼락에 신청서를 썼어도 누구 하나 거들떠보지 않았으리라 장담한다. 첫째, 누구도 그녀의 계략에 빠져 그녀가 적는 내용을 이해하려 애쓰지 않았을 것이고 둘째, 그 행위 자체가 예전의 염문과 달리 단조롭고 무미건조하기 때문이다. 분필로 낙서하는 모습 따위를 누가 그녀의 엉덩이 뒤에 서서 가만히 지켜보고 싶겠는가? 낙서하고 싶으면 얼마든지 해도 상관없었다. 우리는 조금도 관심이 없었다. 설령 연구할 가치가 높다고 해도 그건 후대의 일이었다. 우리의 책임은 그녀에게 장소를 제공하고 작업 결과를 보존해 후대에 남겨주는 것뿐이었다. 또한 지금은 누구도 그녀의 작업을 평가할 수 없으니, 그녀도 자신이 특권을 누릴 만하다고 여겨서는 안 됐다(그녀는 이미 충분히 누리고 있었다). 순금인지 황동인지는 후대에서 평가할 일이었다! 작업이 정식으로 평가받기 전까지는 당연히 그녀 본인의 판단만으로 그녀가 우리를 능가한다고 여길 수도 없었다. 우리는 늘 그렇듯 그녀를 친근하고 신비감 넘치는 땅콩 장수로만 여겼다. 상상해보라. 우리가 외지 대표단에 경험을 소개할 때, 미래파의 앞날에 관해 거침없이 설명하고 그것이 우리 땅에서 어떻게 발달했는지, 그 속에 얼마나 심오한 철학이 담겼는지 설명한 뒤 갑자기 "우리 미래파의 대표는 땅콩 장수입니다!"라고 말하는 것이다.

그럼 대표단은 입을 다물지 못할 정도로 깜짝 놀랄 테니 얼마나 재미있겠는가! 드디어 깨달은 우리는 더이상 그녀를 엘리트 대오에 끌어들이려 애쓰지 않고 그녀를 영원한 땅콩 장수로 내버려두고자 했다. 그게 우리와 그녀 모두에게 최선의 방식이었다. 한편 그녀가 자신을 땅콩 장수로만 여겨 신청서 작성에 소홀해지지 않기를 바랐다. 신청서는 계속해서 써야 했다. 사실 두각을 드러내고 싶다면, 죽은 뒤 인정받고 싶다면 신청서 작성 외에 그녀한테 더 좋은 방법이 뭐가 있겠는가? 우리는 신청서 분량으로만 그녀의 지위를 확정할 수 있으니, 그녀의 생존 가치는 바로 여기에 있었다. X여사는 눈치가 매우 빠른 사람이라 우리가 암시하지 않아도 이런 이치를 깨달았고 자발적으로 지속한 덕분에 우리는 계속 그녀의 신청서를 받을 수 있었다(여전히 포장지 형식으로). 그녀의 소리 없는 일상 활동도 무척 만족스러웠다. 그렇게 우리와 그녀는 물고기와 물의 암묵적 약속과도 같은 묵계를 유지해나갔다.

구름이 잔뜩 낀 어느 아침 X여사는 교외로 나가 오래전 한 젊은이와 하룻밤을 보낸 석판 위에 앉았다. 그리고 석판 위에서 그날 밤 젊은이의 주머니에서 떨어져나온 동전 하나를 주웠다. 그날 밤 있었던 일을 하나하나 되짚어보던 그녀는 결국 아무 일도 없었던 걸 기억해냈다. 그걸 떠올리자 이유 없이 웃음이 터져나왔다. 그녀는 다 웃고 나서 멀리 풀숲으로 동전을 힘껏 내던졌다.

그녀는 멀지 않은 덤불 속에 우리 오향거리의 정찰병 두 명이 매복하고 있는 걸 몰랐다. X여사가 아침 일찍부터 움직이자 도저히 마음이 놓이지 않아서 우리는 미행을 붙였다. 혹시라도 의외의 일이 벌어져 계획이 망가지면 실로 창피한 일일 터였다. 그녀가 석판에 앉자 정찰병들은 P를 기다리는 건 아닌지 궁금해졌다. 그 둘은 동시에 P라는 인물을 떠올렸다. 그만큼 오향거리 사람들 마음에 깊이 자리잡은 인물이었다. 정말 X여사가 P를 기다리는 중이라면, 그 둘은 가장 짜릿한 장면을 보게 될 터였다. 그들은 극도로 흥분해 주문이라도 외워서 그 비밀에 휩싸인 낭만적 인물 P를 소환해 오향거리 사람들의 소망을 이뤄주고 싶었다. 하지만 아무리 기다리고 또 기다려도 그 인물은 나타나지 않았다. X여사가 석판 위에 누워 잠든 것만 보였다(어쩌면 잠든 척한 것일 수도).

X여사는 정말 잠이 들었다. 물론 잠들지 않았다고 말할 수도 있었다. 그녀의 꿈은 대낮처럼 환해서 눈을 크게 떠도 무엇 하나 보이지 않았기 때문이다. 그렇게 황혼이 내릴 때까지 자고 난 뒤 X여사는 하품하며 몸을 일으키고는 오향거리를 향해 걸어갔다.

우리의 정찰병은 뒤따라가며 경쾌한 발걸음으로 내일을 향해, 아름다운 미래를 향해 나아가는 그녀를 바라봤다. 그러다 느닷없이 울컥해져 큰 소리로 탄식했다. "역사의 거시적 배경에서 보면 우리 오향거리에서 일어난 일은 얼마나 감동적인가!"

지극히 장엄한 그 광경은 당연히 아주 빠르게 필자의 공책으로 옮겨졌다. 여러 시련을 거쳐 이제 사람들은 X여사가 "형언할 수 없을 만큼 훌륭하다"라고 공인한다. 과부조차 예외가 아니다.

물론 '형언할 수 없다'라는 느낌은 사람마다 다를 것이다.

찬쉐 작품 속 자조自嘲의 유토피아*

예란 솜마르달

연극이든 서사문학이든 우리는 거의 당연하다는 듯 분명하고 필
연적이며 논쟁의 여지 없이 확실하게 시작하는 작품을 이상적 예
술로 인식하고 평가한다.

아리스토텔레스도, 유협**도 그렇게 말했다.

실질적 플롯으로 들어가기 전에 이미 다양하고 복잡하며 흥미진
진한 연극이 벌어졌더라도 이야기의 전개는 우리가 주의를 기울이
는 순간에야 시작된다. 드디어 막이 오르거나, 적합한 독자(어쩌면
자기 자신)가 첫 문장, 첫 단락, 혹은 첫 페이지를 공격, 포위, 소비
할 때에야 실로 이야기가 시작되는 것이다.

---

* 스웨덴 문학평론가 예란 솜마르달(Göran Sommardal)의 이 글은 류원(柳聞)이
옮긴 것이다.

** 劉勰. 육조시대 양나라의 문학평론가. 중국 최초의 문학이론서 『문심조룡』을 지
음. (옮긴이)

그런데 여기서 의문이 생긴다. 과연 무엇이 발단일까? 발단은 어디에서부터 시작될까?

일단 이야기가 어디서 발생하는지를 파악해야 발단이 무엇인지를 알 수 있다. 그래서 발단은 일차적으로 장소의 문제이고 발단이 무엇인가는 두번째, 심지어 세번째 문제가 된다. 다시 말해 발단은 장소에 관한 문제, 출발지와 목적지에 관한 문제이며 바로 그 때문에 발단의 의미에는 '떠남'이 존재한다.

그렇다면 찬쉐는 어디서 시작할까?

그녀의 이야기 속 주인공은 어디서 출발할까? 과거 그들은 어떤 환경에서 성장했고 어디로 가려는 것일까? 그들은 자신이 있는 장소에 관한 의문이 매우 강력하고 심오한 의미를 지닌다는 것을 언제부터 인식할까? 그들은 어떻게, 또 언제부터 내키든 내키지 않든 자발적으로 이 이야기(허구나 우화 같은) 속에 참여하기 시작할까? 어쩌면 이 이야기의 본질은 그들이 이야기 속 모든 활동에 참여하기를 꺼리는 것에 관한 게 아닐까?

혹은 다른 식으로 질문하는 게 나을지도 모른다. 이런 문제를 작가에게 제기하는 건 무의미하지 않을까? 이 작가는 어떻게든 이런 문제를 취한 듯 망각시키는 게 목적임을 여러 차례 드러내지 않는가?

그래서 우리는 질문을 던지면서도 실은 이런 문제가 끝내 답을 얻지 못하기를 바란다.

찬쉐의 작품은 구체적인 장소 없이 시작된다. 『산 위의 작은 집』 『진흙거리』 『천당의 대화』 『오향거리』* 등 모두 그렇다. 그러고 나

---

* 찬쉐의 첫번째 장편소설. 원래는 『포위망 돌파 공연(突圍表演)』으로 발표했다가

서 찬쉐의 작품 속 서사는 점점 더 매혹적인 목적지를 향해 나아가는 동시에 점점 더 환상을 추구한다. 하지만 그건 처음부터 끝까지 형상이 있는 매력적인 유토피아(이 유토피아는 구체적 장소가 없으며 어디에도 존재하지 않는다)다.

유토피아라는 말은 영국의 정치가이자 사회철학자인 토머스 모어(1478~1535)가 고대 그리스어에서 따왔다. '장소'를 뜻하는 'τόπος'에 '없다'라는 의미의 접두어 'ού'를 결합해 세상에 없는 곳, 아무것도 존재하지 않는 곳이라는 의미로 만들어냈다. 모어는 지역을 미래의 정신적 양식으로 해석하는 동시에, 'utopia'와 영어 발음이 유사한 'eutopia'('좋다'라는 의미의 접두어 εύ를 붙여 좋은 곳이라는 뜻)도 활용했다. 그럼으로써 'utopia'를 읽을 때 긍정적 어감을 가져오리라 생각했다. 중국어에도 '대동大同'이란 말이 비슷한 의미를 지닌다.

『예기·예운』에 나오는 '대동'은 중국 역사상 최초로 유토피아 사회에 대한 개념을 담고 있다. 플라톤의 『국가론』에도 유럽에서 가장 오래된 유토피아의 전형이 등장한다. 플라톤의 문장이 백배는 더 길지만 둘 사이에는 비슷한 점이 있다. 예컨대 둘 다 이상적 국가의 지도자 선출에 주목한다. 플라톤은 소크라테스도 지배층이 되기를 싫어하는 사람이 국가를 다스리는 데 가장 적합하다고 말했다며 철인왕에 희망을 건다. 이와 마찬가지로 중국에서 상상한

나중에 소설 속 거리 이름을 따 『오향거리』로 제목을 바꿈.

이상적 국가도 '어질고 유능한 사람을 등용해' 유토피아적 법률을 제정하는 곳이다. 『예기』의 사례에서 제창하는 사회 미덕은 고대의 미덕이며, 이런 미덕은 가정과 가족의 범위를 뛰어넘어 집단적 예의의 형식을 갖는다*. 플라톤은 정의의 범주에 대해 논하는 것도 무척 중시한다.** 플라톤과 『예기』의 저자는 많든 적든 세세하게 한 세계, 한 국가, 모종의 사회 분위기를 그려내고, 그 통치 원칙은 해당 시대의 유토피아 정신과 강렬하게 연계된다. 분명 모든 미래 시대는 우리에게 이런 원칙을 계속 제공할 것이다.

중국적 이상향이 명확히 드러나는 사례와 이에 상응하는 유럽 사례를 비교하면 공통점은 물론 상당히 큰 차이점도 발견할 수 있다. 중국 문학 속 유토피아는 명확한 통치 원칙을 다루기도 하지만, 주로 사회적 약속의 건전한 발전을 유도하기 위한 구체적 조치와 예절에 주안점을 둔다. 예를 들어 도연명이 『도화원기』에서 묘사한 것처럼 정치 투쟁으로 혼란스러운 세상에서 달아나는 상황이 그렇다. 『도화원기』에서는 진한시대 동란을 피해 달아난 사람들이 복숭아숲 뒤쪽에서 산속으로 들어가 안전한 피난처를 찾는다. 『노자』 제80장에서 묘사된 '소국小國'처럼 지리적으로 외부와 완전히 단절된 곳도 있다. 인구가 극히 적은 그곳의 신민들은 상당량의 도구와 무기, 선박, 항행도를 가지고 있지만 한 번도 사용한 적이 없다. 목숨을 걸고 멀리까지 나가려 하지 않기 때문이다. 그들은 맛

---

* 그래서 옛 사람들은 자기 부모만 공경하지 않고 자기 자식만 귀여워하지 않았다. 노인은 편안히 생을 마치고 젊은이는 쓰임을 얻으며 아이들은 잘 자랐다. 홀아비와 과부, 고아, 독거노인, 병자들 모두 보살핌을 받았다.

** 그리스어로 정의는 δικαιοσύνη.

있는 음식과 아름다운 옷, 편안한 집에 관심을 기울이며 자신들의
풍습에 만족한다.

이런 감회와 집단주의 정신(심지어 '원시 공산주의'를 연상시키
는) 때문에 중국식 이상향은 유럽의 유토피아와 구분된다. 그건 사
회 질서의 유토피아, 즉 사회의 이상적 구성, 이상화된 사회 질서
의 상상에 훨씬 가깝다.

반면 플라톤의 유토피아적 사회 관념은 정치적 통치에 더 집중
한다. 다만 이런 통치는 자유인에게 해당하지, 노예와 여성은 철
학적으로 계산되지 않았음을 주의해야 한다. 토머스 모어(『유토피
아』* 참조)와 프랜시스 베이컨(『뉴 아틀란티스』** 참조)은 인간의
자유와 인성의 실현을 매우 중시하지만, 사람들이 협력하고 화해
하는 상황을 설정할 때는 매우 엄격한 의사일정으로 국민의 행동
을 제한한다. 톰마소 캄파넬라의 『태양의 나라』***에서는 주민들이
평등을 실현하기 위해 제복을 입도록 강요받는다.

더 나은 세상을 갈망하는 환상과 관련해 대략적인 판본을 제공
하기 위해 나는 유토피아의 대륙별 연대기를 연구한 적이 있다. 그
리고 찬쉐 작품 속 유토피아적 요소와 대조할 목적으로 중국의 역
사적 지식인들의 작품(전부 남성) 몇 개를 연구에 포함시켰다. 이
들 초기에 묘사된 조화로운 사회 공동체의 가장 뚜렷한 특징은 외

---

* 1514년 라틴어로 출판됨.
** 1627년 출판. ('기개가 있으면서 진보적이고, 엄숙하면서 화려하고, 경건하면서
공익적인 곳'을 가리킴.)
*** 1602년 출판.

부 세계, 즉 다른 세계를 배제한다는 것이다. 구성면에서 크고 작은 국가만 있을 뿐 외교 정책, 더 정확히 말하자면 대외 정책이 없다.『노자』제80장을 봐도 외부 세계는 확실히 실체로 인식되지만, 가장 가까운 '외부' 마을에서 전해지는 닭 울음소리와 개 짖는 소리가 아무리 잘 들려도 '안쪽' 사람들은 집에 틀어박혀 내다보려 하지 않는다.

이런 역사적 맥락에서 보면 찬쉐 작품 속 유토피아, 그러니까 지역도 장소도 없는 이곳은 서사의 동력이 완전히 상반된 방향에서 발생한다는 게 특징이다. 그녀의『묘사한 적 없는 꿈』*에는 허구나 가상의, 상대적으로 방어적이거나 이론적 지위를 갖춘, 필연적으로 행복한 나라는 전혀 나오지 않는다. 찬쉐 작품 속 유토피아는 차라리 '실제' 세계나 역사적 특정 장소에서 떨어져나왔으나 멀어지려 하지 않는, 혹은 정말 떠날 생각은 없는 곳이라고 말하는 게 맞다. 어쩌면 평범한 삶에서는 상상할 수 없는 가능성이나 잠재성이 떠다니는 곳이라고 말하는 게 더 적합하다. 그것들은 뜻밖에도 확장되어 역사를 초월하거나 역사 밑바닥에 깔리기도 하지만 기묘하게 역사 속에서 살아남는다. 이런 현실주의와 이상주의(여기서 idealism은 관념주의가 아니라 이상주의를 의미한다) 사이의 능동적 움직임은 왕국유**가『인간사화』***에서 내세운 주장을 연상시킨다. 그는 본문에서 현실주의와 이상주의를 대립적이면서 상호 의존적인 개념으로 설정한다. "⋯⋯이 이상과 사실은 두 파로 갈리

---

* 찬쉐의 단편소설집.

** 王國維. 청대 말 민국 초의 고증학자. (옮긴이)

***『人間詞話』, 1907년 초판 출간.

지만 둘을 구분하기는 어렵다. 대시인이 창조한 경지는 반드시 자연에 부합해야 하고, 그들이 묘사한 경지는 이상에 근접해야 하기 때문이다."

찬쉐의 두 단편소설집 서문의 제목은 '이단의 경계'다. 실제로 찬쉐는 왕국유가 시사詩詞의 특성을 연구하면서 처음 정립한 개념을 빌려와 자기 단편소설의 출발점에 관해 설명했다. 왕국유의 글에서 경계라는 개념이 예술작품에 내재하는 우주와 관련있듯, 찬쉐의 '경계'는 상상의 장소일 뿐 아니라 더 나아가 비상식적인 곳이다. 그것은 작가가 이런 경계의 실제 면모를 성공적으로 창작해냈다는 의미이기도 하다*. 중국 고전 시학에서 정情과 경景이 서로 조화를 이루며 표출되고 서로를 약화시키거나 고무시키는 것처럼 이런 경계는 인간과 짐승, 자연과 문명, 감정과 풍경을 두루 아우른다. 이는 예술작품 자체의 특징과 수사 패턴에 부합한다.

찬쉐 작품 속 유토피아 혹은 유토피아적 요소는 중국 고전 속 '경계'(왕국유)나 더 이른 시기의 '의경意境'(주승작**) 개념과는 차이가 있다. 그녀는 이렇게 단순한 이분법으로 나뉘는 진실을 거부한다. 이런 이분법은 이미 주어진 자연계와 형이상학적 관념을 단순하게 갈라놓은 뒤 내부 세계와 외부 세계의 차이를 설명한다. 어쩌면 왕국유는 서양철학의 예술 담론에서 받은 영감(니체와 칸트는 그가 가장 좋아했던 철학자였다)을 중국 고전 시학의 맥락에 접

---

* "경(境)은 경물만을 뜻하지 않는다. 희로애락 역시 인간 마음의 경계다. 진정한 경물과 감정을 서술할 수 있어야 경계가 있다고 말할 수 있다. 그렇지 않으면 경계가 없는 것이다."

** 朱承爵. 명대의 문학비평가. (옮긴이)

목해 특정한 사물을 정의하고 해석했던 건지도 모른다. 하지만 찬쉐는 정반대로 문학 속에서 그런 사물을 최대한 정의하지 않으려 한다. 그러기 위해 그녀는 감정과 풍경을 뒤섞어 표현하고 안과 밖, 눈에 보이는 사물과 상상 속 사물의 경계를 부정이 아니라 판단 중지한다. 그 결과 접촉과 묘사는 이들 두 상태 사이의 경계에서 감지되고 존재한다. 혹은 실제나 상상의 인식에 더해진 불확실한 시적 감성이 이야기의 주요 접점이 된다고 말할 수 있다.

2004년에 출판된 단편소설집의 첫번째 소설 「산 위의 작은 집」에서 이런 문학적 효과를 찾아볼 수 있다. 소설은 서술자가 설득력 있는 어투로 작은 집을 자신이 말하고자 하는 일의 축소판으로 독자에게 소개하면서 시작된다. 하지만 결국 그 작은 집이 실은 존재하지 않는 걸로 마지막에 슬그머니 언급된다. 이렇게 이야기의 경계를 열어놓기에 독자들은 자유롭게 오가며 독서할 수 있다.

찬쉐의 첫번째 장편소설은 시대적 서술방식에서 벗어난 진정한 이단 작품으로, 당시 『오향거리』의 제목은 '포위망 돌파 공연'이었다. 소설에서는 복잡한 수수께끼 같은 사건이 오향거리에 사는 수많은 이웃과 방문객을 사로잡으며 X여사의 가늠할 수 없는 나이를 두고 겹겹의 포위망을 치는 식으로 진행된다. 매우 구체적이면서 보편적인 가설과 추측이 난무하고, 이에 따라 전체 플롯(허구)과 철저히 세속적인 거리 사람들은 그녀의 나이를 추측하는 은밀하면서 자극적인 활동에 동참함으로써 하늘하늘 떠다니는 경계 속으로 들어간다. 이들 시민은 어느 분명치 않은 거리위원회에 정치·사회적으로 종속되고, 일부는 확실히 작은 공장이나 소매 상가에서 일하는 것으로 묘사된다. 그들은 다양한 연령대와 사회적 신분에 속

한다. 그러다가 존재의 근원에서부터 자극을 받은 그들은 새로운 곳, 의외의 앞날을 가져다줄 유토피아로 올라가려 한다. 그 판단력을 흐리는 미지의 장소에 대한 호기심과 충동은 소설 속에서 주인공 X여사의 시계추 같은 나이를 두고 거리 주민과 외지인 사이의 끊임없이 발전하는 공론에 의해 증폭된다. 이런 공론은 더 나아가 찬쉐의 서사적 요람까지 흔듦으로써, 서술을 '문화대혁명'의 후폭풍에서 벗어나지 못해 사회적, 정치적 비난의 도구로 보았던 중국 문학의 초기 입장에서 찬쉐를 한층 더 멀어지게 한다. 하지만 다른 한편으로 그녀는 전통적 도시생활과 사회적 가담항설에 더 깊은 뿌리를 내린다. 그렇게 역사적으로 분명한 시공간을 무너뜨리기에 독자는 X여사의 다소 황당무계한 거울과 현미경 실험에 참여할 준비를 마치고, 뜬금없고 거침없는 성적 만남에 이끌리게 된다. 이런 만남은 이야기의 전체 공연 기간 중에 한 차례 또 한 차례 반복적으로 상상된다. 뜻밖에 X여사가 오향거리 대표로 선출되고 대중 앞에 등장하는 기묘한 일은 더 말할 것도 없다.

X여사가 집과 가게 수리, 식비 보조금 등을 신청할 때 보여주는 초현실적 행위도 언급해야 한다. 이런 행위는 아주 빠르게 기괴한 묘사로 이어져, 벽에 올챙이처럼 작은 글자를 적거나 보통 사람은 이해할 수 없는 그림을 그리는 것으로 서술된다. 심지어 폄하하듯 관련 내용을 그녀가 장사할 때 사용하는 누에콩과 땅콩 포장지에 적는 것으로 나온다. 확실히 이 부차적인 플롯은 찬쉐 작품 전체와 관련된 모종의 예고, 심지어 의도된 선언으로 해석될 수 있다. 또한 소설에서 수시로 언급되는 '미래파'의 구상은 향후 찬쉐가 보여줄 서사를 은유하며 이런 서사는 『오향거리』에 여전히 남아 있는

준准자전적 삶을 대체할 것으로 보인다. '지금까지' 혹은 그 순간부터 요청과 신청의 형식으로 세속적 삶과 당대 사회에 제기한 현실주의적 요구는 심미적으로 격상되어 유토피아 서사의 문학적 표현으로 변모한다. 그 결과 이런 문학적 표현은 그것이 '기층' 세계의 가장 강렬한 기억에서 완전히 벗어나지 않았기 때문에 유토피아가된다는 것을 풍자적으로 보여준다*.

이 목적을 달성하기 위해 사용된 서사 논리는 다시 한번 왕국유가 경계를 창조할 때 인지해야 한다고 설정한 규정, 반드시 자연의 규칙에 부합해야 한다는 규정을 연상케 한다. 이렇게 분명하고 능동적인 자조적 요소가 왕국유의 객관적 주장에 더해지기에, 찬쉐의 신 유토피아적 현실주의는 고전 시학에 공헌했다고 볼 수 있다.

역동적으로 떠다니는 요소가 유토피아 담론의 중요한 주제를 구성하고 눈에 보이지 않게 묘사를 조정한다고 해도, 확실히 찬쉐 작품 속 유토피아를 충격적으로 만드는 데는 또다른 본질적 요소가있다.

그녀 작품을 순차적으로 살펴보면 주요 인물의 이름이 중국인의 관습적 명명법에서 계속 멀어지는 것을 발견할 수 있다. 초기 작품에서는 아버지, 어머니, 자매가 평범한 문학적 인물로 등장하고 일부 중국인의 이름도 그러하다. 심지어 단편소설 「화창한 날 아메이의 고민」에서 아메이阿梅의 '아'와 다른 인물의 아명 '다거우'처럼 남방 분위기가 드러나는 경우도 있다. 그러다 첫번째 장편소설인

---

*『마지막 연인』 서문에서 찬쉐는 소설 속 이야기는 자신의 이야기이며, 독자의 이야기와 어우러지기를 바란다고 분명히 밝혔다. 또 자신은 메타픽션의 경계를 창조하기 위해 노력한다고도 말했다.

『오향거리』에 오면 찬쉐는 단계적으로 전통적인 명명법을 내던진다. 주인공인 X여사와 Q선생을 비롯해 신비한 방랑자 P와 부지런한 조사원 A박사 등처럼 성별과 직업적 특징에 알파벳 자모를 붙이는 것이다. 하지만 대부분의 이름은 여전히 '대충' 중국식 명명법을 따른다.

나는 이 초기의 혼란을 일종의 수단, 그보다 더 이른 시기에 유행했던 계급투쟁을 반영한 사회적 현실주의를 거부하는 '분노'라고 해석한다. 문화대혁명 이후 1세대 작가들은 정치적 부흥을 위한 일종의 방법으로 역사를 다시 썼지만 1980년대에 창작을 시작한 작가들, 예를 들어 위화와 찬쉐, 더 이후의 왕샤오보는 그때까지 정치적 영향권 아래에 있던 문학을 한걸음 더 전진시켰다. 그런 영향권 아래서는 공인된 사회 계급을 개인의 특징으로 간주했을 게 거의 틀림없다. 위화는 1988년에 발표한 단편소설 『세상사는 연기와 같다』에서 분명한 고의이자 의도적 무시로 이야기 속 인물을 1, 2, 3, 4, 5 등의 숫자로 표시했다. 이렇게 함으로써 그는 사회 계급에 따라 사람을 분류했던 교조적 기준을 내던졌다.

찬쉐의 작품 속 인물 호칭방식은 『오향거리』를 출판한 이후 활발하게 사용되기 시작했다. 2005년 출판된 『마지막 연인』과 2013년 출판된 『신세기 러브스토리』 이 두 장편소설은 첫번째 장편소설과 함께 욕망의 철학 3부작으로 불리는데, 이들 두 작품에서도 유토피아를 향한 찬쉐의 노력을 엿볼 수 있다.

『마지막 연인』 속 주요 인물은 존, 마리아, 빈센트, 리사, 레이건, 에다처럼(그 외 여러 이름도) 중국식 이름이 아니다. 나는 아넬리스 피네건 왁스먼이 번역한 영역본을 봤지만, 중국어판도 중국에서 유행하듯 개성을 드러내기 위해 서양 이름을 추가하는 식이 아니다. 〔이런 방식은 재키 찬(청룽), 잭 마(마윈), 매기 청(장만위), 토니 룽(량차오웨이) 등처럼 국제적으로 활동하는 사람들에게 주로 적용된다.〕 찬쉐는 색다른 명명 전략으로 또 한번 '세상에 없는 곳'을 만들어 자신의 이야기를 펼친다. 다시 말해 특별한 문학적 사례 속에서 그녀는 자신의 이야기를 위한 유토피아를 창조하고, 그것을 통해 이야기들을 서로 연결하고 개입시키고 뒤섞어놓는다. 이처럼 번거로운 명명법 때문에 대부분의 영역본 평론가는 소설이 발생한 장소를 '명시되지는 않지만 분명 어느 서양 국가'라고 받아들인다.

나는 여기에 모종의 혼동이 있다고 생각한다.

우선 찬쉐의 소설 속 레이건이 소유하고 관리하는 고무농장은 서양 국가에서 찾아보기 힘들다. 사실 들어본 적도 없다. 이런 유럽 중심론적 안개를 걷어내면, 드러나지는 않아도 분명 유럽이나 미국의 어느 국가라고 장소를 인식한 평론가에게 가장 강력한 반박은 작품 속 유토피아의 설정 자체가 될 것이다. 찬쉐는 주요 문학상을 받았을 때 소설 속 사회와 역사적 배경이 '준서구', 즉 비서양인이 구상한 서반구라고 밝힌 바 있다*. 이야기는 A국에서 발생하고 조는 동쪽으로 갈 것을 결정하지만, 이런 지리적 장소의 명명도(그 스스로 유럽 방문을 언급하는 것까지 포함해) 일단 어딘가에 존재하는 나라, 정신적 고향을 가리킬 뿐이다. 그리고 이런 영역은 작가의 서사에 의해 형태를 갖추게 된다. 한편 조는 명상 중에 동

---

* 〈명보〉 2015년 6월 27일.

방의 C국을 방문하기로 마음먹는데, 소문에 따르면 그곳의 남녀는 모두 아편을 피워 푸른 연기 속을 꿈꾸듯 떠다니고 시간을 초월해 젊은 시절로 되돌아갈 수 있다고 한다. 이런 이미지는 읽기와 쓰기의 본질이 나란히 주목받는 효과를 가져온다. 찬쉐는 서문에서 이미 그 문제를 생각하고 있었노라고 밝혔다.

한마디로 '환상을 감상하는 권한과 환상을 지칭하는 권한은 일치하지 않는다'라고 말할 수 있다.[*]

『마지막 연인』의 몇몇 일화에서는 독서 활동, 일상 예술, 감각적 환상의 특징 및 이들 세 가지 관계에 대해 살펴볼 수 있다. 이런 내용은 소설 속에서 논의되고 문학적 형식을 부여받는다. 소설은 조가 꼬리에 꼬리를 무는 식으로 이어지는 자신의 독서를 반성하고 사장에게 이 일을 언급하는 것으로 시작된다. 조는 매우 실질적인 관점에서, 아마 자신이 그런 이야기에 익숙해서 로즈 의류 회사의 뛰어난 영업부 매니저가 되었을 거라는 결론을 내린다. 그의 인생 계획은 한층 더 형이상학적 의미를 지니는데 바로 자신이 읽었던 모든 책을 다시 읽는 것이다. 이런 계획은 일종의 (문학적) 책략으로 인생 전체를 재창조하고 재포착하는 것, 혹은 아예 다시 사는 것이라고 할 수 있다.

청사진의 논리적 결과는 13장 초반에 등장한다. 그때 존은 이미 동쪽으로 떠난 뒤다. 존의 아내 마리아와 아들 대니얼은 그의 서재에 들어갔다가 책꽂이가 전부 쓰러져 바닥에 책이 어지럽게 쌓인

---

[*] 베르너 울프: 미학은 환상(참조용 환상)인가? (서사적) 묘사 및 허구와 현실의 관계 속 '침몰'을 향해. 〈JL유행일족〉 (03.03.2009)

광경을 본다. 그때 아내는 존이 모든 것을 버렸으며 이미 이야기가 되었다는 결론을 내린다.

몇 단락 뒤 존의 출발에 복선을 깔기 위해 여기서 더 현실적인 이야기가 등장한다. 이는 찬쉐의 전형적인 다차원 서사방식이다. 독자들은 존과 마리아 아버지의 음산하면서도 기쁨이 섞인 첫 만남을 읽게 된다.

결국 존은 아편의 나라로 날아가 다시 한번 실종된 아들의 모습으로 나타난다. 여행이라는 단어가(사실 시간과 공간, 생명 속 한 지점에서 다른 한 지점으로 가는 것) 수시로 불쑥불쑥 나타나고, 핵심 표현으로서 사람이 어떻게 유토피아를 바라고 추구하는지 보여준다.

가슴속 마지막 망설임마저 극복한 존은 비행기에 올라 미래의 유토피아에 도착한다. 그리고 도착하자마자 억눌린 성욕의 속삭임을 마주한다. 누군가 옷을 벗으라고 명령하고, 그는 완전히 유혹에 빠져든다. 연인의 몸으로 뱀이 춤을 추며 들락날락하고, 그녀는 존에게 반짝이는 비수를 건넨 뒤 무의식중에 그녀의 '미친' 가슴 중 왼쪽을 찌르게 한다. 마지막에 존은 또다른 곳에서 산속의 눈한테 입맞춤을 받으며 절정, 가히 최고 상태라고 부를 수 있는 지경에 이른다. 이런 상태는 그의 얼어붙은 장기와 완벽히 일치한다. 설산의 눈꽃과 장엄하게 융합된 그는 나풀거리는 나비떼에 전율한다. 이 설산의 이름은 티베트 땅을 연상시킨다.

존의 사장의 아내, 리사는 마리아에게 지난밤 꿈에 관해 이야기하는데 그녀의 꿈은 마리아의 환상과 같은 시공간에 있다. 그때 그녀는 장정長征에 나서 출렁다리를 지난다. 이는 1934년부터 1935년까지의 공산당 대장정을 의미한다. 확실히 당시에 스물한 명의 전사가 출렁다리를 점령하는 신화적 사건이 발생했다. 리사는 꿈에서, 만약 자신이 출렁다리에 갇히지 않고 티베트에서 존을 만났다면 마리아 대신 안부를 물었을 거라고 생각한다. 찬쉐는 이런 서술 방식으로 이야기를 줄줄이 연결한다. 또 중요한 점은 그녀가 당시 역사를 자신의 서사 근간에 풍자적으로 녹여낸다는 사실이다. 이런 은유에는 '루딩 출렁다리'도 포함될 수 있다. 루딩교는 강희제가 1706년 한족과 티베트족의 땅을 영구적으로 연결하기 위해 건설한 다리다. 장정은 당나라 시인 왕창령의 시 속 장정으로도 볼 수 있다. 이렇게 서사는 역사를 확장하기도, 축소하기도 하지만 결국 사건으로 가득 채움으로써 역사를 확장한다. 작가는 페넬로페가 되어 세상에 대한 베를 새로 짜면서 수적으로 지나치게 간소화된 가능성을 모색하는 듯하다.

이런 작업에서 찬쉐는 움직임을 지향하며 자신의 우주를 개방한다. 이 우주는 중국이든 서양이든 고전적 유토피아가 가지고 있는 환상 속 또렷한 고요함과 강렬한 대비를 이룬다. 사실 고요함은 고전적 유토피아의 핵심 관념이다. 유토피아가 완벽하고 영원한 상상으로 지탱되기 때문이다. 반면 찬쉐의 작품 속에서는 움직임과 여행, 다시 말해 '떠남'이 유토피아의 핵심 요소다. 그래서 그녀의 문학 속 유토피아는 지점이나 장소가 없다는 의미도 아니고, 또다른 지점이나 장소라는 의미도 아니다.

말할 필요도 없이, 2005년 출판된 『마지막 연인』에서 보이는 일부 '외부' 세계 사람들의 흔적은 1990년에 출판된 『오향거리』에서는 찾아볼 수 없다. 이 차이는 중국과 세계 사이에서 발생한 새로운 혼합의 시선으로 봐야 한다. 하지만 어쨌든 찬쉐가 설계한 유토피아 여행 경로는 문화 세계화를 향해 나아가는 역사 과정으로 일반화할 수 없다. 또한 그 안의 표식 자체도 특성을 가진 실체임을 인지해야 한다. 예를 들어 미래 티베트의 어느 안내자, 김씨 성의 운전사(아마도 북한 사람), 청소부 흑인 미녀, 일본에서 온 서점 주인(성이 이토인 것으로 보아 1909년 하얼빈에서 암살된 메이지유신 때의 정치인), 검은 치마를 입은 동양 여자, 중국(원문이 이렇다!) 여인, 베트남 약혼녀, 아랍 여성과 기타 사람들. 크고 작은 조역으로 등장하는 그들은 중요하지 않은 게 아니라 서사의 범위에서 제약을 받는다. 어쨌든 그들의 본질적 역할은 모두 '떠남'이라는 유토피아의 의미를 일깨우는 것이다.

이렇듯 찬쉐에게 유토피아의 여행 경로는 지리적 방향이 될 수 없으며 인족과도 무관하다. 욕망의 철학 3부작 중 세번째 작품 『신세기 러브스토리』를 펼치면 첫 페이지부터 이 점이 분명하게 드러난다. 우리는 지난 작품을 떠올리면서 세 편의 장편소설이 서사방식에서 중요하고 암시적으로 차이가 있음을 깨닫게 된다.

찬쉐의 첫번째 장편소설 『오향거리』에서 '필자'의 등장은 이것이 주류의 메타픽션임을 암시하는 듯 보인다. 소설 속 아리스토텔레스 같은 시인은 이야기의 발명자이자 플롯(허구)의 설계자이지만, 공개적으로 모의실험 같은 보도를 주도하기 위해 현대판 줄거리 해설자처럼 행동하기도 한다. 그러다 충격적인 이야기가 펼쳐지고 나면 한 가지가 분명해진다. 필자의 일이 다시 한번 풍자적으로 제약을 받으면서 문학 잡역부처럼 되어버리는 것이다. 그는 주로 X여사의 나이를 둘러싼 사람들의 의견을 열거하고 정리하느라 바쁘다. 완전히 형식화해 세세한 부분까지 모두 평론하지만 사실 그렇게 세세한 내용은 독자들에게 전혀 중요하지 않다. 그가 언급하지 않으면 독자는 눈치도 채지 못할 정도다.

'필자'를 대신해 X여사는 아주 빠르게 본질적 시인이자 오향거리에서 발생한 사건의 창조자로서 면모를 드러낸다. 그 태도에서 직관적으로 그녀가 중요한 주인공이자 플롯 및 사건의 최초 추진자(원동력)라는 걸 알 수 있다. 거대한 진전이라는 전체적 시각으로 찬쉐의 작품을 보면 X여사가 당국에 신청서를 내는 일도 이해할 수 있다. 그녀는 매우 읽기 어려운 방식으로 자기 집 벽에 신청내용을 적는다. 우리는 그것을 '다음 유토피아'에 대한 기대로 간주할 수 있다. 그것(신청서)은 2005년에 출판된 『마지막 연인』에서 문학적으로 충분히 알아볼 수 있게 바뀐다. 서술자는 신중하게 서사 내부로 들어가 경계 안쪽의 경계, 현실 위의 현실에서 멋대로지만 무형의 제조자로서 언제나 마술적 수법으로 가장 구체적인 일상생활과 일종의 상상 혹은 상상할 수 없는 생존의 환상을 연결해낸다.

2013년에 출판된 『신세기 러브스토리』에서는 구체적이고 독특한 세속 세계가 훨씬 더 분명하게 등장한다. 이 소설을 『마지막 연인』의 A국 국민이 주는 허망함과 이질감에 비교하면, 모종의 존재적 의미에서 '송환자'로 생각될 수 있다. 그러나 이렇게 직감적으로 잘 알아볼 수 있는(확실히 중국화된) 회귀는 소설의 유토피아적 요소를 차단하지 않고 오히려 찬쉐 세계관의 자유의지 원칙과 더 긴밀하게 연결된다.

이 소설에서 찬쉐는 『마지막 연인』의 서사적 관점을 뛰어넘는 중요한 한 걸음을 내디딘다. 그녀의 전략은 비누공장 노동자 웨이보를 과부 뉴추이란의 애인이나 남편이 아닌 친구로 묘사함으로써 낭만적 감정에 오염된 어휘를 피하는 것이다. 하지만 그렇다고 '애인'이란 표현이 내내 거부된다는 의미는 아니다. 소설 속에서 인물들끼리 직접적인 사랑을 드러낼 때나 주관적인 서술로는 사용된다. 이렇게 찬쉐는 청출어람의 방식으로 중국 철학사와 미학사에 깊은 뿌리를 내리고 시종일관 유지되어온 생각을 재해석한다. 그녀는 고전 학설이라는 역사적 직물에서 실을 뽑거나 그것들을 새롭게 정의하는 방식을 쓰는 게 아니라, 고전을 세속적으로 사용하고 도덕을 현대적으로 추론한다. 이 장편소설의 '감정 어휘'는 전통적인 '감정 어휘'의 용법, 예를 들어 경치 때문에 감정이 생기거나 마음이 동한다는 식의 어휘 활용법과 별 관련이 없다. 그저 과거의 수사법이 『마지막 연인』의 서사적 특징에 상당히 많이 활용되었음을 지적할 수 있을 뿐이다. 이 소설에서는 현대적 은유의 맥락과 상관없이 자주 풍경과 동물을 이용해 감정과 욕망을 표현하고 이해한다.

언어 전략으로 관계 속 강렬한 감정의 공간을 피하는 것 외에 '친구'의 동떨어진 용법은 일종의 느슨함도 드러낸다. 이는 사회적 범주의 도덕이 아니라 사회 관습 및 오랜 예법과 관련이 있다. 내가 느슨함이라고 부르는 이 경향은 순리를 따르고 여지를 남겨두는 방식과 함께 유토피아 언어의 주요 요소가 된다.

『마지막 연인』은 일련의 복잡하고 종속적인 플롯으로 이뤄진다. 이런 플롯은 소설의 인물 주변을 맴돌지만, 이야기의 기본 줄기에도 끼어든다. 그것들은 평행의 시공간 구조를 형성하기도 하고 때로는 서로에게 간섭하는 듯도 보인다.

『신세기 러브스토리』에서는 허황한 현실의 특성이 한층 두드러진다. 세속이라는 실뭉치로 된 진상이 이야기라는 직물로 짜여, 전체 이야기가 가능과 불가능 사이에서 더 많은 능동성을 가지는 듯하다. 또 생명의 유토피아 수준과 주인공들의 생존을 대비시켜 그 둘을 배경 위로 도드라지게 만들기도 하고 배경 속에 완전히 녹아들게 만들기도 한다.

이들 세 소설은 묘사가 꿈결처럼 모호하다는 공통점을 지닌다. 예를 들어 서사와 그럴듯하게 가정된 인과관계 및 순차적 논리의 반복적 토론방식이 그렇다. 앞뒤 문맥으로 볼 때『신세기 러브스토리』는『오향거리』보다 확실히 챕터를 갖추고 있지만,『마지막 연인』에 비하면 이야기로 구성된 화환에 가깝다. 이런 이야기들은 본질적으로 연계되는 동시에 각각의 독립성도 잃지 않는다.

어떤 이야기들은 훨씬 밀착해 단계적으로 주인공의 삶을 따라가면서 그 운명의 윤곽을 그리고 성격의 발전에 주목한다. 하지만 어떤 이야기들은 존재를 탐구하는 우화다.

어째선지 나는 류 의사가 현성懸城을 방문하는 부분을 찬쉐 문학이 만들어낸 의미심장한 우화로 읽게 된다. 특별한 기공잡지가 그 작은 도시에서 출판되는데 편집장은 예전에 제화공이었던 후과라는 인물이고, 아르바이트 미술편집자와 장난꾸러기 원숭이만 그를 도와준다. 〈기공의 비밀〉이라는 잡지는 수적으로 많지는 않아도 다양하고 교양 있는 독자층을 갖고 있다. 일부 독자는 부근에 살고 일부는 같은 지역에 살며 일부는 국내에, 또 상당수는 해외에 산다. 플롯에 따르면 전형적, 혹은 이상적 독자는 박학다식한 학자가 아니라 독학한 시골뜨기, 얼마 되지 않는 연금으로 '정신적 양식'을 사는 고독한 노인이다. 류 의사는 이 잡지사에 논문 한 편을 보내고, 편집장은 그 논문을 흥미를 일으키는 '이론적 진취성'이 있다고 평가한다.

찬쉐의 첫번째 장편소설 『오향거리』에서 X여사가 당국에 보내는 갈수록 이해할 수 없는 신청서를 『신세기 러브스토리』에서 설정한 고상하고 겸손한 독자와 비교하면, 작가의 신중함 및 읽기와 쓰기의 관계에 관한 생각을 엿볼 수 있다.

또 주목할 만한 점은 류 의사가 진통과 약초 처방에 정통한 시골 의사라는 사실이다. 그는 수술을 꺼리고 환자에게 관행적인 항생제 처방을 내리고 싶어하지 않는다. 그 스스로가 생각하는 최고의 의학적 '유토피아'는 자비로운 약초를 환자의 몸에 심어 천천히 통증을 완화해주는 것이다.

2015년 7월 17일 스톡홀름에서

1990년 처음 출판되었을 때『오향거리』의 제목은 '포위망 돌파 공연'이었다(2002년에 제목을 바꿨다). 온갖 향기가 나는 거리라는 뜻의 '오향거리'는 가상의 공간에서 상상인지 현실인지 구분할 수 없는 사건을 두고 추측이 난무한다는 소설 내용을 압축한다는 점에서 적합한 제목으로 보인다. 그리고 '포위망 돌파 공연'도 다차원적인 해석이 가능하다는 점에서 무척 좋은 제목 같다. 일단 주인공인 X여사가 스스로 느끼는 한계는 물론 진실과 상관없이 만들어지는 주변인들의 시선, 여론, 음해에서 벗어나기 위한 몸부림으로 읽힌다. 그런데 재미있게도 이 제목을 '포위망을 돌파하는 공연'이 아니라 '포위망 돌파를 둘러싼 공연'으로 보면 의미가 한층 확장된다. X여사의 몸부림뿐 아니라 소설 속 모든 인물이 자기 삶을 공연처럼 선보이고 서로의 공연을 감상하는 내용까지 아우르기 때문이다.

사실 소설의 뼈대는 간단하다. 외지에서 오향거리로 들어온 X여사 일가는 동네 사람들과 잘 어울리지 않고 자기들끼리만 비밀스럽게 지낸다. 그러다 X여사와 Q선생이 간통을 벌인 듯한 정황이 발견되자 오향거리 사람들은 한데 모여 추측하고 증거를 잡겠다며 그들 일가를 감시한다. 그 속에서 다양한 사람들의 입을 통해 '외지인'에 대한 배척, 'X'라는 익명성과 특수성, '비밀'을 둘러싼 온갖 추측, '성'에 대한 고정관념과 사회적 맥락 등이 드러난다.

다시 말해 이 소설의 묘미는 어떻게 보느냐에 따라 그 외연이 끝없이 확장된다는 데 있다. X여사의 간통을 주축으로 보면 소설은 도덕과 비도덕, 성과 사랑, 이성과 감성, 소문과 사실에서 출발해 여성의 사회적 지위와 주체성으로 뻗어나간다. 군중심리에 주안점을 두면 이데올로기의 형성과 전파, 보편적인 착각과 아집, 여론의 어리석음과 폭력성, 편견의 합리화, 외지인에 대한 포용과 배척까지 닿을 수 있다. 또 소설 작법이라는 측면으로 접근하면 어떻게 이야기가 탄생해 발전해나가는지, 쓰기와 읽기가 현실과 환상의 경계를 어떻게 수시로 넘나들 수 있는지 발견할 수 있다. 가령 X여사의 나이를 두고 한참 설전이 벌어지는데 22세에서 50세 사이라는 결론을 내리고, Q선생의 외모를 두고 떠들다가 못생겼거나 잘생겼다는 결론을 내린다. 그건 거의 모든 가능성을 품는 동시에 아무 가능성도 없다는 뜻이 아닌가. 어떻게 보면 구체적인 플롯 없이 X여사의 간통을 하나의 구심점으로 온갖 상상을 담아내는 게 이 이야기의 전부이고, 모든 사람이 주인공이고 모든 사람이 공연하며 모든 사람이 창작하는 게 바로 소설이라고 말하는 듯하다.

찬쉐는 1985년 첫 소설을 발표한 이후 「산 위의 작은 집」 「진흙

거리」「노쇠한 뜬구름」『오향거리』『마지막 연인』『신세기 러브스토리』등 다양한 작품을 발표했다. 평범한 사람들의 삶을 기이하고 몽환적으로 그려내는 것으로 유명하며, 파격적이고 실험적인 작품 스타일 때문에 중국의 카프카라는 별명을 갖고 있다. 미국과 일본에서는 작품이 대학 교재로 사용될 만큼 주목받는 작가이지만 우리나라에는 거의 소개되지 않았기 때문에 설레는 마음으로 번역했다.

문현선

옮긴이 **문현선**
이화여대 중어중문학과를 졸업하고 동 대학 통번역대학원 한중과를 졸업했다. 이화여대 통번역대학원에서 강의하며 프리랜서 번역가로 중국어권 도서를 기획 및 번역하고 있다. 옮긴 책으로 『평원』 『삼생삼세 십리도화』 『마술 피리』 『작렬지』 『문학의 선율, 음악의 서술』 『열여섯 밤의 주방』 『제7일』 『경화연』 『사서』 『물처럼 단단하게』 등이 있다.

문학동네 세계문학

오향거리

1판 1쇄 2022년 6월 20일 | 1판 2쇄 2024년 10월 23일

지은이 찬쉐 | 옮긴이 문현선
기획·책임편집 박인숙 | 편집 백도라지 고선향
디자인 이효진 이원경 | 저작권 박지영 형소진 최은진 오서영
마케팅 정민호 서지화 한민아 이민경 왕지경 정경주 김수인 김혜원 김하연 김예진
브랜딩 함유지 함근아 박민재 김희숙 이송이 박다솔 조다현 정승민 배진성
제작 강신은 김동욱 이순호 | 제작처 영신사

펴낸곳 (주)문학동네 | 펴낸이 김소영
출판등록 1993년 10월 22일 제2003-000045호
주소 10881 경기도 파주시 회동길 210
전자우편 editor@munhak.com | 대표전화 031) 955-8888 | 팩스 031) 955-8855
문의전화 031) 955-1927(마케팅) 031) 955-1917(편집)
문학동네카페 http://cafe.naver.com/mhdn
인스타그램 @munhakdongne | 트위터 @munhakdongne
북클럽문학동네 http://bookclubmunhak.com

ISBN 978-89-546-8571-9 03820

잘못된 책은 구입하신 서점에서 교환해드립니다.
기타 교환 문의 031) 955-2661, 3580

www.munhak.com